Entrez dans l'Histoire...

Si, comme de nombreux Français, vous aimez les grandes fresques historiques, alors, la prestigieuse collection Grands Romans Historiques vous est destinée. Tous les deux mois, vous y découvrirez de palpitants récits tenant à la fois de l'épopée et du roman intimiste. Car sait-on, au juste, quel est le poids de l'amour dans les affaires d'Etat ? Cette ambiguïté fait tout le charme de ces romans qui nous entraînent dans le passé : on s'y retrouve — et on s'y perd. Au fil des siècles et des contrées, vous découvrirez les arcanes de la vie quotidienne au temps jadis, et revivrez les heures exquises où le galop des messagers emportait à la fois les édits du roi et les billets du cœur...

La responsable de collection

Le Donjon du Dragon

Le Donjon du Dragon

REBECCA BRANDEWYNE

Le Donjon du Dragon

Grands Romans Historiques

éditions **Harlequin**

Si vous achetez ce livre privé de tout ou partie de sa couverture, nous vous signalons qu'il est en vente irrégulière. Il est considéré comme « invendu » et l'éditeur comme l'auteur n'ont reçu aucun paiement pour ce livre « détérioré ».

Cet ouvrage a été publié en langue anglaise
sous le titre :
THE NINEFOLD KEY

Traduction française de
ENID BURNS

HARLEQUIN®

est une marque déposée du Groupe Harlequin
et Grands Romans Historiques® est une marque déposée d'Harlequin S.A.

Illustrations de couverture
Donjon : © MICHAËL JENNER / JUPITER IMAGES
Lac : © MICHAËL JENNER / GLOBAL PHOTO
Oiseaux : © DIGITAL VISION / GETTY IMAGES

Toute représentation ou reproduction, par quelque procédé que ce soit, constituerait
une contrefaçon sanctionnée par les articles 425 et suivants du Code pénal.
© 2004, Rebecca Brandewyne. © 2006, Traduction française : Harlequin S.A.
83-85, boulevard Vincent-Auriol, 75013 PARIS — Tél. : 01 42 16 63 63
Service Lectrices — Tél. : 01 45 82 47 47
ISBN 2-280-10663-9 — ISSN 1637-0414

À cette époque...

L'héroïne de ce roman rêve souvent d'un château situé sur les rives brumeuses du Loch Ness, ce célèbre lac écossais habité, selon la légende, par un monstre affectueusement surnommé Nessie par les riverains. Il est vrai que, depuis toujours, les légendes des peuples du Nord sont peuplées de monstres marins. Beaucoup font référence à une créature au dos bombé et au long cou. C'est probablement en leur honneur que les Vikings ornaient de « dragons de mer » la proue de leurs drakkars. En Scandinavie, autour du lac de Storsjö, on peut encore voir le matériel déployé au XIXème siècle pour capturer un monstre local, et en Irlande, on parle volontiers des *kelpies*, chevaux des mers, dans la régions des loughs du Connemara. Mais c'est en 1933 que le monde entier entendit parler pour la première fois de Nessie, à la suite du témoignage d'une femme qui décrivit ainsi l'animal étrange qui lui était apparu sur la berge: « Il avait des pattes courtes, épaisses, mais bien des pattes quand même, avec une sorte de sabot. En m'apercevant, il ne se dressa pas comme, disons, une vache, mais garda les pattes postérieures au sol comme un phoque et se laissa glisser dans l'eau. » Cette soudaine médiatisation fit se délier les langues, et l'on se souvint alors de la légende du Cheval d'Eau, qui datait du Moyen Age, et de celle du monstre dévoreur de Pictes mis en fuite par Saint Columba, moine évangélisateur de l'Ecosse vers 565. Aujourd'hui encore, des milliers de visiteurs curieux affluent dans les Highlands et scrutent les eaux profondes du mystérieux Loch Ness dans l'espoir d'apercevoir Nessie...

Personnages

EN EGYPTE

Dans la Vallée des Rois :

Lord James Ramsay, vicomte Strathmor.
Ses compagnons :
Lord Thomas MacGregor,
Lord Andrew Sinclair,
Lord William Drummond,
Lord George Kilpatrick,
Lord Edward Lennox,
Le grand-prêtre Nephrekeptah, momie.

Au Caire :

M. Khalil al-Oualid, Egyptien,
Hosni, son serviteur.

EN ANGLETERRE

A l'abbaye de Medmenham :

Sir Francis Dashwood, baron,
Lord Iain Ramsay, seigneur de Dundragon,
Lord Bruno, comte Foscarelli.

A l'auberge de Saint Georges et du Dragon :

Westerfield, valet de lord Dundragon,
Cesare Spinozzi, témoin du comte Foscarelli.

A Saint-John's Wood :

Mme Elizabeth Blackfriars, veuve,
M. Malcolm Blackfriars, son fils,
Miss Woodbridge, leur gouvernante,
Mme Peppercorn, leur cuisinière,
Nora, leur femme de chambre,
Lucy, leur fille de cuisine.

A Londres :

M. Nigel Gilchrist, avocat,
M. Septimus Quimby, cartographe,
M. Jakob Rosenkranz, joaillier,
M. Boniface Cavendish, libraire,
Toby Snitch, voleur,
Dick « Badger » Badgerton, voleur,
Harry Devenish, compagnon,
Jim Oscroft, apprenti,
Peter « Tuck » Tucker, apprenti,
M. Nicolas Ravener, jeune homme,
Lady Christine Fraser, jeune femme.

EN ECOSSE

A Whitrose Grange :

L'oncle Charles, oncle de Malcolm Blackfriars,
Tante Katherine, épouse de l'oncle Charles,
Leurs deux enfants.

A Dundragon, château au bord du Loch Ness :

Lord Vittore, comte Foscarelli, Italien,
Lord Lucrezio Foscarelli, vicomte Ugo, son fils.

EN FRANCE

A l'hôtel de Valcœur :

Jean-Paul, comte de Valcœur,
Hélène, comtesse de Valcœur, sa femme,
Ariane, leur fille,
Sophie Neuville, demoiselle de compagnie d'Ariane.

A Paris :

Mme Polgar, voyante,
Ducaire, nain.

LES NEUF CROIX

PREMIER ESPRIT

O toi, qui emplumé d'un désir puissant, voles au ras du sol pour cueillir la pierre, prends garde ! Une ombre suit ton vol de feu... Voici que vient la nuit !

Il est brillant le scarabée, brillant comme l'air, et parmi les rayons et les vents, quelque chose se trame ; ne va pas là-bas... Voici que vient la nuit !

SECOND ESPRIT

Les étoiles immortelles brillent au firmament. Si je veux traverser l'ombre de la nuit, dans mon cœur se trouve la lampe d'amour, et c'est le jour qui vient !

Et la lune souriante donnera sa douce lumière à mes plumes d'argent où qu'elles m'entraînent. Les météores flâneront autour de mon vol, et de la nuit ils feront le jour.

PREMIER ESPRIT

Mais si les tourbillons de ténèbres provoquent la grêle, et l'éclair, et la pluie d'orage... Vois comme les bornes de l'air sont ballottées... Voici que vient la nuit !

Les rouges et vifs nuages de la tempête, ce fléau, ont subjugué le soleil déclinant, le fracas de la grêle balaie la plaine... Voici que vient la nuit !

SECOND ESPRIT

Je vois la lumière et j'entends le bruit ; je voguerai sur le flot de la sombre tempête, je délivrerai le passé, et ainsi la lumière, autour de moi, de la nuit fera le jour.

Et toi, quand l'obscurité sera profonde et forte, regarde, de ta morne terre écrasée de sommeil, mon vol semblable à celui de la lune. Tu verras peut-être comme il est haut, comme il va loin.

PREMIER ESPRIT

Mais la malédiction du scarabée, portée par la tempête, n'a laissé que ruines dans son sillage, et la clé aux neuf serrures est perdue, abandonnée… Voici que vient la nuit !

Abandonne à leur sommeil éternel la tanière du dragon et la pierre d'émeraude qu'il garde si férocement. Nous, les héritiers, refusons de les garder… Voici que vient la nuit !

LA VOYAGEUSE

D'aucuns disent qu'au cœur des Highlands se trouve un précipice où la tanière du dragon, gelée, est tombée en ruines parmi les amas de neige et les abîmes de glace. Ils disent que la tempête languide, poursuivant cette forme ailée, vole pour toujours autour de ces tours décrépites.

D'aucuns disent que lorsque les nuits sont sèches et douces, et que les rosées mortelles dorment sur le bourbier, la voyageuse entend de doux murmures, qui de la nuit font le jour. Alors une forme argentée, qui ressemble à son amant intrépide, s'envole, emportée par sa sauvage chevelure d'ébène, et quand elle s'éveille sur l'herbe capiteuse, elle découvre que la nuit a enfanté le jour.

Poème adapté de *Les deux esprits,*
une allégorie, de PERCY BYSSHE SHELLEY.

Prologue

Le scarabée

L'épreuve de la mort réside essentiellement dans l'appréhension, et le pauvre scarabée que nous écrasons souffre dans son corps autant que le géant qui meurt.

SHAKESPEARE, *Mesure pour mesure*.

Avant que la chauve-souris ait fait le tour du cloître, avant qu'à l'appel de la sombre Hécate, le scarabée couvert d'écaille, par ses bourdonnements engourdis, ait sonné le morne carillon de la nuit, un acte effrayant sera commis.

SHAKESPEARE, *Macbeth*.

Dans l'ombre de la corne

Il y a deux portes du Sommeil. L'une est en corne, et par elle on accède facilement aux ombres de la vérité. L'autre, d'un ivoire blanc et brillant, permet aux rêves mensongers de prendre leur essor.

VIRGILE, *Enéide*.

Et Dieu, debout, souffle dans Sa corne solitaire. Et le temps et le monde sont toujours en vol.

WILLIAM BUTLER YEATS, *Le Vent dans les roseaux.*

1669
En Egypte : la Vallée des Rois et Louqsor

Dire le nom des morts permettait de les ramener à la vie. Telle était la croyance des anciens Egyptiens.

Cette croyance, le jeune James Ramsay, vicomte Strathmor, héritier du comté de Dundragon tenu par son père sur les rives du Loch Ness, se sentait prêt à la partager. Il se reprochait d'être venu à Louqsor et dans la Vallée des Rois. Il se reprochait plus encore de profaner la tombe du grand-prêtre Nephrekeptah. Elle lui semblait très différente de toutes celles qu'il avait déjà visitées.

Ce n'était pas une bonne idée que d'avoir entrepris cette expédition ; Jamie le savait depuis le commencement, ou presque. C'était une folie que d'avoir pénétré dans cette tombe ; il en avait la certitude. Les sépultures des pharaons et autres dignitaires de haut rang qui avaient régné sans partage sur les deux royaumes d'Egypte n'étaient que des cavités creusées dans la roche, et vides. Ici, dans le mausolée du grand-prêtre, régnait la Mort, et non seulement la Mort mais aussi une force d'un genre que Jamie n'avait jamais expérimentée auparavant, force extrême, démesurée, si absolue qu'elle en devenait presque palpable.

En conséquence, ce voyage en Egypte, longtemps anticipé comme une joyeuse aventure, devenait une sinistre expérience. Un grondement sourd, au-dessus de lui, faisait craindre à Jamie

14

un orage d'une rare violence, peut-être même un tremblement de terre.

Ses cinq compagnons ne s'étaient aperçus de rien. Ils ne se doutaient de rien. Ou alors, peut-être parlaient-ils et riaient-ils plus fort pour cacher leur angoisse ? Voilà ce que se demandait Jamie qui les observait du coin de l'œil. Sûrement, ils ne pouvaient rester insensibles à l'atmosphère angoissante de cette tombe, ils ne pouvaient pas ne pas percevoir l'inquiétant grondement de la terre.

Ce petit groupe d'explorateurs, six jeunes hommes exubérants qui avaient fait leurs études ensemble, étaient venus de Grande-Bretagne en Egypte, voyage initiatique entrepris à l'instigation de l'un d'eux qui avait beaucoup appris sur « le pays des momies », autrement dit sur la Vallée des Rois, dans un obscur ouvrage dû à la plume du père Charles François, moine capucin de son état, et publié l'année précédente.

Lequel des compagnons, ensuite, avait-il eu l'idée saugrenue de vouloir exhumer une momie ? Lequel avait-il entraîné la petite bande dans cette antichambre de la mort ? Jamie ne s'en souvenait plus. Celui-là, il eût aimé pouvoir l'accabler de ses reproches.

Le voyage vers l'Egypte s'était révélé long et pénible. Partis d'Ecosse, Jamie et ses compagnons avaient chevauché jusqu'à Douvres, où ils avaient pris un bateau qui les avait conduits sur le continent. Après avoir visité la France, l'Italie et la Grèce, ils avaient rembarqué au Pirée, le port d'Athènes, pour se rendre en Egypte. Là, il leur avait été très difficile de localiser la Vallée des Rois, cachée derrière la montagne thébaine. Ils avaient dû engager les services d'un guide.

Et comment, maintenant, retrouveraient-ils leur chemin vers Louqsor, de l'autre côté du Nil, où ils avaient loué des chambres dans une auberge ? Jamie n'en savait rien. Car, après avoir été

15

somptueusement rétribué, le guide, en apprenant qu'il participait à une expédition qui se donnait pour but de violer une sépulture afin d'emporter une momie, s'était enfui comme s'il avait vu une meute de chiens féroces se jeter à sa poursuite. Les jeunes gens ne l'avaient plus revu. Voilà qui eût dû leur donner à réfléchir, se disait sombrement Jamie. Voilà qui eût dû les avertir des dangers qu'ils couraient.

Hélas, ils avaient persisté dans leur funeste projet, en déclarant hautement qu'on ne pouvait pas compter sur les Egyptiens, hommes paresseux et superstitieux. En effet, avait précisé l'un, quel mal y avait-il à pénétrer dans une tombe déjà profanée plusieurs fois sans doute depuis le temps des Grecs et des Romains ? Et puis, avait ajouté un autre, on n'avait pas besoin de guide pour retourner à Louqsor. Il suffisait de suivre le cours du Nil, qu'on apercevait depuis le plateau qui s'élevait au-dessus du désert, sur la rive occidentale du fleuve. Rien de plus facile ! s'était exclamé un troisième.

Sur la rive orientale du Nil, Louqsor s'étendait, imposante et silencieuse comme un chat sacré. Depuis des millénaires qu'elle existait, la ville avait reçu d'innombrables noms. Les Egyptiens eux-mêmes l'avaient appelée *Ouast*, c'est-à-dire *Le Sceptre*, quand ils en avaient fait la capitale de la Haute Egypte.

Elle avait été aussi nommée *Nout*, La Ville, puis *Nout du Sud* quand il avait fallu la distinguer de *Menf*, ou *Nout du Nord*, capitale de la Basse Egypte. Plus tard elle était devenue *Thèbes*, peut-être en référence à la ville grecque portant le même nom. Les Grecs, en effet, avaient régné en Egypte, ils y avaient fondé la dynastie des Ptolémée qui s'était éteinte avec Cléopâtre, la reine morte de façon aussi extravagante qu'elle avait vécu. Avec les Arabes, la ville était devenue *El Qussour* ou *Al-Oxor*, la *Cité des Monuments*. C'est ce nom que les langues étrangères avaient déformé en Louqsor.

Ce dernier nom, qui lui était resté, était peut-être celui qui lui allait le mieux, car la ville, en vérité, fourmillait de palais, de temples et d'autres monuments, en ruines mais encore magnifiques.

Pendant des millénaires, ces constructions avaient résisté à l'intense chaleur du désert. Elles avaient supporté les vents de sable qui, venus du sud au mois de mars, pouvaient souffler pendant cinquante jours d'affilée. Elles ne s'étaient pas écroulées sous les orages rares, mais toujours monstrueux, qui s'abattaient sur la ville. Enfin, elles n'avaient pas été dissoutes par les crues annuelles du Nil, grâce auxquelles l'Egypte connaissait l'abondance.

Elles avaient, ces constructions, survécu assez longtemps pour raconter l'histoire du peuple qui avait révéré ses pharaons comme des dieux, avait placé leurs corps dans d'immenses pyramides ou dans des nécropoles non moins mystérieuses, cela afin de leur permettre le grand voyage vers le monde d'en bas, l'éternité.

Au pied d'une colline imposante, en forme de pyramide, connue sous le nom de *Djebel el-Qurn*, *Montagne de la Corne*, s'étendait la nécropole que Jamie et ses amis s'étaient mis en tête d'explorer. La vallée, *Biban el-Moulouk*, *Porte des Rois*, consistait en deux branches serpentines qui rappelaient les cobras à capuchon noir, consacrés à la déesse Meretseger, *Celle Qui Aime Le Silence*, celle dont le nom était parfois attribué aussi à la Montagne de la Corne.

Comme pour honorer la grande déesse, il n'y avait rien en ce lieu, rien d'autre qu'un silence pesant, silence de la mort, silence de ceux qui étaient morts depuis des millénaires et reposaient là, enroulés dans leurs bandelettes, au sein de cette vallée écrasée de soleil au-dessus de laquelle, à ce moment, flottait un nuage noir et menaçant.

Ayant établi son camp, la petite troupe s'était lancée sans tarder dans l'exploration de la vallée, pour découvrir très vite que la branche orientale, connue sous le nom de *Ta Set Aat*, *Grande Maison*, comportait un grand nombre de galeries creusées dans ses flancs, alors que la branche occidentale, plus large, semblait totalement dépourvue de tombes.

Comment les jeunes gens avaient-ils pénétré dans le sépulcre où ils se trouvaient ? Jamie se le demandait. Il n'en avait pas la moindre idée. Les souterrains constituaient une sorte de gigantesque labyrinthe dans lequel ses amis et lui s'étaient engagés au hasard, suivant un corridor puis un autre. A l'évidence ils étaient maintenant perdus, puisqu'ils se trouvaient dépourvus de guide et qu'ils n'avaient pas eu la bonne idée de dévider derrière eux un long écheveau de fils qu'ils n'auraient plus eu qu'à suivre à rebours pour retrouver le chemin de la sortie.

Dehors, à l'extérieur de la tombe occupée par le grand-prêtre Nephrekeptah, très haut dans le ciel immense et uniformément bleu, le soleil continuait de brûler la terre. Et en même temps, le nuage noir devenait de plus en plus menaçant.

Dans les entrailles de la terre, dans le mausolée du grand-prêtre, domaine de l'obscurité et de l'humidité, il faisait froid. Jamie frissonnait.

En d'autres lieux, en d'autres occasions il eût apprécié cette atmosphère après avoir tant marché sous le soleil écrasant, dans l'air qui lui desséchait les lèvres. Mais depuis que lui et ses compagnons avaient pénétré dans le sépulcre secret, il connaissait des frissons étranges qui ne devaient rien à l'atmosphère souterraine. Maintenant, alors qu'il élevait haut sa torche pour regarder autour de lui, il sentait ses cheveux se dresser sur sa nuque, et s'il regardait ses bras nus, il voyait bien qu'il avait la chair de poule.

Faisant appel aux ressources de son intelligence, il se représenta qu'il frissonnait ainsi parce qu'il avait beaucoup transpiré sous le soleil et qu'il était entré trop vite dans les profondeurs du mausolée. Pourtant, ce raisonnement ne suffit pas à le rassurer. S'il devait serrer les mâchoires pour ne pas claquer des dents, ce n'était pas à cause du froid qu'il ne ressentait presque plus, en vérité. Et à mesure qu'il s'engageait plus loin encore dans les profondeurs, ses tremblements s'accentuaient. Il sentait l'inexplicable force s'enrouler autour de lui comme un linceul. Il avait l'impression d'être enterré vivant.

Contrairement aux autres tombes qu'il avait déjà visitées en compagnie de ses compagnons, celle-ci était plus petite en taille, ce qui rendait difficile à croire l'idée qu'elle eût accueilli les restes d'un pharaon ou même d'un membre de sa famille. Si les jeunes gens s'étaient enthousiasmés pour ce lieu, s'ils avaient voulu à toute force le pénétrer, c'était parce qu'ils avaient découvert que la porte d'entrée était cachée, sans doute depuis longtemps, par d'incroyables amas de débris apportés là par certaines crues, rares mais terribles, qui envahissaient la Vallée des Rois une fois par siècle environ.

D'autres crues avaient plus récemment remporté une partie de ce barrage, révélant une porte très peu abîmée, frappée du sceau impressionnant, et intact, d'un administrateur de la nécropole. On pouvait donc en déduire que cette sépulture n'avait pas encore été violée et que son contenu n'avait pas été dispersé par les générations de pillards qui s'étaient succédé depuis des siècles.

Après avoir évacué les détritus qui obstruaient encore le passage, les jeunes gens avaient brisé le sceau puis uni leurs efforts pour entrouvrir la porte fermée depuis des millénaires. Incapables de refréner leur impatience, ils étaient entrés dans la tombe, ils avaient dévalé l'escalier étroit qui les avait conduits à un premier corridor.

Seul Jamie n'avait pas manifesté d'enthousiasme, il était resté constamment derrière ses compagnons, retenu qu'il était par la pensée qu'ils étaient en train de profaner une tombe. Puis il avait trouvé un motif de réconfort dans la fine couche de sable du désert qu'il avait vue sur le sol dallé ainsi que dans les innombrables toiles d'araignées accrochées partout autour de lui. Tous ces indices semblaient prouver que la tombe avait de longtemps été visitée, même si les précédents profanateurs n'avaient pas pénétré par la porte principale.

Maintenant, alors que Jamie progressait, à la lumière des torches, dans un sombre boyau, il observait que les murs étaient nus, vierges des peintures qu'il avait admirées dans d'autres tombes plus grandes et plus riches, tombes de pharaons et de membres de la famille royale. Il en déduisit que cette sépulture était celle d'un dignitaire de haut rang, prêtre ou courtisan, homme assez important pour mériter une place dans la Vallée des Rois, mais très inférieur cependant à ses voisins dans l'éternité, ce qui expliquait l'absence de décoration autour de son cadavre.

Ce que Jamie ne savait pas encore, c'est que, dans cette tombe, avait été placée la dépouille du grand-prêtre Nephrekeptah, serviteur du dieu Kheper.

Kheper, Celui-Qui-Renaît, dieu du soleil levant et de la création, de la vie, de la mort et de la résurrection, était représenté sous la forme d'un scarabée à tête d'homme, ou alors d'un homme portant une couronne ornée d'un scarabée. Certains papyrus le montrent dans le bateau de Noun, l'eau primordiale du Chaos d'où provenait toute la création.

Les scarabées déposent leurs œufs dans une boule de bouse, qu'ils cachent ensuite pour permettre à la vie d'éclore en toute tranquillité. C'est pourquoi les Egyptiens s'étaient représenté Kheper sous la forme d'un grand scarabée qui, inlassablement, poussait le soleil d'est en ouest comme une immense boule de bouse, le jour dans le ciel au-dessus des vivants, la nuit dans le monde inférieur qui n'appartenait qu'aux dieux et aux morts. Ils croyaient que ce mouvement, chaque matin, recréait la vie et la répandait sur la terre.

Pendant sa vie sur terre qui avait duré de nombreuses années, Nephrekeptah s'était dévotement consacré au dieu Kheper. Dans la mort, il n'était plus qu'une momie, aussi méticuleusement préservée que tant d'autres, depuis les origines des temps.

Jamie marquait peu de considération pour ces histoires d'un autre âge ; il ne s'intéressait pas vraiment à la haute culture et à la religion complexe des anciens Egyptiens. Néanmoins, tandis qu'il circulait dans le sombre labyrinthe, tandis que ses bottes foulaient une poussière déposée là par des siècles de solitude, il regrettait d'être venu en Egypte, il regrettait plus encore d'avoir consenti à entrer dans cette tombe par effraction, dans le but indigne d'y trouver du butin.

Plus il avançait dans l'entrelacs compliqué des corridors, plus il s'enfonçait dans les entrailles de la terre, plus Jamie se persuadait qu'il était en train de commettre un sacrilège. Sa conscience se bourrelait de remords. Il n'était pas bien de profaner une tombe dans un but aussi misérable. Voilà pourquoi leur guide avait fui ! Il savait, lui.

Un juron tonitruant, poussé par un de ses compagnons, arracha soudain Jamie à ses rêveries moroses.

— Que se passe-t-il ? demanda-t-il d'un ton brusque, en élevant plus haut sa torche, afin de voir mieux ce qui se passait devant lui, dans la pénombre d'un long corridor.

— Il y a un grand trou dans le mur, ici, répondit lord Thomas MacGregor. Je crois que des ouvriers, travaillant dans la tombe voisine, ont débouché ici en creusant leur galerie. Il y a des débris de rocher et de bois répandus en grande quantité sur le sol.

21

— Eh bien, observa Jamie qui se piquait d'avoir un esprit logique, nous savions déjà qu'en dépit du sceau intact sur la porte d'entrée, ce mausolée avait déjà reçu des visites. Sinon, comment expliquer toute la poussière sur le sol ainsi que les nombreuses toiles d'araignées ? Et puis, l'air ici devrait être plus frais s'il est resté confiné depuis plusieurs siècles. Il faut donc nous faire une raison : quelque riche que cette tombe ait pu être, elle a déjà été pillée. C'est pourquoi je vous le dis : nous perdrions notre temps en poursuivant plus avant notre exploration.

— Je ne suis pas d'accord, répliqua froidement lord Andrew Sinclair. Qui vous dit que la tombe dans son entier a été visitée ? Qui vous dit que les ouvriers qui ont débouché ici, par erreur sans aucun doute, aient progressé jusqu'à la chambre funéraire ? Tel n'était sans doute pas leur but. Et puis, n'étaient-ils pas surveillés par un contremaître, des soldats peut-être ? Moi, je dis qu'ils sont remontés très vite à leur travail, et qu'il nous appartient donc de découvrir ce que ces lieux nous réservent.

— Je pense… je pense que ce raisonnement est très juste, énonça lord William Drummond, d'une voix grave et lente. Je dirai aussi qu'il serait vraiment dommage d'être venu jusqu'ici et de rebrousser chemin sans pouvoir emporter aucun souvenir de notre équipée.

En dépit des protestations et des avertissements de Jamie, le reste de la troupe ne voulut point renoncer, si bien qu'après un long moment de discussion, tous les compagnons franchirent le barrage de débris pour continuer leur progression dans le corridor, au bout duquel ils trouvèrent une porte, inviolée elle aussi. Sans hésiter, ils détruisirent le sceau, ouvrirent et s'engagèrent dans un escalier qui conduisait plus profondément encore dans les entrailles de la terre. Au pied de la dernière marche commençait un boyau étroit menant à une porte derrière laquelle se trouvait, à l'évidence, la chambre funéraire.

Ayant enfin atteint leur but, les jeunes gens s'accordèrent une pause devant la dernière porte à franchir et donnèrent libre cours à l'enthousiasme que leur procurait la vue du sceau intact. Même Jamie, en dépit de ses appréhensions, sentait monter en lui une curiosité et une impatience qu'il n'avait pas connues depuis le début de cette expédition.

Avec solennité, un des compagnons brisa le sceau et poussa la lourde porte de la chambre funéraire.

Alors les jeunes gens s'immobilisèrent, les yeux écarquillés et la bouche bée, car ils découvraient là des splendeurs qui dépassaient tout ce que leur imagination avait pu leur représenter.

Sous le plafond constellé d'or et d'argent, entre les murs présentant une multitude de scènes liturgiques peintes avec un art raffiné, avait été amassé une incroyable quantité d'objets précieux. Le mobilier comportait un chariot de cérémonie, de bois doré ; un lit muni d'un hamac en feuilles de palmier tressées, équipé d'une moustiquaire en fine mousseline et de draps en lin ; un trône de bois verni et doré, orné de dessins et de hiéroglyphes, avec deux accoudoirs terminés par une tête de bélier ; un énorme coffre à bijoux, en ivoire incrusté d'ébène, reposant sur des pieds sculptés en forme de pattes de lion ; un autre coffre, à vêtements celui-là, lui aussi équipé de pattes animalières, et couvert de peintures représentant les symboles sacrés des Egyptiens ; une multitude de jarres en terre cuite, et scellées, qui contenaient certainement l'huile d'olive, le vin, le miel, les grains et les fruits secs nécessaires au séjour du mort dans l'au-delà ; des douzaines de rouleaux de papyrus soigneusement rangés sur une table ; une couronne ; plusieurs perruques débordant d'un panier ; un véritable troupeau de scarabées et d'autres amulettes précieuses ; un miroir en argent qui n'avait pas terni le moins du monde au cours des siècles, ce qui prouvait que l'atmosphère de la tombe était restée fraîche et pure.

Dans un coin de la pièce reposait l'objet le plus précieux de tous, un grand sarcophage. Recouvert d'un enduit luisant qui lui donnait l'aspect de l'ébène, embelli de dessins en relief ainsi que d'inscriptions dorées, il reposait, non sur des pieds, mais sur des patins incurvés qui lui donnaient l'aspect d'un bateau, symbole religieux très important aux yeux des anciens Egyptiens.

L'examen aussitôt entrepris révéla que l'immense sarcophage contenait trois cercueils de plus en plus petits et de plus en plus ornés, emboîtés les uns dans les autres. Le premier, cercueil extérieur, avait la forme de la momie pour laquelle il avait été fabriqué. Comme le sarcophage, il était entièrement recouvert d'un enduit brillant, décoré d'inscriptions en relief ainsi que d'un texte hiéroglyphique, le tout en plâtre doré. Puis venait un cercueil plus petit, argenté à la feuille et agrémenté lui aussi de larges bandeaux portant encore des inscriptions en plâtre doré. Enfin il y avait le troisième et ultime cercueil, tout en or incrusté de hiéroglyphes de verre coloré. Ouvert non sans mal, il révéla son intérieur capitonné de feuilles d'argent.

Et là reposait la momie, intacte grâce à de mystérieux préparatifs qui avaient duré sept jours. Les entrailles retirées et placées dans des vases spéciaux, le corps avait été desséché dans un bain de natron puis recouvert d'un mélange d'huile, de baume et de *mum*, cire d'abeilles. Ce corps, qui ne pesait presque plus rien, avait ainsi traversé les siècles sans subir les outrages du temps. Comme tous les personnages de haut rang, le grand-prêtre Nephrekeptah avait été enveloppé de bandelettes de lin imbibées de résine et portant des inscriptions magiques destinées à protéger l'âme du mort, à accélérer aussi son voyage vers le monde inférieur. Ces bandelettes, partiellement retirées, révélèrent que le masque mortuaire, en or, se trouvait toujours en place, et que sur la poitrine du mort reposait un énorme scarabée en émeraude, luisant dans la lueur des torches mais qui, en vérité, semblait produire sa propre lumière.

Jamie songea, pour s'étonner aussitôt de cette idée, que de ce scarabée provenait sans doute la force dont tout le lieu s'imprégnait.

— Par le Sang Dieu ! s'exclama lord George Kilpatrick après avoir émis un long sifflement. Nous avons mis la main sur une rançon de roi ! Comment réussirons-nous à transporter ces trésors chez nous, mes compagnons ? Je n'en sais fichtre rien ! Ned, vous qui êtes un bon ami, voulez-vous sortir d'ici incontinent pour aller chercher les dromadaires dont nous aurons besoin ? Moi, je ne veux plus rien avoir à faire avec ces sales bêtes, depuis que l'une a eu l'insolence de me cracher au visage.

— Très volontiers, répondit lord Edward Lennox, tout sourires à l'évocation de l'incident.

Tandis qu'il s'en retournait vers la sortie, ses compagnons commencèrent à discuter sur la façon dont ils transporteraient leur trésor.

— A l'évidence, nous ne pourrons pas tout garder et c'est bien dommage, déclara Tom, avec une tristesse non feinte. Parce que je vous le déclare tout net, avec l'argent que nous gagnerions à vendre toutes ces choses, nous pourrions solder toutes nos dettes de jeu et nous assurer une vie très confortable jusqu'à la fin de nos jours.

Andy éclata de rire et asséna une tape vigoureuse sur l'épaule de son ami, avant de lui répondre, en désignant le scarabée posé sur la poitrine de la momie :

— Je crois tout de même que tu n'as pas à t'inquiéter. Regarde cette émeraude ! A elle toute seule, elle vaut une véritable fortune. Regarde-la ! Elle a la taille d'un œuf d'oie ! Je pense que tous les autres joyaux sont d'une valeur comparable. Or donc, n'ayant pas de chariots pour transporter tous ces trésors,

25

je vous engage à ne pas essayer de prendre avec nous le mobilier et les gros objets. Choisissons seulement les petites choses et nous en serons fort contents. Et puis, maintenant que nous connaissons cet endroit, rien ne nous empêche d'y revenir plus tard pour nous emparer du reste.

— Rien de plus vrai ! déclara Will en opinant vigoureusement du chef.

Puis, désignant un amas d'étoffes chatoyantes, il demanda :

— Prêtez-moi la main pour transporter tout cela. Nous nous en servirons pour envelopper nos possessions.

— Mais comment transporterons-nous la momie ? s'inquiéta Geordie qui évaluait, du regard, le sarcophage aux trois cercueils. Pensez-vous que nous pourrons la hisser sur un de nos dromadaires ?

— Je crois qu'il serait plus judicieux de la laisser ici, proposa Jamie. Il est déjà audacieux de voler les biens de cet homme, ne commettons pas en plus l'outrage de le sortir de sa tombe.

— Que dis-tu ? s'exclama Tom qui semblait tomber des nues. As-tu perdu la raison, mon compagnon ? Cet homme est mort et enterré, depuis bien longtemps de surcroît ! Alors, il n'a plus besoin de son corps et de ses richesses. C'est moi qui te le dis ! J'ajoute que ces étranges rites funéraires ne peuvent qu'avoir été inspirés par le diable en personne. Nous ne voyons rien autour de nous que puisse approuver un bon chrétien, n'est-ce pas ? Donc, il ne faut pas t'inquiéter, Jamie. Nous ne commettons pas ici de vol, nous ne nous adonnons pas à un cambriolage. Nous prenons possession de trésors qui nous appartiennent de plein droit puisque nous les avons trouvés.

— J'approuve ce raisonnement sans faille, renchérit Andy. Par le Sang Dieu, Jamie ! Tu n'as tout de même pas fait tout ce chemin vers l'Egypte pour renoncer au dernier moment ?

Je pensais que tu venais ici, comme nous, pour refaire fortune, puisque la tienne, comme la nôtre, a été perdue sous la tyrannie de l'infâme Cromwell et de ses Têtes Rondes de malheur. Heureusement — soit dit entre parenthèses — que le roi Charles ait pu enfin remonter sur le trône et remettre en ordre les affaires du royaume.

— Tu n'as peut-être pas tort, tu n'as pas tort, murmura Jamie, qui essayait de se laisser convaincre par cette démonstration.

— Alors, cesse de parler pour ne rien dire et va aider Geordie qui n'arrive pas à sortir tout seul ma momie de ses cercueils. Moi, je dis que je connais certain chirurgien d'Edimbourg qui nous paiera bon prix pour avoir le privilège de disséquer ce cadavre séché.

Jamie obtempéra, quoique avec répugnance. Bien que sa conscience y répugnât, il aida Geordie à préparer une grande pièce de tissu dans laquelle la momie serait enveloppée.

— Enlève ce scarabée, Jamie, veux-tu ? Moi, je m'occupe du masque. Ils pourraient tomber pendant le transport et ainsi se perdraient.

Jamie hésita pendant un temps qui lui parut démesurément long. Son instinct lui adressait un avertissement. Tout son corps se paralysait d'effroi. Le grondement qu'il entendait depuis un moment se rapprochait, comme pour amplifier cet avertissement que les autres ne voulaient décidément pas entendre. Sa peur, réelle, s'en nourrissait. En dépit de la froidure qui régnait dans la tombe, il sentait ses paumes devenir moites. La sueur ruisselait sur son visage. Il ne savait pas avec certitude quelle catastrophe se préparait à la surface de la terre, mais il avait la certitude qu'elle serait la conséquence du forfait auquel il prêtait la main, dans les profondeurs du mausolée.

Les Egyptiens de l'Antiquité croyaient que l'intelligence et les sentiments se formaient, non dans le cerveau, mais dans le cœur. Ils pensaient que la personnalité et l'âme d'un individu résidaient dans son cœur. Voilà pourquoi ils révéraient cet organe avec tant de ferveur. En conséquence, le cœur n'était pas retiré du corps, comme le reste des entrailles, au cours du processus de momification, mais laissé en place et gardé par un scarabée qu'on plaçait sur la poitrine du mort.

Dans le *Livre des Morts*, le cœur du mort est pesé sur le plateau d'une balance, et sur l'autre plateau se trouve la plume de Ma'at, la déesse de l'universelle vérité, de l'ordre et de la pondération. Dans la mort, le cœur témoigne pour ou contre les agissements de celui qui a vécu, et pour s'assurer que ce témoignage serait favorable, on gravait sur le scarabée ce verset du *Livre des Morts* :

O mon cœur, que j'ai reçu de ma mère,
O mon cœur que j'ai porté sur terre,
Ne témoigne pas contre moi !
Ne provoque pas contre moi l'hostilité de mes juges !
Ne fais pas pencher le plateau
En présence de la déesse qui tient la balance !
Ne dis pas de mensonges sur moi
En présence du seigneur qui règne à l'ouest !

Tels étaient les mots que portait le scarabée placé sur la poitrine du grand-prêtre Nephrekeptah et accroché à une chaîne en or passée au cou de la momie.

Lorsqu'il osa enfin soulever le scarabée pour s'en emparer, Jamie prit conscience que la chaîne l'en empêcherait. Hésitant davantage encore, les mains plus tremblantes que jamais, il fit passer la chaîne par-dessous la tête de la momie et essaya de nouveau, sans plus de succès que précédemment. Le scarabée restait solidement attaché aux bandelettes.

Pétrifié d'horreur, Jamie songea que le mort, pour l'empêcher de commettre un terrible forfait, retenait l'amulette sur sa poitrine. C'était la seule explication plausible qu'il fut capable d'élaborer à ce moment.

— Pour l'amour de Dieu, Jamie ! dit Geordie qui s'agaçait. Qu'est-ce que tu fiches là, immobile comme un idiot de village ? Empare-toi de ce scarabée ! Dis, tu ne serais pas devenu poltron, par hasard ?

— Pas du tout ! déclara Jamie, d'une voix trop forte, tandis qu'il s'efforçait de recouvrer un peu de courage. Mais il se trouve que je ne peux pas détacher cette amulette. Elle ne bouge pas. Mais ne t'inquiète pas, Geordie, je vais bien finir par y arriver. Je crois que je commence à comprendre d'où vient le problème… Mais oui ! ce damné bijou est cousu aux bandelettes ! Approche donc la torche, que je puisse couper les fils.

Plongeant la main dans sa botte, Jamie en retira son *sgian dubh*, dont la lame effilée comme un rasoir fit merveille pour trancher les fils qui attachaient le scarabée aux bandelettes de la momie. Cela fait, il remit la dague en place et prit possession du talisman. Mais alors, la momie se souleva brusquement et donna l'impression qu'elle voulait sortir de son cercueil.

Poussant un cri de terreur, Jamie sauta en arrière, tandis que le sol se mettait à trembler sous ses pieds et qu'une fissure commençait à s'élargir. Dans sa main crispée, il tenait toujours le scarabée, que quelques fils retenaient encore. Conscient qu'il était urgent de quitter ce lieu, décidé à en finir une bonne fois pour toutes, il tira avec brutalité, en arrachant les bandelettes. Ce mouvement entraîna la momie, qui tressauta encore, roula sur le côté et heurta Geordie.

— Cette chose est vivante ! hurla celui-ci, d'une voix suraiguë, en même temps qu'il repoussait la momie avec ses deux torches.

Des années plus tard, Jamie se dirait que, dans l'obscurité de

29

la tombe, il avait dû oublier de couper quelques fils qui retenaient le scarabée et la chaîne aux bandelettes de la momie, si bien que lorsqu'il s'était emparé du talisman, il avait attiré la momie si légère. Et pourtant, après toutes ces années, il n'arrivait pas à se convaincre tout à fait que telle était l'explication du phénomène qui avait tant effrayé ses compagnons dans les profondeurs de la tombe profanée.

Pour lors, il lui avait paru que le mort revenait à la vie et s'apprêtait à sauter à la gorge de ceux qui osaient troubler son repos éternel pour le dévaliser. Pour lors, Tom et Will étaient accourus pour se jeter sur la momie et la rouer de furieux coups de poing, la sortir du sarcophage et la piétiner avec sauvagerie sur le sol de pierre.

— Je vous dis qu'elle était vivante, déclara Geordie, d'une voix altérée qui témoignait de la réalité de son émotion.

— Mais non ! répliqua Andy, le seul à avoir conservé son calme. Ce mort est mort depuis des milliers d'années ! Jamie a dû le soulever par les bandelettes. C'est pourquoi vous avez cru qu'il s'agitait tout seul, naïfs que vous êtes ! Et ce mouvement a été amplifié par votre propre agitation, tout cela dans la lumière mouvante des torches. C'est aussi simple que cela. Maintenant, remettez-vous au travail, sinon nous n'en finirons jamais. Et je ne sais pas si vous entendez le bruit qui nous vient du dehors, mais la tempête doit commencer à souffler, là-haut. Dépêchons-nous donc avant qu'il ne soit trop tard.

A ce moment précis, Ned revint de l'extérieur. Trempé jusqu'aux os, à bout de souffle, le visage déformé par l'angoisse, il cria :

— Il faut sortir d'ici, tout de suite ! Je ne sais pas comment les dromadaires ont réussi à se détacher, mais ils ont disparu ! En plus, un orage d'une violence incroyable s'est déclenché. Il pleut si fort que déjà les eaux montent et que la vallée risque

30

d'être bientôt inondée. Cette tombe est un piège dont nous devons sortir sans perdre une seconde.

Comme pour donner plus de poids aux avertissements de Ned, le sol se remit à trembler, tandis que s'amplifiaient, à l'extérieur, les bruits de l'orage. A l'évidence la pluie tombait avec force, et il semblait qu'une vague monstrueuse approchait pour submerger toute la vallée.

Désormais certains qu'ils couraient un grand danger, car la colline sous laquelle ils se trouvaient était composée d'un limon friable qui risquait de les ensevelir s'il se transformait en sable sous l'action de la pluie, les compagnons comprirent aussi pourquoi leur guide s'était enfui. Il avait vu s'amonceler à l'horizon les noirs nuages annonciateurs de la tempête et il avait déguerpi sans même prendre le temps de leur expliquer pourquoi.

Ils n'avaient plus besoin de plus amples avertissements. Saisissant avec avidité les objets précieux à leur portée, ils abandonnèrent la chambre funéraire, s'élancèrent dans les galeries, et coururent vers la sortie.

Jamie était si pressé de quitter ce lieu qui lui paraissait définitivement investi d'une force maléfique, qu'il ne prit même pas conscience qu'il fuyait en emportant le scarabée. Non seulement l'amulette était plus grosse qu'un œuf d'oie, mais elle pesait très lourd et recélait en elle un froid glacial. Mais les mains de Jamie, transies et raidies, captaient aussi dans le scarabée une force incroyable, surnaturelle, qui prenait peu à peu possession de tout son corps.

De ce phénomène, Jamie n'était pas conscient au moment où il courait éperdument vers la sortie. Il ne pensait qu'à émerger à la surface de la terre avant qu'il ne fût trop tard. Il ne songeait qu'à sa survie, qui lui paraissait bien compromise dans les

31

sombres corridors, tandis que l'orage grondait de plus en plus férocement.

Le cœur battant si fort qu'il craignait de le sentir se décrocher, Jamie courait désespérément derrière ses compagnons. Quand il s'agit d'emprunter l'ultime corridor, en pente, qui menait à la porte, il s'aperçut avec horreur que les dalles avaient été rendues glissantes par la pluie qui s'engouffrait dans la tombe et commençait de la noyer. Plusieurs fois il tomba et se releva avec difficulté. Chaque fois il se laissa distancer davantage par ses compagnons qui ne semblaient pas éprouver les mêmes difficultés que lui.

— Attendez-moi ! cria-t-il alors qu'il venait de tomber pour la troisième fois. Attendez-moi !

Mais les compagnons ne l'entendirent pas ou peut-être ne voulurent-ils pas l'entendre. Il faut préciser tout de même que l'orage était devenu assourdissant. C'était maintenant une véritable cascade qui dévalait dans le corridor.

Au moment où il franchissait le tas de débris provoqué par l'effondrement d'une galerie dans une tombe voisine, Jamie vit Ned emporté par le flot en furie et disparaître dans les tourbillons d'eau boueuse. Alors, cédant à l'instinct de survie, il se glissa dans le trou ouvert par les ouvriers imprudents, et ainsi se hissa dans l'autre tombe, qui se trouvait à un niveau supérieur.

Et là, il attendit la fin de l'orage.

Dans sa main, il tenait toujours le scarabée d'émeraude, l'incomparable amulette.

LIVRE PREMIER

Le jeu est lancé

Je vois que vous vous tenez comme des lévriers dans leurs box, anxieux du départ. Le jeu est lancé !

SHAKESPEARE, *Henri V.*

Venez, Watson, venez ! Le jeu est lancé !

ARTHUR CONAN DOYLE, *Le Retour de Sherlock Holmes.*
(*L'Aventure de la grange de l'abbaye*)

1.

Nos origines

Ce que l'homme doit être en son âge mûr, sa jeunesse le montre.
Nous pouvons connaître notre fin par notre commencement.

SIR JOHN DURHAM, *Sur la prudence*.

Bientôt s'évanouit le charme, bientôt vient la nuit. Dites, la
fin ne serait-elle pas la même, que nous jouions le noir ou le
blanc, que nous perdions ou gagnions au jeu ?

THOMAS BABINGTON, LORD MACAULAY,
Sermon dans un cimetière.

Il faut donner au diable son dû.

MIGUEL DE CERVANTÈS, *Don Quichotte de la Manche*.

1754
Près de Londres : l'abbaye de Medmenham

Située entre les écluses de Hambledon et de Hurley, près
de Marlow, l'abbaye de Medmenham se nichait dans un îlot

35

forestier sur la rive occidentale de la Tamise, juste à l'extérieur de Londres, à environ six miles de West Wycombe, le château ancestral de Sir Francis Dashwood, baronet.

Cette modeste abbaye cistercienne, fondée au XIIe siècle, tombée entre des mains séculières pendant la Réforme, était ensuite échue à la famille Duffield, qui l'avait transformée en manoir de style Tudor.

En 1751, Francis Dashwood, fils d'un riche marchand, entré dans l'aristocratie par son mariage, avait loué l'abbaye aux Duffield et s'était aussitôt consacré à sa rénovation, pour en faire le quartier général de l'ordre des Chevaliers de Saint-Francis, fondé par lui cinq ans auparavant. Jusque-là, l'Ordre tenait ses assemblées à l'auberge portant l'enseigne de Saint Georges et du Dragon, sise rue Saint-Michel, dans la paroisse londonienne de Cornhill.

Sir Francis Dashwood, qui avait beaucoup voyagé au cours de sa jeunesse et avait été reçu dans la franc-maçonnerie à Florence, avait consacré beaucoup de temps et d'argent à l'aménagement de l'abbaye. Les architectes et les jardiniers, venus de son domaine tout proche de West Wycombe, avaient édifié une tour carrée, en ruine, ainsi que trois arches romanes censées représenter les restes d'un ancien cloître.

Les jardins, d'où l'on avait une vue magnifique sur la Tamise, avaient été redessinés et réaménagés par Maurice Louis Jolivet. Ils comportaient un nombre important de statues, parmi lesquelles figuraient une Vénus toute nue, posée sur un socle bas et figée dans une position penchée, au détour d'une allée, si bien que les promeneurs non avertis donnaient du nez dans ses fesses. Non loin de là, on pouvait aussi admirer un Priape, dieu romain de la fertilité, tout nu lui aussi et pourvu d'attributs virils plus que généreux.

Les austères vitraux de la chapelle avaient été remplacés par d'autres, représentant des scènes rien moins que religieuses. Giuseppe Borgnis avait repeint les murs à fresque.

Sur le fronton du portail principal, sir Francis Dashwood avait fait graver la devise *Fay ce que vouldras*, celle-là même que Rabelais avait forgée pour le géant Gargantua retiré dans sa célèbre abbaye de Thélème.

A l'une des extrémités de l'ancien réfectoire, se dressait une statue de Harpa-Khruti, le dieu égyptien du silence, connu des Grecs et des Romains sous le nom de Harpocrate, représenté là avec un doigt scellant ses lèvres. En face de lui, à l'autre extrémité de l'immense salle, se trouvait, dans une pose identique, une statue d'Angerona, obscure déesse romaine du solstice d'hiver, de la mort, du silence et du secret. Dans les temps anciens, c'était elle qui avait tenu caché le nom secret de Rome, afin de protéger la cité et ses habitants. Pour les francs-maçons, ces deux déités symbolisaient la discrétion, et elles avaient leur place dans la grand-salle pour rappeler à tous ceux qui y siégeaient que les sujets débattus là ne devaient en aucun cas être évoqués à l'extérieur.

Sir Francis Dashwood était *l'abbé* de Medmenham, le maître d'un *cénacle* composé de douze *apôtres*. Les autres personnes appartenant à l'ordre de Saint-Francis portaient le simple titre de *moines* ou de *nonnes*, et composaient le gros des troupes.

Lord Iain Ramsay, précédemment vicomte Strathmor et depuis peu seigneur de Dundragon, était l'un des moines de Medmenham. Ce soir-là, toutefois, il déplorait sa présence en ces lieux, et maudissait le jour où il s'était laissé embrigader dans cette société tapageuse et mal famée, de si mauvaise réputation qu'on ne la connaissait à Londres que sous le sobriquet de *Club de l'enfer*.

Des cérémonies païennes et indécentes se déroulaient en ces lieux autrefois sacrés. Les moines cisterciens qui avaient fondé l'abbaye devaient se retourner dans leur tombe ! Voilà ce que pensait Iain Ramsay, sombrement, l'esprit embrumé par le vin dont il avait déjà beaucoup abusé. A l'extérieur des hauts murs, la rumeur voulait que le culte de Satan fût célébré désormais dans l'abbaye. Rien de plus faux. Mais les prétendus moines de Medmenham révéraient la déesse Mère et l'honoraient par toutes sortes de libations, de mascarades et de rites licencieux.

Dans les jardins propices à l'érotisme, des coupes de vin et d'autres offrandes étaient consacrées à la *Bona Dea*, la Bonne Déesse. Puis les moines et les nonnes entraient en procession dans un labyrinthe de grottes et ils s'accouplaient dans de petites cellules aménagées à cet effet.

Au milieu des ifs nombreux qui peuplaient les jardins, une construction imposante avait été aménagée, pastiche d'église gothique donnant accès à ces grottes creusées sous la colline de Wycombe et qui s'enfonçaient jusqu'à un demi-mile sous la terre, jusqu'à West Wycombe. Il y coulait une rivière qu'on avait appelée le Styx, bien sûr. C'est dans ces lieux souterrains que se déroulaient les cérémonies les plus secrètes et les plus indécentes instituées par Francis Dashwood, évoquées plus haut.

Au sommet de la colline se dressait une véritable église couronnée par un énorme dôme doré, et fort à propos dédiée au saint patron des prostituées. Parfois, lorsqu'il était complètement ivre, Francis Dashwood montait à l'intérieur du dôme doré, il continuait d'ingurgiter en grande quantité ce qu'il appelait « la divine liqueur ». Puis, d'une voix de fausset, il braillait de licencieuses parodies des psaumes.

Evoquant pour lui-même, une fois de plus, tous ces comportements douteux, Iain Ramsay frémit. Quel fou il avait été de se laisser accaparer par ces gens ! Que certains d'entre eux eussent rang de pairs du royaume ne l'excusait en rien ! Il avait été plus fou encore d'accepter, ce soir, de s'engager dans une partie qui risquait de très mal se terminer.

Ses mains, qui serraient ses cartes contre sa poitrine, tremblaient légèrement. Il sentait la sueur perler à son front. Par stupidité, il s'apprêtait à perdre au jeu tout ce qui avait appartenu à sa famille pendant des générations, ses domaines sis en Ecosse aussi bien qu'en Angleterre.

Iain Ramsay jouait au piquet, et il rendait déjà plusieurs points à son adversaire, lord Bruno, comte Foscarelli, ami de Francis Dashwood depuis le séjour de celui-ci à Florence.

Comment en était-il arrivé à jouer aux cartes avec ce Foscarelli ? Iain Ramsay ne parvenait pas à s'en souvenir. Il se voyait encore à table, dans l'immense réfectoire monastique transformé en luxueuse salle à manger. Puis il s'était retrouvé assis en face du comte italien, prêt à s'embarquer pour ce qui n'allait pas tarder à figurer dans les annales comme une des plus désastreuses parties de piquet.

Iain Ramsay n'aimait pas Foscarelli. Il n'avait pas confiance en lui. Il voyait en tous les Italiens des fourbes qui, à la moindre occasion, versaient le poison dans les verres et distribuaient des coups de poignard dans le dos. En conséquence, il avait la certitude que Foscarelli trichait et n'avait pas cessé de tricher depuis le début de la partie. Il était impossible d'avoir autant de chance aux cartes.

Cela dit, aucun des curieux qui se pressaient autour de la table de jeu ne semblait s'étonner de la manière dont se déroulait la partie. Iain Ramsay, ne pouvant démontrer qu'il y avait tricherie, se gardait bien de porter la moindre accusation contre l'Italien. Et quand bien même il eût acquis des preuves, il se fût retenu de les exposer, car Foscarelli était un duelliste redoutable, tant à l'épée qu'au pistolet. Alors, tant pis pour les pertes considérables qu'il allait devoir reconnaître ce soir, Iain

Ramsay n'avait pas l'intention de terminer sa vie le lendemain matin à l'aube. Foscarelli jouissait, en ce domaine comme en bien d'autres, d'une terrible réputation.

La rumeur l'accusait d'avoir occis plus d'un adversaire sur les champs d'honneur. Elle disait aussi, la rumeur, qu'il avait dû fuir l'Italie à cause des trop nombreux scandales qu'il y avait causés. Quels scandales ? Nul ne le savait. Le mystère régnait. En tout état de cause, si duel il y avait, Foscarelli n'était pas homme à se contenter du premier sang.

En outre, Iain Ramsay avait encore certaine carte secrète dans sa manche, une carte qui lui permettrait de contrer son adversaire comme elle lui avait permis de contrer son propre père. Et cela, personne ne s'en doutait, l'Italien moins que quiconque, sans doute.

Le père de Iain Ramsay, lord Somerled Ramsay, précédent seigneur de Dundragon, n'avait aucune estime pour son fils, qu'il tenait pour sot et prodigue, et il avait passé toute sa vie à élever des obstacles légaux pour l'empêcher de mettre la main sur l'héritage ancestral. Mais Iain avait eu raison de cette opposition obstinée. Il avait préservé ses droits et remporté une ultime victoire sur son père, une victoire secrète.

Couvert de dettes, tant à cause du jeu que d'autres vices, Iain comptait depuis longtemps sur son héritage pour rembourser tout l'argent qu'il devait. Il avait, en effet, formé le projet de vendre quelques domaines familiaux pour se libérer de cette charge obsédante. Il avait donc appris, sans chagrin, et même avec soulagement, la mort de son père, quelques jours plus tôt. Dans le mois qui suivrait, il se faisait fort de vendre assez de terres pour faire face à ses considérables obligations financières.

Sitôt les funérailles célébrées, il avait pris une diligence pour Londres, afin de conférer avec son homme d'affaires. Hélas, à peine arrivé dans la capitale, il avait rencontré Francis Dashwood

40

et quelques-uns des *moines* de Medmenham. Voilà pourquoi il se trouvait, ce soir-là, dans le réfectoire d'une ancienne abbaye. Sans avoir réalisé ses plans, il se préparait à perdre plus d'argent encore, et, en définitive, à se perdre, lui.

Il avait perdu le compte des parties jouées contre Foscarelli. Il savait seulement qu'elles étaient déjà très nombreuses et que chacune comportait six levées. Les deux jeux de cartes utilisés avaient été battus et distribués très souvent depuis le début de la soirée. Après chaque partie, il semblait à Iain que l'écart s'agrandissait considérablement entre ses points et ceux qu'avait encore acquis Foscarelli. Les enjeux montaient aussi d'une partie à l'autre, au point que Iain en était arrivé à gager la totalité de son héritage. Comme beaucoup de joueurs, il avait l'impression d'être la proie d'une fièvre étrange et dévorante. Comme beaucoup de joueurs, il avait cru aussi que la chance finirait par lui sourire de nouveau. Hélas, il n'en avait rien été, du moins jusque-là.

L'Italien trichait. Il ne pouvait en être autrement !

— Un point de quatre, annonça Iain, plein d'espoir.

— Pas assez, répliqua Foscarelli, froidement, ainsi qu'il le faisait depuis le début de la soirée. Un point de cinq. Je compte donc cinq points.

— Quarte ! dit Iain.

— De quelle importance ? demanda le comte italien, dont le sourcil diabolique s'était arqué.

— Valets.

— Insuffisant. Reines. J'ai aussi une tierce. Je compte donc sept points supplémentaires.

— Trio de rois, dit Iain, anxieux, après s'être mordu la lèvre inférieure.

— Insuffisant. J'ai quatorze par les as. Je compte encore

quatorze points. Je commence donc cette nouvelle partie avec vingt-six points.

— Je commence avec un point, soupira Iain, conscient qu'un retard de vingt-cinq points serait difficile à rattraper.

Il en allait ainsi depuis le début de la soirée. L'atmosphère moite de cette chaude soirée d'été s'alourdissait de conversations salaces et de rires gras. La promiscuité et la frivolité régnaient en maîtresses absolues des corps et des âmes. La fumée des candélabres et celle des cigares unissaient leurs pouvoirs délétères pour rendre l'air irrespirable, elles anéantissaient les parfums des dames et ceux des fleurs du jardin, tout aussi musqués, qui pénétraient dans la pièce par les fenêtres ouvertes à chaque souffle de la brise vespérale.

Au-delà des hauts murs de l'abbaye, les branches des ifs se balançaient en bruissant doucement. Les eaux de la Tamise clapotaient. Les oiseaux de nuit lançaient leurs appels mélodieux. Mais à cette beauté, mais à cette sérénité Iain restait imperméable. Il tâchait de se concentrer sur son jeu.

Un coup d'œil rapide à sa montre de gousset lui apprit qu'il était déjà plus de 2 heures du matin. Dans quelques minutes, il n'aurait plus rien à mettre en jeu. Il serait ruiné, complètement ruiné et, en conséquence, déchu de tous ses titres, privilèges et prérogatives. Incapable de rembourser ses anciennes dettes de jeu, il verrait s'ouvrir pour lui les portes de la prison. Pensée déplaisante que celle-là !

— Je pense que c'est ma partie, déclara Foscarelli.

Sa voix mielleuse, insidieuse, arracha Iain à ses rêveries moroses.

— Je n'en disconviens pas, murmura-t-il.

Comment aurait-il pu refuser de reconnaître qu'il venait de perdre, une fois de plus ?

— Encore une partie ?

— Non. Il ne me reste rien. Je suis ruiné.

— C'est dommage, déclara Foscarelli, d'un ton léger. Faut-il donc croire, alors, qu'elles sont vraies, les rumeurs que j'ai entendues à propos de votre famille ?

— Quelles rumeurs ?

— On dit que le dieu égyptien Kheper a jeté une malédiction sur les Ramsay depuis qu'un de vos ancêtres lui a volé son cœur.

— Il s'agit d'une légende, d'une superstition, répondit posément Iain.

A ce moment, toutefois, il se sentait porté à croire qu'il était maudit, ainsi que le comte italien l'affirmait.

— Vraiment ? reprit celui-ci. Dois-je comprendre que l'histoire entendue à propos de votre aïeul, qui aurait dérobé un scarabée d'émeraude dans la tombe d'un grand-prêtre consacré au dieu Kheper, n'a aucun fondement ?

— S'il ne s'agissait pas d'une fable, croyez-vous que je serais maintenant dans une situation aussi désespérée ? répliqua Iain, de manière plus brutale qu'il n'en avait eu l'intention.

Honteux d'en avoir trop révélé sur l'état désastreux de ses affaires, et, partant, sur la sottise qu'il avait montrée en se laissant enrôler dans la société dépravée que Francis Dashwood avait organisée, sur la sottise plus grande encore qu'il avait révélée ce soir en acceptant de jouer au piquet avec un adversaire aussi redoutable, Iain s'empourpra et reprit :

— Si cette émeraude existait, je serais heureux de la vendre pour racheter les domaines que j'ai perdus. Mais il se trouve que je ne l'ai jamais vue et que je n'en sais guère plus sur elle que ce que vous venez de dire. C'est bien pourquoi je pense que cette histoire est une fable et rien de plus.

— Je vois, marmonna l'Italien. Il faut donc croire que si

43

vous avez perdu au jeu ce soir, c'est simplement par manque de chance et non à cause d'une malédiction.

— Explication un peu courte ! jeta Iain, les mots allant plus vite que sa pensée.

— Que voulez-vous dire par là ? demanda Foscarelli, dont les yeux noirs s'étaient dangereusement rétrécis.

— Rien, balbutia Iain. En fait, je ne voulais rien dire de particulier.

— Je n'en crois rien. Il m'a même semblé que vous m'accusiez de tricher aux cartes, Dundragon.

Le comte se leva, comme mû par un ressort, et il repoussa brutalement sa chaise. Le visage déformé par la rage, il s'emporta tout à fait.

— Par Dieu, voilà une insulte que je n'accepte de personne ! Alors, les choses sont simples. Ou vous retirez vos propos et vous me présentez des excuses, milord, ou mon témoin rencontrera le vôtre pour mettre au point les modalités d'un duel. A vous de choisir.

— Je n'ai pas à vous présenter d'excuses parce que je ne vous ai pas insulté, comte Foscarelli, répondit sombrement Iain, après un long moment de réflexion, dans le silence mortel qui avait envahi la salle.

Il se leva à son tour pour se mettre à la hauteur de son adversaire, et ajouta :

— Vous avez formé un peu vite votre jugement et je dois vous dire qu'il est faux. Cela dit, si vous ne voulez pas reconnaître votre erreur et que vous avez absolument besoin de satisfaction, vous saurez que je loge à l'enseigne de Saint Georges et du Dragon, rue Saint-Michel.

Sur ce, il tourna les talons et sortit de la salle en repoussant les importuns, sans ménagement. Parvenu à l'entrée de l'abbaye, il demanda son cheval, qu'il enfourcha pour galoper

44

vers Londres, en maudissant sa langue trop bien pendue. De quelle folie fallait-il qu'il fût pris pour insinuer à mots à peine couverts, que le comte Foscarelli était un fieffé tricheur ? Il savait pourtant que cet homme était dangereux ! Et pourquoi n'avait-il pas pu ravaler son orgueil et présenter les excuses que l'autre lui demandait ? Quelle importance, puisque de toute façon il était ruiné ? En effet, à quoi lui serviraient désormais sa dignité, son honneur ?

Le vin ingurgité en trop grande quantité avait dû affaiblir ses capacités de jugement. Qu'importe, le mal était fait. Maintenant, s'il voulait sauver sa vie, il n'avait plus qu'à fuir l'Ecosse et l'Angleterre pour se réfugier sur le continent. Affronter Foscarelli, dans un duel, au petit matin, il n'en était pas question ! C'était la mort assurée pour lui, et cette perspective souriait à Iain encore moins que la prison pour dettes.

Il possédait encore quelques effets personnels qu'il pouvait mettre en gage et qui lui procureraient assez d'argent pour acheter une place sur un bateau franchissant la Manche. Plus il y pensait, plus Iain se disait qu'il pouvait réussir ce qu'il fallait bien appeler une évasion, à condition d'agir avec promptitude. Il regrettait de n'avoir pas eu la présence d'esprit de donner une fausse adresse à Foscarelli, subterfuge grâce auquel il aurait eu un peu plus de temps pour préparer sa fuite. Mais le mal était fait. Inutile d'ergoter. En outre, plusieurs *moines* de Medmenham logeaient à leur ancien quartier général quand ils se rendaient à Londres. Il était donc très possible que Foscarelli eût déjà connaissance de ce fait, et dans le cas contraire, il pouvait l'apprendre très vite.

Donc, Iain réfléchissait intensément, tandis qu'il galopait vers Londres. L'air frais de la nuit l'aidait à recouvrer ses esprits. Il parvenait, mieux que dans l'atmosphère lourde du réfectoire, à formuler et à ordonner ses pensées. Il organisait son avenir.

Il avait de la famille sur le continent, les Ramezay, branche antique et normande de sa lignée. Il pourrait se confier à eux et sûrement ils ne refuseraient pas de lui venir en aide. Mais il arriverait les mains vides, de surcroît poursuivi par un scandale. Cela ne créerait-il pas un obstacle ? Iain y réfléchit, pour se dire qu'il ne voyait pas d'autre solution. Et puis, s'il était désormais une brebis galeuse, il restait un Ramsay. Il ne pouvait donc pas penser que les Ramezay de France lui tourneraient le dos.

Au-dessus de lui, la lune argentée, presque pleine, dispensait une vive lumière qui, en éclairant son chemin, lui permettait de galoper comme en plein jour. Il eut donc bientôt atteint Londres.

Dans la ville, déserte à cette heure tardive, il ne rencontra que quelques voitures privées ou de louage, mais aussi les habituels rôdeurs à pied, prêts à égorger un honnête passant pour quelques shillings. Iain resta donc sur ses gardes tant qu'il circula dans le labyrinthe compliqué des rues de la capitale.

Les sabots de son cheval sonnant plus ou moins clairement selon qu'il passait sur de la terre battue ou sur des pavés, il traversa les quartiers de Cheapside puis de Poultry, arriva sans encombre au carrefour où convergeaient les rues Threadneedle, Cornhill et des Lombards. Il prit Cornhill Street, passa devant la Bourse royale, et de là fila vers la rue Saint-Michel qui longeait l'église et le cimetière dédiés à l'archange. Ensuite il s'engagea dans la ruelle doublant la rue et s'arrêta à la porte qui donnait accès à la cour arrière de l'auberge de Saint Georges et du Dragon, établissement fondé au XIIe siècle mais reconstruit, comme tant d'autres édifices londoniens, après le Grand incendie de 1666.

Après avoir confié les rênes au palefrenier qui dormait debout, Iain entra dans l'auberge et monta en toute hâte vers l'étage où se trouvait son logement. Westerfield, son valet, ouvrit la porte de l'intérieur pour lui éviter de s'escrimer avec la clé, dans l'obscurité du corridor.

— Vous rentrez bien tard, milord, observa tranquillement Westerfield en prenant le chapeau, le manteau et les gants de son maître.

Il le suivit, dans le petit appartement, jusqu'à la chambre à coucher et demanda :

— Avez-vous passé une bonne soirée, milord ?

— Non, Westerfield. Je peux même dire que je viens de passer la plus terrible soirée de toute mon existence. Et nous n'avons pas un moment à perdre. Il faut que nous fassions nos bagages sur-le-champ, et ensuite nous quitterons cette auberge le plus vite que nous pourrons.

— Pourquoi tant de hâte, milord ? Que se passe-t-il ? demanda le valet qui n'avait jamais vu son maître aussi agité.

Celui-ci avait déjà ouvert les portes de la garde-robe et sorti les tiroirs de la commode. Il cueillait hâtivement les vêtements qu'il jetait en vrac sur le lit, sans craindre de les mêler aux bottes et aux souliers.

— S'il s'agit du terme, reprit Westerfield, il ne faut pas vous inquiéter, milord. J'ai parlé avec le tenancier et il est d'accord pour attendre son dû jusqu'à la fin de la semaine.

— Le terme est le cadet de mes soucis, répliqua Iain. J'ai tout perdu, Westerfield, tout, dans une désastreuse partie de piquet avec un certain comte Foscarelli. Peut-être as-tu déjà entendu parler de lui ? Il a plutôt mauvaise réputation et, en vérité, je crois que c'est un homme qui a le vice chevillé au corps. Je ne doute pas qu'il ait constamment triché au cours du jeu de ce soir, et comme j'étais ivre, j'ai laissé échapper une vague remarque à ce sujet, ce qui l'a mis en rage. Ensuite j'ai refusé de lui présenter des excuses, en lui affirmant qu'il avait mal interprété mes propos, et il m'a aussitôt provoqué en duel.

47

Moi, sottement, je lui ai révélé le lieu où j'habite, ce qui donne toute latitude à son témoin pour venir me trouver et me dicter les exigences de ce monsieur. Or il se trouve que je ne veux pas me battre contre Foscarelli. Je n'ai pas son adresse à l'épée et au pistolet, et je suis certain qu'il ne se contenterait pas de m'égratigner. Il veut me tuer !

Iain tira sa malle rangée dans un coin de la pièce, il l'amena devant le lit et souleva le couvercle.

— Eh bien, pourquoi restes-tu planté là, Westerfield ? interrogea-t-il durement. N'as-tu rien compris de ce que je viens de te dire ? Il faut te bouger, mon garçon ! Le témoin de Foscarelli se dirige peut-être par ici en ce moment même ! Nous devons fuir vers le continent, car il n'y a que là-bas que nous serons en sécurité. Aide-moi… ou plutôt, non. Je m'occuperai des bagages.

Tirant sa montre en or de son gousset, puis ôtant sa chevalière armoriée, Iain les tendit à son valet en donna ses ordres :

— Toi, tu vas te rendre chez ce juif prêteur sur gages qui tient boutique dans Birchin Lane. N'hésite pas à le tirer du lit et vois ce que tu peux obtenir en échange de ces objets. Et puis, tiens, prends aussi ceci.

Iain ouvrit alors sa chemise pour s'emparer d'une croix en argent gravée, suspendue à son cou par une chaîne de bonne facture, elle aussi en argent.

Choqué et horrifié, Westerfield ouvrit plusieurs fois la bouche avant de pouvoir parler.

— Non, milord, pas cette croix ! Je me rappelle très bien ce que votre père vous avait dit lorsqu'il vous l'avait donnée la première fois, avant de vous la reprendre. Il avait dit que vous ne deviez jamais vous en séparer, même pas pour vous sauver d'une mort certaine.

— Eh bien ! répliqua cyniquement Iain, mon père est mort.

48

Il ne saura donc jamais que j'ai mis cette croix en gage, n'est-ce pas ? Je crois qu'elle vaut bien une guinée, et figure-toi que j'ai besoin de fonds pour financer notre voyage. En outre, je te rappelle que mon frère Neill aura les moyens de payer ce qu'il faudra pour la récupérer, au cas où je ne serais pas capable de le faire moi-même.

D'un geste décidé, Iain plaça la croix dans la main de son valet et ajouta :

— Pendant que tu y seras, demande qu'on amène mes chevaux et ma voiture devant l'auberge. Et dépêche-toi, Westerfield ! Chaque seconde de retard peut mettre ma vie en danger !

— Certainement, milord.

Le valet tourna les talons et sortit de la chambre. Ayant entendu s'ouvrir puis se refermer la porte du logement, Iain se remit frénétiquement à la préparation de ses bagages, non sans jeter de fréquents coups d'œil à la pendule posée sur la cheminée, qui lui semblait égrener les minutes à une vitesse plus rapide que d'habitude. De plus en plus, il craignait de ne pouvoir s'enfuir à temps.

Il s'aperçut très vite que sa malle était pleine, qu'elle débordait même alors qu'il n'y avait pas encore rangé tout ce qu'il avait apporté à Londres. Un instant de réflexion lui suffit pour comprendre qu'il devait plier ses affaires et non les jeter pêle-mêle. C'était une tâche dont Westerfield s'acquittait très bien, mais qu'il n'avait jamais pratiquée lui-même. Etouffant un juron, il entreprit donc de ranger mieux les effets à sa portée, afin d'obtenir plus de place pour le reste. Finalement, il réussit à résoudre la question, ou à peu près. Il n'avait plus qu'à rabattre le couvercle de la malle et à s'asseoir dessus pour le fermer. Il boucla les sangles avec le sentiment d'avoir remporté une petite victoire sur le destin. Ensuite, il s'employa à rassembler les

49

effets de son valet, heureusement beaucoup moins volumineux que les siens.

Cette tâche accomplie, il eût volontiers bu un verre ou deux pour calmer ses nerfs mis à rude épreuve, mais sagement, il se refusa ce plaisir en sachant que l'abus des boissons spiritueuses était partiellement, si ce n'est complètement, responsable de sa pitoyable mésaventure. Il devait désormais garder l'esprit clair s'il voulait avoir quelque chance de réussir sa fuite.

C'est pourquoi, après en avoir terminé avec ses préparatifs de départ et n'ayant plus rien d'autre à faire, il se mit à marcher de long en large dans le logement. A intervalles réguliers, il plongeait la main dans la poche de son gilet pour y prendre sa montre, qu'il s'étonnait de ne pas trouver pendant une fraction de seconde, avant de se rappeler qu'il l'avait donnée à Westerfield et qu'il ne la reverrait sans doute jamais.

A un certain moment, il lui parut qu'il devait écrire à son jeune frère Neill, vicomte Strathmor et héritier du titre. S'asseyant donc à la table de sa chambre, il prit plume, encrier et papier. Mais à peine avait-il jeté quelques mots sur la première feuille qu'il entendit, pour son plus vif soulagement, les pas de son valet dans le corridor, puis dans la petite antichambre. L'aube commençait alors à blanchir l'horizon. L'heure n'était plus aux écritures. Laissant inachevée sa phrase en cours d'élaboration, Iain signa hâtivement et jeta tout son sable pour sécher l'encre. Pliant ensuite la feuille de papier, il la scella à la cire chaude et inscrivit son nom dans un coin afin que la lettre pût être acceptée par la poste.

La lettre dans sa poche, Iain sortit de la chambre pour conférer avec son valet qui devait l'attendre dans le vestibule, mais il sursauta rudement en découvrant, non pas Westerfield, mais un homme qui lui était totalement étranger, un Italien à coup sûr, que dénonçait sa peau mate et presque noire. Celui-ci accueillit Iain en découvrant ses dents éclatantes de blancheur, en un sourire qui pour être large n'en était pas moins inquiétant.

— *Signore* de Dundragon, je présume ? dit cet homme, d'une voix étrangement douce. Pardonnez mon intrusion et permettez que je me présente. Je m'appelle Cesare Spinozzi et je suis le témoin du comte Foscarelli. Le comte m'a informé de l'atteinte que vous avez portée à son honneur hier soir, ainsi que la réparation qu'il entendait obtenir de vous. Il va sans dire qu'un tel affront ne saurait rester sans suite. Le comte exige donc que vous le rencontriez ce matin à l'aube, dans certain parc où il pense que vous pourrez régler votre différend sans être inquiétés. Au cas où vous n'auriez pas de témoin, j'ai reçu pour instructions de vous dire que sir Francis Dashwood se propose de vous assister. Bien sûr, des dispositions ont été prises pour qu'un chirurgien assiste à la rencontre et puisse prodiguer ses soins en cas de nécessité. Maintenant, puis-je vous faire remarquer que l'aube est toute proche, que donc le temps presse ? C'est pourquoi je vous propose de vous emmener au lieu de la rencontre, *signore*. Ma voiture nous attend en bas. Si vous voulez bien m'accompagner…

— Je… je vous remercie, sir, réussit à dire Iain malgré la boule d'angoisse qui s'était formée dans sa gorge. Mais il se trouve que j'attends le retour de Westerfield, mon valet chargé d'une commission très importante. Je crains de ne pouvoir rencontrer le comte Foscarelli avant d'avoir entendu le rapport de mon valet et…

— Ah oui, votre valet… J'ai eu la chance de le croiser en venant ici. Il me charge de vous informer qu'il est momentanément et malheureusement retenu prisonnier.

Entendant ces mots, Iain sentit un frisson très désagréable descendre le long de sa colonne vertébrale. Westerfield détenu,

51

assassiné peut-être ! Foscarelli et son acolyte Spinozzi étaient donc prêts à tout, ils n'abandonnaient rien au hasard.

S'il en avait eu la possibilité, Iain eût volontiers bousculé ce visiteur importun pour sortir vite et refermer la porte à clé derrière lui. Ensuite, il eût tenté de quitter l'auberge par une fenêtre. Malheureusement, Spinozzi se trouvait trop loin pour qu'une telle manœuvre pût réussir, il devait redouter une telle éventualité et se tenir sur ses gardes. En outre, Iain commençait à suspecter que s'il réussissait à s'engager dans le dédale des rues environnantes, ce serait pour découvrir très vite que Spinozzi n'était pas venu seul et qu'il avait disposé des sbires en embuscade tout autour de l'auberge.

— Je vois, répondit-il donc d'une voix sourde. Vous me permettrez, je suppose, d'aller chercher mon manteau ?

— Puisque votre valet est malencontreusement indisponible, je serai heureux de le remplacer, *signore*.

Ignorant la mine désapprobatrice de Iain, Spinozzi le suivit dans la chambre. Et là, avisant la malle et le modeste bagage de Westerfield, il demanda :

— Avez-vous l'intention de quitter Londres, *signore* ?

— Oui, répondit Iain qui n'avait plus aucune raison de mentir et qui, en outre, ne voyait pas comment il eût pu expliquer ses préparatifs de voyage. Je dois partir pour régler certaines affaires pressantes, et je quitterai Londres aussitôt après ma rencontre avec le comte Foscarelli.

— Raison de plus pour régler cette affaire au plus vite, *signore*. Plus vite votre querelle sera vidée, plus vite vous pourrez vous mettre en route. Ne croyez-vous pas ?

— Certainement, murmura Iain, qui se demandait s'il n'entreprenait pas son ultime voyage sur cette terre, et tout simplement son voyage vers l'enfer.

Spinozzi joua à la perfection son rôle de valet. Il l'aida à

52

passer son manteau. Puis les deux hommes quittèrent le logement et descendirent l'escalier. Au pied des marches, l'attention de l'Italien ayant été attirée par un chahut soudain qui provenait de la taverne, Iain réussit à tirer sa lettre de sa poche et à la glisser dans la pile du courrier à envoyer, qui se trouvait sur une petite table.

Hors de l'auberge, Iain suivit son guide jusqu'à une rue adjacente, et il put constater que sa précédente conjecture se révélait juste. Plusieurs Italiens à la mine patibulaire rôdaient dans les environs. Il aperçut bientôt quatre chevaux noirs attelés à une voiture toute noire elle aussi, sans armoiries. Dans la brume légère qui montait de la Tamise pour envahir les rues de la ville, il parut à Iain que cette voiture ressemblait à un corbillard. Il en éprouva un sentiment de profond malaise.

Plusieurs sicaires surgirent de la brume et s'approchèrent. L'un ouvrit la portière et abaissa le marchepied, tandis que le cocher et les laquais prenaient leur poste. Un ordre aux chevaux, accompagné d'un claquement de fouet, donna le signal du départ. Le lourd véhicule s'ébranla dans un soubresaut. Ses hautes roues grincèrent bruyamment sur les pavés des rues, dans la ville encore endormie en cette fin de nuit.

Après Saint-Michael Alley et Castle Court, la voiture traversa Saint-George Yard en direction de Lombard Street, puis elle fila vers Grace Church Street et Fish Street Hill. De là, elle suivit un itinéraire compliqué dans les petites rues le long de la Tamise, pour finalement parvenir à Charing Cross.

Pendant tout le temps que dura leur trajet, Iain et Spinozzi n'échangèrent pas une parole. Si le premier, rencogné, ruminait de sombres pensées, le second, penché en avant, observait les rues par la portière, avec un intérêt marqué, bien que la brume, de plus en plus épaisse, lui rendît le spectacle malaisé et presque invisible parfois.

De Cockspur Street, l'équipage déboucha sur la large avenue nommé Pall Mall. A ce moment, Iain, qui avait les nerfs déjà tendus, connut un moment de désarroi à l'idée qu'il arrivait à sa destination finale, Green Park, le Parc de verdure. Il pensa qu'il approchait du lieu où il serait mis à mort et se demanda si Westerfield, lui aussi, avait connu ce soir un destin fatal. Il sentait dans sa gorge une boule si grosse qu'il avait peine à respirer, tandis qu'il passait devant les innombrables clubs pour gentlemen, qui s'alignaient le long de Saint-James Street, rue Saint-Jacques.

Il avait beaucoup fréquenté ces clubs lors de ses nombreux séjours à Londres. Il n'aurait certainement plus l'occasion d'y retourner, et cette perspective le déprima davantage encore.

Le véhicule, qui roulait maintenant dans Piccadilly Road, arriva bientôt dans Green Park, vaste étendue champêtre et boisée qui s'étendait devant le palais de Buckingham, la résidence londonienne du duc de Buckingham.

La voiture arrêtée, les sbires de Foscarelli apparurent pour ouvrir la portière et abaisser le marchepied. Iain et Spinozzi sortirent. Ils pénétrèrent dans le parc, qui avait grossièrement la forme d'un triangle et offrait aux promeneurs soixante acres de pelouses ponctuées de bosquets, sans aucun parterre de fleurs. Pour cette raison, les duellistes le choisissaient de préférence à tout autre site. Ils étaient nombreux, les infortunés qui avaient perdu la vie en ces lieux, aux petites heures du jour.

Non loin du réservoir et de la fontaine, attendaient le comte Foscarelli, sir Francis Dashwood et plusieurs *moines* de Medmenham. Le comte italien — Iain s'agaça de le constater — avait déjà retiré son manteau et sa jaquette, comme s'il était pressé de passer aux actes. Il se pavanait, en chemise blanche, marchait de long en large, parlait haut et riait fort.

— Lord Dundragon, je vous souhaite le bonjour, lança-t-il du plus loin, avec une feinte jovialité.

Il semblait aussi frais et dispos que s'il n'avait pas consacré toute la nuit à la boisson et aux jeux de cartes.

Alors qu'il retirait lentement son manteau, Iain s'avisa, non sans morosité, du contraste éclatant qu'il devait présenter, avec sa jaquette boutonnée jusqu'au menton, son visage pas rasé, ses yeux gonflés et injectés de sang. Bien plus, en cours de route, il s'était senti pris d'une migraine, insidieuse d'abord et maintenant insupportable. Les battements de son cœur résonnaient dans sa tête. Il se sentait mal, incapable de se battre, vaincu d'avance.

Au mépris des usages qui voulaient que les échanges entre deux duellistes se fissent par le truchement exclusif des témoins, il déclara d'une voix blanche :

— Je ne comprends vraiment pas pourquoi vous tenez tant à cette rencontre, comte Foscarelli. Comme j'ai déjà eu l'honneur de vous le déclarer cette nuit, je n'ai rien dit qui pût vous sembler attenter à votre honneur. Toutefois, si mes paroles ont pu causer votre ressentiment, je vous présente mes vifs regrets.

— Vraiment ? dit le comte italien dont les sourcils s'étaient haussés. Vos regrets ! Mais ce n'est pas à moi de vous apprendre qu'il est trop tard pour présenter des excuses, lord Dundragon. Non seulement cela irait à l'encontre de toutes les règles, mais il faut dire aussi que de très nombreuses personnes se trouvaient hier soir à l'abbaye de Medmenham et que beaucoup parmi elles vous ont entendu, je le crains, proférer ces odieuses accusations de tricherie. Or vous n'ignorez pas que les rumeurs se propagent vite dans une ville comme Londres. En conséquence de quoi, j'estime que ma réputation a déjà suffisamment souffert. A cause de vous, je passerai désormais pour un tricheur. De cette atteinte à mon honneur je dois obtenir réparation et je l'obtiendrai. Etant la personne provoquée en duel, vous avez le choix des armes. Epée ou pistolet ?

Iain se tourna vers Francis Dashwood pour l'implorer.

— Francis, j'ai appris de M. Spinozzi que vous acceptiez de me servir de témoin. En tant que tel, ne pourriez-vous pas faire entendre mes raisons au comte ?

— Croyez-moi, mon ami, j'ai déjà essayé, répondit Dashwood, d'un ton bonhomme. Mais il faut que je vous dise aussi que j'ai moi-même entendu ces accusations de tricherie que vous avez proférées, hier soir, contre Bruno. C'est un motif sérieux, Iain ! Eussiez-vous aussitôt après présenté des excuses que j'aurais pu, peut-être, arrêter le cours des événements. Mais je crains qu'il ne soit trop tard désormais, ainsi que Bruno a eu l'honneur de vous le dire à l'instant. Nous connaissons tous les règles et vous les connaissez aussi bien que quiconque. Les excuses ne peuvent être acceptées sur le champ d'honneur tant que le premier sang n'a pas été versé. Franchement, je m'étonne que vous puissiez penser le contraire. Allons, allons ! Je crois qu'il convient désormais de ne plus tergiverser davantage, si nous voulons pouvoir conclure cette affaire avant d'être découverts par le guet. J'ai examiné les épées et les pistolets, et c'est les pistolets que je vous recommande de choisir. Ils sont en effet d'excellente facture et vous conviendront admirablement, puisque je vous crois plus familier avec le sabre qu'avec ces fleurets, un peu légers.

Iain était rien moins que convaincu par toute cette démonstration, mais il comprenait fort bien qu'il avait épuisé toutes ses chances d'échapper au duel. Avec répugnance, il prit un des pistolets dans le coffret de bois que lui présentait le chirurgien. Celui-ci, après avoir donné la deuxième arme à Foscarelli, rappela les règles de l'affrontement.

Ensuite, Iain et l'Italien se placèrent dos à dos, ainsi que le voulait le rituel. Après un temps d'attente qui parut interminable, le chirurgien engagea les adversaires à avancer de douze pas chacun.

A chaque pas, Iain ressentait plus douloureusement et plus fortement les battements de son cœur, au point qu'il se demanda si l'assistance ne les entendait pas aussi bien que lui. Dans un état proche de l'hallucination, il lui parut même que toute la ville de Londres percevait ce bruit puissant qui sourdait de sa poitrine et l'assourdissait. Les jambes flageolantes, il crut même qu'il allait s'évanouir, mourir peut-être.

Il fit le dernier pas et se retourna. Il vacilla et réussit à rétablir son équilibre, au moyen d'un considérable effort de son corps et de son esprit.

Il leva son pistolet. Sa main tremblait.

Il tira.

Comme il s'y attendait, il manqua sa cible. Sa balle alla se ficher dans le tronc d'un chêne, très loin de Foscarelli. Il entendit, venant des spectateurs, quelques rires méprisants qu'on ne se donnait même pas la peine d'étouffer. Brièvement, il rougit de honte.

Il émit une brève prière pour que l'Italien se montrât aussi piètre tireur que lui, mais, croisant le regard de celui-ci, tellement mauvais, il eut l'impression de se trouver en face du diable lui-même. Il comprit qu'il n'avait aucune chance d'en réchapper. En vérité, il était déjà un homme mort.

Cette pensée ne l'avait pas plus tôt frappé qu'il entendit une détonation.

La balle l'atteignit en pleine poitrine. La violence du choc lui coupa la respiration.

Alors qu'il luttait pour aspirer de l'air, il s'étonna vaguement de se trouver encore debout. Pendant un court instant, il put même se réjouir en pensant qu'il sortait de la confrontation sans trop de dommage, qu'il ne souffrirait que d'une blessure superficielle. Mais alors qu'il s'avançait, à pas lents, il sentit que sa main qui tenait le pistolet s'affaiblissait. Puis l'arme tomba à ses pieds, avec un bruit sourd. Ensuite ses genoux cédèrent.

D'un seul coup, il s'écroula dans l'herbe humide de rosée. Il en perçut le froid qui se transmettait, très vite, à tout son corps. Transi, il entendit des cris qui semblaient venir de très loin. Il vit courir vers lui des hommes qui ne se rapprochaient pas. Il s'étonna de ce mystère.

On le souleva sans ménagement. On retira sa jaquette dont les boutons arrachés s'envolaient dans tous les sens. L'esprit embrumé, il songea que Westerfield serait très mécontent d'avoir à réparer ces dégâts.

— Je crains qu'il n'y ait rien que je puisse faire, déclara le chirurgien. La blessure de lord Dundragon est mortelle.

Non ! Non ! eut envie de crier Iain. Il voulait protester. Mais quand il ouvrit la bouche pour parler, il sentit le goût du sang sur sa langue. Il toussa pour évacuer le liquide épais qui gargouillait au fond de sa gorge.

C'est à ce moment qu'une silhouette s'interposa entre lui et le soleil levant. Effrayant comme une apparition du diable, le comte Foscarelli s'agenouilla lentement. Il approcha son visage basané de celui de Iain, si près qu'il put échanger avec lui quelques mots qui échappèrent aux hommes debout autour d'eux.

— Dites-moi où se trouve le Cœur de Kheper, murmura l'Italien, d'une voix insinuante, dont les sifflements n'étaient pas sans rappeler ceux d'un serpent. Dites-moi ce que vous avez fait de ce scarabée qu'un de vos ancêtres déroba dans la tombe du grand-prêtre égyptien.

A bout de souffle, Iain réussit à prononcer une brève réponse.

— Je… ne… sais… pas… Je… ne… l'ai… jamais… vu… Je… crois… qu'il… n'existe… pas…

— Menteur ! lui jeta Foscarelli, sans se départir du plus grand calme. Je sais, moi, que ce talisman existe. Maintenant que tous vos biens m'appartiennent, je le chercherai partout, je fouillerai vos demeures de fond en comble, et je finirai par trouver le scarabée.

— Fouillez donc, répondit Iain, à qui cette déclaration avait redonné quelque vigueur. Détruisez mes maisons, ne laissez aucune pierre debout, si le cœur vous en dit. C'est comme il vous plaira. J'ai gagné et vous avez perdu. Mais vous ne le savez pas encore. Vous ne comprendrez jamais les mystères dont ma famille est dépositaire. En fin de compte, vos héritiers n'assoiront pas leur pouvoir sur Dundragon, car ce château est le siège du clan Ramsay et le restera toujours, quoi que vous entrepreniez.

Sur cette fière déclaration, Iain sentit ses paupières se fermer irrésistiblement. Incapable de les rouvrir, il savoura l'obscurité. A son immense soulagement, il sentit s'atténuer puis s'éteindre tout à fait son mal de tête, ainsi que la douleur qui le tourmentait au niveau de la poitrine.

2.

Effets du hasard

Accablé par tant de désastres, malmené par le destin, je mettrais volontiers ma vie en jeu, pour l'améliorer ou la perdre.

SHAKESPEARE, *Macbeth.*

Le hasard n'existe pas. L'événement qui nous semble arriver par accident vient du plus profond de la destinée.

SCHILLER, *La Mort de Wallenstein.*

1835
A Londres : Oxford Street

Septimus Quimby avait passé toute sa vie à Londres. Né quinze ans avant le tournant du siècle, il avait eu des parents jouissant de moyens d'existence confortables, pour ne pas dire exceptionnels. Son père exerçait le métier de cartographe et d'éditeur de cartes. Sa mère revendiquait le statut d'artiste. Dès avant la naissance de leur fils unique, M. et Mme Quimby avaient eu l'idée astucieuse d'élaborer un plan de Londres très détaillé et somptueusement orné, qui avait connu un succès considérable et avait établi la fortune de Quimby & Compagnie, Cartographes et Editeurs de cartes, établissement sis Oxford Street, au numéro 7 B.

Auprès de ses industrieux parents, le jeune M. Quimby avait appris sa profession dès son plus jeune âge, puis il avait suivi leurs traces, et lorsqu'ils étaient morts, il avait repris à son compte leur négoce dont la prospérité ne se démentait pas. Ses parents eussent été certainement très fiers de lui, car il s'entendait si bien aux affaires qu'il avait augmenté sa boutique de l'espace qui se trouvait à l'étage au-dessus, c'est-à-dire de l'appartement que lui-même quittait alors pour aller s'établir Baker Street, non loin de Regent's Park, dans le quartier chic de Marylebone.

Ses nouveaux quartiers privés ne se trouvant pas très loin de la boutique d'Oxford Street, M. Quimby avait pris, au cours des années, l'habitude de retourner chez lui chaque jour en milieu de journée, pour y prendre un excellent repas et s'accorder une petite sieste. Il avait la conviction que deux temps de marche rapide, séparés par une courte période de repos, produisaient les meilleurs effets sur sa constitution.

Il avait à son service deux employés compétents à qui il pouvait en toute confiance abandonner son négoce pendant quelques heures, ainsi que deux apprentis dont le plus âgé travaillait bien, alors que le plus jeune, hélas, révélait de plus en plus crûment ses défauts, dont les moindres n'étaient pas la paresse et la fourberie. M. Quimby, qui se croyait bon juge des talents — et comment ne l'eût-il pas été ? — doutait de plus en plus qu'il pût faire de ce garçon un bon vendeur de cartes. Cartographe ? Il n'y songeait même plus !

M. Quimby se préoccupait particulièrement de son personnel, ce jour-là, alors qu'il quittait sa boutique à midi précis, conformément à son habitude, pour s'engager dans Oxford Street en direction de Hyde Park, puis de l'octroi de Tyburn où le sinistre gibet se dressait encore peu de temps auparavant. Mais M. Quimby bifurquerait quelques centaines de yards avant d'atteindre cet endroit, pour tourner dans Orchard Street qui, après Portman Square, devenait Baker Street.

Son employé le plus âgé désirait le quitter pour s'établir à son compte et fonder une boutique proposant les mêmes services. M. Quimby ne craignait pas la concurrence et souhaitait la réussite d'un jeune homme à qui il avait transmis le meilleur de son art au cours des années, mais le départ annoncé de celui-ci le prenait un peu au dépourvu. Si son autre employé et l'apprenti le plus âgé avaient acquis assez d'expérience pour bénéficier d'une promotion, il n'en allait pas de même avec le second apprenti, qui non seulement restait trop jeune, mais qui, ainsi qu'il l'a déjà été dit, montrait peu de dispositions pour son métier et, partant, ne pouvait prétendre à de l'avancement.

Pire encore, il semblait à M. Quimby que ce garçon le volait, ce dont il n'avait toutefois pas encore acquis la preuve. Pourtant, il lui versait des gages confortables pour des journées de travail qui n'étaient pas excessivement longues, et il lui assurait de surcroît le gîte et le couvert.

Il faut ajouter que M. Quimby avait accepté de prendre ce garçon à son service par pitié plus que par nécessité, et ce en dépit d'un premier jugement déjà défavorable, puisqu'il venait d'une famille au statut plus que précaire et ne s'engageait dans l'apprentissage que pour échapper aux siens. Désormais il n'avait plus aucun parent sur qui s'appuyer, tous les membres de sa famille ayant été conduits aux travaux forcés, à la prison pour dettes ou au cimetière.

Désemparé, M. Quimby ne savait plus quel comportement adopter avec cet apprenti si peu recommandable. Il n'était pas dans sa nature de le jeter à la rue en lui recommandant de se débrouiller.

M. Quimby connaissait si bien le trajet qu'il suivait quotidiennement, et il était si absorbé par ses pensées qu'il prêtait peu d'attention à tout ce qui se passait autour de lui. Sa rêverie s'interrompit brusquement et brutalement lorsqu'il heurta un jeune passant.

Ayant présenté ses excuses les plus sincères, il eût oublié aussitôt l'incident s'il n'était pas né et n'avait pas été élevé à Londres. Il connaissait les travers de la capitale. Ayant donc repris ses esprits et reconnu l'endroit où il se trouvait, il se sentit pris de soupçon. Derrière ses lunettes cerclées d'argent, ses yeux bleus se plissèrent. Instinctivement, sa main droite plongea dans la poche intérieure de sa jaquette, à la recherche de son portefeuille. Il ne l'y trouva point. Ainsi, ce qui lui avait paru d'abord un événement fortuit et innocent se révélait comme la manœuvre habile d'un pickpocket décidé à lui soustraire son bien.

— Au voleur ! cria alors M. Quimby, en brandissant sa canne à pommeau de cuivre. Au voleur !

S'il suscitait la curiosité, il n'obtint pas l'aide escomptée. Il se lança donc lui-même à la poursuite du vaurien, en continuant à vociférer :

— Au voleur ! Arrêtez-le !

Avant cette funeste année 1835, sa famille avait-elle habité ailleurs que dans la vieille maison de Whitrose Grange ? Malcolm n'en avait aucune idée. Aussi loin que remontaient ses souvenirs, il ne connaissait que Whitrose Grange, qui se trouvait à courte distance d'un village tranquille serré autour de son église au sommet d'une colline arrondie, loin, très loin de l'agitation qui régnait dans les grandes villes.

En cette année 1835, Londres était pour Malcolm juste un nom qu'il avait entendu prononcer. Il n'imaginait même pas qu'il pût vivre un jour dans la capitale du royaume. Cette situation allait bientôt changer, mais il ne le savait pas encore.

Sa famille appartenait à la classe intermédiaire de la société, celle qui ne peut se considérer ni comme riche ni comme pauvre. Donc, bien que Whitrose Grange fût une métairie et non une propriété de plein droit ; bien que la famille de Malcolm fût obligée de travailler quotidiennement pour gagner son pain, elle vivait de façon assez confortable, pouvait engager des serviteurs et des journaliers. Ce petit monde vivait à l'écart du monde mais pouvait se considérer comme heureux.

Pendant seize ans, les jours de Malcolm s'étaient succédé comme dans un rêve. Sa vie ressemblait à la surface lisse d'un étang que pas une ride ne venait troubler. Il étudiait. Il recevait l'éducation qui convenait à un jeune homme de sa condition.

Quand il ne se consacrait pas à ses leçons et à ses devoirs, il aidait son père dans les travaux de la ferme. Il ne répugnait pas à accomplir les innombrables tâches qui se présentaient à lui, acquérant ainsi un savoir pratique qui s'ajoutait à ses connaissances intellectuelles.

Malcolm avait peu d'amis. En vérité, il ne fréquentait que ses parents et tous ceux qui travaillaient à la ferme. Pourtant, il ne souffrait pas de la solitude. Son imagination le pourvoyait en mondes de fantaisie où il se complaisait. Il était capable de s'y retirer pendant des heures et il y vivait des aventures innombrables, toujours renouvelées.

Les livres, pour lesquels il nourrissait une passion dont il savait déjà qu'elle ne s'affaiblirait jamais, le familiarisaient avec le monde, qu'il n'envisageait pas de visiter, tandis que les cartes lui en montraient la configuration. Le réel et l'imaginaire se mêlaient. Ses soldats de plomb, alignés en ordre de bataille sur

65

une mappemonde déroulée à même le plancher de sa chambre, sortaient de forteresses qui n'existaient que dans les contes, pour avancer vers des champs de bataille historiques dont il savait tout. Ses bateaux, qu'il mettait à flotter sur les mares ou les ruisseaux, dans la campagne qu'il parcourait inlassablement, parcouraient pour lui les sept mers, comme Sindbad le marin. Avec des chutes de soie, de bois et de ficelle, il construisait des cerfs-volants et les envoyait, la nuit, vers le ciel peuplé des constellations qui avaient inspiré tant de légendes et de mythes. Malcolm savait le nom de beaucoup d'étoiles. Il connaissait toutes les histoires qu'on racontait à leur sujet.

Mais, en cette cruciale année 1835, Malcolm reçut une leçon dont il devait découvrit l'importance par la suite. Il découvrit que, pour le meilleur ou pour le pire, la vie d'un individu peut changer de cours d'un instant à l'autre, et ce à l'instigation d'un autre individu, même d'un parfait étranger.

C'est l'arrivée, à Whitrose Grange, de son oncle Charles et de la famille de celui-ci qui déclencha ce changement si important dans la vie de Malcolm. Avant ce jour-là, il avait eu vaguement connaissance de l'existence de ces gens, mais il ne les avait jamais rencontrés, en dépit du fait que Katherine, épouse de l'oncle Charles, était la plus jeune sœur de son père.

Recevoir des visiteurs était une expérience nouvelle. Au début, Malcolm se trouva partagé entre des sentiments contradictoires. Tantôt il se laissait pénétrer par la fièvre joyeuse qui avait envahi la maison, tantôt il maugréait contre ces gens qui venaient perturber le cours tranquille et routinier de ses jours.

Bien qu'il n'eût jamais été un enfant trop gâté, loin de là, il avait l'habitude d'être l'objet de toutes les attentions. Il avait conscience d'être le centre de son petit monde. Avec l'arrivée de l'oncle Charles, il comprit que ses parents avaient une vie en dehors de lui, une vie qui avait commencé bien avant sa naissance. Cette découverte l'intriguait, elle le perturbait aussi.

Cependant, le temps aidant, Malcolm apprit une autre leçon. Il découvrit que le cœur ne manque jamais d'amour, quelle que soit la quantité qu'il en donne. Cela le rassura quant à l'amour de ses parents pour lui, et lui permit d'accepter que le cercle de famille s'agrandît pour inclure l'oncle Charles et la tante Katherine.

Au soir de cette découverte capitale, tandis que la maisonnée s'était retirée pour la nuit, Malcolm retrouva d'abord un sommeil paisible, peuplé de rêves agréables où paraissaient non seulement les siens, mais aussi les nouveaux venus à Whitrose Grange. Pourtant, le trouble s'insinua peu à peu dans les rêves de Malcolm. Des voix se faisaient entendre, et ces voix criaient.

Toujours endormi, Malcolm crut que ces sons discordants, si désagréables, étaient le produit de son rêve et qu'ils traduisaient les réflexions déplaisantes qu'il avait pu nourrir au cours de la journée. Puis, ainsi que les rêveurs le font inévitablement dans ce genre de situation, il en vint à s'observer lui-même, comme si son esprit sortait de son corps, il chercha la source de ces bruits qui troublaient la paix de son sommeil.

Ne trouvant rien, il en vint à penser qu'ils appartenaient, non à son rêve, mais à la réalité. Alors, il s'éveilla progressivement. Emergeant des profondeurs du sommeil, il parvint à la pleine conscience de lui-même, quoique encore confusément.

Quel événement l'avait-il éveillé ? se demanda-t-il, dans la pénombre de sa chambre, éclairée seulement par quelques rayons de lune qui s'infiltraient par les fentes des volets fermés.

Puis il entendit les voix désagréables. Bien réelles, elles montaient du dessous, et plus précisément du bureau de son père, situé juste sous sa chambre. C'était là que son père et l'oncle Charles s'étaient enfermés après le dîner, tandis que le

67

reste de la famille s'attardait dans le salon en attendant l'heure de monter dans les chambres.

Repoussant ses couvertures, Malcolm s'assit anxieusement sur son lit, en se demandant quel drame se jouait sous ses pieds. Tendant l'oreille, il essaya de percevoir quelques mots pour comprendre quelle querelle son père et l'oncle Charles étaient en train de vider. Mais il ne put rien saisir de ce qui se disait.

Il se leva et, prenant grand soin de ne pas poser le pied sur certaines lames du plancher dont il savait par expérience qu'elles craquaient, frissonnant dans sa chemise de nuit trop mince pour le protéger de la fraîcheur ambiante — le feu de sa cheminée s'étant éteint depuis longtemps, il ne restait plus dans l'âtre que quelques braises rougeoyantes dans un amas de cendres — il s'agenouilla et posa son oreille sur le plancher.

A son grand déplaisir, il ne capta, cette fois encore, qu'un indistinct grondement de voix. Il se résolut alors à changer de place pour coller son œil à un trou du plancher, qui lui donnerait vue sur l'étage du dessous.

Une pénombre épaisse régnait dans le bureau de son père, éclairé seulement par quelques chandelles posées sur la table ; leurs flammes fumeuses projetaient de longues ombres sur les murs blanchis à la chaux. Néanmoins, Malcolm put distinguer son père, puis son oncle Charles, et, à sa grande surprise, un troisième homme qu'il ne connaissait pas, vêtu d'un ample manteau à camail. Celui-là tournait le dos. Proches l'un de l'autre, les trois hommes poursuivaient, à voix contenues, ce qu'il fallait bien reconnaître pour une altercation.

L'homme inconnu avait dû attendre que toute la famille se fût mise au lit pour se glisser subrepticement dans la maison, tel un voleur. Malcolm pensa que son père — ou peut-être l'oncle Charles — l'avait fait entrer dans le bureau par une fenêtre.

Mais qui était cet homme ? Et quelle affaire venait-il traiter à cette heure si tardive ? Les questions insolubles se bousculaient dans l'esprit du garçon. De ses observations, il déduisit que ni son père ni son oncle n'aimaient l'étranger, qu'ils lui tenaient tête, qu'ils faisaient front commun contre lui.

Soudain, sans que rien ne permît de prévoir ce geste, l'inconnu tira de dessous son manteau une longue dague effilée qu'il planta brutalement dans la poitrine de l'oncle Charles et, après un sauvage mouvement de torsion, il la retira. Pendant un moment qui lui parut s'étirer interminablement, Malcolm horrifié se demanda s'il avait bien vu, si, en vérité, ce n'était pas son rêve qui se poursuivait, de plus en plus dramatique. Mais le spectacle au-dessous de lui le convainquit de l'effroyable réalité. Grimaçant de douleur, les mains crispées sur sa poitrine tandis qu'une tache de sang s'épanouissait sur sa chemise, l'oncle Charles reculait lentement et finit par s'écrouler.

— Oh, mon Dieu ! gémit Malcolm.

L'étranger l'entendit sans doute, car il regarda autour de lui, ce qui permit au garçon d'apercevoir son visage aux traits accentués par la lumière des chandelles.

L'instant d'après, le père de Malcolm et le meurtrier s'engageaient dans un corps à corps qui devait fatalement se terminer par la mort d'un des protagonistes. Bousculé, le chandelier répandit ses bougies sur la table et mit le feu aux innombrables papiers qui s'y amoncelaient. L'incendie prospéra très vite à cause du courant d'air qui circulait dans la pièce, les fenêtres étant restées ouvertes. Mais, sans se préoccuper des flammes déjà hautes, les deux hommes se colletaient l'un à l'autre. Pétrifié, Malcolm les regardait. Il avait perdu toute capacité de réagir.

Enfin, il sortit de son étrange torpeur. Il se leva, courut vers la porte de sa chambre sans plus se soucier du bruit qu'il pouvait faire, et sortit. Dans le long corridor, il se mit à crier en donnant du poing sur toutes les portes, puis emprunta l'escalier,

69

descendant les marches quatre à quatre. Derrière lui, il pouvait entendre les cris anxieux de sa mère et de sa tante Katherine, qu'il venait de tirer de leur lit. Il en éprouva obscurément un mince sentiment de satisfaction mais, alors qu'il se cramponnait à la rampe pour se préserver d'une chute au cours de sa périlleuse descente, il n'avait qu'une pensée consciente, obsédante : aider son père à vaincre l'étranger, de toutes les manières possibles. Mais n'arriverait-il pas trop tard dans le bureau ?

Hélas, pour son plus grand désespoir et son éternel regret, il arriva au rez-de-chaussée pour constater que l'incendie avait pris des proportions si considérables que le bureau était déjà transformé en un brasier infernal. Les flammes dévoraient tout avec des mugissements de bêtes sauvages. Par la porte déjà consumée sourdait une épaisse fumée noire qui envahissait toute la maison.

— Non ! cria Malcolm désolé et furieux de se voir réduit à l'impuissance.

En vérité, il se fût tout de même précipité dans le brasier si sa mère et sa tante, arrivées derrière lui, ne l'avaient pas attrapé par les bras pour le retenir et le tirer en arrière.

— Non ! Laissez-moi y aller ! protesta-t-il en se débattant. Vous ne comprenez pas ! Papa et l'oncle Charles sont là-dedans !

Il n'y avait réellement plus rien à faire, ce que les deux femmes lui démontrèrent en pleurant. Déjà les poutres à demi consumées se détachaient et s'écrasaient au sol dans un bruit d'enfer. De plus en plus féroce, de plus en plus avide, l'incendie projetait hors du bureau de longues flammes rouges et orangées qui s'attaquaient aux pièces adjacentes, ainsi qu'à celles de l'étage. Bientôt il dévorerait toute la maison.

Les serviteurs avaient eu le temps de descendre de leurs chambres situées au niveau du grenier. Tandis que les plus téméraires accompagnaient la tante Katherine à l'étage pour tenter de sauver quelques biens, tout le reste de la maisonnée sortit en hâte pour organiser une chaîne à partir du puits et tenter d'éteindre l'incendie, du moins de le contenir.

Combien de temps dura la lutte ? Malcolm n'en savait plus rien. Il n'avait conscience que des souffrances infligées à ses yeux et à sa gorge par l'âcre fumée. Ses sourcils avaient brûlé, tout son visage avait cuit à la chaleur du brasier. Il avait mal aux bras et portait d'innombrables ampoules aux mains tant il avait porté de seaux pleins d'eau. Sa chemise de nuit, blanche à l'origine, maintenant toute noire de fumée et de suie, comportait de nombreux trous causés par les flammes dont le garçon s'était trop souvent approché.

Si sa raison lui représentait que le combat était perdu et qu'il ne servirait à rien de s'acharner davantage, il persistait à se démener comme un possédé. Seau après seau, il jetait de dérisoires quantités d'eau dans le brasier, tandis que les larmes de désespoir coulaient indéfiniment sur son visage noirci. Il travailla ainsi sans mesurer sa peine, et sans doute eût-il travaillé encore longtemps si sa mère ne l'avait pas pris dans ses bras pour le supplier de prendre un peu de repos.

Alors, il posa la tête sur son épaule et donna libre cours à son chagrin. Il se mit à sangloter comme un petit enfant. Il avait honte de n'avoir pas pu sauver son père. Il maudissait le destin qui le privait de sa maison, malgré ses efforts, ceux de sa famille et ceux de tous les serviteurs qui, comme lui, s'étaient dépensés sans compter. Hélas, l'incendie était déjà trop puissant quand ils s'y étaient attaqués, avec leurs pauvres moyens.

— Viens, maintenant, mon cher petit, lui dit sa mère en essayant de l'éloigner du sinistre. Ton père… ton pauvre père serait très fier de toi. Tu as fait de ton mieux. En vérité, tu as fait tout ce que tu pouvais et davantage encore. Mais tous tes efforts seraient inutiles désormais. Il faut que nous reconnaissions notre impuissance.

— J'aurais dû le sauver ! protesta le garçon. J'aurais dû sauver mon père, et l'oncle Charles aussi !

— Tu as fait ton devoir, Malcolm, et c'est tout ce qui importe. Cet incendie est un accident, un accident terrible, tragique.

— Ce n'est pas vrai ! cria-t-il. J'ai vu ce qui se passait. Ce n'était pas un accident !

— Allons, Malcolm, veux-tu bien te taire ? Tu es épuisé et accablé par le chagrin. Tu perds le sens commun. Tu ne sais plus ce que tu dis.

Voilà que sa mère lui parlait de façon plus sèche, tout à coup. Il voulut lui représenter qu'elle se trompait, mais elle lui ferma la bouche d'une main fermement appliquée, tandis que ses yeux lui délivraient un signal d'avertissement plein d'anxiété.

— Je te dis de te taire, reprit-elle à voix plus basse. Comprends-tu ce que je te dis ? Maintenant, viens avec moi. Tu vas te rendre malade à rester si peu habillé, par ce froid. Tante Katherine et nos serviteurs ont réussi à sauver quelques-uns de nos vêtements. Couvre-toi. Je ne veux pas que tu prennes du mal. Ensuite, nous passerons le reste de la nuit dans l'étable, et demain, quand il fera jour, nous aviserons sur la conduite à tenir.

Etonné par l'étrange manière dont sa mère lui avait imposé le silence, mais trop abattu par le chagrin et la fatigue pour songer à contester son autorité, Malcolm se tut. Il la suivit dans l'étable, où la famille et les serviteurs se rassemblaient dans un morne silence. Et là, comble de l'ironie, il fallut allumer un feu pour se réchauffer, alors que la maison brûlait encore et donnait assez de lumière pour qu'on y vît, entre les vieux murs de pierre, presque comme en plein jour.

Ensuite, il fallut songer à dormir un peu. On aménagea des couches de fortune dans le foin odorant, on se couvrit tant bien que mal avec les couvertures et les vêtements arrachés à l'incendie. On dormit en groupe pour plus de réconfort. Personne ne parla. Choqués, épuisés, incrédules encore, les gens de Whitrose Grange éprouvaient le besoin de sombrer vite dans l'inconscience. Le lendemain matin, au grand jour, ils prendraient peut-être toute la mesure du drame qui les avait frappés.

Inutile de dire qu'on dormit peu, et mal, d'un sommeil agité de cauchemars et entrecoupé de réveils en sursaut. Tout le monde se leva avant l'aube, les traits tirés. On était aussi fatigués qu'au moment de s'allonger. Dans l'étable, le feu s'était éteint. Il faisait froid. On frissonnait. On claquait des dents. On n'avait pas faim, mais il fallait songer à se restaurer.

L'incendie s'était finalement éteint sous l'action d'une petite pluie fine qui s'était mise à tomber aux dernières heures de la nuit. De la maison, il ne restait plus qu'une coquille de pierre, éventrée et fumante.

Les gens de Whitrose Grange se donnèrent comme première tâche de fouiller dans les restes du bureau. Même si la raison de Malcolm lui représentait qu'un miracle fût hautement improbable, il persistait à vouloir croire que son père avait survécu au sinistre et s'était enfui du brasier en emmenant l'oncle Charles avec lui. Hélas, cette partie de la maison avait été ravagée si complètement par les flammes qu'il s'avéra impossible de déterminer ce qu'il était advenu des deux hommes. Pourtant, refusant l'évidence, Malcolm persista à s'accrocher à ses fallacieux espoirs.

— Peut-être que papa et l'oncle Charles ont eu assez de temps pour s'enfuir, dit-il à sa mère, d'un ton hésitant, en se demandant comment elle accueillerait sa remarque, après lui avoir imposé le silence de façon si péremptoire, la veille au soir.

— S'il en était ainsi, lui répondit-elle avec une infinie douceur, ils se seraient signalés à nous dès cette nuit. Sûrement ils ne nous laisseraient pas croire qu'ils ont péri dans les flammes.

— Et s'ils se trouvaient quelque part, blessés, inconscients peut-être ? S'ils se trouvaient dans l'incapacité de se signaler et de demander de l'aide ? Tu ne crois pas que nous devrions explorer les environs, juste au cas où…

— Oui, c'est ce que nous ferons, sans grand espoir certes, mais simplement pour apaiser nos esprits.

Aussitôt lancée, cette recherche dans les environs, à laquelle participèrent tous les gens de Whitrose Grange, ne donna aucun résultat. On présuma donc que les deux hommes avaient péri dans l'incendie. Ensuite, tout le monde se rassembla, dans un silence accablé, pour entendre la mère de Malcolm, sous la pluie fine et insidieuse qui continuait de tomber du ciel plombé.

— Notre premier souci doit être celui de trouver à nous sustenter, déclara-t-elle d'une voix sourde, étrangement calme. Suite à quoi, nous tâcherons de savoir s'il est possible de sauver quelque chose de la maison.

L'exploration systématique des ruines encore fumantes produisit peu de résultats quant au matériel récupérable, mais révéla en revanche que toute la nourriture amassée dans la cave souterraine avait été épargnée par l'incendie. La maisonnée se retrouva une fois encore dans l'étable, autour du feu ranimé pour la chaleur qu'il donnait ainsi que pour les besoins de la cuisine, et l'on déjeuna de pommes, de noix et de pommes de terre, d'œufs aussi, tout juste ramassés dans le poulailler.

Pendant ce repas, la mère de Malcolm reprit la parole. Elle expliqua aux serviteurs que, son mari étant mort et sa maison détruite, elle ne pourrait pas les garder à son service, ajoutant qu'au demeurant elle ne pouvait préjuger de la décision que prendrait le propriétaire de Whitrose Grange quand il apprendrait quelle perte il venait d'essuyer. En tout état de cause, même s'il prenait la décision de reconstruire la métairie, la

74

mère de Malcolm n'imaginait pas qu'elle pût, toute seule, en diriger l'exploitation.

— Vous nous avez bien servis, durant de nombreuses années, avec beaucoup de zèle et de dévouement, conclut-elle, les yeux pleins de larmes. Je donnerai à chacun d'entre vous un témoignage écrit qui vous permettra de retrouver un bon emploi dans les fermes des environs.

Plusieurs serviteurs et journaliers étaient en effet au service de la famille de Malcolm depuis fort longtemps. Beaucoup pleurèrent en apprenant qu'ils devraient trouver à s'employer ailleurs, bien que, à la vérité, ils s'attendissent à cette conclusion inévitable.

— Que Dieu vous bénisse, madame ! s'exclama une vieille servante à la voix brisée par l'émotion. Que Dieu vous bénisse, ainsi que le jeune maître.

Les autres joignirent leurs acclamations à ce cri spontané. La gorge nouée, Malcolm reçut ces démonstrations d'affection qui lui allèrent droit au cœur. En outre, c'était la première fois qu'il s'entendait appeler « le jeune maître », ce qui lui procurait un sentiment indéfinissable, de tristesse et de fierté mêlées.

Après le petit déjeuner, sa mère lui demanda d'atteler leurs chevaux de labour à la grosse charrette, qu'il devrait ensuite charger de tout ce qui pouvait être récupéré dans les ruines de la maison, objets et provisions, sans oublier les poules qu'il faudrait placer dans des caisses de bois. Les deux vaches attachées à l'arrière, partiraient aussi, mais les moutons et les chèvres devraient rester dans leur pâture car la mère de Malcolm ne savait pas comment elle pourrait les conduire au marché.

— Il faut que j'écrive à M. Cameron, le propriétaire de Whitrose Grange, dit-elle à son fils alors qu'ils s'occupaient à ces préparatifs. Il faut que je l'informe de ce qui s'est passé, en lui disant qu'il peut disposer du troupeau pour se payer de tout ce que nous pourrions lui devoir.

Malcolm l'aida à monter dans la charrette, puis rendit le même service à sa tante Katherine et à ses deux cousins. Ensuite, il prit place lui-même, s'empara des rênes et les agita en claquant de la langue. Le véhicule lourdement chargé s'ébranla et s'éloigna de Whitrose Grange avec lenteur.

Malcolm ne se retourna qu'une seule fois, pour agiter la main et saluer les serviteurs qui, rassemblés près de la maison incendiée, regardaient partir leurs maîtres avant de se rendre au village. Puis, déterminé, il ne regarda plus que devant lui et conduisit la charrette sur la route qui devait mener sa famille vers la ville la plus proche.

Ce voyage d'une dizaine de miles se déroula sous une pluie continuelle, si bien que les voyageurs arrivèrent à destination trempés jusqu'aux os, frigorifiés et ne rêvant que d'un bon feu pour se sécher et se réchauffer. Mais la mère de Malcolm déclara qu'il fallait avant toutes choses se rendre au marché. Là, elle vendit l'attelage et la charrette, les deux vaches, les poules, ainsi que la plus grande partie des objets récupérés dans la maison et même les provisions. Après quoi, toute la famille s'en alla visiter le marché.

Sur un étal qui présentait des vêtements d'occasion, la mère de Malcolm acheta un vêtement de rechange pour chacun, puis, dans une boutique, elle fit l'acquisition de deux petites malles bien abîmées et éculées, mais qui conviendraient pour transporter leurs maigres biens.

— Maintenant, dit-elle à Malcolm, il nous faut héler une voiture pour nous conduire à un lieu d'hébergement.

Il ne fallut pas longtemps pour trouver ce véhicule, dont le cocher accepta de rallier l'auberge la plus proche. Très peu de temps après, la famille et ses deux malles descendaient à l'auberge La Perdrix et la Truite, où la mère de Malcolm s'enquit des conditions pour le logement et la nourriture. Ayant payé une nuit d'avance, elle emmena les siens à l'étage, dans un logement petit mais confortable, qu'une flambée vite allumée par une servante ne tarda pas à réchauffer agréablement.

— Pourrions-nous avoir du thé et de quoi nous restaurer ? demanda la mère à la servante qui s'apprêtait à partir. De la soupe ou du ragoût, ainsi que du pain et du fromage, nous conviendraient très bien.

— Certainement, madame.

La servante salua d'une esquisse de révérence, puis sortit.

Quelques instants plus tard, elle réapparaissait, accompagnée d'une seconde servante portant un plateau chargé des vivres commandées. Toute la famille se jeta avidement sur ce repas. La mère de Malcolm servit le thé.

Les appétits ayant été calmés, les enfants de la tante Katherine s'endormirent sur le tapis devant l'âtre. C'est alors que Malcolm s'entendit interpeller par sa mère.

— Mon fils, dit-elle en posant sa tasse vide sur la table, je ne pouvais pas te laisser raconter, hier soir, ce que tu avais vu dans le bureau de ton père, parce que les serviteurs étaient présents, et aussi pour d'autres raisons que tu ne soupçonnes pas. Mais maintenant que nous sommes seuls, ta tante Katherine et moi-même aimerions bien entendre ton histoire.

Très étonné par cette invitation, mais heureux aussi de constater que sa mère ne refusait pas de l'écouter, Malcolm parla de l'étranger enveloppé dans un grand manteau, venu à Whitrose Grange pour se quereller avec son père et l'oncle Charles, avant de planter son couteau dans la poitrine de celui-ci.

— Ensuite papa et l'étranger se sont battus, et ils ont renversé les bougies. C'est ainsi que l'incendie a été allumé.

— Je vois, dit simplement la mère, dont les sourcils se fronçaient sous l'effort de la réflexion.

— Qu'en pensez-vous, Elizabeth ? demanda la tante Katherine, tout aussi préoccupée. Croyez-vous vraiment que Charles et Alexandre soient morts ? Que l'un de nos ennemis ait réussi à les éliminer ?

— Quels ennemis ? demanda Malcolm. Maman ? De quoi tante Katherine parle-t-elle ? Avons-nous des ennemis ? Qui peut vouloir la mort de papa et de l'oncle Charles ?

— C'est une très longue histoire, mon fils, répondit sobrement la mère, après un si long moment de réflexion qu'il s'était mis à penser qu'elle ne lui apprendrait rien. Un jour, je te raconterai tout. Mais pour le moment, ta tante Katherine et moi devons décider de ce qu'il y a de mieux à faire, de la façon dont nous devons agir en fonction des renseignements que nous avons. Après ce que tu as dit hier soir, j'ai tout de suite craint qu'il ne soit arrivé malheur à ton père et à ton oncle. Bien plus, je puis te révéler que nos ennemis avaient l'intention de nous faire périr tous dans l'incendie de notre maison. Mais l'étranger ne pouvait pas se douter que tu assisterais à l'altercation et donnerais l'alerte. Il faut donc craindre que ces gens ne s'acharnent contre nous si, par malheur, ils apprennent que nous en avons réchappé. C'est une bonne chose que j'aie pensé à utiliser mon nom de jeune fille pour m'inscrire dans cette auberge, mais cette précaution élémentaire ne nous met pas forcément à l'abri de nouveaux coups.

Abasourdi par ce discours, Malcolm demanda :

— Mais qui… qui peut bien vouloir notre mort ? Et pourquoi ?

— Ces gens croient que nous représentons une menace pour eux. Voilà pourquoi. C'est tout ce que tu as besoin de savoir pour le moment.

Comme Malcolm ouvrait la bouche, sa mère ajouta :

— Je t'en prie, ne me pose pas de questions, mon fils. Maintenant, sois un bon garçon et descends dans la salle d'auberge. Demande au tenancier quand part la prochaine diligence, et pour où. Il ne faut pas que nous nous attardions ici, si près de Whitrose Grange. Renseigne-toi aussi sur le prix du passage, à l'intérieur j'entends, car il est hors de question que nous voyagions sur l'impériale.

Tourmenté par la curiosité autant que par l'inquiétude, Malcolm se hâta d'obtempérer.

Jusqu'à la nuit précédente, il avait cru appartenir à une famille très ordinaire de métayers, jamais il ne lui serait venu à l'idée qu'ils eussent un seul ennemi. Et voilà qu'il découvrait qu'il en avait beaucoup, toute une armée lancée à ses trousses, et des plus dangereux puisque ces gens mystérieux ne voulaient rien de moins que sa mort et celle des siens. Il avait des ennemis dissimulés dans l'ombre, des ennemis sans visages. Il ne pouvait pas ne pas croire à leurs intentions meurtrières puisqu'ils avaient déjà tué son père et son oncle. Il fallait savoir qu'ils exécuteraient toute sa famille, lui, sa mère, sa tante Katherine et même les enfants, si par malheur ils parvenaient à les retrouver.

Malcolm était choqué, horrifié. Il lui restait un soupçon d'incrédulité qu'il cherchait désespérément à faire fructifier, pour se rassurer. Comment sa famille pouvait-elle représenter une menace ? Pour qui ?

Il n'avait pas le moindre élément de réponse à ces questions. Mais il se jura, dès ce moment, que tôt ou tard il saurait et que, alors, il vengerait son père et son oncle.

Ayant conféré avec l'aubergiste, il remonta dans le logement pour rendre compte à sa mère. Elle prit alors, dans son réticule, quelques billets de banque qu'elle tendit en lui enjoignant d'acheter aussitôt les passages sur la diligence.

Recevant cette deuxième commission, Malcolm se demanda si sa mère ne s'évertuait pas à l'éloigner afin de pouvoir parler en toute tranquillité avec sa tante. Mais comme il était aussi très fier des responsabilités nouvelles que lui valait la situation, il ne pouvait raisonnablement pas s'agacer. Seule sa curiosité souffrait de rester insatisfaite. Il ne cessait de se demander quels secrets les deux femmes échangeaient, secrets si lourds, apparemment, qu'elles ne pouvaient les partager avec lui.

Quand Malcolm remonta dans le logement pour la deuxième fois, il trouva sa mère assise à une petite table dans le salon, en train de composer une lettre. La tante Katherine s'était retirée dans la chambre attenante pour une petite sieste, et elle avait pris avec elle son plus jeune enfant, l'aîné continuant à dormir sur le tapis devant la cheminée.

— A qui écris-tu ? demanda Malcolm après avoir donné les billets de passage.

— A M. Nigel Gilchrist, mon avocat à Londres.

— Je ne savais pas que tu avais un avocat à Londres.

— Il y a beaucoup de choses que tu ne sais pas, mon fils. Mais assieds-toi, afin que je puisse te confier quelques éléments de notre histoire. Comme tu t'en doutes, ta tante et moi avons longuement parlé et nous avons décidé de notre action. Elle nous accompagnera, avec ses enfants, jusqu'à Newcastle-upon-Tyne. De là, elle prendra le chemin de sa maison, tandis que, toi et moi, nous continuerons à descendre vers le sud, jusqu'à Londres.

Après un petit moment de réflexion, peut-être d'hésitation, elle poursuivit :

— Tu ne te souviens probablement pas de mes parents, tes grands-parents maternels, qui sont morts alors que tu étais encore tout petit. Ils nous aimaient beaucoup, et ils voulurent assurer notre subsistance pour le cas où il arriverait quelque malheur à ton père. Menant une existence frugale, ils avaient la possibilité d'épargner un peu d'argent chaque année, qu'ils investissaient sagement, et au moyen duquel, en fin de compte, ils établirent une rente à mon profit. Cette rente n'est pas très importante, mais elle suffira à nous mettre à l'abri du besoin si, nous aussi, savons faire preuve de modération dans nos dépenses. Nous y parviendrons d'autant plus facilement que mes parents m'ont aussi légué une petite propriété, une chaumière à Saint-John's Wood, un quartier excentré dans le nord-ouest de Londres. Par cette lettre que je suis en train d'écrire, j'avise M. Gilchrist, qui s'occupe de mes affaires depuis longtemps, que je désire prendre possession de Hawthorn Cottage et qu'il doit donc inviter les locataires actuels à trouver un autre logement. Tu iras jeter cette lettre à la poste pour moi.

La mère de Malcolm apposa alors sa signature, jeta quelques pincées de sable pour sécher l'encre. Puis elle souffla sur le sable pour le chasser, plia la feuille de papier, la scella et la tendit à son fils en même temps que les quatre pence nécessaires pour assurer son acheminement jusqu'à Londres. Ensuite de quoi, elle reprit le fil de son récit.

— Si je te raconte tout cela, mon fils, c'est pour que tu ne te fasses pas de souci quant à notre avenir, maintenant que… maintenant que…

Sa voix se brisa sous le coup de l'émotion et ses yeux se remplirent de larmes. Avec sa main, elle cacha ses lèvres qui s'étaient mises à trembler, puis, ayant surmonté son chagrin, elle termina sa phrase, dans un soupir :

— Maintenant que ton père n'est plus avec nous.

— Il est peut-être toujours en vie, murmura Malcolm, qui luttait aussi contre ses larmes, pour les empêcher de couler.

— Je n'arrive pas à me convaincre que ton oncle et lui aient pu survivre, parce que si tel était le cas, ils nous l'auraient fait savoir d'une manière ou d'une autre. Mais nous n'avons eu

81

aucune nouvelle, aucun signe. En admettant qu'ils aient pu échapper à l'incendie, mais que, trop gravement touchés, ils aient été incapables d'appeler au secours, nous les aurions trouvés au cours de la battue que nous avons organisée. Non, mon fils, en définitive nous ne pouvons pas nous permettre de croire en leur survie. Songe, en outre, qu'il serait trop cruel d'entretenir un espoir qui éclaterait comme une bulle de savon le jour où nous aurions la confirmation qu'ils ont réellement péri dans l'incendie. Nous devons donc être braves et apprendre à vivre sans eux. C'est ce qu'ils auraient voulu.

Sensible à la sagesse de ces paroles, Malcolm éprouvait néanmoins beaucoup de difficulté à les recevoir pour vraies, parce qu'il continuait à ne pas vouloir croire que son père fût mort et qu'il ne le reverrait plus jamais. Prenant la lettre destinée à M. Gilchrist, il s'en alla pour la jeter à la poste, l'esprit fourmillant d'un tumulte d'idées qui le hanta toute la journée et ne s'apaisa même pas après le souper, quand le temps fut venu pour lui de s'allonger sur le sofa du salon pour passer la nuit.

De derrière la porte donnant accès à la chambre, lui parvenait le murmure d'une conversation entre sa mère et sa tante. L'une pleurait, peut-être même les deux, lui semblait-il parfois. Mais il était lui-même si tourmenté et chagriné qu'il ne pourrait trouver en lui les ressources nécessaires pour consoler les deux pauvres femmes.

Enfin il sombra dans le sommeil, mais comme la nuit précédente, il dormit mal et s'éveilla plusieurs fois en sursaut. A l'aube, il se vit incapable de se rendormir. Courbatu d'être resté allongé sur le sofa trop court et trop dur, il ne se plaignit pas de son sort en sachant que l'aîné des enfants de sa tante Katherine avait dû se ménager une couche bien plus inconfortable que la sienne, avec une chaise et un tabouret. Or il dormait encore, à poings fermés.

Se levant avec précaution pour ménager son corps endolori, Malcolm commença par ranimer le feu afin de réchauffer la pièce. Puis il procéda à sa toilette, au-dessus du bassin d'eau froide que sa mère avait préparé pour lui, la veille, avant d'aller se coucher. Habillé, il se posta devant la fenêtre pour observer la ville qui lui parut sinistre et grise dans la brume matinale.

Très vite vint l'heure de quitter l'auberge de la Perdrix et de la Truite. Les maigres possessions de la famille trouvèrent place dans les deux malles, mais la mère de Malcolm garda par-devers elle un coffret en argent niellé, ayant appartenu à son mari et miraculeusement sauvé de l'incendie par sa belle-sœur. Dans ce coffret elle avait serré tout l'argent produit par la vente de ses biens et de ses animaux.

On prit encore le petit déjeuner dans la salle d'auberge. Après quoi, toute la famille s'engouffra dans la première des diligences au départ.

Ce voyage constituait une expérience nouvelle pour Malcolm, et s'il n'avait pas été si gravement affecté par les terribles événements qui bouleversaient sa vie depuis deux jours, s'il n'avait pas, en plus, souffert de quitter un pays où il avait toujours vécu et qu'il craignait de ne jamais revoir, il eût littéralement trépigné de curiosité et d'excitation.

Mais il n'avait ni la tête ni le cœur à s'intéresser au paysage qui défilait à sa portière. La plus grande partie du temps, il se rencognait en dévidant inlassablement le même écheveau de pensées moroses, et quand il se décidait à jeter un regard à l'extérieur, il n'y voyait pas grand-chose parce qu'il avait les yeux pleins de larmes, bien qu'il luttât constamment contre lui-même pour ne pas pleurer, afin de ne pas augmenter la détresse de sa mère et sa tante.

Il savait qu'en dépit de leur bravoure affichée, elles s'effrayaient grandement du long voyage qu'elles devaient entreprendre, sans

83

la protection de leurs maris respectifs. A ce propos, il apparut soudain à Malcolm qu'il était désormais l'homme de la famille, et que pour cette raison sans doute, sa mère lui avait confié le soin de se renseigner sur les horaires des diligences puis d'acheter les billets de passage. Cette idée l'électrisa. Instinctivement, il se redressa. Il n'avait pas le droit de se montrer faible. Sa famille avait des ennemis. Il ne les connaissait pas… pas encore, ce qui n'était pas une raison pour ne pas accomplir son devoir. Il lui revenait de protéger sa mère, sa tante, ainsi que ses deux cousins.

Trop petite pour comprendre quel drame frappait sa famille, et donc ressentir du chagrin, la petite fille se montrait constamment agitée et même capricieuse, importune pour tout dire. Il fallut que la tante Katherine la fournît en pommes et en noix, tirées de la cave de Whitrose Grange, et dont elle s'était prudemment munie en prévision du long voyage. Mâchonnant les fruits offerts à sa convoitise, l'enfant se calma enfin, à l'instar de son aîné, qui ne desserrait pas les dents.

Après un long voyage interrompu seulement par une halte à l'auberge du Cœur Blanc en milieu de journée pour changer les chevaux, la diligence arriva à Newcastle-upon-Tyne, le lieu fixé pour la séparation, chacune des deux familles devant suivre désormais son propre chemin. La séparation ne se fit pas sans larmes, dans la cour d'une auberge, d'où Malcolm et sa mère partirent aussitôt pour se lancer sur la Grande route du Nord qui devait les mener jusqu'à Londres.

Au cours de la halte du soir, qui devait permettre aux passagers de se restaurer en même temps qu'on changeait les chevaux, la mère de Malcolm déclara soudain à son fils qu'il lui paraissait judicieux de changer de nom, pour des raisons de sécurité.

— Est-ce bien nécessaire, maman ? demanda Malcolm très étonné par cette suggestion, alors qu'il dévorait gloutonnement son dîner composé d'un ragoût épais accompagné de tranches de pain beurré. Si loin de chez nous, quel besoin aurons-nous de changer de nom ? Comment nos ennemis pourraient-ils nous suivre jusqu'à Londres, et même si c'était le cas, comment nous retrouveraient-ils dans une ville aussi grande ?

— Je ne sais pas, répondit la mère dont les yeux ne cessaient de scruter les visages de tous ceux qui se pressaient dans la salle d'auberge. Ce que je sais, c'est que nous ne devons pas commettre l'erreur de sous-estimer nos ennemis. Ton père… ton père et ton oncle se sont peut-être montrés imprudents. Il est possible que par inadvertance, ils se soient découverts… Non, je t'en prie, Malcolm, ne me pose pas de questions. Ce n'est ni le lieu ni le moment d'engager ce genre de conversation. Nos ennemis appartiennent à une société puissante et bien organisée. Ils ont des yeux et des oreilles partout. Ne l'oublie jamais. Pour le moment, il suffit que tu saches que nous courons de graves dangers. Alors, sous quel nom nous cacherons-nous désormais ?

L'enseigne sculptée et peinte qui se balançait au-dessus de la porte restée ouverte, proclamait que l'auberge était celle des Blackfriars, les Moines noirs.

C'est ainsi que Malcolm prit Blackfriars pour nom de famille.

La diligence se remit en route et atteignit Londres le lendemain en fin d'après-midi.

Malcolm fut stupéfié et même un peu effrayé par le spectacle de cette ville immense et tentaculaire qui accablait ses sens de visions, de bruits et d'odeurs. Toute sa vie, il n'avait connu que la vie calme de la campagne écossaise, dans une nature encore prépondérante, alors qu'à Londres la nature succombait aux assauts des hommes.

Toutefois, il ne tarda pas à découvrir que la propriété de sa mère, Hawthorn Cottage se nichait dans une oasis de verdure, Saint-John's Wood, un quartier éloigné du centre de la ville, assez secret, encore campagnard, qui s'étendait au pied de Primrose Hill, en bordure du vaste Regent's Park, tout au bout de Cochrane Street.

Saint-John's Wood avait appartenu autrefois à Guillaume le Conquérant, puis était tombé entre les mains des chevaliers de Saint-Jean de Jérusalem qui lui avaient donné le nom de leur ordre. Il avait encore changé de propriétaire, plusieurs fois, lors de la Réforme, avant d'être finalement partagé en deux propriétés, dont l'une portait le nom d'Eyre Estate puisqu'elle avait été achetée au comte de Chesterfield, en 1732, par sir Henry Samuel Eyre.

La vaste forêt qui avait occupé tout ce territoire pendant le Moyen Age avait été rognée peu à peu pour donner place à des jardins maraîchers. Au XVIIIe siècle, le prolongement du canal du Régent avait entamé une bonne part encore de cette nature presque vierge. Il n'en demeurait pas moins qu'en dépit de tous ces aménagements, Saint-John's Wood restait un îlot campagnard dans la grande ville, et qu'à ce titre il était fort recherché par les artistes, les écrivains, les philosophes et les savants. Toutefois, les plus grandes et les plus belles maisons appartenaient à des membres de la haute aristocratie, qui y logeaient leurs maîtresses ainsi que leur progéniture illégitime. Malcolm l'avait appris en prêtant l'oreille à la rumeur. Enfin, il faut signaler qu'un petit quartier juif s'étendait plus loin, au nord.

Bien que Malcolm souffrît encore de la mort de son père et de la perte de Whitrose Grange, il était conscient de la chance qu'il avait d'habiter à Saint-John's Wood, qui n'était pas le plus populeux — loin de là — des quartiers qui s'étendaient à la périphérie de Londres, et dont la plupart, ainsi qu'il l'avait vite appris, se composaient de taudis organisés en labyrinthes inextricables, où s'entassaient non seulement les pauvres et les laissés-pour-compte, mais aussi les criminels de toutes sortes, depuis les coupeurs de bourses aux doigts habiles jusqu'aux plus ignobles assassins. Ce n'était pas que Saint-John's Wood n'eût pas son lot de vauriens de tout poil, mais au moins ils ne constituaient pas le gros de la population.

Hawthorn Cottage, sans être aussi grande que Whitrose Grange, était une maison très agréable à vivre. Bâtie sur une parcelle rectangulaire, elle s'agrémentait d'un jardin à l'avant et d'un autre à l'arrière, où non seulement poussaient à foison les aubépines qui avaient donné son nom à la maison, mais aussi les pommiers sauvages et les cornouillers, les ormes et les sorbiers, les noisetiers et les saules pleureurs. Des buissons de bruyère cendrée et de ronces croissaient en pleine liberté sous les arbres centenaires et exhalaient dans l'air leurs lourds parfums.

Tout au fond du jardin de derrière, dans un coin, se dressait une grande statue représentant une jeune fille versant de l'eau dans une mare à ses pieds. C'est là que Malcolm passa le plus clair de son temps au cours de ses premières semaines à Hawthorn Cottage, rêvant et méditant sans fin sur le nouveau cours de sa vie, se demandant quels lourds secrets sa mère refusait de partager avec lui, malgré les demandes d'explications qu'il lui présentait avec constance. Il ne laissait pas non plus de s'interroger sur les mystérieux ennemis qui, selon elle, menaçaient sa famille.

Ce jour-là, alors qu'il marchait avec sa mère dans Edgware Road, Malcolm prit la décision de poser une nouvelle fois les questions qui l'obsédaient, et ce dès qu'ils seraient rentrés du marché. Jusque-là, il ne s'occuperait que de profiter du moment. Il prenait goût à l'agitation incessante de la grande ville. Le spectacle de la rue lui était un plaisir sans cesse renouvelé. Il aimait aussi aller au marché avec sa mère.

87

Bien qu'elle eût engagé une cuisinière et une servante dès son arrivée à Londres, Mme Blackfriars préférait faire son marché elle-même, pour surveiller ses dépenses. Elle tenait ses finances avec une grande rigueur, de peur que la situation ne lui échappât et que son fils et elle ne fussent réduits à la pauvreté.

— Nous n'avons pour vivre que la rente établie par mes parents, lui avait-elle expliqué quand il lui avait demandé pourquoi elle se chargeait obstinément des courses du ménage. Bien sûr, Hawthorn Cottage nous appartient, mais n'oublie pas que nous devons payer les impôts, ainsi que les gages de nos gens. Nous ne sommes pas pauvres, Malcolm, mais nous ne pouvons pas nous considérer comme très riches non plus. C'est pourquoi nous devons réfléchir avant de dépenser le moindre shilling, si nous ne voulons pas nous trouver un jour dans la situation de ces créatures pitoyables que nous voyons à Londres, toujours aux portes de l'atelier de charité ou pire encore. Tu n'as aucune idée de la facilité avec laquelle on glisse d'une modeste aisance à la pauvreté. Du jour au lendemain, on peut se retrouver sans ressources, sans logis, et on est jeté à la rue sans vraiment comprendre ce qui arrive. Sans cette rente due à la générosité de mes parents, je me demande ce qu'il serait advenu de nous après l'incendie de Whitrose Grange et la mort de ton père.

— Nous aurions réussi à survivre, je crois, avait répondu Malcolm, avec l'assurance de la jeunesse. J'aurais trouvé du travail, et je peux encore en trouver en cas de nécessité. Après tout, je travaillais à Whitrose Grange.

Mais alors, sa mère avait secoué la tête en souriant gentiment, puis elle lui avait fait remarquer qu'il était encore très jeune et devait en apprendre encore beaucoup sur le monde avant de songer à s'établir.

— A Whitrose Grange, avait-elle conclu, c'était différent. Ton père était ton patron.

— Ainsi que tu me l'as souvent répété, papa est mort maintenant. Whitrose Grange n'existe plus, si bien que nous ne pouvons plus compter que sur nous-mêmes. C'est pourquoi je me demande à quoi je vais consacrer ma vie. Je ne peux pas continuer à errer dans les jardins, sans rien faire de mieux que de rêvasser. J'ai seize ans, maman ! Il est temps que j'apprenne un métier. C'est nécessaire si je veux avoir une vie honnête et convenable.

Sa mère avait été contrainte, bien qu'à contrecœur, d'admettre la justesse de ces propos, mais ç'avait été pour ajouter aussitôt qu'elle ne savait pas comment s'y prendre pour le placer en apprentissage.

— Tu n'as qu'à écrire à M. Gilchrist pour lui demander conseil, avait suggéré Malcolm.

Alors, sa mère avait longuement et lourdement soupiré avant de reprendre :

— En vérité, mon fils, je ne crois pas que je puisse accepter de te perdre maintenant, si peu de temps après la mort de ton pauvre père.

Malcolm avait eu honte de n'avoir pas envisagé cet aspect de la question. Mais sa mère avait ajouté :

— Je sais bien que tôt ou tard tu devras me quitter pour faire ton chemin dans le monde. Mais tu as encore quelques années devant toi avant de te lancer. Toutefois, je veux bien écrire à M. Gilchrist et nous verrons ce qu'il répondra. Et puis, il est encore possible que j'engage un précepteur pour parfaire ton éducation avant que tu ne décides de ta destinée.

Bien qu'il eût à l'évidence bouleversé sa mère, inutilement puisqu'il n'avait pas reçu d'elle les réponses qu'il attendait, Malcolm ne pouvait se tourmenter trop à ce sujet car, sans doute pour effacer le malaise occasionné par cette conversation, sa mère lui avait promis qu'avant de faire leur marché,

89

ils exploreraient ce jour-là certains quartiers de la ville qu'ils ne connaissaient pas encore.

Dès leur arrivée à Londres, pour éviter de se perdre et pour ne pas se mettre à la merci des cochers de fiacres, ils avaient acheté un plan détaillé de la capitale dans une boutique d'Oxford Street. L'ayant de nouveau étudié ce jour-là, ils avaient décidé qu'ils descendraient Edgware Road jusqu'à l'octroi de Tyburn, tout près de l'angle nord-est de Hyde Park, puis qu'ils s'engageraient dans Oxford Street pour aller jusqu'à Regent Street, et qu'enfin ils reviendraient à Saint-John's Wood par Park Road, qui contournait Regent's Park par le sud-ouest.

Ils marchaient tranquillement. Malcolm ne se lassait pas du spectacle de la grande ville. Il dévorait du regard les immeubles hauts de plusieurs étages, couronnés d'une multitude de cheminées qui crachaient une fumée épaisse, à l'instar de milliers d'autres, si bien qu'un épais nuage noir flottait en permanence dans le ciel. L'air sentait le charbon, la suie coulait le long des murs.

Malcolm admirait beaucoup les lampadaires d'élégante facture. Les plus anciens, qui brûlaient encore de l'huile, étaient progressivement remplacés par d'autres, plus modernes, qui fonctionnaient au gaz.

La foule dense se pressait sur les trottoirs, les voitures et les chevaux encombraient les artères dénommées *roads* si elles n'étaient pas pavées, et *streets* dans le cas contraire.

Ayant atteint l'octroi de Tyburn, Malcolm et sa mère s'accordèrent un instant de repos pour observer l'employé qui collectait les taxes dues par les véhicules de tous genres qui franchissaient le porche de bois marquant la limite entre la ville et la Grande route du Nord. Ici se terminait Edgware Road.

De là, nos promeneurs descendirent Oxford Street, passant à l'angle nord-est de Hyde Park, où Malcolm vit un homme haranguant un petit groupe agglutiné autour de lui. Poursuivant

90

leur chemin, sa mère et lui passèrent devant la caserne Portman et enfilèrent Orchard Street. Ils entraient tout juste dans Duke Street que Malcolm perçut des cris stridents.

— Au voleur ! Arrêtez-le !

Il vit un jeune homme déguenillé qui venait d'Oxford Street en courant. Il était poursuivi par un monsieur bien mis, grisonnant et bedonnant, portant lunettes cerclées d'argent et brandissant une canne à pommeau de cuivre. Ce dernier était moins rapide, beaucoup moins rapide.

— Au voleur ! reprit le monsieur, en s'époumonant.

Un vol venait donc d'être commis. Malcolm entendit ensuite des coups de sifflet perçants et il vit deux sergents de ville, qui accouraient le plus vite qu'ils pouvaient. Il était clair que ni eux ni le monsieur ne parviendraient à rattraper le jeune voleur si véloce.

Sans réfléchir davantage, Malcolm se lança dans la course, en ignorant les cris de sa mère qui lui ordonnait de revenir à elle.

Malcolm courait. Il zigzaguait entre les passants. Il ne perdait pas de vue le jeune voleur qui s'était engagé dans Duke Street, en direction de Manchester Square. Il le suivit sans craindre d'être bousculé, écrasé peut-être par un véhicule. Les jurons et les insultes fusaient à l'adresse de l'inconscient qui effrayait les chevaux en passant trop près d'eux.

A chaque foulée, Malcolm gagnait sur le jeune voleur, lequel commençait à donner des signes de fatigue et d'essoufflement. Ravi de se savoir très supérieur à l'autre dans cet exercice, certain de recueillir très vite le fruit de ses efforts, Malcolm se sentait plein d'enthousiasme. Il avait envie de rire.

— Je t'ai ! cria-t-il en se lançant dans les jambes du jeune voleur pour le précipiter au sol.

Un corps à corps confus s'ensuivit, très vite interrompu par

91

les deux sergents de ville qui saisirent les combattants au collet pour les séparer et les éloigner l'un de l'autre. Il ne restait plus qu'à attendre l'arrivée du monsieur, qui suait et soufflait, boitait légèrement de surcroît.

Le plus gradé des policiers s'adressa à lui en ces termes :

— Monsieur, voulez-vous être assez aimable pour nous révéler à quelle voies de fait ces deux vauriens se sont livrés, vous obligeant à les poursuivre ainsi que vous l'avez fait ?

— Je ne poursuivais que celui-ci, répondit le monsieur, en désignant son voleur. Il m'a dérobé mon portefeuille.

— Mauvaise graine ! grommela le policier qui tenait le jeune homme par le collet. Nous allons voir cela.

Il lui fit les poches et ne tarda pas à en sortir un portefeuille qu'il lui agita sous le nez en s'exclamant :

— Alors, qu'est-ce que tu dis de ça, hein ? Petit voleur, espèce de voyou ! Pris la main dans le sac, comme qui dirait ! Allons, explique-toi ! Qu'est-ce que tu aurais à nous raconter pour ta défense ?

Le garçon, tranquille jusque-là, parut s'éveiller. Après quelques efforts dérisoires pour se libérer de la solide poigne qui le serrait, il éructa :

— J'ai rien à dire ! Sauf que je ne vais pas aller en taule tout seul ! Faut pas croire que c'est moi que j'ai eu l'idée de plumer le bourgeois, M'sieur l'agent ! Je vous jure que c'est vrai ! C'est mon copain Badger qui m'a dit qu'il était plein aux as et qu'il n'y avait qu'à se servir. Faut juste pas avoir la trouille, qu'il m'a dit. Il m'a dit aussi que le gros passait dans Oxford Street tous les jours à midi et que je ne pouvais pas le rater. Ensuite, il n'y avait plus qu'à se partager l'oseille et au revoir M'sieur dame, à la prochaine !

— Parle mieux que ça quand tu t'adresses à la loi en présence de la victime, dit le policier en lui donnant une claque. Maintenant, tu vas répondre à mes questions, et pas d'embrouille si tu ne veux pas aggraver ton cas. Tout d'abord, qui est ce Badger ?

— C'est un de mes apprentis ! s'exclama le monsieur ; de son vrai nom Dick Badgerton. C'est une petite crapule que je soupçonnais depuis quelque temps de malversations à mon égard. Eh bien, j'ai des preuves, maintenant !

— Nous irons lui dire deux mots, dit le sergent de ville. En tant qu'instigateur de ce méfait, il doit rendre des comptes à la justice. Mais dites-moi, monsieur, qu'est-ce que nous faisons de cet oiseau-là ? Qu'est-ce que vous lui reprochez, exactement ?

— Je ne lui reproche rien du tout ! répondit l'autre avec véhémence. Au contraire, je n'ai que des éloges à lui adresser, puisqu'il a courageusement donné la chasse à mon pickpocket pour l'appréhender. Non, non, aucune charge ne pèse contre lui. Sans lui, j'aurais été délesté de plusieurs dizaines de livres. Non seulement il faut le libérer, sergent, mais je vais le récompenser pour son esprit de décision et son civisme. Quel est votre nom, mon garçon ?

— Malcolm, monsieur. Malcolm Blackfriars.

— Eh bien, jeune Blackfriars, si je suis bon juge des caractères — et je me pique de l'être, bien que mon excellente nature me porte parfois à trop d'indulgence, ce qui fait que je connais de vives déceptions… — Je disais donc que je crois m'y connaître en hommes et que vous m'avez tout l'air d'être intelligent et entreprenant. C'est pourquoi je suis honoré de faire votre connaissance.

A ce moment, la mère de Malcolm entra dans Manchester Square, donnant tous les signes de l'agitation et de l'inquiétude. Lorsqu'elle aperçut son fils échevelé, avec sa jaquette déchirée et couverte de poussière, son nez qui saignait, elle s'alarma davantage, et quand elle découvrit qu'il était fermement tenu au collet par un policier, son inquiétude ne connut plus de bornes.

93

— Mon fils, que s'est-il passé ? Qu'as-tu fait ? demanda-t-elle en s'approchant vivement.

Le monsieur se tourna vers elle, souleva son chapeau et s'inclina.

— Votre fils n'a rien fait de répréhensible, bien au contraire. Je serai heureux de pouvoir vous rassurer, madame, en vous racontant toute l'histoire. Mais avant toutes choses, permettez-moi de me présenter. Septimus Quimby, cartographe et éditeur de cartes.

Plongeant la main à l'intérieur de sa jaquette, il en retira une carte de visite qu'il offrit, en ajoutant :

— Ai-je le plaisir et l'avantage de m'adresser à la maman du jeune Blackfriars ou à sa sœur ? Car en effet, madame, vous ne me paraissez pas assez âgée pour avoir un grand garçon comme celui-là.

Mme Blackfriars rougit et baissa les yeux.

— Vos compliments, si flatteurs qu'ils soient, n'en sont pas moins immérités, répondit-elle après avoir jeté un coup d'œil à la carte. Il se trouve en effet que je suis bien la mère de ce garçon. J'espère qu'il ne s'est pas mis dans une situation délicate.

— Pas du tout, madame, pas du tout. Contrairement à ce que laissent supposer les apparences, il n'a aucun ennui d'aucune sorte. Bien au contraire, il s'est révélé comme un auxiliaire zélé de la justice en poursuivant et en arrêtant le pickpocket que vous voyez ici. Ce chenapan avait réussi à me délester de mon portefeuille.

Le policier le plus élevé en grade intervint alors pour déclarer qu'il convenait de se rendre séance tenante dans la boutique de M. Quimby, où on procéderait à l'arrestation de l'apprenti Dick Badgerton, dit *Badger*, avant qu'il ne fût pris de doute quant au succès de l'opération qu'il avait mise au point avec son complice

94

et que subséquemment il ne s'enfuît pour se mettre à l'abri des foudres de la justice.

Il passa les menottes au jeune voleur, qui consentit à révéler, l'air penaud, qu'il s'appelait Tobias — dit Toby — Snitch. Puis le groupe fendit la foule des badauds pour s'engager dans Duke Street, puis dans Oxford Street jusqu'au numéro 7 B. On fit irruption dans la boutique de M. Quimby. Les policiers procédèrent à l'arrestation de Dick *Badger* Badgerton, et les deux jeunes malfaiteurs furent conduits au poste de police. Dès le lendemain matin, ils comparaîtraient devant le tribunal de quartier. Malcolm, sa mère et M. Quimby seraient convoqués comme témoins.

— Quelle époque ! soupira ce dernier alors qu'il suivait du regard, au travers de la vitrine, les policiers qui emmenaient le gibier de potence. Avec tout ça, je n'ai pas encore eu le temps de déjeuner ! Et puis, voilà que je n'ai plus qu'un apprenti, ce qui fait que je vais vraiment me trouver à court de personnel. Il faut que je vous dise, en effet, que mon principal employé s'apprête à quitter mon service pour ouvrir son propre commerce.

Se tournant vers l'apprenti qui lui restait, il déclara :

— Harry, soyez gentil, filez à mon appartement, dans Baker Street. Informez Mme Merritt de ce qui vient de se passer et dites-lui que je ne pourrai pas rentrer pour déjeuner aujourd'hui.

Puis il revint à Mme Blackfriars.

— Madame, si j'éprouve une reconnaissance infinie pour votre fils, je regrette le tourment où vous met cette malheureuse affaire. C'est pourquoi je voudrais vous dédommager, et si vous n'avez pas d'affaire à traiter, je serai ravi de vous inviter, avec votre fils, pour un déjeuner au restaurant Verrey. Je vous garantis qu'il s'agit d'un établissement tout ce qu'il y a d'honorable, tout près d'ici, au carrefour de Regent Street et de Hanover Street. Je pense que vous pouvez m'y accompagner sans crainte.

— Je t'en prie ! supplia Malcolm quand il vit sa mère sur le point de refuser l'invitation. Tu ne te souviens pas de M. Quimby ? C'est à lui que nous avons acheté notre plan de Londres. Je suis sûr qu'il pourrait nous donner beaucoup de renseignements très intéressants sur la ville.

Mme Blackfriars s'accorda un instant de réflexion, mais ce fut pour dire, d'une voix dont la douceur rendait plus implacable encore sa détermination :

— Loin de moi l'intention de vous offenser, monsieur, mais si je dois vous remercier de votre généreuse invitation, je dois la refuser car nous ne nous connaissons pas assez.

— Je me doutais bien que vous me feriez une réponse de ce genre, répondit M. Quimby en souriant. Mais au vu des circonstances, ne pensez-vous pas que vous pourriez faire une petite exception ? Il faut que je vous dise qu'il m'est venu une idée concernant votre fils, une idée dont j'aimerais vous faire part. Mais d'abord, quel âge avez-vous, jeune Blackfriars ?

— Seize ans, monsieur.

— Seize ans… C'est deux ans de plus que l'âge auquel je prends mes apprentis… Néanmoins, comme j'ai eu l'avantage de vous le dire, je suis dans une situation un peu délicate en ce qui concerne mon personnel, et il me semble que vous remplissez tout à fait les conditions pour entrer à mon service. Il faudrait que madame votre mère accepte de se laisser convaincre, mais vous, aimeriez-vous devenir apprenti chez moi ?

— Bien sûr que j'aimerais ! s'écria Malcolm avant que sa mère eût eu le temps d'émettre la moindre protestation.

Mais, se rappelant le goût de son fils pour les livres et pour les cartes, ainsi que son désir d'apprendre un métier qui lui permît d'assurer son existence ; favorablement impressionnée, en outre, par la personnalité de M. Quimby et la bonne tenue

96

de son établissement, Mme Blackfriars finit par accepter l'invitation à déjeuner au restaurant Verrey.

A l'issue d'un excellent repas composé d'une soupe de carottes, d'un poulet rôti au romarin servi avec du riz et des champignons, le tout arrosé de thé, il fut conclu que Malcolm commencerait à travailler dès le lundi suivant, inaugurant ainsi un apprentissage de sept ans. Sa mère ayant tenu à ce qu'il revînt à la maison chaque soir, et M. Quimby n'étant pas obligé, en conséquence, à lui fournir le gîte et le couvert, celui-ci accepta, par manière de compensation, de lui payer des gages hebdomadaires plus élevés que l'ordinaire. En outre, pour remercier Malcolm d'avoir arrêté son pickpocket, M. Quimby renonça gracieusement à la gratification qu'il était en droit d'exiger pour le prendre en apprentissage.

Malcolm et M. Quimby sortirent du restaurant Verrey avec le sentiment que cette journée, qui avait commencé sous de méchants auspices, ne se terminait pas si mal, après tout.

3.

Monstres dans le noir

Le sommeil de la raison engendre des monstres.

GOYA

Un bon estomac ne peut appartenir qu'à un être tranquille.
Ils sont rares, les exaltés qui digèrent bien.

SAMUEL BUTLER, *Carnets de notes.*

Car les secrets, comme les outils pointus ou coupants, doivent
être tenus à l'écart des enfants.

JOHN DRYDEN, *Sir Martin Marall.*

1848
A Paris : l'Hôtel de Valcœur

*Nanou s'est de nouveau endormie à son poste. Cela lui arrive
très souvent. En vérité, elle est beaucoup trop âgée et bien trop
sourde pour assumer encore ses fonctions de gouvernante.
Du moins, c'est la conclusion qu'Ariane a tirée de certaines*

99

conversations surprises entre la cuisinière et Tessie, la plongeuse. Ces deux-là bavardent à perdre haleine, du matin au soir. Elles ont peut-être raison. Mais puisque Nanou est au service de la famille depuis de très nombreuses années, il ne vient à l'idée de personne de la renvoyer en la gratifiant d'une pension dérisoire.

D'ailleurs, cette situation fait fort bien l'affaire d'Ariane, qui se disait encore à l'instant, en souriant de satisfaction, que si Nanou n'avait pas été le genre de gouvernante qui ne s'endort jamais et qui a l'œil à tout, elle n'aurait pas pu, elle, Ariane, sortir de sa chambre en catimini pour se glisser dans la salle de cours attenante, si froide, faiblement éclairée par les quelques rayons de soleil qui parviennent à s'insinuer par les fentes de volets rabattus sur les fenêtres.

Quelques instants plus tôt, Ariane a entendu claquer la porte qui, de la cuisine, permet d'accéder au jardin potager. Et maintenant, après s'être juchée sur un tabouret, elle ouvre les volets, puis la fenêtre.

— Où vas-tu comme ça, Collie ? demande-t-elle au jeune homme dont elle épiait les mouvements depuis un moment.

Il se retourne et lui rétorque :

— Qu'est-ce que j'ai à la main ?

— Ta canne à pêche.

— Alors ? A ton avis ?

— Je peux aller avec toi ?

— Ce n'est pas l'heure de ta sieste, Ari ?

— Je n'ai pas sommeil. En plus, je te rappelle que j'ai cinq ans et que j'ai donc dépassé l'âge de faire des siestes. Collie, je veux aller avec toi ! S'il te plaît…J'en ai marre d'être enfermée dans cette maison à longueur de journées.

— Où est Nanou ? Qu'est-ce qu'elle en dit ?

— Elle ne dit rien. Elle dort, comme d'habitude.

— Alors, c'est d'accord, répond Collie, après quelques secondes de réflexion. Je pense qu'il n'y a pas d'inconvénient à ce que tu m'accompagnes. Mais attention, Ari ! Je ne veux pas que tu bavardes comme une pie, parce que tu ferais fuir les poissons. Est-ce bien compris ?

— Oui.

— Dans ce cas, va chercher ton chapeau, ton manteau et tes gants. Je t'attendrai à la porte de derrière.

Ariane ne perd pas un instant. Refermant vivement la fenêtre puis les volets, elle saute au bas du tabouret et file dans sa chambre. Ayant pris possession de son chapeau, de son manteau et de ses gants, elle descend dans la cuisine, où elle doit patienter un long moment, le cœur battant, que la cuisinière et Tessie veuillent bien s'éloigner.

Ayant enfin réussi à sortir de la maison, elle traverse le jardin en courant, elle suit le chemin sinueux et gravillonné qui mène à la porte de derrière. Et là, elle constate que Collie a tenu parole. Il l'attend.

— J'espère que ça ne va pas devenir une habitude, lui dit-il en guise d'accueil, quoique sans animosité, alors qu'il se détache de la porte de fer contre laquelle il s'était adossé. Tu dois te douter que j'ai mieux, pour occuper mon temps, que de jouer les gouvernantes avec toi.

— Je sais. Mais je ne t'embêterai pas, Collie. Vraiment. Je serai sage comme une image. C'est promis.

— Tsss… Tourne ta langue sept fois dans ta bouche avant de parler, au lieu de faire des promesses que tu ne seras pas capable de tenir. Petite effrontée, va !

— Effrontée, moi ?

— Oui ! Ne viens-tu pas de te soustraire à la surveillance de cette brave Nanou et de te glisser hors de la maison, sans prévenir qui que ce soit de ton absence ?

101

— *C'est vrai*, convient Ariane, soudain consciente de son audace.

— *Heureusement que j'ai eu la bonne idée, moi, de faire savoir que tu m'accompagnais à la pêche. Sinon, tu imagines l'affolement dans la maison quand on aurait découvert ta disparition ? Tu imagines la moitié du pays battant la campagne dans l'espoir de te retrouver ?*

— *Je… je n'y avais pas pensé.*

— *Evidemment que tu n'y as pas pensé ! Mais peut-être qu'une prochaine fois, tu réfléchiras un peu, au lieu de te préoccuper uniquement de ce que tu veux… Enfin ! Je ne veux pas me montrer trop dur avec toi, Ari, car tu es encore toute petite. Tu as encore tout à apprendre. Et puis, je veux bien croire que ce n'est pas amusant pour toi que de passer toutes tes journées dans cette ferme, au milieu de nulle part. Tu es une petite fille intelligente, tu as l'esprit sans cesse en éveil. J'imagine donc que tu dois t'ennuyer. Allons, prends ce seau d'appâts et viens avec moi. Je veux être rentré avant la nuit.*

Ravie à l'idée d'accompagner le jeune homme à la pêche, Ariane ne se le fait pas dire deux fois. Balançant gaiement le seau, elle suit Collie dans les bois. L'un derrière l'autre, ils descendent le chemin escarpé qui mène au lac.

Comme bien souvent dans les Highlands à cette époque de l'année, la brume écossaise noie le paysage, et contrairement à ce que laisserait supposer son nom, cette brume ressemblerait plutôt à une petite pluie fine… même si ce n'est pas tout à fait de la pluie quand même. Toujours est-il que la forêt d'automne est humide et froide, qu'il monte de la terre riche et prenante odeur d'humus. Ici et là, des lambeaux de cette brume, qui ne déserte jamais complètement les Highlands, s'accrochent aux branches des arbres et ressemblent à des fantômes mélancoliques. Les oiseaux, perchés dans les feuillages aux couleurs *flamboyantes, se lancent des appels incessants et composent ainsi la plus harmonieuse des symphonies. Les cerfs rouges et les bouquetins gambadent dans les fourrés. D'innombrables écureuils à la queue touffue s'occupent activement au ramassage des noisettes et des baies de sorbier qui leur permettront de passer l'hiver. Soudain, Ariane voit même un renard qui, après lui avoir jeté un regard méfiant, disparaît dans son terrier.*

Tout pâle, comme malade, le soleil, en cette fin d'après-midi, ne donne pas assez de chaleur pour réchauffer la forêt, et ce d'autant moins que les gros nuages, qui filent dans le ciel à toute vitesse, l'emprisonnent à tout moment dans leur cocon gris et noir.

Ariane est heureuse de cheminer en compagnie de Collie, car, en dépit de sa fascination pour les animaux, elle n'aurait pas aimé se trouver toute seule dans la forêt mystérieuse. Collie, plus âgé qu'elle de plusieurs années, lui paraît très grand et très fort, capable de la défendre si un danger se présente. En tout cas, rien dans son attitude ne permet de croire qu'il ait peur. Sa seule présence donne à Ariane le courage de continuer. Sans lui, elle rebrousserait chemin.

Elle le voit si rarement que, chaque fois qu'elle se trouve seule avec lui, elle a envie de lui poser plein de questions pour mieux le connaître. Mais alors que son insatiable curiosité l'engage à parler, elle se l'interdit parce qu'elle a promis de ne pas bavarder à tort et à travers. Elle tient sa langue, mais c'est difficile. Elle craint qu'en se montrant importune, elle n'incite Collie à changer d'avis et à la reconduire séance tenante à la maison au lieu de l'emmener à la pêche avec lui. Or elle n'a aucune envie que se termine si abruptement l'aventure, et de devoir passer tout l'après-midi dans sa chambre, à s'ennuyer.

Donc Ariane marche en silence, en balançant son seau.

Avec une baguette ramassée en chemin, elle s'amuse aussi à labourer l'épaisse couche de feuilles jaunes ou rouges qui jonchent le sol. Elle avait craint de souffrir très vite du froid, mais la cadence imposée par Collie, sans être excessivement rapide pour elle, l'oblige à se dépenser pour ne pas se laisser distancer, si bien qu'elle a plutôt chaud avec son chapeau, son manteau et ses gants, et qu'elle se serait volontiers débarrassée de ces vêtements. Hélas, quand elle présente cette suggestion à Collie, il émet une interdiction absolue, en expliquant qu'elle risquerait d'attraper une maladie si elle se découvrait, ce dont il ne veut en aucun cas être tenu pour responsable.

Ils sortent de la forêt et débouchent sur une pente herbeuse qui va en s'adoucissant au fur et à mesure qu'ils s'approchent de la rive du lac. Le Loch Ness — tel est son nom — s'étend devant eux comme un gigantesque dragon serpentant au milieu du Great Glen, cette immense fissure qui coupe les Highlands en deux parties.

Dans le passé, Ariane a déjà vu le Loch Ness, mais d'en haut, depuis la route qui le suit sur toute sa longueur. Maintenant, alors que Collie et elle descendent avec précaution la colline en direction de la rive couverte de galets, le lac lui semble démesuré, non tant en largeur car elle peut voir l'autre rive malgré la brume, mais en longueur. D'un côté comme de l'autre, il lui est impossible d'apercevoir les extrémités du Loch.

Dans ce lac vit un monstre. Ariane l'a entendu dire. Elle s'en souvient et se met à trembler.

— As-tu froid, Ari ? lui demande Collie.

— Non, non, j'ai seulement un peu peur. A cause du monstre. On m'a dit qu'il y en avait un.

— Eh bien, s'il y a un monstre dans le Loch Ness, je ne l'ai jamais vu. Maintenant, si tu as trop peur, tu peux m'attendre ici.

— *Non, j'aime mieux venir avec toi.*

— *Voilà une grande fille, courageuse et tout ! dit simplement Collie.*

Ces mots augmentent la peur d'Ariane, sans qu'elle sache pourquoi.

Le bateau de Collie, baptisé Sorcière des Mers, *est tiré sur les galets. Après avoir soulevé Ariane pour la déposer dedans, avec son matériel de pêche et le seau d'appâts, il pousse l'embarcation vers les hautes eaux du rivage, puis il monte lestement à bord. Prenant les rames qui reposent dans le fond, il les place dans les tolets et commence aussitôt à les actionner. Ses mouvements lents et puissants propulsent la* Sorcière des Mers *vers le milieu du Loch Ness, à trois quarts de mile du rivage, là où il a l'intention de tremper sa ligne.*

Après une petite demi-heure d'efforts, il est arrivé à destination. Ayant remis les rames dans le fond du bateau, il prépare sa ligne et la jette dans l'eau.

— *Qu'est-ce que tu espères attraper, Collie ? demande Ariane, en chuchotant pour ne pas effrayer les poissons.*

D'un petit mouvement d'épaules, Collie lui fait savoir que cette question ne le tourmente pas, mais il consent à expliquer :

— *On trouve ici de la truite brune et du saumon. Ce sont les meilleurs poissons du Loch Ness, pas comme les vairons et les épinoches, trop petits et trop pleins d'arêtes pour constituer un mets de choix. Mais comme ceux-ci vivent dans les hautes eaux, nous ne risquons pas d'en attraper. Maintenant, dans les eaux les plus profondes, les saumons pullulent, surtout en cette saison, parce que c'est en automne qu'ils viennent dans le loch Ness pour frayer. Donc, je pense que nous en attraperons plusieurs, si nous avons de la chance. Les brochets sont rares, mais pas inconnus ici. Ce sont les plus gros poissons qu'on trouve dans le Loch, si l'on excepte, bien sûr, le monstre dont*

105

tu me parlais il y a un instant, et que je n'ai pas encore eu le plaisir de rencontrer, ainsi que je te le disais. Mais peut-être ne s'agit-il que d'un conte que les gouvernantes racontent aux enfants pas sages, pour les effrayer ? De temps en temps, mais rarement, il m'arrive d'attraper une anguille. Tout dépend, je crois, de ce qu'on a comme appât au bout de sa ligne.

— Est-ce que tu nages dans le Loch, quelquefois ?

— Non, car l'eau est toujours trop froide, même pour le plus endurci des Ecossais. Et puis, il y a toute cette tourbe qui rend l'eau si noire qu'on ne peut pas voir plus loin que quelques pieds sous la surface de l'eau, ce qui fait qu'il n'est pas agréable de se baigner dedans.

— Je vois...

Assise sur le banc arrière, les genoux remontés sous le menton, Ariane s'enferme alors dans un silence pensif. Et puis, elle commence à avoir un peu froid, maintenant qu'elle ne marche plus. La fraîcheur automnale traverse ses vêtements et lui donne la chair de poule. Le vent, qu'elle avait à peine remarqué auparavant, souffle fort sur les eaux du Loch. Des nuages bas et noirs tombe une petite pluie fine et insidieuse, qui n'a pas mis longtemps à tremper son chapeau, son manteau et ses gants. C'est au point qu'elle regrette presque d'avoir quitté sa chambre, et qu'elle rêve de pouvoir se pelotonner devant le feu, sur le vieux tapis turc.

Il règne un calme étrange sur le loch, comme si un désastre monstrueux avait frappé l'humanité et qu'il ne restait plus que Collie et Ariane, dans leur barque, ignorant qu'ils étaient désormais seuls au monde. Autour d'eux, la brume s'épaissit et s'alourdit, elle s'enroule autour de leur barque comme un linceul qui aurait été déployé par des mains inconnues, mystérieuses, surnaturelles, des mains d'un autre monde.

Les gouttes de pluie tambourinent à la surface du lac et

jouent une mélodie obsédante — tip-tap… tip-tap… tip-tap… — semblable à un bruit de pas.

Angoissée, Ariane regarde autour d'elle. Soudain, la brume se déchire d'un seul coup et lui révèle une scène effrayante.

Vu sous cet angle, l'immense château perché sur un haut promontoire au bord de la rive nord-ouest du Loch, semble l'émanation même de la falaise, comme s'il en était né, comme s'il continuait à grandir, comme s'il était une créature vivante. Tout bâti d'un grès rouge auquel les siècles ont donné la couleur du sang séché, il s'entoure de hautes murailles crénelées et ponctuées de tours carrées ou rondes. Des fenêtres étroites, voûtées en ogives, apparaissent comme des douzaines d'yeux noirs qui jettent leurs regards menaçants sur le loch. La porte d'entrée, munie d'une herse, a toutes les apparences d'une gueule aux crocs de fer, et donne au château tout entier l'aspect d'un monstre tapi, prêt à bondir du haut de la falaise pour se jeter sur Ariane et la dévorer.

Paralysée par la terreur, Ariane murmure, d'une voix blanche :

— Collie, quel est cet horrible château ?

Il reste silencieux pendant un si long moment qu'elle se demande s'il a entendu sa question, à moins qu'il ait l'intention de ne pas lui répondre. Finalement, il laisse tomber :

— Dundragon.

— Qu'est-ce que cela signifie ?

— En écossais, Dun signifie château, et Dundragon château du Dragon.

— Est-ce… est-ce parce que le monstre du Loch Ness est une sorte de dragon ?

— Peut-être. Je ne sais pas. Ce lieu est hanté. Du moins, c'est ce qu'on dit.

Alors que Ariane s'apprête à poser une nouvelle question,

elle aperçoit un jeune homme sur le chemin de ronde, apparu là brusquement, comme s'il était né de la brume. Il est grand, mince, ténébreux, avec une grâce vénéneuse qui ne va pas sans rappeler celle d'un serpent. Cette impression très troublante trouve son accomplissement quand, sous les yeux horrifiés d'Ariane, le jeune homme se transforme lentement en un gigantesque serpent de mer, tout noir. Sa métamorphose achevée, il se coule le long des murs et descend dans les eaux du Loch.

Pétrifiée, Ariane veut dire à Collie ce qui se passe, puisqu'il tourne le dos à la scène. Mais si grande est sa terreur qu'aucun son ne sort de sa gorge. Muette, elle ne peut que regarder, sans pouvoir agir, la haute vague qui soulève les eaux du loch et se dirige, lentement mais sûrement, vers la petite barque.

Le monstre du Loch Ness existe donc ! se dit-elle.

Le long corps sinueux de la bête fantastique dessine trois arches arrondies, comme les ruines d'un cloître. Sans hâte, elle approche toujours.

Soudain, la tête jaillit hors de l'eau et flotte, hideuse, au-dessus de la Sorcière des Mers qui, en comparaison, paraît minuscule. Le monstre ouvre sa gueule, révélant ses crocs aussi longs, aussi pointus que ceux d'un requin, ainsi qu'une langue fourchue qui se déploie et se met à s'agiter, comme si elle avait une vie propre.

Des profondeurs de la gorge jaillit un jet de flammes.

Enfin, la fête fantastique se penche sur la barque, sa langue s'enroule autour d'Ariane pour la précipiter dans sa gorge.

Au milieu des flammes immondes, Ariane se met à hurler, hurler…

Ce furent, en vérité, ses propres cris de terreur qui la sortirent de son rêve, de cet horrible cauchemar qui, l'instant d'avant, la

108

tenait encore dans ses griffes monstrueuses. Prise de tremblements convulsifs et incontrôlables, Ariane de Valcœur s'assit abruptement dans son lit et emprisonna sa poitrine dans ses bras, plantant ses ongles dans sa peau, pour se réconforter en vérifiant qu'elle était bien en vie, qu'elle n'avait pas été attrapée et jetée dans la gueule enflammée du monstre.

Pendant un long moment, elle se trouva dans une telle détresse qu'elle ne savait plus où elle se trouvait. Dans la pénombre de sa chambre si agréablement aménagée, les meubles avaient pris des formes inconnues, sinistres, menaçantes, comme s'ils étaient tombés d'une planète lointaine.

Le cœur d'Ariane battait fort. Elle respirait de façon erratique, aspirant avec bruit de longues goulées d'air qui lui brûlaient la gorge et les poumons. Désespérée de ne pas reconnaître son environnement, elle jetait de tous côtés des regards apeurés. Ses draps et sa fine chemise de nuit en mousseline étant trempés de sueur, et le feu dans la cheminée s'étant amenuisé au point qu'il ne restait plus dans l'âtre que quelques braises luisant faiblement dans le tas de cendres, elle ne tarda pas à sentir le froid, ce qui la fit trembler davantage. Bientôt, elle se mit à claquer des dents.

Le grand hôtel de Valcœur, la demeure de son père, sise dans un quartier élégant de Paris, n'avait pas les murs assez épais pour la protéger contre le froid de ce mois de janvier. A cette heure tardive de la nuit, la capitale était déserte et paisible. On n'entendait que le vent qui sifflait lugubrement en parcourant le dédale des rues, et le cliquetis obsédant des gouttes de pluie sur les toits.

Mais voilà que, dans le corridor, retentissaient des appels lancés d'une voix étouffée, puis que des pas précipités se faisaient entendre. Bientôt de petits coups furent donnés à la porte de la chambre, qui s'ouvrit aussitôt pour donner passage

109

à la mère d'Ariane, ainsi qu'à sa gouvernante, qu'il faudrait appeler plutôt sa « demoiselle de compagnie ». Il faut préciser que Ariane venait d'avoir dix-huit ans.

Les deux femmes s'étaient vêtues de leur robe de chambre. Chacune portait un chandelier.

— Ma pauvre petite ! s'exclama Hélène de Valcœur, encore sur le seuil de la chambre.

Elle entra en coup de vent, posa son chandelier sur la table de nuit, s'assit au bord du lit et prit sa fille dans ses bras.

— Que se passe-t-il ? lui dit-elle en la serrant contre elle. Qu'est-ce qui ne va pas, ma chérie ? Mais quelle stupide question je te fais là ! Bien sûr, c'est cet horrible cauchemar, une fois encore, car il n'y a que cela qui puisse te mettre dans cet état.

Elle se tourna vers la demoiselle de compagnie.

— Mademoiselle Neuville, demandez aux femmes de chambre de monter ici pour ranimer le feu, et faites-nous monter aussi une tasse de chocolat chaud.

— Certainement, madame.

La jeune fille sortie de la chambre, la comtesse prit la robe de chambre d'Ariane, qui reposait au pied du lit, et l'en enveloppa. Puis elle l'aida à se lever pour s'installer dans un fauteuil recouvert de satin bleu, près de la cheminée. Cela fait, elle s'empara du tisonnier et se mit en devoir de remuer le tas de cendres, à grands gestes nerveux qui trahissaient sa nervosité. Elle réussit ainsi à susciter quelques flammèches.

— Ah ! Berthe, merci d'être venue si promptement, dit-elle à la servante qui arrivait. Ma fille a fait un très mauvais rêve et elle souffre du froid. Veuillez ranimer ce feu.

— Oui, madame la comtesse.

La servante fit une révérence et s'agenouilla devant l'âtre pour déblayer la plus grande partie des cendres avant de placer sur les braises des brindilles bien sèches, sur lesquelles elle souffla

110

d'abondance. Les flammes illuminèrent la pièce. Il ne restait plus qu'à nourrir le feu de quelques bûches. Cela fait, la servante préleva des braises pour les mettre dans la bassinoire, au moyen de laquelle elle réchauffa les draps humides et froids.

Mlle Neuville réapparut, portant un plateau d'argent sur lequel figuraient un pot de chocolat fumant, deux tasses en porcelaine de Sèvres avec les soucoupes assorties, ainsi qu'une assiette de petits gâteaux secs. Elle déposa le tout sur une petite table ronde devant l'âtre.

— J'ai pensé que vous prendriez volontiers un peu de chocolat aussi, madame la comtesse. Voulez-vous que je m'acquitte du service ?

— Oui, mademoiselle Neuville, je vous en prie, répondit Hélène de Valcœur en prenant place dans le fauteuil qui faisait face à celui de sa fille. Mais je crains que même le chocolat chaud ne puisse me permettre de retrouver le sommeil cette nuit.

— Je suis désolée, maman, murmura Ariane. Je ne voulais pas vous réveiller.

— Je sais bien, ma petite. C'est pourquoi il ne faut pas te tourmenter. Tu n'y peux rien. Si seulement je savais comment mettre un terme à ces horribles cauchemars qui t'obsèdent ! Puisses-tu retrouver des nuits paisibles. Je m'inquiète pour toi, mais n'est-ce pas normal ? Je suis ta mère !

Le chocolat ayant été versé dans les tasses, les tasses placées sur les soucoupes, la gouvernante procéda à la distribution, puis elle sortit de la chambre, la servante sur ses talons.

Restées seules, Mme de Valcœur et sa fille gardèrent long-temps le silence. D'une main tremblante, Ariane portait sa tasse à ses lèvres et buvait à petites gorgées, sous le regard soucieux de sa mère, qui portait fréquemment sa main à son front pour contenir une migraine menaçante. Enfin, celle-ci se résolut à rompre le silence.

111

— Ariane, déclara-t-elle d'une voix douce qui n'excluait pas la fermeté, tu sais que les monstres, comme celui de tes cauchemars, n'existent pas. Ces rêves, si horribles soient-ils, n'ont aucune réalité. J'espère que tu en es convaincue.

— Pourtant, tout cela me semble si réel, maman, soupira la jeune fille. Les Highlands d'Ecosse existent, n'est-ce pas ? Le Loch Ness aussi. Mlle Neuville m'en a parlé au cours d'une leçon de géographie. Oh, maman, j'aimerais tant pouvoir vous faire comprendre ! Chaque fois que je fais ce rêve, c'est comme si... comme si j'avais été réellement en Ecosse, comme si j'avais vu toutes ces choses par moi-même, les Highlands, le loch, le château si effrayant. C'est comme si j'avais habité dans cette ferme étant enfant. Il me semble avoir réellement connu Collie, autrefois ou dans une autre vie.

Comprenant soudain quelle impression ce discours devait faire sur sa mère, Ariane sentit sa voix se briser. Elle soupira, émit un petit rire nerveux, puis reprit :

— Je me rends compte que je vous parais folle, mais je ne le suis pas, maman. Je vous jure que je ne suis pas folle.

— Je sais bien que tu n'es pas folle, ma chère enfant. Mais imagine ce que penseraient d'autres personnes si tu leur tenais ce genre de discours. Elles diraient que tu n'as pas toute ta tête, ou peut-être que tu as un don inquiétant, te permettant de voir ce qui se passe ailleurs ou en d'autres temps ? Ce ne serait pas plus convenable. C'est pourquoi je veux que tue me promettes, ma chérie, de ne parler de tes cauchemars avec personne d'autre qu'avec moi.

— Oui, maman, je vous le promets.

— Très bien. Maintenant, sois une bonne fille et finis de boire ton chocolat. Moi, je vais boire le mien aussi, et pendant ce temps nous parlerons de choses et d'autres, de sujets plus amusants que tes horribles rêves qui me chagrinent à un point que tu n'imagines pas. Je n'arrive pas à comprendre pourquoi tu reçois ces visions, et je comprends encore moins pourquoi elles te reviennent si souvent. C'est très agaçant, en fin de compte ! A ton âge, tu devrais ne penser qu'aux soirées, aux bals... Tu ne devrais te préoccuper que de trouver le jeune homme qui t'épousera. Moi, à ton âge, je ne pensais à rien d'autre, je t'assure.

Dans ses jeunes années, Mme de Valcœur avait été la coqueluche de Paris. On l'avait considérée comme la plus belle jeune fille de la capitale. Maintenant, en son âge mûr, elle restait une femme charmante, dont la compagnie et la conversation étaient très recherchées dans les salons à la mode. Elle attirait encore les regards des hommes et suscitait leurs hommages, mais son mari restait le seul à détenir la clé de son cœur.

— Nous devons donner une soirée, reprit-elle avec entrain. Oui, un bal auquel nous inviterons tous les jeunes gens possibles. J'en parlerai à ton père dès demain matin. Quelle pitié qu'on ne parle en ce moment que d'une nouvelle révolution possible ! Il semble que ce soit en ce moment le seul sujet de conversation convenable ! Et il y a ces deux horribles Allemands qui soufflent sur le feu... Comment s'appellent-ils, déjà ? Ah, oui ! Karl Marx et son compère Friedrich Engels. Des monstres ! J'ai été si heureuse d'apprendre que Marx avait été expulsé de Paris. Sincèrement, j'espère qu'il ne remettra plus jamais les pieds chez nous. D'après ce que je sais, il s'en est allé à Bruxelles toujours accompagné par Engels, son âme damnée. Eh bien, bon voyage à tous les deux ! Bon débarras ! Il n'empêche que le mal est fait et que les bourgeois de Paris brûlent de prendre les armes pour chasser le roi Louis-Philippe de son trône. Quelle honte ! Il a beau être très impopulaire, il reste le roi, tout de même ! Comme s'il n'avait pas suffi de couper la tête à

113

ce pauvre Louis XVI ! En vérité, la France est lasse de toutes ces folies, de tout ce sang répandu.

Se rendant compte qu'elle s'exaltait et que sa fille la considérait avec de grands yeux ronds, la comtesse sourit et reprit, sur un ton plus mesuré :

— Comment est ton chocolat, ma petite ? Bon ? Oui... C'est un breuvage agréable, n'est-ce pas ? Alors, dépêche-toi de tout boire, afin que nous puissions aller nous recoucher... Je disais donc qu'un bal était tout indiqué pour te faire oublier tes horribles cauchemars. Imagine, ma petite fille, des dizaines de jeunes gens n'ayant d'yeux que pour toi, et toi ne sachant lequel choisir... Quel thème pourrions-nous bien choisir ? As-tu une idée ? Un bal masqué serait très bien. Voilà qui plaît toujours. Les gens adorent se déguiser et se donner, le temps d'une soirée, pour ce qu'ils ne sont pas et qu'ils aimeraient tant être. Oui, plus j'y pense, plus je me dis que ce serait une bonne idée. Cela dit, un bal ne suffit pas. Il nous faut quelque chose de plus, pour surprendre nos invités et les divertir tout au long de la soirée... mais quoi ? Je n'arrive à penser à rien pour le moment. C'est qu'il est bien tard et que j'ai les nerfs à fleur de peau. Demain, cela ira mieux. Oh, ma chère petite, je suis si contente ! Nous allons bien nous amuser déjà, à mettre notre bal sur pied. Je crois que ce sera l'événement de la Petite saison. Tu ne crois pas ?

— J'en suis certaine, maman, répondit Ariane, avec un pâle sourire.

Mme de Valcœur, femme bonne et bien intentionnée, croyait que tous les maux du monde pouvaient se résoudre dans les divertissements. Elle pensait confusément qu'une personne accablée de soucis les verrait disparaître d'eux-mêmes si elle n'avait plus de temps à leur consacrer. Ne pouvant supporter de voir souffrir ceux qu'elle aimait, elle ne savait, pour les réconforter, que leur offrir des gâteaux ou du chocolat chaud, ou encore leur proposer de danser. Si vains qu'ils fussent, et un peu dérisoires, ses efforts n'en partaient pas moins d'un bon sentiment.

Ariane, qui faisait preuve d'une sagesse très supérieure à celle qu'on eût pu attendre d'une jeune fille de dix-huit ans, avait de longtemps analysé ce travers de sa mère et, de ce fait, avait renoncé à avoir une discussion un peu sérieuse avec elle sur ce sujet. C'est pourquoi elle accepta sans barguigner l'idée d'un bal masqué, sans dire qu'une telle soirée ne pourrait rien pour vaincre les terribles cauchemars qui hantaient ses nuits.

Elle savait, en outre, qu'un refus, à tout le moins de simples réticences, n'eussent servi qu'à augmenter le trouble où sa mère se trouvait à cause d'elle.

Le pot de chocolat chaud ayant été vidé, la comtesse reconduisit sa fille dans son lit. Elle l'y borda avec soin et lui donna un baiser affectueux sur le front. Puis elle reprit son chandelier sur la table de nuit et quitta la chambre.

— Ne fais que des rêves agréables, ma petite fille, recommanda-t-elle en se retournant sur le seuil.

Elle referma la porte, ne laissant dans la pièce que le souvenir de son sourire et son parfum de roses.

Dans le corridor, cependant, son sourire s'évanouit. Elle s'éloigna à pas lents, en sachant que malgré les deux tasses de chocolat qu'elle avait bues, elle ne trouverait pas le sommeil. Si lourd était le poids qui pesait sur son cœur, si grand son tourment ! Son visage habituellement uni et lisse portait les stigmates du souci qui l'accablait, si bien que lorsqu'elle rentra dans sa chambre, son mari, le comte de Valcœur, sut aussitôt à quoi s'en tenir.

Eveillé lui aussi par les cris de sa fille, il s'était levé et était passé dans la chambre de sa femme pour attendre les nouvelles. Mais il n'avait pas besoin d'explications, et il dit :

— Je gage qu'Ariane a de nouveau rêvé au monstre du Loch Ness ?

— Oui, répondit sa femme. Oh, Jean-Paul, c'est vraiment très angoissant. Que faut-il faire ? Je n'en sais rien.

— Ariane n'est plus une enfant, soupira le comte, exprimant ainsi la tristesse que semblait lui donner cette constatation. C'est une jeune fille, et quelque grand que soit notre amour pour elle, nous ne pouvons pas prétendre la protéger sans cesse et la garder des rigueurs de l'existence. Je pense même que le temps est venu de lui dire la vérité. Imaginez qu'il nous arrive malheur. Qu'adviendrait-il d'elle, qui ignore tout de ce qui affecte sa vie ?

— Je ne sais pas, je ne sais pas, murmura la comtesse.

Elle s'assit sur la bergère tendue de satin à rayures, en face de celle où son mari avait pris place, devant l'âtre où flambaient quelques bûches. Le visage caché dans ses mains, elle reprit :

— Ariane est encore si jeune, et le fardeau qui doit s'appesantir sur ses épaules est si lourd, si lourd… Jean-Paul, avons-nous le droit de troubler le bonheur auquel elle a droit ? Est-il nécessaire qu'elle perde trop tôt la confiance qu'elle a mise en nous ?

— Ces temps sont difficiles, Hélène, reprit le comte après un instant de réflexion. La France s'enfonce dans le chaos depuis l'assassinat de Louis XVI et de la pauvre reine Marie-Antoinette. Nous avons connu l'horrible règne de la Terreur, puis des guerres incessantes avec Napoléon. Et voilà que le trône vacille de nouveau. Louis-Philippe, pourtant, a voulu être un roi citoyen. Le chaos, vous dis-je ! Les royalistes complotent pour ramener un Bourbon à la tête de l'Etat, tandis que les révolutionnaires et les républicains manigancent pour abolir la monarchie et renverser le gouvernement.

Il se leva et, pensif, se mit à marcher de long en large, les mains dans le dos, tout en exprimant sa pensée politique.

— Dans ces conditions, qui peut prédire ce qu'il adviendra de nous dans un avenir lointain ou même proche ? Si grands, si terribles sont les troubles où nous nous enfonçons ! Nous pouvons nous réveiller demain matin en découvrant que le monde dans lequel nous avons vécu a disparu à tout jamais. Il faut savoir en effet que la France n'est pas le seul pays à se voir instiller les poisons concoctés par Marx et par Engels. Bien au contraire, ces êtres malfaisants sèment à tout vent les graines du mécontentement et de la rébellion. Ils suscitent des émules partout. La discorde s'installe, elle envahit tout notre continent. On ne travaille plus ! C'est ainsi que, par exemple, les pommes de terre pourrissent sur pied en Irlande, et que le peuple meurt de faim. Bien souvent, de pauvres gens jetés hors de leur maison sont obligés d'errer sur les routes sans savoir où trouver refuge…

Levant les bras au ciel, il poursuivit, d'une voix de plus en plus âpre :

— Je comprends bien que ces gens sont souvent désespérés, qu'ils n'ont plus rien à perdre, sauf la vie. Mais que vaut la vie quand on n'a plus que le malheur pour perspective ? Plus grand-chose… C'est pourquoi je vous en avertis, Hélène. De grands changements sont à venir, qui bouleverseront toute l'Europe et peut-être même la terre tout entière. Franchement, je ne sais ce qu'il en sortira. L'avenir sera-t-il meilleur ou pire que le présent ? Bien malin qui pourrait le dire.

— Vous m'effrayez, Jean-Paul, s'exclama la comtesse. Quel terrible discours que celui-là ! Vous ne pouvez pas croire sérieusement que la bourgeoisie se soulèvera une fois encore, qu'elle renversera la monarchie pour établir, de nouveau, le règne de la terreur.

— Je pense, répondit posément son mari, que ces temps sont incertains et que nous ne savons pas ce que l'avenir nous réserve. Mais je vous en prie, ma chère, ne vous mettez pas en souci à cause de ces sombres perspectives, car ce sont des affaires d'hommes. C'est aux hommes qu'il appartient de régler les affaires du temps. Si je vous ai fait cette conversation, c'est pour que vous ayez conscience du danger qu'il y aurait à ne pas révéler à Ariane les terribles mystères qui la concernent. En persistant à la laisser dans l'ignorance, même si cela part d'un bon sentiment, nous pouvons obérer toute sa vie. Je crois que nous faillirions gravement à notre devoir de parents en refusant de voir la vérité en face.

— Oui, vous avez peut-être raison, admit la comtesse après un petit moment de réflexion, mais son visage restait marqué par le doute. D'un autre côté, en lui confiant le secret que nous avons gardé par-devers nous pendant si longtemps, ne risquons-nous pas de placer sur ses épaules un fardeau qu'elle sera incapable de supporter ? Comment savoir si elle a assez de force et de sagesse pour recevoir la connaissance ? Elle est encore si jeune, si primesautière ! Et qui sait si elle ne serait pas tentée de tirer avantage de ces périlleux secrets pour se rendre intéressante ? Cela aurait pour conséquence d'éveiller l'intérêt d'ennemis très dangereux, et implacables. Elle n'est pas toujours capable de discipliner sa langue autant qu'il faudrait. Vous le savez bien. Quelques paroles imprudentes devant une personne mal intentionnée, et c'en serait fini de notre petite fille.

Elle s'interrompit et montra à son mari un visage marqué par une véritable détresse, puis elle s'exclama :

— Oh, Jean-Paul, je ne me pardonnerais jamais s'il lui arrivait malheur parce que nous aurions manqué de discernement.

Faut-il ou ne faut-il pas lui confier le terrible secret dont nous la préservons depuis si longtemps ? Comme j'aimerais être certaine que nous agissons pour le mieux ! C'est pourquoi je vous en conjure, prenons notre temps avant de décider quoi que ce soit, et surtout, prions Dieu qu'Il nous aide à y voir clair.

— Qu'il en soit ainsi, Hélène.

Le comte ne pouvait rien refuser à sa femme. Il acceptait cette faiblesse avec philosophie. Souriant tendrement, il ajouta :

— Nous attendrons encore un peu et nous suivrons avec attention le cours des événements. Voilà qui ne peut nuire en rien aux intérêts de notre fille, j'en suis sûr.

— J'en suis sûre aussi, affirma Mme de Valcœur, quelque peu rassérénée.

Mais aussitôt le doute la reprit et elle tressaillit violemment, tandis qu'un frisson glacé descendait le long de sa colonne vertébrale.

4.

Mme Blackfriars fait des révélations

Nous savons comment proférer beaucoup de mensonges qui ressemblent à des vérités, mais nous savons, quand nous le voulons, dire la vérité.

HÉSIODE, *Théogonie*.

Alors je parlai de mes désastres, de mes aventures mouvementées sur mer et sur terre, de la mort à laquelle j'échappai plus d'une fois, de justesse.

SHAKESPEARE, *Othello*.

1848
A Londres : Oxford Street

Selon un décret promulgué en 1847 par Méhémet Ali, le si estimé pacha d'Egypte, les nécessaires travaux de modernisation, entrepris au Caire et ailleurs, devaient être menés « à la façon européenne, pour le plus grand bénéfice du royaume ».

En son for intérieur, Khalil al-Oualid doutait que ces projets,

imités de l'Europe, servissent au mieux les intérêts de l'Egypte.
Pour autant qu'il pût en juger en effet — n'avait-il pas des yeux
pour voir ? — les déserts arides de son pays natal n'avaient
pas grand-chose de commun avec l'Europe ; partant, ce qui
convenait à Londres ou à Paris, à Rome ou à Madrid, à Berlin
ou à Vienne, ne réussirait pas nécessairement au Caire.

Ainsi allait le cours des réflexions de Khalil al-Oualid. Mais,
soumise à l'afflux incessant des milliers d'étrangers venus du
continent européen, la capitale égyptienne avait déjà changé,
phénomène inévitable. Elle intégrait de nouvelles manières de
penser, de nouvelles façons de travailler, et maintenant elle
marchait avec détermination sur les voies du progrès telles que
d'autres les avaient tracées. C'est ainsi que les rues Al-Mouki,
Al-Qaala, Boulaq et Fum Al-Khalig avaient été éventrées pour
donner naissance à de larges avenues pavées dans le style qu'af-
fectionnaient les Européens. C'est ainsi que la moindre artère
avait reçu un nom ; chaque maison, un numéro.

Tandis que M. al-Oualid parcourait du regard Oxford Street,
qu'il en scrutait toutes les boutiques, il songeait que si le pacha
Méhémet Ali persistait dans son rêve de modernité, il ne faudrait
pas longtemps pour que toute l'Egypte traditionnelle disparût
tout à fait. L'Egypte traditionnelle, c'était celle des bazars
labyrinthiques, surpeuplés, colorés, bruyants, odorants, bazars
dans lesquels les échoppes débordaient d'herbes et d'épices, de
fruits et de légumes, de cotonnades et de soieries, de tapis et
de tentes, de bijoux et d'objets de toutes sortes. Et à la place,
qu'aurait-on ? Des façades impersonnelles de brique et de verre,
tout comme celles qui entouraient M. al-Oualid et Hosni, son
fidèle serviteur.

C'était un voyage long et pénible qu'il avait entrepris avec
son serviteur Hosni. Au Caire, ils avaient été obligés de s'embarquer sur un bateau à aubes, minuscule, dégoûtant, infesté de

122

cafards, lequel les avait conduits, en descendant le Nil, jusqu'au port d'Alexandrie. Là, ils avaient pu monter à bord — plaisant contraste ! — d'un luxueux paquebot appartenant à la Compagnie orientale de navigation à vapeur. C'est ce bateau qui, après plusieurs semaines de voyage, les avait amenés à Londres.

S'il n'avait tenu qu'à M. al-Oualid, il n'eût assurément pas entrepris cette expédition. Mais il se trouvait qu'on lui avait donné des ordres, et donc, il s'efforçait de mener sa mission à bien ; dans son propre intérêt. Il ne tenait pas à rentrer en Egypte les mains vides, ce qui lui vaudrait une disgrâce dont il ne se relèverait pas et dont il ne pouvait même pas supporter la simple évocation.

S'il avait recueilli beaucoup de renseignements dans les rapports circonstanciés établis par ses nombreux prédécesseurs, il n'avait confiance qu'en Hosni, son serviteur qui l'accompagnait partout depuis plusieurs années déjà, et qui se trouvait à ses côtés dans Oxford Street, puisqu'il le fallait. Frissonnant sous la petite pluie fine et froide qui tombait inlassablement en ce froid après-midi hivernal, M. al-Oualid se disait qu'il eût préféré rester dans sa terre natale d'Egypte, brûlée par le soleil. Plus vite il accomplirait son devoir, plus vite il quitterait ce pays inhospitalier, toujours humide, toujours froid.

M. al-Oualid s'arrêta devant le numéro 7 B d'Oxford Street, qui était le siège de Quimby & Compagnie, Cartographes et Editeurs de cartes. Alors il vérifia l'ajustement de son turban blanc et, sa longue djellaba flottant dans le vent d'hiver, il traversa la rue pour pénétrer dans le prospère établissement. Muet, Hosni le suivait de près, tenant au-dessus de lui un grand parapluie noir.

*
* *

Quand Malcolm s'éveilla, ce matin-là, dans la chambre qu'il occupait chez sa mère, dans Cochrane Street, au sein du quartier tranquille de Saint-John's Wood, il n'eut aucunement l'intuition que surviendraient, au cours de la journée, non pas un, mais deux incidents très bizarres auxquels il serait amené, par la suite, à attacher une importance extrême. C'est une vérité universelle que les événements capitaux ont souvent des commencements bénins ou insignifiants.

Malcolm s'était depuis si longtemps habitué à la plaisante routine de sa vie au magasin de M. Quimby qu'il lui arrivait d'oublier — à sa grande surprise lorsqu'il en prenait conscience — qu'il vivait sous la permanente menace d'un danger d'autant plus insidieux qu'il lui était inconnu, et qu'il marchait en quelque sorte au bord d'un précipice dans lequel il pouvait tomber à tout moment s'il trébuchait, à moins qu'on ne l'y poussât. Telle était, du moins, la réalité de son existence, s'il devait croire à ce que lui avait dit sa mère.

En fait, s'ils avaient réellement des ennemis, ainsi qu'elle le lui rappelait avec obstination, ceux-ci devaient avoir perdu depuis longtemps leurs traces, s'ils n'avaient pas tout simplement oublié leur existence.

Depuis treize ans que Malcolm et sa mère avaient quitté leur maison incendiée de Whitrose Grange pour venir s'installer à Londres, depuis treize ans qu'il travaillait comme apprenti chez Quimby & Compagnie, Cartographes et Editeurs de cartes, rien de fâcheux ne leur était arrivé, si bien que Malcolm en était venu à se persuader qu'il s'était laissé abuser par son imagination, à moins qu'il n'eût tout simplement rêvé la scène étrange et terrible de l'étranger en manteau noir mystérieusement entré dans le bureau sous sa chambre, pour assassiner son oncle Charles et s'engager avec son père dans une lutte à mort au terme de laquelle s'était déclenché l'incendie de Whitrose Grange.

Malcolm ne doutait plus de ce double trépas, car au cours des années, sa mère et lui n'avaient reçu aucun signe qui eût infirmé cette thèse. Donc, après une longue période pendant laquelle il s'était accroché à ses fallacieux espoirs, il s'était résigné à admettre la vérité et s'était alors abandonné à un chagrin d'autant plus vif et cruel qu'il l'avait longtemps tenu à distance.

Etrangement, quand il songeait à son père et à son oncle Charles — ce qui lui arrivait fréquemment — il semblait à Malcolm qu'il les avait connus et aimés dans une autre vie. Le temps avait apaisé sa douleur, qu'il portait néanmoins constamment en lui et que le sentiment de sa culpabilité, resté très vif, avivait avec régularité. Il se reprochait de n'avoir pas trouvé en lui les ressources nécessaires pour retrouver les assassins et leur infliger le châtiment qu'ils méritaient. En eût-il eu l'occasion qu'il se serait volontiers chargé de ce devoir.

Malheureusement, tel n'avait pas été le cas, Malcolm n'ayant pas réussi à se faire confier par sa mère les terribles secrets dont elle était dépositaire. Le temps passant, il avait cessé de la harceler de questions. Son désir de vengeance s'était affadi lui aussi. Certes il restait présent dans son esprit, mais dans une zone profonde, que Malcolm visitait de plus en plus rarement.

Au fil des années, sa mère avait écrit à la tante Katherine de nombreuses lettres qui, toutes, étaient restées sans réponse. Elle avait fini par renoncer en admettant, non sans une grande tristesse, qu'un sort funeste avait frappé cette femme et ses deux enfants, et que eux aussi dormaient pour toujours dans leur tombe, peut-être depuis longtemps déjà.

Mais ce n'étaient pas ces pensées désespérantes qui occupaient Malcolm ce matin-là. D'ailleurs, levé de bon matin comme à son habitude, il procéda à ses ablutions en ne pensant à rien de spécial, et c'est l'esprit tout aussi léger que, habillé, il prit le chemin de la cuisine où l'attendait son petit déjeuner préparé par Mme Peppercorn, la cuisinière, petite femme replète et joviale qui avait su s'imposer très vite comme l'âme de Hawthorn Cottage.

Au cours de ses treize années passées en apprentissage chez M. Quimby, Malcolm avait pu démontrer qu'il n'était pas indigne de la confiance placée en lui, ce qui lui avait permis de bénéficier d'un avancement significatif. Très vite, il avait obtenu la position d'employé en second, ce qui n'était pas rien dans une boutique aussi florissante que celle-là. Il va sans dire que ses gages avaient été augmentés en conséquence. Ainsi avait-il pu engager une gouvernante et une fille de cuisine qui étaient venues s'adjoindre à la cuisinière et à la servante embauchées lors de l'installation à Hawthorn Cottage.

Mme Peppercorn, enchantée d'avoir une fille de cuisine pour la seconder dans ses travaux, avait dès lors manifesté à Malcolm une dévotion sans bornes, qui ne s'était jamais démentie par la suite. Veuve sans enfants, elle avait quasiment adopté le garçon et, pour le remercier de lui épargner les gros travaux de la cuisine, elle lui préparait chaque jour, personnellement, un plantureux petit déjeuner. Quant à lui, refusant de se faire servir dans la salle à manger, il préférait s'installer à la table de la cuisine. Ainsi satisfaisait-il son appétit matinal tout en écoutant l'incessant bavardage de cette femme généreuse et aimante.

Ce matin-là, alors qu'il sortait de sa chambre et descendait l'escalier conduisant dans la cuisine, Malcolm respirait déjà à pleins poumons l'arôme familier des œufs frits et du bacon grillé, des flocons d'avoine gardés au chaud dans la soupière, des rognons émincés mijotant dans la poêle. Il savait qu'une corbeille de fruits serait proposée à sa gourmandise, et qu'il pourrait étaler sur ses tartines rôties les confitures préparées par Mme Peppercorn au cours de l'été précédent. Le thé coulerait à discrétion.

126

Malcolm éprouva un sentiment de bonheur très vif en entrant dans la cuisine, monde paisible et familier qui n'avait pas changé depuis treize ans et qu'il retrouvait, semblable à lui-même, chaque matin que Dieu faisait.

— Bonjour, Mme Peppercorn, lança-t-il d'un ton joyeux, avant de s'asseoir à table, à sa place habituelle.

— Bonjour, M. Blackfriars, lui répondit-elle du même ton. Plutôt froid, ce matin, ne trouvez-vous pas ? C'est ce vent qui monte de la Tamise… Et cette pluie qui ne veut pas cesser de tomber ! Je crains que vous ne trouviez le trajet bien long jusqu'à Oxford Street, aujourd'hui encore.

Mme Peppercorn était incapable de se reposer. Elle bavardait tout en s'agitant, allant d'un coin à l'autre de sa cuisine pour accomplir des tâches souvent minuscules, revenant à intervalles réguliers près de la table pour s'assurer que son jeune monsieur ne manquait de rien. Les joues rouges, tant à cause de la chaleur du fourneau que de l'exercice qu'elle se donnait, elle versa le thé en conseillant :

— Il faudra prendre votre gros manteau, M. Blackfriars, et votre parapluie aussi.

— C'est bien mon avis, soupira Malcolm en jetant un coup d'œil à la fenêtre battue par la pluie.

Dans le jardin de derrière, morne et gris, les arbres nus semblaient frissonner de froid, tandis que les feuilles mortes, soulevées du sol par le vent, formaient de hautes colonnes qui ressemblaient à des créatures fantastiques, surgies de la terre pour tourmenter les vivants.

Malcolm soupira :

— Vivement le printemps !

— Espérons qu'il viendra tôt cette année ! s'écria Mme Peppercorn, qui préparait des tartines.

Depuis qu'il était devenu un homme et assumait des

127

responsabilités grandissantes dans la conduite de la maison, Malcolm avait tenu à ce que sa mère pût bénéficier de quelques égards. Le petit déjeuner servi au lit en était un. Il s'était beaucoup inquiété, depuis la mort de son père, de voir sa mère travailler trop durement. C'est pourquoi il était heureux de pouvoir prendre sur ses épaules une partie de son fardeau. En outre, il exigeait qu'elle prît beaucoup de repos et s'alimentât suffisamment. En effet, sa mère, sans être de constitution très délicate, n'était pas non plus d'une robustesse à toute épreuve. Il avait même semblé, un temps, que sa santé déclinait. Heureusement, ces alarmes s'étaient révélées vaines, et si la mère de Malcolm gardait toujours cet air de fragilité et de mélancolie qu'elle avait acquis au lendemain du drame survenu à Whitrose Grange, elle menait désormais une vie à peu près heureuse, tranquille, que rien ne semblait menacer.

Tandis que Malcolm faisait honneur au petit déjeuner disposé devant lui, miss Woodbridge, la gouvernante, entra dans la cuisine pour prendre le plateau qu'elle devrait porter à la maîtresse de maison. Mais auparavant, elle mit dans un petit vase de cristal la branche de houx qu'elle venait de cueillir dans le jardin de devant.

— C'est une attention très délicate, miss Woodbridge, lui dit la cuisinière en hochant la tête d'un air approbateur. Mme Blackfriars sera touchée, j'en suis certaine.

— Le temps est si maussade, soupira la gouvernante. J'ai pensé que cette petite branche égaierait un peu la journée de madame. Elle aime tant les fleurs, et il y en a si peu en cette saison ! Il me semble que ce houx est très joli.

— Maman sera de votre avis, déclara Malcolm.

Ravie de se savoir approuvée, miss Woodbridge rosit de façon charmante. Aussi longue et mince que la cuisinière était petite et ronde, timide et réservée, presque toujours silencieuse, elle semblait parfois se mouvoir comme un fantôme dans les corridors et les pièces de Hawthorn Cottage, tandis qu'elle vaquait aux devoirs de son état. Pourtant, il ne fallait pas se fier aux apparences car, sous un aspect fragile, miss Woodbridge disposait d'une grande force intérieure, si bien qu'elle savait toujours faire valoir ses vues, sans jamais élever le ton et en se montrant toujours d'une extrême courtoisie. Sous son égide, le personnel travaillait avec diligence, en parfaite harmonie.

Malcolm se félicitait d'avoir si bien choisi ses deux nouvelles recrues. Lucy, la fille de cuisine, qui se dépensait sans compter pour laver la vaisselle, récurer les casseroles et frotter l'argenterie, était une bonne fille, tout comme Nora, la servante. Toutes ces femmes étaient dignes de confiance. Donc, satisfait de savoir que sa mère était bien servie, Malcolm pouvait s'en aller pour la journée et se consacrer à son métier, sans avoir à s'inquiéter de ce qui se passait à Hawthorn Cottage en son absence.

Ayant terminé son petit déjeuner et à peu près tout lu l'édition matinale du *Times* que Mme Peppercorn achetait pour lui à l'aurore et disposait, soigneusement plié, à côté de sa tasse, Malcolm se leva et remonta à l'étage. Ayant toqué à la porte de sa mère et obtenu la permission d'entrer, il put lui souhaiter le bonjour et bavarder avec elle quelques instants, en lui versant une seconde tasse de thé.

Puis il redescendit. Cette fois, il se rendit dans le vestibule pour mettre son manteau, ses gants et son chapeau. Il n'oublia pas de prendre son parapluie, qu'il ouvrit aussitôt qu'il eut mis le pied dehors, avant de refermer la porte derrière lui. Sous la pluie qui tombait d'un ciel gris et plombé, il entama d'un bon pas son voyage quotidien vers Oxford Street.

Ainsi qu'il en avait pris peu à peu l'habitude depuis treize ans qu'il faisait ce trajet, il marcha rapidement jusqu'à l'arrêt des omnibus et s'engouffra dans le lourd véhicule qui, après un parcours d'environ deux miles et demi, le déposa à l'entrée d'Oxford Street. Il n'avait plus, alors, qu'une très courte distance à parcourir pour arriver à destination.

Ce matin-là, il arriva devant le magasin en même temps que M. Quimby, qui descendait d'un joli cabriolet particulier.

— Quel sale temps, n'est-ce pas ? lui dit celui-ci, en guise de salut.

— On peut le dire, répondit Malcolm. Pas plus tard que ce matin, je disais à Mme Peppercorn, ma cuisinière, que je serais content de voir arriver le printemps.

— Hélas, ce n'est pas pour demain.

Malcolm ouvrit la porte du magasin et s'effaça pour laisser passer M. Quimby, qui s'arrêta pour s'appuyer lourdement sur sa canne à pommeau de cuivre et lui dire :

— Vous n'imaginez pas à quel point je sens l'hiver dans mes os. A des signes tels que celui-là, on se rend compte qu'on n'est plus de la première jeunesse.

Dans la boutique, l'employé principal, Harry Devenish, travaillait déjà en compagnie des deux apprentis, Jim Oscroft et Peter « Tuck » Tucker.

Le magasin Quimby & Compagnie, Cartographes et Editeurs de cartes, se divisait en deux parties. Au rez-de-chaussée s'étendait la salle principale ouverte au public, où l'on rangeait et montrait toutes les cartes disponibles à la vente. Au fond, une porte donnait accès au bureau de M. Quimby. A l'étage se trouvaient les ateliers où l'on créait et imprimait les cartes. On y voyait donc de grandes planches à dessin, des stocks de papier en feuilles, des réserves d'encre de toutes les couleurs, des plaques métalliques et, bien sûr, des presses, ainsi que tout le matériel nécessaire à un imprimeur.

Au cours de son long apprentissage, Malcolm avait appris tous les aspects du métier, depuis la conception d'une carte jusqu'à

130

sa mise en vente. En conséquence, il se trouvait donc aussi à l'aise à l'étage qu'au rez-de-chaussée, et en vérité il se plaisait beaucoup chez Quimby & Compagnie, Cartographes et Editeurs de cartes. Il ne cessait de se féliciter du hasard heureux qui lui avait permis d'entrer dans ce magasin en particulier, car tous ne lui eussent pas offert un aussi large éventail de possibilités. Certains, en effet, se contentaient de produire et d'imprimer des cartes. D'autres ne savaient que les vendre.

Au cours des années, Malcolm avait aussi passé beaucoup de temps avec les arpenteurs qui apportaient leurs esquisses et leurs colonnes de chiffres. Avec eux, il avait acquis des connaissances non négligeables sur les études nécessaires à l'élaboration des cartes.

Ce matin-là, pour se réchauffer après avoir replié son parapluie et s'être débarrassé de son chapeau, de ses gants et de son manteau, Malcolm but une tasse de thé devant le feu vif qui ronflait dans l'âtre. Contrairement à trop de patrons, M. Quimby ne se montrait pas avare pour tout ce qui concernait le confort de ses employés et de ses clients. Le seau de charbon était donc toujours plein et il ne fallait pas hésiter à le verser dans la cheminée quand c'était nécessaire.

Ayant vaincu le froid qu'il avait apporté de l'extérieur, Malcolm monta à l'étage et s'assit sur le haut tabouret placé devant sa planche à dessin. Puis il se remit au travail de la carte qui, lentement mais sûrement, prenait forme sous son crayon. Il manifestait un réel talent pour ce travail minutieux. Cette tâche le tint jusqu'au début de l'après-midi. Alors il redescendit pour rejoindre Harry, Jim et Tuck, déjà rassemblés autour de la cheminée.

Bien qu'il avançât en âge, M. Quimby avait gardé l'habitude de rentrer chez lui pour déjeuner, même s'il y allait de plus en plus souvent en voiture, surtout quand le temps était aussi mauvais que ce jour-là. Mais ses employés prenaient leur repas au magasin, et comme ils s'entendaient bien, c'était un moment qu'ils appréciaient et qu'ils attendaient avec impatience : il leur permettait en outre de rompre avec la monotonie de leur journée.

D'une poche de son manteau suspendu à une patère dans un recoin du magasin, Malcolm tira les deux sandwichs préparés par Mme Peppercorn. Il faut rappeler ici que, contrairement aux trois autres employés de l'établissement, ses contrats avec M. Quimby n'avaient jamais stipulé que celui-ci dût lui fournir le gîte et le couvert.

Tirant un tabouret devant l'âtre, Malcolm déballa ses sandwichs. Ceux du jour se composaient de fines tranches de rôti entre deux tranches de pain généreusement beurrées. Délicieux, comme d'habitude !

Malcolm n'avait pas pris plus de quelques bouchées que la clochette disposée au-dessus de la porte d'entrée se mit à tinter, annonçant l'entrée d'un client dans le magasin. Aussitôt s'éteignirent les rires. Curieux, les quatre employés se tournèrent vers l'entrée pour voir qui venait en visite à cette heure.

— D'où qu'ils sortent, ces deux-là ? murmura le jeune Tuck, pas très rassuré. De l'enfer, vous ne croyez pas ? Non, mais, vous avez vu ces tenues ? Et leurs têtes ? A mon avis, ils nous mijotent un mauvais coup.

— Veux-tu bien te taire, petit impertinent ? chuchota Harry qui, en tant qu'employé principal, avait autorité pour faire respecter la discipline en l'absence de son patron. Imagine qu'ils t'aient entendu et qu'ils aillent se plaindre à M. Quimby ! Il serait furieux d'apprendre que nous avons insulté un client. Bon ! A qui est-ce le tour d'aller au comptoir ?

— A Tuck, dit Jim en riant doucement. Mais si j'étais vous,

132

je ne l'y enverrais pas. Il a si grand peur qu'il claque déjà des dents. Il ne fera rien de bon.

— Alors, j'y vais, déclara Malcolm en se levant de son tabouret, sur lequel il posa ses sandwichs.

Ayant chassé les miettes qui constellaient son pantalon, il ajusta son gilet puis gagna, d'un pas assuré, l'avant du magasin, pour saluer les deux clients vêtus de si étrange façon.

— Bonjour, messieurs. Que puis-je faire pour vous ?

— Je ne sais pas encore si vous pourrez m'être utile, répondit le visiteur.

Impassible, il toisa Malcolm puis se remit à l'observation du magasin. Il semblait ne rien vouloir manquer. La salle principale de Quimby & Compagnie, Cartographes et Editeurs de cartes présentait de hautes armoires composées de tiroirs, et dans ces tiroirs se trouvaient des cartes de toutes les tailles et de toutes les sortes. Sur le vaste comptoir recouvert de marbre, il n'y avait rien, mais dans quelque temps on y étalerait certains documents, pour examen.

— Je cherche des cartes, reprit le mystérieux client, après un long moment de silence.

— Alors vous avez frappé à la bonne porte, répondit Malcolm, avec entrain ; car vous ne trouverez nulle part ailleurs de magasin aussi bien pourvu que celui de M. Quimby. De quelles cartes auriez-vous besoin ?

— Il me faudrait des cartes d'Ecosse, anciennes de préférence.

Malcolm éprouva quelque difficulté à cacher l'étonnement que lui causait cette demande. En quoi l'Ecosse, pays reculé et sauvage — quoique, indéniablement, d'une grande beauté — pouvait-elle intéresser ces étrangers visiblement venus de loin ? Il demanda :

— Une région particulière de l'Ecosse, monsieur ? Les Highlands, les Lowlands, les régions côtières ?

— Les Highlands. Je suis herpétologiste, c'est-à-dire que j'étudie les serpents grands ou petits. J'aimerais explorer les alentours du Loch Ness, car j'ai entendu dire qu'une créature mystérieuse habite ce lac. Dragon de mer ou serpent de mer ? Je ne sais comment la dénommer. En avez-vous entendu parler ?

— J'ai entendu certaines histoires, oui, admit Malcolm, avec précaution ; mais je crains de ne pouvoir vous en apprendre plus que ce qu'on raconte parfois dans les débits de boissons. Moi-même je ne suis jamais allé en Ecosse, je n'ai donc pas vu le Loch Ness et encore moins le monstre supposé. Cela dit, je dispose de plusieurs cartes qui pourraient vous intéresser, et que je vais vous montrer sans plus tarder.

Se retournant, il ouvrit plusieurs tiroirs, en tira des cartes qu'il déposa sur le comptoir de marbre. Il reprit :

— Ces cartes ont été dessinées à des époques plus ou moins lointaines. Elles sont donc plus ou moins détaillées, plus ou moins exactes. Vous devez vous douter aussi que la masse des connaissances sur l'Ecosse, infime au départ, s'accroît progressivement et que...

— Je suis au courant de cela.

Délicatement afin de ne pas la déchirer, Malcolm déplia la première carte et en désigna les principales caractéristiques, montrant ses avantages sans craindre de dénoncer ses imperfections. Les deux étrangers écoutaient avec attention et scrutaient avidement le dessin.

— Quel est cet endroit ? demanda M. al-Oualid en pointant son doigt en direction d'un petit bâtiment joliment dessiné, situé sur un promontoire qui dominait le Loch Ness ; une auberge, peut-être ?

Prenant la loupe toujours prête sous le comptoir, Malcolm

se pencha sur la carte. Après un examen attentif, il s'éclaircit la gorge.

— Non, monsieur, il s'agit d'un château nommé Dundragon.

— Je vois, dit M. al-Oualid, d'un ton détaché. C'est bien dommage, car cette auberge me paraissait idéalement située au bord du lac. Où se trouve donc l'auberge la plus proche ?

— Ici, monsieur, à Inverness, dit Malcolm en indiquant ce lieu.

Pour son plus grand plaisir, les étrangers achetèrent toutes les cartes qu'il leur montra. Il les replia et, avec soin, les enveloppa de papier brun et les attacha avec une ficelle. Pendant ce temps, son client sortait des plis de son ample djellaba un gros portefeuille d'où il tira plusieurs billets de banque qu'il déposa sur le comptoir.

Ainsi que M. Quimby lui avait appris à le faire, Malcolm recompta discrètement la somme puis, avec la clé qu'il avait dans le gousset de son gilet, il ouvrit le tiroir-caisse et y plaça la recette.

— Merci, messieurs, dit-il alors. C'est un plaisir que d'avoir des clients comme vous, et j'espère que de votre côté vous vous souviendrez de Quimby & Compagnie, pour le cas où vous auriez de nouveau besoin de cartes.

En guise de réponse, les étrangers se contentèrent de hocher la tête. Celui qui n'avait pas parlé et qu'il fallait donc considérer comme l'assistant de l'herpétologiste, prit possession du paquet de cartes. Puis les deux hommes prirent la direction de la sortie, leurs longues robes blanches flottant autour d'eux. La cloche tinta de nouveau. L'air froid du dehors entra en trombe et se coula dans la chaude atmosphère du magasin.

Malcolm frissonna. Il sentit ses cheveux se hérisser sur sa nuque. Puis il frissonna encore, plus violemment, tout son corps

135

s'agitant dans une sorte de spasme. Tirant sur ses manches, il vérifia qu'il avait bien la chair de poule, comme il l'avait pressenti.

Troublé, il éprouva le besoin de se rapprocher de la porte vitrée pour suivre du regard les deux étrangers dans la rue, et ce jusqu'à ce qu'ils disparussent dans la foule. Alors, il frissonna pour la troisième fois.

Malcolm ne réussit pas à chasser de son esprit les deux étrangers. Pendant tout le reste de l'après-midi, ils occupèrent ses pensées, malgré tous ses efforts pour s'absorber dans son travail. Plus d'une fois il se vit obligé d'utiliser sa gomme pour effacer un trait de crayon malencontreux, ce qui lui arrivait très rarement en temps ordinaire.

M. Quimby apparut en haut de l'escalier, s'approcha de lui et posa une main amicale sur son épaule pour lui demander :

— Voulez-vous me dire ce qui vous chagrine, Malcolm ? Je vois bien que vous n'êtes pas dans votre assiette. Vous n'avez pas la tête à votre travail cet après-midi, ce qui ne vous ressemble pas. Peut-être êtes-vous tout simplement enchanté d'avoir vendu trois superbes cartes d'un coup, et un peu énervé en conséquence ? Cela se comprendrait. Le pauvre Tuck, s'il avait dû se charger de traiter avec ces deux messieurs étrangers, n'aurait pas réussi aussi bien que vous. On m'a rapporté qu'il avait eu peur ? Quelle idée !

— Tuck est encore si jeune. Il n'a que seize ans.

— Oui, c'est l'âge que vous aviez vous-même quand je vous pris en apprentissage. Mais vous étiez tellement plus raisonnable que Tuck ! Vous avez toujours été très en avance sur votre âge, soit dit en passant. Je voudrais d'ailleurs profiter de ce moment pour vous dire que vous m'avez toujours donné satisfaction. C'est pourquoi je peux bien vous accorder une faveur de temps en temps. Pourquoi ne rentreriez-vous pas chez vous un peu plus tôt que d'habitude, aujourd'hui ?

Tirant sa montre en or de son gousset, M. Quimby poursuivit :

— D'ailleurs, il est presque l'heure de partir, la journée se termine. Et puis, pourquoi ne pas vous le dire, je crains un peu pour cette carte que vous préparez. A trop utiliser votre gomme, vous risquez de la trouer. Tenez ! Regardez comme le papier est déjà fin à cet endroit.

— Je vois bien, murmura Malcolm, confus. M. Quimby, je vous fais toutes mes excuses. Mais vous avez raison quand vous dites que je n'ai pas la tête au travail, cet après-midi.

— Pourquoi donc ?

— Pourquoi ne pas l'avouer ? Ces deux étrangers m'ont troublé. Je ne cesse de penser à eux. Non parce que j'ai réussi à leur vendre trois cartes, bien sûr — quoique je ne sois pas peu fier de mon exploit — mais comment dire ? Ils me fascinaient et en même temps m'inquiétaient. Y comprenez-vous quelque chose, M. Quimby ?

— Je comprends tout à fait. Il est normal que nous nous sentions attirés par les êtres qui nous inspirent de la crainte ou de l'inquiétude. Il y a de la perversion dans ce genre de curiosité, mais que voulez-vous ? Les êtres humains sont ainsi faits. J'aurais moi-même éprouvé ce genre de sentiments ambivalents si j'avais eu à traiter avec ces deux Hindous.

— En dépit de ce que Tuck proclame, je ne pense pas qu'ils soient hindous. Leur peau très sombre me donne à penser qu'il s'agirait plutôt d'Africains, d'Arabes peut-être. Mais c'est difficile à dire, car beaucoup d'Orientaux portent robe et turban, n'est-ce pas ?

— Certainement, mais cette discussion n'a aucune importance, car nous ne reverrons certainement jamais ces deux hommes,

137

qu'ils soient hindous, persans, turcs ou je ne sais quoi d'autre. Quand je pense qu'ils sont venus de si loin pour aller chasser le monstre du Loch Ness !

M. Quimby éclata de rire, donna une tape sur l'épaule de Malcolm et conclut :

— Tout de même, cette histoire n'est pas banale !

— C'est bien mon avis, murmura Malcolm, en se forçant à sourire.

Après avoir mis sa planche à dessin en ordre, Malcolm sortit plus tôt du magasin, comme M. Quimby le lui avait recommandé, ce qui n'atténua en rien ses interrogations et son inquiétude diffuse. Perdu dans ses pensées, il se dirigea vers la station des omnibus, au bout d'Oxford Street, en serrant sur lui, d'une main, le col de son épais manteau, pour se protéger du vent froid venu de la Tamise, tandis que son autre main tenait son parapluie, plus nécessaire que jamais. Il marchait vite dans la rue où les allumeurs de réverbères étaient déjà à l'œuvre pour donner à la ville une lumière qui ne pourrait rien contre la brume.

En tout état de cause, Malcolm était peu conscient de la descente prématurée et rapide de la nuit. Il embarqua à bord de son omnibus et n'accorda plus un regard au spectacle de la rue.

Descendu à Saint-John's Wood, il s'engagea dans Cochrane Street, parvint rapidement à Hawthorn Cottage. Il entra, referma son parapluie, ôta son chapeau, ses gants et son manteau.

— Malcolm ? C'est toi, Malcolm ?

Une main posée sur sa gorge, Mme Blackfriars apparut à la porte du salon. Elle donnait tous les signes d'une grande agitation.

— Oui, c'est moi, lui dit Malcolm. N'aie pas peur.

— Tu rentres bien tôt ! Es-ce que quelque chose ne va pas ?

Tu n'es pas malade, au moins ? Dis-moi que tu n'as pas été renvoyé de chez M. Quimby.

— Mais non ! Il se trouve tout de même que M. Quimby m'a permis de rentrer avant la fermeture du magasin. Mais laisse-moi m'approcher du feu, maman, car je suis frigorifié. Quand je me serai un peu réchauffé, je te raconterai tout.

— Bien sûr, mon petit. Entre. Faut-il que je sois sotte pour te laisser grelotter dans le vestibule ! Miss Woodbridge ! Miss Woodbridge, où êtes-vous ?

La jeune gouvernante descendit l'escalier.

— Mon fils rentre plus tôt, lui expliqua Mme Blackfriars. Je crains qu'il n'ait pris froid.

— Je vais lui préparer du thé, répondit la gouvernante, qui savait toujours interpréter les désirs de sa maîtresse sans que celle-ci eût besoin de les exprimer.

Elle passa dans la cuisine, tandis que Malcolm et sa mère entraient dans le salon, petit mais confortable, bien chaud grâce au tas de charbon qui brûlait dans la cheminée. Malcolm prit place dans un fauteuil. Avec bonheur, il offrit au feu ses mains engourdies, agitant ses doigts pour les réchauffer plus vite. Ayant obtenu satisfaction, il s'étira dans le fauteuil et soupira d'aise.

— Si seulement tu n'avais pas ce trajet à faire chaque jour dans le froid, murmura sa mère qui le regardait avec inquiétude.

— Le chemin n'est pas bien long depuis ici jusqu'à la station des omnibus, lui répondit-il. Un fiacre, pris chaque jour, nous coûterait trop cher. Tu le sais bien. Et n'est-ce pas toi qui m'as donné ces habitudes d'économie ?

— Je sais bien. Mais M. Gilchrist a procédé à des placements très avantageux pour nous, et tes gages ne sont pas négligeables.

— C'est certain, mais ce n'est pas une raison pour jeter l'argent par les fenêtres.

139

Miss Woodbridge entra dans le salon, suivie de Nora, la servante, qui tenait un plateau chargé de tout ce qui était nécessaire pour prendre le thé. La gouvernante fit le service puis demanda :

— Avez-vous encore besoin de moi ?

— Non, ce sera tout, miss Woodbridge. Je vous remercie.

La gouvernante et la servante sorties, Mme Blackfriars versa le thé pour son fils, puis sur une assiette lui prépara un généreux assortiment de petits gâteaux confectionnés par Mme Peppercorn. Pendant quelques minutes, Malcolm dévora littéralement, comme s'il était affamé. Au vrai, il avait toujours grand faim après ses longues journées de travail chez M. Quimby. Le temps froid lui aiguisait encore l'appétit.

Rassasié, il picora ce qui restait sur son assiette, et alors il raconta sa journée. Il évoqua les deux étrangers venus de si loin pour acheter des cartes d'Ecosse. Tout en parlant, il observait sa mère par en dessous, pour savoir quel effet son récit avait sur elle. Il ne tarda pas à observer chez elle tous les signes d'une agitation grandissante. D'abord elle pâlit graduellement, puis s'agita de plus en plus, tandis qu'elle se mettait à croiser et à décroiser sans cesse ses mains posées sur ses genoux. Elle avait reposé sa tasse sur la table et laissait refroidir son thé.

Quand, enfin, Malcolm évoqua les questions de l'étranger à propos de Dundragon, sa mère laissa échapper un cri. Elle porta à son visage ses deux mains, au-dessus desquelles ses yeux s'arrondissaient de terreur.

— Oh, Malcolm, s'écria-t-elle après un petit moment de silence pesant. Tu ne leur as rien dit, j'espère ? Tu ne leur as pas révélé que tu connaissais ce lieu maudit ?

— Bien sûr que non, maman ! J'ai menti et leur ai même dit que je n'étais jamais allé en Ecosse.

— Ouf ! Dieu soit loué ! Si d'aucuns avaient connaissance des liens qui nous unissent à ce terrible château…

La voix de Mme Blackfriars se brisa. Incapable d'en dire plus, elle cacha de nouveau son visage dans ses mains.

— Eh bien, quoi, maman, demanda Malcolm, dont le cœur battait avec force. Que se passerait-il dans ce cas ? Je sais que tu as toujours haï et craint Dundragon, sans jamais comprendre pourquoi. A-t-il un rapport avec ces mystérieux ennemis dont tu m'as parlé autrefois ? Mais quel rapport ? J'aimerais bien que tu me le dises, une bonne fois pour toutes.

Comme sa mère ne répondait pas, il revint à la charge, sans craindre de montrer un peu d'exaspération.

— Maman, pour l'amour de Dieu ! J'ai presque trente ans ! Ne crois-tu pas qu'il serait temps de me dire toute la vérité sur ce sujet ? Quels sont ces noirs secrets que tu gardes pour toi depuis tant d'années ? Qu'ont-ils à voir avec le meurtre de papa et de l'oncle Charles ? Si nous sommes en danger, ainsi que tu sembles le croire, comment pourrais-je œuvrer pour nous protéger si tu t'obstines à me tenir dans l'ignorance ?

Mme Blackfriars soupira longuement et répondit :

— Oh, je sais que tu as raison, Malcolm. Mais comprends mes scrupules. Je crains depuis toujours que tu ne prennes cette affaire trop à cœur si je te révèle tout ce que tu veux savoir, et que tu ne te lances dans des actions inconsidérées qui pourraient te valoir d'être tué, comme ton père et ton oncle Charles.

— Mais… pourquoi ?

— C'est une très longue histoire, mon petit. Mais il faut bien que je me résolve à te dire toute la vérité, même si c'est en tremblant. Ces deux étrangers que tu as vus chez Quimby & Compagnie, aujourd'hui, appartiennent à la meute de nos ennemis.

Mme Blackfriars agita la petite cloche de cristal qui se

trouvait devant elle, et à la gouvernante aussitôt revenue dans le salon, elle demanda :

— Miss Woodbridge, voulez-vous, je vous prie, m'apporter la cassette en argent qui se trouve dans ma chambre ?

— Certainement, madame.

Malcolm attendit que la porte se fût refermée pour reprendre la parole.

— Qu'est-ce qui te donne à penser que ces étrangers sont de nos ennemis, maman ? Ils m'ont semblé bizarres, c'est vrai, mais ils sont peut-être d'honnêtes chasseurs de monstres comme ils me l'ont affirmé. En plus, je suis certain qu'il s'agissait de véritables Orientaux.

— Nos ennemis sont italiens, race traîtresse entre toutes ! Je suppose que ceux-là se sont affublés de robes et de turbans afin de se faire passer pour des Orientaux, ce qui, en outre, ne devait pas leur être difficile, avec leurs yeux noirs et leur teint basané. Bien plus, je suis presque certaine que celui qui a parlé est celui que tu as vu dans le bureau de ton père, la nuit du drame. Il s'appelle Vittore.

— Vittore… Vittore qui ? Je ne connais personne qui porte ce prénom.

Mme Blackfriars frissonna et reprit à voix plus basse :

— Tu ne le connais pas, mais moi je le connais bien. Il s'agit de lord Vittore, comte Foscarelli, un homme infernal que j'espère ne jamais rencontrer. C'est lui qui possède Dundragon.

— Mais… je ne vois toujours pas en quoi ce château nous concerne, et encore moins pourquoi ce comte Foscarelli aurait voulu tuer papa et l'oncle Charles.

— Pour tout comprendre, il faut remonter aux origines de toute l'histoire, qui se passe en un lieu et en un temps très éloignés de l'Angleterre d'aujourd'hui.

On frappa à la porte.

142

— Entrez ! Ah, je vous remercie, miss Woodbridge.

Mme Blackfriars posa la cassette sur ses genoux et l'ouvrit au moyen d'une petite clé suspendue à la chaîne qu'elle portait à son cou. Puis elle reprit :

— Notre histoire… est l'histoire de notre branche du clan Ramsay, car tel est, en vérité, notre nom. Notre histoire, donc, commence en Egypte, non loin de Louqsor, plus précisément dans la Vallée des Rois que visita un de tes ancêtres, lord James Ramsay, vicomte Strathmor, seigneur de Dundragon après la mort de son père. Il était loin de se douter que son aventure allait bouleverser sa vie ainsi que celle de tous ses descendants.

— En Egypte ? murmura Malcolm en pensant aux deux Orientaux, qui pouvaient fort bien être des Egyptiens.

— Exactement. Tu as étudié cette civilisation, mon petit, et tu n'ignores donc pas que les anciens Egyptiens avaient pour coutume de momifier leurs morts afin de les préserver pour l'éternité, et ils les plaçaient dans des tombes qu'ils voulaient sûres, pyramides ou nécropoles souterraines. Evidemment, ces tombes ont souvent été profanées et pillées au cours des millénaires qui suivirent, car elles excitaient la convoitise des voleurs par toutes les richesses qu'elles contenaient. En fait, les violeurs de sépultures ne se contentaient pas d'emporter les trésors, il leur fallait aussi les momies.

— Pour quoi faire ?

— Un siècle environ avant le voyage entrepris par lord Dundragon dans la Vallée des Rois, les apothicaires faisaient commerce de la *poudre de momies*, qui était censée assurer la longévité des riches clients qui en absorbaient quotidiennement.

— Seigneur Dieu ! murmura Malcolm, avec dégoût.

— Inutile d'ajouter que cette poudre n'avait pas les vertus qu'on lui prêtait. Mais aussi, il faut dire que les connaissances médicales, à cette époque, n'étaient pas ce qu'elles sont aujour-

143

d'hui. Pour en revenir à notre histoire, lord Dundragon et ses compagnons de voyage avaient entendu parler des momies. C'est dans un livre obscur, écrit par un moine capucin, qu'ils avaient appris l'existence de la Vallée des Rois, ce qui leur avait donné l'idée de cette expédition. Ils avaient l'intention d'entrer dans une de ces tombes pour en extraire la momie, qu'ils voulaient vendre à un chirurgien d'Edimbourg. Pour des raisons qui nous sont connues, l'entreprise tourna mal. Lord Dundragon lui-même s'en explique dans le journal qu'il entreprit d'écrire aussitôt après son retour en Ecosse.

De la cassette, Mme Blackfriars sortit alors, avec précaution et non sans révérence, un petit livre relié d'un cuir que les ans avaient craquelé et racorni.

— Je voudrais que tu lises ceci, Malcolm, dit-elle en lui tendant le volume. Pour le moment, qu'il te suffise de savoir que la tombe visitée par lord Dundragon et ses compagnons était celle d'un grand-prêtre du dieu égyptien Kheper, dont l'emblème sacré était le scarabée. Ce détail est important, car durant la profanation de la tombe, un orage d'une violence inouïe s'abattit sur la Vallée des Rois, laquelle fut bien vite submergée par une inondation. Pris au piège par la montée des eaux, lord Dundragon et ses compagnons cherchèrent leur salut dans une prompte fuite, mais seul ton ancêtre en réchappa. A cause de la catastrophe, il n'emporta de la tombe qu'un scarabée en émeraude, appelé *Cœur de Kheper*. Mais il prétend qu'il ne s'est pas rendu compte, dans son affolement, qu'il gardait dans sa main ce joyau d'une valeur inestimable.

— Où se trouve cette émeraude ? demanda Malcolm, fasciné par cette histoire.

— Je n'en sais rien, lui dit sa mère. Personne ne le sait. Tout ce que je puis t'apprendre, c'est qu'une légende égyptienne parle d'un talisman appelé *Cœur de Kheper*. Lord Dundragon en prit

144

connaissance au Caire, auprès d'un vieux prêtre aveugle, avant de quitter l'Egypte. Les anciens Egyptiens croyaient que ce joyau, créé par le dieu Kheper lui-même, possédait de nombreuses propriétés magiques et qu'il avait surtout la faculté de donner la vie éternelle à celui qui le possédait. On disait qu'il était plus gros qu'un œuf d'oie et qu'il avait disparu plusieurs milliers d'années avant que lord Dundragon n'entreprît son expédition vers la Vallée des Rois. Ce serait donc ton ancêtre qui aurait remis la main sur cette fabuleuse amulette, tout à fait par hasard. La légende veut aussi que le Cœur de Kheper porte malheur à ceux qui le détiennent indûment, c'est-à-dire à ceux qui n'ont pas consacré leur vie au dieu. Lord Dundragon lui-même en vint à croire qu'il était maudit pour avoir dérobé cet objet sur la poitrine du grand-prêtre. De fait, il ne connut que des malheurs après son aventure égyptienne. La jeune fille qu'il épousa, à son retour, mourut en donnant naissance à leur premier enfant, moins d'un an après leur mariage. Lui-même trouva la mort dans un accident de chasse causé par son fils unique, celui-là même qui était né dans de tragiques circonstances. Bien qu'on n'en ait aucune preuve, on pense que ce fils hérita du Cœur de Kheper, mais toujours est-il qu'on perd dès lors la trace de ce joyau. Qu'est-il devenu ensuite ? Mystère.

Mme Blackfriars s'accorda une courte pause, puis, le regard lointain, elle reprit le cours de son récit.

— Malheureusement, si l'émeraude a disparu, elle n'en continue pas moins à exercer ses ravages. Presque cent ans plus tard, elle causa la mort d'un autre seigneur de Dundragon, Iain Ramsay, un descendant direct de celui qui avait entrepris ce funeste voyage en Egypte. Je te rappelle, Malcolm, que toi aussi tu appartiens à cette branche des Ramsay. Ce Iain Ramsay, qui n'avait pas la tête bien assujettie sur les épaules, commit la folie de s'acoquiner avec sir Francis Dashwood et ses soi-disant moines de Medmenham, cet ordre qui avait été surnommé *Club de l'enfer*. Sir Francis lui-même avait dû le dissoudre, sous la pression de rumeurs de plus en plus pressantes et de plus en plus infâmantes. Mais je m'égare… Revenons à notre histoire. Donc, Iain Ramsay, seigneur de Dundragon, se trouve un soir à l'abbaye de Medmenham. Il s'enivre et se laisse entraîner dans un désastreux jeu de piquet avec un Italien, lord Bruno, comte Foscarelli, un ancêtre de Vittore, comte Foscarelli, dont je viens de te parler. Le jeu terminé, Iain Ramsay se retrouve ruiné car il a stupidement gagé tous ses biens, y compris ses domaines d'Ecosse et d'Angleterre. Dégrisé, il se rend compte de ce qui lui arrive et, sur une impulsion, il accuse le comte Foscarelli d'avoir triché. Celui-ci le provoque aussitôt en duel, et l'affaire se règle le matin même. Iain Ramsay est tué d'un coup de pistolet. L'Italien prend possession des domaines qu'il a gagnés de façon si contestable, et peu après, il devient complètement fou, du moins si l'on en croit le témoignage de ses gens et des villageois. Il se met, en effet, à tout casser à l'intérieur de Dundragon. Il fait remuer le sol partout et sur de grandes profondeurs.

— Il cherchait l'émeraude ?

— Probablement.

— Mais… je ne comprends toujours pas. Pourquoi les Foscarelli nous considéreraient-ils comme une menace pour eux, maman ? Je veux dire : puisqu'ils détiennent nos domaines ?

— Je suppose qu'ils pensent — à tort, bien sûr — que nous savons où se trouve l'émeraude, le Cœur de Kheper, et que nous pourrions remettre la main dessus, au cas où nous aurions l'occasion de revenir sur nos terres ancestrales. Bien évidemment, c'est ce que ton père avait en tête lorsqu'il a voulu devenir métayer à Whitrose Grange. Après la tombée de la nuit, chaque fois qu'il en avait la possibilité, il s'embarquait sur son petit bateau de pêche et naviguait sur le Loch Ness jusqu'à Dundragon, pour chercher l'émeraude.

Cette nouvelle révélation stupéfia Malcolm encore plus que tout ce qu'il avait entendu auparavant.

— Mais, demanda-t-il, qu'est-ce qui lui donnait à penser que cette émeraude existait toujours, qu'elle n'avait pas été irrémédiablement perdue ?

— Sur son lit de mort, ton grand-père paternel donna ceci à ton père.

De son corsage, Mme Blackfriars sortit lentement une croix en argent, somptueusement ornée, qu'elle portait au cou, suspendue à une longue chaîne, en argent elle aussi.

— Ton grand-père, expliqua-t-elle, dit à ton père qu'il ne devait jamais se séparer de cette croix, même pour sauver sa vie ; qu'il devait la garder précieusement avec lui, toujours, parce qu'elle était la seule clé qui lui permettrait de comprendre les mystères dont notre famille est dépositaire. Mais quand ton père commença ses furtives explorations dans le château, il craignit qu'on ne le découvrît et qu'on lui prît la croix. C'est pourquoi il me la confia. Depuis, je la porte au cou en permanence. Je ne m'en suis jamais défaite.

De plus en plus éberlué, Malcolm demanda :

— Comment cette croix pourrait-elle nous permettre de retrouver l'émeraude ? Et comment est-elle parvenue entre les mains de mon grand-père ?

— Je n'en sais rien, dit Mme Blackfriars, en secouant la tête. Je sais seulement que ton oncle Charles, qui appartenait à la branche française de notre famille, les Ramezay, avait une croix toute semblable à celle de ton père, et qu'il l'avait reçue de son propre père en même temps que les mêmes recommandations. Mais qui a fabriqué ces croix, et quel rapport ont-elles avec le Cœur de Kheper ? Nous n'avons jamais réussi à le savoir.

*
* *

Toute la soirée, Malcolm ne cessa de penser aux révélations reçues de sa mère. L'esprit échauffé, il tâcha de s'en rappeler les moindres détails.

Malcolm Ramsay... Tel était son véritable nom, qui pourtant lui semblait aussi bizarre et aussi étranger que les deux Orientaux reçus l'après-midi, et dont l'apparition avait provoqué une conversation qu'il n'espérait plus.

Avant le dîner, il avait lu avec attention le petit livre relié dans lequel lord James Ramsay, vicomte Strathmor et seigneur de Dundragon, avait consigné le récit de ses aventures, le voyage en Egypte, la profanation de la tombe, le vol du Cœur de Kheper. Il expliquait comment, ayant gardé, sans vraiment le vouloir, l'inestimable émeraude, il s'était rendu au Caire. Et là, se donnant pour historien, il avait fait la connaissance d'un vieux prêtre aveugle, dans un temple. Ses questions, apparemment anodines, à propos d'amulettes en forme de scarabées, lui avaient permis d'obtenir du vieil homme une description très précise du Cœur de Kheper, ainsi que toute son histoire, et encore la nomenclature de ses propriétés magiques.

Ensuite, au lieu de vendre le produit de son larcin aux Egyptiens, lord Dundragon l'avait gardé par-devers lui, non seulement pour refaire la fortune de sa famille, sérieusement amoindrie sous le règne de Cromwell et des Têtes Rondes, mais aussi parce qu'il ne voulait pas que ce désastreux voyage eût été entrepris en vain. Ne devait-il pas, en quelque sorte, venger la mort de ses malheureux compagnons ?

Hélas pour lui, le talisman ne lui avait pas procuré les avantages qu'il en attendait. Bien au contraire, il n'avait plus connu que d'incessants déboires, au point qu'il en était très vite arrivé à se demander si l'amulette ne portait pas en elle une malédiction, conformément aux avertissements du vieux prêtre.

Ici s'interrompait le récit. Malcolm en déduisit que James Ramsay était mort peu de temps après avoir tracé ces dernières lignes dans son journal.

Ayant terminé sa lecture, il remit le petit livre dans la cassette en argent qui avait autrefois appartenu à son père. Puis il se mit à marcher de long en large dans sa chambre, en s'interrogeant sur les deux étrangers venus chez Quimby. Etaient-ils des Egyptiens lancés à la recherche de la précieuse émeraude ? La question méritait d'être posée. Si seulement il avait su plus tôt tout ce que sa mère venait de lui raconter ! Il se fût alors tenu sur ses gardes, et une enquête discrète lui aurait permis d'en apprendre plus sur ces deux hommes, ou même de savoir peut-être s'ils connaissaient le Cœur de Kheper.

Et s'ils étaient entrés chez Quimby, non pour les cartes, mais pour lui, Malcolm, parce qu'ils auraient eu vent de sa véritable identité, et donc de ses liens réels ou supposés avec la mystérieuse émeraude ? En tout état de cause, il devenait impossible de croire que cette visite fût le fruit du hasard.

Ayant élaboré cette pensée inquiétante, Malcolm frissonna désagréablement. Car si les deux Orientaux connaissaient son identité et celle de sa mère, pourquoi les Italiens, ces Foscarelli, ne disposeraient-ils pas des mêmes indices ? En ce cas, sa mère et lui courraient de graves dangers, car elle l'avait bien prévenu que leurs ennemis n'avaient aucun scrupule et qu'ils ne reculeraient devant rien pour parvenir à retrouver le Cœur de Kheper. Il ne fallait pas oublier que celui qu'elle avait appelé *Vittore* avait certainement assassiné son père et son oncle.

Alors qu'il tournait dans sa chambre comme un lion en cage, Malcolm jouait inconsciemment avec la croix en argent que sa mère lui avait confiée. Il enroulait la chaîne autour de

149

ses doigts, ou bien la faisait passer d'une main dans l'autre. Mû par une inspiration soudaine, il prit une loupe dans le tiroir de son bureau, pour examiner le bijou.

L'entrelacs d'arabesques, joliment gravé, était sans doute l'œuvre d'un artiste véritable, mais ne semblait pas porter en lui de signification particulière. Malcolm ne comprenait donc toujours pas en quoi ce bijou pourrait être la clé permettant de résoudre les mystères dont sa famille était dépositaire.

Ainsi qu'il l'avait déjà fait plusieurs fois auparavant, il relut l'indication portée au revers de la croix : Apocalypse 22, 13. Il s'était empressé de se reporter à sa Bible, qui lui avait livré le texte correspondant à cette référence : « Je suis l'alpha et l'oméga, le commencement et la fin, le premier et le dernier. » En quoi cette affirmation pouvait-elle l'aider ? Malcolm n'en avait pas la moindre idée.

En soupirant, il renonça à son ambition de déchiffrer les indices que cet objet était censé lui apporter. Il passa la chaîne autour de son cou et cacha la croix sous sa chemise. Il s'étonna de la sentir si chaude contre sa poitrine, puis s'avisa que cette chaleur était celle de ses propres mains, qu'elle n'avait donc rien de mystérieux ou de surnaturel.

En dépit du fait que, la nuit venue, il faisait encore plus froid dehors, et surtout que la pluie persistait à tomber avec une violence accrue, Malcolm décida de sortir pour se promener. Il espérait que cet exercice l'aiderait à s'éclaircir les idées. A trop réfléchir depuis trop longtemps, il sentait la migraine le menacer. Il descendit donc dans le salon où sa mère jouait aux cartes avec miss Woodbridge.

— Je vais faire un tour, lui dit-il. Je ne sais pas combien de temps je resterai dehors. Alors, ne m'attends pas, ce n'est pas nécessaire.

— Comme tu veux, mon petit, répondit Mme Blackfriars,

non sans s'être furtivement mordillé la lèvre inférieure, trahissant ainsi l'anxiété que lui causait cette annonce. Couvre-toi bien et prends garde à toi. Tu sais que la ville est livrée aux rôdeurs, la nuit, et que bien d'autres... dangers menacent le passant solitaire.

Le propos de cet avertissement ne lui échappa nullement. Il répondit avec simplicité :

— N'aie pas peur, maman. Je serai très prudent.

Ayant mis son gros manteau, son chapeau et ses gants, il prit son parapluie et sortit par la porte de devant. Ni la lune ni les étoiles ne pouvaient atténuer la noirceur de la nuit, mais la lumière qui filtrait des fenêtres bordant Cochrane Street suffisait pour marquer le chemin de Malcolm en direction de Regent's Park, à peu de distance de là.

Il avait formé le vague projet de se rendre chez M. Quimby pour lui rapporter tout ce qu'il avait appris, et lui demander conseil, parce qu'il le tenait pour un homme sage et avisé.

Contrairement à ce que sa mère venait de lui dire concernant les dangers de la nuit, il ne vit personne dans les rues. Il pensa qu'il faisait trop froid et trop humide pour sortir, et que même les coupeurs de bourses et les assassins préféraient rester au coin du feu en attendant des jours meilleurs pour exercer leur coupable industrie. Amusé par ses propres réflexions, il tourna sans encombre au coin sud-ouest de Regent's Park et, de là, se dirigea vers Baker Street, où se trouvait l'immeuble habité par M. Quimby.

Il arriva à destination pour découvrir que la lumière ne brillait pas aux fenêtres de M. Quimby. Il fallait donc comprendre que celui-ci s'était déjà mis au lit. Pendant un long moment, il resta là, sous son parapluie, le regard fixé sur les fenêtres dans l'espoir qu'une lueur lui apprendrait que son patron était encore debout et vaquait à quelque occupation. Mais il dut finalement se rendre à l'évidence : il attendait en vain. Sonner à la porte, malgré tout ? Il n'y fallait même pas songer. Déçu, Malcolm rebroussa chemin, bien à contrecœur.

Il n'avait pas fait plus de quelques pas qu'il fut sauvagement agressé par-derrière. Tout se déroula si vite qu'il n'eut pas le temps de réagir, et quand, ayant compris ce qui se passait, il s'apprêta à se défendre, il reçut un coup violent sur la nuque. Puis on lui enfila sur la tête un sac qui lui parut être de soie, si bien qu'il ne vit plus rien du tout et qu'il respira avec beaucoup de difficultés.

Affolé à l'idée qu'il allait étouffer, il voulut arracher ce masque, et dans sa précipitation, il perdit son parapluie qu'il aurait pu utiliser comme une arme précieuse. Puis, recouvrant un peu de jugement, il commença de résister, à l'aveuglette, aux poings qui s'acharnaient sur lui, ce qui ne l'empêcha pas de tomber très vite à genoux, mais il sut, aux cris et aux jurons proférés par ses adversaires, qu'il avait porté quelques coups décisifs, ce qui lui procura une sombre satisfaction.

Toutefois, il valait mieux s'en rendre compte, la bataille était perdue d'avance. C'est pourquoi Malcolm perçut avec un soulagement indicible l'appel jeté dans le lointain, puis les coups de sifflet d'un sergent de ville, enfin un bruit de pas précipités.

Soudain, l'agression cessa aussi brusquement qu'elle avait commencé. Malcolm put enlever le bâillon qui l'étouffait. Alors qu'il respirait à pleins poumons et qu'il se relevait avec difficulté, tant avaient été nombreux et violents les coups reçus, il découvrit un jeune homme qui accourait à lui depuis l'autre côté de la rue et, plus loin, un sergent de ville qui apparaissait au carrefour de Dorset Street et de Baker Street.

— Monsieur, vous allez bien ? demanda le jeune homme.

Sur le trottoir, il ramassa le chapeau et le parapluie de

Malcolm, qui avaient bien souffert dans l'action. Le chapeau était écrasé, le parapluie déchiré.

— Je pense que ça ira, dit Malcolm.

— Je ne crois pas que ces objets puissent encore vous être utiles, reprit le jeune homme, en lui tendant son chapeau et son parapluie.

— C'est bien mon avis, soupira Malcolm, en essayant de sourire.

Sur ces entrefaites était arrivé le sergent de ville, ainsi que M. Quimby qui, tiré de son lit par le bruit puis par les coups de sifflet, avait mis le nez à sa fenêtre pour se rendre compte de ce qui se passait, avant de descendre.

— Je suggère que nous montions chez moi, dit-il ; d'une part pour nous soustraire aux assauts de la pluie, mais surtout pour déterminer si Malcolm a vraiment réussi à se sortir de cette odieuse agression sans trop de mal.

Tout le monde accepta la proposition avec reconnaissance. On monta chez M. Quimby, qui installa ses hôtes et sonna pour appeler Mme Merritt, sa gouvernante. Il ne fallut pas longtemps pour qu'une servante apportât du thé chaud, tandis qu'une autre s'employait à ranimer le feu.

Vêtu d'une longue robe de chambre de soie, M. Quimby, qui avait gardé son bonnet de nuit sur la tête, prit place dans un grand fauteuil et posa les pieds sur un tabouret. En face de lui, assis sur le bord de sa chaise comme s'il se trouvait gêné dans ce salon qui respirait l'opulence, le sergent de ville posait des questions et prenait des notes. Malcolm occupait le sofa avec le jeune homme survenu si opportunément à son secours. Ce dernier s'appelait Nicolas Ravener.

Bien qu'il eût déclaré, un peu vite, ne souffrir aucunement de cette agression, Malcolm découvrait peu à peu qu'il portait

153

beaucoup d'ecchymoses. Cependant, il n'avait apparemment rien de cassé.

— Et vous n'avez donc aucune idée, lui dit le sergent de ville, sur l'identité des voyous qui vous ont attaqué ?

— Aucune, répondit Malcolm en secouant la tête. Comme je vous l'ai déjà dit, ils se sont jetés sur moi par-derrière et m'ont couvert la tête avec un sac. Je n'ai donc pas pu voir leurs visages. Tout ce que je peux affirmer, c'est qu'ils étaient plusieurs.

M. Ravener l'appuya de ses dires.

— C'est exact. J'ai clairement vu deux hommes, et peut-être même un troisième qui s'enfuyait déjà quand je suis arrivé sur les lieux. C'est difficile à dire, bien sûr, à cause de l'obscurité et de la pluie. Par ce temps, les réverbères ne servent pas à grand-chose. Quoi qu'il en soit, les hommes qui ont attaqué M. Blackfriars ont descendu Baker Street en direction d'Oxford Street. Mais il me semble qu'un véhicule les attendait, car j'ai vu aussi un camion de livraison s'éloigner rapidement et comme, ensuite, je n'ai plus vu personne dans la rue, je suppose qu'ils sont tous partis avec ce camion.

— Si vous voulez mon avis, déclara alors le sergent de ville, nous n'avons pas affaire là à une agression ordinaire. Ce travail pourrait fort bien être l'œuvre d'une de ces bandes qui écument les rues de la ville, la nuit. Je peux vous dire que ces sinistres individus ne se seraient certainement pas contentés de faire les poches de M. Blackfriars. Vous avez de la chance, monsieur, que M. Ravener soit accouru à temps.

— C'est tout à fait mon opinion, dit Malcolm. M. Ravener, je ne pourrai jamais vous remercier assez de votre providentielle intervention.

— Je regrette de n'avoir pas pu être là plus tôt afin de vous apporter une aide vraiment efficace, répondit le jeune homme, avec modestie. Hélas, je n'ai pu que crier quand j'ai vu la

154

scène, et j'ai certes réussi à alerter les forces de l'ordre, mais les vauriens ont eu le temps de s'enfuir. Mais puis-je vous dire, cher monsieur, que vous vous êtes joliment défendu ? Cela me donne à penser que vos agresseurs n'étaient pas assurés de réaliser leurs funestes projets, quels qu'ils aient pu être.

Ayant terminé son enquête, le sergent de ville prit congé. Puis M. Ravener s'en alla à son tour, laissant Malcolm seul avec M. Quimby. Encore très ému, celui-ci demanda d'une voix inquiète :

— Malcolm, êtes-vous vraiment sûr que tout va bien ?

— J'en suis tout à fait certain, monsieur. J'admets que j'ai le corps couvert d'ecchymoses et que j'ai mal partout, mais ces inconvénients s'estomperont rapidement sans laisser de traces.

Après un petit moment d'hésitation, Malcolm ajouta :

— Il faut que je vous présente mes excuses pour vous avoir réveillé au milieu de la nuit en vous impliquant dans cette malheureuse affaire. Vous devez certainement vous demander ce que je faisais dans votre rue à cette heure tardive, sous la pluie. Il faut que je vous l'avoue : j'avais l'espoir de pouvoir parler avec vous. Mais n'ayant vu aucune lumière à vos fenêtres, j'ai compris que vous étiez déjà dans votre lit, et je m'en retournais chez moi quand j'ai été attaqué, dans les circonstances que vous connaissez.

— Je vois. Puisque vous êtes ici, voulez-vous me dire ce qui vous tracasse, Malcolm ? Quel motif urgent vous a amené chez moi ce soir ?

Malcolm sourit et soupira :

— Monsieur, il se fait vraiment très tard, j'en ai conscience, et je pense que je vous ai déjà suffisamment dérangé. Pour faire court, disons que je voulais vous rapporter une histoire que m'a mère m'a racontée aujourd'hui même, pour vous demander

155

votre avis. Voilà… Je pense que cet entretien attendra fort bien jusqu'à demain.

— Comme vous voulez. Disons alors que nous déjeunerons demain ensemble, ici même ? Vous me raconterez cette histoire en dégustant un des excellents repas que Mme Merritt prépare pour moi. A demain, donc… Toutefois… à la lumière de ce qui vient de se passer ce soir… quand je repense à l'attaque inqualifiable dont vous avez été l'objet, je me refuse à vous laisser rentrer chez vous à pied, surtout seul. Non, non, ne protestez pas, Malcolm, car je refuserai d'entendre vos récriminations. Vous êtes choqué, et donc vous ne vous trouvez pas en état de faire tout ce chemin à pied, par ce froid. J'envoie donc mon valet de chambre quérir pour vous un fiacre. En attendant que ce véhicule arrive, je vous suggère de vous retirer dans mon cabinet de toilette pour remettre un peu d'ordre dans votre tenue et pour rectifier votre apparence. Vous ne voulez sans doute pas effrayer votre mère en vous présentant devant elle dans cet état, n'est-ce pas ?

— Vous avez raison, monsieur.

Ayant réparé, sur sa personne, les dégâts causés par sa mésaventure, Malcolm descendit pour monter dans le fiacre qui attendait devant la porte de l'immeuble. M. Quimby tint à l'y accompagner pour lui offrir l'abri d'un parapluie.

L'ayant installé, il lui indiqua que le prix de la course était déjà réglé, puis lui recommanda encore de prendre tout son temps, le lendemain matin, pour venir travailler. Pour couper court aux remerciements embarrassés de Malcolm, il ferma la portière et ordonna au cocher de se mettre en route.

Malcolm s'installa confortablement sur la banquette et ferma les yeux en songeant que rentrer à pied, sous la pluie battante, dans le froid, eût été une épreuve dont il pouvait fort bien se passer.

156

5.

La prédiction de la voyante

Une sorte de marée affecte les affaires des hommes. Qu'on la saisisse à temps, elle mène à la fortune. Qu'on la manque, tout le voyage de la vie se passera dans les bas-fonds et dans les misères.

SHAKESPEARE, *Jules César.*

La fortune sourit aux audacieux.

VIRGILE, *Enéide.*

1848
A Paris : l'hôtel de Valcœur

A l'instigation de Mme de Valcœur, l'hôtel particulier connaissait la plus vive agitation, qui s'accordait très bien — mais ce n'était pas voulu — à celle des révolutionnaires et autres esprits avancés de Paris.

En vérité, la cité ne s'était jamais réellement remise de la brutale décapitation du roi Louis XVI et de Marie-Antoinette, en 1793. Depuis la chute sanglante de la monarchie, Paris était devenue une ville en proie aux dissensions, à la méfiance, à l'effervescence perpétuelle, à l'instabilité politique. La monarchie avait fini par être rétablie, mais Louis-Philippe, qui avait voulu être un roi citoyen, devenait de plus en plus impopulaire. Durant le précédent mois de janvier, le gouvernement avait interdit un banquet organisé à Paris par ses opposants les plus déterminés, au cours duquel ils voulaient stigmatiser la dérive autoritaire du régime, en particulier les récentes dispositions qui bornaient le pouvoir du Parlement. Loin d'être intimidés par l'interdiction, ces gens avaient repoussé leur banquet au lieu de l'annuler. Pleins d'insolence, ils avaient fixé une nouvelle date pour sa tenue, le 22 février.

Par la plus grande des malchances, Mme de Valcœur, qui ignorait alors tout de ces projets politiques, avait décidé en janvier de donner son grand bal masqué ce même 22 février. Elle avait déjà envoyé dans tout Paris ses magnifiques et dispendieux cartons d'invitation. Quand s'était répandue la nouvelle que les républicains donneraient ce soir-là leur banquet contesté, M. de Valcœur, toujours plein de sagesse, avait suggéré à sa femme qu'elle sursît à sa fête, qui pouvait être gâchée par les troubles qui risquaient de s'emparer de la capitale. Mais elle avait refusé de façon catégorique, en arguant qu'il était trop tard pour tout changer.

— Franchement, Jean-Paul, avait-elle déclaré d'un ton badin mais ferme, je ne vois pas comment je pourrais changer la date de ce bal. Vous savez aussi bien que moi que les invitations ont été lancées depuis un mois maintenant. Tout ce qui compte à Paris a déjà pris ses dispositions pour cette soirée. Comment pourrais-je décevoir ces gens ? Et puis, les autorités ne vont-elles pas interdire de nouveau ce banquet incongru ? Non, mille fois non ! Je refuse, quant à moi, de bouleverser notre vie sociale en la réglant sur une poignée de révolutionnaires enragés qui ont envie de se réunir pour vitupérer le gouvernement ! Et je vous le redis : vous verrez que ce banquet n'aura pas lieu.

Mais Ariane qui, ayant revêtu le somptueux costume élaboré pour la circonstance, se tenait maintenant devant son miroir et jetait sur sa silhouette un dernier coup d'œil critique avant de descendre, s'interrogeait sur les événements qui auraient lieu au cours de la nuit. Loin d'avoir la même confiance que sa mère, elle éprouvait des craintes de plus en plus vives.

Il restait bien vrai que le banquet avait été interdit par le gouvernement, une fois de plus, ainsi que Mme de Valcœur l'avait prédit. Mais cette décision d'autorité n'avait pas calmé les ardeurs des républicains comme le poète Alphonse de Lamartine, et encore moins celles des révolutionnaires conduits par Louis Blanc. Ces factions persistaient à s'agiter, elles appelaient ouvertement à l'insurrection.

Bien que le jour se fût levé sous un ciel bas et gris comme le plomb, et que la pluie eût très vite commencé à tomber pour ne plus s'arrêter, Paris avait connu une activité intense, annonciatrice des plus graves bouleversements. Au cours de la nuit, le gouvernement avait disposé autour de la capitale plusieurs régiments de cavalerie lourdement armés, prêts à intervenir pour contenir les possibles exactions de la plèbe échauffée par ses meneurs. De la même façon, la garde nationale avait pris position en tous les points névralgiques pour contenir les mouvements de foule. En effet, après que les journaux extrémistes eurent publié, assortie de commentaires acerbes et d'appels à l'insubordination, la nouvelle interdiction dont le banquet faisait l'objet, il était à prévoir que les révolutionnaires s'assembleraient devant l'église de la Madeleine comme ils l'avaient prévu, et de là se rendraient en un cortège houleux vers le lieu où ils avaient choisi de tenir leurs agapes.

De derrière ses fenêtres qui donnaient sur la rue Saint-Honoré, Ariane avait pu observer, toute la journée, les artisans, les ouvriers et les marchands, déjà très échauffés, qui convergeaient vers le lieu de rassemblement. Son inquiétude avait grandi quand elle avait remarqué les dagues, les épées et même les armes à feu que portaient beaucoup de ces gens au visage résolu.

Pour prévenir tout risque de débordement, les autorités avaient déployé des troupes aux abords du Palais-Bourbon, siège de la Chambre des députés ; deux régiments de ligne et six pièces d'artillerie avaient été disposés entre le quai d'Orsay et les Invalides, afin de protéger le centre du pouvoir vers l'ouest. En outre, des forces importantes barraient le pont de la Concorde pour interdire l'accès au Palais-Bourbon par le nord. Personne, excepté les gens porteurs de laissez-passer et les députés munis de leurs insignes, n'était plus autorisé à franchir ce pont. Le palais du Luxembourg, siège du sénat, situé beaucoup plus au sud-est, n'avait pas semblé être une cible potentielle pour les protestataires, bien qu'une multitude d'ouvriers et d'étudiants, fort menaçante, se fût rassemblée vers 10 heures du matin sur la place du Panthéon, non loin de là.

Pourtant cette foule, au lieu de se diriger vers le palais du Luxembourg comme on avait pu le craindre, faisait mouvement vers la Madeleine en passant par la rue Saint-Jacques, le Pont-Neuf et la rue Saint-Honoré. De plus en plus inquiète, Ariane, revenant à ses fenêtres, avait de nouveau soulevé discrètement les rideaux et frémi en entendant crier « Vive la réforme ! », tandis que retentissaient la Marseillaise et le Chant des Girondins.

Jusque tard dans la matinée, les portes du ministère des Affaires étrangères étaient restées ouvertes et les soldats qui les gardaient ne portaient pas d'armes. Mais vers midi, les grilles avaient été refermées et un détachement de dragons était arrivé pour protéger le ministre et son administration. Une petite troupe de protestataires plus échauffés que les autres avaient alors voulu donner l'assaut. Armés de bâtons et de barres de fer, ils avaient tenté de s'ouvrir un passage, s'étaient acharnés sur une sentinelle, avaient brisé toutes les vitres de la façade en lançant des cailloux. Ils continuaient à hurler « Vive la réforme ! » et avaient sommé François Guizot, le Premier ministre, de se montrer. C'est alors que le gouvernement avait donné la troupe. Les émeutiers avaient été dispersés sans ménagement. Guizot avait pu ainsi se rendre au Palais-Bourbon sans se faire molester.

Plus tard au cours de l'après-midi, Ariane avait appris que, dans tout Paris, des groupes séditieux avaient attaqué et pillé des magasins, construit des barricades. Et bien que, le soir venu, le calme semblât avoir été rétabli dans les rues qui paraissaient désertes, la jeune fille restait inquiète, troublée. Tout le plaisir qu'elle se promettait du bal masqué s'était évanoui.

Son costume d'Egyptienne — elle personnifiait la reine Cléopâtre — qui l'eût en d'autres circonstances portée aux nues, n'avait plus d'autre effet sur elle que d'accentuer son sentiment de malaise. A coup sûr il en révélait trop d'elle-même ! Elle ne parvenait pas à croire que sa mère l'eût approuvé en disant qu'il n'était pas plus risqué que certaines modes qui avaient eu cours au temps de Napoléon et de l'impératrice Joséphine, quand les dames s'étaient mises à porter des robes fines et légères, presque transparentes souvent, au lieu des imposantes constructions à crinolines qui avaient été de règle jusqu'alors. Certes Ariane restait couverte avec la modestie qui convenait à son rang et à son âge, mais l'étoffe de sa robe, en collant à son corps, lui semblait mettre en valeur de façon indécente ses formes et ses courbes.

Elle portait une perruque noire à l'imitation des Egyptiennes, et un diadème orné d'un cobra dressé de façon menaçante. Son visage avait été lourdement maquillé, ses yeux couleur d'améthyste entourés d'un épais trait de khôl qui lui donnait un regard mystérieux. Contemplant son image dans le miroir, elle se trouvait étrange. Elle se disait qu'elle ne se ressemblait pas. Il lui semblait qu'elle fût une image tombée de quelque fresque antique, venue d'un temple ou d'une tombe.

— Mademoiselle, vous êtes vraiment splendide ! s'écria Sophie, sa demoiselle de compagnie.

Les mains jointes, elle soupira longuement, l'air extatique, et reprit avec plus d'enthousiasme encore :

— Les jeunes gens vont se battre pour obtenir la faveur d'une danse avec vous, mademoiselle ! Quant aux autres jeunes filles, c'est bien simple, elles vont mourir de jalousie en vous voyant.

— Vous croyez ? demanda Ariane en montrant plus de conviction qu'elle n'en éprouvait parce qu'elle ne voulait pas gâcher le plaisir de sa suivante.

Mais elle ne put s'empêcher d'ajouter, sur un ton plus morne :

— Il n'empêche, j'ai de grandes craintes quant à l'avenir, Sophie. Quelles sont les dernières nouvelles ? Se bat-on dans les rues de Paris ?

— Non… Du moins, je n'ai rien entendu de tel, mademoiselle. Madame votre mère dit même que les plans des révolutionnaires sont tombés à l'eau. Vous voyez que vous n'avez pas à vous inquiéter.

Ces paroles fort rassurantes ne parvinrent pas à apaiser Ariane. Et si les invités, en route pour l'hôtel de Valcœur, se faisaient tirer de leurs voitures par des hordes de révolutionnaires pour être battus, tués peut-être ? La jeune fille en voulait un peu à sa mère qui avait refusé obstinément de repousser la date de ce bal. Eh bien ! il était trop tard pour se lamenter maintenant. Il ne restait plus qu'à craindre et à espérer.

Du dehors parvint à Ariane le grondement sourd d'une voiture qui approchait au trot de ses quatre chevaux. Les premiers invités arrivaient donc.

— Mademoiselle, il est temps pour vous de descendre, déclara Sophie.

— Vous avez raison, soupira Ariane.

Prenant une longue inspiration qui ne réussit pas à la rasséréner, elle prit sur la commode son loup orné de plumes et de perles, puis sortit de sa chambre pour descendre l'escalier monumental en direction du vestibule. Elle y rejoignit ses parents qui accueillaient les premiers arrivants.

— Ma chérie, tu es magnifique ! s'écria la comtesse en la voyant. Ce costume est vraiment celui qu'il te fallait. Quel homme, en effet, ne serait pas envoûté par Cléopâtre, la mystérieuse reine des Egyptiens ? Rome elle-même ne s'est-elle pas couchée à ses pieds ? Ce soir, tous les jeunes gens se coucheront à tes pieds, ma chérie. Avant demain matin, tu seras la coqueluche de tout Paris.

— Maman ! murmura la jeune fille rougissante. Nos invités risquent de t'entendre.

Mme de Valcœur haussa les épaules d'une façon nonchalante.

— Et alors ? questionna-t-elle. Quelle importance ? Ils ne pourront que m'approuver, en reconnaissant que j'ai la plus jolie jeune fille de Paris.

— Vous avez raison, Hélène, lui dit son mari dont le visage rayonnait de fierté.

Il lui donna un baiser sur la joue puis ouvrit les bras à sa fille pour lui accorder le même témoignage de sa tendresse.

Puis s'ouvrirent les portes de la salle de bal et le majordome commença à aboyer les noms des arrivants.

Ariane ne savait plus combien de temps elle avait passé dans ce vestibule, auprès de sa mère et de son père, pour accueillir les innombrables invités. Il lui paraissait de plus en plus évident que sa mère avait raison en prétendant que tout ce qui comptait à Paris aurait à cœur de participer à cette soirée. Le majordome avait la voix qui s'éraillait à force de crier des noms. La file des nouveaux arrivants semblait ne jamais vouloir s'interrompre.

Enfin, pourtant, la porte d'entrée se referma. Ariane put entrer dans la salle de bal pour se mêler aux invités. Aussitôt un jeune homme sollicita l'honneur d'une danse ; puis un autre et un autre encore. Son carnet de bal se trouva très vite rempli. L'orchestre, engagé par son père et installé dans une galerie au fond de la salle, plaqua les accords de la première danse. Ariane se laissa entraîner par son premier partenaire.

En d'autres temps, elle eût été ravie de constater à quel point elle était recherchée et courtisée par tant de jeunes gens. Mais ce soir, elle gardait l'esprit préoccupé par des sujets autrement plus graves. Chaque fois qu'elle cessait de virevolter au bras d'un danseur pour se laisser diriger par lui vers les tables où on lui servait un rafraîchissement, elle n'entendait parler autour d'elle que des événements qui secouaient Paris.

On s'interrogeait pour savoir si le roi Louis-Philippe renverrait son Premier ministre Guizot dans l'espoir d'amadouer les républicains et les révolutionnaires. L'opinion générale ne semblait pas très optimiste à ce sujet. On persistait à penser que rien ne pouvait plus sauver la monarchie constitutionnelle, et que seule l'abdication de Louis-Philippe épargnerait à la France une nouvelle période de chaos. Il semblait à Ariane que des vents délétères soufflaient sur le pays et que rien ne les détournerait. Elle se demandait avec une anxiété grandissante à quelles conséquences il fallait s'attendre pour sa famille, pour ses amis, pour elle.

— Moi, je suis lasse de n'entendre plus parler que de révolutionnaires et de révolution ! déclara, tout près d'elle, une demoiselle Gabrielle Fournier qui s'adressait à un groupe de jeunes gens assemblés autour d'elle.

Elle montra, par une petite moue, l'exaspération qu'elle ressentait à l'évocation des événements, elle tapa du pied avec impatience et reprit :

— Je pensais que nous étions venus ici ce soir pour nous amuser, non pour débattre de l'avenir de la France. En outre, qu'avons-nous à nous inquiéter de savoir si Guizot sera congédié ou pas ? Que le roi se sépare de lui, et il sera vite remplacé par un autre Premier ministre. Quant au roi, croyez-moi, il n'est pas disposé à abandonner son trône. N'est-ce pas tout ce qui compte ? Oh, Ariane, vous voilà ! Vous êtes-vous déjà fait dire la bonne aventure ?

— Non, répondit Ariane en secouant la tête. De toute la soirée je n'ai presque pas cessé de danser, et je danserais encore en ce moment même si je n'avais pas révélé à M. de Saint-Quentin qu'une légère collation et une boisson pétillante me donneraient plus de plaisir qu'une nouvelle valse. M. de Saint-Quentin a été assez galant pour m'accompagner au buffet.

— Eh bien, reprit Joséphine de Hautmesny, puisque vous voilà restaurée, vous devriez vous rendre auprès de Mme Polgar pour la questionner sur votre avenir. Oh, Ariane ! Elle a prononcé des paroles tellement mystérieuses… Nous ne savons qu'en penser.

— C'est vrai ! s'écria Véronique de Richeville. Mme Polgar n'est pas toujours très claire dans ses propos, mais tellement fascinante, et, je n'ai pas peur de l'admettre, un peu effrayante aussi. D'abord j'ai pensé qu'elle n'était qu'une actrice engagée par votre mère pour tenir le rôle de voyante et nous divertir pendant la soirée. Mais je vous le dis, Ariane, après l'avoir vue et entendu ses prédictions, je pense qu'elle a un don véritable,

165

qu'elle est bien voyante extralucide. Je me demande où Mme de Valcœur l'a dénichée.

— Je n'en sais rien, répondit Ariane, intriguée par la ferveur avec laquelle ses amies parlaient de cette femme dont sa mère avait retenu les services.

A la recherche d'une attraction capable de donner à sa grande fête encore plus de cachet en même temps qu'elle procurerait un nouvel amusement à ses hôtes invariablement blasés, la comtesse avait finalement fixé son choix sur la mystérieuse Mme Polgar. Pour rendre plus solennelles les consultations de cette femme, une estrade avait d'abord été installée pour elle tout au fond de la salle de bal et couverte d'épais tapis persans. Puis, Mme de Valcœur trouvant cette mise en scène insuffisante, elle avait voulu encore que fût montée une grande tente normalement utilisée pour les réceptions dans les jardins. C'est dans ce pavillon de satin rayé que Mme Polgar se tenait depuis le début de la soirée, et c'est là qu'elle prédisait leur avenir à tous ceux qui osaient entrer sous la tente pour la questionner.

Ariane se demandait combien de personnes avaient déjà succombé à leur curiosité ; beaucoup sans doute, puisque chaque fois qu'elle était passée devant la tente, elle avait observé une longue file d'attente. Elle en avait déduit que la voyante jouissait d'une grande popularité, ce qui ne signifiait pas qu'elle avait un don véritable. Maintenant que la nuit tirait vers sa fin, que l'assistance commençait à se disperser et que la file d'attente s'était réduite à rien, Ariane, guidée par ses amies qui tenaient absolument à ce qu'elle fît cette expérience, pénétra sous la tente.

Contraste frappant avec la salle de bal illuminée *a giorno* par d'innombrables lustres à pendeloques en cristal portant plusieurs centaines de bougies chacun, il régnait dans l'antre de Mme Polgar une pénombre telle qu'il fallait un long moment pour s'en accommoder. Ariane ne savait pas exactement pourquoi elle était venue en ce lieu plein de mystère, mais ce n'était certainement pas pour découvrir le spectacle saisissant, angoissant aussi, qui se révéla à elle une fois qu'elle se fut accoutumée à l'obscurité ambiante. Ce qu'elle vit lui donna l'impression que soudain, en ouvrant les panneaux de la portière, elle avait pénétré dans un autre monde et qu'elle vivait dans un autre temps.

Voilà qu'elle se trouvait bien loin de la salle de bal. Voilà qu'elle n'entendait plus la musique et le brouhaha des conversations et des rires. Elle avait été transportée, comme par miracle, dans le royaume des ombres, et la seule musique qu'elle entendait désormais, discordante et néanmoins agréable, obsédante et envoûtante, semblait s'être insinuée sous la tente, comme un feu follet, pour danser autour d'elle, sur les épais tapis qui jonchaient le sol.

Dans le coin le plus obscur de la tente avait été placé un grand coussin carré, recouvert de satin doré, bordé de franges dorées et agrémenté à chaque coin de gros glands dorés. Sur ce coussin se tenait assis un nain tout déformé dont le visage était à peine discernable dans la pénombre, et ce nain grattait de manière dolente les cordes d'une harpe.

Au milieu était disposé le mobilier dont avait besoin Mme Polgar pour l'exercice de son art mystérieux. Il s'agissait essentiellement d'un siège massif, recouvert d'or, sorte de trône monstrueux, entièrement décoré de sculptures qui représentaient des crânes de boucs et de béliers, des serpents et des dragons, des corbeaux et des scarabées. Pour son confort, Mme Polgar disposait d'un épais coussin en velours rouge comme le rubis. De chaque côté du trône se dressaient deux candélabres à douze branches. Chacune de ces branches se terminait par une coupelle dans laquelle brûlait de la cire d'abeilles, et voilà toute la lumière qui était dispensée sous la tente. Les branches des candélabres supportaient aussi des encensoirs suspendus à des chaînes dorées, d'où s'échappaient des fumées épaisses et odorantes, exotiques, entêtantes.

Devant le trône, on voyait une petite table ronde, elle aussi sculptée, elle aussi dorée. Sur cette table avait été jeté un châle de soie noire, décoré de soleils dorés, d'étoiles dorées et de lunes dorées. Sur ce châle était placée une boîte en or et une grosse boule en cristal sur un support, en or aussi.

Devant la table se trouvait un petit tabouret à quatre pieds, fort délicat, qui offrait un contraste frappant avec le trône lourd et massif. Ce tabouret comportait un siège en tressage de cordelettes dorées.

Majestueusement installée sur la chaise en forme de trône, la voyante, Mme Polgar, attendait. D'âge indéfinissable, elle pouvait avoir quarante ans aussi bien que cent. C'était difficile à dire, car son visage sombre et impénétrable, aux hautes pommettes et au fort nez busqué, ne comportait pas la moindre petite ride. Seules ses mains décharnées, tavelées de taches brunes, aux longs doigts maigres terminés par de longs ongles qui les faisaient ressembler à des serres d'oiseau de proie, seules ses mains attestaient que cette femme n'était plus de la première jeunesse. Ses yeux profondément enfoncés dans leurs orbites, lourdement cernés de khôl, semblables à ceux d'un oiseau de proie, étaient tout aussi perçants. Sa bouche pleine et sensuelle, peinte en rouge vif, brillait dans la pénombre.

La voyante avait placé sur sa tête un turban écarlate et agrémenté d'un panache qui recouvrait et cachait toute sa chevelure. Elle portait une ample robe de soie, rouge aussi, brodée d'or, qui dissimulait les formes de son corps. De grands anneaux d'or s'agitaient à ses oreilles, des bracelets d'or cliquetaient à ses poignets, des bagues en or brillaient à tous ses doigts.

Mme Polgar avait la voix si rauque qu'elle semblait croasser comme un corbeau. Elle parlait un excellent français, mais avec un fort accent qui rappelait à chaque mot ses origines bohémiennes.

— Entrez, fille d'Isis, énonça-t-elle de sa voix caverneuse. Il y a bien longtemps que je vous attends.

— Je suis censée personnifier la reine Cléopâtre, murmura Ariane en pénétrant lentement sous la tente.

— Oui, je sais… Cléopâtre… celle qui, durant son passage sur cette terre, était la déesse Isis personnifiée et qui, comme instrument de sa mort, choisit non pas un aspic ainsi que le pense le vain peuple, mais le cobra sacré de la déesse Meretseger — Celle Qui Aime le Silence — et qui est une autre représentation de la déesse Isis. Il faut savoir que toutes les déesses, en vérité, n'en sont qu'une seule. Chacune présente un visage différent des autres, mais nous savons bien qu'elles sont les multiples apparences sous lesquelles a choisi de se présenter à nous la grande déesse de la terre, notre mère à tous. C'est pourquoi je puis dire de nouveau : Entrez, fille d'Isis. Entrez et asseyez-vous, afin que je puisse vous révéler votre avenir. Je vous dirai la vérité, qu'elle soit plaisante ou déplaisante à entendre.

Avec réticence, Ariane s'approcha de la table et, non sans hésitation, elle s'assit sur le tabouret qui lui était proposé. Elle n'était pas à proprement parler effrayée, car elle savait bien que sa mère n'eût pas engagé Mme Polgar en sachant que celle-ci représentait une quelconque menace. Et pourtant, elle frissonnait devant cette femme mystérieuse qui la mettait mal à l'aise.

Il lui sembla soudain que Mme Polgar était incroyablement vieille, qu'elle venait du fond des âges, qu'elle avait marché le long du Nil quand Cléopâtre régnait sur l'Egypte. Ariane savait que cela n'était pas possible et qu'elle se laissait entraîner par son imagination troublée. Appelant toute son intelligence à la rescousse, elle se raisonna et se dit que là, peut-être, se trouvait l'explication de l'enthousiasme extraordinaire marqué par ses amies. Mme Polgar exerçait un art qui relevait de l'imposture, mais elle était si convaincante qu'il était très facile de s'y laisser prendre pendant un moment.

— Croyez-vous en la destinée, fille d'Isis ? demanda, d'une voix forte, la voyante.

Abruptement tirée de ses pensées, Ariane dut réfléchir quelques secondes avant de pouvoir répondre :

— Oui… je pense que oui. Tout le monde ne croit-il pas en la destinée ?

— Non ! Beaucoup croient qu'il n'existe pas de force supérieure à la leur et que leur vie n'est que ce qu'ils veulent qu'elle soit. Ils croient à ce qu'ils appellent pompeusement le libre arbitre. Bien sûr, ils n'ont pas entièrement tort, car sinon, à quoi servirait-il de prier les dieux et les déesses — qui sont les multiples représentations d'un seul dieu et d'une seule déesse, je vous le rappelle — pour qu'ils daignent influer sur le cours de nos existences, n'est-ce pas ?

— Eh bien…, murmura Ariane décontenancée, je ne sais pas trop. Je crois que je n'avais jamais réfléchi à cette question, auparavant.

— Vous auriez dû. Maintenant, montrez-moi vos mains, commanda Mme Polgar.

Subjuguée, Ariane étendit ses mains au-dessus de la table et observa qu'elles tremblaient légèrement ; de peur ou d'excitation, elle n'aurait su le dire.

La voyante s'en empara avec une telle brusquerie que la jeune fille sursauta et éprouva la tentation de s'enfuir. Jamais elle n'eût cru que cette vieille femme décharnée pût disposer d'une telle force. En outre, les innombrables bagues de celle-ci lui meurtrissaient douloureusement les chairs. Soudain, comme si elle s'était rendu compte de ce fait, Mme Polgar relâcha sa double étreinte. Puis, avec plus de douceur, elle reprit possession des mains d'Ariane pour les retourner afin d'en examiner les paumes.

— La main droite… C'est la main du destin, expliqua-t-elle en se penchant pour regarder de plus près. Les lignes que vous y voyez ont été inscrites aussi dans le ciel au moment de votre naissance, et si vous n'aviez aucune volonté, nous pourrions découvrir ici tout votre avenir aussi sûrement que nous lisons un itinéraire sur une carte. Mais il y a la main gauche, qui est celle du libre arbitre. Comme vous pouvez le voir vous-même, les lignes sont différentes de celles qui paraissent sur votre main droite. Celles-là représentent les décisions que vous avez prises dans le passé et celles que vous prendrez dans l'avenir, pour influer en bien ou en mal sur le destin qui avait été prévu pour vous dans le cours de votre existence actuelle.

— Mon existence… actuelle ? questionna Ariane dont le visage trahissait l'étonnement.

— Oui. Comme vous le savez, l'âme est immortelle. Elle ne meurt pas avec le corps, mais continue son long voyage vers le dieu unique et la déesse unique. C'est qu'il n'est ni tout droit ni très facile, le chemin qui conduit chacun vers le Père et la Mère de nous tous. Ce chemin, il faut se le représenter comme un labyrinthe que nous parcourons avec difficulté. Nous y subissons de multiples examens qui déterminent notre connaissance et notre valeur morale. Il est si long, ce chemin, que nous ne pouvons le parcourir en une seule vie terrestre. Il est donc bien vrai que l'âme a besoin de plusieurs vies pour s'améliorer, pour atteindre la qualité qui lui permettra de s'agréger au dieu unique et à la déesse unique.

Mme Polgar rapprocha les mains d'Ariane et les serra l'une contre l'autre avant d'ajouter :

— Durant chacune de vos vies terrestres, votre destin et

votre libre arbitre se joignent l'un à l'autre comme vos mains en ce moment, et c'est leur action conjointe qui détermine votre avenir.

— Que me réserve mon avenir ? demanda Ariane que la curiosité taraudait.

— Avez-vous vraiment envie de connaître la réponse à cette question, fille d'Isis ?

— Oui, madame.

— Dans ce cas, voyons ce que nous pouvons voir.

Abandonnant les mains d'Ariane, Mme Polgar tourna les yeux vers la grosse boule de cristal qui reposait sur un côté de la table. Elle la rapprocha du centre, l'enveloppa avec un coin du châle de soie noire et entreprit de la frotter, longtemps, à grands et lents mouvements circulaires qui fascinèrent très vite Ariane.

Pendant ce temps, le nain, presque invisible dans son recoin ombreux, continuait de pincer les cordes de sa harpe, mais sa musique avait changé. Devenue obsédante, elle avait acquis des pouvoirs hypnotiques et influait sur Ariane, qu'elle mettait dans une sorte de transe, en vidant son esprit de toutes pensées conscientes.

Les fumées qui s'échappaient des encensoirs s'étaient épaissies et dégageaient un parfum de plus en plus grisant, troublant. Ariane éprouvait de réelles difficultés à respirer ces fumées et néanmoins elle ne pouvait s'empêcher de les inhaler avec force. La tête lui tournait. Désorientée, elle ne savait plus où elle se trouvait. Elle avait la très nette impression que son esprit sortait de son corps et qu'il planait, lui permettant d'observer la scène de très haut, au-dessus d'elle-même.

Après un long moment, Mme Polgar retira brusquement le châle, elle découvrit la boule de cristal qui s'illumina d'innombrables petites étincelles bleutées et crépitantes.

172

— Regardez, commanda la voyante. Regardez bien. Regardez longtemps et dites-moi ce que vous voyez.

Obéissant à cette injonction, Ariane se pencha en avant pour fixer son regard sur la boule de cristal illuminée, qui, encore quelques instants plus tôt, lui avait paru d'une remarquable transparence. A sa grande surprise, elle découvrit que tel n'était plus le cas.

— Je vois…, murmura-t-elle, troublée ; je vois… une sorte de brume.

— Est-ce tout ?

Au même moment que Mme Polgar posait cette question, la brume, à l'intérieur de la boule de cristal, se mit à tournoyer avant de se séparer en deux nuages, et ainsi découvrit-elle un lac.

— Mon Dieu ! C'est le loch ! s'écria Ariane en reconnaissant le lac si souvent vu dans les cauchemars qui la hantaient depuis sa plus tendre enfance.

Elle était si stupéfaite par sa découverte qu'elle ne perçut pas la rauque exclamation de Mme Polgar, et qu'elle ne vit pas non plus celle-ci qui s'approchait, en face d'elle, pour scruter elle aussi l'intérieur de la boule de cristal.

— Le loch ? lui demanda-t-elle d'une voix pressante.

— Oui. On l'appelle le Loch Ness. C'est un lac qui se trouve en Ecosse, dans les Highlands plus précisément. C'est ma gouvernante, Mlle Neuville, qui m'en a parlé au cours d'une leçon de géographie.

— Je vois. Ce lac est-il vaste ?

— Il est si long qu'il semble n'avoir ni de commencement ni de fin. Mais il n'est pas très large, car si la brume se dissipe, je peux, d'une rive, apercevoir l'autre rive.

— Et que voyez-vous sur l'autre rive ?

— Je vois… un vieux château, rouge parce qu'il est construit en grès. Il est effrayant, ce château. C'est un endroit terrible.

173

— Que savez-vous encore ?

— Je sais que le rouge est la vraie couleur de ce château, mais que dans certaines lumières il paraît aussi blanc et aussi triste que de vieux ossements. C'est pourquoi je pense qu'il est habité par des forces maléfiques.

A ce moment, Ariane, se rappelant en quels termes énergiques sa mère lui avait recommandé de ne parler à personne de son rêve, se mordit la lèvre inférieure puis secoua sa tête douloureuse comme pour ordonner ses idées. Confuse, désorientée, elle ne se reconnaissait pas plus qu'elle ne reconnaissait son environnement.

Elle pensa que peut-être elle allait se réveiller pour se voir dans son lit et découvrir qu'elle avait de nouveau rêvé, qu'une nouvelle version de son cauchemar familier l'avait visitée. Au prix d'un grand effort, elle détourna son regard de la boule de cristal, en se demandant si elle y avait vraiment vu le loch et le château, en espérant qu'elle avait imaginé cette vision.

La musique jouée par le nain devenait de plus en plus forte, la fumée des encensoirs s'épaississait davantage et formait à l'intérieur de la tente un énorme nuage aux senteurs fortement épicées.

Epouvantée d'avoir révélé certains éléments de son cauchemar, Ariane n'avait plus qu'un désir : quitter ce lieu trop étrange pour elle. Mais elle n'avait plus de volonté. Retenue par un charme inquiétant, elle resta assise et fixa sur Mme Polgar son regard implorant.

Celle-ci, dans un grand cliquetis de ses bracelets, repoussa la boule de cristal vers le bord de la table. Puis elle ouvrit la boîte dorée pour en tirer un jeu de tarots. Les cartes portaient des dessins énigmatiques, très compliqués mais très joliment exécutés. Chacune était une véritable œuvre d'art en soi. A l'évidence Mme Polgar en prenait le plus grand soin, à moins qu'elle ne les utilisât qu'en de rares et solennelles occasions. Solennellement, elle les tendit à Ariane.

— Battez les cartes trois fois, fille d'Isis, ordonna-t-elle d'une voix plus rauque et plus grave que jamais.

Le jeu tomba dans les petites mains d'Ariane, qui le trouva encombrant et si lourd qu'elle éprouva quelque difficulté à mélanger les cartes. Ayant néanmoins réussi à accomplir la tâche qu'on lui demandait, elle le rendit à la voyante, qui entreprit aussitôt de disposer les cartes sur la table selon un schéma compliqué. Ayant terminé, elle les observa pendant un long moment. Puis elle reprit la parole, une fois de plus, et sa voix éraillée rappela invinciblement à Ariane les cris d'un oiseau de proie.

— Les trois rois que vous voyez parmi ces cartes représentent trois hommes que vous rencontrerez à l'avenir. Méfiez-vous de celui-ci…

Du bout d'un de ses ongles, qu'elle portait fort longs, Mme Polgar effleura le Roi des Pentacles et elle reprit le cours de ses explications.

— Prenez garde à celui-ci, prenez bien garde à lui ! En effet, vous noterez que la carte est à l'envers, ce qui signifie que le Roi des Pentacles est corrompu et dangereux. C'est de très mauvais augure pour vous. Il cherchera à vous nuire…

Après un moment de silence destiné sans doute à laisser l'esprit d'Ariane se pénétrer de cette mise en garde solennelle, la voyante reprit, d'un ton plus léger :

— Le Roi des Epées exerce une profession. C'est peut-être un homme de loi, ou alors il travaille dans un domaine qui nécessite des compétences affirmées et de grandes capacités d'analyse. Bref, c'est un homme à l'esprit bien fait. Mais se révélera-t-il pour vous un allié ou un ennemi, je ne saurais dire. Il n'en va pas de même pour celui qui est représenté par le Roi des Baguettes, car celui-là vous sera entièrement dévoué. Accordez-lui toute votre confiance. S'il n'y en a qu'un sur qui vous puissiez vous reposer, c'est bien lui. Il veillera sur vous et vous protégera, jusqu'à mettre sa vie en danger. Vous aurez à courir beaucoup de dangers, fille d'Isis. Un voyage fatidique vous attend très bientôt. Vous aurez à traverser une mer puis un pays pour vous rendre au repaire où un dragon se cache depuis des siècles. Voilà bien longtemps qu'il attend votre retour, comme l'attendent les frères qui sont ses fils. Encore maintenant, comme un troupeau de corbeaux attirés par les cadavres répandus sur un champ de bataille, ils se rassemblent. Certains viennent de très loin. Mais parmi eux un intrus s'est glissé. Il réclame pour lui ce qui appartient à l'Ancien. Comme lui, vous vous lancerez dans une quête très dangereuse, au terme de laquelle ce que vous trouverez ne sera pas ce que vous aurez cherché, mais ce que désire votre cœur. En effet, de deux cœurs l'un seulement prouvera qu'il est animé d'un désir pur. Ne vous fiez qu'à celui-là, car l'autre ne cherchera qu'à vous induire en erreur. Dans vos mains vous détenez la clé de votre destinée. Vous la possédez depuis toujours et vous ne le savez pas encore. Sachez l'utiliser vite et à bon escient, fille d'Isis, car le temps vous sera compté.

Mme Polgar s'interrompit soudainement. Levant alors les yeux qu'elle avait jusque-là gardés fixés sur le jeu de cartes, Ariane découvrit que la voyante avait disparu mystérieusement. La musique avait cessé et le nain, lui aussi, était parti. C'était comme si lui et sa maîtresses s'étaient dissous dans les fumées d'encens qui emplissaient l'intérieur de la tente.

Troublée, Ariane se sentit dans le même état que si elle venait de s'éveiller après avoir dormi pendant cent ans. Lentement, elle repoussa le tabouret et se leva. Elle découvrit alors qu'elle n'avait plus de forces, qu'elle tremblait de tous ses membres. Pendant un long moment elle resta cramponnée au bord de la table et n'osa s'en éloigner que lorsqu'elle eut acquis l'impression qu'elle avait recouvré la capacité de marcher. Cela dit, ses jambes tremblaient encore. A petits pas, elle sortit de la tente. Ayant soulevé les pans de la portière, elle ferma les yeux pour se protéger des lumières aveuglantes de la salle de bal.

— Oh, Ariane ! s'exclama Gabrielle en venant vers elle. Que de temps vous avez passé sous cette tente ! Beaucoup plus de temps que n'importe qui d'autre, en vérité ! Mais pourquoi êtes-vous si pâle ? Pourquoi cette hébétude où je vous vois ? Que vous a dit Mme Polgar ? Elle est tellement étrange qu'elle inspire de terribles craintes. N'est-ce pas votre avis, Ariane ? Vous a-t-elle bien effrayée ?

— Oui, dites-nous ce qu'elle vous a dit ! implora Joséphine. Nous avons raconté à tout le monde l'avenir qu'elle nous avait prédit, alors c'est bien la moindre des choses que vous agissiez de la même façon. Nous voulons savoir si vous allez tomber follement amoureuse et si vous finirez par épouser le beau jeune homme de vos rêves. Nous pensions que Mme Polgar nous débiterait un discours de ce genre, mais il n'en a rien été. Elle nous a tenu des propos si bizarres ! N'est-elle pas exactement ainsi que nous vous l'avions décrite, Ariane ?

— Oui, elle est… vraiment mystérieuse, déclara Ariane qui prenait de longues inspirations pour calmer ses nerfs et aussi pour purger ses poumons des fumées d'encens. En vérité, elle est si mystérieuse que je ne sais pas quoi faire des propos qu'elle m'a tenus.

— Eh bien, que vous a-t-elle dit ? demanda Véronique.

— Elle m'a dit tant de choses que je ne sais pas par où commencer, avoua Ariane encore gênée d'avoir enfreint les recommandations de sa mère en parlant de son cauchemar récurrent. En outre, Mme Polgar parle d'une façon si étrange, si énigmatique, comme je viens de vous le dire, que je me demande si ses paroles ne sont pas tout simplement dénuées de sens. Ou

177

plutôt, je ne sais qu'en penser. Il s'y trouve pourtant certains éléments concrets ; par exemple, un voyage que je devrais entreprendre très bientôt, un voyage au cours duquel je traverserai une mer puis un pays, et au terme duquel je rencontrerai le Seigneur du Dragon ; rien que cela ! J'ai peine à y croire, mais c'est bien ce que Mme Polgar a prétendu.

Ariane haussa les épaules et partit d'un petit rire mi gêné, mi amusé, tandis qu'elle cherchait dans sa mémoire d'autres éléments de l'entrevue qu'elle pourrait révéler à ses amies. Après un petit moment, elle reprit :

— En fait, je croirai à ces prédictions quand elles se réaliseront et il me semble qu'elles ne se réaliseront jamais. Je n'imagine même pas que je puisse un jour quitter la France. C'est vous dire !

Le lendemain même, au grand étonnement de la jeune fille, la situation politique s'était aggravée. Bien loin de se soumettre, les opposants au gouvernement édifiaient des barricades dans plusieurs quartiers de Paris. Plusieurs colonels de la garde nationale rapportèrent que leurs hommes exigeaient désormais du roi Louis-Philippe qu'il renvoyât immédiatement son Premier ministre, François Guizot.

Puis les généraux de l'armée de ligne avant avouèrent qu'ils ne pourraient certainement plus répondre de leurs troupes si la garde nationale se rangeait aux côtés des citoyens de plus en plus nombreux qui prenaient les armes au nom de la Révolution et de la réforme. Comme pour leur donner raison, un officier d'artillerie, stationné avec son détachement près de l'Hôtel de Ville, avait répondu ainsi, non sans emphase, à la question cruciale qui lui était posée :

— Tirer sur le peuple ? Certainement pas ! Tirer sur le

peuple qui nous paie ? Nous ne pourrions nous y résoudre. Si nous avons à choisir entre massacrer nos frères et abandonner la monarchie, nous n'hésiterons pas une seconde.

Prenant enfin conscience de la gravité de la situation, le roi Louis-Philippe comprit qu'il n'avait d'autre choix que de satisfaire aux revendications des émeutiers en se séparant de Guizot. Ainsi le Premier ministre fut-il renvoyé ainsi que tout son gouvernement. Des gardes nationaux montèrent à cheval pour répandre dans tout Paris cette nouvelle, qui eut pour effet immédiat de faire remonter les cours de la Bourse.

Mais les opposants ne désarmèrent pas pour autant et ils refusèrent de démanteler les barricades élevées la veille. Sur la plus imposante de celles-ci, édifiée entre les rues du Temple et Saint-Martin, plusieurs centaines de jeunes gens exaltés montaient la garde. Ils réclamaient à cor et à cri la preuve que Guizot avait bien été renvoyé et exigeaient des garanties quant à leur sécurité et à leur liberté s'ils déposaient les armes. Refusant de baisser la garde tant qu'ils n'auraient pas obtenu satisfaction totale, ils se préparaient à bivouaquer dans leur forteresse improvisée, malgré la pluie glaciale, malgré le manque de vivres. Ils n'avaient même pas de quoi allumer du feu !

Conscient de la haine qu'il avait suscitée chez ses compatriotes, Guizot avait trouvé refuge au ministère des Affaires étrangères, situé alors boulevard des Capucines et protégé par un important détachement militaire déployé tant à l'intérieur qu'à l'extérieur.

Evidemment, l'hôtel de Valcœur ne pouvait pas bénéficier de telles dispositions. On y suivait avec anxiété le cours des événements et Ariane s'alarmait de plus en plus pour la sécurité de sa famille ainsi que pour celle des serviteurs. Elle s'étonnait que le bal masqué eût eu lieu la nuit précédente. Ces futilités lui paraissaient si lointaines, d'un autre temps en vérité. Elle s'étonnait plus encore d'avoir pu s'y divertir sans avoir vraiment conscience de la gravité de la situation.

— Que se passe-t-il dans les rues de la ville, Sophie ? demanda-t-elle à sa suivante qui venait d'entrer dans sa chambre.

Elle apportait un plateau sur lequel se trouvaient un pot de chocolat chaud, une tasse et une soucoupe en porcelaine de Sèvres, un assortiment de bonbons et de petits gâteaux. Insensible à ces gourmandises, la jeune fille reprit :

— On ne cesse de suivre par l'ouïe les mouvements de la foule en marche dans la ville. On entend les cris et les chansons. Tout cela est si effrayant ! Le peuple porte-t-il toujours les armes ? L'hôtel de Valcœur est-il menacé ? Je suis certaine que c'est le cas. J'en suis sûre !

— Hélas, mademoiselle, ce n'est que trop vrai, soupira Sophie en déposant le plateau sur une table.

Elle versa le chocolat chaud dans la tasse et dit ce qu'elle savait des événements.

— On dit que les émeutiers veulent illuminer tout Paris, et que, dans toutes les grandes maisons qui entourent les Tuileries, on a placé des lanternes et des bougies sur le rebord des fenêtres, pour tenter de les apaiser. Ceux qui ont refusé de s'abaisser à cette mascarade ont vu leurs vitres brisées par des jets de pierres. Le ministère de la Justice lui-même, qui avait refusé d'obtempérer, a été assiégé par plus de dix mille personnes en furie.

— Oh, non ! s'écria Ariane, de plus en plus alarmée.

— C'est ainsi, mademoiselle.

Sophie tendit à sa jeune maîtresse la tasse de chocolat posée sur la soucoupe, puis elle s'employa à allumer de nombreuses bougies qu'elle plaça aux fenêtres. Elle expliqua encore :

— Les émeutiers ont brisé les fenêtres du ministère, ils ont mis le feu à la porte d'entrée ainsi qu'à la guérite de la sentinelle. Mais il ne faut pas vous alarmer outre mesure, mademoiselle. Dès que les autorités ont eu vent de cet assaut, elles ont dépêché sur place un escadron de cuirassiers ainsi que plusieurs compagnies de la garde nationale, pour rétablir l'ordre. La rue de Castiglione est actuellement barrée. Plus personne ne peut passer.

Ariane se demanda si ces dispositions suffiraient à apaiser la violence. Elle l'espérait. Mais la suite des événements la détrompa cruellement.

Boulevard des Capucines, Guizot se refusait obstinément de complaire aux émeutiers et avait donné de très nettes instructions à ce sujet. Pas une seule bougie ne brillait donc aux fenêtres, ce qui avait été perçu comme une provocation. Une foule de plus en plus nombreuse s'était rassemblée aux abords du ministère pour crier sa colère au Premier ministre déchu. Fort houleuse, la manifestation restait néanmoins pacifique et le fût restée si un coup de feu n'avait soudain éclaté, par inadvertance semblait-il, mais blessant un des militaires en faction.

Croyant à une attaque, le colonel chargé de la garde du bâtiment ordonna une salve en guise de riposte immédiate. Les soldats du Quatorzième régiment de ligne levèrent leurs fusils, épaulèrent. Ce que voyant, ceux des manifestants qui se trouvaient aux premiers rangs de la foule eurent le réflexe de se jeter à terre pour sauver leur vie, mais les balles fauchèrent lourdement derrière ceux-là, tuant cinquante-deux hommes, femmes et enfants. Le sang se répandit à profusion sur les pavés de Paris. La panique s'empara des manifestants, qui tentèrent de s'enfuir dans toutes les directions, causant des bousculades dans lesquelles d'autres périrent encore, par étouffement ou piétinement.

Gardant la tête froide, les meneurs suscitaient des clameurs pour réclamer vengeance contre ce gouvernement qui massacrait froidement le peuple sans défense. Ils s'emparèrent d'un tombereau qui se trouvait là, peut-être pas par hasard, ils y entassèrent les cadavres, sous les yeux de la troupe qui semblait tétanisée et incapable de réagir. Puis un cortège macabre se dirigea vers les quartiers les plus populeux de Paris, à la lueur de torches fumeuses qui rendaient le spectacle plus effrayant encore. Plusieurs églises ayant été prises d'assaut, le tocsin sonna dans différents quartiers de la capitale. Partout retentissait le cri de « Vengeance ! Vengeance ! ». Les barricades virent arriver de nombreux renforts, d'autres encore s'élevèrent. L'insurrection était générale.

Ariane avait entendu le bruit de la salve, puis les clameurs de la foule, si fortes qu'elles parvenaient jusqu'à l'hôtel de Valcœur. Si elle ne vit pas le cortège funèbre qui promenait les morts de la soirée dans tout Paris, elle en entendit parler et son cœur se serra davantage, de peur mais aussi de pitié pour ces pauvres gens.

Le lendemain matin, lorsqu'elle se leva après une nuit brève et peu reposante, elle apprit que le roi Louis-Philippe avait abdiqué. C'en était fini de la monarchie de Juillet.

Le père d'Ariane, craignant une longue période de troubles en France, avait décidé d'emmener toute sa famille en Angleterre, pour la mettre en sécurité.

Ariane éprouva un curieux sentiment d'anticipation et de crainte, alors qu'allait commencer le long et difficile voyage prédit par Mme Polgar, et auquel elle n'avait pas cru jusqu'à ce moment.

182

LIVRE DEUX

Le passé verrouillé

Cela se trouve enfermé dans ma mémoire, et c'est vous qui en avez la clé.

SHAKESPEARE, *Hamlet.*

Le meilleur devin quant à l'avenir, c'est le passé.

GEORGE NOËL GORDON, LORD BYRON, *Journal.*

6.

Des histoires que l'on raconte

Qu'est-ce que la vie ? Une folie. Qu'est-ce que la vie ? Une illusion, une ombre, un conte. Le plus grand trésor n'est rien, car la vie est un rêve, et les rêves eux-mêmes ne sont que des rêves.

PEDRO CALDERON DE LA BARCA, *La Vie est un rêve*.

Et dans ce monde terrible, retiens ta respiration douloureuse pour raconter mon histoire.

SHAKESPEARE, *Hamlet*.

1848 à Londres,
Oxford Street, Baker Street et Hatton Green

Au lendemain de la brutale agression qu'il avait subie devant la maison de M. Quimby, Malcolm s'éveilla pour découvrir qu'il était courbatu et qu'il avait mal partout, tant il avait été malmené. Allongé dans son lit, il médita longtemps sur les événements de la veille et espéra que les ruffians souffriraient,

185

autant sinon plus que lui, des quelques coups qu'il avait réussi à leur porter. Puis, conscient qu'il ne pouvait passer toute sa journée au lit malgré son état, il roula sur le côté et se leva, avec difficulté.

Quand il eut fait sa toilette matinale, il s'examina avec attention et considéra comme un petit miracle de ne porter aucune marque sur le visage. Dans le cas contraire, il eût été contraint de trouver une explication bénigne pour expliquer son état, car il ne voulait en aucun cas révéler à sa mère l'aventure qu'il avait connue dans les rues nocturnes de Londres. Cela ne servirait qu'à la jeter au comble de l'inquiétude, car elle envisagerait aussitôt l'hypothèse la plus terrible, mais aussi la plus plausible, à savoir que son fils avait été attaqué par leurs ennemis.

C'est aussi ce que s'était dit Malcolm, mais après y avoir réfléchi longuement, il n'en était plus aussi certain. Ainsi que l'avait fort judicieusement fait remarquer le sergent de ville, dans le salon de M. Quimby, cette agression n'était sans doute pas l'œuvre de petits voleurs quelconques désireux de détrousser un passant solitaire. Certes, mais cela ne signifiait pas forcément que les Foscarelli en eussent été les commanditaires. Malcolm voulait le croire, il essaya de s'en persuader, mais sa raison regimbait. Franchement, fallait-il ne voir qu'une coïncidence dans le fait qu'il eût été attaqué le jour même où deux étranges Orientaux étaient entrés dans la boutique de M. Quimby pour demander des renseignements sur la région du Loch Ness ? Difficile à croire… Y avait-il, entre ces gens si différents les uns des autres, des rapports mystérieux et secrets qu'il ne soupçonnait pas ?

Ayant beaucoup réfléchi, Malcolm convint qu'il ne savait pas grand-chose, ce qui augmenta son malaise ainsi que sa volonté de mener sa propre enquête. Il éprouva aussi, pour se la reprocher aussitôt, une sorte d'aigreur envers sa mère qui refusait obstinément de lui révéler tout ce qu'elle savait au sujet de leur trouble héritage. Si elle ne l'avait pas laissé si longtemps dans l'ignorance, se disait-il, il eût été mieux préparé pour affronter la situation. Mais il ne servait plus à rien de s'en affliger désormais. Malcolm ferait de son mieux avec les quelques éléments dont il disposait, et il tâcherait de rattraper le temps perdu.

Après s'être habillé et avoir pris son petit déjeuner, Malcolm quitta Hawthorne Cottage et traversa Saint-John's Wood pour attraper son omnibus. Bien que M. Quimby lui eût recommandé de prendre tout son temps ce matin, il avait hâte de rentrer chez Quimby & Compagnie, Cartographes et Editeurs de cartes, Oxford Street, numéro 7 B. Il désirait accomplir aussi rapidement que possible tout le travail qu'il aurait ce matin-là, afin d'avoir tout loisir de déjeuner avec M. Quimby.

Il savait parfaitement que sa mère eût été épouvantée si elle avait su qu'il avait l'intention de révéler toute leur histoire à son patron. Lui-même éprouvait quelque crainte à cette idée, mais il s'y était résolu parce qu'il avait conscience qu'il ne parviendrait à rien de bon sans le secours d'un homme sage et discret. Il avait réellement besoin d'une aide que sa mère n'était pas en mesure de lui fournir. Si elle lui avait — semblait-il — révélé enfin tout ce qu'elle savait, il n'en restait pas moins vrai qu'elle n'avait voulu ainsi que satisfaire sa curiosité et aussi le protéger en le mettant en garde contre leurs ennemis, elle avait aussi, et dans les termes les plus énergiques, exprimé son désir de ne pas voir son fils s'embarquer dans une enquête hasardeuse aux seules fins de découvrir le Cœur de Kheper ou encore de venger le double meurtre de Whitrose Grange. Mais lui savait que, d'une façon ou d'une autre, il obtiendrait réparation. Il le devait, pour la mémoire de son père et de son oncle Charles. Rien ni personne ne l'empêcherait d'accomplir ce devoir sacré, songeait-il dans l'omnibus brinquebalant qui l'emmenait vers sa destination.

Arrivé dans Oxford Street, Malcolm descendit du véhicule bondé et se dirigea à grands pas vers la boutique Quimby & Compagnie, Cartographes et Editeurs de cartes. Dans l'arrière-boutique, il accrocha son manteau et son chapeau à une patère, rangea ses gants et son parapluie dans un casier juste au-dessus, puis s'en alla se préparer un thé, comme chaque matin. Mais cette fois, au lieu de bavarder avec Harry, Jim et Tuck devant le grand feu qui brûlait dans la pièce principale du magasin, il leur dit simplement qu'il avait beaucoup de travail ce matin-là et qu'il devait monter sans tarder ; ce qu'il fit.

Devant sa planche à dessin, il retira sa jaquette et retroussa ses manches et se mit effectivement au travail, c'est-à-dire qu'il se pencha sur la carte qu'il tâchait d'élaborer la veille, non sans difficultés après la visite des deux mystérieux Orientaux. Il répara ses erreurs et, en fin de matinée, il constata avec satisfaction qu'il n'avait pas complètement perdu la main. Estimant qu'il en avait terminé avec cette carte, il l'observa d'un œil critique et se dit, non sans orgueil, qu'il avait finalement accompli un travail remarquable, que M. Quimby serait très satisfait de lui, même si le papier était un peu trop fin à l'endroit où il avait fait un usage excessif de la gomme.

— Excellent travail, s'exclama effectivement M. Quimby, un peu plus tard, quand il lui présenta la carte terminée. Voyez-vous, Malcolm, je ne pense pas que j'aurais pu faire mieux moi-même. Allez la déposer à l'atelier, et quand Harry aura terminé de déjeuner, il pourra se mettre à la gravure des plaques. Et pendant ce temps, vous et moi nous rendrons dans ma maison pour discuter un peu, car je ne vous cache pas qu'après l'incident de la nuit dernière, je brûle de connaître les révélations que vous a faites votre mère, révélations sans doute de la plus haute importance puisque vous avez éprouvé le besoin de traverser presque toute la ville, à une heure fort tardive, pour venir m'en faire part et me demander mon avis. Je pense — que dis-je, j'espère ! — que vous vous êtes bien remis de vos émotions et que votre mère n'a pas eu vent de l'agression dont vous avez été l'objet. Vous n'avez pas voulu l'alarmer inutilement, n'est-ce pas ?

— Non, monsieur, en effet, car comme vous le dites à juste titre, cela ne servirait qu'à l'alarmer. Et puis, ma discrétion est dictée aussi par d'autres raisons que vous ne connaissez pas encore ; des raisons qui ne sont pas sans rapport avec les révélations que m'a faites hier ma mère et dont j'éprouve le vif besoin de vous informer. Pour être tout à fait franc avec vous, j'ai besoin de conseils avisés, d'aide aussi, peut-être, et je ne connais personne en qui j'aurais plus confiance qu'en vous.

— Eh bien, Malcolm, répondit M. Quimby après avoir toussoté, vous me voyez très flatté par vos appréciations élogieuses. Il ne me reste qu'à espérer que je saurai me montrer à la hauteur de vos attentes. Si vous le voulez bien, nous allons maintenant prendre nos manteaux et nos chapeaux, puis nous nous en irons chez moi pour bavarder tranquillement. Dois-je vous l'avouer ? La curiosité me dévore encore plus cruellement depuis un petit moment.

Habillés et coiffés, ils sortirent du magasin. Malgré les protestations de Malcolm, M. Quimby tint absolument à héler un cabriolet pour les conduire chez lui.

— Mais si, mais si ! expliqua-t-il à Malcolm rouge de confusion. Nous irons ainsi beaucoup plus vite qu'à pied. Et puis, même si vous croyez vous être assez bien remis des coups que vous avez reçus hier soir, je ne pense pas qu'une marche rapide, surtout par ce froid, vous soit très recommandée.

Malcolm n'insista pas davantage. Il faut préciser qu'en son

189

for intérieur, il se réjouissait tout de même d'avoir un véhicule à sa disposition, parce que l'idée de marcher sous la pluie et dans le vent ne lui souriait effectivement pas beaucoup. M. Quimby héla un cabriolet de passage, qui le mena très rapidement à l'adresse indiquée.

Ils s'engagèrent dans l'escalier. M. Quimby introduisit la clé dans la serrure de la porte donnant accès à son appartement, salua plaisamment Mme Merritt qui s'empressait d'apparaître pour prendre les parapluies, les chapeaux et les gants de ces messieurs, avant de les aider à se défaire de leurs manteaux. Sans cesser de s'activer, elle déclara fort aimablement à Malcolm :

— M. Blackfriars, je suis très heureuse que vous ayez pu vous joindre à M. Quimby. Il n'est pas mauvais qu'il ait un peu de compagnie de temps à autre ; du moins, c'est mon opinion.

Puis elle se tourna vers M. Quimby.

— J'ai demandé à Polly de dresser aujourd'hui la table dans la salle à manger. J'ai pensé que ce serait plus agréable pour vous, étant donné que vous avez un invité.

— C'est très bien, Mme Merritt, répondit M. Quimby en hochant la tête. Nous serons très bien dans la salle à manger. Le déjeuner est-il prêt à être servi ?

— Certainement, Monsieur. Tous les plats sont disposés sur la desserte, ils n'attendent plus que vous.

— Parfait ! Dans ce cas, venez avec moi, Malcolm.

L'un suivant l'autre, ils se dirigèrent vers la salle à manger, où ils découvrirent que la cuisinière, qui s'appelait Mme Saltash, avait préparé une soupe de légumes qui fumait dans son récipient, un poulet rôti accompagné de boulettes de pâte et de carottes, et une tarte aux pommes succulente d'aspect. Elle avait aussi pris le soin de faire cuire une miche.

Polly, la jeune servante, se trouvait déjà près de la desserte, prête à assurer le service. Elle s'acquitta de cette tâche avec

190

promptitude et beaucoup d'élégance, puis elle demanda à M. Quimby d'agiter la clochette à sa disposition, s'il avait besoin d'elle. Puis, sur une révérence, elle quitta la salle à manger.

Aussitôt que la porte se fut refermée, M. Quimby prit la parole.

— Maintenant, Malcolm, je suggère que vous me racontiez votre histoire en détail, sans négliger toutefois de vous sustenter. Ensuite, je réfléchirai à tout cela et je déterminerai si je puis vous être utile d'une manière ou d'une autre, en paroles ou en actions.

Malcolm livra donc un compte rendu détaillé de tout ce que sa mère lui avait révélé la veille. M. Quimby écouta avec la plus grande attention. Parfois il poussait une exclamation de surprise ou d'indignation, ou bien il secouait la tête pour exprimer son étonnement. Il posa quelques questions pour obtenir des éclaircissements ou des précisions.

Quand Malcolm eut terminé son récit, ils arrivaient à la fin de leur déjeuner. Ils n'avaient plus qu'à se régaler de leur tarte aux pommes, accompagnée d'une tasse d'excellent café.

— Eh bien ! s'exclama M. Quimby qui avait le regard rêveur, je crois inutile de vous dire à quel point votre histoire m'a stupéfié, Malcolm ! Avez-vous songé que si cette émeraude fabuleuse existe réellement, sa découverte ferait sans doute de vous un des hommes les plus riches de ce pays, peut-être même du monde tout entier ?

— C'est exact, mais ce n'est pas ce bijou qui occupe mes pensées. Avant tout, j'ai le désir de retrouver les assassins de mon père et de mon oncle, afin de leur faire payer leur crime odieux. Je dois, en quelque sorte, rendre la justice.

— Je le comprends parfaitement, mais ce que vous devez comprendre, vous, Malcolm, c'est qu'il existe plusieurs sortes de justices et que la maxime célèbre, *Œil pour œil, dent pour dent*, n'est sans doute pas la formule la plus recommandable en la matière. Je crois qu'il y aurait d'autres façons de traiter avec les Foscarelli, ce que votre père avait très bien compris, me semble-t-il. Maintenant, avez-vous la croix que votre mère vous a donnée hier soir ?

Malcolm répondit d'un simple hochement de tête. M. Quimby poursuivit :

— Accepteriez-vous de me la montrer, ou préférez-vous en réserver la contemplation à vous-même ?

— Bien sûr que non, répondit Malcolm avec empressement.

Il retira la croix de dessous sa chemise, fit passer la chaîne par-dessus sa tête et tendit le bijou en expliquant :

— Je l'ai moi-même examiné avec la plus grande attention aussitôt après l'avoir reçu de ma mère, mais je dois avouer que je ne vois pas du tout en quoi il pourrait m'être utile. Je ne lui vois rien de remarquable.

— Voyons cela, dit M. Quimby à mi-voix, en faisant tourner la croix entre ses doigts. A priori, je ne décèle rien de bien intrigant non plus. C'est un bijou très ordinaire, à ce qu'il paraît… Cependant, il ne faut pas se décourager et jeter le bébé avec l'eau du bain. Je pense que nous devrions consulter quelqu'un de plus compétent que nous en ce domaine, et figurez-vous que je connais l'homme qu'il nous faut. C'est un vieil ami à moi, un juif du nom de Jakob Rosenkranz, qui tient une joaillerie à Hatton Garden. Si vous n'y voyez pas d'objection, Malcolm, nous lui montrerons cette croix et la lui remettrons pour un examen approfondi. Vous n'avez rien à craindre. C'est un homme de bon conseil, très scrupuleux de surcroît, qui saura garder le secret sur toute cette affaire. Il n'en parlera à personne, je vous en donne ma parole d'honneur.

— Monsieur, je me fie à votre jugement, répondit Malcolm.

Mais il se trouve que je suis curieux. Avec tout le respect que je vous dois, que peut savoir votre ami sur les croix, s'il est juif ?

— Il en sait bien plus que vous ne pourriez l'imaginer, dit M. Quimby en souriant. La croix est en effet un symbole vieux comme le monde, qui n'a pas de rapport qu'avec le christianisme. Jakob est un érudit en ce domaine. C'est pourquoi je pense qu'il pourra nous donner quelques éclaircissements intéressants, fort utiles pour la suite de notre recherche.

— Alors, c'est dit ! s'exclama Malcolm. Allons demander aide et assistance à M. Rosenkranz, puisque pour moi cette croix n'a rien d'extraordinaire et que je ne vois pas en quoi elle pourrait devenir la clé me donnant accès aux mystères qui affectent l'histoire de ma famille.

— Bien ! Nous voici d'accord, conclut M. Quimby, visiblement ravi.

De son gilet bleu nuit aux fines rayures blanches, il tira une imposante montre en or. Ayant vérifié l'heure qu'il était, il soupira :

— Malheureusement, il est beaucoup trop tard pour songer à rendre visite à Jakob Rosenkranz. En effet, vu le temps qu'il nous faudrait pour aller chez lui et lui expliquer ce que nous attendons de lui, nous n'aurions pas le temps de retourner au magasin avant l'heure de la fermeture. Or il y a ces plaques qu'il faut faire graver pour les cartes de M. Kenilworth, et nous avons déjà pris du retard, comme vous le savez. Je propose que nous remettions cette visite à demain. Voilà qui nous permettra de déjeuner ensemble à la taverne du Vieil Evêque, afin que vous puissiez faire connaissance. Que dites-vous de cela, Malcolm ?

— J'en dis que cela me semble une excellente idée, monsieur.

193

Et puis-je me permettre de vous dire que j'apprécie à sa juste valeur l'intérêt que vous prenez à mon affaire ?

— Je vous en prie, c'est tout naturel, répondit M. Quimby, l'air modeste, mais en rougissant légèrement. C'est moi qui apprécie la confiance que vous me témoignez en me faisant connaître votre grand secret. Comme vous le savez, j'adore les énigmes, et celle que vous me proposez est sans doute la plus compliquée, mais aussi la plus passionnante dont j'aurai jamais à connaître.

Oublié son moment de gêne passagère, il rayonnait littéralement. Il poursuivit :

— Je puis bien vous avouer que je ne me suis pas autant amusé depuis mon enfance. Pardonnez ma légèreté… Le seul point qui me chagrine, c'est l'agression dont vous avez été l'objet hier soir. A-t-elle un rapport avec votre affaire ? Là est la question. Je crois que, pour le moment, nous devrions supposer que oui, et agir en conséquence. C'est pourquoi quelques leçons de boxe, de lutte et de tir s'imposent, mon jeune ami. Dire que John Jackson est mort, voici trois ans déjà… Quel dommage ! Son académie de boxe a été fermée, vous pensez bien. Fort heureusement, il reste à Londres de bons boxeurs qui acceptent d'entraîner les jeunes gens désireux d'apprendre le noble art. Et puis, nous avons le petit-fils d'Angelo Domenico, Henry le Jeune, qui dirige une école d'escrime. Elle se trouve dans Saint-James Street, si je me souviens bien. A l'origine elle avait été établie dans Soho Square, comme vous le savez sans doute, mais le fils d'Angelo, Henry l'Aîné, l'a transportée à Haymarket, tout près de Bond Street, puis Henry le Jeune, à son tour, l'a amenée à sa présente localisation, Saint-James Street, j'en suis à peu près sûr. En ce qui concerne les leçons de tir, nécessaires aussi…

— Je suis déjà un excellent tireur aux armes à feu, déclara Malcolm avec assurance. Mon père m'a appris cela. Nous allions à la chasse ensemble. Il est vrai que je n'ai plus de pratique depuis un certain temps, mais…

— Alors, il faudra vous y remettre sans tarder, déclara M. Quimby avec détermination. Parce que si vous voulez bien vous en rendre compte, ces Italiens, ces Foscarelli, ne sont pas des gens bien plaisants. Tricheurs aux cartes et assassins, quelle engeance ! Je ne serais pas étonné d'apprendre un jour qu'ils sont affiliés à l'une de ces sociétés secrètes qui pullulent en Italie et qui n'ont d'autres buts que d'exterminer leurs semblables. Oui, plus j'y pense, plus je me dis que nous devons nous montrer extrêmement prudents, Malcolm. Il va nous falloir de l'organisation. Bon ! Prendrez-vous encore un peu de café, une tranche de cette excellente tarte aux pommes ? Non ? Dans ce cas, allons fumer notre cigare et prenons un petit verre de porto pour nous réchauffer avant de retourner nous exposer au mauvais temps. Il me semble que la pluie tombe avec plus de violence, et le vent ne paraît pas s'essouffler.

Quittant la table, Malcolm et son patron passèrent dans la bibliothèque, très confortable grâce au feu qui flambait dans la cheminée. Ils se délectèrent à fumer et à boire leur porto, avant de reprendre la direction de chez Quimby & Compagnie, Cartographes et Editeurs de cartes.

Là, M. Quimby écrivit une courte lettre à son ami Jakob Rosenkranz pour l'informer qu'il avait l'intention de passer le voir à son magasin le lendemain, à l'heure du déjeuner ; il espérait que ces dispositions lui conviendraient. Il confia la lettre à Tuck en le priant d'aller la porter illico à son destinataire, dans Hatton Green.

Tuck revint avec une réponse. Jakob Rosenkranz serait bien là le lendemain, il se réjouissait de revoir son ami, il l'attendait avec impatience.

Le lendemain, peu de temps avant midi, M. Quimby confia

encore une fois le magasin à la garde de Harry, puis il sortit avec Malcolm pour s'en aller vers Hatton Green. Comme la veille, il jugea préférable de héler un cabriolet.

Délimité par les rues Holborn, Gray's Inn, Hatton Wall et Saffron Hill, Hatton Green était un quartier fameux pour ses magnifiques jardins, en bordure de la Fleet, rivière non moins fameuse pour ses brouillards, ses rives marécageuses et ses eaux troubles. M. Quimby apprit à Malcolm que ce domaine avait appartenu à l'origine aux puissants évêques d'Ely, qui y avaient construit un palais et une chapelle dédiée à sainte Etheldreda, deux bâtiments maintes fois remaniés et embellis au cours des siècles ; ils y avaient aussi aménagé des jardins renommés pour leurs excellentes fraises. Hélas, en 1576, sans demander la permission de l'évêque, la reine Elizabeth Ière avait donné quatorze acres de ces terres à l'un de ses favoris, Christopher Hatton.

— Et savez-vous ce qu'elle exigea de lui comme redevance ? Dix livres annuelles, dix chariots de foin et la plus belle rose qui pousserait dans les jardins au milieu de l'été. N'est-ce pas proprement incroyable ?

Un cerisier autour duquel la reine avait dansé avec Hatton lors de certaines fêtes du 1er mai — du moins, c'est ce que la légende prétend — servirait désormais de borne entre les terres du favori et celles qui restaient à l'évêque. Un an plus tard, Christopher Hatton était fait chevalier. Encore une décennie, et il devenait lord chancelier.

Un siècle plus tard, au cours des années 1650, on décida de lotir les jardins. Plusieurs belles maisons y furent construites, des rues s'y déployèrent. C'est à cette époque que cette terre fut nommée Hatton Green, en l'honneur du favori. Maintenant, ce quartier était justement réputé pour ses boutiques de joaillerie, dont beaucoup appartenaient à des juifs. Il devenait difficile de croire que là avaient régné en seigneurs des évêques anglicans, et que la reine était venue pour danser avec un de ses favoris, au cours d'une belle nuit de mai.

D'Oxford Street, le cabriolet s'engagea dans High Street en direction de Holborn, à l'origine une route romaine qui conduisait tout droit à Hatton Garden et était barrée autrefois par Holborn Bars, une des portes les plus imposantes et les plus redoutables de la cité londonienne, mais cette forteresse avait été depuis longtemps abattue et n'était plus qu'un souvenir. Dans Hatton Garden, le cabriolet parcourut Leather Lane, une rue dans laquelle, comme son nom l'indiquait, on vendait toutes sortes d'objets en cuir.

Malcolm, qui n'avait jamais eu l'occasion de venir dans ce quartier de Londres, regardait autour de lui avec un grand intérêt. La conversation avec M. Quimby s'était éteinte.

Enfin le cabriolet s'arrêta devant une petite maison d'aspect modeste, qui comportait en son rez-de-chaussée un magasin au-dessus duquel une enseigne annonçait : Rosenkranz, joaillier. Descendus de leur véhicule de louage, M. Quimby et Malcolm entrèrent, et une clochette, en tintant avec discrétion, annonça leur arrivée.

Aussitôt parut un jeune homme qui s'avança vers eux pour les saluer, mais derrière lui arriva un homme plus âgé. Celui-là, Malcolm en eut l'intuition, était Jakob Rosenkranz.

Le propriétaire de la joaillerie était un homme grand et mince, trop mince en vérité, on pouvait même dire efflanqué. Il portait une paire de lunettes rondes cerclées d'un argent dont la couleur s'accordait à la perfection avec celle de ses cheveux trop fins et de sa longue barbe. Ses yeux au regard perçant, très mobiles, donnaient l'impression de n'être jamais en repos et de ne rien laisser échapper. Vêtu sobrement d'étoffes sombres,

197

Jakob Rosenkranz ressemblait à un maître d'école un peu trop sévère.

Malcolm revint très vite sur sa première et trop rapide impression. Il avait cru le joaillier cauteleux et méfiant, il découvrit très vite un homme scrupuleux et d'une très grande honnêteté, qui ne cherchait à tromper ni ses employés ni ses clients ; un homme d'une grande intelligence et doué d'un exceptionnel sens de l'humour, ce qui ne gâtait rien. En l'écoutant, Malcolm se disait que Jakob Rosenkranz avait toutes les qualités qu'on pouvait rechercher chez un homme, et sans doute cela expliquait-il qu'il fût l'ami de M. Quimby.

— Jakob, comment allez-vous ? avait demandé celui-ci, en ouvrant les bras.

— Mal, avait répondu le joaillier en souriant. J'ai trop de travail, je ne suis pas assez payé. En outre, le climat de Londres ne me convient pas. C'est trop froid et trop humide par ici.

— Eh bien, pourquoi ne partez-vous pas en vacances ? Ou bien, vous n'auriez qu'à taxer vos clients, ce qui vous permettrait de mettre plus de charbon dans votre fourneau.

— Hélas, je ne peux pas partir et laisser ma boutique sans surveillance. La moitié de ma clientèle, pourtant d'un rang social élevé, ne paie pas ses factures, parce que ces gens-là, figurez-vous, n'ont pas de fortune et seulement des espérances. Et que dites-vous, mettre plus de charbon dans mon fourneau ? Vous n'y pensez pas ! Je risquerais de mettre le feu à la cheminée, l'incendie se propagerait à la maison, peut-être même à tout le quartier. Et moi, où irais-je alors ?

— En prison, je le crains, Jakob. Je crois que les autorités vous en voudraient si une bonne partie de Hatton Green s'en allait en fumée à cause de vous. Mais trêve de bavardages, permettez-moi de vous présenter mon employé, M. Malcolm Blackfriars.

198

M. Quimby se tourna ensuite vers Malcolm.

— Mon jeune ami, voici M. Jakob Rosenkranz. Vous l'avez entendu se plaindre, et il se plaint sans arrêt. C'est dans sa nature. Mais il faut le comprendre. Si vous ou moi commettons une erreur en dessinant une carte, il nous suffit d'effacer le trait malencontreux et tout rentre dans l'ordre. Si M. Rosenkranz commet une erreur d'appréciation, il peut faire éclater une gemme de grande valeur et il n'a plus aucun moyen de recoller les morceaux.

— C'est tout à fait cela, dit le joaillier en hochant la tête. Eh bien, messieurs, passerez-vous dans mon bureau ? Aaron, Hezekiah, du thé pour mes invités, je vous prie !

Pendant que les deux apprentis filaient pour répondre à la demande de leur patron, celui-ci conduisit Malcolm et M. Quimby dans l'arrière-boutique, où il avait aménagé son bureau. Malcolm, cette fois encore, observait avec le plus grand intérêt. Il avait remarqué que les bijoux mis en vente étaient renfermés dans des présentoirs vitrés mais fermés à clé, et que le magasin dans son ensemble était aussi propre et bien rangé que celui de M. Quimby.

Dans le bureau, M. Rosenkranz invita ses hôtes à prendre place sur les fauteuils placés devant sa table de travail, à laquelle lui-même s'installait. Un apprenti ne tarda pas à apporter un service à thé disposé sur un plateau d'argent. Il le déposa sur la table, avec précaution.

— Merci, Aaron, ce sera tout pour cette fois, lui dit M. Rosenkranz.

Le garçon s'en alla et referma la porte. M. Rosenkranz servit le thé dans les délicates tasses en porcelaine de Chine.

— Lait ou sucre, M. Blackfriars ? demanda-t-il.

— Les deux, s'il vous plaît.

Quand chacun eut sa tasse en main, quand chacun se fut servi une première fois dans l'assiette de biscuits, M. Rosenkranz reprit la parole.

— Maintenant, Septimus, je suis ravi de vous revoir et plus ravi encore d'avoir fait connaissance avec votre employé, mais je vous connais assez pour deviner que vous n'êtes pas venu seulement pour le plaisir de ma conversation.

— C'est tout à fait vrai. Je voudrais que Malcolm vous raconte une histoire — ou plutôt *son* histoire — après quoi nous vous demanderons votre opinion sur une affaire très importante pour lui. Mais avant qu'il ne commence, je dois avoir votre parole de gentleman que rien de ce qui se dira dans ce bureau n'en sortira sans l'accord explicite de Malcolm. Pardonnez-moi de vous extorquer ce serment sans vous en dire davantage pour le moment, mais il faut que je vous précise encore que la vie de mon jeune ami est en danger.

— Seigneur ! s'exclama Jakob Rosenkranz. Vous avez dit juste ce qu'il fallait pour éveiller ma curiosité. Eh bien, soit ! Vous avez ma parole, M. Blackfriars. Je veux bien croire que mon ami Septimus vous a dit que j'étais homme à tenir parole. Vous n'avez donc rien à craindre de moi.

— Il est exact que M. Quimby m'avait donné toutes les assurances nécessaires.

Cela dit, Malcolm reprit le récit qu'il avait livré la veille à son patron. Il y ajouta un compte rendu succinct de l'agression dont il avait été l'objet, en précisant bien qu'il n'avait pas la preuve que cette pénible affaire eût un quelconque rapport avec les secrets dont sa famille était dépositaire.

Comme M. Quimby, M. Rosenkranz écouta avec la plus grande attention, et comme lui il hocha la tête, il poussa de sourdes exclamations, il posa quelques questions.

Quand Malcolm en eut terminé, M. Quimby reprit la parole.

— Vous devinez sans doute, Jakob, ce que nous attendons de vous. Examinez la croix de Malcolm, et dites-nous si elle vous semble remarquable d'une façon ou d'une autre ou si, au contraire, il s'agit d'un objet commun, sans aucun intérêt.

— Il va de soi que je serai très heureux de vous rendre ce service, répondit le joaillier dont les yeux brillaient de curiosité et d'enthousiasme. Mais avant toute chose, il y a quelque chose que je voudrais vous montrer.

Il se leva vivement pour prendre, dans la poche de son gilet noir, un petit trousseau de clés dont il usa pour ouvrir les portes d'un meuble situé derrière lui. Il y prit un coffret en argent, qu'il posa sur la table. Puis il se rassit.

— Depuis quand sommes-nous amis, Septimus ? demanda-t-il à M. Quimby.

— Eh bien… depuis tant d'années que je préfère ne pas les compter. Disons… depuis notre prime jeunesse, n'est-ce pas ?

— C'est cela… Nous avions onze ou douze ans lorsque nous nous sommes rencontrés pour la première fois, si mes souvenirs sont exacts.

M. Rosenkranz se tourna vers Malcolm.

— Quelques jeunes brutes du voisinage avaient pris prétexte du fait que j'étais juif pour me rouer de coups. Ils m'avaient tendu une embuscade à Smithfield Market, un jour de foire, celle de la Saint-Barthélemy. J'aurais sans doute passé un fort mauvais quart d'heure si Septimus n'était pas survenu en compagnie de notre ami Boniface Cavendish. A coups de pierres et de bâtons, ils ont repoussé les méchants drôles qui en avaient après moi. Ainsi en réchappai-je. Pourquoi faut-il que je vous raconte cette histoire, M. Blackfriars ? Parce qu'après avoir entendu la vôtre, je me remémore certains vers du poète allemand Friedrich

Schiller, tirés de sa pièce intitulée *La mort de Wallenstein*. La connaissez-vous ?

— Certainement.

— Dans ce cas, vous savez ce qu'il a écrit : « Le hasard n'existe pas, et ce qui nous semble un accident est en fait le fruit de la destinée. » Cet après-midi, tant d'années après l'incident que je viens de vous narrer, je me dis soudain que peut-être Septimus et Boniface n'étaient pas arrivés par hasard pour me sauver la mise, le jour de la Saint-Barthélemy. Naturellement, vous vous demandez pourquoi il me vient ce genre d'idée, et je vais vous l'expliquer, en vous racontant à mon tour mon histoire, tout à fait aussi étrange que la vôtre, et une histoire qui, comme la vôtre, affecte ma famille depuis plusieurs générations.

Les mains posées sur son coffret en argent, M. Rosenkranz commença donc son récit.

— Vous n'êtes pas sans savoir, M. Blackfriars, que les juifs ont enduré d'innombrables persécutions au cours des âges. Ma famille en a pris sa part. C'est pourquoi, voici presque deux siècles, nous sommes partis de notre principauté allemande pour venir nous établir ici, en Angleterre, dans l'espoir d'y trouver une vie meilleure. Hélas, mes ancêtres n'ont pas tardé à découvrir qu'ils avaient beau être des joailliers qualifiés, il leur était très difficile de s'établir ici, à Londres, parce qu'ils n'avaient pas pu apporter avec eux des moyens financiers bien considérables. Donc, ils ont commencé à gagner leur vie comme prêteurs sur gages. L'un d'entre eux avait une toute petite boutique dans Birchin Lane, non loin du Royal Exchange.

Il but une gorgée de son thé avant de poursuivre :

— Une nuit, peu de temps avant l'aube, un de mes ancêtres, Ezéchiel Rosenkranz, celui qui possédait la boutique dont je viens de vous parler et qui habitait juste au-dessus, fut éveillé par de rudes coups de poing donnés à la porte. Il en conçut une vive peur, comme vous pouvez l'imaginer, parce qu'il pensa tout d'abord que la police venait l'arrêter pour une raison ou pour une autre, ou, pire, que des canailles avaient l'intention de reprendre le cours des persécutions contre le juif qu'il était. Il tenta donc de faire la sourde oreille et de ne pas manifester sa présence, en espérant que les individus se décourageraient et finiraient par s'en aller. Mais comme les coups recommençaient à pleuvoir sur la porte et risquaient d'éveiller le voisinage, Ezéchiel se leva et trouva assez de courage pour se montrer à la fenêtre. Il vit, devant sa porte, un homme seul qui, levant la tête, lui demanda d'une voix pressante de venir lui ouvrir, en ajoutant que c'était une question de vie ou de mort.

M. Rosenkranz marqua une nouvelle interruption, fort brève, puis reprit, le regard enfiévré :

— Ezéchiel restait méfiant, mais, ne décelant décidément aucun mouvement suspect dans la rue, il se décida à descendre pour ouvrir sa porte au mystérieux visiteur. Celui-ci, qui semblait fort agité, jeta un regard vers le haut puis vers le bas de Birchin Lane, comme pour s'assurer qu'il n'était pas observé, puis il entra dans la boutique, referma derrière lui et commença par présenter ses excuses à Ezéchiel pour l'avoir ainsi tiré du sommeil à une heure indue. Ensuite, ayant recouvré un peu de son calme, il se présenta. Il s'appelait Westerfield et était le valet du seigneur de Dundragon, présentement logé à l'auberge de Saint Georges et du Dragon, dans Saint-Michel Alley.

— Pas possible ! s'exclamèrent, à l'unisson, Malcolm et M. Quimby.

— Eh oui ! Je comprends votre satisfaction, messieurs, mais sachez qu'elle n'est pas moindre que celle que j'éprouvai en entendant le récit de M. Blackfriars. Peut-être commencez-vous à comprendre pourquoi me sont revenus à l'esprit les vers de Schiller que je vous citais à l'instant. Le hasard existe-t-il, vraiment ?

Songez que Septimus et moi sommes devenus amis, il y a de cela très longtemps, à la suite d'un incident que nous n'avions pas cherché à provoquer, et ce même Septimus vous amène chez moi aujourd'hui, M. Blackfriars. Coïncidence, direz-vous peut-être ? Le pensez-vous ? Pour ma part, je n'en crois rien… Mais je m'égare. Revenons à mon ancêtre Ezéchiel, le prêteur sur gages, et à Westerfield, valet du seigneur de Dundragon. Comme vous le savez déjà tous deux, ayant entendu le récit fait par la mère de M. Blackfriars, lord Dundragon avait bu plus que de raison ce soir-là, à Medmenham Abbey, s'était laissé embarquer dans une ruineuse partie de piquet avec le diabolique Bruno, comte Foscarelli, avait tout perdu et avait accusé son adversaire de tricherie, ce qui lui avait valu, dès l'aube, un duel au pistolet. Mais ce que vous ne savez pas, c'est que lord Dundragon n'avait pas du tout l'intention de se rendre à ce rendez-vous fatal. Il méditait de fuir vers le continent et, n'ayant plus d'argent pour payer le prix de son voyage, il avait dépêché son valet Westerfield chez Ezéchiel pour mettre en gage les quelques biens précieux qui lui restaient, c'est-à-dire une montre en or, une chevalière à ses armes et une croix en argent.

Malcolm et M. Quimby laissèrent échapper une nouvelle salve d'exclamations, et tous deux, bouche ouverte, manifestèrent leur intention de poser des questions, mais M. Rosenkranz, la main levée, leur recommanda de garder le silence.

— Attendez ! Soyez patients. Bientôt vous saurez tout, leur promit-il en souriant. Ecoutez plutôt.

— Au cours de la transaction avec mon ancêtre Ezéchiel, Westerfield se montra peu disposé à se séparer de la croix. C'est peu dire qu'il hésitait. Il craignait, disait-il, que son maître ne pût en reprendre possession, quand des jours meilleurs seraient revenus. Finalement, il demanda une plume et du papier pour écrire une lettre à Neill, vicomte Strathmor, le jeune frère de lord Dundragon et son héritier, pour lui indiquer où se trouvait la croix. Tandis que sa plume courait sur le papier, Westerfield expliqua que cette croix était dans la famille Dundragon depuis fort longtemps et qu'elle n'avait d'autre valeur que sentimentale, mais il se montrait si agité, si troublé aussi que Ezéchiel soupçonna très vite qu'on ne lui disait pas la vérité. Son intuition se trouva renforcée quelques instants plus tard. En effet, ayant reconduit le valet à la porte et refermé derrière lui, il l'observa de derrière sa fenêtre. Il vit, sortant de l'ombre, une bande d'individus fort patibulaires qui se jetèrent sur le malheureux Westerfield pour l'entraîner dans une ruelle adjacente. Ces hommes, il n'en fallait pas douter, étaient au service du comte Foscarelli et exécutaient ses basses œuvres.

M. Rosenkranz prit une longue inspiration, ferma à demi les yeux.

— Vous comprendrez l'effroi de mon ancêtre. Ne serait-il pas la prochaine victime de ces hommes sans scrupules ? Craignant que Westerfield, à son corps défendant ou délibérément, ne l'eût entraîné dans quelque affaire très dangereuse, il s'empara de la croix et de la lettre au vicomte Strathmor, et, par la porte de derrière, quitta sa boutique et courut vers Petticoat Lane, dans le quartier juif, où demeuraient beaucoup de membres de sa famille. Ayant trouvé refuge dans la maison de son neveu, il prit la peine d'exécuter un dessin très précis de la croix, puis il cacha la croix et le dessin sous le plancher. Ensuite il écrivit au comte Strathmor un court billet destiné à accompagner la lettre de Westerfield, pour l'informer des événements et lui indiquer où et dans quelles conditions il pourrait reprendre possession de la croix. Par prudence, Ezéchiel ne retourna pas pendant plusieurs jours à sa boutique et bien lui en prit. En effet, son neveu qu'il envoya pour surveiller discrètement ses parages, l'avertit que son établissement avait été fouillé et entièrement dévasté par les hommes du comte Foscarelli. Il lui apprit aussi qu'on avait retrouvé, dans une ruelle, un cadavre — celui de Westerfield — dont tout indiquait qu'il avait été cruellement rossé avant d'être mis à mort.

M. Rosenkranz but un peu de thé, en proposa à ses hôtes, qui refusèrent d'un signe de tête. Il s'empressa de reprendre :

— Finalement, mon ancêtre reçut une réponse du vicomte Strathmor. Ils convinrent d'un rendez-vous. La croix fut échangée contre une somme considérable, très supérieure à sa valeur marchande. Entre-temps s'était répandue dans tout Londres la nouvelle selon laquelle lord Dundragon avait été blessé mortellement par le comte Foscarelli, dans un duel aux premières heures du jour, à Green Park. Il était aussi de notoriété publique que le malheureux avait tout gagé et tout perdu au jeu de piquet, et que l'Italien avait donc réussi à mettre la main sur l'ensemble des possessions de la famille Ramsay, tant en Angleterre qu'en Ecosse. Le jeune frère de lord Dundragon n'avait jamais espéré recueillir cette fortune, puisqu'il pensait que son aîné finirait par se marier et qu'il aurait des héritiers. Il s'était donc, de longtemps, préparé à une carrière dans les armes et d'autre part, il avait procédé à une série d'investissements judicieux qui, sans lui apporter une richesse considérable, lui permettait de vivre très confortablement. Voilà pourquoi il avait pu, comme je vous l'ai dit, récompenser Ezéchiel pour l'honnêteté dont il avait fait preuve en cette affaire. C'est cet argent, ajouté à ce qui avait été gagné auparavant par l'activité de sa boutique, qui permit à Ezéchiel d'ouvrir sa joaillerie, ici même, à Hatton Green. Ainsi voyez-vous, M. Blackfriars, aussi étrange que cela paraisse à nous deux, les destinées de nos familles sont indissolublement liées depuis fort longtemps.

Ici, le joaillier se tut de nouveau et son silence se prolongea. Puis, avec une autre clé de son trousseau, il ouvrit le coffret d'argent placé devant lui. Après avoir cherché, avec précaution, dans les papiers jaunis qui s'y amoncelaient, il tira une feuille qu'il déplia et posa devant Malcolm.

— Est-ce votre croix, M. Blackfriars ? demanda-t-il gravement.

— Oui… oui, bien sûr ! répondit Malcolm, d'une voix cassée par l'émotion. Oui, j'en suis certain.

Il se leva, ouvrit sa chemise, fit passer la chaîne autour de sa tête, et tendit la croix à M. Rosenkranz afin qu'il pût comparer. Le regard de celui-ci alla plusieurs fois du dessin à l'objet puis de l'objet au dessin, et il murmura :

— En vérité, j'ai du mal à croire ce que je vois. Je n'arrive pas à imaginer que mes yeux voient l'objet qui servit de modèle à mon ancêtre Ezéchiel, voici près d'un siècle. Il faut dire que je n'avais jamais imaginé que ce moment arriverait, je n'avais jamais osé l'espérer.

Il releva la tête. Puis ses yeux pleins de larmes se reportèrent sur la croix et il reprit :

— C'est un bijou de grande valeur, de très grande valeur. Il est en argent massif. Ce n'est pas du plaqué, bien entendu. Et l'artiste qui l'a gravé a accompli un travail extraordinaire. Mais en dehors de ces quelques remarques préliminaires, je ne vois rien qui me permettrait d'affirmer que cette croix est plus qu'elle n'apparaît au premier abord… ce qui ne signifie pas, M. Blackfriars, que vous devez vous décourager. Les apparences sont souvent insignifiantes. Or nous savons que cette croix est porteuse d'un message caché, car comment expliquer autrement que le pauvre Westerfield ait été assassiné à cause d'elle, comment expliquer que la boutique d'Ezéchiel ait été mise à sac, comment expliquer que le vicomte Strathmor ait été si heureux d'en reprendre possession ? J'ajouterai que le dessin gravé sur cette croix est d'une complexité infinie, pour

207

une raison que nous ne comprenons pas et que nous allons tâcher d'élucider.

Ouvrant un tiroir de sa table, le joaillier prit une grande loupe au moyen de laquelle il se livra à un nouvel examen de la croix.

— Ah ! dit-il au bout d'un moment, tandis qu'un grand sourire traduisait son intense satisfaction. C'est exactement ce que je supposais. Ici...

Il tendit la loupe à Malcolm.

— Portez votre attention sur la gravure qui se trouve ici, à l'intersection des deux branches de la croix. Vous y voyez, n'est-ce pas, des ramures de cornouiller, entrelacées, portant leurs fleurs et leurs épines. Eh bien, ce n'était pas très clair sur le dessin d'Ezéchiel, qui n'a pas de relief, mais ici, c'est évident. Regardez bien. Au centre des guirlandes de cornouiller, ce petit motif qu'on pourrait prendre pour une brindille est en fait un chiffre romain, le I.

— Oui, je vois bien, dit Malcolm avant de passer la loupe à M. Quimby afin qu'il pût se rendre compte à son tour. Mais que signifie ce chiffre ?

— Ne m'avez-vous pas dit que votre oncle Charles avait une croix, lui aussi ?

— Oui, une copie conforme de celle-ci. Du moins, c'est ce que ma mère m'a affirmé.

— En dépit du respect que je dois à madame votre mère, je doute que l'autre croix soit la copie conforme de celle-ci, M. Blackfriars. Parce que si les croix étaient exactement semblables, à quoi servirait-il de les numéroter ?

— On se le demande, en effet ! s'exclama M. Quimby, enthousiasmé par la rigueur de ce raisonnement.

— Pour les reconnaître, sans doute, dit Malcolm. Je veux dire :

208

pour savoir laquelle appartenait à mon père et laquelle à mon oncle. C'est l'explication qui me semble la plus plausible.

— Ce ne serait donc que cela ? reprit M. Quimby, dont la voix sourde trahissait la déception.

— Je crois que je ne me suis pas bien fait comprendre, déclara alors M. Rosenkranz, les sourcils froncés sous l'action de sa réflexion. La question que je posais était celle-ci : pour quelle raison aurait-on besoin de distinguer deux croix identiques ? Je veux dire que si elles sont absolument identiques, pourquoi aurait-on besoin de donner à l'une le numéro 1 et à l'autre le numéro 2… ou vice versa ? Allons plus loin : pourquoi numéroter ces croix ? Quand un homme et son majordome ont chacun une clé de la maison, ont-ils l'idée de décréter l'une numéro 1 et l'autre numéro 2, alors qu'elles ouvrent toutes les deux la même serrure ?

— Oui, je comprends maintenant ce que vous voulez dire, murmura Malcolm, qui réfléchissait intensément. Il faut donc admettre que ces croix ont été numérotées pour une bonne raison, une raison que nous ne soupçonnons pas… du moins, pas encore. Cette raison, le comte Foscarelli la soupçonnait, puisqu'il avait associé la croix que je possède aujourd'hui avec la possession de l'amulette égyptienne. Voilà pourquoi ses hommes de main ont assassiné le pauvre Westerfield avant de mettre à sac la boutique d'Ezéchiel. Mais que savait-il ou que croyait savoir Foscarelli ? Nous n'en avons pas la moindre idée non plus.

— Je n'aurais pas mieux résumé la situation ! s'exclama M. Rosenkranz dont le visage rayonnait de satisfaction. Je conclurai en disant que nous pouvons tenir pour certain que cette croix, qui pourrait nous paraître banale et sans intérêt, est une clé au moyen de laquelle nous pourrions trouver le Cœur de Kheper.

209

M. Quimby intervint alors, avec beaucoup moins d'enthousiasme.

— Eh bien, moi, je ne comprends pas du tout pourquoi vous vous enflammez à ce point. Tout ce que vous venez de dire est juste, et à ce point je ne dispose d'aucun élément pour démontrer le contraire. Mais ne voyez-vous pas où cela nous amène ? Cela signifie, mes amis, que nous avons besoin de deux croix pour dénicher la fameuse émeraude égyptienne. Deux croix ! L'un d'entre vous pourrait-il me révéler où se trouve la seconde ?

— Hélas, non ! soupira Malcolm soudain dégrisé. Après que ma mère et moi nous nous fûmes séparés de ma tante Katherine et de ses enfants, à l'auberge du Roi George, à Newcastle-upon-Tyne, nous n'avons plus jamais reçu de nouvelles. C'est un motif de chagrin supplémentaire pour ma mère, et il ne se passe pas de journée sans qu'elle pense à ces parents qui ont disparu de notre vie.

— Je peux le comprendre, affirma le joaillier, d'un ton empreint de sympathie. Il n'y a rien de plus important que la famille. Cela dit, c'est grand dommage que l'autre croix soit perdue pour nous, car une comparaison approfondie avec celle-ci serait des plus instructives. Quoi qu'il en soit, voici ce que je vous propose, M. Blackfriars, si vous me permettez de me montrer un peu hardi peut-être. Si Septimus et vous acceptez de m'agréger à la petite société que vous avez fondée de fait, je lancerai une enquête très discrète aux fins de retrouver l'autre croix. Nous autres, les juifs, sommes une société très soudée, et beaucoup d'entre nous sont joailliers, tout comme moi. Il n'est donc pas impossible que je puisse recueillir quelques renseignements quant à la seconde croix.

— C'est une excellente idée, Jakob ! s'exclama M. Quimby qui avait retrouvé son sourire. Je suis certain de parler pour Malcolm autant qu'en mon nom propre en disant que votre aide nous serait, en effet, précieuse, et que pour cette raison, nous vous accueillons de tout cœur.

— Et comment ! s'exclama Malcolm, en guise d'approbation.

— Parfait, donc ! reprit M. Rosenkranz, ravi. Dans ce cas, permettez-moi de vous présenter une autre suggestion, qui serait d'en appeler à Boniface Cavendish pour lui confier notre secret et faire ainsi de lui notre quatrième compagnon. M. Blackfriars, peut-être ne connaissez-vous pas encore notre ami Boniface, qui est libraire dans Old Bond Street. Il a lu des milliers de livres, ce qui lui a permis de mettre dans sa mémoire toutes sortes de connaissances — la plupart inutiles, je dois le dire, mais bon… — mais il est possible néanmoins qu'il ait glané quelque information sur cette mystérieuse émeraude, le Cœur de Kheper, ramenée autrefois par votre ancêtre, M. Blackfriars, ainsi que sur la malédiction qui semble frapper votre famille depuis.

— Tout à fait exact ! reprit M. Quimby dont l'enthousiasme redoublait. Il faut, en effet, que nous rencontrions Boniface aussi vite que possible. Malcolm ! Lui aussi est un homme d'honneur, qui saura garder le secret sur tout ce que nous lui confierons, et seul le ciel sait quels volumes mystérieux il a pu faire entrer dans sa boutique. Jakob a raison : Boniface préfère lire ses livres plutôt que de les revendre. C'est dire que son aide pourra nous être précieuse.

Les trois hommes déléguèrent à M. Quimby le soin d'écrire un billet à Boniface Cavendish pour lui demander s'il serait possible de passer le voir dès le lendemain soir, dans sa boutique. Cette importante missive ayant été écrite et confiée aux soins de l'apprenti Hezekiah — à charge pour celui-ci de la porter immédiatement à son destinataire — Malcolm et M. Quimby quittèrent la boutique de Jakob Rosenkranz, avec le sentiment que leur visite s'était révélée très intéressante et aussi des plus prometteuses.

A quelque distance de la joaillerie, entre les numéros 8 et 9 de Hatton Green, débouchait une ruelle fort étroite et sinueuse qui conduisait vers l'auberge de la Vieille Mitre, le but que s'étaient fixé Malcolm et M. Quimby.

Elevée en 1546 par l'évêque d'Ely, Thomas Goodrich, pour ses serviteurs, l'ancienne auberge avait été démolie en 1772, en même temps que le palais lui-même, fort délabré. C'était l'époque où la Couronne reprenait possession de ces terres, celles des Hatton dont la lignée s'était éteinte, celles aussi des évêques. Une taverne avait très vite été reconstruite sur l'emplacement de l'ancienne auberge et dans son mur de façade avait été incluse une mitre de pierre, vestige du palais épiscopal. Ainsi le nouvel établissement avait-il gagné son nom.

On y entrait par deux portes qui conduisaient à deux salles séparées, aussi confortables et accueillantes l'une que l'autre. C'est dans l'une d'elles que Malcolm et M. Quimby passèrent un court moment pour prendre leur déjeuner, sans parler parce qu'un seul sujet les intéressait et qu'ils ne pouvaient pas l'évoquer dans ce lieu bondé, de crainte que des oreilles indiscrètes ne saisissent des propos qui ne leur étaient pas destinés.

Ensuite un cabriolet les reconduisit chez Quimby & Compagnie, Cartographes et Editeurs de cartes, où les attendait déjà la réponse de Boniface Cavendish... ou plutôt de son employé. Le libraire, en effet, avait pris froid. Sur l'avis de son médecin, il s'en était allé passer l'hiver au bord de la Méditerranée, pour se remettre dans un climat chaud et sec dont il ne bénéficierait jamais à Londres. Il reviendrait dès qu'il serait rétabli.

212

7.

Tirée des griffes de la mort

Ne vous laissez pas impressionner par la vivacité d'une impression, mais dites plutôt : « Impression, attends-moi un peu. Laisse-moi voir ce que tu es et ce que tu représentes. Laisse-moi t'essayer. »

ÉPICTÈTE, *Discours.*

Amour, amour, fais que nous soyons sincères l'un envers l'autre. Car le monde, qui semble s'étendre à nos pieds comme un pays de rêves si variés, si beaux, si nouveaux, ne recèle en vérité aucune joie, aucun amour, aucune lumière, et pas de certitude non plus, pas de paix, et pas de secours pour ceux qui souffrent.

MATTHEW ARNOLD, *La plage de la Colombe.*

1848
A Londres : le Bazar du Panthéon

Voyageant de Paris à Calais, et de là traversant la Manche jusqu'à Douvres, Ariane et sa famille parvinrent à Londres.

213

Après avoir passé quelques semaines dans un hôtel de luxe, les Valcœur avaient pris leurs quartiers dans une maison très élégante de Portman Square, dans le quartier chic de Marylebone.

A l'origine, le terrain sur lequel avait été établie cette place appartenait à sir William Portman, ministre du roi Henri VIII, et il était resté pendant plusieurs générations à cette famille puissante qui n'en avait pas fait grand-chose, puisqu'il avait essentiellement servi d'enclos à cochons. En 1764, enfin, Henry William Portman avait eu l'idée d'y établir un quartier résidentiel, et il avait lui-même dressé les plans de la place centrale, autour de laquelle avaient été élevés peu à peu des bâtiments conçus par des architectes de renom, tels Robert Adam et James Stuart *l'Athénien*.

Le plus célèbre de ces bâtiments, la maison Montagu, se dressait au coin nord-ouest de la place. Il comportait un parc arboré, de forme elliptique et entouré de hautes grilles destinées à assurer la tranquillité de la bonne société qui avait la chance de pouvoir s'y établir.

La maison Montagu avait été bâtie pour Mme Elizabeth Robinson Montagu, mondaine et intellectuelle qui, comme sa compatriote Mme Elizabeth Vesey, avait établi sa réputation grâce à son *salon*. Les jeux y étaient prohibés et la littérature en constituait l'occupation principale.

Cet événement mondain hebdomadaire était connu sous le nom de *Soirée des bas bleus*, à cause d'un de ses hôtes les plus assidus, Benjamin Stillingfleet. Celui-ci était si pauvre qu'il ne possédait pas l'habit de rigueur pour paraître dans ce genre d'assemblée. Il se présentait donc dans les vêtements élimés qu'il portait tout au long de la journée, dont ces fameux bas bleus en laine peignée qui lui avaient valu le sobriquet affectueux de *Vieux Bas-Bleus*, décerné par la petite compagnie comprenant

214

des gens illustres : Samuel Johnson, Horace Walpole, Fanny Burney, lord Lyttelton, et même le roi et la reine.

Mme de Valcœur, qui se trouvait bien à Portman Square, avait appris l'histoire du quartier en général, celle de sa maison en particulier, à la lumière desquelles elle avait décidé qu'elle marquerait de son sceau la bonne société londonienne, de la manière qui avait valu sa célébrité à Mme Montagu, un siècle plus tôt. Après avoir été reçue chaleureusement dans les meilleures maisons de la ville, ce qui lui avait permis d'établir les premiers contacts nécessaires, la comtesse, avec enthousiasme, avait instauré son propre *salon* dont elle attendait qu'il lui valût une gloire durable. Elle avait connu un succès fulgurant et si bien réussi dans son entreprise que, grâce à elle, les Valcœur n'avaient pas eu à connaître le sentiment de déréliction qui affectait si communément les émigrés français.

Quant à Ariane, qui avait parfois le mal du pays et regrettait souvent de ne plus voir ses amies de Paris, elle ne manquait pas de compagnes tout aussi agréables. Très vite elle avait été adoptée par une petite coterie de jeunes demoiselles qui s'étaient mis en tête de la présenter à tous les jeunes gens beaux, riches et titrés, habitant dans la capitale.

Ariane faisait ainsi beaucoup de rencontres fort plaisantes mais superficielles. Elle n'avait pas encore rencontré le jeune homme capable de retenir son attention et donc digne de devenir son soupirant. Ses parents avaient beau l'exhorter avec gentillesse mais aussi avec insistance, elle ne parvenait pas à fixer son choix.

Voilà pourquoi, ce jour-là, elle soupirait de nouveau devant la fenêtre de sa chambre, qui donnait vue sur Portman Square ; belle vue, mais elle regrettait néanmoins son balcon de Paris, qui surplombait la rue Saint-Honoré. Certes elle n'avait que dix-huit ans, mais elle savait que ses parents avaient raison en

215

songeant à l'établir par le mariage. Ne devait-elle pas penser à son avenir ?

Elle n'avait pas de frère. A la mort de son père, le titre nobiliaire et les terres reviendraient à un parent lointain. Héritière directe, Ariane ne recevrait qu'une allocation monétaire qui, sans être considérable, la mettrait à l'abri du besoin. Mais si elle restait célibataire, c'en serait fini du train de vie somptueux, et somme toute fort agréable, dont elle bénéficiait grâce à ses parents.

— Je ne sais pas ce qu'il m'arrive, déclara-t-elle à sa suivante qui venait d'entrer dans la chambre, mais je me sens très énervée aujourd'hui. Voulez-vous que nous sortions un moment, Sophie ? L'insupportable petite pluie qui tombe sur Londres depuis plusieurs jours a enfin cessé, et cette journée de printemps promet donc de finir mieux qu'elle n'a commencé. Nous pourrions nous promener un moment dans le parc, ou peut-être même aller jusqu'à Oxford Street pour jeter un coup d'œil à ce Bazar du Panthéon dont nous avons tant entendu parler.

— Excellente idée, mademoiselle ! Ce serait si amusant. Plusieurs suivantes de vos jeunes amies m'ont confirmé que ce bazar offrait toutes sortes de colifichets à des prix très intéressants. On y trouve une galerie d'art, une serre et même une volière ! Peut-être est-ce la visite qu'il vous faut pour vous redonner un peu de gaieté, mademoiselle. Car je vois bien que vous êtes souvent triste et je pense que, comme moi, vous avez le mal du pays.

— Oui, c'est vrai, soupira Ariane. L'Angleterre est un pays si différent de la France, n'est-ce pas, Sophie ? Mais au moins, nous ne risquons pas de connaître ici les mêmes troubles politiques que dans notre pays, quoique… N'ai-je pas entendu dire que, voici une semaine environ, quelqu'un avait tenté d'assassiner la reine Victoria ? J'en ai été fort surprise, car je pensais qu'elle et son mari, le prince Albert, jouissaient d'une grande popularité au sein de la population. Il faut donc croire que cet axiome ne se vérifie pas dans tous les quartiers de la capitale !

— Non, mademoiselle. Ils sont plus nombreux que vous ne le pensez, ceux qui haïssent leur souveraine et rêvent du jour où elle abandonnera sa couronne et son trône. Cela dit, d'après tout ce que j'entends, ce jour n'est pas près d'arriver. Victoria a de bonnes relations avec son Premier ministre ainsi qu'avec le parlement. C'est pourquoi vous n'avez pas à craindre que nous ne soyons un jour obligés de fuir l'Angleterre comme nous avons fui la France.

Cela dit, Sophie tendit à Ariane un grand châle de soie, bordé de franges, et aussi un joli chapeau, deux accessoires nécessaires pour se protéger de la brise printanière qui soufflait sur Londres, brise très fraîche, trop fraîche.

Convenablement équipées pour leur escapade, la jeune demoiselle et sa suivante descendirent l'escalier qui les mena à la porte d'entrée. Elles sortirent de la maison puis, après un petit tour dans le parc, fort agréable, elles s'engagèrent dans Orchard Street en direction d'Oxford Street et du Bazar du Panthéon. Comme elles n'habitaient pas à Londres depuis plus de trois mois, la ville leur procurait encore maintes surprises et elles ne cessaient de s'exclamer et de s'interpeller pour attirer l'attention l'une de l'autre sur telle ou telle découverte.

Oxford Street était une rue interminable, le long de laquelle s'alignaient des boutiques de toutes sortes, beaucoup d'entre elles proposant aux chalands des fruits et des fleurs. Mais l'attraction la plus populaire de cette artère était désormais le Bazar du Panthéon.

Ce bâtiment, construit en 1772, avait commencé sa carrière comme théâtre, mais était alors considéré aussi comme une annexe de Vauxhall Gardens, les fameux jardins de plaisir. On y donnait beaucoup de bals et de mascarades. Devenu un opéra en 1791, il avait subi l'année suivante un incendie qui l'avait réduit à néant. Reconstruit, il avait rouvert ses portes en 1795, mais les distractions qu'il proposait alors n'intéressaient plus la bonne société londonienne, qui réclamait de la nouveauté. Délaissé, oublié, abandonné, il avait connu une nouvelle résurrection en 1812, sous le nom de *Théâtre du Panthéon*. Hélas, cette nouvelle carrière, obérée dès l'origine par de graves difficultés financières, n'avait pas duré plus de deux ans. De nouveau anéanti par un incendie, le bâtiment avait subi une transformation complète pour devenir, en 1814, le *Bazar du Panthéon* qui, dès son ouverture, avait connu un vif succès, au point qu'il était devenu très vite un concurrent redoutable pour le *Bazar de Soho*, autre établissement du même type et de longtemps établi dans la capitale.

Le Bazar du Panthéon avait son entrée principale en bordure de Hyde Park. L'ayant franchie, Ariane et Sophie se trouvèrent dans un vaste vestibule orné de quelques statues qui n'avaient rien de remarquable. Au fond, elles virent un grand escalier qui menait à ce que Sophie, un peu légèrement, avait présenté comme une « galerie d'art », terme grandiloquent et très immérité, puisqu'il ne s'agissait que de quelques pièces où l'on présentait des gravures médiocres, œuvres d'artistes locaux qui espéraient vendre là leur production et reversaient une ristourne aux gérants du *Bazar*.

De là, on gagnait la zone que Sophie avait appelée « la foire aux jouets », puis une galerie qui surplombait tout le rez-de-chaussée et permettait d'observer tout ce qu'il s'y passait. De ce point de vue, Ariane et Sophie purent constater que l'ensemble du bâtiment était aménagé avec un goût exquis. Elles observèrent aussi un nombre incalculable de comptoirs sur

218

lesquels les marchandises les plus diverses étaient présentées aux chalands.

On trouvait vraiment tout au Bazar du Panthéon : chapeaux, fleurs artificielles, gants, bonneterie, plumes, dentelles, joaillerie, papeterie, verrerie, porcelaine, statuettes, coutellerie, jouets, livres, partitions musicales, albums… et tant d'autres choses encore. Des jeunes femmes, vêtues avec sobriété et élégance, se tenaient derrière chaque comptoir, à la disposition des passants.

La clientèle, fort nombreuse, appartenait essentiellement à la classe moyenne, mais on croisait aussi, dans les allées, beaucoup de dames et de messieurs venus des beaux quartiers. Ceux-ci, malgré les confortables revenus dont ils jouissaient, n'étaient pas les derniers à marchander pour économiser quelque argent sur un achat.

Tout au fond du magasin se trouvaient la volière et la serre, où l'on pouvait faire l'emplette d'oiseaux colorés ou de plantes exotiques.

Pendant la plus grande partie de l'après-midi, Ariane et Sophie s'amusèrent beaucoup à circuler parmi la foule qui se pressait dans ce magasin à la mode. Elles s'arrêtèrent devant une multitude de comptoirs pour examiner les marchandises proposées à leur convoitise et achetèrent quelques petites choses dont elles n'avaient pas besoin. Enfin, épuisées d'avoir tant marché, encombrées de multiples paquets, d'une cage contenant deux oiseaux des îles, d'une plante en pot aussi, elles décidèrent qu'il était temps de rentrer à la maison.

— Peut-être serait-il bon de demander la voiture, proposa Ariane quand, sur le trottoir, elle se rendit compte subitement des difficultés que représenterait le trajet, avec un tel chargement. Seigneur ! Je n'avais pas pris conscience que nous avions tant acheté.

— Il serait plus simple de héler un fiacre ou un cabriolet,

219

mademoiselle, répondit Sophie, toujours pratique. Voilà qui nous éviterait d'avoir à trouver un messager et ensuite d'attendre la voiture de monsieur le comte. Cela risquerait d'être long… Voulez-vous que je trouve ce véhicule ? A la réflexion, c'est un fiacre qu'il nous faudrait, car je doute qu'un cabriolet puisse nous contenir toutes les deux, avec tous nos paquets.

— Oui, c'est une excellente idée ! Je vous attendrai ici.

— Croyez-vous que vous pourrez rester seule pendant quelques minutes ? Est-ce bien prudent ? demanda alors Sophie, dont le visage trahissait l'inquiétude qu'elle ressentait à l'idée d'abandonner sa jeune maîtresse dans la rue.

— Certainement, répondit Ariane avec assurance. Il y a tant de monde autour de nous que je doute que quelqu'un cherche à porter la main sur moi. Devant tant de témoins, ce serait de la folie ! Et puis, je vois un sergent de ville en faction, là-bas, au coin de la rue. Je n'aurais qu'à l'appeler en cas de besoin. C'est pourquoi je vous en conjure, Sophie, ne vous mettez pas en peine pour moi. Tout ira bien pour moi.

— Très bien. Mais je vous en prie, mademoiselle, ne bougez pas d'ici ! Je mourrais d'angoisse si je revenais ici pour découvrir que vous avez disparu. De toute façon, je fais le plus vite possible.

La suivante s'éloigna alors et disparut rapidement dans la foule dense qui circulait le long d'Oxford Street.

Disciplinée, Ariane se disposa à attendre l'arrivée du fiacre promis, avec la ferme intention de ne pas bouger, mais après quelques instants d'observation attentive, elle s'aperçut que sa position était peut-être moins sûre qu'elle ne l'avait tout d'abord supposé.

Seule au milieu de cette foule, entourée de tous ses achats, ne constituait-elle pas, pour un vaurien de passage, une proie tentante et jugée très facile ? Elle n'ignorait pas que les rues

220

de Londres, comme celles de Paris, étaient fréquentées par d'innombrables coupeurs de bourses et d'autres canailles de la même espèce.

Pour se prémunir contre une telle agression, Ariane commença donc par rapprocher d'elle tous les paquets, puis elle en fit une pile qu'elle couronna avec la cage aux oiseaux, et devant, elle plaça la plante en pot. Il lui semblait que cet arrangement rendrait plus difficile la tâche d'un éventuel aigrefin.

Mais tandis que, courbée, elle se concentrait sur cette tâche, elle se sentit prise d'un étrange malaise. Malgré la douceur de l'air, elle frissonna. Voilà qu'elle avait même la chair de poule !

Il lui semblait que quelqu'un, quelque part, l'observait à la dérobée. Cette sensation devint si prégnante que, malgré sa crainte, elle éprouva le besoin de jeter un coup d'œil furtif tout autour d'elle, sans se relever. Or elle ne remarqua rien d'alarmant. Elle regarda mieux, sans plus de résultat.

Après un moment d'intense réflexion, en se mordillant la lèvre inférieure, elle arriva à la conclusion qu'elle devait attribuer ce trouble passager à sa grande nervosité, à sa fatigue peut-être…

Pourtant, ce n'était pas la première fois, depuis son arrivée en Angleterre, qu'elle éprouvait l'impression désagréable d'être épiée.

Elle se prit à espérer alors le prompt retour de Sophie et regretta que celle-ci n'eût pas agréé l'idée d'envoyer un messager pour quérir la voiture familiale, elle regretta plus encore de n'avoir pas fait prévaloir sa volonté. Ainsi ne fût-elle pas restée seule, dans cette rue, à s'inquiéter, à se torturer l'esprit.

Pour se divertir et oublier son malaise, Ariane reporta son attention sur la pyramide de paquets, elle en modifia l'arrangement de façon à en rendre l'empilement plus stable. Absorbée par la tâche qu'elle s'était fixée, alors que son esprit continuait cependant à réfléchir au malaise qui ne l'avait pas vraiment quittée, elle mit quelque temps avant de se rendre compte que des clameurs s'élevaient dans Oxford Street, depuis un moment en vérité.

Quand, enfin, elle prit conscience qu'un grave incident était en train de se produire, elle se redressa pour regarder, et elle vit, avec effroi, un cabriolet qui descendait la rue à une allure folle.

Epouvantée, elle pensa que le cocher, qu'elle voyait effondré et immobile sur son siège, avait été frappé d'une attaque d'apoplexie ou d'une maladie de cœur qui le rendait inconscient. Elle trouva d'ailleurs confirmation de son hypothèse quand, après un soubresaut plus violent que les autres, elle vit l'homme tomber au bas du véhicule et rouler sur les pavés. Par miracle il ne fut pas écrasé par la voiture qui arrivait juste derrière. Quant au cabriolet désormais sans cocher, il continuait de rouler, toujours aussi vite, de plus en plus vite. Sentant peut-être qu'il n'avait plus de maître, le cheval s'affolait.

De toutes parts s'élevaient des cris alarmés ou des appels à la prudence. Plusieurs hommes tentèrent courageusement de se jeter au collier du cheval pour l'arrêter, tandis que les femmes couraient pour se mettre à l'abri avec leurs enfants. Les cochers des autres voitures, fort nombreuses, qui obstruaient la rue pourtant fort large, tentaient des manœuvres censées leur éviter une collision.

Un véritable embouteillage se produisit. Des clameurs d'effroi ou de rage s'élevèrent et se mêlèrent aux craquements du bois, aux crissements du métal, aux hennissements affolés des chevaux. Le cabriolet qui arrivait à vive allure se jetterait fatalement dans cette confusion, pour l'aggraver.

A la vue du spectacle infernal, Ariane se crut transportée, pendant un instant, à Paris, pour revivre la nuit atroce au cours de laquelle la troupe avait, par erreur, ouvert le feu sur les manifestants, boulevard des Capucines. Son instinct lui disait qu'elle devait battre en retraite pour trouver refuge à l'intérieur du Bazar. Là, en effet, elle serait à l'abri du chaos atroce qui régnait dans Oxford Street. Elle le savait, mais se voyait incapable de bouger. C'était comme si elle eût pris racine dans les pavés. En proie à une fascination morbide, elle ne parvenait pas à arracher son regard à l'enchevêtrement des voitures. Des gens qui passaient en courant et en hurlant la bousculaient avec sauvagerie. Elle s'en rendait à peine compte.

Soudain, quelqu'un la poussa brusquement par-derrière, à la hauteur des reins, pour la jeter dans la rue juste au moment où le cabriolet arrivait à son niveau. Perdant son équilibre, le souffle coupé sous l'action de ce choc d'une violence inouïe, elle partit en avant, trébucha et s'étala de tout son long.

Plus étonnée qu'effrayée, elle se demanda ce qu'elle faisait là et secoua la tête pour essayer de se remettre les idées en place. Très vite elle se trouva en mesure de réagir. Elle voulut se relever, mais, engoncée dans son corset, empêtrée dans ses dessous ainsi que dans les plis de sa vaste robe à crinoline, elle éprouva toutes les peines du monde à se remettre sur pied.

Alors qu'elle multipliait les efforts, elle vit le cabriolet qui arrivait droit sur elle, tout aussi vite que la voiture précédente. Cette fois, elle eut peur, vraiment. Elle comprit que, dans quelques secondes, elle serait broyée par les sabots du cheval puis par les roues du véhicule. Dans quelques secondes, elle passerait de vie à trépas.

Malcolm éprouvait un vif déplaisir à l'idée que Boniface Cavendish eût trouvé bon d'aller passer la mauvaise saison au bord de la mer Méditerranée et qu'il ne reviendrait pas avant plusieurs semaines, plusieurs mois peut-être. C'est qu'il avait hâte de se lancer à la recherche de la fabuleuse émeraude égyptienne, et pour cela il lui fallait recueillir le plus de renseignements possibles auprès d'un homme si plein de science.

Avec M. Rosenkranz et M. Quimby il avait évoqué la possibilité de questionner le principal employé du libraire, lequel pouvait peut-être donner quelques précieuses informations à propos du Cœur de Kheper, mais très vite avait été prise la décision de renoncer à cette démarche risquée. Le principal employé de M. Cavendish était peut-être digne de confiance, mais on ne le connaissait pas, et moins de personnes connaîtraient le secret concernant les deux croix et l'amulette, mieux ce serait.

Désireux de contribuer efficacement à l'entreprise, M. Quimby avait décidé de dessiner et de graver plusieurs cartes fort détaillées des environs de Dundragon et du Loch Ness, afin de mettre les transformations en évidence. M. Rosenkranz, de son côté, se lancerait immédiatement dans une discrète enquête sur les croix. Quant à Malcolm, sur les conseils pressants de son patron et du joaillier, il devrait apprendre à se défendre efficacement, par tous les moyens, c'est-à-dire non seulement avec ses poings, mais aussi avec une épée ou un pistolet.

— Bien que nous ne sachions pas vraiment si l'attaque dont vous avez été l'objet a un quelconque rapport avec notre affaire, avait déclaré M. Quimby, vous pouvez être certain qu'une entreprise comme la nôtre ne restera pas toujours secrète, et que des échos en parviendront fatalement aux oreilles des Foscarelli. Et alors, vous pouvez vous attendre à ce qu'ils essaient de se débarrasser de vous.

En conséquence, il fut décidé que Malcolm se consacrerait à cet apprentissage nécessaire au moment de la pause du déjeuner. Le lundi et le mercredi, il prendrait des leçons de boxe auprès d'un pugiliste renommé. Le mardi et le jeudi, il tirerait l'épée à l'école d'armes tenue par M. Henry le Jeune, Saint-James Street, numéro 32 A. En fin de semaine, il s'exercerait au maniement du pistolet, en la taverne de la Maison Rouge, sise à Battersea Fields. Il devrait, en ce lieu, faire montre de la plus extrême prudence, car cette maison avait une très mauvaise réputation, bien justifiée. Elle attirait en effet une rude clientèle qui buvait sec et pratiquait des jeux d'argent souvent très houleux.

On y organisait aussi des courses tout à fait illégales, ainsi que des concours de tir sur cibles mouvantes, des pigeons vendus quinze shillings la douzaine, des étourneaux à quatre shillings et des moineaux à deux shillings. Pour répondre à la réprobation publique, le parlement avait, en 1846, voté une loi décrétant que Battersea Fields deviendrait un parc royal, mais cette décision n'avait été suivie d'aucun effet et le lieu restait un lieu de rendez-vous favori pour tous ceux qui souhaitaient s'entraîner au maniement des armes à feu.

Conscient qu'il n'avait rien de mieux à faire pour le moment, Malcolm se lança dans ces activités belliqueuses avec fougue, en se disant qu'elles lui seraient très utiles quand il s'agirait de venger l'assassinat de son père et de son oncle Charles. Il avait désormais la conviction que les Foscarelli avaient réussi à percer la véritable identité de ces deux hommes, qu'ils avaient compris que, comme eux, ils étaient à la recherche de l'amulette fabuleuse, le Cœur de Kheper. Voilà pourquoi lord Vittore, comte Foscarelli, était venu à eux pour les défier et les assassiner.

Malcolm éprouvait un indicible malaise à l'idée que les Italiens, obsédés par leur quête, pussent commettre de sang-froid un double meurtre afin d'éliminer leurs concurrents. C'est pourquoi il était, plus que jamais, déterminé à ne pas les laisser mettre la main sur le talisman. Il ferait tout ce qui serait en son pouvoir pour le trouver avant eux et s'en assurer la possession.

Les semaines passant, il se rendit compte, en prenant ses

leçons de boxe et d'escrime, que son enfance et sa prime jeunesse passées à Whitrose Grange lui avaient été fort bénéfiques, car elles lui avaient donné une robustesse et une endurance dont il ne pouvait que se féliciter. Les rudes travaux de la ferme, auxquels il s'était adonné pendant des années, l'avaient fort bien préparé aux affrontements virils avec Rory Hoolihan le Rouge, le géant irlandais qui l'initiait à l'art de la boxe.

Bien qu'il trouvât, au début, l'escrime beaucoup plus difficile que les affrontements à mains nues, il n'avait pas tardé à découvrir que la vie saine, qu'il avait menée dans son Ecosse natale, là aussi se révélait très profitable. Grand et fort, il n'en était pas moins souple et agile. Ce n'était pas pour rien qu'il avait couru à perdre haleine, pendant tant d'années, dans les collines boisées et parsemées de rochers, et aussi le long des plages couvertes de galets. Son habileté et sa vivacité surprirent plus d'une fois ses adversaires qui voyaient en lui une proie trop facile.

Il trouvait particulièrement délectables ses séances de tir à Battersea Fields, non parce qu'il appréciait particulièrement cette activité à laquelle il consacrait assidûment toutes ses fins de semaine, mais parce qu'à la taverne de la Maison Rouge il avait de nouveau rencontré Nicolas Ravener. Quelques jours après l'agression dont il avait été victime devant l'immeuble de M. Quimby, il s'était rendu à l'auberge de Saint Georges et du Dragon pour remercier celui qui lui était si obligeamment venu en aide lors de cette épreuve difficile, mais depuis cette époque, il n'avait plus eu l'occasion de le revoir. Se retrouvant par hasard à l'auberge de la Maison Rouge, les deux jeunes gens avaient pu, cette fois, tisser des liens plus étroits.

Malcolm avait très vite appris que Nicolas, non content de venir tirer à Battersea Fields, fréquentait aussi l'école d'armes de M. Henry le Jeune et prenait des leçons de boxe chez Rory Hoolihan le Rouge. Prenant leurs dispositions pour pratiquer ensemble dans ces trois maisons, les deux amis avaient découvert qu'ils étaient à peu près de la même taille et du même poids, ce qui leur donnait la possibilité de s'exercer ensemble pour leur plus grand profit mutuel.

Ce jour-là, sortant de chez M. Henry le Jeune de qui il venait de recevoir une nouvelle leçon d'escrime, Malcolm se trouvait très satisfait de lui-même, car il lui semblait incontestable qu'il avait accompli récemment de réels progrès, sans ignorer cependant qu'il lui faudrait encore plusieurs années d'un entraînement assidu avant de pouvoir se considérer comme un véritable maître en cet art. La douceur de ce bel après-midi de printemps ajoutait à son contentement, et il avait pu en profiter tout son soûl puisqu'il avait été convenu que, sur le chemin le reconduisant chez Quimby & Compagnie, Cartographes et Editeurs de cartes, il ferait pour son patron une commission dans Knightsbridge, afin d'épargner le temps de Tuck, l'apprenti ordinairement chargé de ce genre de courses.

Mais maintenant, sa leçon achevée et sa commission accomplie, Malcolm, qui éprouvait quelque répugnance à se diriger trop vite vers l'établissement de M. Quimby, s'accordait un petit détour supplémentaire par Park Lane, sur la bordure orientale de Hyde Park, non sans se rendre compte qu'il agissait ainsi comme un apprenti avide de soustraire un peu de son temps au travail, et non comme l'homme de confiance de son patron, statut non dénué d'avantages mais qui impliquait aussi de grandes responsabilités.

Alors qu'il arrivait à la Porte de Cumberland où il devrait bientôt bifurquer pour s'engager dans Oxford Street, il marchait de plus en plus lentement. Il s'arrêta une fois de plus pour examiner la vitrine d'une des nombreuses boutiques que comportait la rue, et c'est alors que, dressant l'oreille puis tournant les yeux vers le lointain, il prit conscience de l'effervescence qui régnait dans cette rue. Aussitôt il pensa qu'un malheur était arrivé à M. Quimby et cette idée le glaça d'horreur.

Il se lança dans une course éperdue et ne tarda pas à voir qu'un cheval fou, attelé à un cabriolet sans cocher, venait dans sa direction à un train d'enfer. Il vit aussi que la bête et le véhicule passeraient fatalement sur une pauvre jeune fille tombée au milieu de la rue et qui essayait, sans succès, de se relever. Dans quelques secondes, elle trépasserait sous les sabots et les roues qui allaient la piétiner, la déchiqueter.

Malcolm ne pensa même pas qu'il s'exposerait lui-même à un grand danger. Il ne voyait que la pauvre jeune fille terrifiée, et c'est pour elle qu'il eut peur. Son cœur se mit à battre plus fort, plus vite. Mû par un mouvement invincible, poussé par une force étrange, il s'élança dans la rue à une vitesse incroyable pour arracher la malheureuse au sort qui lui était promis, et ce juste au moment où l'attelage passait dans un bruit d'enfer. Le cheval se libéra des brancards juste après et poursuivit sa course folle jusqu'au bout de la rue, tandis que le cabriolet, après avoir encore zigzagué pendant un moment, alla s'écraser dans un étal.

Malcolm entendit à peine les craquements formidables que produisait cet ultime accident. Il ne songeait, il ne s'inquiétait qu'à la jeune fille qu'il tenait dans ses bras. A ce qu'il voyait, elle s'était évanouie. Ne sachant quel comportement adopter, il tourna sur lui-même et avisa un fiacre que le cocher avait rangé le long du trottoir pour éviter d'être heurté. A grands pas, il s'en approcha. Avec précaution, il plaça sa protégée à l'intérieur de l'habitacle, s'y installa à son tour et donna l'adresse à laquelle il voulait être conduit, 7 B, Oxford Street.

La jeune fille restait parfaitement immobile tandis que le fiacre quittait le trottoir pour se frayer, avec difficulté, un passage dans la rue encore encombrée. Non seulement elle ne bougeait pas, mais elle était si pâle que Malcolm, très inquiet, se demanda si elle n'avait pas perdu la vie, sous l'effet de la frayeur atroce que lui avait causée le véhicule arrivant sur elle à toute vitesse. D'une main tremblante, il chercha le pouls et conçut une grande joie de le sentir palpiter sous ses doigts, bien qu'il fût un peu léger et peut-être trop rapide. Puis il se livra à un rapide examen et se réjouit davantage encore en constatant que la jeune fille ne souffrait pas, apparemment, de blessures ou de contusions. Regrettant de ne pas avoir de sels à lui faire respirer pour la ramener à la conscience, il entreprit de lui ouvrir un peu son corsage afin qu'elle pût mieux respirer. Enfin, il s'assura qu'elle était aussi bien installée que possible dans le fiacre qui brinquebalait le long des rues. Serein, il attendit d'être arrivé à destination.

Derrière lui, la rumeur s'estompait, mais il percevait encore des clameurs, des hennissements, des coups de sifflet rageurs donnés par les sergents de ville accourus. L'ordre reprenait difficilement ses droits dans la rue, mais dans le fiacre qui s'éloignait du chaos, on se sentait préservé.

Il examina la jeune fille évanouie, qui lui parut moins pâle dans la lumière rougeoyante que donnaient à son visage les rayons du soleil pénétrant dans l'habitacle. Elle avait un teint de porcelaine, sa peau était presque transparente, comme celle d'un ange. Son joli chapeau, visiblement très coûteux, avait glissé dans son dos parce que les rubans noués sous son menton s'étaient défaits, et il révélait une masse de cheveux bouclés et noirs comme le jais, qui moussaient autour du visage et s'accordaient parfaitement avec les sourcils joliment arqués au-dessus des yeux. Malcolm s'interrogea sur la couleur de ces yeux. Il devrait patienter, et ne pouvait, pour le moment, que s'émerveiller de la longueur des cils, les plus longs qu'il eût jamais vus.

La jeune fille avait les pommettes hautes, le nez droit,

229

classique et délicatement ciselé, une bouche aussi appétissante qu'un bouton de rose, un cou long et gracile comme celui d'un cygne. Elle était d'une beauté si incroyable qu'elle semblait ne pas appartenir à l'espèce humaine. Malcolm n'avait jamais vu de jeune fille aussi ravissante que celle-là.

Elle semblait fragile aussi, et si vulnérable qu'elle éveillait en Malcolm un instinct protecteur qu'il ne se connaissait pas. Mais ce n'était pas que cela. Il y avait en elle quelque chose de mystérieux et d'indéfinissable qui en appelait aux zones les plus profondes, les plus secrètes, de sa mémoire. De quoi s'agissait-il ? Il avait beau s'interroger, il ne parvenait pas à définir ce sentiment étrange qui l'envahissait peu à peu.

Il avait l'impression que cette jeune fille lui rappelait quelqu'un... mais qui ? Quelqu'un qu'il avait vu dans un tableau peut-être ? Comment était-ce possible ? Plus il y réfléchissait, plus son esprit s'embrouillait. Il avait de vagues idées de brouillard, d'un beau visage mouillé par la pluie... ou par les larmes ?

Enfin le fiacre s'arrêta dans Oxford Street, au numéro 7 B. Malcolm en descendit, régla la course au cocher et reprit dans ses bras la jeune fille toujours inconsciente. Vite, il la porta à l'intérieur de la boutique et, sans se formaliser de la curiosité manifestée par Harry, Jim et Tuck accourus pour se presser autour de lui en l'accablant de questions, il demanda qu'on appelât M. Quimby.

Celui-ci ne tarda pas à apparaître. Sur ses instructions, Malcolm porta la jeune fille dans le bureau privé qui se situait à l'arrière de l'établissement. Avec délicatesse, il la déposa sur le sofa. Puis il s'assit pour lui prendre les mains et les réchauffer dans les siennes, tout en commençant à expliquer ce qu'il s'était passé. M. Quimby l'interrompit pour donner quelques ordres préliminaires.

— Tuck, allez me chercher le coffret aux médicaments. Je crois qu'il s'y trouve un flacon de sels.

Puis il reprit, pour Malcolm :

— Pardonnez-moi de vous avoir coupé la parole. Poursuivez votre récit, je vous prie. Si j'ai bien compris, vous ne savez pas du tout qui est cette jeune personne, et vous savez encore moins ce qu'elle faisait, toute seule, au milieu de la rue.

— C'est exact, monsieur.

— Ce n'est pas cela le plus important pour le moment. Quelle que soit son identité, vous avez agi sagement en lui venant en aide et en l'amenant ici. Nous allons bien voir si nous réussissons à lui faire recouvrer ses esprits. Alors nous apprendrons d'elle qui elle est et nous saurons si nous devons en appeler à quelqu'un pour la prendre en charge et la ramener chez elle. Ah ! merci, Tuck !

Prenant des mains de l'apprenti le coffret aux médicaments, M. Quimby le posa sur une table et poursuivit :

— Maintenant, Harry, vous emmenez Jim et Tuck avec vous, et vous vous remettez tous les trois au travail. Allez ! Imaginez la réaction de cette pauvre jeune fille qui, reprenant ses esprits, non seulement se trouvera dans un lieu inconnu, mais encore verra autour d'elle des hommes penchés sur elle avec curiosité. A mon avis, elle replongerait aussitôt dans l'inconscience ! Donc, disparaissez ! Je ne manquerai pas de vous appeler si j'ai besoin de vous.

Il ouvrit le coffret aux médicaments, prit les sels et les tendit à Malcolm.

— Débouchez ce flacon et promenez-le sous le nez de la demoiselle. Cela devrait la réveiller.

— Bien, monsieur.

Malcolm agit selon ces instructions et quelques instants plus tard, à son immense soulagement, la jeune fille commença à

231

bouger. Elle secoua la tête d'un côté, puis de l'autre. Puis un faible gémissement s'échappa de ses lèvres closes. Ses paupières battirent avant de s'ouvrir tout à fait, révélant ses yeux magnifiques qui avaient la couleur de l'améthyste. Elle regarda autour d'elle avec étonnement d'abord, puis avec frayeur quand elle se rendit compte qu'elle ne savait pas où elle se trouvait. Enfin elle vit les deux hommes inconnus. Alors elle poussa un cri strident et tenta de se redresser. Avec douceur, mais non sans fermeté, Malcolm l'obligea à rester allongée. En même temps il lui prodiguait des paroles apaisantes, d'une voix douce, en détachant bien chaque mot afin qu'elle comprît parfaitement ce qu'il lui disait.

— Non, je vous en prie, mademoiselle, n'essayez pas encore de vous lever. Vous avez subi un choc considérable et vous avez besoin de repos. Mais n'ayez crainte, car vous êtes ici en sécurité. Je vous en donne ma parole d'honneur. Permettez-moi, d'ailleurs, de me présenter. Je m'appelle Malcolm Blackfriars, et vous vous trouvez actuellement dans le bureau privé de mon patron, M. Septimus Quimby. C'est ici son magasin, en effet, Quimby & Compagnie, Cartographes et Editeurs de cartes. Peut-être en avez-vous déjà entendu parler ? Nous nous trouvons au numéro 7 B d'Oxford Street. Vous souvenez-vous de ce qu'il vous est arrivé ? Vous avez failli être piétinée par un cheval et écrasée par un cabriolet, et puis vous vous êtes évanouie. Heureusement, j'ai pu vous sauver juste à temps, et ne sachant pas qui vous étiez, ni où il fallait vous conduire, je vous ai amenée ici, dans un fiacre qui se trouvait dans les parages de l'incident. Avez-vous quelque souvenir de tout cela ?

La jeune fille ne répondit pas immédiatement. Elle faisait un intense effort de réflexion, au cours duquel la terreur qui se lisait dans ses yeux, peu à peu, se dissipa. Enfin, elle hocha la tête.

— Oui… oui…, murmura-t-elle. J'ai bien cru que j'allais être

tuée. Mais vous êtes arrivé et vous m'avez sauvée, monsieur !
Vous avez été très brave de venir ainsi à mon secours. En
vérité, je ne me rappelle rien de ce qui s'est passé après votre
intervention.

— C'est très compréhensible. Cela dit, vous n'avez pas à vous
inquiéter. Excepté le choc que vous avez ressenti en voyant la mort
arriver si près de vous, vous n'avez subi aucun dommage.

Malcolm s'interrompit, puis, heureux de pouvoir montrer
qu'il avait appris le français dès son plus jeune âge et le parlait
fort bien, il reprit, dans cette langue :

— Vous êtes française, mademoiselle, n'est-ce pas ? Pouvez-
vous me dire comment vous vous appelez ? Séjournez-vous en
Angleterre depuis longtemps ? Avez-vous de la famille ici, à
qui je puisse faire tenir un message, afin qu'on ne se fasse plus
aucun souci à cause de vous ?

Avant que la jeune fille eût pu formuler une réponse, la
clochette fixée à la porte du magasin retentit. Puis on entendit
le bruit d'une conversation confuse, assez agitée, et ces mots,
prononcés par une femme au comble de l'anxiété :

— Où est-elle ? Qu'avez-vous fait de ma fille, de ma pauvre
petite, jeune homme ? Si vous avez touché un seul cheveu de sa
tête, vous le regretterez, c'est moi qui vous le promets ! Je sais
qu'elle a été kidnappée et qu'on l'a amenée ici, inconsciente. Je
le sais, puisqu'on me l'a dit ! Alors, n'essayez pas de me mener
en bateau ! Pour la dernière fois, je vous demande de me mener
à elle. Je l'exige ! Et si vous ne voulez pas faire droit à la requête
légitime d'une mère, les sergents de ville viendront vous passer
les menottes, tous autant que vous êtes.

On entendit ensuite des explications, fort embrouillées. Puis
Harry, qui les avait prononcées sans parvenir à convaincre,
accourut dans le bureau de M. Quimby pour demander du renfort,
mais il fut bousculé par une femme, belle et distinguée, suivie

233

de deux sergents de ville, d'un homme aux cheveux gris et fort bien mis, et puis encore de deux jeunes personnes, visiblement des demoiselles de compagnie.

— C'est lui, madame ! s'écria la plus jeune des demoiselles, en levant l'index pour désigner Malcolm.

Troublé, celui-ci se leva. Il tenta de se justifier, mais ne le put, car tout le monde se mit à parler en même temps, et dans cette cacophonie se faisait surtout entendre la voix de la jeune demoiselle, qui glapissait :

— C'est bien l'homme qui a enlevé Mlle Ariane ! Je l'ai vu la jeter dans un fiacre, alors qu'elle était inconsciente. Et il a donné une adresse au cocher, celle de cette boutique.

— Quel monstre ! s'écria Mme de Valcœur, horrifiée. Qu'avez-vous fait à ma fille, monstre sans cœur et sans aveu ? Messieurs les policiers, je vous prie d'arrêter cet homme, immédiatement.

— Non… non… maman…

Avec difficulté, Ariane réussit à s'asseoir. Tous ceux qui se pressaient sur le seuil du bureau purent la voir, alors qu'elle était précédemment cachée à eux par le dossier du sofa sur lequel elle était allongée. D'une voix timide, mais ferme, elle poursuivit :

— Sophie est bien intentionnée, mais elle se trompe, je le crains. Tout ceci n'est qu'un affreux malentendu, je vous assure. Personne ne m'a fait de mal, j'ai simplement été choquée. Quant à M. Blackfriars, il ne m'a pas kidnappée, il m'a tout simplement sauvé la vie. Il a fait montre d'un courage incroyable. Sans son intervention, j'aurais été piétinée par les sabots d'un cheval fou et écrasé par la voiture qu'il tirait.

— Est-ce bien vrai ? Oh, ma pauvre petite !

Traversant la pièce, la comtesse enferma sa fille dans ses bras protecteurs et elle s'exclama :

234

— Remercions le Bon Dieu qui a préservé ta vie.

— Hum… hum…

M. Quimby s'éclaircissait la gorge afin d'attirer l'attention sur lui. Il avait une déclaration à faire.

— Peut-être pourrions-nous tous nous asseoir pour parler ? Harry, soyez assez bon pour apporter du thé à nos hôtes. Prenez place, je vous prie… Permettez-moi de me présenter. Je m'appelle Septimus Quimby et je suis l'heureux propriétaire de la boutique où vous vous trouvez en ce moment. Voici mon employé en second, M. Malcolm Blackfriars. Mon employé en chef, M. Harry Devenish, est celui que je viens d'envoyer préparer le thé pour vous. Maintenant, puis-je savoir à qui j'ai l'honneur de m'adresser ?

— Certainement, monsieur.

Sa femme ayant surmonté un émoi bien compréhensible, M. de Valcœur pouvait désormais prendre le contrôle de la situation.

— Je m'appelle Jean-Paul, comte de Valcœur. Voici ma femme, Hélène ; et ma fille, Ariane ; et encore les demoiselles de compagnie de ma femme et de ma fille, Adélaïde Gautier et Sophie Neuville. Je vais laisser à ces deux sergents de ville le soin de se présenter eux-mêmes, car je n'ai pas l'honneur de les connaître. Ensuite, nous pourrons apprendre de vous, messieurs, tous les détails de l'affaire qui nous a amenés à nous rencontrer.

Les policiers déclinèrent leur identité et leur grade. Puis, le thé ayant été apporté par le diligent Harry, Ariane raconta comment, dans l'affolement général engendré par le cheval fou, elle avait été poussée sur la chaussée, comment elle était tombée pour ne plus pouvoir se relever.

Ensuite, Malcolm expliqua qu'il l'avait vue ; que, sans réfléchir, il s'était porté à son secours ; qu'il l'avait enlevée juste avant le

235

passage de l'attelage ; que, constatant qu'elle était évanouie, il l'avait amenée dans la boutique de M. Quimby parce qu'il ne savait pas quoi faire d'autre.

Ensuite vint le tour, pour Sophie, de narrer sa version des événements. Elle dit que, revenant au Bazar du Panthéon avec un cabriolet, elle avait vu Ariane évanouie, mise dans un fiacre par un jeune homme inconnu, qu'elle avait entendu celui-ci ordonner au cocher de le conduire au numéro 7 B d'Oxford Street, et qu'elle avait cru alors qu'il enlevait la jeune fille. Elle avait alors donné une pièce à un jeune garçon pour surveiller leurs achats, avant de demander à son cocher de la conduire à la maison des Valcœur, dans Portman Square. Là, elle avait donné l'alerte…

— Je suis vraiment désolée, murmura-t-elle, le visage rouge et contrit, en se tordant les mains. Je ne voulais pas vous causer du tort, monsieur. C'est la vérité, je ne le voulais pas, mais j'ai pensé…

— Vous n'avez rien à vous reprocher parce que vous avez bien agi, lui répondit Mme de Valcœur. Vous avez fait ce qu'il fallait en ces circonstances, et toute personne douée d'un solide bon sens ne se fût pas conduite autrement. Mais maintenant, il faut que je me tourne vers M. Blackfriars pour lui présenter nos excuses. J'ai tenu des propos inqualifiables, que j'aurais dû retenir tant que je ne connaissais pas la vérité des faits. Je vous ai injurié, alors que je devais vous remercier du plus profond de mon cœur.

— Votre réaction était tout à fait compréhensible aussi, répondit fort courtoisement Malcolm. Mais je vous en prie, n'y pensez plus. Le malentendu est dissipé, tout est pardonné… que dis-je ? Oublié !

— Monsieur, vous êtes d'une urbanité parfaite, reprit la comtesse, qui, maintenant, regardait Malcolm avec admiration.

Mon mari et moi vous devons une reconnaissance éternelle pour avoir sauvé la vie de notre fille. Jamais nous ne pourrons assez vous remercier. Comment pourrions-nous vous manifester notre gratitude ? S'il y a quoi que ce soit que vous désiriez, monsieur, s'il y a quoi que ce soit que mon mari et moi puissions faire pour vous, je vous en prie, dites-nous-le sans crainte. Pour le moment, si M. Quimby et vous n'avez pas d'autre engagement ce soir-là, mon mari et moi serions honorés de vous avoir à notre table, jeudi prochain. Cela vous convient-il ? Parfait ! Nous vous retenons pour toute la soirée.

Malcolm et son patron acceptèrent de tout cœur cette charmante invitation.

M. et Mme de Valcœur remontèrent dans leur voiture, emmenant avec eux leur fille et leurs demoiselles de compagnie.

8.

Le salon de Mme de Valcœur

Dans un temps dont nous ne savons rien, le destin a commencé à tisser l'écheveau des jours qui eux-mêmes tissent ton destin, Faustine.

ALGERNON CHARLES SWINBURNE, *Faustine*.

Les gloires de notre famille et de notre pays sont des ombres, non des choses substantielles. Aucune armure ne peut nous protéger contre le destin. La mort pose ses doigts glacés sur les rois.

JAMES SHIRLEY, *Dispute d'Ajax et d'Ulysse*.

1848
A Londres

— Oh, Sophie, avez-vous jamais vu un jeune homme aussi agréable à regarder que ce M. Blackfriars ?

Pressant contre sa poitrine un oreiller pris sur son lit, Ariane virevoltait autour de sa chambre à s'en étourdir. Sa chemise de

239

nuit et sa robe de chambre flottaient et s'arrondissaient autour de ses chevilles. Exaltée, elle poursuivit :

— Si je m'étais amusée à dresser le portrait de l'homme de mes rêves, il aurait ressemblé exactement à M. Blackfriars ! Quand je l'ai vu penché sur moi, dans la rue, juste avant de m'évanouir, j'en ai à peine cru mes yeux. En vérité, j'ai même dû croire que j'étais déjà morte, que le cheval et la voiture étaient bien passés sur moi, et que mon sauveur était en fait un ange envoyé sur terre pour m'emmener au ciel.

— Mademoiselle, je crois que vous dites des sottises, répondit Sophie, sur le ton d'une réprimande amusée. Loin d'être un ange, M. Blackfriars est un jeune homme tout ce qu'il y a d'humain, et, je vous l'accorde volontiers, un jeune homme fort agréable à regarder. Cependant, s'il m'est permis de vous donner un conseil, c'est de ne pas vous faire trop d'illusions, car même si M. Blackfriars s'est acquis la faveur de monsieur votre père et de madame votre mère, je doute qu'ils acceptent de le considérer comme un parti acceptable pour vous. Ne protestez pas, je sais que vous y avez déjà pensé. Comprenez que ce n'est pas possible, cela vaudra mieux pour vous. Vous êtes en effet une jeune fille de l'aristocratie, et M. Blackfriars dessine des cartes, il en vend, même ! Il travaille dans une boutique, et, ce qui est pire encore, dans une boutique qui ne lui appartient pas. C'est bien pourquoi je vous dis qu'une alliance avec lui serait très inappropriée pour vous. Pour M. Blackfriars, bien sûr, ce serait une chance inespérée.

— Je sais, je sais…, murmura la jeune fille. Mais, Sophie, maintenant que je l'ai vu, j'ai la conviction que je ne pourrai être heureuse avec personne d'autre.

— Il ne faut pas dire cela, mademoiselle, répondit la demoiselle de compagnie d'un ton ferme. Reconnaissez qu'en ce moment, vous ne savez rien de ce joli M. Blackfriars, en dehors du fait qu'il est très brave puisqu'il vous a sauvé la vie en vous sous-trayant *in extremis* à l'attelage qui s'apprêtait à vous écraser. Mais qui vous dit qu'il a agi de façon désintéressée ? Qui vous dit qu'il n'est pas un chenapan de la pire espèce, un libertin ou un coureur de dot qui, voyant une riche jeune fille en détresse, se rue à son secours avec l'espoir insensé de s'introduire dans une famille puissante ?

— Non, Sophie ! Cela, je ne peux pas le croire. Je suis même certaine du contraire, parce que rien, dans le regard de M. Blackfriars, ne m'a donné à craindre qu'il fût un esprit froid, rusé et calculateur. Bien mieux, il m'a, à tout moment, manifesté la plus grande gentillesse, avec des égards et une élégance qui prouvent qu'il a reçu une excellente éducation. C'est au point qu'il m'est difficile de croire qu'il a passé toute sa vie dans cette boutique, à dessiner et à vendre des cartes ! Mon impression est qu'il est d'une extraction très supérieure à celle d'un bourgeois et si vous voulez être honnête, Sophie, vous devrez vous montrer d'accord avec moi sur ce point.

Ayant bien soupiré et hésité, la demoiselle de compagnie voulut bien en convenir, mais ce fut pour ajouter aussitôt :

— Cela ne change rien au fait que M. Blackfriars est dans les affaires, mademoiselle.

Elle réfléchit encore un moment et ajouta, sur un ton grave, parce qu'elle ne voulait pas se montrer blessante :

— Je vois bien que vous vous en êtes toquée, et d'une certaine manière, je peux le comprendre. Mais je manquerais à tous mes devoirs si je vous encourageais à ne pas garder la plus grande réserve vis-à-vis de ce monsieur. Il ne m'appartient pas d'encourager de vains espoirs qui ne manqueront pas d'être déçus un jour, vous laissant le cœur brisé. Puis-je vous rappeler que si M. le comte et Mme la Comtesse ont invité M. Blackfriars à dîner, c'est seulement afin de lui manifester leur gratitude pour

241

vous avoir sauvée d'une mort certaine ? Vous ne pouvez pas imaginer qu'ils ont l'intention de l'admettre dans cette maison comme un visiteur régulier, mademoiselle.

— Oh, soupira Ariane, je sais que vous avez raison, Sophie. Tout de même, je ne veux pas admettre la réalité trop vite. Laissez-moi rêver un peu, je vous en prie. Quel mal cela peut-il faire ?

— Peut-être aucun, mademoiselle, mais peut-être beaucoup. Qui pourrait le dire ? Tenez ! Voici Fanny qui apporte votre chocolat chaud. Désirez-vous encore autre chose avant que je vous laisse ?

— Non, répondit simplement Ariane.

La servante déposa le plateau sur une table basse et Sophie versa le chocolat chaud dans la tasse.

— Merci, Fanny, dit Ariane. Ce sera tout.

La servante se retira, bientôt suivie de la demoiselle de compagnie.

Pensive, Ariane transporta sa tasse et sa soucoupe vers la table de nuit, puis elle entra dans son lit. Elle ramena les couvertures sur elle pour s'aviser aussitôt qu'elle était beaucoup trop énervée pour dormir, et que les qualités soporifiques du chocolat chaud ne pourraient rien pour elle.

Elle resta éveillée très longtemps dans le noir, à revivre indéfiniment le moment tragique et crucial où Malcolm l'avait attirée à lui pour l'empêcher d'être écrasée. Elle se rappelait avoir levé les yeux sur un visage étrangement beau et fascinant, juste avant de s'évanouir. Toutefois, elle avait eu le temps de remarquer ses cheveux noirs et brillants, le regard de ses yeux, intense sous les très longs cils.

Ce regard, surtout, l'avait frappée, parce qu'il avait la couleur des brumes écossaises qu'elle voyait si souvent dans ses cauchemars. Ce regard la fascinait et l'inquiétait à la fois.

242

Il lui rappelait ces lignes, trouvées dans une pièce de l'écrivain anglais Congreve : « N'a-t-il pas un visage de larron ? N'a-t-il pas le visage de celui qui mérite d'être conduit au gibet, sans mériter même d'être accompagné par un prêtre ? »

Telles étaient les pensées que suscitait en elle le souvenir de M. Malcolm Blackfriars. Il la fascinait, oui ; mais il l'effrayait aussi.

De toute sa vie, personne ne l'avait jamais affectée à ce point, surtout en un aussi court laps de temps. Il l'intriguait. De cela elle n'avait pas voulu s'ouvrir à Sophie, mais il lui semblait que le loup du jeune homme bien élevé cachait une nature farouche, qu'elle peinait à définir avec plus de précision.

Elle avait l'impression que s'il vivait et travaillait dans la capitale du Royaume-Uni, il eût été plus à sa place dans une campagne lointaine et peu affectée par les douceurs de la civilisation. Soudain s'imposa à elle l'image de M. Malcolm Blackfriars, vêtu comme un Highlander, arpentant les landes sauvages d'Ecosse.

C'est avec cette image en tête qu'elle trouva enfin le sommeil, et aussitôt la silhouette du jeune homme se confondit quelque peu avec une autre qu'elle connaissait bien, celle de Collie, celui qu'elle retrouvait dans ses cauchemars. Mais c'est bien Collie qu'elle vit, assis en face d'elle, dans la barque appelée *Sorcière des Mers*, naviguant sur le Loch Ness tout environné des brumes d'Ecosse.

Mais, pour la première fois, quand le terrible, le terrifiant serpent de mer apparut, Ariane ne hurla pas. Elle ne hurla pas car, alors que la bête monstrueuse s'apprêtait à l'enlever, M. Malcolm Blackfriars réapparut. Juché sur un cheval blanc formé de l'écume du Loch Ness, il accourut et se pencha pour la soustraire à la gueule béante qui s'ouvrait au-dessus d'elle.

*
**

Malcolm n'avait jamais imaginé que le temps pût passer aussi lentement. Les jours précédant le jeudi où devait se tenir le dîner offert par le comte et la comtesse de Valcœur, dans leur maison de Portman Square, se succédaient avec une lenteur exaspérante. Pour lutter contre son impatience, Malcolm tentait de se concentrer sur son travail ainsi que sur l'enquête qu'il devait mener pour retrouve le Cœur de Kheper, mais ses pensées le ramenaient invinciblement à miss Ariane de Valcœur, la demoiselle française.

Il lui avait déjà été donné de rencontrer beaucoup de jeunes filles, mais aucune ne l'avait captivé à ce point, surtout en si peu de temps. Pourtant, il fallait s'en rendre compte — et cela l'énervait au plus haut point — elle se situait très loin hors de son atteinte. Eût-il possédé titre nobiliaire et grande fortune qu'il aurait pu être admis à la courtiser. Mais en l'état actuel des choses, s'il n'avait aucun moyen de revendiquer les propriétés Ramsay en Angleterre et en Ecosse, il n'avait rien à offrir à Ariane, même pas son véritable nom.

A l'exception de la période qui avait suivi la mort de son père et de son oncle Charles, Malcolm ne s'était jamais senti aussi misérable ; jamais il n'avait été aussi conscient du sort injuste qui était le sien. Et cela le rendait amer. Jusqu'alors il n'avait jamais aspiré à appartenir à la caste des riches et des puissants de ce monde. Jusqu'alors il n'avait pas souffert de sa médiocrité. Mais voilà que, tout à coup, il se mettait à maudire son ancêtre, ce lord Iain Ramsay, autrefois seigneur de Dundragon, car si ce misérable n'avait pas mis en jeu tous les biens territoriaux de la famille, lui, Malcolm, aurait pu apparaître comme un parti enviable aux yeux d'Ariane et des parents de celle-ci.

Hélas, songea-t-il avec découragement, il n'avait pas à sa

disposition la possibilité de redresser sa situation. Voilà pourquoi il ferait mieux de concentrer son énergie sur les moyens lui permettant de retrouver l'émeraude disparue, car elle avait une valeur incommensurable et lui permettrait de restaurer la fortune de sa famille et peut-être même de retrouver ses titres nobiliaires.

Hélas encore, en dépit de l'enquête discrètement lancée par Jakob Rosenkranz, rien n'avait pu être appris concernant la gemme fabuleuse. Boniface Cavendish n'avait toujours pas reparu dans sa librairie.

Accablé par ces pensées très frustrantes, Malcolm cassa en deux le crayon au moyen duquel il dessinait une nouvelle carte, mise en chantier le matin même. Considérant les deux fragments sur sa feuille de papier, il jura à mi-voix et s'apprêta, rageur, à les jeter dans sa corbeille, mais, se ravisant, il sortit son canif de sa poche et entreprit de les tailler en pointe à un bout et d'équarrir l'autre bout. Il avait donc à sa disposition deux nouveaux crayons, plus petits certes, mais tout aussi utiles.

— Des difficultés, Malcolm ? demanda M. Quimby, toujours fort urbain, qui venait d'apparaître dans l'atelier.

— Oui, et je vous dois des excuses, monsieur. Je crois qu'une fois de plus j'ai du mal à me concentrer sur mon travail. Résultat, j'ai cassé mon crayon et je viens de réparer les dégâts du mieux que je pouvais. L'ennui, c'est que j'ai pris un peu de retard, mais ne vous inquiétez pas, je vais rattraper le temps perdu.

Les yeux brillant de malice, M. Quimby répondit en souriant :

— Je suis certain que vous y arriverez, à condition, bien sûr, que des cheveux bouclés, noirs comme le jais, et de grands yeux violets ne persistent pas à vous hanter.

— Est-ce si évident, monsieur ? demanda Malcolm, quelque peu gêné.

245

— En fait, non. Cependant, je me flatte d'avoir pu apprendre à vous connaître au cours de toutes ces années que vous avez passées dans ma boutique. Et puis, je n'ai pas oublié ce que c'était que d'être un jeune homme. Miss Ariane de Valcœur est une fort jolie jeune fille, il faut le dire. Il faudrait être fou ou aveugle pour ne pas le voir et par chance, Malcolm, vous n'êtes ni fou ni aveugle.

— Cela ne me rend pas heureux, car je me rends très bien compte que cette demoiselle est hors de ma portée.

— Eh bien… comme mon ami Boniface Cavendish aime à le répéter, si nous ne nous fixons pas de buts hors de notre portée, nous n'avons plus aucune raison de nous battre. En outre, si nous pouvons débrouiller proprement notre affaire — je veux dire : si nous retrouvons l'émeraude égyptienne — nul ne pourra plus dire que vous n'êtes pas un parti convenable pour miss Ariane, nul ne pourra non plus vous accuser de n'être qu'un chasseur de dot. C'est pourquoi je vous en conjure, ne vous désespérez pas. Le jeu est peut-être lancé depuis longtemps, mais nous commençons tout juste à jouer.

— Vous avez raison, soupira Malcolm qui tâchait de trouver du réconfort dans ce qu'il venait d'entendre. Je suis peut-être trop impatient, comme un cheval qui ronge son frein ou comme un limier qui tire sur sa laisse bien avant que la chasse ne commence. L'inaction me pèse. Je veux agir !

— C'est très compréhensible, répondit M. Quimby en souriant. Je comprends d'autant mieux votre état d'esprit que j'éprouve les mêmes sentiments depuis que vous m'avez parlé de vos préoccupations, et pourtant je n'y ai pas d'intérêt personnel. Mais il se trouve que je déteste l'injustice et la traîtrise, et qu'en plus je vous considère un peu comme mon fils, vous qui êtes à mon service depuis si longtemps. Comme vous le savez, je ne me suis jamais marié. J'ai connu une grande déception dans mon jeune temps, et je suis trop timide pour risquer, une fois encore, mon pauvre cœur dans une affaire de ce genre. Partant, je n'ai pas d'enfants, et c'est pourquoi j'ai toujours considéré mes apprentis et mes employés comme mes rejetons. Vous m'êtes particulièrement proche, et je pense que vous vous en doutez. Bien ! Pour en revenir à ce que vous me disiez, je vous répondrai : N'ayez crainte, car le temps de l'action viendra. J'en suis certain. En attendant, nous avons intérêt à nous préparer avec soin, à établir nos plans, car il ne sera pas question de partir à l'aveuglette le jour où il faudra agir. C'est une question de sécurité, car votre père et votre oncle se tenaient sur leurs gardes, j'en ai la conviction, ce qui ne les a pas préservés de tomber sous les coups de leurs ennemis. Tirons la leçon de ce malheureux événement et soyons encore plus prudents qu'eux. Pour le reste, je vous dirai que vous me semblez faire tout ce qu'il faut en l'état actuel des choses, donc vous n'avez pas à vous reprocher cette période d'inaction. Et puis, pourquoi ne profiteriez-vous pas des plaisirs que la vie vous réserve en ce moment ? Je pense, en particulier, à la soirée où vous êtes convié, chez M. et Mme de Valcœur. Pensez à l'agréable dîner qui vous sera offert, au plaisir de la conversation… Et puis, vous serez en compagnie de la charmante miss de Valcœur !

— C'est vrai, soupira Malcolm, en essayant de sourire.

— Ne faites donc pas cette tête ! Mon ami Boniface dit aussi que si nous sommes capables de rêver, nous devons être capables aussi de réaliser nos rêves. J'ajouterai que ni vous ni moi n'avons reçu le don de voyance, ce qui fait que nous ne pouvons pas savoir de quoi notre avenir sera fait. En revanche, nous pouvons agir pour aménager cet avenir selon nos vœux. Miss Ariane n'est pas fiancée, que je sache ? Eh bien, vous n'avez aucune raison de ne pas espérer, Malcolm ! Moi, en tout cas, je n'en vois aucune. Rappelez-vous bien ce que je vous ai

247

enseigné : ce n'est pas l'habit qui fait le moine, mais le moine qui fait l'habit. Si beaucoup de nobles ne sont pas des hommes du monde, beaucoup d'hommes du monde ne sont pas nobles non plus. Je crois, j'espère être la vivante démonstration de cet axiome. En effet je ne suis pas noble et pas excessivement riche non plus, et je ne me sens pas inférieur à la plupart de mes contemporains. Allons ! Voyons maintenant où vous en êtes de ce dessin. Harry doit commencer la gravure des plaques le plus tôt possible, si nous voulons pouvoir finir cette carte pour le jour où M. Greyson repassera par chez nous.

A son grand étonnement, Malcolm découvrit, dans les jours qui suivirent cette conversation, que non seulement le temps passait plus vite qu'il ne l'avait craint, mais aussi qu'il était fort capable de s'absorber dans son travail, sans se laisser submerger par ses rêveries à propos de miss Ariane de Valcœur. Oh, certes, elle continuait de hanter son esprit, elle le nourrissait de visions enchanteresses, mais il lui suffisait désormais de savoir qu'il la reverrait très bientôt, et qu'il avait quelque chance de conquérir l'immense fortune qu'il n'aurait plus qu'à lui offrir pour la conquérir.

Enfin arriva la soirée tant attendue. Pour se préparer au dîner chez M. et Mme de Valcœur, dans leur élégante maison de Portman Square, Malcolm reçut de son patron la permission de quitter plus tôt que de coutume son travail chez Quimby & Compagnie, Cartographes et Editeurs de cartes.

Descendant de son fiacre à Saint-John's Wood, il courut de toutes ses forces vers Hawthorn Cottage. Il entra en coup de vent, salua sa mère et lui rappela qu'il passerait la soirée en ville. Puis, toujours aussi vite, il monta dans sa chambre. Il prit un bain, se vêtit de son meilleur costume et noua autour de son col une cravate neuve dont il avait fait l'emplette dans une boutique renommée de Regent Street. Il n'était pas imbu

248

de sa personne, mais quand il examina sa silhouette dans le haut miroir qui occupait un coin de sa chambre, il jugea qu'il donnait la meilleure impression possible. Sa mère confirma son opinion quelques instants plus tard.

— Oh, mon fils ! s'écria-t-elle en le voyant descendre l'escalier. Comme tu es beau ! Mais c'est une nouvelle cravate que tu portes, n'est-ce pas ? Elle est très belle et tu as merveilleusement réussi le nœud. Veux-tu que je te dise ? Je sais que tu vas rencontrer, à Portman Square, la meilleure société qui soit, mais je suis certaine qu'aucun homme ne te surpassera sur le plan de l'élégance.

— Vous me flattez, maman, répondit Malcolm en lui souriant avec tendresse. Comme je souhaiterais que vous pussiez m'accompagner.

— Tu sais que ce n'est pas possible, bien sûr. Mme de Valcœur ne m'a pas invitée avec toi, et même si c'était le cas, je crois que je ne me sentirais pas très à mon aise au cours de cette soirée. Il y a si longtemps que je ne suis pas allée dans le monde ! Et puis, je ne serais pas très gaie parce que je ne pourrais m'empêcher de regretter l'absence de Katherine et de leurs deux enfants. Je pense si souvent à eux, Malcolm. Je ne cesse de me demander ce qu'ils sont devenus, après nous avoir quittés à Newcastle-upon-Tyne. Je prie pour qu'ils soient encore de ce monde, mais je crains qu'il ne leur soit arrivé quelque malheur. Dans le cas contraire, Katherine aurait répondu à mes lettres. Tu ne crois pas ?

Mme Blackfriars se mordit la lèvre inférieure, tandis que ses yeux se remplissaient de larmes. Elle se détourna pour cacher son émotion.

— Je sais que tante Katherine aurait gardé le contact avec toi si elle en avait eu la possibilité, murmura Malcolm tout aussi ému. Il faut craindre, en effet, qu'elle ne repose aujourd'hui dans

249

quelque tombe, sans doute depuis longtemps. Mais je ne pense pas qu'elle voudrait que tu continues à t'affliger encore.

— Je le sais bien, soupira Mme Blackfriars. C'est parce que je ne sais pas ce qui lui est arrivé que je suis si triste. Je crois que j'aurais l'esprit plus serein si j'avais cette connaissance. Mais à quoi bon se lamenter ? Tout cela s'est passé il y a si longtemps sans doute… Essayons de ne pas y penser, au moins ce soir, car c'est à une fête que tu t'apprêtes à participer. Va donc chez les Valcœur, mon fils, et profite de ce moment, car ce n'est pas si souvent que tu as l'occasion de te distraire. Et puis, cette soirée pourrait se révéler aussi fort utile. Il n'est pas mauvais d'avoir des amis haut placés. M. et Mme de Valcœur éprouvent beaucoup de gratitude à ton endroit pour avoir si bravement sauvé leur fille d'une mort certaine, en prenant toi-même de grands risques. Moi-même, je tremble chaque fois que j'y repense ! Mais je ne devrais pas, puisque tu es sain et sauf, et miss Ariane aussi. Ariane… Quel joli prénom porte cette jeune fille ! Il me rappelle celui d'une de mes nièces, la fille de ta tante Katherine, Ari. T'en souviens-tu ? Ari… un diminutif, bien sûr, mais je serais incapable d'en dire plus. Ma mémoire commence à me jouer des tours. Tout ce dont je me souviens, c'est que nous avons toujours appelé cette petite fille Ari, dès les jours qui ont suivi sa naissance.

— C'est vrai, je m'en souviens, dit Malcolm. C'était une brave petite fille, qui voulait toujours m'accompagner quand je m'en allais pêcher sur le Loch Ness.

— Cessons de nous apitoyer sur le passé ! coupa Mme Blackfriars, d'un ton un peu brusque.

Elle se rapprocha de son fils pour rectifier, sans nécessité, le nœud de sa cravate, geste machinal par lequel elle essayait de chasser ses pensées moroses. Puis elle ajouta :

— Il est temps que tu t'en ailles, parce que si nous persistons à bavarder, miss Woodbridge finira par croire que je n'ai plus envie de jouer aux cartes avec elle !

— Va vite la retrouver, alors.

Pour poser un baiser sur le front de sa mère, Malcolm dut se pencher car il était beaucoup plus grand qu'elle. Puis, tandis qu'elle se rendait dans le salon, il prit son chapeau, son manteau et ses gants, il s'arma aussi de son parapluie, nécessaire au cas où il se mettrait à pleuvoir, hypothèse toujours plausible. Ensuite il sortit de Hawthorn Cottage et traversa Saint-John's Wood en direction de Marylebone.

Le printemps tirait à sa fin, on commençait à penser à l'été. Les jours s'accroissaient de façon significative, ils devenaient plus chauds aussi. C'est pourquoi le soleil ne s'était pas encore couché quand Malcolm attaqua le trajet d'approximativement deux miles qui devait le conduire à Portman Square. Craignant d'arriver trop tôt chez le comte et la comtesse de Valcœur, ce qui eût été un impardonnable impair, il se força à contourner le plus lentement possible Regent's Park, par le sud-ouest, en empruntant Park Road.

Bien loin de se laisser distraire par ses pensées, il gardait un œil attentif sur les environs et se tenait prêt à toute éventualité. Certes, il n'avait plus subi aucune tentative d'agression, mais il n'avait rien oublié et restait méfiant. Il l'était d'autant plus que, depuis cette nuit terrible, il avait l'impression d'être constamment suivi, surveillé, sans savoir par qui, sans même disposer du moindre commencement de preuve.

Il en allait encore de même ce soir-là. Mais Malcolm avait beau regarder autour de lui, il n'apercevait aucun individu suspect, ni aucune personne de sa connaissance.

Cela dit, même s'il était effectivement suivi, Malcolm ne redoutait pas une agression à ce moment, parce que trop de témoins potentiels circulaient autour de lui par cette belle soirée de printemps. Lui-même se fût volontiers promené aussi. Mais ce soir, il avait une destination précise, Portman Square, et son impatience grandissant à mesure qu'approchait l'heure du rendez-vous, il s'était mis, sans s'en rendre compte, à marcher de plus en plus vite.

Quand il arriva devant l'élégante résidence du comte et de la comtesse de Valcœur, son cœur battait vite et l'effort qu'il venait de fournir n'était pas seul responsable. Il s'accorda donc un instant de répit avant de s'approcher de la porte pour soulever l'imposant marteau de laiton. Aussitôt parut un majordome fort aimable, tout sourire.

— M. Blackfriars, je présume ? Voulez-vous vous donner la peine d'entrer, monsieur ? Nous vous attendions.

Entré dans le vestibule immense au sol de marbre luisant, Malcolm se vit promptement débarrassé de son chapeau, de son manteau, de ses gants et de son parapluie.

— Si monsieur veut bien me suivre, reprit le majordome. La famille est réunie dans le petit salon. Par ici, monsieur.

Il ouvrit une porte à deux battants et annonça d'une voix forte :

— M. Malcolm Blackfriars.

En pénétrant dans le petit salon, Malcolm se rendit compte, non sans un peu de confusion, qu'il était aussitôt devenu le centre d'intérêt. Tous les yeux s'étaient instantanément tournés vers lui. Il en fut si troublé qu'il s'arrêta un bref instant, ne sachant plus que faire. En outre, il était ébloui par la magnificence du décor. Puis la maîtresse de maison s'avança vers lui et il reprit ses esprits, il retrouva ses bonnes manières. Il s'inclina profondément sur la main que lui tendait Mme de Valcœur et recueillit, en se relevant, un grand et beau sourire d'approbation.

— Soyez le bienvenu, monsieur Blackfriars, lui dit la grande dame. Nous sommes absolument ravis que vous ayez pu vous joindre à nous ce soir. Il me semble que vous connaissez tout le monde, à l'exception de Mme Polgar, cela va de soi. C'est une voyante extralucide pleine de talent, qui, comme notre famille, a récemment entrepris le voyage de Paris à Londres, pour les raisons que vous n'ignorez pas, je pense. Elle m'a fait l'amabilité de me rendre visite cet après-midi, et c'est pourquoi je l'ai priée à dîner. Mme Polgar...

La comtesse se tourna vers la voyante...

— ... permettez-moi de vous présenter M. Blackfriars, l'homme qui a sauvé la vie de notre chère Ariane, l'autre jour, dans Oxford Street. Nous lui devons une reconnaissance éternelle.

— Comment allez-vous, monsieur Blackfriars ? demanda cette femme en lui offrant sa main.

Derechef Malcolm s'inclina. Elle poursuivit :

— C'est un plaisir pour moi que de rencontrer un jeune homme si brave et si beau.

— Vous êtes trop indulgente, madame, répondit-il. Je n'ai fait que ce que tout homme aurait fait, confronté à la même situation que moi. Il est évident que miss Ariane avait besoin d'aide et il se trouve que j'étais le mieux placé pour la lui apporter.

— Oui, le destin fait toujours en sorte que chacun se trouve au bon endroit, au bon moment, murmura la femme, énigmatique. Dites-moi, M. Blackfriars, seriez-vous homme à tirer l'épée ?

— Malheureusement non, madame. Bien que j'apprenne l'escrime à l'école d'armes de M. Henry le Jeune, je suis un très prosaïque cartographe, employé chez Quimby & Compagnie.

— Oui, oui... Je pense que M. Quimby doit être très fier de vous.

M. Quimby se trouvait là. Installé dans un fauteuil devant la cheminée, il approuva avec enthousiasme.

— Je suis, effectivement, très fier de ce garçon. Comment ne le serais-je pas ?

253

Mme de Valcœur désigna alors à Malcolm un sofa habillé de soie rayée, sur lequel avait déjà pris place sa fille Ariane.

— Je vous en prie, asseyez-vous, monsieur Blackfriars. Voulez-vous quelque chose à boire ? Quelques hors-d'œuvre, peut-être ? Je crois d'ailleurs qu'il serait temps de renouveler les rafraîchissements de chacun.

Les serviteurs en faction comprirent que leur assistance était requise. Ils s'approchèrent pour remplir de nouveau les verres et les assiettes selon les désirs de chacun. Malcolm, assis à côté de miss Ariane, un verre de xérès dans une main, une assiette sur les genoux, se tourna vers sa voisine.

— Je suis enchanté de vous revoir, mademoiselle. J'espère que ce funeste après-midi n'est plus qu'un mauvais souvenir pour vous.

— Oh, oui, monsieur, lui répondit-elle ; mais il faut que je vous renouvelle mes remerciements. Je sais que sans votre intervention, je serais morte à l'heure qu'il est.

— La perte d'une aussi jolie demoiselle que vous serait une épouvantable tragédie. C'est pourquoi je suis ravi d'avoir pu l'empêcher.

Malcolm ponctua son compliment d'un sourire et il éprouva une vive satisfaction à la voir rosir de façon charmante tandis que, avec modestie, elle abaissait sur ses yeux d'améthyste ses paupières aux longs cils. Il songea qu'elle était vraiment exquise, dans sa robe couleur de lavande agrémentée de dentelles. Son décolleté soyeux donnait à deviner son sein plus qu'il ne le révélait. Elle avait la taille si menue qu'il se demanda s'il ne parviendrait pas à en faire le tour avec ses deux mains. Elle portait des rubans assortis à sa robe, dans ses cheveux noirs aux reflets bleutés, si noirs qu'ils offraient un contraste frappant avec son teint de porcelaine.

Miss Ariane se cachait à moitié derrière son éventail, mais

dans cette attitude elle ne mettait aucune coquetterie. Si elle se dissimulait ainsi, c'était par timidité, par pudeur. Elle révélait ainsi une vulnérabilité dont Malcolm se sentit touché. Emu, il songea que cette jeune fille ne fréquentait pas la société depuis longtemps, et que, par conséquent, elle n'était pas habituée au commerce des hommes.

— Madame votre mère m'a dit que vous étiez très récemment venue de Paris à Londres, lui dit-il. Appréciez-vous la vie dans notre capitale ?

— Il est vrai que tout ici, est très différent de ce que je connaissais auparavant, lui répondit la jeune fille, après s'être donné le temps de la réflexion. En tout cas, je peux dire que nous menons ici une existence plus calme. Paris était en état d'insurrection lorsque nous l'avons quitté. Le roi Louis-Philippe venait juste d'abdiquer, les révolutionnaires avaient pris le contrôle de la cité. C'est pourquoi papa a pensé que nous n'y étions plus en sécurité. Il se rappelait trop bien les événements antérieurs, la Révolution, la Terreur, l'exécution du roi Louis XVI et de la reine Marie-Antoinette. Nous sommes donc tous venus à Londres, pour nous installer ici, à Portman Square.

— Une des plus belles places de notre capitale, observa Malcolm.

— Vraiment ? Ne les ayant pas encore toutes vues, je ne puis en juger. Papa a choisi ce lieu parce qu'il est tout proche de Hyde Park, de Regent's Park aussi… Du moins, c'est ce que je crois. Un des plaisirs que j'apprécie le plus, à Londres, c'est de pouvoir me promener dans ces jardins magnifiques. Quand le temps le permet, j'y vais chaque après-midi. Aimez-vous aussi vous promener dans les parcs, M. Blackfriars ?

— Bien sûr. Ma mère et moi vivons à Saint-John's Wood, qui ne se trouve pas très loin de Regent's Park. De plus, Quimby & Compagnie se trouve au bout de la rue qui descend de Hyde

Park. Voilà qui me permet, par beau temps, de prendre mon déjeuner dehors, sur un banc, sous les arbres centenaires.

— Alors, j'aurai peut-être la chance de vous y apercevoir de temps à autre, dit miss Ariane en souriant.

— Ce serait un grand plaisir pour moi, répondit Malcolm en rendant son sourire à la jeune fille qui venait — innocemment ? — de lui indiquer un moyen de la revoir, parce qu'il était évident que, même s'il lui avait sauvé la vie, il ne serait reçu qu'une fois dans cette maison.

Ils n'eurent pas le plaisir de bavarder davantage, car voilà qu'on annonçait le dîner. Chacun se leva et les messieurs accompagnèrent les dames vers la salle à manger. Là, Malcolm découvrit que, bien qu'il n'y eût que six convives, la table avait été préparée avec un luxe extrême et qu'il fallait s'attendre à une grande profusion de plats.

Pour la première fois de sa vie, il se félicita de ce que ses parents, dépossédés de leurs titres nobiliaires et de leur fortune, lui eussent cependant donné la meilleure éducation qui fût, comme s'il était destiné à devenir un jour seigneur de Dundragon au lieu de devoir mener une vie moins ornée. Ainsi pouvait-il tenir sa place à table sans commettre d'impairs, et pour chaque mets prendre en mains le couteau et la fourchette qui convenaient, sans se tromper, sans même hésiter. Il se réjouit même d'observer *in petto* que M. et Mme de Valcœur s'étonnaient discrètement de tant d'aisance de sa part, alors qu'ils s'attendaient sans doute à le voir plus gauche et se préparaient à lui pardonner quelques menues fautes.

— Avez-vous de la famille ici, M. Blackfriars ? demanda la comtesse.

— Malheureusement, mon père est décédé, voici plusieurs années déjà. Mais ma mère est toujours en vie, et elle ne s'est pas remariée. Jusqu'à présent, je n'ai pas encore trouvé de prétexte pour établir ma résidence ailleurs que chez elle. Nous possédons une petite maison, Hawthorn Cottage, à Saint-John's Wood.

— Oh, je suis désolée ! Si j'avais su cela, j'aurais invité madame votre mère à se joindre à nous ! s'exclama Mme de Valcœur.

— Ne vous tourmentez pas, madame. Depuis la mort de mon père, ma mère ne fréquente plus la société. Elle mène une vie tranquille et un peu solitaire, ne s'occupant que de livres et de musique, de jardinage et de broderie. Pour se distraire, elle joue souvent aux cartes, le soir, avec miss Woodbridge, notre gouvernante. C'était d'ailleurs à cette activité qu'elle se préparait lorsque j'ai quitté notre maison. Je crois qu'elle est aussi heureuse que possible, même si mon père continue de lui manquer beaucoup.

— Il faut qu'elle l'ait beaucoup aimé.

— C'est certain, madame.

Mme Polgar, les yeux brillant d'une lueur étrange, demanda alors :

— Et votre père… était-il cartographe aussi ? Est-ce lui qui vous a donné l'idée d'entrer en apprentissage chez M. Quimby ?

— Non, madame. Il se trouve que l'héritage ancestral, qui aurait dû revenir à mon père, et ensuite à moi, a été perdu depuis bien longtemps. C'est pourquoi mon père a tenu, pendant l'essentiel de sa vie, la position d'un métayer. Quand il est mort, je n'avais que seize ans et, ma mère se voyant incapable de diriger la ferme, l'a quittée pour venir s'établir dans la capitale, à Hawthorn Cottage.

— C'est peu de temps après son arrivée à Londres que j'ai eu l'honneur de rencontrer Malcolm, expliqua M. Quimby.

Il poursuivit en racontant, par le menu, les circonstances qui avaient permis au jeune homme d'entrer en apprentissage chez lui.

257

M. de Valcœur, qui avait écouté avec attention, hocha la tête d'un air approbateur.

— Eh bien ! déclara-t-il, je dois reconnaître que dès vos jeunes années, vous avez fait preuve du plus grand courage. Le destin nous a favorisés en vous plaçant si près de notre fille alors qu'elle courait un grand danger.

— C'est l'exacte vérité ! s'exclama la voyante. M. Blackfriars, il faudra un jour que je tire les tarots pour vous. Je parierais que vous êtes promis à un grand avenir.

— C'est possible, madame, répondit Malcolm en souriant. Cependant, je préfère croire que notre destin, même s'il est écrit dans les étoiles au moment de notre naissance, peut changer grâce à nos actions.

— C'est possible et c'est souhaitable, monsieur, car si nous avons reçu le don de libre arbitre, c'est bien pour nous en servir. Il nous appartient, en effet, de modeler nos existences. Toutefois, je vous recommande de ne pas mépriser le destin, car il constitue avec notre libre arbitre un ensemble indissociable. Ils sont comme les deux faces d'une même pièce de monnaie, ils sont comme les deux visages du dieu romain Janus.

La comtesse joignit les mains et, le visage rayonnant de bonheur, elle s'exclama :

— Ah ! Je vois que nous tenons déjà le sujet d'une bonne conversation qui nous tiendra toute la soirée. Mais n'en disons pas plus pour le moment ! Réservons ce plaisir pour le moment où nous nous retrouverons dans le salon avec nos autres invités. Si nous usons de tous nos arguments maintenant, nous n'aurons plus rien à dire tout à l'heure.

La maîtresse de maison ayant ainsi fait part de son souhait, courtoisement mais non moins clairement, il n'était pas possible de lui refuser satisfaction. Les convives dirigèrent donc leur conversation vers d'autres sujets tout aussi intéressants, et l'excellent dîner se passa de façon fort agréable.

Le dessert pris, les dames se retirèrent dans le petit salon, laissant les messieurs avec leur porto et leurs cigares, pas trop longtemps, car bientôt, les autres invités arrivant, M. de Valcœur dut se rendre dans le vestibule pour les recevoir.

Malcolm et M. Quimby rejoignirent alors les dames dans le petit salon pour accueillir les invités annoncés par le majordome. Malcolm entendit énoncer plusieurs noms qui lui étaient familiers bien qu'il ne connût pas ces gens personnellement.

Le majordome proclama :

— Lady Christine Fraser et M. Khalil al-Oualid.

Malcolm ne put s'empêcher de sursauter violemment quand il découvrit que l'homme ainsi annoncé n'était autre que l'un des deux étrangers qui étaient venus chez Quimby & Compagnie, Cartographes et Editeurs de cartes, plusieurs semaines auparavant, pour acheter les plus anciennes cartes d'Ecosse.

— M. Quimby, murmura-t-il d'une voix pressante à l'oreille de son patron ; ce sont eux !

— Qui donc ?

— Les deux Orientaux qui sont venus nous rendre visite, l'autre jour ! Vous voyez cet homme très brun, qui porte une djellaba ? Il est arrivé en compagnie de lady Christine Fraser. Il s'appellerait M. Khalil al-Oualid. Et l'autre, qui se trouve derrière lui, tout aussi brun… Le majordome n'a pas aboyé son nom. Je suppose qu'il s'agit du serviteur du premier.

— Oui, oui…, marmonna M. Quimby qui observait les deux hommes avec la plus grande attention ; étrange coïncidence, ne trouvez-vous pas, Malcolm ? En fait, je ne pense pas qu'il s'agisse d'une coïncidence. Si ce M. al-Oualid participe à cette soirée, ce ne doit pas être un hasard. Qu'en pensez-vous ?

— Je… je ne sais pas, monsieur, dit Malcolm, perplexe. Tout

cela est si étrange… Normalement, vous et moi ne devrions pas nous trouver dans cette maison, n'est-ce pas ? Il faudrait savoir comment M. al-Oualid et son serviteur ont pu se faire inviter aussi… Devons-nous attribuer cette initiative à Mme de Valcœur ou non ? Là est la question.

Malcolm ne tarda pas à apprendre que, souvent, les personnes invitées aux soirées de la comtesse de Valcœur n'hésitaient pas à y amener leurs connaissances, sachant que tous étaient les bienvenus dans cette maison à condition de s'y bien tenir et de participer aux conversations de manière originale et intéressante.

Sur ce plan, M. Khalil al-Oualid ne démérítait pas. Lady Christine — dont Ariane s'était fait une amie dès son arrivée à Londres — avait rencontré l'Egyptien au cours d'une villégiature en Ecosse. Elle était restée en contact avec lui depuis, et voilà pourquoi elle l'avait prié de l'accompagner chez Mme de Valcœur.

Ayant expliqué tout cela aux personnes rassemblées autour d'elle dans le petit salon, elle déclara :

— Car M. al-Oualid est herpétologiste. Il nous vient d'Egypte pour traquer ce serpent gigantesque qui est supposé hanter les eaux du Loch Ness. Que dites-vous de cela ? N'est-ce pas passionnant ?

Mme de Valcœur et sa fille laissèrent échapper en même temps un petit cri terrifié. En outre, Ariane, dont le teint était devenu subitement cireux, tressaillit plusieurs fois, de façon assez violente.

— Avez-vous froid, mademoiselle ? lui demanda Malcolm à qui rien de tout cela n'avait échappé, puisqu'il ne la quittait pratiquement pas des yeux depuis qu'il était entré dans cette maison.

260

Puis, comme elle se levait d'un mouvement brusque, il proposa :

— Voulez-vous que je vous accompagne près de la cheminée ? A moins que vous ne préfériez demander à votre suivante qu'elle vous apporte un châle ?

Mme de Valcœur, qui avait écouté avec attention, répondit :

— C'est une excellente idée, M. Blackfriars. Je crains que ma fille n'ait pas encore surmonté le traumatisme dû à son accident, ainsi que nous l'avions supposé, un peu trop vite peut-être.

Se tournant vers un des valets en faction, elle lui demanda d'en appeler à la gouvernante d'Ariane, Sophie, afin d'obtenir un châle, tandis que Malcolm conduisait la jeune fille vers la cheminée et l'installait sur un sofa placé tout près du feu.

— Vous vous sentirez mieux dans un petit moment, lui assura-t-il en souriant, tout en se retenant de lui prendre les mains pour les réchauffer dans les siennes.

— Vous avez sans doute raison, lui répondit-elle avec un pâle sourire. Je vous remercie de votre obligeance, M. Blackfriars. Vous êtes très aimable.

Puis, s'adressant aux autres personnes présentes dans le petit salon, elle poursuivit :

— Je vous en prie, n'interrompez pas votre conversation à cause de moi. Je me suis soudain prise de frissons, mais cela va passer. M. Blackfriars a raison. Je me sens déjà mieux, tout près de ce bon feu.

Elle se tourna ensuite vers M. al-Oualid pour lui demander :

— Ne voudriez-vous pas nous en dire un peu plus... au sujet... de votre travail ?

M. Quimby prit la parole à son tour pour appuyer cette demande.

261

— Je serais, pour ma part, très intéressé par ce que vous pourriez nous dire à ce sujet. Les cartes anciennes que vous avez acquises chez moi vous ont-elles été d'une quelconque utilité, M. al-Oualid ?

— Certainement, sir, je les ai trouvées très utiles, répondit M. al-Oualid dont le visage restait impénétrable, tandis que ses yeux semblaient vouloir pénétrer jusqu'à l'âme de ceux sur qui il posait son regard.

— Avez-vous découvert le monstre du Loch Ness ? demanda Mme Polgar.

— Malheureusement, non, madame. Mon entreprise a échoué jusqu'à maintenant. Mais je ne me décourage pas et dans quelque temps je retournerai en Ecosse pour poursuivre mon enquête.

— N'est-ce pas un métier dangereux que le vôtre ? demanda la voyante. Avez-vous songé, M. al-Oualid, que ce monstre — si toutefois il existe — pourrait causer votre mort ?

— On prend toujours des risques quand on pratique le métier que je fais, madame. Quoi qu'il en soit, je persévérerai.

— Je vous crois. Vous n'ignorez pas, j'en suis certaine, que le serpent est un très important symbole du monde spirituel, n'est-ce pas ?

Mme Polgar posa son verre vide sur une petite table à côté d'elle, et dans ce mouvement elle fit tinter les innombrables bracelets d'or qui ornaient ses poignets. Elle reprit :

— C'est par un serpent que votre reine Cléopâtre a choisi de mourir. Or Cléopâtre était la déesse Isis incarnée sur cette terre, ce qui faisait d'elle la mère de toute l'humanité. C'est Isis qui, tout comme le serpent omniprésent, nous apporte à la fois la vie et la mort. « Moi, Isis, je suis tout ce qui a été, tout ce qui est et tout ce qui sera. Aucun homme mortel ne m'a jamais

262

dévoilée. » Telle est l'inscription que l'on peut lire dans son temple, à Saïs. Est-ce exact, M. al-Oualid ?

— Tout à fait exact, madame, répondit-il, toujours aussi impassible. Il semble que vous connaissiez bien l'histoire et la religion des anciens Egyptiens.

Mme de Valcœur s'empressa d'expliquer :

— Mme Polgar est une voyante pleine de talent. C'est pourquoi elle s'intéresse non seulement à l'avenir, mais aussi au présent et au passé. Elle a beaucoup étudié l'histoire de l'Egypte ancienne.

— C'est nécessaire, reprit celle-ci, car si les anciens Egyptiens savaient la signification de la vie et de la mort, ils n'ignoraient rien non plus des relations qui existent entre le destin et le libre arbitre. Nous avons parlé de cela un peu plus tôt, madame, et il me semble que vous souhaitez qu'il soit débattu de ce sujet ce soir. Nous ne pouvons donc que nous féliciter de la présence de M. al-Oualid, car qui, mieux que lui, pourrait nous parler de l'Egypte et de ses anciens habitants ? N'est-il pas vrai, par exemple, que vos ancêtres de l'antiquité fixaient dans le cœur le siège de l'intelligence et des émotions, du libre arbitre aussi ?

— C'est exact, madame, répondit M. al-Oualid. C'est pourquoi les anciens Egyptiens, au cours du processus de momification, retiraient les entrailles du mort pour les placer dans des jarres, mais ils laissaient le cœur en place.

— J'ai aussi entendu dire que ce cœur, très souvent, était protégé par une amulette, un scarabée. Savez-vous quelque chose à ce sujet ?

— Effectivement, madame. C'est si vrai que, aujourd'hui encore, le scarabée, qui est l'animal représenté par l'amulette dont vous parlez, est encore vénéré par nous, les Egyptiens. Cette amulette était placée sur le cœur du défunt, pour le protéger au cours de son long voyage vers le monde des morts. Pendant les millénaires qui ont suivi la fin de la civilisation égyptienne, les pillards et les archéologues ont découvert beaucoup de ces amulettes dans les tombes, dans les pyramides, dans les nécropoles. La plus fameuse de toutes était connue sous le nom de Cœur de Kheper.

Entendant ce mot, Malcolm, sidéré, cessa de siroter son verre de xérès. Son cœur se mit à battre si fort qu'il carillonna à ses oreilles et qu'il se demanda, inquiet, si toute l'assistance ne l'entendait pas. Passé le premier moment de surprise, il s'appliqua à se façonner un visage impassible et, du ton le plus naturel possible, il demanda :

— Sur quoi… sur quoi s'est établie la renommée particulière de ce talisman ?

— Eh bien, voyez-vous, monsieur Blackfriars, la légende dit que cette amulette, le Cœur de Kheper donc, fut taillée dans une émeraude brute si énorme que, même après ce travail, elle restait encore plus grosse qu'un œuf d'oie. La gemme suffisait en soi à donner un prix inestimable à cet objet. En outre, cette émeraude avait été polie à la perfection et suspendue à une chaîne d'or. Mais, en fait, le Cœur de Kheper était si précieux parce qu'il était réputé contenir en lui les pouvoirs du dieu lui-même. On disait même que l'heureux possesseur de ce talisman, s'il savait s'en servir correctement, pourrait acquérir l'immortalité.

A ce moment, M. de Valcœur prit la parole, et c'est d'une voix très agitée, en faisant de grands gestes, qu'il déclara :

— Sottises ! L'immortalité est un rêve inaccessible à l'homme. En tout cas, moi, je n'y crois pas !

— Je constate que vous êtes toujours aussi sceptique, mon cher monsieur, répondit Mme Polgar en lui décochant un regard sévère. Il me faut donc vous répéter que les mystères de ce monde sont et demeurent hors de notre portée car que sommes-nous, sinon de pauvres mortels aux capacités forcément limitées ?

Quelques-uns, comme moi, reçoivent des pouvoirs exceptionnels qui leur permettent d'entrevoir un peu mieux la Vérité, mais il n'en reste pas moins que nous appréhendons le monde au travers de nos cinq sens, qui sont des outils fort imparfaits et trompeurs. Jusqu'à la fin du Moyen Age, les hommes se fiant à leurs sens n'ont-ils pas cru que la terre était plate ?

Ariane se leva pour s'approcher, son châle à grandes franges serré sur elle, et, se tournant vers M. al-Oualid, elle lui demanda :

— Ce que je voudrais savoir, c'est pourquoi vous parlez de ce talisman, le Cœur de Kheper, comme s'il n'existait plus. A-t-il donc été perdu ou détruit ? Si c'est le cas, comment cela a-t-il pu arriver à cette amulette qui devait être, sans aucun doute, un des plus précieux trésors de l'Egypte ? Pourquoi ne l'a-t-on pas placée dans un musée, par exemple, afin de la protéger ?

Le regard fixé sur miss Ariane, M. al-Oualid sembla ne s'adresser qu'à elle quand il délivra ces explications :

— Il faut que je vous rapporte une histoire très bizarre, mademoiselle. La légende dit que, pendant des siècles et des siècles, l'amulette fabuleuse a été conservée dans un temple consacré au dieu Kheper. Mais, vous le savez, rien ne dure éternellement sur cette terre, et en Egypte pas plus qu'ailleurs. Les pharaons et les prêtres ont disparu. D'autres hommes sont venus qui ont pris le pouvoir, et ils ont amené d'autres dieux avec eux. Les temples désertés ont été détruits, d'autres ont été construits. Des vents contraires ont soufflé sur l'Egypte pendant des millénaires, et c'est au cours de cette longue période d'incertitude que le Cœur de Kheper a mystérieusement disparu. Puis — toujours selon la légende — voici qu'un groupe d'étrangers séjourna dans mon pays. C'était il y a deux cents ans environ. Ces jeunes gens voulurent voir Louqsor, et de là ils dirigèrent leurs pas vers la Vallée des Rois, avec l'intention de piller une ou plusieurs des

265

tombes qui se trouvaient dans ce lieu sacré. Ils s'ouvrirent de leurs projets sacrilèges à leur guide qui, épouvanté, s'enfuit en les abandonnant. Ils réussirent néanmoins à entrer par effraction dans la tombe du grand-prêtre Nephrekeptah. Celui-ci avait consacré toute sa vie au dieu Kheper. Homme estimé et puissant, il avait été placé dans une sépulture qui était restée inviolée jusqu'alors, mais dont les étrangers — comment ? on ne le sait ? — avaient su trouver l'entrée. A l'intérieur, ils trouvèrent le Cœur de Kheper que l'on croyait perdu à tout jamais. Du moins, c'est ce que dit la légende.

— Comment ? s'exclama Mme de Valcœur. Etes-vous en train de nous dire que ces jeunes gens ont volé l'émeraude ?

Son visage, dont la lumière des bougies accentuait la pâleur, montrait à quel point elle était émue. De plus, elle crispait une main sur sa poitrine, comme pour contenir les battements de son cœur.

— Un jeune homme a réussi à s'emparer de l'émeraude, oui, madame, répondit M. al-Oualid. Il s'est enfui en emportant le produit de son larcin. Les autres ont perdu la vie dans la tombe envahie par les eaux à la suite d'un violent orage qui a frappé la Vallée des Rois ce jour-là.

— Mais comment... comment savez-vous que ce jeune homme... comment pouvez-vous être sûr qu'il s'est approprié le Cœur de Kheper ? Et connaissez-vous son nom ? Quelle preuve pouvez-vous nous donner pour étayer votre récit ? Loin de moi l'idée de mettre votre bonne foi en doute, monsieur, mais vous comprendrez que vous nous rapportez une vieille légende. Quel crédit peut-on lui donner ?

— Il ne s'agit pas d'une légende au sens ordinaire où l'on entend ce terme, répondit M. al-Oualid sans se départir de la plus parfaite urbanité. Le grand-prêtre Nephrekeptah a existé ; de cela nous sommes certains, et c'est un premier point. Nous

266

possédons encore d'anciens textes égyptiens qui parlent de lui, disant qu'il officiait dans le temple de Kheper à l'époque où l'émeraude fabuleuse a disparu. Quant au jeune homme qui a volé cette amulette, oui, nous en connaissons le nom. Il s'agit de lord James Ramsay, vicomte Strathmor.

— Le vicomte Strathmor ? dit alors lady Christine, dont le visage trahissait l'intérêt extrême qu'elle portait à ce récit. Le vicomte Strathmor… c'est un titre écossais, et les Ramsay constituent très certainement un clan écossais, mais le vicomté auquel vous faites allusion est très ancien, mais il n'existe plus, car il a été supprimé, faute d'héritiers mâles pour en recueillir le titre et les propriétés.

— C'est très possible, milady, répondit M. al-Oualid en s'inclinant. Je suis très ignorant sur ce point, n'étant pas au fait des affaires des clans écossais. Tout ce que je sais, tout ce que je peux dire, c'est que lord Strathmor a réussi à sortir de la tombe pendant l'orage dont je vous parlais, et que de là il est reparti pour Le Caire. Dans cette ville, il a noué des liens avec un vieux prêtre aveugle, à qui il a posé d'innombrables questions sur les scarabées sacrés, et c'est de lui qu'il a appris tout ce qui se rapportait au Cœur de Kheper en sa possession.

M. de Valcœur intervint alors, avec logique et précision.

— Ce que vous nous dites là ne prouve en rien l'existence de l'émeraude, et n'établit pas non plus que lord Strathmor l'ait dérobée.

— Très juste, monsieur, concéda M. al-Oualid. Tout ce que je peux vous dire, c'est que le vieux prêtre lui-même a établi, de manière certaine, que lord Strathmor s'était emparé de l'émeraude fabuleuse en l'arrachant de la poitrine du grand-prêtre où elle était cousue.

— S'il en est ainsi, reprit Mme Polgar dont les yeux brillaient étrangement, où se trouve cette émeraude, à l'heure actuelle ?

267

Les mains crispées sur les accoudoirs de son fauteuil, elle attendit avidement la réponse, penchée en avant.

— Hélas, répondit M. al-Oualid, personne n'en sait rien, madame, car cette émeraude a disparu mystérieusement, peu de temps après la mort de lord Strathmor. On pense, sans pouvoir le prouver, que son fils unique en a hérité, mais qu'en a-t-il fait ? Qu'est-elle devenue ? C'est une énigme, insoluble jusqu'à ce jour.

— Eh bien ! reprit la voyante, je dois reconnaître que vous êtes très versé dans l'histoire de votre pays. A l'évidence, l'her-pétologie n'est pas votre seul centre d'intérêt.

— Comme vous, madame, je suis attiré par tout ce qui concerne le domaine spirituel, ancien et contemporain. Non seulement c'est un champ d'études fascinant, mais comme vous l'avez vous-même observé plus tôt au cours de cette soirée, on y rencontre toujours des serpents, qui intéressent l'herpétologiste que je suis. Je pense, depuis longtemps, qu'il est nécessaire de comprendre la nature du serpent, et que, pour cela, il faut savoir quelles sont ses relations exactes avec l'humanité.

La conversation continua encore pendant longtemps, se fixant sur les relations entre le destin et le libre arbitre, qui était le sujet choisi par Mme de Valcœur.

Malcolm n'écoutait plus que d'un oreille distraite, tandis qu'il réfléchissait intensément. Au moment où il avait quitté Hawthorn Cottage, sa mère lui avait dit que cette invitation chez les Valcœur représentait pour lui une occasion unique. Elle ne croyait pas si bien dire ! Aurait-il pu imaginer que, dans cette soirée, il rencontrerait de nouveau M. al-Oualid, dont il découvrirait la nationalité égyptienne ainsi que les immenses connaissances sur le Cœur de Kheper ?

Il ne fallait pas voir dans cette rencontre une simple coïncidence, et Jakob Rosenkranz avait raison quand il citait Schiller :

268

« Le hasard n'existe pas, et ce qui nous semble un accident est en fait le fruit de la destinée. »

Malcolm avait de plus en plus l'impression d'être emmené ou plutôt entraîné, par le destin, vers une destination dont il ignorait tout. De tout cela il avait l'ardente envie de discuter avec M. Quimby, et de commenter aussi tout ce qu'ils avaient appris au cours de cette soirée. Mais il lui fut impossible de s'isoler un moment avec lui, car la conversation qui roulait était si intéressante, si vive, qu'elle retint toute l'attention de son patron et qu'elle ne s'acheva que fort avant dans la nuit. Il fallut alors songer à rentrer chacun chez soi, il n'était plus question de parler encore.

En sortant de la maison des Valcœur, M. Quimby déclara à Malcolm :

— Je suis aussi avide que vous de revenir sur les événements de cette soirée pour y réfléchir. Mais il faudra bien que notre conciliabule attende jusqu'à demain, car je n'ai pas l'habitude de veiller aussi tard et je me sens si fatigué que je craindrais de ne pouvoir vous faire des réflexions très sensées. C'est pourquoi nous devrons tous les deux patienter jusqu'à demain matin. Voulez-vous déjeuner avec moi ?

— C'est un repas que j'attendrai avec la plus grande impatience, monsieur.

Malcolm accompagna M. Quimby jusqu'à un fiacre, puis il reprit le chemin de sa maison, à pied sous la lune et les étoiles. Lui aussi se sentait fatigué, et si préoccupé aussi qu'il en oublia de surveiller ses arrières comme il en avait pris l'habitude. C'est pourquoi l'attaque dont il fut l'objet le surprit complètement.

Chassé par une main brutale, son chapeau s'envola. Tel fut l'avertissement qu'il reçut. Puis des mains rudes essayèrent de l'aveugler au moyen d'un sac enfilé sur sa tête. Ses assaillants employaient donc la même technique que la première fois. Mais cette fois, bien qu'il eût encore été pris au dépourvu, Malcolm réagit avec promptitude et efficacité, grâce aux leçons qu'il prenait assidûment depuis plusieurs semaines. Echappant aux mains grossières qui tentaient de l'immobiliser et de l'aveugler, il usa de son parapluie comme d'une rapière, portant des coups furieux aux deux hommes qui l'entouraient.

Ceux-ci ripostèrent en lui décochant des coups de poing, mais il apparut très vite qu'ils n'étaient pas de taille à remporter la victoire. C'est pourquoi ils ne tardèrent pas à battre en retraite, à reculons. Quand ils passèrent dans la lumière d'un réverbère, Malcolm découvrit, à son grand étonnement, qu'ils portaient des loups et des dominos, comme s'ils sortaient d'un bal masqué, mais en quelque lieu sordide car ces vêtements surprenants étaient sales, couverts de boue, déchirés en plusieurs endroits.

Les deux hommes étaient petits et maigres, assez mal bâtis, ce qui donnait à penser qu'ils venaient d'un quartier mal famé et qu'ils n'avaient pas toujours mangé à leur faim. Tandis qu'ils donnaient l'impression de vouloir tenter un nouvel assaut — ils se rapprochaient en esquissant les pas d'une danse guerrière qu'ils croyaient sans doute menaçante — Malcolm songea qu'ils ressemblaient aux épouvantails qu'il avait vus dans les champs de son enfance.

En tout cas — et c'était une certitude — il n'avait pas affaire aux deux Egyptiens, qu'il avait suspectés un temps d'avoir commis sur lui la précédente agression du même genre. Cela le rassura en même temps qu'il en éprouvait une forme de vertige, tant étaient inquiétantes les hypothèses qui se présentaient à lui.

En effet, ses deux agresseurs pouvaient n'être que des malandrins n'ayant d'autre but que de lui dérober sa bourse, au besoin en le tuant afin de pouvoir, en toute tranquillité, le dépouiller de ses objets de valeur ainsi que de ses vêtements et de ses chaussures, bons à vendre ensuite dans quelque friperie.

Ils pouvaient aussi avoir été envoyés par M. al-Oualid, ou même par les Foscarelli, avec pour mission de lui arracher la croix qu'il portait à son cou.

Dans un cas comme dans l'autre, Malcolm n'était pas décidé à se laisser faire, et, tandis que ses agresseurs revenaient effectivement à la charge, il se défendit tout aussi vigoureusement, effectuant de grands moulinets avec son parapluie en même temps qu'il donnait des coups de poing à celui des deux qui parvenait néanmoins à s'approcher de lui. Bien loin de se laisser décourager comme précédemment, les deux vauriens parurent décidés à en finir une bonne fois pour toutes.

Il n'y aurait pas, cette fois, de témoin pour secourir Malcolm, pas de Nicolas Ravener dans les parages, pas de sergent de ville prompt à donner l'alerte avec son sifflet. Les agresseurs avaient bien choisi leur endroit pour attaquer, un secteur désert en bordure de Regent's Park, non loin du canal portant le même nom. Ce cours d'eau à proximité était très inquiétant pour Malcolm, qui se demanda s'il n'allait pas y être jeté, inconscient ou même mort, et dans ce cas, plusieurs jours passeraient avant qu'on ne découvrît son cadavre. Il redoubla donc d'ardeur à se défendre, et s'il reçut de nombreux coups, certains très douloureux, il en délivra bien plus. Son parapluie faisait merveille, et il se réjouissait obscurément d'entendre les cris de douleur poussés par les assaillants chaque fois qu'il touchait un endroit sensible de leur personne.

Puis l'un des deux produisit un coutelas dont la lame scintilla sinistrement dans la lumière de la lune et des réverbères. Aussitôt, Malcolm comprit que le moment décisif était arrivé et qu'il devait jouer le tout pour le tout. Laissant tomber son parapluie, il se jeta résolument sur l'homme au couteau, pour lui saisir le bras et l'immobiliser. Une lutte frénétique s'engagea pour le contrôle de l'arme, tandis que le deuxième malandrin s'emparait du parapluie pour frapper Malcolm sur la tête et sur le dos.

Celui-ci douta alors fortement d'obtenir la victoire. Dans quelques minutes, songea-t-il, quelques secondes peut-être, il serait allongé sur le sol, la gorge tranchée. Désespéré, il trouva en lui des ressources insoupçonnées pour exercer une poussée telle qu'il réussit à déséquilibrer son adversaire, lequel partit en avant, les bras tendus, et c'est ainsi qu'il planta son coutelas dans le ventre de son adversaire.

— Tu m'as touché ! Tu m'as touché ! gémit le blessé en se portant ses deux mains sur son ventre pour retenir le sang qui jaillissait.

Curieusement, il semblait plus étonné qu'inquiet. Il fit quelques pas, chancela, tomba à genoux.

L'autre se tourna vers Malcolm pour l'invectiver.

— Pour cela, tu paieras, comme tu paieras pour tout le reste, Gribouilleur ! Tu m'entends ? Tu as une dette immense envers nous, et nous n'oublierons rien, nous ne pardonnerons rien ! Tôt ou tard nous parviendrons à remettre la main sur ce qui nous appartient, et toi, tu recevras le traitement que tu mérites !

Il explicita son discours en passant la lame de son couteau sur sa gorge. Puis, prenant son camarade blessé par le bras, il l'entraîna et bientôt ils disparurent dans l'obscurité de la nuit.

Le corps douloureux, la respiration haletante, Malcolm se plia en deux pour essayer de recouvrer son souffle, mais sans cesser de scruter la nuit afin de ne pas se laisser surprendre de nouveau si les malandrins avaient l'idée de revenir. Quelques secondes plus tard, entendant un bruit de galopade et de roues, il en conclut que, comme lors de sa précédente agression, un véhicule avait été prévu pour le transport des hommes chargés de s'en prendre à lui. Il continua de prêter l'oreille, mais hors le bruit de sa respiration qui restait rauque, il n'entendit plus rien que le clapotis des eaux sur les berges de Regent's Canal.

Il attendit encore longtemps puis, certain désormais que l'ennemi s'en était allé, il ramassa son chapeau et son parapluie, en s'agaçant d'avoir de nouveau à les remplacer à cause des brutes qui le poursuivaient de leur vindicte. Puis il reprit son chemin vers Hawthorn Cottage, non sans difficulté parce qu'il avait mal partout.

Atteignant enfin son but, il entra en tremblant la clé dans la serrure, pénétra chez lui et monta l'escalier avec précaution. Dans sa chambre, il se déshabilla et procéda à sa toilette, avant de se mettre au lit.

Il eut du mal à s'endormir malgré sa fatigue. Le terme de *Gribouilleur*, dont l'avait gratifié un des assaillants, ainsi que tout son discours, ne laissaient pas de l'inquiéter. Ces gens le connaissaient donc, c'était bien à lui, personnellement, qu'ils en avaient.

Lui, à l'inverse, n'avait pas le moindre indice sur eux, il ignorait tout de leur identité. Son angoisse n'en était que plus grande.

9.

La librairie de M. Cavendish

Tu es vivant tant que ton livre vit et que nous avons assez
d'esprit pour te lire et te louer.

BEN JOHNSON,
En mémoire de mon bien-aimé Shakespeare.

Je bénis Dieu dans les bibliothèques des savants et dans les
magasins des libraires.

CHRISTOPHER SMART, *Jubilate Agno.*

Les dieux lisent le péché des pères dans l'âme de leurs
enfants.

EURIPIDE, *Phrixus.*

1848
A Londres : Old Bond Street

Malcolm s'éveilla, le lendemain matin, avec l'impression
étrange que quelqu'un, durant la nuit, n'avait cessé de déverser

275

sur lui de pleins tombereaux de briques. Il avait mal dans chacun de ses os et chacun de ses muscles, et il ne put s'empêcher de pousser une longue plainte quand il se souleva, difficilement, pour sortir de son lit.

À petits pas il atteignit sa table de toilette et, examinant son visage dans le miroir, il découvrit avec embarras qu'il avait un œil gonflé, cerné de violet ; et que sa lèvre inférieure, fendue, saignait encore. Dans ces conditions, il lui serait difficile, sinon impossible de cacher sa mésaventure à sa mère. Toutefois, tandis qu'il procédait à ses ablutions, il chercha désespérément une fable qu'il pourrait raconter pour ne pas dire la vérité, trop angoissante.

Quand il descendit l'escalier pour aller prendre son petit déjeuner, il avait mis au point un récit convenable, qu'il allait de ce pas tester sur Mme Peppercorn.

Celle-ci, en le voyant entrer dans la cuisine, poussa un cri et s'exclama :

— Ma parole ! Que vous est-il arrivé ? Je pensais que vous alliez dîner hier soir dans une maison convenable, pas dans une taverne mal famée !

— C'est pourtant bien dans une maison convenable que j'allais, Mme Peppercorn. Malheureusement, la nuit était fort avancée déjà quand j'ai enfin pu prendre congé du comte et de la comtesse de Valcœur, et il était si tard, en vérité, qu'au lieu de rentrer à pied comme j'en avais eu l'intention d'abord, j'ai préféré louer les services d'un fiacre pour me conduire jusqu'ici. Hélas, j'étais si fatigué qu'en montant dans l'habitacle, j'ai raté une marche et je me suis fracassé la tête sur le plancher.

— Seigneur ! reprit la cuisinière en hochant la tête et en faisant la grimace. C'est un miracle que vous ne soyez pas plus méchamment abîmé.

Elle se tourna vers la fille de cuisine occupée à laver quelques ustensiles dans l'évier.

— Lucy, ne vous occupez plus de cela pour le moment. Allez plutôt chez le boucher, à qui vous demanderez une belle pièce de viande rouge, que nous poserons sur l'œil de M. Blackfriars. C'est le meilleur remède que je connaisse pour ce genre de bobo.

Malcolm essaya de protester en disant que son œil n'avait pas besoin de ce traitement, mais Mme Peppercorn ne voulut rien entendre. La fille de cuisine courut donc chez le boucher pendant qu'il s'installait à table pour prendre son petit déjeuner en lisant le journal.

Lucy revint avec un gros paquet emballé dans du papier brun. La cuisinière s'en empara, l'ouvrit et donna le morceau de viande à Malcolm en insistant pour qu'il l'appliquât sur son œil. Il obtempéra, non sans avoir encore longuement hésité, tergiversé et parlementé, mais il jugea à la fin qu'il ne serait pas loyal de mécontenter cette brave femme qui ne voulait que son bien. Il ne tarda pas à découvrir que la viande rouge et fraîche avait un effet souverain sur son ecchymose, que très vite il eut moins mal. Le petit déjeuner fini, le journal entièrement lu, il prit une dernière tasse de thé en s'avisant que le gonflement, déjà, avait un peu diminué ; ce que Mme Peppercorn s'empressa de confirmer avec satisfaction. Se penchant pour examen, elle déclara :

— Oui, oui, j'avais raison ! Votre œil a déjà meilleure mine, M. Blackfriars. Et puis, vous pourrez dire à madame votre mère que vous vous êtes appliqué un traitement, ce qui l'empêchera de se tourmenter en se demandant si vous n'allez pas perdre votre œil. Je sais qu'elle se fait beaucoup de souci pour vous.

— C'est vrai, madame Peppercorn. Du fond du cœur, je vous remercie de vos conseils avisés.

Malcolm, alors, quitta la table pour monter chez sa mère

277

et lui souhaiter une bonne journée, non sans inquiétude car, malgré le léger mieux qu'il ressentait grâce à l'application de viande rouge, il n'en avait pas moins une très mauvaise mine. Cependant, il réussit à se montrer convaincant dans sa présentation des faits ; puisqu'il s'agissait d'un accident et non d'une agression due à leurs mystérieux ennemis, tout cela n'était donc pas si grave. Dans quelques jours, il n'y paraîtrait plus et tout serait oublié.

— Tout de même, conclut Mme Blackfriars, tu t'es vilainement défiguré... Enfin ! remercions le ciel que cet accident te soit arrivé après ta soirée chez les Valcœur et non avant. Imagine quelle impression tu aurais faite en entrant dans ce salon, avec un œil au beurre noir et une lèvre fendue !

— Tu as raison, répondit Malcolm en souriant. Je ne pense pas que Mme de Valcœur eût été bien contente de me revoir, dans ces conditions.

— Justement, dis-moi, mon fils : ces Français ont-ils montré de la considération pour toi ? Oh, je ne peux pas imaginer qu'il en ait été autrement, car ton père et moi avons fait tout ce qui était en notre pouvoir pour te donner l'éducation d'un véritable gentleman... ce que tu serais aujourd'hui s'il n'y avait pas eu un vaurien dans tes ancêtres, ce Iain Ramsay, autrefois seigneur de Dundragon.

— Je ne pense pas que le comte et la comtesse de Valcœur aient eu à redire sur mes manières, maman. Tu n'as donc pas à t'inquiéter. Bon ! Maintenant, il faut que j'y aille, sinon je serai en retard pour prendre mon travail. Je te promets de te raconter la réception d'hier, ce soir, à mon retour.

— J'y compte bien, car je veux tout savoir.

— Je m'en doutais !

Malgré les remords qu'il éprouvait pour avoir menti à sa mère, Malcolm ressentait aussi un vif soulagement parce que

278

ses explications controuvées avaient été facilement acceptées et qu'il n'avait pas été forcé d'avouer enfin la vérité. Dans ce cas, sa mère eût conçu de nouvelles et terribles inquiétudes au sujet de leurs ennemis, les Foscarelli, qui les traquaient dans l'ombre, et qui, selon toute vraisemblance, avaient découvert leur retraite. En aucun cas Malcolm ne voulait troubler l'esprit de sa mère. Il estimait qu'elle avait assez souffert de la mort de son mari et de son beau-frère, ainsi que de la mystérieuse et inexplicable disparition de sa belle-sœur et des enfants de celle-ci.

Prenant, comme chaque matin, l'omnibus qui le conduisait vers Oxford Street, Malcolm arriva sans encombre à destination et entra chez Quimby & Compagnie, Cartographes et Editeurs de cartes, où il reçut un accueil effaré de Tuck, le plus jeune apprenti.

— Fichtre ! s'écria celui-ci, les yeux écarquillés ; c'est quoi qui vous est donc arrivé ?

— Que vous est-il arrivé ? Apprenez donc à parler correctement, Tuck ! M. Quimby ne vous a-t-il pas dit et répété que le langage révélait l'éducation d'un homme ; qu'on peut être de basse extraction, ne posséder ni titre ni richesses et cependant se comporter en honnête homme ? Maintenant, si vous voulez le savoir, j'ai glissé sur une marche en montant dans un fiacre hier soir… M. Quimby est-il déjà arrivé ?

— Euh… oui, il est dans son bureau.

Malcolm se dirigea vers l'arrière de la boutique, frappa un coup léger à la porte, entrouvrit et passa la tête.

— Mon Dieu ! s'écria M. Quimby en se levant précipitamment. Que vous est-il arrivé, Malcolm ?

— J'ai le regret de vous apprendre que j'ai été l'objet d'une nouvelle attaque. Cette fois, j'ai vu la tête de mes agresseurs. Ils étaient deux. Enfin, quand je dis « vu »… Ils portaient des loups et des dominos. Je n'ai donc aucune idée de leur identité.

279

Malcolm donna ensuite un compte rendu détaillé de l'événement.

— « Gribouilleur » ? C'est bien ainsi qu'un des vauriens vous a interpellé ? demanda M. Quimby dont le front s'était plissé. N'est-ce pas étrange ? Je veux dire que si ces hommes sont à la solde des Foscarelli, ou même des Egyptiens, on pourrait penser qu'ils vous connaissent sous votre nom de Malcolm Blackfriars, en espérant qu'ils ignorent tout de votre véritable identité. Mais franchement, « Gribouilleur »… Je trouve cette appellation extrêmement bizarre, car elle impliquerait que vous subissez ces agressions parce que vous travaillez chez moi. Ne le pensez-vous pas ?

— Je n'y avais pas pensé, mais vous avez certainement raison, répondit Malcolm après y avoir réfléchi. Cela dit, je n'imagine pas avoir pu mécontenter un de nos clients au point qu'il songe à s'en prendre à moi de façon aussi violente.

— Moi non plus. Quoi qu'il en soit, cette affaire est un mystère et nous devons admettre que nous resterons dans le brouillard tant que nous n'aurons pas recueilli de renseignements significatifs. En attendant, je ne puis que renouveler mes conseils : restez sur vos gardes, de jour comme de nuit, afin de déjouer une nouvelle tentative de ces forbans. J'ai eu une excellente intuition en vous recommandant de prendre ces leçons de boxe et d'escrime, ne trouvez-vous pas ? Vous en avez vu les premiers résultats hier soir.

— On ne peut le nier, monsieur.

— Maintenant, je sais que vous êtes aussi impatient que moi de discuter de tout ce qui s'est dit hier soir dans le salon du comte et de la comtesse de Valcœur. Je n'oublie pas que je vous avais promis un déjeuner chez moi, mais je crois que nous allons changer nos plans et j'espère que ce changement vous agréera, car j'ai déjà pris des dispositions en ce sens. Je m'ex-

280

plique. En arrivant ce matin à la boutique, j'ai reçu un message de mon vieil ami Boniface Cavendish. Figurez-vous qu'il est enfin revenu en Angleterre et qu'il propose une conférence entre vous, moi, Jakob Rosenkranz et lui, aujourd'hui même. Il veut bien s'occuper des préparatifs du repas. Certes, je me doute que le repas en question consistera en sandwichs commandés dans une buvette voisine, mais je n'ai pas cru décevoir mon ami en refusant sa gracieuse proposition.

— Vous avez bien fait ! s'écria Malcolm. Je suis très content de rencontrer enfin votre ami, M. Cavendish.

— Parfait ! Dans ce cas, nous ferons d'une pierre deux coups, puisque nous informerons Boniface de tout ce que nous avons appris à propos de votre héritage et du Cœur de Kheper, en même temps que nous lui révélerons, ainsi qu'à Jakob, ce qui vous est arrivé la nuit dernière. En outre, ils nous donneront leur avis sur ce M. al-Oualid et je ne doute pas qu'il sera conforme au mien. Si cet homme est véritablement un herpétologiste, je veux bien manger mon chapeau ! Ce monsieur chercherait un gigantesque serpent de mer… A d'autres ! S'il croit nous abuser…

Ariane s'éveilla avec le sentiment étrange qu'elle n'avait pas fermé l'œil de la nuit. Il était vrai qu'elle avait eu du mal à trouver le sommeil, et qu'ensuite, elle n'avait pas cessé de se tourner et de se retourner dans son lit, tant son esprit était préoccupé par tout ce qu'elle avait appris au cours de la soirée.

Stupéfaite d'apprendre à quelle occupation se livrait M. al-Oualid, elle s'était violemment émue en découvrant qu'il avait entrepris un voyage en Ecosse, dans les Highlands, au bord du Loch Ness, afin de traquer le monstre supposé hanter ces eaux. Elle se rappelait pourtant que sa mère lui avait dit et répété, et ce depuis sa plus tendre enfance, que cette créature fabuleuse mais effrayante n'existait que dans ses cauchemars. Voilà pourquoi Ariane avait éprouvé un sentiment de grande confusion, qui ne s'était pas dissous pendant la nuit ; bien au contraire. Il lui semblait que sa mère lui avait menti, qu'elle l'avait même trahie en refusant de lui parler du gigantesque serpent qui se cachait dans les eaux profondes du loch.

Elle pensait précisément à sa mère quand celle-ci frappa à la porte de la chambre, avant d'entrer avec un plateau chargé d'un pot de chocolat chaud, de gâteaux et de marmelades.

— Bonjour, ma chérie. As-tu bien dormi ?

— Pas très bien, non, je regrette d'avoir à vous le dire.

— Oh, ma chère enfant, c'est bien ce que je craignais. C'est pourquoi j'ai dit à Sophie que je t'apporterais moi-même ton petit déjeuner. Il m'a semblé que nous devrions avoir une conversation sérieuse.

— A propos de M. al-Oualid et de ses recherches ? A propos de l'expédition qu'il a entreprise sur le monstre du Loch Ness, ce monstre dont vous m'avez toujours dit qu'il n'existait pas ?

— Oui, car je me doutais de l'état d'esprit où tu te trouverais après avoir rencontré M. al-Oualid et appris à quoi il s'intéressait.

La comtesse posa le plateau sur la table de nuit et prit le pot de porcelaine pour en verser le contenu dans la tasse assortie, qu'elle tendit ensuite à sa fille. Puis elle s'assit sur le lit pour reprendre :

— Je ne te blâme pas d'être en colère contre moi, ma petite. Cependant, je voudrais te dire que je ne t'ai pas vraiment menti à propos du serpent de mer, parce que si beaucoup de personnes affirment l'avoir vu, leurs affirmations ne sont pas plus fiables que les histoires de ceux qui prétendent avoir vu des fées, des sorcières ou d'autres créatures tout aussi mythiques. En fait, nous n'avons aucune preuve, ma chérie, que le monstre du Loch Ness n'est pas le produit de l'imagination délirante des Ecossais. Et comme cette créature ne cessait d'apparaître dans tes cauchemars, j'ai jugé qu'il valait mieux en contester l'existence. Franchement, je ne voyais pas d'intérêt à t'effrayer davantage en t'affirmant que, peut-être, ce monstre appartenait à la réalité.

— Je ne dis pas que vous avez mal agi, maman, car je sais que vous n'avez voulu que mon bien. Mais ne voyez-vous pas que je ne suis plus une enfant ? Je suis une femme, maman ! Je suis en âge de me marier et d'avoir des enfants. Tout de même, vous ne prétendez pas me protéger ainsi jusqu'à la fin de mes jours ? Ne vous apparaît-il pas que, jusqu'à présent, j'ai connu une existence trop isolée du monde ? Pendant longtemps vous avez refusé de me laisser faire mon entrée dans le monde, comme les autres jeunes filles de mon âge, et même alors, vous avez mené une longue enquête sur tous les bals et les soirées auxquels j'étais invitée, avant de me donner l'autorisation d'y participer. Il n'est pas étonnant, dans ces conditions, que je n'aie pas encore rencontré *un jeune homme*, comme papa et vous le désirez sans doute.

— Ne sois pas injuste, ma petite, répliqua fort posément la comtesse. Il y avait en France plusieurs jeunes gens qui auraient été fort contents d'être admis à te faire la cour, mais tu dois admettre qu'aucun d'eux n'avait su trouver grâce à tes yeux. De la même manière, aucun soupirant éventuel ne s'est encore manifesté en Angleterre, à l'exception, peut-être — du moins je le pense — de M. Blackfriars. N'est-ce pas, ma chérie ?

— Oh ! s'écria Ariane, il ne faut pas me parler de M. Blackfriars, car je sais que vous allez me tenir, à son sujet, le même discours que Sophie : qu'il n'a ni les titres ni la fortune qui lui permettraient d'ambitionner de courtiser une jeune fille comme moi.

— Oui, et cela est très juste, ma petite. Malheureusement, c'est la vérité. Sinon, je n'ai pas d'autres objections à élever contre lui, et ton père non plus. Il faut reconnaître que M. Blackfriars est un jeune homme avenant, très distingué, qui a reçu — c'est l'évidence — une excellente éducation. Mais le monde, hélas, n'est pas toujours comme nous voudrions qu'il fût. M. Blackfriars, si aimable soit-il, n'a rien d'autre à t'offrir que sa bonne mine. Alors, je te le demande, quelle vie mènerais-tu, quel avenir aurais-tu avec un cartographe, boutiquier de surcroît ?

— Au moins je serais heureuse… et puis, n'aurai-je pas une fortune qui pourrait nous suffire ?

— Papa a certes l'intention de placer une certaine somme d'argent sur ta tête, le jour où tu te marieras, oui. Mais écoute-moi bien, ma petite. Je connais les hommes, et je crois pouvoir dire que M. Blackfriars ne serait pas l'homme que je crois qu'il est s'il acceptait de vivre à tes dépens. Il n'est sans doute pas très riche, mais c'est un homme d'honneur, certainement pas un coureur de dot, à l'instar de tant d'autres de ses congénères. Je suis certaine qu'il n'accepterait pas un sou venant de toi, il exigerait de vivre et de te faire vivre sur ses propres revenus.

— Et alors ? Cela nous ferait-il une existence si terrible, maman ?

— Non, peut-être que non, ma chérie, répondit Mme de Valcœur. Il vous serait possible de vivre ainsi, à condition que tu l'aimes et qu'il t'aime. Mais je crois avoir compris quel genre d'homme il est, et je pense que sa conscience ne lui permettrait pas de te demander de vivre avec lui dans ces conditions. Il sait de quel monde tu viens, il n'ignore rien de la vie que tu as menée jusqu'à aujourd'hui. Il se sentirait coupable, il aurait honte de t'imposer un train inférieur à celui auquel tu es habituée. C'est pourquoi tu peux éprouver de l'inclination pour lui pour un temps, ma petite, car je sais que le cœur a ses raisons que la raison ne connaît pas. Mais je préfère te prévenir que si tu t'obstines à vouloir faire ta vie avec lui, si tu entretiens de telles illusions, tu auras le cœur brisé, car M. Blackfriars ne te demandera jamais de l'épouser même s'il s'est entiché de toi… à moins que de grands changements n'interviennent dans sa vie et ne changent son statut social du tout au tout, ce qui me paraît peu probable.

Tristement, Ariane soupira :

— Oh, maman, j'espère que vous vous trompez ! Mais je sais bien que vous avez raison et cela me désespère.

— Et j'en suis désolée, sincèrement désolée, ma petite. Mais comme je te l'ai déjà dit, la ville de Londres fourmille de jeunes gens tout à fait convenables. Tu verras… Mais, s'il m'est permis de te poser la question, pourquoi M. Blackfriars, ma chérie ? Qu'y a-t-il en lui qui ait pu te captiver à ce point, dès votre première rencontre, alors que tant d'autres ont échoué à éveiller ton intérêt ?

— Je ne sais pas, maman, sauf que… dès que je l'ai vu, dans Oxford Street, penché sur moi pour me prendre dans ses bras et m'enlever, juste avant que je ne m'évanouisse, j'ai eu l'impression étrange que je le connaissais, que je l'avais toujours connu. Oh, je sais que cela paraît étrange et même ridicule, mais… enfin… il faut que je vous dise qu'il me rappelle Collie, le garçon que je vois dans mes cauchemars. Mieux, c'est comme si c'était lui, comme s'ils ne faisaient qu'un et que…

Ariane s'interrompit. L'air absent, elle se mordit longuement la lèvre, puis, haussant soudain les épaules, elle partit d'un grand éclat de rire un peu forcé et reprit :

— Comment cela pourrait-il être ? Collie n'existe pas, il n'a jamais existé, n'est-ce pas ? Il apparaît dans mes rêves mais n'est que le produit de mon imagination. Et puis, je ne suis jamais allée en Ecosse, je ne connais pas les Highlands, le Loch Ness non plus… M. Blackfriars lui ressemble, un peu… C'est ce que je dois me dire et n'en pas tirer de conclusions déraisonnables.

285

Voilà… Il faut que je cesse de divaguer, je dois remettre de l'ordre dans mon esprit. Et puis, il viendra bien un jour où je cesserai de rêver à Collie, et peut-être même que je finirai par oublier M. Blackfriars. C'est, du moins, ce que je peux espérer.

— Oui, je crois aussi que c'est le mieux, ma petite, murmura Mme de Valcœur, mécaniquement.

Elle se leva du lit et, pensive, elle marcha à pas lents vers la fenêtre, dans la lumière matinale que filtraient les rideaux de dentelle.

Ariane, qui picorait sans entrain dans son petit déjeuner qu'elle trouvait fort appétissant d'habitude, ne remarqua pas combien sa mère paraissait préoccupée. Elle ne vit rien du tout, parce que les larmes étaient brusquement montées et avaient envahi ses yeux violets.

Autrefois, bien longtemps auparavant, c'est-à-dire au commencement du XVIIe siècle, l'espace autour de Bond Street était encore une campagne marécageuse. Mais, dans la seconde moitié de ce même siècle, quelques banquiers et de riches marchands s'étaient associés pour acheter ces terrains au duc d'Albermarle, et c'est ainsi qu'avait été ouverte Old Bond Street, ainsi nommée en l'honneur de sir Thomas Bond, un ami proche du roi Charles II. Quelques années plus tard, New Bond Street avait été tracée pour prolonger Old Bond Street jusqu'à Oxford Street.

Avantageusement situé au cœur de Mayfair, le quadrilatère délimité par Oxford Street au nord, Regent Street à l'est, Piccadilly Street au sud et Park Lane à l'ouest, coupé en son milieu par Bond Street, ce quartier était devenu, dès le milieu du XVIIIe siècle, un des plus recherchés de la capitale anglaise, le siège de douzaines de boutiques toutes plus élégantes les unes que les autres. La meilleure société londonienne en arpentait les rues, et cet engouement ne s'était jamais démenti au cours des années.

La librairie de Boniface Cavendish, idéalement située à l'intersection de New Bond Street, Old Bond Street et Grafton Street, consistait en une boutique plutôt petite, d'aspect extérieur assez banal, dont la porte de chêne bruni permettait d'accéder à un espace littéralement bourré de livres.

Quand Malcolm, en compagnie de M. Quimby et de M. Jakob Rosenkranz, pénétra dans ce lieu encore inconnu de lui, il se dit, alors que tintait la clochette, que de toute sa vie il n'avait jamais vu autant de livres. Les étagères couvraient les murs du plancher au plafond et sur ces étagères s'accumulaient des livres par centaines, par milliers, livres de toutes tailles et de toutes épaisseurs. Les tomes massifs reliés en cuir voisinaient avec les simples brochures munies d'une couverture en papier. Tous ces ouvrages semblaient avoir été rassemblés sans ordre et sans méthode, les vides sur les rayonnages décidant de leur emplacement. Il en résultait une impression de grand désordre et aussi de laisser-aller. Malcolm nota que la poussière recouvrait la plupart des étagères.

Etonné, fasciné, il regardait autour de lui ne sachant où porter le regard, quand il vit s'approcher un monsieur qui ne pouvait être que M. Boniface Cavendish, libraire, propriétaire de ces lieux.

Ni court et rond comme M. Quimby, ni grand et maigre comme M. Rosenkranz, donc de stature et de corpulence moyennes, M. Cavendish pouvait à coup sûr se targuer d'être la personne la plus excentrique que Malcolm eût jamais eu l'occasion d'observer. Son apparence, en effet, était rien moins qu'ordinaire. Ses cheveux gris, très longs, se dressaient sur sa tête et pointaient dans toutes les directions, ce qui tendait à prouver qu'ils n'avaient pas reçu la discipline du peigne ou de la brosse depuis plusieurs jours, voire plusieurs semaines. Ses vêtements froissés donnaient à penser qu'il n'en changeait jamais et les gardait pour entrer dans son lit. Les cendres et les débris de tabac couvraient son plastron. Il portait sur le front ses lunettes aux bordures argentées, sans doute parce qu'il ne pouvait plus voir au travers des verres couverts d'une épaisse couche de poussière.

— Par Jupiter ! s'écria-t-il pour accueillir ses visiteurs ; par où êtes-vous passés pour venir ? Voici plus d'une demi-heure que je vous attends.

— Je me demande pourquoi, Bonny, répondit posément M. Rosenkranz. Votre lettre disait midi et demi. Il est midi et demi.

De sa poche, il tira sa montre, et la balança devant les yeux du libraire pour lui prouver la justesse de son affirmation.

— Midi et demi, vraiment ? marmonna le libraire. Je croyais avoir écrit midi tapant. Vous êtes sûr ? Ma foi, puisque vous le dites… Mais peu importe ! Vous êtes là et c'est le principal. Entre parenthèses, je constate que vous êtes toujours aussi ronchonneur, mon cher Jakob ! Vous n'avez pas encore déjeuné, j'espère ?

— Bien sûr que non, puisque vous nous avez promis un repas chez vous ! Je suppose que nous allons avoir droit à un sandwich, comme d'habitude ? Pas de jambon, au moins, parce que je vous rappelle que je ne consomme pas de porc, moi !

Boniface Cavendish roula des yeux effarés et s'exclama :

— Ciel ! Pardonnez-moi, mais j'ai complètement oublié que je devais prendre ce repas en charge.

Il se retourna pour appeler :

— Danny ! Tim ! Où êtes-vous, les garçons ? Ah, vous voilà ! Prenez donc des récipients propres et allez acheter du café à la buvette d'à côté. Vous vous procurerez aussi des sandwichs ou n'importe quoi d'autre, ce qu'il y a. Vite !

Puis il revint à ses visiteurs.

— Septimus, mon vieil ami, j'espère que vous êtes de meilleure humeur que Jakob et que vous n'avez rien contre le jambon, vous !

— Rien du tout, Bonny, je vous le promets. Mais permettez-moi de vous présenter mon employé, M. Malcolm Blackfriars… Malcolm, je suppose que vous avez déjà compris que vous vous trouviez en présence de M. Boniface Cavendish, le propriétaire de cette librairie.

— M. Cavendish, déclara Malcolm, je suis ravi de faire votre connaissance.

— Les amis de Septimus et de Jakob sont mes amis, répondit le libraire. C'est pourquoi je vous engage à m'appeler Bonny. Bon ! Si nous entrions dans mon bureau, messieurs, et dans le vif du sujet ? Inutile de vous le cacher, je suis dévoré de curiosité et je veux tout savoir de ce qu'il s'est passé ici en mon absence. Je me flatte d'avoir du flair, et je sens que cette histoire n'est pas banale ; sinon, ce cher Jakob n'aurait jamais accepté un repas provenant de la buvette voisine. Vous comprenez, Malcolm, qu'un joaillier de son envergure prétend à des agapes plus délicates.

— Vous vous trompez complètement, Bonny, rétorqua Jakob Rosenkranz. Je ne rechigne pas à prendre un repas fourni par votre gargote, et moi-même je fréquente ce genre d'établissement, les jours de grande affluence dans ma boutique. Mais ce que vous ne voulez pas comprendre, c'est que je ne dois pas manger de porc, parce que ma religion me l'interdit. Je suis juif !

Montrant le chemin vers son bureau, Boniface Cavendish reprit d'un ton enjoué :

— Excusez-moi, mais je suis parfaitement au courant de

289

vos restrictions alimentaires, mon cher Jakob. D'ailleurs, ne craignez rien. Vous aurez sous peu une salade de cresson à vous mettre sous la dent, ou d'autres mets tout aussi inoffensifs. Vous serez donc bien nourri et en plus, vous resterez en paix avec votre conscience. Vous savez que le cresson de Mme Potter, la tenancière, est le meilleur de Londres ? Du moins, c'est ce qu'elle prétend.

Le libraire — Malcolm n'avait pas tardé à le comprendre — était aussi distrait que désordonné, et son bureau lui en donna la confirmation. Les livres et les papiers s'amoncelaient sur les tables, sur les chaises, sur les rayonnages et sur le plancher, en hautes piles branlantes et bien souvent écroulées. On y trouvait aussi des objets bizarres, un cerveau conservé dans un bocal de verre, une grande chauve-souris aux ailes éployées mais rongées par les mites et déjà fort déplumées. En contemplant ce spectacle ahurissant, Malcolm comprit pourquoi M. Quimby lui avait déclaré que son ami libraire n'avait jamais pu se résigner à jeter quoi que ce fût.

Ayant hâtivement, mais non sans précaution, débarrassé un canapé et deux chaises du fatras qui les encombraient, le libraire tira un grand mouchoir de sa poche afin de nettoyer sommairement les sièges ainsi rendus disponibles, et, dans le nuage de poussière ainsi soulevé, il invita tout le monde à s'asseoir. Lui-même s'installa dans son fauteuil derrière sa table de travail, et, tout sourires, il entreprit d'ajouter à l'atmosphère déjà oppressante en allumant une énorme pipe d'où sortit bientôt d'épaisses volutes de fumée.

— Il faut que vous me disiez tout ! lança-t-il alors. Je veux tout savoir. Si j'ai bien compris, pendant que je me refaisais une santé sur les bords de la mer Méditerranée, vous vous êtes laissé embarquer tous les trois dans une aventure extraordinaire.

— C'est exactement cela, Bonny, confirma M. Quimby. Mais

avant de vous livrer notre histoire dans ses moindres détails, nous voudrions recueillir votre parole d'honneur, selon laquelle vous ne vous entretiendrez de cette affaire avec personne d'autre que nous, à moins que Malcolm ne vous donne son accord pour que vous sollicitiez une aide extérieure.

— Ah ! C'est donc d'un mystère que vous voulez m'entretenir… d'un grand secret ? De mieux en mieux ! Bien sûr que je vous donne ma parole d'honneur ! Maintenant, continuez, Septimus, continuez vite car, pour paraphraser le barde immortel, je suis comme le lévrier dans son box, qui attend avec impatience le départ de la course. Le jeu commence… mais de quel jeu s'agit-il au juste ? M. Blackfriars ici présent est concerné au premier chef, sinon il ne serait pas avec vous. Aurait-il découvert une carte au trésor moisissant dans votre boutique ?

— Je vous assure que rien ne moisit dans ma boutique, répondit dignement le cartographe. Malheureusement, on ne peut pas en dire autant de la vôtre. Maintenant, restez tranquille le temps que Malcolm vous raconte son histoire. Ensuite, Jakob et vous apprendrez l'étrange aventure qui lui est arrivée, pas plus tard que hier soir, et qui justifie l'étrange physionomie que vous lui voyez aujourd'hui. Car, croyez-moi, le mystère s'épaissit, comme on dit dans les romans.

Avant que Malcolm eût pu prononcer le moindre mot, les deux employés de M. Cavendish, Danny et Tim, revinrent avec les vivres qu'ils avaient obtenus à la buvette.

Ce genre d'établissement était devenu extrêmement populaire à Londres au cours des cinq ou dix années précédentes, si bien qu'on n'en dénombrait pas moins de trois cents en 1848. La grande majorité d'entre eux consistait en de simples carrioles sur deux ou quatre roues, souvent peintes de couleurs criardes, que des femmes tiraient inlassablement dans les rues de la ville pour proposer du café en général allongé à la chicorée.

Quelques-uns de ces établissements ambulants proposaient aussi du thé, ou, très rarement, du chocolat chaud. En plus de ces breuvages chauds, les passants pouvaient se procurer des tartines beurrées, des gâteaux, des sandwichs au jambon, des salades de cresson et des œufs durs.

Les prix étaient d'un penny ou deux par article, si bien qu'on pouvait se procurer, auprès de ces établissements, un café et un repas, assez bon quoique simple, pour beaucoup moins d'un shilling. Mais, les tenanciers de ces buvettes achetant leurs produits en gros, ils pouvaient faire un bénéfice allant jusqu'à 200 %, à condition d'avoir un excellent emplacement, et de disposer des fonds nécessaires pour lancer leur affaire, ce qui les dispensait d'emprunter.

Danny et Tim n'avaient pas lésiné. A Mme Potter, ils avaient acheté une grande quantité de café, plusieurs sandwichs au jambon, beaucoup de tartines beurrées, une salade de cresson pour M. Rosenkranz et tous ceux qui en voudraient, deux douzaines d'œufs durs et une multitude de tranches de pain aux raisins.

Tandis que chacun se servait et commençait à se restaurer, Malcolm entreprit de raconter son histoire, qu'il conclut en rapportant l'agression dont il avait été victime la veille au soir. Tout comme M. Quimby et M. Rosenkranz en leur temps, M. Cavendish se montra tour à tour passionné, intrigué, dubitatif ou scandalisé. Le récit terminé, il garda longtemps le silence. Pensif, il se balançait sur sa chaise, en hochant la tête et en esquissant maintes grimaces qui traduisaient le cours de ses réflexions. Puis il prit la parole.

— Eh bien, pour être tout à fait franc, M. Blackfriars, je suis abasourdi par tout ce que je viens d'entendre. Quand je pense que je plaisantais avec mon ami Septimus, il y a quelques instants seulement, au sujet d'une carte au trésor que vous auriez pu découvrir dans sa boutique… Je ne croyais pas être si près de la vérité ! Si je m'attendais… Cela dit, il me semble bien que je puisse vous être de quelque utilité dans votre quête de l'émeraude fabuleuse, du Cœur de Kheper. En effet…

De nouveau perdu dans ses pensées, le libraire se tut. Il tambourina sur sa table de travail, puis marmonna :

— Voyons… Où peut bien se trouver ce livre que votre histoire a rappelé à mon souvenir ? L'ai-je rangé avec les ouvrages d'histoire, ou ailleurs ? Humm… Aha !

Il se leva d'un bond et courut vers sa boutique, à grands pas, en agitant les bras. La compagnie restée dans le bureau l'entendit interpeller ses employés, fourrager sur les rayonnages avec bruit, parler pour lui-même et jurer atrocement quand une pile de livres s'écroula sur sa tête.

— Septimus, dit M. Rosenkranz, Bonny aurait vraiment besoin de quelqu'un pour mettre un peu d'ordre dans son capharnaüm, car ce qui risque de lui arriver — et retenez bien ce que je vais vous dire maintenant — c'est un accident dont il ne se remettra pas, qu'il tombe de son échelle ou périsse enseveli sous une montagne d'ouvrages. Dans ce dernier cas, il faudrait plusieurs semaines pour retrouver son cadavre.

— Taisez-vous donc, Jakob, murmura M. Quimby. Vous savez aussi bien que moi qu'il se débrouille parfaitement sans aide. Et ne vous moquez pas de lui, car il a un cœur d'or et vous donnerait sa propre chemise si vous en aviez besoin.

— Heureusement que je n'ai pas besoin de sa chemise, car avant d'oser l'enfiler, il me faudrait la laver, l'empeser et la repasser, ce qui me prendrait beaucoup trop de temps ! Et ne me regardez pas ainsi, Septimus ! Je sais que Bonny ne manque pas de qualités, mais, franchement, pourquoi faut-il qu'il soit si mal organisé ? Pourquoi vit-il dans ce chaos continuel ?

— Je vous ai entendu, Jakob ! dit le libraire qui revenait

293

dans le bureau, l'air triomphant. Mais ne vous en faites pas, vos propos ne me chagrinent pas. Non, vraiment, car, je vous le demande, pourquoi un homme s'offusquerait-il d'entendre la vérité, surtout lorsqu'elle lui est annoncée par un des ses plus vieux et de ses plus chers amis ? Je suis désordonné et sans doute le serai-je toujours. C'est un fait. Je l'admets sans honte. Mais si l'on considère l'ordre général de l'univers, de quelle importance est le léger désordre qui règne sur les étagères de ma boutique ? Pensez-vous qu'un livre mal rangé, dans mon humble établissement, pourrait provoquer la fin du monde ? Cela dit, je connais la place de chaque chose dans ma boutique et, plus important encore, je sais ce qu'il y a dans mes livres. Sur ce point, personne ne peut prétendre me surpasser. C'est pourquoi je vous le dis en toute amitié, Jakob, il est inutile de cancaner et de dauber sur des apparences qui vous chiffonnent, au nom de principes sans valeur. Quoi ! Une place pour chaque chose et chaque chose à sa place ? Mais pourquoi ? Pour retrouver chaque chose quand vous en avez besoin ? Eh bien ! Je retrouve, moi, chaque chose au moment nécessaire, et je le prouve. Voici le livre que je m'en étais allé chercher, dans lequel nous allons apprendre au sujet de ce pilleur de tombes, lord Robert Roy Ramsay, neuvième seigneur de Dundragon.

Portant haut le précieux objet qu'il tenait à deux mains, M. Cavendish reprit place dans son fauteuil et se disposa à la consultation de l'ouvrage.

— De quoi s'agit-il, Bonny ? demanda M. Quimby en se penchant avec curiosité ; une histoire du clan Ramsay peut-être ?

— Non, une histoire des sociétés secrètes.

Ouvrant le livre volumineux, le libraire en tourna les pages jusqu'au moment où il poussa un cri de joie.

— Je le savais ! Je le savais ! C'est ici ! Qu'est-ce que je vous disais à l'instant ? Je n'oublie jamais ce que j'ai lu dans un livre !

Jakob Rosenkranz y alla d'une remarque perfide.

— Et c'est pourquoi vous ne pouvez vous souvenir de rien d'autre. Mais peu importe ! Qu'avez-vous trouvé, Bonny ?

— Un obscur passage concernant lord Rob Roy Ramsay, neuvième seigneur de Dundragon. Permettez que je vous explique. M. Blackfriars nous a rapporté que lord James Ramsay, huitième seigneur de Dundragon, avait été tué par son propre fils au cours d'une partie de chasse. En l'entendant, je me suis rappelé avoir lu autrefois quelque chose à propos de cet incident ; mais où ? Il ne m'a pas fallu très longtemps pour retrouver le titre de l'ouvrage en question : *Les Illuminés, une Histoire des Ordres Esotériques*, par sir Walter Hutcheson. Maintenant, écoutez bien.

Montrant, d'un index impérial, la page splendidement ornée dont il s'apprêtait à rendre compte, M. Cavendish toussota puis énonça :

— Sir Walter écrit qu'après la mort prématurée du huitième seigneur de Dundragon, le neuvième comte se trouva si désespéré d'avoir malencontreusement tué son père qu'il versa peu à peu dans le mysticisme et qu'il finit par consacrer tout son temps à l'étude des secrets ésotériques. Vous n'ignorez pas que cette quête a occupé beaucoup d'hommes au cours des siècles, parmi lesquels certains sont restés célèbres : Dr John Dee, Paracelse, Nostradamus, Léonard de Vinci, sir Isaac Newton, pour ne citer que les plus connus. C'est pourquoi la passion de notre seigneur de Dundragon n'a rien de remarquable en soi, et ce d'autant moins que cette famille était écossaise d'origine et que les Templiers, pour ne citer qu'eux, ont longtemps œuvré en Ecosse. En Angleterre, d'autre part, ont fleuri les ordres pseudo-monastiques, parmi lesquels figurent en bonne place les Chevaliers de Saint-Francis, société secrète fondée par sir Francis Dashwood et que l'on connaît surtout par le surnom que leur avait donné la rumeur publique, le *Club de l'enfer*. Mais voici que dans ce livre — et vous allez voir comme c'est intéressant — je trouve que, tout comme sir Francis, le neuvième seigneur de Dundragon avait fondé un ordre pseudo-monastique, qu'il avait appelé *Ordre des Fils d'Isis*, pour le placer sous le patronage de la divine mère des dieux honorée par les Egyptiens de l'Antiquité. Cet ordre, qui comportait treize *frères* ou *moines*, était réputé adorer une version égyptienne de la pierre philosophale, laquelle avait la forme d'un scarabée. Je vous rappelle pour mémoire que le scarabée était l'emblème du dieu Kheper. On croyait alors que cette pierre était censée donner l'immortalité à ceux qui la possédaient.

— Le Cœur de Kheper ! s'exclama Malcolm, dont le cœur battait à tout rompre.

— Exactement ! répondit le libraire aux yeux brillants.

— Bonny, votre livre indique-t-il ce qu'il est advenu de l'émeraude ? demanda M. Quimby.

— Malheureusement non. Cependant, il établit que quatre des prétendus fils d'Isis trouvèrent une mort tragique et bizarre, ce qui provoqua la dissolution de l'ordre, dont les membres survivants entrèrent dans l'anonymat.

— Et c'est à cette époque, je présume, que le Cœur de Kheper a disparu, soupira M. Rosenkranz.

Malcolm livra une explication qui lui paraissait plausible :

— Le neuvième lord Dundragon et les huit frères qui survivaient avec lui ont dû penser que l'émeraude leur portait malheur, et ils l'ont certainement cachée en un lieu secret en attendant le jour où ils pourraient mieux comprendre ses pouvoirs et s'en servir. Et ils ont fabriqué deux croix qui, rapprochées, permettent de retrouver le Cœur de Kheper.

— Mon Dieu ! s'exclama M. Quimby en se frappant le front.

Tous les regards se tournèrent vers lui.

— Cela ne vous est-il pas venu à l'idée ? Il restait huit *frères*. Avec lord Dundragon, nous arrivons à un total de neuf survivants. Et s'il y avait neuf croix ? Et si ces neuf croix étaient comme les neuf clés nécessaires pour ouvrir le coffre secret où se trouve l'émeraude ?

10.

Rendez-vous dans les parcs

> *Par monts et par vaux,*
> *Dans les buissons et dans les ronces,*
> *Par le parc en traversant la haie,*
> *Passant dans l'eau et dans le feu,*
> *Je me promène partout.*
> *Plus rapide que le globe lunaire,*
> *Je sers la reine des fées*
> *En mouillant les ronds qu'elle trace sur l'herbe.*
> *Les grandes primevères sont ses élèves,*
> *Les taches que vous voyez sur leur habit doré*
> *Sont des rubis donnés par la fée.*

> SHAKESPEARE, *Le Songe d'une nuit d'été.*

1848
A Londres : Hyde Park et Kensington Gardens

Toute la semaine, Ariane avait lutté contre son cœur. Appelant sa raison à la rescousse, elle avait tenté de se persuader que le coup de foudre n'existait pas, et qu'elle ne pouvait donc pas se croire amoureuse de Malcolm Blackfriars. Elle éprouvait pour lui de l'attirance — c'était incontestable — mais seulement parce qu'il ressemblait beaucoup au Collie de son rêve... de son cauchemar qui commençait si bien. Qu'elle était heureuse de marcher à côté de Collie dans les bois d'automne, puis de se trouver avec lui dans la petite barque sur les eaux calmes et profondes du Loch Ness ! Qu'elle était heureuse d'entendre la voix grave du garçon...

Hélas, Collie n'existait pas. Il n'était que le produit de son imagination. Malcolm Blackfriars lui ressemblait, mais ce n'était qu'une coïncidence, peut-être provoquée aussi par son imagination. Elle devait le comprendre. Il lui fallait l'admettre.

Aussi décida-t-elle de ne plus penser à M. Malcolm Blackfriars. Il suffisait d'un peu de volonté... A son grand étonnement, elle ne tarda pas à découvrir qu'il lui était très difficile, sinon impossible, de mettre cette maxime en application.

Une semaine plus tard, Ariane brûlait de revoir Malcolm. Se détournant de la fenêtre de sa chambre, qui donnait sur le parc, elle déclara à sa suivante :

— Sophie, le soleil brille, il fait beau. J'aimerais aller me promener un peu. Allez vite dans la cuisine et demandez à M. Montségur de nous préparer un petit en-cas, que nous pourrions consommer sur un banc, à Hyde Park. N'est-ce pas une bonne idée ?

Levant les yeux de son ouvrage, Sophie, assise sur le banc au pied du lit, ne se laissa aucunement abuser par le regard innocent de la jeune fille.

— Mademoiselle, demanda-t-elle en souriant, cette *bonne* idée ne vous serait-elle pas venue, par hasard, parce que vous avez entendu M. Blackfriars dire à Madame votre mère, la semaine dernière, qu'il lui arrivait de prendre son déjeuner à Hyde Park ?

— Et quand bien même ? répondit Ariane, boudeuse, très ennuyée d'avoir été si facilement percée à jour. Dois-je m'interdire de sortir, de me promener et de pique-niquer, simplement parce que M. Blackfriars a ses habitudes à Hyde Park ? En outre, c'est très grand, Hyde Park, et je doute que nous y apercevions M. Blackfriars. J'ajoute que ce ne serait pas un drame si nous nous rencontrions, parce que j'ai parlé de lui à maman et qu'elle ne m'a pas interdit de le voir.

— Cela est vrai, admit Sophie, qui finissait de recoudre l'ourlet d'une robe appartenant à Ariane.

Elle noua le fil, le trancha avec ses dents et ajouta :

— Mme de Valcœur connaît le cœur des jeunes filles, et elle sait bien que si elle vous avait interdit toute rencontre avec lui, vous n'en auriez été que plus déterminée à le revoir, si nécessaire en secret. En vous donnant son autorisation, elle vous évite d'avoir recours à ce genre de subterfuge, et s'épargne ainsi d'avoir à vous espionner.

— A cause de vous, je me sens maintenant très coupable ! lança la jeune fille sur un ton accusateur.

— J'en suis désolée, car telle n'était pas mon intention, mademoiselle. Mais il se trouve que je ne comprends pas pourquoi vous vous entichez d'un jeune homme avec qui vous n'avez aucun avenir possible, et je le comprends d'autant moins que tant d'autres jeunes gens très convenables se proposent à votre choix. Ah ! Si j'avais, moi, autant de prétendants à mes pieds, je me dirais que j'ai beaucoup de chance et je ne perdrais pas mon temps à me languir pour quelqu'un qui ne se recommande ni par son titre ni par sa fortune.

— M. Blackfriars a beaucoup de qualités, en comparaison desquelles un titre et une fortune ne sont rien, Sophie !

301

— Vous dites cela parce que vous ne manquez ni de l'un ni de l'autre, mademoiselle. S'il vous fallait subitement échanger votre position avec celle d'une pauvre fille des rues, vous changeriez d'avis ! Loin de moi l'idée de prétendre que la noblesse et l'argent procurent un bonheur parfait, car je sais aussi bien que vous que ce n'est pas toujours le cas. Pourtant, un titre vous ouvre des portes qui autrement vous resteraient obstinément fermées, et la fortune vous garantit de ne pas finir vos jours dans un asile.

— Seigneur ! s'exclama Ariane. Sophie, vous parlez comme un de ces révolutionnaires parisiens que nous avons fuis.

— Permettez-moi de vous dire, mademoiselle, que si je n'approuve pas les manières violentes de ces gens, cela ne m'empêche pas de comprendre ce qu'il y a de juste dans leur discours. Il n'est pas normal, que certains possèdent tant alors que beaucoup d'autres n'ont pas grand-chose ou rien du tout. Et puis, quand les hommes — et les femmes aussi — ne peuvent trouver un travail honnête et deviennent si pauvres qu'ils ne sont plus capables d'abriter et de nourrir leur famille, alors ils n'ont plus rien à perdre et il ne faut pas s'étonner qu'ils deviennent dangereux pour la société. Même M. de Valcœur en convient, je l'ai maintes fois entendu tenir ce discours.

— Oui, moi aussi. Mais, Sophie, que pouvons-nous faire ? Tout le monde ne peut pourtant pas être noble et riche.

— Non, mais tout le monde a le droit de prétendre à une vie décente, de recevoir un salaire décent pour un travail journalier décent.

— Vous êtes idéaliste, Sophie, pas réaliste du tout. Vous devriez savoir que, même dans votre société idéale, il se trouverait des gens pour désirer plus que ce qu'ils ont, et qui ne seraient pas satisfaits de leur vie pourtant confortable et digne. C'est la nature des hommes et c'est ainsi que va le monde, malheureusement.

302

Mais… assez parlé de ce sujet ! M. Blackfriars n'est pas ce que nous appellerions un homme pauvre, et vous admettrez, Sophie, qu'il n'a pas commis un seul impair au cours de la soirée de la semaine dernière. Il s'est comporté en véritable gentilhomme, tant au cours du dîner que dans le salon.

— Oui, de ce point de vue vous avez raison. M. Blackfriars s'est parfaitement comporté, je ne saurais le nier. Très bien, donc ! Je descends dans la cuisine pour demander à M. Montségur de nous préparer un déjeuner, et ensuite nous irons nous promener à Hyde Park, et nous y pique-niquerons puisque tel est votre désir. Ainsi pourrez-vous dévorer du regard M. Blackfriars si nous avons la chance de le rencontrer, et rentrer complètement dépitée s'il ne se montre pas. Dans un cas comme dans l'autre j'espère, mademoiselle, que vous savez ce que vous faites, et que vous n'aurez pas le cœur brisé quand s'achèvera cette histoire.

Ravie d'avoir obtenu ce qu'elle voulait, Ariane refusa de se laisser démoraliser en imaginant que Malcolm ne lui apparaîtrait pas dans Hyde Park. Bientôt revêtue, ainsi que Sophie, de ses meilleurs vêtements de promenade, elles sortirent toutes les deux de la maison, suivies par deux valets de pied portant une couverture et le panier de pique-nique. Prenant Portman Street puis Oxford Street, elles entrèrent dans Hyde Park par Cumberland Gate et continuèrent leur chemin en direction de la Serpentine, la rivière au bord de laquelle Ariane, ayant trouvé l'endroit qui lui plaisait, ordonna aux valets d'étendre la couverture et de préparer le pique-nique.

Ariane avait les mains moites et son cœur battait plus vite que la normale car, sur les chemins de Hyde Park, elle avait déjà aperçu Malcolm. Bien mieux, au moment où elle s'installait sur la couverture, arrangeant les plis de sa robe ouverte autour d'elle comme la corolle d'une fleur, cela sans lâcher son ombrelle qui la protégeait du soleil, elle vit Malcolm qui se dirigeait vers elle.

A ce moment, il lui sembla que son cœur s'arrêtait puis qu'il se remettait à battre de façon désordonnée, et pendant quelques secondes, elle craignit de s'évanouir.

— Vous n'allez pas vous pâmer, au moins, mademoiselle ? chuchota Sophie.

— Pas du tout ! mentit Ariane. Me pâmer, moi ? Pourquoi ?

— Je vous ai vue.

— Chut ! Voulez-vous bien vous taire ! Il arrive.

Après ce bref échange, plus rien ne fut dit tandis que Malcolm approchait. D'un geste vif, il retira son chapeau et s'inclina. Le soleil accrocha des lambeaux de lumière à ses cheveux noirs et luisants. Il avait un sourire ravageur, qui donna à Ariane de nouvelles craintes quant à son cœur. Une boule dans la gorge, elle s'aperçut qu'elle ne pouvait plus respirer, comme si une main invisible eût subrepticement tiré sur le laçage de son corset.

— Monsieur Blackfriars ! s'exclama-t-elle d'une voix mourante. Quelle agréable surprise !

Levant la tête pour le regarder par-dessous son ombrelle, elle lui décocha un charmant sourire de bienvenue, qui s'éteignit bien vite quand elle vit les ecchymoses dont il était paré. Effarée, elle demanda :

— Oh, mon Dieu ! Avez-vous été pris dans quelque querelle de taverne ?

— Pas du tout, mademoiselle. Je m'empresse de vous rassurer et de vous expliquer. Il se trouve que mon pied a glissé sur le marchepied d'un fiacre que je m'apprêtais à prendre, la semaine dernière, en sortant de chez vos parents. Malheureusement, les ecchymoses qui parent mon visage ont l'air de plus en plus graves au fur et à mesure qu'elles guérissent, ce qui fait que j'ai l'air plus atteint que je ne le suis en réalité.

304

Malcolm s'interrompit et, après un petit moment de silence, reprit :

— J'étais en train de déjeuner sur un banc quand je vous ai aperçue qui marchiez dans le parc. Dès lors, je ne pouvais plus terminer mon repas sans être auparavant accouru pour vous redire toute la joie que m'avait procurée la soirée chez vos parents. Voulez-vous me faire l'honneur de redire à M. et à Mme de Valcœur combien je suis honoré d'avoir été leur hôte ?

— Bien sûr, mais… Déjeunez-vous seul dans le parc, monsieur Blackfriars ? Si c'était le cas, pourquoi ne vous joindriez-vous pas à moi ainsi qu'à Mlle Neuville ? Vous pourriez partager notre repas. En vérité, il semble que notre cuisinier ait placé dans ce panier de quoi nourrir toute une armée !

— Je ne voudrais pas me montrer importun…

— Vous n'êtes pas importun du tout, monsieur Blackfriars. Je vous assure ! En outre, je serais très intéressée d'avoir votre avis sur certain sujet qui est venu dans la conversation, l'autre soir.

— Dans ce cas, je reste avec grand plaisir pour partager votre compagnie, ainsi que celle de Mlle Neuville.

Ayant dit, Malcolm prit place sur la couverture. Sophie, qui avait éloigné les valets de pied, s'acquitta du service. Sur les assiettes en porcelaine, elle disposa les fines tranches de rôti de bœuf froid, du poulet et du jambon, une grande variété de fruits et de fromages, de nombreuses tranches de pain généreusement beurré. Pendant ce temps, Malcolm s'employa à déboucher la bouteille de vin, il remplit les verres de cristal, qu'il tendit aux jeunes filles avant de prendre le sien.

Pendant le repas, la conversation roula sur des sujets sans grande importance. Puis, rassasiée, Sophie annonça avec tact qu'elle éprouvait le besoin de se dégourdir les jambes le long de la rivière Serpentine, en admirant les cygnes magnifiques qui en composaient l'ornement principal, et en assistant aussi

305

aux évolutions des cavaliers qui galopaient sur Rotten Row, le chemin qui longeait la rive sud de la Serpentine.

— Papa n'a pas encore songé à acquérir des chevaux pour se promener dans le parc, observa Ariane en suivant du regard sa demoiselle de compagnie qui s'éloignait. Mais j'espère qu'il comblera ce manque dans les meilleurs délais, car c'est un divertissement que j'apprécie énormément. Montez-vous à cheval, monsieur Blackfriars ?

— Oui, mais je ne me suis plus mis en selle depuis de longues années.

— Dans ce cas, papa pourrait peut-être nous procurer des montures. Oh ! ce serait merveilleux, si, bien sûr, vous voulez bien me faire l'honneur de m'accompagner. Je suis sûre qu'il n'élèverait aucune objection à ce que vous lui empruntiez un cheval de temps à autre.

— Peut-être pas, mademoiselle, mais encore une fois, je ne veux pas vous imposer ma présence si vos parents doivent en prendre ombrage. Il est hors de question que j'abuse de leur gentillesse à mon égard. Je suis très conscient du fossé qui nous sépare. Nous n'appartenons pas à la même société, nous menons des vies très différentes. Connaissant les raisons pour lesquelles je fus invité la semaine dernière, je ne m'attends pas à devenir un visiteur régulier dans votre maison, mademoiselle. Cela dit, permettez-moi de vous redire — et j'espère que mes propos ne vous choqueront pas — que si j'ai tant apprécié cette soirée, c'est surtout parce que vous y figuriez.

Ariane répondit tranquillement :

— Rien ne dit que vous ne serez pas de nouveau invité par mes parents, monsieur. S'il y a une chose que j'ai apprise depuis quelques mois et dont je suis de plus en plus consciente, c'est que, sur cette terre, nous ne sommes jamais sûrs de rien. Voyez-vous, avant de venir en Angleterre, je menais une vie… très protégée. Certes, je n'étais pas totalement ignorante des aléas de la vie politique, parce que je prêtais l'oreille aux propos chuchotés de papa et de nos serviteurs. Je savais donc que des révolutionnaires tentaient de faire naître le chaos à Paris, mais n'avais aucune idée des fruits amers que produiraient les graines qu'ils semaient depuis plusieurs années. Aurais-je pu imaginer, en effet, que le Premier ministre, François Guizot, serait honteusement chassé de son poste, et que, pire encore, notre roi Louis-Philippe serait obligé d'abdiquer peu de temps après ? En ce temps-là, quand il m'arrivait de penser à ma vie, j'imaginais qu'elle suivrait toujours un cours aussi calme et serein que celui de la Seine, et je m'en félicitais. Je ne souhaitais pas d'autre existence. Quand mes parents donnèrent un bal masqué, au cours duquel Mme Polgar tira les cartes pour moi, elle m'annonça un voyage au-delà de la mer et moi, choquée, je refusai de la croire. Pourtant, quelques jours plus tard, je me trouvais en Angleterre, exactement comme elle me l'avait prédit.

— Alors… vous pensez que cette dame a de réels dons de voyance, qu'elle n'est pas une talentueuse charlatane ?

— Je… je ne suis sûre de rien, murmura Ariane, pensive. Connaissant la situation confuse qui régnait à Paris, elle pouvait sans doute penser que papa ne tarderait plus à nous faire franchir la mer du Nord pour nous mettre à l'abri. Mais Mme Polgar, ce soir-là, a aussi évoqué beaucoup d'autres sujets étranges, mystérieux, que je ne suis pas certaine d'avoir bien compris. Elle m'a affirmé, par exemple, que je rencontrerais trois hommes, qu'elle a appelés le Roi des Pentacles, le Roi des Epées et le Roi des Baguettes… Vous, monsieur Blackfriars, vous devez être celui qu'elle désignait comme le Roi des Epées, parce que, rappelez-vous, elle vous a demandé la semaine dernière si vous tiriez l'épée.

— Je m'en souviens très bien, en effet. Mais j'ai répondu que

307

si je prenais actuellement des cours, j'étais loin de pouvoir me considérer comme un maître d'armes.

— Non, mais vous êtes cartographe, métier qui requiert des capacités d'analyse et un réel talent artistique, qui sont les caractéristiques du Roi des Epées. Du moins, c'est ce que Mme Polgar m'a révélé. Donc, vous voyez, monsieur ? Comment peut-elle avoir tout connu de vous avant même notre rencontre ? C'est pourquoi je pense qu'elle a un certain don de voyance.

— Vous avez peut-être raison… A-t-elle révélé quelque chose d'autre au sujet de ce Roi des Epées ?

— Non, dit Ariane en secouant la tête. Ah, si ! Elle a dit ne pas savoir si ce Roi des Epées serait pour moi un allié ou un ennemi.

— Alors, laissez-moi vous rassurer tout de suite, mademoiselle, répondit Malcolm, avec le plus grand sérieux. Je vous promets de n'être jamais votre ennemi, et toujours votre ami.

— Je vous crois volontiers, monsieur, et je suis très heureuse de pouvoir vous compter parmi mes amis, car même si j'ai maintenant beaucoup de connaissances à Londres, je ne puis me flatter d'y avoir que quelques vrais amis. Lady Christine Fraser, que vous avez rencontrée l'autre soir, en est une, peut-être. C'est pourquoi il me plaît de savoir que je pourrais compter sur vous, au cas où des épreuves m'obligeraient à chercher le secours de l'amitié.

— Ne vous faites aucun souci, j'accourrai si vous m'appelez, dit Malcolm troublé par la soudaine gravité de la jeune fille, l'incertitude qu'elle manifestait.

Celle-ci reprit :

— Mme Polgar m'a aussi parlé du Roi des Pentacles, dont elle m'a dit qu'il était un homme corrompu et dangereux. De celui-là je dois me méfier.

— L'avez-vous déjà rencontré ? demanda Malcolm, très troublé par cette prédiction inquiétante.

— Non, Dieu merci ! Du moins, pas encore. Je souhaite d'ailleurs ne jamais le voir en face de moi.

— Si cette rencontre se produisait, mademoiselle, appelez-moi sur l'heure ! Je ferai tout ce qui sera en mon pouvoir pour vous protéger.

— Je vous remercie, monsieur. Voilà qui me rassure beaucoup. Maintenant, bien que je ne veuille pas, moi non plus, vous importuner de quelque manière que ce soit, il y a certaine question que j'aimerais vous poser.

— Certainement, mademoiselle. Parlez sans crainte.

— C'est au sujet de M. Khalid al-Oualid et de ses recherches. Connaissez-vous l'Ecosse, les Highlands et le Loch Ness ? Pensez-vous que ce M. al-Oualid ait raison de penser qu'une sorte de serpent gigantesque vit dans les eaux du lac ?

— Je connais l'Ecosse, oui, et les Highlands, et le Loch Ness, répondit Malcolm, car chez Quimby & Compagnie nous avons beaucoup de cartes de cette région, comme de toutes les régions du Royaume-Uni. Moi-même j'en ai vendu trois à M. al-Oualid, quand il passa dans notre boutique avant d'entreprendre son voyage d'exploration. Pour être tout à fait honnête, je ne sais trop que penser de lui. Il pourrait fort bien n'être que ce qu'il prétend être, un herpétologiste dont la spécialité est, en effet, la recherche et l'étude des serpents grands ou petits. Cet homme s'intéresserait de surcroît à l'histoire et à la religion des anciens Egyptiens. Pourquoi pas ? Il nous a d'ailleurs démontré qu'il connaissait fort bien ce sujet. Mais, bien que j'aie déjà souvent entendu dire qu'un serpent gigantesque hantait les eaux du Loch Ness, je suis désolé de reconnaître ma parfaite ignorance sur ce point. La question ne me tourmentait guère, elle me taraude depuis quelque temps… Mais pourquoi me demandez-vous cela, mademoiselle ?

— Je n'ai pas de raison particulière, murmura la jeune fille en esquissant un petit geste désinvolte de la main, pour manifester que cette histoire n'avait pas, en effet, grande importance pour elle.

Puis, avisant la mine incrédule de son interlocuteur, elle corrigea son propos, non sans hésitation.

— Si je vous disais la vérité, vous me trouveriez sans doute bien sotte… Je n'ose…

— Je vous en prie.

— Eh bien… il se trouve que, depuis ma plus tendre enfance, je fais souvent un rêve très pénible, un véritable cauchemar à propos d'un monstre qui nage dans un lac. C'est pourquoi je me demandais si une telle créature pouvait exister réellement, voilà.

— Je ne pense pas que quelqu'un connaisse la réponse à cette question, mademoiselle. La croyance en ces créatures effrayantes existe depuis des millénaires ; c'est un fait. Les cartographes d'autrefois, quand ils ne savaient pas ce qui se trouvait au-delà d'une montagne ou d'un océan, écrivaient : « Ici est le pays des dragons. » Il est donc très possible que certains de mes prédécesseurs, ignorant ce qui se trouvait au-delà du Loch Ness, aient écrit eux aussi : « Ici est le pays des dragons. » C'est à cause d'eux, peut-être, que s'est répandue la fable d'un gigantesque serpent habitant dans les eaux du lac.

— Oui, oui… Je ne savais pas tout cela et votre hypothèse me paraît fort plausible… Pour en revenir à M. al-Oualid, pensez-vous qu'il s'est lancé dans une aventure qui n'aboutira à rien ?

— C'est, en tout cas, l'avis de M. Quimby, répondit Malcolm

en riant. Il a même dit que cette recherche du serpent de mer dans les eaux du Loch Ness était une parfaite absurdité.

— Il a vraiment dit cela ? reprit Ariane en riant à son tour, tant cette opinion lui causait de plaisir. J'aime beaucoup ce M. Quimby, savez-vous ? Il me semble un homme extrêmement sensé. Voilà un homme qui a les pieds sur terre !

— Pour avoir les pieds sur terre, il les a ! Et comme il est doué aussi d'un sens de l'humour très développé, il serait ravi d'apprendre que son opinion sur M. al-Oualid suscite votre hilarité. Savez-vous… que c'est la première fois que je vous vois rire, mademoiselle ? Votre rire est très agréable à entendre. Vous devriez rire plus souvent.

Tandis que Malcolm dévidait son compliment, il avait le regard si intense que la jeune fille sentit son cœur s'affoler et sa respiration prendre un rythme erratique, comme si elle avait couru très longtemps et très vite. D'autres sensations étranges perturbaient son corps. Elle avait trop chaud, la tête lui tournait, toutes ses forces la quittaient. Des picotements bizarres tourmentaient la pointe de ses seins et créaient une sorte de courant qui parcourait tout son corps. Elle n'avait jamais connu ce genre d'expérience, qui l'émerveillait et l'angoissait à la fois, qui la remplissait de confusion.

— Eh bien, dit-elle brusquement, je crois que le temps a passé très vite. Il faut que je retourne à la maison.

Mécaniquement, elle entreprit de manipuler les reliefs du pique-nique.

— Vous avez raison, dit Malcolm. Il faut que je retourne à mon travail. Mais laissez-moi vous aider.

Il se mit à genoux et se pencha vers Ariane pour lui tendre les assiettes et les verres, ce qui l'amena à se rapprocher d'elle, à se rapprocher tant qu'elle respira le parfum qu'il exhalait, un mélange de savon au bois de santal et d'eau de Cologne au vétiver,

311

de tabac exotique aussi, et de vin enfin, le vin qu'il venait de boire. A tout cela s'ajoutait un très léger parfum musqué, celui de sa transpiration causée par la chaleur printanière. A inhaler ce mélange, Ariane se sentit prise d'un désir étrange, irraisonné, le désir de se jeter sur le jeune homme pour lui passer ses bras autour du cou, l'enlacer et se pelotonner contre lui, en enfouissant son visage dans les plis de sa chemise pour absorber mieux le parfum si viril et si envoûtant qu'il dégageait.

Elle le connaissait à peine ! Sa raison, vigilante, lui rappelait ce fait indubitable. Et pourtant, elle avait l'impression de l'avoir toujours connu. Pendant le déjeuner et ensuite, elle avait parlé avec lui si facilement, comme à un ami d'enfance, ou même à un soupirant. Soudain, elle se rappela l'étrange sensation qu'elle avait ressentie, lors du bal masqué donné par sa mère, quand Mme Polgar lui avait révélé son avenir. Celle-ci ne lui avait-elle pas dit s'être promenée sur les rives du Nil au temps de la reine Cléopâtre ? Elle avait ajouté que les âmes devaient effectuer plusieurs séjours sur terre…

Etait-il possible, se demanda Ariane, qu'elle eût déjà connu Malcolm dans une vie antérieure, dans un autre lieu, en un autre temps ? Etait-ce pour cette raison qu'elle se sentait si attirée par lui ? Etait-ce pour cette raison qu'elle s'était sentie amoureuse de lui au premier regard qu'ils avaient échangé ?

Refermant le couvercle du panier de pique-nique, Malcolm se leva et tendit la main à Ariane. Quand, après un moment d'hésitation, elle posa ses doigts dans la paume offerte qui se referma aussitôt, elle ressentit une secousse par tout le corps, qui lui rappela celle qu'elle avait connue, enfant, lorsqu'elle avait heurté un tronc d'arbre en courant.

— Mille mercis pour ce charmant déjeuner, mademoiselle, lui dit Malcolm qui gardait sa main emprisonnée dans la sienne. La nourriture et le vin étaient délicieux, votre compagnie plus délicieuse encore. S'il vous arrivait de venir encore vous promener dans le parc cette semaine, je serais ravi de vous rendre la politesse en apportant à mon tour un panier de pique-nique.

— Je crois que je pourrai revenir jeudi, murmura Ariane.

Elle proposait ainsi un jour un peu éloigné, afin de ne pas paraître montrer trop d'empressement, alors qu'elle brûlait de revenir chaque jour, tant était grande sa hâte à le revoir.

— Jeudi, reprit Malcolm. J'y serai. Au revoir, mademoiselle.

Il s'inclina, posa un baiser sur la main d'Ariane.

— Au revoir, monsieur, dit-elle.

A regret, elle le vit s'éloigner. Elle resta longtemps à le regarder, et lorsqu'il fut hors de vue, elle porta à ses lèvres, avec ferveur, la partie de sa main qu'il avait baisée.

Condamnée à ne pas le revoir, au cours des jours suivants qui passèrent avec une lenteur insoutenable, Ariane ne cessa de penser à lui. Elle imaginait sans se lasser des histoires merveilleuses au cours desquelles le jeune homme se trouvait brusquement propulsé à un rang social élevé en même temps qu'il recueillait une énorme fortune, si bien qu'il ne lui était plus interdit de la courtiser.

Elle ne confia ces fallacieux espoirs à personne, mais il lui semblait que ni sa mère ni Sophie n'étaient dupes de ses rêveries. Celle-ci, en effet, lui rappelait quotidiennement qu'elle ne devait pas imaginer son avenir avec Malcolm. Quant à sa mère, si elle ne disait rien, elle posait sur elle des regards inquiets et attristés.

Le jeudi, Ariane revêtit sa plus belle robe de promenade et de nouveau elle s'en alla se promener à Hyde Park, en compagnie de Sophie.

313

— Vous perdez votre temps avec ce pauvre M. Blackfriars, déclara celle-ci en sortant de la maison de Portman Square ; et vous voudriez avoir le cœur brisé que vous ne vous y prendriez pas autrement. Quand je pense que vous avez le comte de Netherfields à vos pieds ! Pouvez-vous me dire ce que vous trouvez à redire sur lui ?

— Mon Dieu, Sophie ! s'exclama Ariane exaspérée. Ne voyez-vous pas que cet homme a au moins cinquante ans de plus que moi, et qu'il est d'une laideur insigne ?

— Certes, mais il a un titre et de la fortune. Si vous l'épousiez, votre avenir serait assuré une bonne fois pour toutes.

— J'en doute, car il a déjà enterré deux épouses et je crois qu'il me mettrait volontiers en terre à mon tour.

— J'essaie de faire votre bonheur, répondit la demoiselle de compagnie, sur un ton de reproche.

— Alors, n'imaginez même pas que je puisse épouser un homme tel que le comte de Netherfields. Quand bien même serait-il un roi que je ne supporterais pas un mari comme lui. S'il vous plaît, ne me proposez plus de telles incongruités. Je me suis entichée de M. Blackfriars et c'est lui que j'aurai, si je peux.

— Dans ce cas, vous serez pauvre comme Job jusqu'à la fin de vos jours. Si c'est ce que vous voulez…

— Vous plaisantez, Sophie ! Je vous ai déjà fait observer que M. Blackfriars est loin d'être sur la paille.

— Non, mais son revenu annuel lui permet tout juste d'entretenir une petite chaumière, avec peut-être une ou deux servantes. Comparez, je vous prie, avec tout ce que vous auriez si vous deveniez comtesse de Netherfield.

— J'aurais plus, mais j'aurais aussi le comte de Netherfield, dont je ne veux absolument pas.

— En lui mettant un sac sur la tête…

314

— Sophie !

Ariane voulait paraître choquée, mais elle ne put s'empêcher de rire et sa suivante l'accompagna dans cet accès d'hilarité. Riant toujours, elles franchirent Cumberland Gate et entrèrent dans Hyde Park pour se diriger vers la rivière Serpentine.

Elles découvrirent que Malcolm les attendait. A l'évidence il avait envie de plaire, car il avait déjà étalé une grande couverture sur l'herbe, et sur cette couverture, au milieu, il avait placé son panier de pique-nique. Lui s'était assis à côté, pour lire. Il se mit debout d'un bond quand il vit arriver les deux jeunes filles, s'inclina devant elles, effleura de ses lèvres la main d'Ariane. Son baiser déclencha chez elle la même réaction que précédemment.

— Mademoiselle, lui dit-il avec un sourire charmant, quel plaisir de vous revoir.

— Tout le plaisir est pour moi, répondit-elle en lui rendant son sourire.

A ce moment, ils eurent l'impression, l'un et l'autre, que l'humanité tout entière avait déserté le monde et qu'ils y restaient seuls, face à face, les yeux dans les yeux, la main d'Ariane posée dans celle de Malcolm. Puis, progressivement, Ariane reprit conscience des promeneurs qui passaient autour d'eux en parlant et en riant. Elle entendit un écho de cavalcade, les appels des cygnes et des canards qui évoluaient sur les eaux tranquilles de la Serpentine. Elle entendit tous ces bruits, qui paraissaient bien faibles en comparaison des battements de son cœur, assourdissants. Il battait si fort, son cœur, que Malcolm ne pouvait pas ne pas l'entendre. Aussi immobiles que deux statues de pierre, perdus dans la contemplation l'un de l'autre, ils pourraient rester ainsi très longtemps…

Mais voilà que Sophie toussota. Le charme aussitôt se rompit.

A regret, Malcolm abandonna la main d'Ariane, puis il l'invita à prendre place sur la couverture, et il renouvela l'invitation pour Sophie. Il s'agenouilla entre elles et ouvrit le panier de pique-nique, dont il sortit les assiettes en porcelaine et les verres en cristal.

En découvrant ces accessoires raffinés, Ariane ne put s'empêcher de décocher à Sophie un regard triomphant, pour lui signifier que non seulement Malcolm appréciait les jolies choses de la vie, mais qu'il avait aussi les moyens de se les procurer. Mais Sophie repartit d'un hochement de tête dubitatif, sans doute pour signifier qu'une jolie vaisselle ne suffisait pas à fonder le bonheur de toute une vie.

Il parut que la cuisinière de Malcolm s'était donné, pour la préparation de ce pique-nique, beaucoup plus de mal que M. Montségur quelques jours plus tôt. C'était, en effet, une véritable fête pour gourmets qui se trouvait dans ce panier. Aussi, ayant reçu leurs assiettes remplies, Ariane et Sophie goûtèrent et se répandirent en commentaires extatiques.

— Mme Peppercorn sera ravie d'apprendre que vous appréciez son travail, répondit Malcolm, très fier lui aussi. Elle se flatte en effet d'être une excellente cuisinière et accomplit toujours son travail avec une extrême conscience, comme d'ailleurs tout notre personnel de Hawthorn Cottage. Miss Woodbridge, notre gouvernante, Nora la servante, et Lucy la fille de cuisine, ont tenu à participer à l'élaboration de ce pique-nique en choisissant avec soin l'argenterie et la vaisselle, ainsi que le linge de table.

— Il me semble que votre mère et vous jouissez d'une vie confortable à Hawthorn Cottage, observa Ariane.

— Certainement. Nous y vivons depuis plusieurs années maintenant, en vérité depuis notre arrivée à Londres.

— C'est-à-dire depuis la mort de votre père ?

— C'est exact.

316

— N'avez-vous jamais pensé à vous établir dans une maison à vous ?

— Il m'arrive d'y penser, en effet. Mais c'est toujours pour décider, à la fin — et sur ce point ma mère est d'accord avec moi — qu'il n'est pas nécessaire de dépenser de l'argent pour le plaisir de posséder une maison inutile tant que je ne suis pas marié. Le jour où je serai pourvu d'une épouse, bien sûr, ce sera différent. Celle-ci voudra sans doute vivre dans une maison bien à elle, bien que ma mère soit une femme très gentille.

— Je n'en doute pas. J'aimerais faire sa connaissance.

— Je pense qu'elle aimerait aussi.

A la fin du repas, Malcolm proposa :

— Mademoiselle, vous plairait-il de vous promener avec moi au bord de la Serpentine ?

Questionnée du regard, Sophie répondit :

— Allez-y. La dernière fois que nous sommes venues dans ce parc, c'est moi qui ai connu le plaisir de me promener et de nourrir les canards. C'est pourquoi aujourd'hui, si M. Blackfriars n'émet aucune objection, je ferai place nette ici pendant que vous deux irez vous promener.

— Merci, mademoiselle Neuville ! s'exclama Malcolm ravi. Votre gentillesse me touche beaucoup.

Il se leva et tendit la main à Ariane. Puis, emportant avec eux ce qu'il leur restait de pain, ils se dirigèrent vers la Serpentine dont ils longèrent la rive. Tandis qu'ils marchaient, à pas lents, Malcolm émiettait le pain, pour en jeter certains morceaux aux canards, sans oublier d'en donner à Ariane afin qu'elle pût elle aussi se divertir à ce jeu. Ils s'arrêtèrent alors qu'une douzaine de canards cancanaient à tue-tête pour réclamer leur pitance.

Son ombrelle à la main, Ariane éprouva le désir de se rapprocher de la rive, pour jeter du pain à deux cygnes magnifiques qui évoluaient non loin de là, suivis de leurs petits. Mais alors qu'elle s'apprêtait à jeter ses premières miettes, elle vit, horrifiée, le grand cygne se dresser au-dessus de l'eau et battre frénétiquement des ailes, en la regardant avec agressivité. Et il poussait des sifflements aigus, qui n'étaient pas sans rappeler ceux d'un serpent. Puis, soudain, il accourut vers elle, son long cou tendu en avant. Son intention belliqueuse ne faisait aucun doute.

— Ariane ! s'écria Malcolm.

Il la saisit par la main et la tira en arrière pour l'éloigner de la rive, avec tant de force qu'elle dut courir pour ne pas tomber.

— Dépêchez-vous ! Dépêchez-vous ! lui disait-il.

Lorsqu'ils furent assez loin de l'eau, il s'arrêta pour permettre à Ariane de reprendre son souffle.

— Mon Dieu ! s'exclama-t-elle après quelques inspirations rauques, une main sur sa poitrine pour contenir les battements erratiques de son cœur. Je… je ne crois pas… avoir jamais vu… spectacle aussi effrayant que celui-là. Que s'est-il passé ? Ai-je fait quelque chose qu'il ne fallait pas ?

— Oui, dit Malcolm. Vous vous êtes trop approchée des petits cygnes. C'est pourquoi le mâle s'est interposé pour les protéger, tandis que la femelle se hâtait de les emmener hors de votre atteinte. Ce n'est jamais une bonne idée de vouloir donner du pain à ces animaux quand ils ont charge de famille.

— Je… je ne savais pas. J'avais toujours pensé que les cygnes étaient pacifiques.

— En temps normal, ils le sont. Mais comme vous venez de vous en rendre compte, ils protègent leur progéniture et ils peuvent se montrer alors très agressifs, voire vicieux quand il s'agit d'attaquer ceux qu'ils estiment représenter un danger. Il faut alors s'en méfier, car avec leurs ailes puissantes, ils pourraient tuer un petit enfant, ou même briser les membres d'un adulte.

— Je n'avais jamais pris conscience de ce fait, dit Ariane

encore émue. Quel choc ce fut, pour moi, de voir cette créature placide et belle se changer brusquement en monstre !

— Je le comprends très bien. C'est d'ailleurs pourquoi je vous ai entraînée loin de la Serpentine avec une brutalité dont je dois maintenant vous demander pardon. Mais si le cygne vous avait atteinte, il aurait pu vous blesser gravement, voire vous tuer.

— Il faut donc que je vous remercie encore une fois de m'avoir sauvé la vie, monsieur Blackfriars.

— Vous savez, j'ai agi comme n'importe qui d'autre l'eût fait en de semblables circonstances.

— C'est possible. Merci tout de même, monsieur.

— Je vous en prie… Voulez-vous que nous prenions ce chemin, en direction de Kensington Gardens, pour ne plus voir ces cygnes et leurs petits ?

— Oui, ce serait charmant. La nature est si belle à cette époque de l'année. Ne trouvez-vous pas ? D'autre part, Kensington me rappelle le jardin des Tuileries, où j'aimais tant à me promener autrefois.

— Paris vous manque-t-il, mademoiselle ?

— Plus autant qu'au début de notre séjour à Londres.

Ariane n'ajouta pas que la présence de Malcolm comptait pour beaucoup dans l'atténuation de sa nostalgie. Mais il lui sembla qu'il l'avait compris, car il lui décocha un sourire qui traduisait son plaisir.

— Je suis heureux de savoir que vous n'êtes plus malheureuse, lui dit-il un peu plus tard, alors qu'ils marchaient en direction de Kensington Gardens.

Hyde Park et Kensington Gardens constituaient autrefois deux lieux de promenade séparés par la Serpentine et la Grande Rivière, qu'un pont, construit en 1826, avait réunis. Depuis des siècles, les Londoniens venaient dans le parc pour se promener à pied ou à cheval, pour pique-niquer, mais aussi pour assister

319

aux pendaisons qui avaient lieu au gibet de Tyburn, ou encore pour se rencontrer au petit matin, les armes à la main. Ces vastes étendues fourmillaient aussi de voleurs et d'assassins, à tel point que leurs chemins furent les premiers à bénéficier d'un système d'éclairage nocturne, censé effrayer les mauvais garçons.

Hyde Park et Kensington Gardens étaient mieux fréquentés en 1848, surtout en pleine journée. Malcolm et Ariane pouvaient donc s'y promener sans craindre de méchantes rencontres. Ils franchirent le pont et se dirigèrent vers l'imposant palais de Kensington, qu'une haute grille de fer forgé mettait hors d'atteinte des promeneurs.

Alors que, bras dessus, bras dessous, ils marchaient sans hâte sur les chemins sinueux, ils n'éprouvaient plus, momentanément, le besoin de parler, parce qu'ils savouraient l'intimité de ce moment délicieux. Ils auraient pu être amants, se disait Ariane, qui souhaitait qu'ils le fussent, qu'il y eût, pour les réunir, des liens plus ardents que ceux de cette amitié née d'une rencontre dramatique, et qu'ils cultivaient avec précaution.

Elle ne pouvait pas savoir que Malcolm, lui aussi, s'adonnait à de telles pensées, et qu'il était, en vérité, perturbé par le conflit qui opposait sa raison à ses sentiments et à ses désirs. Il rêvait d'avoir le droit d'aimer Ariane, de la faire sienne, tout en sachant qu'il n'avait rien à lui offrir, pas de titre et pas de fortune, et même pas de nom puisque celui qu'il portait était faux. Une fois encore il maudit, *in petto*, son lointain ancêtre, lord Iain Ramsay, seigneur de Dundragon, qui avait perdu au jeu tous les biens de la famille sis tant en Angleterre qu'en Ecosse. Sans lui, Malcolm eût possédé tout ce qu'il fallait pour être admis à faire sa cour à la jeune fille. Hélas, vu sa situation, il ne pouvait que se mordre la langue pour s'empêcher de déclarer sa flamme.

A quoi eût-il servi, en effet, de révéler les sentiments qu'il éprouvait pour elle ? se demandait-il avec amertume. Comment eût-elle pu y répondre favorablement, elle qui occupait dans la société une position si supérieure à la sienne ?

Le seul commerce qu'il pouvait envisager avec Ariane, songea-t-il douloureusement, serait fondé sur l'amitié. Mais dans ces conditions, il eût préféré ne jamais l'avoir connue. La tenir par le bras, la sentir si près de lui, alors qu'en réalité elle était inaccessible, lui causait un tourment insupportable. Il brûlait de la couvrir de baisers, de la prendre dans ses bras, d'enfouir son visage entre les deux seins qui s'offraient à sa vue, afin de respirer à pleins poumons le délicat parfum de lilas dont ses narines exaltées ne saisissaient que quelques effluves. Ayant ainsi prouvé la passion qui l'animait, il serait tout à Ariane et Ariane serait toute à lui... Hélas, il n'avait pas le droit.

Arrêtés devant l'étang rond, ils observèrent longtemps les enfants qui, sous le regard attentif de leurs gouvernantes, faisaient voguer leurs bateaux. Alors Malcolm, ravalant les déclarations enflammées qu'il avait méditées, dit simplement :

— S'il nous arrivait de revenir nous promener par ici, mademoiselle, j'apporterais un de mes propres bateaux. Nous pourrions nous amuser à le faire voguer, à moins, bien sûr, que vous ne jugiez que vous avez passé l'âge de ces divertissements enfantins.

— Non, bien sûr que non, répondit Ariane d'un ton joyeux. Au contraire ! Figurez-vous que j'étais justement en train de me dire qu'il devait être très agréable de suivre les évolutions d'un petit bateau. En possédez-vous beaucoup ?

— Autrefois, j'en avais beaucoup, oui, mais moins actuellement ; juste ceux que j'ai construits après mon arrivée à Londres. Tous les autres ont été... détruits en une nuit, au cours d'un terrible incendie qui a ravagé notre ferme. C'est cette nuit-là que mon père mourut. Le lendemain, nous n'avions plus rien.

— Quelle tragédie, murmura Ariane, pleine de compassion. Je

suis désolée pour vous. Peut-être préférez-vous ne pas apporter un de vos bateaux, s'il vous rappelle de trop mauvais souvenirs. Je comprendrais cela.

— Bien au contraire, mademoiselle, mes bateaux ne me rappellent que de bons souvenirs, car je me revois faisant naviguer mes anciens jouets sur les ruisseaux de ma campagne. En ce temps-là, j'avais aussi une vraie barque, pour aller pêcher sur les eaux du lac qui s'étendait au pied de la colline sur laquelle notre ferme était bâtie.

Entendant ces mots, Ariane pâlit soudain et elle frissonna désagréablement, malgré la chaleur dispensée par le soleil qui illuminait le parc, en se disant que si Malcolm lui décrivait avec une exactitude hallucinante, la scène qu'elle avait si souvent connue dans ses cauchemars, ce ne pouvait être une simple coïncidence. Cette ferme sur la colline, dont il venait de lui parler, ressemblait tellement à celle où elle se voyait enfermée, sous la garde de sa gouvernante endormie, et dont elle s'échappait pour aller à la pêche avec Collie ! Dans son cauchemar récurrent, la barque s'appelait la *Sorcière des Mers*, et elle voguait sur le Loch Ness.

— Y a-t-il quelque chose qui ne va pas, mademoiselle ? demanda Malcolm en la voyant si troublée. Ai-je prononcé des mots qui vous ont chagrinée ou offensée ?

— Non, répondit-elle en se cachant derrière son ombrelle. Un peu de migraine, sans doute…

Pour mieux le convaincre, elle esquissa une grimace douloureuse et porta sa main à son front, et elle ajouta :

— Ce mal de tête est venu si vite et de façon si violente que j'ai failli me trouver mal.

— Dans ce cas, il nous faut retourner sans tarder auprès de miss Neuville, et avec elle nous trouverons un fiacre qui vous ramènera chez vous le plus vite possible.

Avec courtoisie, Malcolm offrit son bras à Ariane. Ils refirent en sens inverse le chemin qu'ils venaient de parcourir, traversèrent le pont et longèrent la Serpentine jusqu'au lieu du pique-nique, où il devaient retrouver Sophie qui les attendait.

— N'hésitez pas à me rabrouer si je vous fais marcher trop vite, dit Malcolm, plein de prévenances.

— Non, c'est très bien ainsi, répondit Ariane, pensive.

Elle tâchait de recouvrer un peu de sérénité en se convainquant qu'il n'y avait rien d'extraordinaire à ce que Malcolm eût possédé une barque qu'il faisait naviguer sur un lac au pied d'une colline. Après un petit moment de silence, elle reprit :

— Ne soyez donc pas si anxieux à mon propos, monsieur. Tenez, je vais déjà mieux. Il se peut que mon mal de tête ait été provoqué par le soleil... Mais vous n'avez pas terminé l'évocation de vos souvenirs, je crois. Votre barque... Lui aviez-vous donné un nom ?

— Certainement ! s'exclama Malcolm. Ma barque s'appelait la *Sorcière des Mers*.

11.

Les porteurs de masques

Les choses sont rarement ce qu'elles paraissent.

Sir William Schwenck Gilbert.

Et, après tout, qu'est-ce qu'un mensonge ? Rien d'autre qu'une vérité masquée.

George Noel Gordon, lord Byron, *Don Juan*.

Le monde est une scène, les hommes et les femmes une simple troupe d'acteurs. Ils ont leurs entrées et leurs sorties, et un acteur peut jouer plusieurs rôles.

Shakespeare, *Comme il vous plaira*.

1848, à Londres
Portman Square, Hanover Square et Grosvenor Square

— Maman, je vous en prie, dites-moi la vérité ! Avons-nous séjourné en Ecosse, dans les Highlands, au bord du Loch Ness ?

325

Telle fut la première question qu'Ariane posa à sa mère le lendemain, à brûle-pourpoint, alors qu'elles prenaient leur petit déjeuner dans le salon du matin.

— Mais… non, ma chérie. Pourquoi… pourquoi me poses-tu cette question ?

— Parce que M. Blackfriars m'a fait hier certaines confidences troublantes.

— Je ne savais pas que tu l'avais revu, Ariane.

Mme de Valcœur, qui tournait inlassablement sa cuiller dans sa tasse de chocolat, cessa enfin et, sans bruit, elle posa la cuiller sur la soucoupe.

— Vous ne m'avez pas interdit de le revoir, fit observer Ariane.

— Non, mais je ne t'ai pas non plus encouragée à ces rencontres, ma petite. Cela dit, si tu te plais en la compagnie de M. Blackfriars — et il semble bien que ce soit le cas — ton père et moi ne voyons aucune objection à ce que vous soyez amis, bien sûr. Après tout, il est indéniablement beau garçon, intelligent, bien élevé… Son seul tort est de n'avoir ni titre ni fortune qui puissent faire de lui un mari possible pour toi. Mais, comme tu peux t'en rendre compte par toi-même, cela ne nous empêche pas de constater les éminentes qualités dont il est pétri. Et pour être tout à fait honnête — et j'espère que je le suis — je dois t'avouer que j'éprouve beaucoup de curiosité pour ce M. Blackfriars. Je suppose que c'est à cause de l'intérêt que toi-même manifestes pour lui. C'est pourquoi je te serais reconnaissante de me dire quelle confidence il t'a faite qui t'incite à m'interroger ainsi au sujet de l'Ecosse, des Highlands et du Loch Ness.

— Il m'a dit… Maman, il m'a dit que lorsqu'il était plus jeune, il habitait dans une ferme, et qu'il y a vécu jusqu'à la mort de son père. Il m'a dit aussi qu'il possédait une barque pour aller à la pêche, sur un lac, tout comme ce garçon qui s'appelle Collie, dans mes rêves. Mais ce n'est pas tout, maman ! La barque de M. Blackfriars s'appelait la *Sorcière des Mers*, comme celle de Collie ! Que pensez-vous de cela ?

La comtesse ne répondit pas immédiatement, car elle venait de s'étouffer en buvant son chocolat. Reposant brutalement la tasse sur la soucoupe, elle toussa avec tant de violence que sa fille conçut les plus vives alarmes.

— Maman ! s'écria-t-elle en se levant pour accourir. Maman, est-ce que vous allez bien ? Faut-il que j'appelle à l'aide ?

— Non… non, je vais bien, vraiment… C'est simplement que mon chocolat… est mal passé. J'ai juste besoin… d'un moment… pour reprendre ma respiration. Voilà… Tu vois ? C'est presque fini. Bon ! Que me disais-tu à propos de M. Blackfriars ? Veux-tu répéter, lentement, afin que je comprenne bien ce que tu essaies de me dire ?

Ariane répéta, mot pour mot, ce qu'elle venait de rapporter, et ajouta :

— Vous comprenez pourquoi je suis dans un tel état de confusion, maman. Ces deux bateaux qui portent le même nom, n'est-ce pas étrange ? J'ai de plus en plus l'impression que Collie et M. Blackfriars ne font qu'une seule et même personne. Mais si nous n'avons jamais séjourné en Ecosse, et plus précisément dans les Highlands, au bord du Loch Ness, comment cela serait-il possible ? A moins, bien sûr, que je n'aie un réel talent de voyance, comme Mme Polgar… Avec cette différence, toutefois, que ce don me porterait à voir dans le passé et non dans l'avenir.

— Mais, Ariane, M. Blackfriars ne t'a sûrement pas dit que le lac sur lequel il allait pêcher s'appelait le Loch Ness, n'est-ce pas ? Et puis, *Sorcière des Mers*, ce doit être un nom tellement courant pour les bateaux. Franchement, je pense que tu accordes à cette histoire plus d'importance qu'elle n'en a en réalité. Il s'agit de simples coïncidences, rien de plus.

— Je ne le pense pas, maman. Je ne saurais vous dire pourquoi, mais je ne le pense pas. Oh ! Comme j'aimerais pouvoir découvrir la vérité, d'une manière ou d'une autre ! Car si M. Blackfriars est le Collie de mes rêves, de mes cauchemars, cela signifierait que j'ai le pouvoir de connaître son passé… une partie de son passé tout au moins. Je brûle de savoir pourquoi.

— Est-ce que… est-ce que M. Blackfriars t'a confié quelque chose d'autre qui t'incline à penser de cette façon, ma petite ? demanda Mme de Valcœur en étudiant très attentivement une petite galette posée dans son assiette.

— Non, répondit Ariane en secouant la tête. Il m'a dit encore que la ferme de son enfance avait brûlé complètement, et que c'est à la suite de cet incendie qu'il était venu à Londres avec sa mère. Il faut savoir en effet que son père a trouvé la mort au cours de cette nuit tragique, dans l'incendie je suppose, mais il ne me l'a pas précisé.

— Je vois, murmura la comtesse. Mais, ma chérie, tu ne m'as jamais dit que tu voyais brûler une ferme, dans tes rêves. Tu ne m'as jamais parlé non plus d'un homme qui pourrait être le père de Collie. Donc, que tu veuilles l'admettre ou non, il y a beaucoup de différences entre ton rêve et l'histoire racontée par M. Blackfriars. Au risque de me répéter, il me semble qu'il n'a parlé que d'une barque sur un lac. C'est vague. Il n'a même pas mentionné les Highlands et le Loch Ness !

— Je sais… Je sais… Pourtant, maman, je ne peux me départir de l'idée que M. Blackfriars et Collie sont une seule et même personne.

— Eh bien, reprit Mme de Valcœur, disons que c'est un mystère… mais pas un grand mystère, selon moi. Je persiste à croire que tu te montes la tête, et j'espère que tu ne t'en ouvriras à personne d'autre qu'à moi. Car, pour te dire la vérité, ma petite, je serais extrêmement perturbée si je découvrais que tu as un don de voyance, à l'instar de Mme Polgar. Il faut dire que cette femme me met souvent très mal à l'aise.

— Dans ce cas, pourquoi faire d'elle une familière de notre maison ? s'étonna Ariane. Et d'abord, comment avez-vous fait sa connaissance ?

— Elle est passée un jour par Valcœur, dans sa voiture. Ducaire, ce nain qui l'accompagne partout, tenait les rênes. Or, ils s'étaient perdus et ils ont sonné à la porte du château pour demander leur chemin. Par chance, ton père et moi arrivions de Paris à ce moment-là. Ayant compris que nous n'avions pas affaire à n'importe qui, nous invitâmes Mme Polgar à entrer un moment pour se restaurer et se reposer, car elle voyageait depuis le matin par cette belle journée de printemps. Ducaire ayant fait fausse route, m'expliqua-t-elle, ils avaient manqué l'auberge où elle avait l'intention de passer la nuit. Nous partageâmes notre repas avec elle et je la trouvai fascinante, à cause de ses indéniables dons de voyance et aussi de son immense culture. Nous sommes donc devenues amies et le sommes restées. Il n'empêche que, parfois, elle me met mal à l'aise avec ses questions et ses prédictions.

— Eh bien ! s'écria Ariane, il me paraît que vous ne la connaissez pratiquement pas ! Quoi ? Ne comprenez-vous pas qu'elle pourrait fort bien n'être qu'une menteuse, qui profite de votre bonne volonté pour s'installer chez vous afin de vous jouer quelque tour de sa façon ?

— Certainement pas, car tu penses bien que ton père, qui n'est pas aussi bienveillant que moi, a fait procéder à une discrète enquête sur son compte. Cette femme est bien ce qu'elle prétend, une Tzigane, et Polgar est son véritable nom. Son mari était un noble roumain, comte ou baron, je ne me rappelle plus, qui perdit la vie dans des circonstances tragiques, duel ou accident, je ne me rappelle plus non plus. Ils avaient dû quitter leur pays pour des raisons politiques et vivaient à l'étranger, tout comme nous en ce moment. Après la mort de son mari, Mme Polgar a continué à voyager. Il est évident qu'elle descend d'une longue lignée de personnages doués de voyance. Parmi ses ancêtres figurent des templiers et des francs-maçons. C'est par eux qu'elle a des liens avec la France et l'Ecosse. C'est pourquoi je pense qu'elle est venue, elle aussi, s'installer ici quand elle a compris que la France n'était plus un pays sûr, et je crois savoir qu'elle compte se diriger vers l'Ecosse dans quelque temps.

— C'est peut-être la raison pour laquelle elle a montré tant d'intérêt pour M. al-Oualid et pour la recherche de celui-ci, concernant le monstre du Loch Ness. Vous ne croyez pas ?

— Je n'en sais rien. J'avoue que j'ai trouvé M. al-Oualid très étrange, et même inquiétant, et que j'ai trouvé plus bizarre encore l'intérêt que Mme Polgar lui marquait. Maintenant, je t'en supplie, Ariane, ne recommence pas à me fatiguer avec ce monstre du Loch Ness ! Tu sais très bien à quel point ce rêve, ou plutôt ce cauchemar, me perturbe. Franchement, j'en ai déjà assez entendu pour aujourd'hui !

— Très bien, maman, comme vous voulez, soupira Ariane avec résignation. De toute façon, M. Blackfriars m'a rapporté que, selon M. Quimby, la recherche de M. al-Oualid était vouée à l'échec.

— Je suis ravie de l'entendre ! M. Quimby me semble un homme très instruit et, surtout, très raisonnable. S'il ne croit pas que les serpents de mer existent, on peut tenir pour certain qu'ils n'existent pas.

*
* *

Les jours, les semaines passèrent. L'été battit son plein et très vite versa vers l'automne.

Quand d'autres obligations ne la retenaient pas, Ariane passait tout le temps qu'elle pouvait en compagnie de Malcolm.

Un lundi, son père participa à une vente aux enchères chez Tattersall, au numéro 10, Grosvenor Place, et il réussit à emporter trois beaux chevaux de selle. Ariane conçut quelque étonnement quant à cet achat, car si son père aimait monter, il en allait tout autrement de sa mère. Il semblait donc que deux chevaux seulement fussent nécessaires. Et pourtant, pour une raison qui lui échappait, son père avait cru bon d'acheter trois chevaux ; trois ! Encore plus curieux, l'un de ces trois chevaux était un superbe et fougueux étalon noir, trop fougueux en vérité, que M. de Valcœur n'avait aucunement l'intention de se réserver puisqu'il avait acquis pour lui un hongre bai. A Ariane revenait une belle et délicate jument blanche.

Malcolm fut donc le seul à monter l'étalon noir, chaque fois qu'il trouvait du temps pour accompagner Ariane dans ses promenades à Hyde Park.

Cet étalon lui convenait à merveille, songeait Ariane, qui se demandait aussi pourquoi son père l'avait acheté avec l'intention évidente d'en réserver l'usage à Malcolm. Incapable de trouver une explication raisonnable à cette acquisition pour le moins stupéfiante, elle finit par se dire que son père n'avait eu que l'intention de lui faire plaisir.

Quant à Malcolm, il semblait perplexe et très certainement bourrelé de scrupules. A l'évidence, il mettait un point d'honneur à ne tirer aucun avantage de ses relations avec le comte et la comtesse de Valcœur, et c'est pourquoi il avait longuement hésité à monter l'étalon. Chaque fois qu'il était question de promenade, il balançait encore, fugitivement. Mais une fois que le principe était acquis, il ne pouvait plus cacher le plaisir immense qu'il avait à utiliser cette monture superbe qui faisait bien des envieux, quand il galopait dans les allées de Hyde Park.

Il faut dire qu'il était excellent cavalier, et Ariane se rendait bien compte qu'elle n'était pas la seule à éprouver de l'attirance pour lui. Plus d'une fois elle avait surpris les regards énamourés que lui jetaient certaines belles promeneuses. Elle en éprouvait d'abord de la fierté, puisque c'était elle qui chevauchait à son côté, mais très vite la jalousie lui rongeait le cœur, puis la honte la submergeait car elle n'avait aucun titre à se laisser envahir par un tel sentiment.

Enfin la sérénité lui revenait, puisque Malcolm n'avait d'yeux que pour elle. Elle s'autorisait de cette constatation pour se dire que, peut-être — sans doute ! — il tombait amoureux d'elle, et que bientôt il serait aussi épris d'elle qu'elle l'était de lui. Jamais elle n'avait rencontré d'homme capable de l'enchanter. Malcolm était le premier, et s'il avait eu la possibilité de l'accompagner dans les salons mondains, s'il avait eu le droit de la courtiser, elle eût été au comble du bonheur. Hélas, sa joie de partager quelques moments de sa vie avec lui était gâchée par la conscience qu'ils n'appartenaient pas au même monde. Il n'était donc pas invité aux soirées, aux bals, aux fêtes innombrables que les classes supérieures donnent pour se divertir. Avec l'arrivée de l'automne, qui marquait le début de la Petite saison, Ariane était de plus en plus invitée, et paradoxalement elle se sentait de plus en plus seule.

Ce soir-là, elle devait accompagner ses parents à un bal masqué donné par la marquise de Mayfield. Au cours des jours précédents, elle avait tenté à plusieurs reprises de persuader Malcolm qu'il pouvait venir aussi. Poliment mais fermement, il avait refusé avec constance.

— Mademoiselle, lui expliqua-t-il une fois, vous devez comprendre, comme je comprends moi-même, que c'est une chose que de partager avec vous un panier de pique-nique dans le parc, de nous promener ensemble, à pied ou à cheval ; que c'en serait une autre, toute différente, que de m'imposer à vos parents et à vous-même dans le but de me faire inviter dans les salons où je ne suis pas espéré. C'est pourquoi je dois décliner votre invitation, quelque aimable et flatteuse qu'elle soit pour moi.

Ravalant avec peine la grosse boule de déception qui s'était formée dans sa gorge, Ariane avait répondu :

— Bien sûr, je comprends vos arguments, monsieur. Mais je voudrais… je voudrais que la société fût différente et qu'on pût juger un homme sur ses mérites ou son manque de mérites, plutôt que sur son rang ou l'état de sa fortune. En vérité, la naissance et l'argent ne sont rien, la valeur morale est tout. Chaque jour je m'en convaincs davantage.

— Vous avez sans doute raison, dit Malcolm. Malheureusement, c'est ainsi que va le monde dans lequel nous vivons et en réalité, je ne suis pas certain que ceux qui, à l'instar de Karl Marx et de Friedrich Engels, prêchent pour la révolution, aient de bons arguments pour étayer leurs thèses. Contrairement à ce que nous souhaiterions, les hommes ne naissent pas égaux, mais je persiste à croire qu'ils devraient recevoir les moyens de mener une existence meilleure s'ils en ont le désir. Mais la vérité oblige à reconnaître que les foules haineuses qui ont chassé le roi Charles Ier d'Angleterre et votre roi Louis XVI ont été incapables d'instaurer des sociétés plus justes que celles sur lesquelles régnaient ces monarques déchus. Je pense, en définitive, que le gouvernement idéal n'existe pas. Toutefois, il me semble que ceux qui aspirent aux plus hautes fonctions devraient être choisis parmi les meilleurs d'entre nous. Et encore… ne se trouverait-il pas encore des envieux pour désirer les chasser et prendre leur place ?

— C'est à peu près ce que j'ai dit à Sophie, il n'y a pas si longtemps, répondit Ariane.

Après un moment de silence, elle reprit :

— Pour en revenir à notre sujet de départ, si vous ne désirez pas assister au bal masqué de la marquise de Mayfield, vous me devez une compensation. Je vous propose donc que nous fassions la course jusqu'au bout de cette allée.

— Accordé !

Sans attendre davantage, Ariane pressa les flancs de sa jument blanche qui se lança dans un galop effréné. L'étalon noir de Malcolm ne se laissa pas distancer. C'est donc côte à côte que ces deux animaux magnifiques parcoururent à un train d'enfer le chemin qui longeait la rivière Serpentine au sud, en direction du pont qui donnait accès à Kensington Gardens. A la fin, toutefois, la jument donna quelques signes de fatigue et l'étalon gagna la course, de peu.

Ivre de joie, Ariane avait du mal à reprendre son souffle. Elle éprouva plus de difficulté après qu'elle eût, pendant un bref instant, l'impression que Malcolm se penchait vers elle avec l'intention de lui donner un baiser. Hélas, à sa grande déception, il ne s'agissait pour lui que de caresser l'encolure de sa jument blanche. Puis il se redressa et déclara d'un ton neutre qu'il était temps de rentrer ces chevaux à l'écurie, car ils étaient fatigués.

— Mademoiselle, il faut vous dépêcher de finir de vous habiller.

L'injonction de Sophie tira brusquement Ariane de sa rêverie. Son regard interrogateur obtint cette réponse :

— Vous n'avez pas entendu que Fanny vient de frapper à la porte de votre chambre, pour annoncer qu'il venait d'arriver un message urgent du comte et de la comtesse d'Eaton ? Ils ont dû quitter Londres en toute urgence — quelqu'un de leur famille est brusquement tombé malade — et ils souhaitent que nous emmenions avec nous leur nièce, lady Christine Fraser. En outre, des arrangements ont déjà été pris avec vos parents, afin que cette demoiselle puisse séjourner ici pendant quelques jours, jusqu'au retour de ses oncle et tante.

— Oh, cela promet d'être très amusant ! s'écria Ariane. N'est-ce pas, Sophie ? Lady Christine est ma meilleure amie, mieux, une sœur pour moi. Je regrette tant de n'avoir pas de frère ou de sœur, comme vous le savez.

— Oui, je le sais, mais je vous en prie, dépêchez-vous, maintenant, supplia la demoiselle de compagnie. Sinon, nous risquons d'arriver au bal de Mme la marquise plus en retard que ne le veulent les usages. Et il va falloir que nous fassions un détour par Hanover Square, afin de prendre lady Christine Fraser et ses bagages.

Grâce à l'aide efficace de Sophie, Ariane put promptement terminer de se préparer. Comme il lui suffisait d'un loup et d'un domino pour paraître au bal de la marquise, elle portait un costume tout simple, une robe et un loup blancs, par-dessus laquelle elle avait jeté un ample manteau, blanc lui aussi.

Enfin prête, Ariane descendit le grand escalier vers le vestibule du rez-de-chaussée pavé de marbre blanc et noir. Là, elle apprit que, pour se rendre chez la marquise à Grosvenor Square, ses parents feraient le trajet dans une voiture, tandis qu'elle, Ariane, en prendrait une autre avec Sophie, dans laquelle prendraient place lady Christine et sa demoiselle de compagnie, miss Jane.

— Je ne pense pas que nous pourrions tenir tous dans une seule voiture, expliqua Mme de Valcœur. A tout le moins, nous serions trop serrés et ce ne serait confortable pour personne.

335

Et puis, nos robes de bal seraient monstrueusement abîmées pendant ce voyage. Vous pensez bien que nous n'allons pas nous montrer au bal de la marquise — un des événements les plus importants de la Petite saison — en donnant l'impression que nous couchons dans nos vêtements !

— Vous avez tout à fait raison, ma chère amie, répondit M. de Valcœur. Quant à moi, je me garderais bien de vous demander pareil sacrifice.

Il parlait d'une voix compassée, mais ses yeux brillaient de malice, ce à quoi Ariane connut qu'il se moquait gentiment de sa mère.

Celle-ci ne s'y trompa point, puisqu'elle lui jeta un regard théâtralement offusqué et soupira :

— Quel méchant vous faites… Et dire que je vais devoir voyager avec vous ! En tout cas, ne vous avisez pas de froisser ma robe !

Ariane et Sophie montèrent dans la voiture qui suivit celle du comte et de la comtesse. Puis le petit cortège prit Orchard Street, en direction de Hanover Square, où attendaient lady Christine Fraser, miss Jane, sa demoiselle de compagnie, ainsi que les bagages prévus pour le séjour à Portman Square.

— Ariane ! s'écria lady Christine, tout sourires derrière son loup rose orné de plumes et de perles comme celui de son amie, tandis qu'elle s'installait dans l'habitacle. J'espère qu'ils ne vous ennuient pas, les arrangements que mon oncle et ma tante ont pris avec vos parents. Ils craignent sans doute de devoir rester assez longtemps en dehors de Londres, car le cousin de mon oncle Owen est vraiment très malade. C'est pourquoi ils ont voulu m'installer chez vous, de crainte que je ne souffre de la solitude.

— Ces arrangements ne m'ennuient pas le moins du monde, et

au contraire, j'attends votre arrivée avec impatience parce que je me réjouis d'avoir votre compagnie pendant quelques jours.

— Vous m'en voyez très heureuse. Nous allons, pour commencer, passer une excellente soirée chez lady Mayfield, et ensuite, nous continuerons à nous amuser beaucoup, pendant toute la durée de mon séjour chez vous.

Lady Christine se tourna vers sa demoiselle de compagnie pour lui demander alors :

— Vous avez bien pensé à apporter mon coffret à bijoux ?

— Oui, milady.

— Tant mieux, car j'aurais été extrêmement agacée de ne pas l'avoir avec moi. Oh ! Regardez dehors ! Voici que le brouillard s'épaissit. J'espère qu'il ne va pas se remettre à pleuvoir !

— Je pense qu'il s'agit de brumes sans conséquence, répondit Ariane après avoir jeté un coup d'œil à la nuit londonienne.

A peine avait-elle prononcé cette sentence que les premières gouttes de pluie s'écrasèrent contre les vitres de la voiture. Elle soupira :

— Je ne ferai plus jamais de prévisions.

— J'espère tout de même que nous n'allons pas nous faire tremper ! maugréa lady Christine. Jane, avez-vous pensé à prendre mon parapluie ?

— Oui, milady.

— Parfait ! Dans ce cas, nous n'avons pas à nous inquiéter, à moins, bien sûr, qu'il ne se mette à tomber des cordes.

Quand elles arrivèrent chez la marquise de Mayfield, la pluie tombait toujours avec modération.

Dans une zone de prairies et de marais d'une centaine d'acres, où s'était tenue pendant des siècles, au mois de mai, une foire turbulente qui avait donné son nom — Mayfair — au quartier, Grosvenor Square s'était construit dans un quadrillage de larges et belles avenues qui convergeaient vers une place centrale,

337

carrée, comportant en son centre un parc de forme ovale. Autour de cette place s'élevaient de grandes et imposantes maisons occupées par la crème de l'aristocratie britannique.

En descendant de voiture devant la résidence de la marquise de Mayfield, Ariane s'arrêta un instant pour regarder autour d'elle. Elle observa que beaucoup de lampadaires brillaient dans les environs, inondant d'une douce lumière la magnifique place ainsi que le parc. Sous le crachin, le spectacle était féerique. En ce début d'automne, les arbres s'étaient parés de leur livrée rouge ou jaune. Certains avaient perdu la presque totalité de leurs feuilles ; leurs branches nues et tordues, qui s'agitaient au moindre souffle de vent, ressemblaient à de grands bras tendus vers le ciel pour l'implorer.

Venu de la mer et poussé par le vent dans la vallée de la Tamise, le brouillard s'était encore épaissi. Ses lambeaux qui flottaient entre les arbres donnaient l'impression irrésistible que des fantômes se rassemblaient pour quelque mystérieuse cérémonie nocturne.

Brillamment illuminée, la maison de la marquise de Mayfield offrait un contraste saisissant avec la place et le parc moroses. En vérité, elle ressemblait à un château magique suspendu dans la nuit, gardé par une multitude de petits soldats qui n'étaient autres que les laquais en livrée rutilante, bien alignés et armés de parapluie pour protéger de la pluie les invités de la marquise.

Ayant franchi, sous ce baldaquin improvisé, le court chemin allant de la rue au porche, Ariane entra dans le vaste vestibule, tout en marbre blanc, éblouissant. Un majordome accueillit la famille de Valcœur, recueillit les manteaux et les chapeaux qu'il confia à un valet, puis il pria qu'on voulût bien le suivre jusqu'à la salle de bal, à l'entrée de laquelle il annonça, d'une voix de stentor, les nouveaux arrivants. La marquise salua ses

338

hôtes et leur souhaita de passer une excellente soirée. Après quoi, chacun se trouva libre de ses mouvements.

Tout comme la façade de la maison, la salle de bal resplendissait. D'immenses lustres aux pendeloques de cristal comportaient des milliers de chandelles dont la lumière se multipliait à l'infini grâce aux hauts miroirs qui tapissaient les murs entre les portes-fenêtres. Dans une galerie située en hauteur, l'orchestre jouait déjà. Quelques couples évoluaient sur le parquet ciré.

Conformément aux instructions de la marquise, les invités étaient revêtus d'un domino et cachaient leur visage derrière un loup. Ils constituaient des groupes disséminés dans la salle. Certains — des dames surtout — occupaient les chaises alignées le long des murs.

Au fond de la salle se trouvait le buffet. Sur de longues tables, nappées de blanc, avait été disposée une argenterie somptueuse, plateaux offrant des nourritures délicates, bassins contenant différentes sortes de punchs.

Toute à leur plaisante conversation, Ariane et son amie Christine se frayèrent un chemin dans la foule, et bientôt elles se virent entourées d'amis si nombreux que leurs carnets de bal ne tardèrent pas à être complets. Décidée à se divertir ce soir, Ariane dansa à en avoir mal aux pieds, mais elle persista à danser.

Elle se divertissait, en effet, mais sans cesser de penser que Malcolm ne serait pas là ce soir, ce dont elle s'affligeait secrètement. C'est avec lui qu'elle avait envie de danser, avec lui et personne d'autre, si bien que ses partenaires n'avaient pas de visage, parce qu'ils portaient des loups bien sûr, mais surtout parce qu'ils ne présentaient aucun intérêt. Ariane ne les voyait même pas.

Enfin, elle les trouva vraiment ennuyeux, tous ces jeunes gens qui s'évertuaient à l'étourdir sur la piste de danse. Elle n'eut plus

339

envie de continuer avec eux ces conversations convenues ; plus envie de sourire à leurs mots d'esprit ; plus envie de décourager les timides avances des timorés et de repousser fermement les propositions éhontées des audacieux. Plaidant la fatigue, elle abandonna soudain son dernier danseur en le priant de l'excuser et, louvoyant entre les groupes de causeurs le long des longues tables du buffet, elle s'en alla retrouver Christine qui sirotait tranquillement une coupe de punch.

— Christine, lui demanda-t-elle après un moment de conversation tranquille, qui est cet homme debout, là-bas, portant un loup et un domino écarlates ? Il garde son regard fixé sur nous.

— Où ?

— Là-bas, vous dis-je, près de l'arbuste en pot.

— Oh, mon Dieu ! s'écria Christine, bouleversée aussitôt qu'elle eut aperçu l'homme en question. Je ne savais pas qu'il serait ici, parce que, dans le cas contraire, je ne serais pas venue.

— Pourquoi ? Que se passe-t-il ? Qui est-il ?

— C'est le vicomte Ugo. Il faut que je vous avertisse solennellement, Ariane. Ne vous laissez approcher par cet homme en aucune façon, car il est de mœurs dissolues. C'est un débauché de la pire espèce.

— Vous le connaissez donc ?

— Malheureusement, oui. Nous avons eu l'occasion de nous rencontrer dans le passé, car sa famille est originaire des Highlands, tout comme celle de mon père.

— Quelle famille ?

— Foscarelli.

— Foscarelli ? Mais c'est un nom italien, n'est-ce pas ? Cette famille aurait donc émigré d'Italie pour venir s'établir en Ecosse ?

— Oui, il y a environ une centaine d'années. C'est une histoire étrange, et même inquiétante, que la leur ; en fait, une

340

histoire aussi diabolique que les Foscarelli eux-mêmes. Bruno, comte Foscarelli, un des ancêtres du vicomte Ugo, quitta l'Italie pour venir s'établir en Angleterre et non en Ecosse. Il est de notoriété publique qu'il fut obligé de fuir, à cause d'un énorme scandale provoqué par lui, mais de quelles exactions s'était-il rendu coupable, je n'en sais rien, et je pense que personne ne l'a jamais su vraiment. Quoi qu'il en soit, il se trouvait encore à Florence quand il noua des liens d'amitié avec sir Francis Dashwood, lequel avait fondé la société plus ou moins secrète connue sous le sobriquet de *Club de l'enfer*. Donc, quand le comte Foscarelli arrive en Angleterre, il retrouve son cher complice et le fréquente à Medmenham Abbey, où se tiennent les assemblées du Club de l'enfer, deux ou trois fois par an, d'après ce que je crois savoir. C'est au cours d'une de ces assemblées nocturnes que Foscarelli s'engage dans une partie de piquet avec lord Iain Ramsay, seigneur de Dundragon. Il faut rappeler ici que Dundragon était à cette époque un des fiefs les plus importants d'Ecosse. Pour faire bref, disons que Foscarelli a tout gagné sur Iain Ramsay. Il lui a pris tout ce que possédait cette famille, tant en Ecosse qu'en Angleterre. Je ne parle, bien sûr, que des Ramsay de Dundragon, car il faut savoir que ce clan comporte de multiples branches, en particulier les Ramsay de Dalhousie et a même de la parenté en France. Dépité, lord Dundragon eut la mauvaise idée de déclarer qu'il avait perdu parce que son adversaire avait triché. Cette affaire se conclut donc par un duel resté fameux, qui eut lieu dans Green Park, à l'aube de cette nuit funeste, et au cours duquel le comte Foscarelli tua lord Dundragon, d'un coup de pistolet.

— C'est affreux, murmura Ariane.

— Ce fut surtout affreux pour le pauvre lord Dundragon, répliqua Christine, d'un ton assez léger. Cela dit, je ne pense pas qu'on l'ait plaint, car il passait pour une tête folle et un vaurien de la pire espèce. Il avait de longtemps pris la mauvaise habitude de dilapider l'héritage familial. Toujours est-il que les Foscarelli devinrent les propriétaires légitimes de Dundragon, ainsi que de tous les autres domaines de la famille Ramsay, ce qui ne les empêche pas d'avoir encore du bien en Italie, je suppose, puisqu'ils continuent à arborer leur titre d'origine. Quant au titre de *seigneur de Dundragon*, tombé en désuétude, faute d'héritiers Ramsay, il a été saisi par la couronne d'Angleterre, ainsi que le veut la coutume.

— Lord Dundragon n'avait donc pas d'enfants ?

— Pas d'enfants, mais un frère cadet, le vicomte Strathmor.

— Le vicomte Strathmor dont nous a parlé M. al-Oualid lors de la soirée chez mes parents ? questionna Ariane, vivement troublée ; le vicomte Strathmor qui a dérobé une fabuleuse émeraude dans la tombe d'un grand-prêtre égyptien ?

— Pas celui-là, non, mais un de ses prédécesseurs dans la lignée. Le vicomte Strathmor dont je vous parle avait des héritiers, mais je ne sais pas ce qu'il est advenu d'eux. La rumeur dit qu'ils ont dû fuir l'Ecosse pour préserver leurs vies, car en restant exposés, ils eussent été assassinés par les Foscarelli.

— Pourquoi ?

— A cause de l'émeraude, le Cœur de Kheper ! Ce bijou fabuleux a disparu depuis longtemps, ce que M. al-Oualid nous a confirmé l'autre soir. Mais le comte Foscarelli devait penser que lord Dundragon l'avait en sa possession, et c'est pourquoi il l'a attiré dans ce désastreux jeu de piquet, afin de pouvoir mettre la main sur tous ses biens. Il ne fait plus de doute, aujourd'hui, que cet homme a triché pour arriver à ses fins. Comme tant d'autres, il croyait que l'émeraude avait la capacité de donner l'immortalité à ceux qui la possèdent.

— C'est une vieille légende, Christine ; de la superstition !

Je n'arrive pas à croire que quelqu'un puisse commettre un meurtre pour cette raison.

— Vous avez tort, Ariane, murmura Christine dont le visage avait pâli. Certaines gens ont tué pour s'approprier l'émeraude ! Mais je ne puis pas vous en dire plus pour le moment, car voici que le vicomte Ugo s'avance vers nous, et je ne voudrais pas qu'il entendît le moindre mot de cette conversation. Faisons semblant de ne pas le voir et il nous laissera peut-être tranquilles.

— Mais s'il vous en coûte tant d'avoir commerce avec lui, pourquoi ne le repoussez-vous pas tout simplement ?

— Parce que cela ne serait pas prudent. Ainsi que je vous l'ai dit, c'est un homme extrêmement dangereux, qui pourrait se venger cruellement s'il estimait que nous l'avons outragé. Je ne savais pas qu'il se trouvait à Londres. A mon avis, il a dû revenir au début de la Petite saison. Si je l'avais su, et si j'avais su que la marquise l'avait invité, je serais restée à la maison.

Christine ne put pas en dire plus, car le vicomte Ugo arrivait. Claquant des talons avec élégance, il s'inclina profondément, puis baisa dans les règles de l'art la main que la jeune fille lui tendait en cachant sa répugnance.

Sans paraître noter le frisson de dégoût qui la secouait à son contact — ou peut-être le prit-il pour une manifestation de plaisir — il déclara d'une voix douce :

— *Signorina* Christine, quel plaisir de vous revoir ! Voulez-vous avoir l'obligeance de me présenter à votre amie ? Je ne crois pas que nous nous soyons déjà rencontrés.

— Certainement. Mademoiselle Ariane, puis-je vous présenter lord Lucrezio Foscarelli, vicomte Ugo. Lord Ugo, voici mademoiselle Ariane de Valcœur. Ses parents et elle sont venus de Paris au printemps dernier, juste après l'abdication du roi Louis-Philippe.

— Comment allez-vous ? murmura Ariane en offrant sa main à baiser.

Son imagination lui jouait-elle des tours, où l'Italien avait-il sursauté en entendant son nom ? Toutefois, après quelques secondes, il retrouva un comportement tout à fait normal. Ariane songea alors qu'elle se laissait trop influencer par l'histoire que venait de lui raconter son amie.

Le jeune homme souriait, mais n'était-ce pas un sourire de prédateur qu'il arborait ? Ses dents éclatantes de blancheur dans un visage basané, sous son loup écarlate ; ses yeux noirs très mobiles qui luisaient dans les fentes du loup, le faisaient irrésistiblement ressembler à une bête féroce guettant sa future proie. Comme son amie, Ariane connut un frisson très désagréable, et elle se trouva si troublée qu'elle entendit à peine la question qui lui était posée.

— Appréciez-vous la vie à Londres, *signorina* ?

— Au début, j'avais le mal du pays, répondit-elle mécaniquement, mais je me trouve tout à fait heureuse maintenant.

— Et pour quelle raison — s'il m'est permis de vous poser la question — avez-vous ainsi changé ? Puis-je conjecturer qu'un prétendant à votre main vous aide à voir la capitale anglaise sous un autre jour ?

— Si c'était le cas, cela ne regarderait que moi, monsieur.

— Ha ! Ha ! Ha !

Jetant la tête en arrière, le vicomte riait à gorge déployée, mais son rire trop sonore, excessif, était celui d'un démon. Un nouveau frisson secoua Ariane, plus désagréable que le précédent.

— De quelle façon magistrale vous m'avez remis à ma place ! s'exclama le jeune homme redevenu sérieux. Si j'ai bien compris, il faut que je cesse de me mêler de ce qui ne me regarde pas, n'est-ce pas ?

— Je ne faisais qu'énoncer une évidence, répliqua Ariane.

Maintenant, si vous voulez bien m'excuser, il faut que j'aille rejoindre ma mère que j'ai vue, là-bas, m'adresser un appel discret.

— Certainement. Ce fut un plaisir que de vous rencontrer, *signorina* Ariane.

Ariane eût souhaité pouvoir répondre que tout le plaisir était pour elle, mais, incapable d'hypocrisie, elle se contenta d'un signe de tête. Puis elle se tourna vers son amie qui avait assisté, muette, à la scène.

— Venez-vous, Christine ?

Le jeune Italien s'interposa.

— En fait, *signorina* Christine, si vous pouviez me consacrer quelques instants, je vous en serais extrêmement reconnaissant. Il y a certain sujet dont j'aimerais vous entretenir.

— Comme vous voulez, milord, répondit Christine, d'une voix lasse qui trahissait sa répugnance.

Il en coûtait à Ariane d'abandonner son amie entre les mains du vicomte Ugo, mais en ces circonstances, elle ne disposait d'aucun moyen pour l'entraîner, et en insistant elle se fût montrée réellement discourtoise, ce qui pouvait avoir des conséquences fâcheuses si elle voulait en croire ce qui lui avait été dit. Il suffisait donc d'avoir prétendu que sa mère l'appelait, un mensonge que leur interlocuteur avait peut-être percé à jour. S'attarder, en trouvant un nouveau prétexte tout aussi fallacieux ? Impossible, puisque le vicomte avait clairement fait savoir qu'il souhaitait un entretien en privé. A contrecœur donc, Ariane s'éloigna, elle se fondit dans la foule des invités, en réfléchissant à tout ce qu'elle venait d'apprendre et de vivre.

Subitement elle s'arrêta. Une pensée étrange venait de la frapper. Ce jeune homme, ce vicomte Ugo, voilà qu'il lui semblait vaguement familier. Elle n'en avait pas pris conscience immédiatement, à cause du loup et du domino qu'il portait. Or, elle avait de plus en plus l'impression de l'avoir déjà rencontré quelque part, ce qui n'était sûrement pas possible… Pourquoi cette idée s'incrustait-elle dans son esprit ?

Elle était si troublée, si perdue dans ses pensées, qu'elle se remit en marche sans s'en rendre compte et qu'elle heurta aussitôt un invité de la marquise.

— Oh, pardon, monsieur, dit-elle en rougissant. Je suis désolée. Veuillez me pardonner.

Comme l'homme ne lui répondait pas, elle scruta ce visage impénétrable sous le loup et le domino noirs, et son trouble s'accentua.

— Monsieur Blackfriars ? balbutia-t-elle. Non, pardonnez-moi encore. J'avais cru reconnaître quelqu'un de ma connaissance, mais c'est une erreur.

Elle croisa le regard de l'homme, regard d'un bleu intense qui ne pouvait être celui de Malcolm, lequel avait les yeux gris. Voilà qui acheva de la convaincre qu'elle s'était trompée.

— Parlez-vous de M. Malcolm Blackfriars, milady ? demanda l'homme. Est-il de vos amis ?

— Mais oui, monsieur, répondit-elle, le cœur battant. Le connaissez-vous aussi ?

— Certainement, milady. Malcolm et moi sommes de bons amis. Eh bien ! Puisque nous pouvons nous targuer de cette relation commune, permettez-moi de me présenter. Nicolas Ravener, pour vous servir, milady.

Le jeune homme s'inclina devant la jeune fille qui lui dit :

— Ariane de Valcœur.

Il sembla à la jeune fille que son interlocuteur pâlissait. Il ouvrit la bouche mais aucun son n'en sortit. Visiblement troublé, il porta son regard de tous côtés puis déclara d'une voix hachée :

— Je vous demande mille fois pardon, mademoiselle, mais

346

je viens d'apercevoir quelqu'un avec qui je dois m'entretenir de toute urgence. C'était un réel plaisir que de vous rencontrer, mais il faut que je vous quitte déjà.

Plantant là Ariane stupéfiée par ce comportement si étrange, M. Ravener s'éloigna à grands pas. Le suivant des yeux, elle découvrit que la personne qu'il voulait voir n'était autre que le vicomte Ugo, lequel venait de franchir l'une des portes-fenêtres qui donnaient accès à la terrasse et, au-delà, aux magnifiques jardins de la marquise.

Perplexe, Ariane prit le même cheminement. A son tour elle sortit de la maison et s'avança sur la terrasse en veillant à rester dans l'ombre afin de ne pas être aperçue par les deux hommes. L'air de la nuit était plutôt froid et chargé de brume, si bien qu'ils étaient fort peu nombreux, les hôtes de la marquise qui s'aventuraient dehors. Ils préféraient l'atmosphère brillante, chaude, souvent enfumée de la salle de bal et des différents salons où ils pouvaient jouer aux cartes ou au billard. En fait, Ariane ne vit personne d'autre que les deux hommes qu'elle espionnait.

De son poste d'observation, à la balustrade de la terrasse, derrière un if en pot, elle observa l'Italien qui s'arrêtait pour allumer un petit cigare. Elle vit M. Ravener qui le suivait… mais, à sa grande surprise, au lieu de le rattraper pour entamer une conversation avec lui, ainsi qu'il le lui avait annoncé, il se dissimula derrière une stèle supportant un dauphin en marbre. Quand le vicomte Ugo se remit en marche, il le suivit, toujours aussi discrètement, toujours aussi furtivement.

De plus en plus intriguée, Ariane descendit l'escalier de la terrasse afin de poursuivre sa discrète enquête. Frissonnant sous son domino incapable de la protéger de la fraîcheur nocturne, elle s'enfonça dans les allées en veillant, elle aussi, à toujours rester dissimulée derrière les arbustes et les nombreux ornements du jardin.

De cette façon elle atteignit la fontaine centrale, dont les eaux tombaient avec bruit dans un petit étang bordé d'une margelle en marbre. Là s'était arrêté l'Italien, qui tirait sur son cigare avec une évidente satisfaction, en observant les évolutions des poissons rouges dans le bassin.

Recroquevillée dans une anfractuosité d'un massif de buis, Ariane aperçut M. Ravener qui sortait de l'ombre d'un érable, qui se dirigeait vers le vicomte Ugo et qui, soudain, se rua sur lui avec des intentions visiblement belliqueuses. En effet, il l'attrapa par-derrière, lui fit de son bras droit un collier serré autour du cou, tandis que de son autre bras il l'agrippa par la chemise qui se déchira dans un craquement sec.

Les deux hommes se livrèrent une lutte acharnée et brève, silencieuse aussi, qui parut durer une éternité à Ariane, pétrifiée d'horreur. Puis M. Ravener réussit à pousser l'Italien dans le bassin, avant de s'enfuir à toute vitesse.

Le vicomte Ugo sortit de l'eau. Apparemment il n'avait aucun mal. Il s'ébroua, enjamba la margelle sur laquelle il retomba assis, et il resta là, indécis, mais agité. Sans doute débattait-il de la conduite à tenir.

Lentement, Ariane sortit de sa cachette et recula, toujours dans l'ombre. Quand elle se jugea assez éloignée du lieu du combat, elle se retourna et s'enfuit, du plus vite qu'elle put malgré ses jambes tremblantes, vers la maison de la marquise.

348

12.

Les voleurs dans la nuit

N'amassez pas de trésors sur la terre, où les mites et la rouille corrompent tout, où les malfaiteurs percent les murs pour voler. Amassez plutôt des trésors dans le ciel.

Evangile selon saint Mathieu.

Un homme descendait de Jérusalem à Jéricho. Il tomba entre les mains de voleurs.

Evangile selon saint Luc.

Le jour est pour les honnêtes gens, la nuit pour les voleurs.

EURIPIDE, *Iphigénie en Tauride.*

1848
A Londres : le Strand et les quais de la Tamise

Le lendemain du grand bal costumé que la marquise avait donné en sa maison londonienne de Grosvenor Square, Malcolm, qui ne connaissait pas encore les incidents si étranges qui avaient marqué cet événement mondain, passa presque tout l'après-midi du samedi en compagnie de Nicolas Ravener, pour s'exercer au tir dans leur taverne favorite de Battersea Fields, la Maison Rouge. Ensuite, à 6 heures du soir, ils entrèrent à l'hôtel Calédonien, dans Robert Street, non loin du Strand, et là, pour deux shillings et six pence chacun, ils eurent droit à une pinte d'excellente bière ainsi qu'à un repas simple mais succulent, servi à la table d'hôte.

Morose, Malcolm buvait sa bière à petites gorgées, en silence. Il se sentait coupable car, depuis quelques semaines, il consacrait presque tout son temps libre à Ariane. Pour cette raison, il délaissait son entraînement à la boxe chez Rory Hoolihan et à l'escrime chez M. Henry le Jeune ; il venait plus irrégulièrement tirer à la Maison Rouge et donc il négligeait son ami Nicolas Ravener. Il n'avait plus vu celui-ci depuis plusieurs jours ; pour être exact, depuis une séance d'entraînement à la boxe chez Rory Hoolihan, dix jours plus tôt. Là, il avait tenté d'exorciser ses frustrations en frappant un sac de sable avec une telle fureur que ç'avait été un miracle si l'enveloppe de cuir n'avait pas éclaté.

— Vous êtes bien nerveux, ce soir, avait observé Nicolas Ravener. Des ennuis ?

— Non… en fait, oui, à cause de mes fichus principes !

Cessant de violenter le sac de sable, Malcolm avait alors expliqué, en souriant tristement :

— J'ai noué des liens d'amitié avec une jeune demoiselle… et avant que vous ne me posiez la question, je tiens à préciser que je ne lui fais pas la cour même si, honnêtement, je dois reconnaître que j'aimerais être admis à la fréquenter. Malheureusement, elle évolue dans une sphère de la société tellement plus élevée que la mienne que je ne peux même pas rêver d'un mariage entre nous, à moins — hypothèse peu vraisemblable — qu'une subite faveur de la Fortune ne m'élève à son niveau. Cette demoiselle doit participer, vendredi prochain, à un bal masqué donné par la marquise de Mayfield, ce qui vous donnera une idée du monde auquel elle appartient. Elle m'a demandé plusieurs fois de l'y accompagner, mais j'ai été obligé de refuser, n'ayant pas été invité par la marquise qui ignore totalement mon existence, comme vous pouvez l'imaginer. Mais il faut que je vous avoue, Nicolas, que j'ai été sérieusement tenté de revêtir un loup et un domino pour m'introduire dans cette soirée et ainsi frayer avec la crème de la crème, car j'ai appris, de la meilleure source qui soit, que la meilleur société londonienne sera, ce soir-là, rassemblée à Grosvenor Square.

— Eh bien ! avait répondu Nicolas Ravener en souriant, pourquoi ne mettez-vous pas votre projet à exécution ? Après tout, que risquez-vous ? Qui saurait que vous n'êtes pas invité ? Qui oserait vous questionner ? Vous savez que vous n'avez pas besoin de présenter un carton gravé à l'entrée de la maison ? Passez par-derrière, faufilez-vous dans le jardin et entrez dans la salle de bal par une des portes-fenêtres. Voilà l'astuce, Malcolm ! Puisque tout le monde sera déguisé, une fois que le bal battra son plein, personne ne prêtera attention à vous, personne ne soupçonnera que vous n'avez pas été régulièrement invité. Après tout, qu'est-ce qui distingue un homme portant loup et domino, de dizaines d'autres hommes portant loup et domino ?

— Seigneur ! s'était écrié Malcolm stupéfait. On jurerait que vous vous êtes déjà adonné à ce genre de supercherie.

— Je l'avoue, oui, une fois ou deux. J'avais trouvé le procédé amusant et j'avais eu envie d'essayer. Vous savez que la fortune sourit aux audacieux, n'est-ce pas ? Orphelin à douze ans, j'ai toujours eu à lutter pour obtenir tout ce que je voulais de cette vie. De là me vient, sans doute, cette hardiesse qu'on ne trouve pas chez tout le monde, j'en conviens.

— Je suis désolé. Je ne savais pas que vous aviez eu une enfance aussi difficile.

— Normal que vous n'en sachiez rien, car je n'ai pas pour habitude de disserter sur mon passé.

— Sur votre présent non plus, avait alors observé Malcolm, sur un ton un peu vif. Voilà plusieurs mois que nous nous connaissons, et pas une seule fois vous ne m'avez parlé de votre famille, de vos amis. Vous ne m'avez pas dit quels étaient vos moyens de subsistance. Je ne sais même pas où vous habitez. Vous ne m'avez rien révélé de personnel. En vérité, je ne sais rien de vous. Pardonnez-moi, je n'ai pas l'intention de me montrer indiscret. Après tout, vous avez parfaitement le droit de protéger votre vie privée. Il n'empêche que la curiosité me taraude.

Pour réponse à cette tirade, Nicolas Ravener avait légèrement haussé les épaules, puis il avait dit :

— La vérité est toute simple : c'est que je n'ai pas grand-chose à vous révéler, voilà tout. Ainsi que je viens de vous le dire, mes parents sont morts alors que j'avais douze ans. Orphelin depuis cet âge, j'ai l'habitude de mener une vie assez solitaire et je n'ai pas d'autre ami que vous. Mes moyens de subsistance ? Je suis joueur professionnel, ce qui me permet d'employer mon temps comme il me plaît et de ne répondre à aucun autre maître que moi-même. Je boxe, je fais de l'escrime et je tire au pistolet, comme vous le savez déjà, parce que dans ma profession, on n'est jamais trop prudent. Pour terminer, sachez que je loge à l'auberge de Saint Georges et du Dragon, rue Saint-Michel. Voilà ! Que voudriez-vous encore savoir ?

— Euh… rien… Je vous remercie d'avoir satisfait ma curiosité.

— Je vous en prie…

Maintenant, en se rappelant cette conversation alors qu'il buvait silencieusement sa bière, Malcolm s'avisa soudain que

352

si son ami était joueur professionnel, il devait côtoyer toutes sortes de gens dans toutes les classes de la société, relations qui pourraient s'avérer fort utiles pour localiser et retrouver le Cœur de Kheper.

Accablé de ne pouvoir faire sa cour à Ariane, Malcolm s'affligeait aussi de n'avoir pas accompli le moindre progrès dans sa quête du fabuleux joyau. M. Quimby avait rassemblé de nombreuses cartes représentant le pays autour de Dundragon au cours des siècles précédents, mais jusque-là, leur étude n'avait rien produit de concret. Jakob Rosenkranz n'avait rien appris non plus sur la deuxième croix, celle qui devait avoir appartenu à l'oncle Charles. Quant à Boniface Cavendish, il n'avait rien de nouveau à dire sur lord Rob Roy Ramsay et sur l'ordre mystérieux — les Fils d'Isis — fondé par celui-ci.

Malcolm avait annoncé son intention de retourner en Ecosse, dans les Highlands, au bord du Loch Ness, afin de découvrir, si possible, les identités de tous les Fils d'Isis, et ensuite de retrouver leurs descendants actuels. Hélas, il avait découvert à cette occasion que le libéralisme de M. Quimby avait des limites, car celui-ci lui avait alors fermement fait savoir qu'il avait besoin de lui dans la boutique et qu'il ne pouvait lui permettre de disparaître pendant un laps de temps assez long. A regret, quoi qu'il comprît les raisons de son patron, Malcolm avait abandonné son projet et accepté que M. Cavendish — qui, d'ailleurs, en connaissait plus long que lui sur les manuscrits anciens et pouvait donc se montrer plus efficace — se rendît lui-même en Ecosse pour accomplir cette mission.

— Car il est possible que notre ami Cavendish, avait expliqué M. Quimby, puisse trouver, à la British Library, des documents extrêmement importants, cachés là depuis des siècles. Et bien sûr, n'oublions pas non plus la bibliothèque du Dr Williams à Cripplegate, ainsi que nos prestigieux établissements universitaires richement dotés en livres anciens. Certes, je doute un peu que ceux-ci nous fournissent des renseignements intéressants, mais on ne sait jamais, n'est-ce pas ?

Voilà pourquoi, alors qu'il prenait son dîner en compagnie de Nicolas Ravener, Malcolm, moins loquace qu'à l'habitude, se demandait s'il n'allait pas confier son grand secret à son ami, avant de lui demander son aide. Il balança longtemps, puis conclut qu'il n'avait pas le droit de lancer cette initiative sans en avoir référé auparavant à ses trois alliés Quimby, Rosenkranz et Cavendish. A regret, donc, il retint sa langue.

Leur repas terminé, Malcolm et Nicolas Ravener, ne sachant trop que faire pour occuper la fin de leur soirée, décidèrent de se rendre au théâtre royal *Adelphi*, situé sur le Strand, non loin de Robert Street.

D'abord paré du nom français de *Sans Pareil*, ce théâtre avait été fondé quelque cinquante ans plus tôt par un marchand de teinture bleue, John Scot. Non content de vendre sa *Véritable Teinture Bleue*, M. Scot plaçait aussi des lanternes magiques chez ses clients. Ayant une fille qui nourrissait une passion extrême pour la scène et rêvait de devenir actrice, il avait eu l'idée, pour lancer la carrière de celle-ci, de transformer en théâtre l'arrière de ses entrepôts qui ouvraient sur le Strand. Son initiative avait été couronnée d'un succès inespéré, et très vite il avait fallu démolir tout le bâtiment pour construire à la place un vrai théâtre qui, au cours des décennies suivantes, avait plusieurs fois changé de propriétaire et de nom ; moins de dix ans plus tôt, il avait été agrémenté d'une nouvelle façade, plus à la mode.

Dès sa fondation, ce théâtre s'était rendu fameux par sa production de mélodrames, de comédies, de pièces burlesques et de véritables pantalonnades.

Malcolm et Nicolas Ravener payèrent deux shillings chacun

354

pour une place de parterre. Etant donné que les portes s'ouvraient à 6 heures et demie et que le rideau se levait à 7 heures, ils avaient manqué la première pièce de la soirée, intitulée *La fiancée venue de la mer*, un mélodrame en deux actes. Mais ils arrivaient juste à temps pour voir *Paul le Curieux*, une comédie en trois actes, avec Edward R. Wright, acteur fameux, dans le rôle titre.

Malcolm riait de bon cœur, à l'unisson avec le reste du public. Il était heureux de pouvoir oublier ses tracas, pour un temps, au moins. La pièce terminée, il décida, en accord avec Nicolas Ravener, de voir encore la pièce qui suivait, une farce en un acte intitulée *Catastrophes*. Quand ils sortirent du théâtre, ils dirigèrent leurs pas vers un bar à huîtres, situé dans Adelphi Street. Ils y prirent un dernier verre et une collation.

Finalement, alors que les douze coups de minuit n'allaient pas tarder à sonner, Malcolm se leva et s'étira avant de déclarer :

— Il commence à se faire tard, Nicolas. Il est temps que je rentre à la maison pour me mettre au lit. Le dimanche aussi je dois me lever tôt, pour accompagner ma mère à l'église. Je vous proposerais bien de prendre un fiacre à frais partagés, mais étant donné que vous logez à l'auberge de Saint Georges et du Dragon, nous partons dans des directions diamétralement opposées. C'est pourquoi je vous souhaite dès maintenant une bonne nuit.

— Et moi, je pense que je vais terminer ma bière et partir dans un petit moment, répondit Nicolas Ravener. J'ai passé une bonne journée. A bientôt, donc. Prenez soin de vous, et revoyons-nous la semaine prochaine, si vous le voulez bien. Bonne nuit, Malcolm.

Ayant revêtu son manteau dans l'atmosphère enfumée et mal éclairée du cabaret, Malcolm sortit dans la nuit brumeuse. Quittant Adelphi Street, il remonta Adam Street en direction du Strand, où il avait toutes les chances de trouver un fiacre malgré l'heure fort tardive. Mais, alors qu'il arrivait sur l'avenue et qu'il levait le bras pour héler un véhicule en maraude, il s'aperçut qu'il s'était trompé de manteau et qu'il avait pris celui de Nicolas Ravener. Etant de taille et de constitution à peu près semblables à celles de son ami, rien n'avait attiré son attention quand il avait passé le manteau de celui-ci, et il avait fallu qu'un souffle de vent venu de la Tamise soulevât son collet tombant et le lui rabattît sur la tête pour qu'il prît conscience de son erreur : son propre manteau n'avait pas de collet tombant.

Jurant contre son étourderie, il retourna sur ses pas pour regagner le cabaret, en espérant que Nicolas Ravener n'avait pas encore quitté la place.

Les réverbères luisaient doucement dans la brume nocturne venue de la mer. L'air froid et humide pénétrait les vêtements. Malcolm en sentait les effets. Pour cette raison aussi, il hâta le pas.

Il arrivait aux abords du cabaret quand un épais nuage de brume l'environna et l'empêcha d'y voir. C'est à ce même moment qu'il perçut des bruits de lutte, des gémissements de douleur. Aussitôt, poussé par son instinct, il se mit à courir, et très vite il aperçut Nicolas Ravener engagé dans un combat inégal, contre deux hommes portant des masques et vêtus de dominos ; l'un était armé d'un couteau dont la longue lame luisait sinistrement à chaque coup qu'il essayait de porter.

Nicolas Ravener n'était pas complètement désarmé puisqu'il ne quittait jamais une canne dont le pommeau d'argent portait une gravure représentant un dragon ailé. Malcolm découvrit que cette canne recélait en fait une épée dont son ami usait avec l'art consommé d'un bon escrimeur. Lui aussi portait des coups dangereux, et ainsi avait-il réussi, jusque-là, à tenir ses agresseurs à distance.

Il était toutefois en fâcheuse posture, car les deux autres

avaient réussi à le faire reculer jusqu'au quai bordant la Tamise. Il risquait de tomber dans l'eau d'un moment à l'autre. Malcolm se dit alors qu'il avait assez tergiversé et qu'il était temps d'agir. Brandissant son parapluie, il se lança dans la mêlée et fondit sur le plus proche des malandrins, celui qui ne portait pas d'arme. Il lui asséna un coup terrible.

Celui-ci vacilla, puis se retourna. Il dévisagea son agresseur et s'écria, mi-étonné, mi-goguenard :

— Pas possible ! Toby, tu sais quoi ? C'est le Gribouilleur ! C'est lui, là !

— Tue-le, Badger ! répondit le dénommé Toby. Le laisse pas se tailler, cette fois.

Entendant les noms de ces deux malfaiteurs, Malcolm crut tomber des nues. Ainsi, des années après leur première rencontre, il se battait de nouveau contre le pickpocket Tobias Snitch et le complice de celui-ci, Dick Badgerton, dit Badger, autrefois apprenti chez M. Quimby et qui avait si mal tourné ! Comment s'étonner s'ils avaient cru devoir porter des masques et des dominos ? Il fallait croire qu'ils étaient sur ses traces depuis quelque temps déjà, et, ne voulant pas être reconnus de lui lorsqu'ils commettraient leur mauvais coup, si, par malchance pour eux, ils ne parvenaient pas à leurs fins, ils s'étaient ainsi dissimulés dans ces costumes de fête. Et puis, quel meilleur moyen d'échapper aux investigations de la police, s'ils pouvaient passer, dans la rue, pour de paisibles noctambules se rendant à un bal masqué ?

Mais, à cause de l'échange des manteaux, ils avaient pris Nicolas Ravener pour Malcolm et, laissant passer celui-ci lorsqu'il était sorti du cabaret, c'était sur celui-là qu'ils étaient tombés à bras raccourcis, pour commettre leur mauvais coup.

Tout en continuant à lutter contre Badger, Malcolm se demandait combien d'années les deux méchants garçons avaient passées en prison, après avoir comparu en justice pour avoir tenté de dévaliser M. Quimby. Quand étaient-ils sortis ? Depuis combien de temps méditaient-ils leur vengeance contre lui ? Ils devaient le haïr avec férocité, ce qui se comprenait de leur point de vue, puisque, sans son intervention, Toby n'eût pas été pris en flagrant délit, Badger n'eût pas été confondu, et les deux n'eussent pas fini en prison.

Pourtant, il ne fallait pas les plaindre. Leur mésaventure eût pu s'avérer pire car, Badger étant apprenti au moment des faits, les deux garçons avaient été incarcérés à City Bridewell, une ancienne résidence royale dont une grande partie avait brûlé pendant le Grand incendie de Londres en 1666, et que le roi Edouard VI avait transformée en maison de correction pour garçons rebelles et vagabonds. Depuis plusieurs décennies, on tentait, dans cet établissement, de remettre les jeunes délinquants sur la voie de l'honnêteté au lieu de ne songer qu'à les humilier, mais il était de notoriété publique que ces généreux efforts échouaient dans la majorité des cas et que les pensionnaires en sortaient plus coriaces qu'ils n'y étaient entrés. Apparemment, c'était le cas de Toby et de Badger.

Robuste et agile, rompu aux techniques du combat de rue, Badger constituait un adversaire redoutable pour Malcolm pourtant plus grand et plus lourd que lui, et qui, en outre, devait maintenant se battre à mains nues puisque son parapluie cassé ne pouvait plus lui servir de rien.

— Dans ma poche, Malcolm ! cria Nicolas Ravener qui continuait de bondir en avant, en arrière ou de côté, pour éviter la longue lame dont Toby Snitch usait de taille et d'estoc contre lui.

Quelques précieuses secondes passèrent avant que Malcolm comprît le sens de ce message. Puis, soudain, prenant conscience qu'il portait le manteau de son ami, il plongea une main dans la poche gauche de l'ample vêtement, puis l'autre main dans la poche droite, tout en esquivant les coups que lui portait Badger.

Sa main droite se ferma sur un objet métallique et froid qu'il reconnut immédiatement et qu'il tira à l'air libre, un tout petit mais très efficace pistolet inventé quelques décennies plus tôt par M. Henry Derringer. Sans hésiter, il tira, presque à bout portant, sur son adversaire qui fondait sur lui une nouvelle fois.

Pendant un court instant qui lui parut interminable, il crut avoir manqué sa cible. Badger, certes arrêté net dans son élan, restait debout, immobile, à le regarder d'un air ébahi. Puis, très lentement, il porta ses deux mains à sa poitrine, le sang coula entre ses doigts crispés, il chancela, fit deux pas en arrière et donna l'impression qu'il allait s'écrouler.

Gravement touché certes — d'impressionnants flots de sang sourdaient maintenant de sa poitrine —, Badger n'en était pas mort pour autant. Après un instant d'affaiblissement, il reprit soudain de la vigueur. Fou de douleur et de rage, il s'élança sur Nicolas Ravener en poussant des cris de bête sauvage, et tomba avec lui dans les eaux noires de la Tamise.

Bouleversé, désarmé parce que le pistolet ne pouvait tirer qu'une seule balle, Malcolm se tourna vers Toby qui, passé un bref moment de stupéfaction, retrouvait lui aussi toute sa hargne et lui lança avec force, en agitant son coutelas d'un air menaçant :

— Tu as tué Badger, Gribouilleur. Tu vas me le payer, et cher !

Que faire ? Malcolm devait prendre une décision, vite, afin de sauver la vie de son ami et la sienne propre. Sans trop réfléchir, il jeta à la tête de son adversaire son pistolet désormais inutile, puis, tandis que celui-ci se baissait pour éviter le choc, il fonça, tête baissée, et le heurta avec une telle violence qu'il l'entraîna dans la Tamise.

L'eau était si froide qu'il en eut la respiration coupée et que, paralysé, il se vit incapable de faire le moindre mouvement, si bien qu'il coula à pic. Il crut qu'il allait se noyer. Il réussit pourtant à remonter à la surface, qu'il creva en aspirant frénétiquement, et aussitôt après, il chercha autour de lui. Où était Nicolas Ravener ? Il l'aperçut qui flottait, inerte. Frénétique, craignant d'arriver trop tard, il nagea vers lui, l'attrapa et l'entraîna vers la rive qui ne se trouvait pas très loin, mais il lui fallut un temps infini pour parvenir au but.

Par chance, il trouva un escalier de bois. Il se hissa sur les premières marches. Il y tira Nicolas Ravener inconscient, le retourna, lui pressa sur le dos plusieurs fois, jusqu'à ce que celui-ci se mît à régurgiter de grandes quantités d'eau en toussant et en hoquetant. Le giflant pour le ramener tout à fait à la conscience, il l'interpella d'une voix pressante.

— Nicolas… Nicolas ! Est-ce que vous allez bien ? Allez-vous pouvoir vous mettre debout ?

— Oui… si vous voulez bien… me prêter main-forte.

Quand Malcolm, non sans mal, eut réussi à remettre son ami sur pied, il s'aperçut qu'il avait le plastron de la chemise taché de sang.

— Vous êtes blessé ! s'écria-t-il.

— Oui, je sais, murmura Nicolas Ravener en hochant la tête. Ce sale petit morveux… a réussi… à me piquer avec son couteau.

— Pouvez-vous marcher ? Il faut que je vous emmène à l'hôpital, et je n'ose pas vous abandonner ici pour aller chercher du secours, car j'ignore si Toby Snitch sait nager ou non. J'espère sincèrement que ce n'est pas le cas et qu'il s'est noyé, mais c'est un pari que je ne peux pas me permettre de prendre, car s'il est toujours vivant, il réussira à remonter sur le quai et malheur à vous s'il vous trouve en mon absence. Vous le voyez, je ne peux même pas m'éloigner pour essayer de héler un fiacre.

— Je peux marcher, mais… je ne veux pas aller à l'hôpital. Emmenez-moi plutôt à mon auberge.

— Vous êtes fou, Nicolas ! Vous avez perdu de grandes quantités de sang. Il vous faut un docteur !

— Je prendrai soin de moi-même… Il suffit… que vous me conduisiez… à mon auberge.

— Comme vous voulez, soupira Malcolm. Nous n'allons tout de même pas nous quereller, n'est-ce pas ?

Ayant dit, Malcolm prit un bras de son ami pour le passer par-dessus son épaule et, l'un portant l'autre, ils s'engagèrent clopin-clopant dans Adam Street pour rejoindre le Strand où, par chance, ils réussirent à arrêter un fiacre qui passait par là. Sachant que le cocher refuserait sans doute de prendre ces clients tardifs s'il apprenait que l'un d'eux était blessé, Malcolm trouva à propos de lui dire que son ami s'était si affreusement enivré qu'il était tombé dans la Tamise et que lui avait dû plonger pour le sauver. Il donna comme adresse de destination Cochrane Street, dans Saint-John's Wood, et promit une gratification si le voyage s'accomplissait dans les meilleurs délais.

— Je vous avais dit… de m'emmener… à l'auberge, gémit Nicolas Ravener, d'une voix faible.

Le fiacre roulait à vive allure sur les pavés. Après avoir traversé Charing Cross, il prenait Cockspur Street en direction de Regent Street.

— Pas de discussion ! répondit Malcolm d'un ton ferme. Reconnaissez que vous n'êtes pas en mesure de vous soigner tout seul. Alors je veux bien ne pas vous conduire à l'hôpital, mais dans ce cas vous viendrez avec moi à Hawthorn Cottage, où vous recevrez tous les soins nécessaires, jusqu'à ce que vous soyez rétabli. Je vous dois bien cela, puisque c'est à cause de moi que vous avez été agressé. Si je n'avais pas endossé votre manteau par erreur, Toby et Badger ne vous auraient jamais pris pour moi.

Tout en parlant, il s'occupait à ouvrir la chemise de son ami afin de voir quels dommages corporels il avait subis. Il lui trouva, au côté gauche, une entaille assez profonde qui raviva ses craintes.

— Il faut commencer par arrêter ce flux de sang, murmurat-il, les dents serrées ; faute de quoi, vous serez mort avant que j'aie pu vous installer à la maison et appeler un médecin.

Mettant sa propre chemise en lambeaux, il confectionna un pansement et un bandage de fortune, en se demandant pourquoi il ne passait pas outre aux objurgations de Nicolas Ravener en le conduisant directement à l'hôpital, où il aurait reçu plus vite des soins appropriés. Mais il avait eu la nette impression que ce refus n'était pas la simple expression d'un caprice, et que s'il avait insisté, son ami se fût agité, et son état s'en serait beaucoup aggravé.

Le trajet lui sembla interminable. Quoi ! On venait seulement de quitter Regent Street pour s'engager dans Oxford Street ? Plus le temps passait, plus il s'inquiétait pour Nicolas Ravener qui ne pipait plus mot. Les yeux clos, le teint cireux, la respiration rapide et irrégulière, il semblait au bord de l'inconscience. Par moments, il claquait des dents, ou il était agité de brusques et violents tremblements, tous symptômes que ses vêtements trempés ne suffisaient peut-être pas à expliquer. Craignant de le voir passer de vie à trépas dans ses bras, Malcolm regrettait de ne pouvoir le réchauffer au moyen d'une couverture ou d'un verre d'alcool. Et ce fiacre qui semblait ne pas avancer !

Pris d'une soudaine inspiration, Malcolm frappa des deux poings à la paroi de l'habitacle et cria au cocher qu'il avait changé d'avis, qu'il voulait maintenant se faire conduire à Portman Square.

Quelques minutes plus tard, le fiacre arrêté au bord du trottoir, il pouvait en extraire Nicolas Ravener, tout en demandant au cocher de patienter. Puis, sans nourrir de scrupules à cause de l'heure tardive — il était plus de 2 heures du matin — il frappa du marteau à la porte des Valcœur, il frappa sans discontinuer jusqu'à ce que Butterworth, le majordome, vînt lui ouvrir.

— M. Blackfriars ! s'exclama-t-il, stupéfié par l'étrange apparition de ces deux hommes en piteux état.

Derrière lui retentit la voix de Mme de Valcœur, inquiète, puis celle de M. de Valcœur, qui la rassurait avant de venir aux nouvelles. En approchant, il demanda :

— Eh bien, Butterworth, que se passe-t-il ? Qui vient mettre la maison sens dessus dessous au milieu de la nuit ?

— C'est M. Blackfriars, milord… Il…

Sans ménagement, Malcolm coupa la parole au digne majordome. Il s'adressa au comte et à la comtesse qu'il voyait au milieu du vestibule, à Ariane au pied de l'escalier intérieur, une main posée sur la rampe et l'autre sur le cœur, et aussi à lady Christine, dont il avait fait la connaissance lors de la soirée chez les Valcœur.

— Je vous en supplie… Vous m'avez dit que si j'avais besoin d'aide, je pourrais compter sur vous. Mon ami, M. Ravener, a été attaqué ce soir. Il est gravement blessé.

— Oh, mon Dieu ! s'écria la comtesse. Bien sûr, vous avez bien fait de nous l'amener.

Ensuite, tout alla très vite. Des ordres furent donnés ou plutôt criés, une frénésie d'activité s'empara de la maisonnée. Des valets apparurent, qui emmenèrent Nicolas Ravener à l'étage, pour l'installer dans une chambre somptueuse. Là il fut déshabillé, revêtu d'une épaisse chemise de nuit, et mis au

363

lit. Des servantes venaient aux ordres en courant, elles repartaient tout aussi vite pour aller chercher des pots de thé, des bouteilles d'eau de vie, des serviettes, des savons, des bassins d'eau chaude, des flacons d'antiseptiques et toutes sortes d'autres nécessités. Des valets reçurent la mission d'aller chercher un chirurgien et de porter un message à Mme Blackfriars pour lui faire savoir que l'ami de son fils avait été blessé et que, par voie de conséquence, les deux jeunes gens passeraient la nuit chez les Valcœur. Le cocher reçut le prix de sa course et en plus une substantielle gratification.

A Malcolm on assigna la chambre voisine de celle de Nicolas Ravener et on lui donna du linge car il avait bien besoin de se changer. Quand il eut terminé sa toilette et qu'il se fut confortablement rhabillé, on le conduisit à la bibliothèque où l'attendait la famille de Valcœur au grand complet. Le comte lui offrit un verre d'alcool.

— Le Dr Whittaker est arrivé, lui annonça-t-il. Il est actuellement en haut pour s'occuper de votre ami, M. Ravener. Donc vous n'avez pas besoin de vous inquiéter pour lui pour le moment. Cela dit, vous devez vous rendre compte qu'il a perdu énormément de sang et que son état est critique. Pouvez-vous nous dire ce qu'il vous est arrivé ? Il me semble que vous avez parlé d'une agression ?

— C'est exact, répondit Malcolm.

Il raconta toute l'histoire, en commençant par le jour où il avait poursuivi et rattrapé Toby Snitch qui venait de dérober le portefeuille de M. Quimby, et en terminant par les événements de la nuit.

— Oh, vous devez vous sentir terriblement coupable, Monsieur Blackfriars, déclara alors Ariane. Dire que ce pauvre M. Ravener a failli se faire assassiner pour un simple échange de manteaux ! Cependant, permettez-moi de le dire, je suis un

364

peu rassurée puisque votre mésaventure n'est pas imputable, ainsi que je l'avais craint au début, à ce méchant personnage qui s'appelle lord Lucrezio Foscarelli, vicomte Ugo.

A son immense étonnement, elle découvrit que ses mots eurent le même effet, autour d'elle, que si une bombe venait d'éclater dans la bibliothèque. Pendant un long moment, tous la regardèrent avec des yeux exorbités, dans un silence de mort, que Christine rompit enfin pour dire :

— Seigneur ! Ariane, pourquoi lord Ugo songerait-il à s'en prendre à ce pauvre M. Ravener ? D'où vous vient cette idée bizarre ?

— Parce que, juste après m'avoir présenté le vicomte, hier soir, au bal de la marquise, j'étais si troublée par tout ce que vous m'aviez raconté auparavant que je me suis mise à marcher sans regarder où je mettais les pieds et que j'ai ainsi heurté M. Ravener.

— M. Ravener ? s'exclama Malcolm. Il était au bal de la marquise, hier soir ? Etes-vous bien sûre, mademoiselle, que c'était lui ?

— Mais oui, monsieur, car, au début... au début j'ai cru que c'était vous. M. Ravener et vous êtes de taille et de constitution assez semblables, voyez-vous. Tous les deux, vous avez le teint mat et les cheveux très noirs. Je maintiens que vous vous ressemblez beaucoup. En plus, M. Ravener portait hier soir un loup et un domino. C'est donc seulement quand je vis ses yeux que je compris quelle était mon erreur. Mais avant, je lui avais parlé en l'appelant par votre nom. C'est ainsi qu'il a appris que je vous connaissais, et alors, tout naturellement, il s'est présenté en me révélant qu'il était de vos amis.

— Je vois, murmura Malcolm à voix basse. Mais cela n'explique toujours pas pourquoi vous avez pensé que M. Ravener avait été agressé par les hommes de lord Ugo.

— C'est parce que M. Ravener, alors que nous parlions tous les deux, s'est soudain excusé très vivement et m'a abandonnée pour se lancer à la poursuite du vicomte, qu'il venait d'apercevoir et qui sortait sur la terrasse. Il voulait lui parler, m'avait-il dit. Je vous avoue que j'ai éprouvé une vive curiosité et que je l'ai suivi. C'est terrible à dire, mais je me suis montrée d'une grande indiscrétion. Dans le jardin, j'ai vu que M. Ravener, au lieu d'aborder le vicomte pacifiquement, se jetait sur lui, par-derrière.

— Que dites-vous ? questionna Malcolm, d'une voix aiguë.

— Je sais que cela paraît impossible, mais c'est pourtant la vérité. Ainsi que je viens de vous le dire, M. Ravener s'est jeté sur lord Ugo. Une lutte brève mais violente s'est engagée entre eux. Puis M. Ravener a poussé son adversaire dans le bassin de la fontaine avant de s'enfuir à toutes jambes. Malgré ma frayeur, j'ai cru devoir attendre pour être certaine que le vicomte ne s'était pas assommé en tombant et qu'il ne risquait pas de se noyer. Puis je l'ai vu qui se relevait, alors je suis partie en courant.

Malcolm reprit :

— Je suis… vraiment très étonné par ces révélations, mademoiselle. En vérité, je ne comprends pas. Je n'arrive même pas à imaginer que mon ami Nicolas Ravener ait pu commettre un acte aussi lâche. Attaquer un homme par-derrière ! En outre, j'étais bien loin de me douter qu'il connaissait l'existence de ce lord Ugo, et me trouvais à mille lieues d'imaginer qu'il pût exister un différend si âpre entre eux, un différend capable de les entraîner à un combat à mains nues, au beau milieu d'une fête. Cependant, si mon étonnement est grand, je ne doute pas que M. Ravener ait eu d'excellentes raisons d'agir ainsi qu'il l'a fait, et je pense qu'un jour, je les connaîtrai, ces raisons.

Très pâle, Mme de Valcœur prit alors la parole.

— Monsieur Blackfriars, je vous prie de ne pas mêler le nom de ma fille à cette histoire le jour où vous réussirez à en démêler les fils. Vous comprenez qu'il est inutile de la compromettre, n'est-ce pas ?

Elle se tourna alors vers sa fille.

— Ariane, je ne sais pas ce que Christine t'a raconté à propos du vicomte Ugo, mais tu dois savoir qu'il a une réputation exécrable, comme tous les membres de sa famille d'ailleurs. C'est pourquoi j'exige que tu n'aies jamais aucun rapport d'aucune sorte avec lui à l'avenir. Est-ce bien clair ?

— Oui, maman, murmura la jeune fille.

— Très bien, conclut la comtesse apparemment rassérénée. Voici le Dr Whittaker qui redescend. Ecoutons ce qu'il a à nous dire sur l'état de ce pauvre M. Ravener, et ensuite nous nous retirerons dans nos chambres respectives pour terminer notre nuit.

LIVRE TROIS

Les neuf croix

Le roi Porsenna de Clusium
Par les neuf dieux fit le serment
Qu'il mettrait fin avant longtemps
Aux maux que souffraient les Tarquins.
Par les neuf dieux il fit serment
Puis il choisit le jour du ban
Et dépêcha ses messagers
A l'est, à l'ouest, au sud, au nord,
Pour y convoquer son armée.

THOMAS BABINGTON, LORD MACAULAY,
Lais de l'ancienne Rome.

13.

Une invitation au souvenir

La cloche m'appelle. Ne l'entends-tu pas, Duncan ? C'est le glas qui te convoque au paradis ou en enfer.

SHAKESPEARE, *Macbeth*.

Quel fantôme me fait signe dans la clarté blafarde de la lune, et m'invite à avancer en me montrant la clairière lointaine ?

ALEXANDRE POPE,
Elégie à la mémoire d'une femme malheureuse.

Bien que dans ses manières on sentît beaucoup plus de douceur que d'autorité, nul ne pouvait la voir sans perdre à l'instant contenance, ni l'aimer sans être par elle généreusement éduqué.

SIR RICHARD STEELE, *Tatler*.

371

1848
A Londres : Portman Square

M. Ravener ne mourut pas. Mais dans les jours qui suivirent, il se trouva dans un état très critique. A cause de la blessure que lui avait infligée Toby Snitch, il avait perdu une grande quantité de sang. De plus, il subit les affres d'une grave infection, due sans doute aux eaux sales de la Tamise qui avaient pénétré sa plaie ; telle était, en tout cas, l'hypothèse du Dr Whittaker. La fièvre le dévora. Pendant plusieurs jours, il délira.

Prenant conscience de l'immense inquiétude de Malcolm, Mme de Valcœur lui avait généreusement proposé de demeurer chez elle jusqu'au complet rétablissement de son ami, ce qu'il avait aussitôt accepté avec reconnaissance.

Le lendemain de l'agression, il s'éveilla plus tôt que de coutume. Il avait peu et mal dormi. Le remords le rongeait parce qu'il s'attribuait la responsabilité de l'agression dont Nicolas Ravener avait été victime, mais aussi parce qu'il se reprochait d'avoir tué un homme, de sang-froid. Il savait, bien sûr, que sans ce providentiel pistolet trouvé dans sa poche, Dick Badger l'eût assassiné sans hésiter s'il en avait eu l'occasion, mais il n'en restait pas moins qu'il avait lui-même commis un meurtre et qu'il craignait d'être hanté par cette idée jusqu'à la fin de ses jours.

Il ne doutait pas de la mort du jeune vaurien qui, touché en pleine poitrine par la balle du Derringer, était tombé ensuite dans la Tamise d'où on ne l'avait pas vu sortir. Comment eût-il pu survivre, en effet ? Il ne devait pas savoir nager... Il avait dû couler à pic.

Quant à Toby Snitch, c'était une autre histoire. Celui-là avait peut-être réussi à se tirer d'affaire. Dans ce cas, il fallait s'attendre à se retrouver en face de lui. Cette idée aussi tourmentait Malcolm.

Après une longue station dans l'eau chaude de sa baignoire et un savonnage énergique, Malcolm se sécha avec une immense et douce serviette, usa largement des parfums alignés sur la table de toilette, se brossa les dents, se peigna avec soin, puis il sortit de la salle de bains qui jouxtait la chambre mise à sa disposition dans la maison des Valcœur. En dépit des récents événements qui persistaient à le préoccuper, il ne put s'empêcher de succomber à la curiosité et de procéder à une visite admirative, un peu étonnée aussi, du cadre exceptionnellement luxueux dans lequel il lui était donné d'évoluer.

Ainsi, se disait-il, voilà comment vivaient les cercles les plus privilégiés de la haute société. Il en éprouvait de l'envie, de la mélancolie, au total une forme de désespoir, car cette expérience lui permettait de mesurer la distance immense qui séparait son style de vie de celui auquel Ariane était habituée. Il se reprit à haïr, et plus férocement que jamais, son ancêtre abominable, lord Iain Ramsay qui, par folie, par inconscience, avait dilapidé un héritage qui faisait aujourd'hui cruellement défaut.

Dans sa chambre, il découvrit que quelqu'un, au cours de la nuit, pendant qu'il dormait, avait pris ses vêtements pour les lui rendre nettoyés, repassés et soigneusement pliés sur un fauteuil. Il s'en para avant de donner un coup discret à la porte qui donnait accès à la chambre de Nicolas Ravener puis, sans attendre de réponse, il entra. Il trouva Ariane debout à côté du lit, qui se servait d'un linge trempé dans une bassine de porcelaine pour baigner le visage du jeune homme toujours inconscient. Levant les yeux vers celui qui entrait, elle lui adressa un pâle sourire et, l'index sur les lèvres, lui recommanda de se faire le plus discret possible.

— Il dort, murmura-t-elle, mais son sommeil est fort agité.

Il a une forte fièvre, ce qui ne nous inquiète pas trop car le Dr Whittaker nous avait avertis de ce phénomène, normal selon lui. Nous faisons de notre mieux pour soulager ce malheureux, en lui mouillant continuellement le visage et les mains, afin qu'il ne se déshydrate pas ; l'eau froide a aussi l'avantage de contenir la fièvre dans des limites raisonnables.

La jeune fille soupira, trempa le linge dans la bassine et le promena sur le visage de Nicolas Ravener avec une infinie délicatesse, puis elle reprit :

— Je suis tellement désolée de ce qui est arrivé à votre ami, monsieur Blackfriars ; car, même s'il a attaqué le vicomte Ugo par-derrière, je suis certaine maintenant que vous aviez raison en me disant qu'il avait une bonne raison pour agir ainsi.

Après un bref instant d'hésitation, elle déclara :

— Il faut que je vous rapporte un fait étrange. Une ou deux fois, dans son délire, M. Ravener m'a serré les mains très fort en m'appelant « Maman », en français, oui. Il semblait que ma présence le réconfortait alors. C'est pourquoi il m'est venu l'idée qu'il avait peut-être une mère française, qu'il aimait beaucoup. Bien sûr, un homme qui voue un tel amour à celle qui l'a mis au monde, ne peut être entièrement mauvais. Ma chère maman m'a même souvent répété que c'était une façon de prendre la vraie mesure d'un être. Elle ajoute toujours que c'est un trait à prendre en compte pour savoir comment je serais traitée par celui que j'épouserais.

Il ne fut pas dit alors — mais c'était comme si les mots eussent pris consistance pour voleter entre eux — que Malcolm adorait sa mère et que ce fait n'avait pas échappé à Ariane. Et lui, qui la regardait avec les yeux de l'amour promis au désespoir, il eut toutes les peines du monde à discipliner sa langue car il avait envie de lui demander de l'épouser afin qu'il pût la chérir comme il chérissait sa mère. Il ouvrit certes la bouche, mais ce fut pour déclarer :

— M. Ravener est orphelin, malheureusement. Ses parents sont morts alors qu'il avait douze ans.

— Oh, mais alors, c'est plus émouvant encore, n'est-ce pas, qu'il appelle sa mère après si longtemps. Si elle était encore vivante, nous l'enverrions chercher et ainsi ne serait-il pas déçu, car — il faut que je vous l'avoue — je n'ai pas osé lui dire que je n'étais pas sa mère. Je me sens si coupable, maintenant. Mais je craignais, en lui avouant la vérité, d'aggraver son état. A-t-il encore de la famille que vous connaissiez ? Un oncle ou une tante, peut-être, que nous pourrions contacter ?

— Je ne sais rien de cela, répondit Malcolm en secouant la tête. En vérité, d'après certaines déclarations qu'il m'a faites, je crois pouvoir dire qu'il est seul au monde.

— Eh bien, je suis désolée de l'apprendre, déclara lady Christine qui entrait dans la chambre. Mais ce que vous venez de dire n'est pas tout à fait exact, car ce jeune homme qui a eu le courage d'attaquer le vicomte Ugo — et peu importent les moyens qu'il a employés — s'est acquis des droits indéfectibles à mon amitié.

Lady Christine avança jusqu'au bord du lit avant de poursuivre :

— J'ai frappé à la porte, mais si légèrement que vous ne m'avez pas entendue. Sophie m'a confié la difficile mission de vous arracher au chevet de M. Ravener, Ariane. Elle m'a appris que vous l'aviez renvoyée assez sèchement, hier soir, quand elle vous engageait à prendre du repos, et que vous vous êtes alors assise dans ce fauteuil avec la ferme intention d'y passer la nuit. J'ai offert de vous relever ce matin — en raison des circonstances, personne n'ira à l'église — et vous pourrez descendre en compagnie de M. Blackfriars pour prendre votre

375

petit déjeuner. Parce que d'après Sophie, vous ne vous êtes pas restaurée non plus, depuis hier soir ?

— C'est la vérité, avoua Ariane, et je dois reconnaître que je suis affamée. Je suis certaine que M. Blackfriars doit l'être tout autant que moi. Pour cette raison, j'accepterai donc d'abandonner M. Ravener pour un petit moment. Mais s'il appelle de nouveau sa mère, Christine, vous devez me promettre que vous m'enverrez chercher immédiatement. Le pauvre jeune homme a l'esprit très confus, il me confond avec sa mère, et je pense qu'il s'agiterait davantage encore si je n'arrivais pas très vite pour le réconforter quand il m'appelle.

— Je vous le promets, répondit lady Christine. Maintenant, filez avant que Sophie ne montre de nouveau le bout de son nez ici, car sous ses apparences d'agneau, c'est une vraie tigresse. Je crains fort les remontrances acerbes qu'elle pourrait m'adresser si elle arrivait pour vous voir encore ici et en inférer que j'ai négligé de vous transmettre sa commission. Ah ! Elle n'a rien à voir avec ma chère Jane, qui n'est que douceur et bénignité ! Jamais elle ne dit un mot plus haut que l'autre.

Descendant le grand escalier qui menait au vestibule, Ariane précéda Malcolm et le conduisit dans le salon du matin, et là ils découvrirent un excellent petit déjeuner préparé pour eux, disposé sur une série de réchauds en argent, alignés sur le buffet. Deux valets de pied et deux servantes se tenaient prêts à servir.

De ces gens, Ariane apprit que son père était déjà levé et qu'après avoir pris une rapide collation, il était sorti de la maison en prétextant des affaires urgentes à traiter. Quant à sa mère, fatiguée et très éprouvée par les événements de la nuit dernière, elle se trouvait retenue dans son lit par une forte migraine.

Tandis qu'elle prenait place à table en face de Malcolm, Ariane pensa avec délice que si elle était mariée avec lui, cette scène se reproduirait tous les matins. Elle était loin de se douter qu'il s'était fait à peu près les mêmes réflexions, à cette différence près qu'il se livrait maintenant à une comparaison entre sa cuisine d'Hawthorn Cottage, si simple et si rustique, avec ce petit salon du matin, si luxueux. Il songea, une fois de plus, qu'il ne pouvait pas demander à la jeune fille de l'épouser, parce qu'ils n'appartenaient décidément pas au même monde, ce que prouvait la table d'acajou poli qu'il caressait du bout des doigts. Chez lui, il n'avait qu'une table de bois, toute simple, aux pieds tout juste équarris ; ici, ils étaient délicieusement sculptés.

Après le petit déjeuner, Ariane se retira dans sa chambre pour se reposer et se remettre des fatigues de la nuit. Malcolm quitta la maison pour courir chez sa mère et lui porter un compte rendu détaillé des événements. L'ayant rassurée, il put l'accompagner à l'office dominical, puis il prépara un bagage succinct pour revenir à Portman Square où il devait donc s'établir pour quelques jours.

Le lendemain matin, lundi, il se fit un devoir de retourner une fois encore chez sa mère pour lui présenter ses devoirs, puis il courut prendre son fiacre en espérant qu'il ne serait pas trop en retard pour prendre son travail chez Quimby & Compagnie, Cartographes et Editeurs de cartes.

— Vous êtes en retard ! lança Harry dès que Malcolm eut franchi la porte de la boutique. Et inutile d'espérer pouvoir filer vers votre bureau sans que cela se sache, parce que M. Quimby est déjà là. Mais après tout, puisqu'il semble que vous ayez le droit d'aller et de venir à votre guise, depuis quelques jours, il ne vous dira peut-être rien, ce qui est fort injuste car vous n'êtes que son employé en second, alors que moi, je suis l'employé principal.

Harry, d'ordinaire toujours joyeux, avait l'air sombre ce matin-là.

— Ecoutez, répondit Malcolm qui comprenait parfaitement d'où venait le trouble de son compagnon de travail. Me croirez-vous si je vous dis que j'ai beaucoup d'ennuis depuis quelque temps et que M. Quimby a la bonté de m'aider en se montrant très compréhensif ? Je vous donne ma parole d'honneur que je ne triche pas et que je suis véritablement dans une passe difficile. Je vous promets que je ne cherche pas à capter les faveurs de notre employeur afin de prendre votre place, ou de recueillir la boutique de M. Quimby au cas où il déciderait de se retirer des affaires, si c'est ce que vous avez imaginé.

— Etes-vous bien sincère ? repartit Harry que toute méfiance n'avait pas encore quitté. Ce n'est pas ma place chez Quimby & Compagnie que vous ambitionnez d'occuper ? Vous n'avez pas de vues sur la boutique ?

— Absolument pas, dit Malcolm en secouant la tête. Si vous aviez parlé avec Jim ou Tuck qui, contrairement à nous, passent la nuit dans ces locaux, vous sauriez que je consacre de longues heures ici, après la fermeture de la boutique, pour essayer de rattraper le temps que j'ai perdu au cours de la journée. J'ai des ennuis, Harry, de graves ennuis, et par Dieu, c'est l'exacte vérité. Savez-vous que Badger et son compère Toby ont attaqué un de mes amis dans la nuit de samedi à dimanche, parce qu'ils l'avaient pris pour moi ? Ils ont failli l'envoyer de vie à trépas !

— Seigneur ! s'écria Harry dont le visage se déformait sous le coup de l'horreur. Parlez-vous là de Dick Badgerton et de Tobias Snitch ?

— Oui. Ils ont dû être libérés de City Bridewell et aussitôt sortis, ils n'ont pensé qu'à se venger de moi. Ils ont voulu m'assassiner. Comme je vous l'ai dit, ils s'en sont pris à un de mes amis, au secours duquel j'ai pu voler parce que, par chance, je me trouvais dans les parages. Hélas, je crois que j'ai tué Badger, et peut-être Toby aussi. Mais de cela je ne serai certain que lorsque leurs cadavres auront été repêchés et identifiés par la police. Tous les quatre, nous sommes tombés dans la Tamise. J'ai pu tirer mon ami sur la berge, mais pendant ce temps je ne me suis plus occupé des deux jeunes forbans, si bien que je ne sais ce qu'il est advenu d'eux. Encore une fois, je suppose qu'ils se sont noyés, mais je n'en ai pas la certitude.

Esquissant un pas en direction du bureau, Malcolm poursuivit :

— Il faut maintenant que je rende compte de ces nouveaux incidents à M. Quimby. Harry, je vous serais très reconnaissant si vous pouviez, pendant ce temps, commencer la gravure des cartes pour M. Pettigrew. Je viendrai vous aider dès que j'aurai terminé mon entretien avec le patron.

— Volontiers, répondit Harry, tout confus. Je suis… je suis désolé d'avoir imaginé que vous cherchiez à m'évincer, Malcolm. Je n'ai pas été très malin.

— C'est oublié, conclut Malcolm avec sobriété.

— Seigneur Dieu ! s'écria M. Quimby lorsqu'il eut reçu le compte rendu des événements de samedi soir. Vous pensez donc que cette nouvelle attaque dont vous avez été l'objet n'a pas été commandée par M. al-Oualid ou par les Foscarelli ? Vous croyez, sincèrement, qu'il ne s'agit que d'une misérable affaire de vengeance, ourdie par Dick Badgerton et Tobias Snitch ? Je ne demande qu'à vous croire, Malcolm. En tout cas, ce nouveau rebondissement me sidère, et encore, le mot est faible ! En vérité, je n'avais plus accordé la moindre pensée à ces deux vauriens depuis le jour où ils avaient été bouclés à City Bridewell. Donc, Badger est mort noyé, selon vous ? Pour vous dire la vérité, je n'en suis pas autrement surpris, car lorsque j'ai compris quel genre de garçon il était, paresseux, menteur, chapardeur, incapable de se réformer malgré mes conseils et la patience que je lui témoignais, j'ai pensé qu'il finirait mal. Pourtant, je ne peux m'empêcher d'éprouver de la pitié pour lui, parce qu'après tout, il venait d'une famille accablée par la misère, dont tous les membres finissent tôt ou tard en prison pour dettes ou délits, quand ce n'est pas sur l'échafaud. Il n'empêche que ce malheureux avait trouvé, ici, une excellente occasion de se régénérer. Avec mon aide, il pouvait briser le cercle vicieux qui l'emportait. Il ne l'a pas voulu ainsi et a préféré consacrer toute sa vie au crime. Quel gâchis ! Quel gâchis !

Il soupira, s'abîma dans des pensées qu'il garda pour lui, puis soupira encore et reprit :

— Malcolm, il m'en coûte de vous dire cela, mais si nous pouvons être à peu près certains que Badger est mort, nous ne pouvons nous gargariser des mêmes certitudes en ce qui concerne Toby Snitch. Il n'a pas été blessé, me disiez-vous ?

— Pour autant que je le sache, oui, monsieur. Mais encore une fois, il faisait sombre sur ce quai que n'éclaire aucun réverbère. M. Ravener est excellent escrimeur, il n'est donc pas impossible qu'il ait réussi à piquer son adversaire avec son épée. Mais lui seul pourrait nous donner des précisions à ce sujet. Or, il est actuellement dévoré par la fièvre et il délire.

— Quelle pitié ! Quelle pitié ! soupira M. Quimby en secouant longuement la tête. Vous devez être impatient, et je le suis tout autant que vous, d'apprendre de sa bouche pourquoi il s'est attaqué à ce Foscarelli, le vicomte Ugo, chez la marquise ; et par-derrière, figurez-vous ! Etrange, n'est-ce pas ? Ne me tenez pas rigueur de ce que je vais vous dire, mais cette péripétie ne plaide pas en faveur de votre ami. Je sais bien qu'il avait sans doute d'excellentes raisons d'en vouloir à cet homme, puisque les

Foscarelli sont tous des forbans, mais tout de même, Malcolm, tout de même !

— Je suis tout à fait d'accord avec vous, monsieur. Mais si j'en crois Nicolas Ravener, il est orphelin depuis l'âge de douze ans et sa vie n'a jamais été facile depuis cette époque, même s'il réussit à subsister en s'adonnant aux activités d'un joueur professionnel. Que s'est-il passé ce soir-là ? Attendons de le savoir pour juger… Pour être tout à fait franc, je ne suis pas certain que je n'aurais pas agi comme lui, en de semblables circonstances. Bien mieux : plus je réfléchis à toute cette histoire, plus je me persuade que Nicolas Ravener n'a eu nullement l'intention d'éliminer le vicomte Ugo. Je veux dire que s'il avait voulu le tuer à coup sûr, il eût réussi dans son entreprise, puisqu'il s'est rué sur lui par-derrière. Il pouvait très bien lui planter son épée dans le dos et le tour était joué, non ? Or qu'a-t-il fait ? Il s'est contenté de pousser le vicomte Ugo dans le bassin. Je ne sais pas ce que vous en pensez, monsieur, mais il me semble qu'il a simplement voulu donner une leçon à l'Italien, un avertissement peut-être. J'ai presque envie de dire qu'il le jugeait trop méprisable pour s'abaisser à lui donner la mort.

— On peut voir les choses ainsi. L'avenir nous le dira… Donc, vous logez actuellement chez les Valcœur, n'est-ce pas ?

M. Quimby venait de changer de sujet, de façon abrupte, et ses yeux bleu pâle, subitement, s'éclairèrent.

— Quelle chance, reprit-il d'un ton joyeux, que Portman Square se soit trouvé, samedi soir, plus facile à atteindre que Baker Street, n'est-ce pas ? Ce heureux hasard va vous permettre de séjourner pendant un certain temps chez le comte et la comtesse de Valcœur, en compagnie de leur délicieuse fille, miss Ariane. Je sais bien que vous vous inquiétez pour votre ami M. Ravener, mais au fond de vous-même, vous ne devez pas être mécontent de la tournure prise par cette aventure.

381

— Pour être honnête, répondit Malcolm, après avoir un peu hésité, mon plaisir, réel, n'est pas sans mélange. En effet, si je ne puis retrouver le Cœur de Kheper, restaurer ainsi la fortune de ma famille et peut-être même retrouver l'usage de nos titres nobiliaires, qu'aurai-je à offrir à miss Ariane ? Voyez-vous, je n'ai même pas la possibilité de lui donner mon véritable nom. Vous pouvez vous rendre compte que je ne me berce pas d'illusions, et j'en souffre. Pourtant, en dépit des tourments que j'endure, oui, je suis heureux aussi d'avoir miss Ariane près de moi constamment ces temps-ci. Ce matin, nous avons pris notre petit déjeuner ensemble.

En souriant, M. Quimby répondit :

— Si j'ai un conseil à vous donner, Malcolm, ce sera de profiter au mieux de votre séjour chez miss Ariane et ses parents. Voulez-vous que je vous livre le fond de ma pensée ? J'ai l'impression, ou plutôt la conviction, que des forces mystérieuses sont actuellement à l'œuvre. Mme Polgar dirait que votre destin est en train de s'accomplir. Tous ces événements qui se produisent depuis quelque temps ont un rapport avec l'émeraude perdue. Nous sommes encore incapables de comprendre pourquoi et comment, mais c'est un fait certain. Jakob, par exemple, me dit qu'il est tout près de découvrir qui a fabriqué votre croix, ainsi que l'autre, celle qui appartenait à votre oncle Charles. Quant à Boniface, il se plonge dans la lecture de manuscrits fort anciens, à la Bibliothèque de Londres et dans d'autres encore. Il est sur la piste, proclame-t-il, des Fils d'Isis, cet ordre fondé par votre ancêtre, lord Rob Roy Ramsay, neuvième seigneur de Dundragon.

— Eh bien ! Voilà de bonnes nouvelles ! s'écria Malcolm. Toutefois, je persiste à croire que nous ne sommes pas de simples pions sur l'échiquier des dieux, mais que, au contraire, nous tenons notre destin entre nos mains. Nous avons la possibilité

— mais encore faut-il le vouloir — de façonner ce destin par la seule force de notre libre arbitre.

— Oui, il faut vouloir ! s'exclama M. Quimby, reprenant l'expression de Malcolm. Et maintenant, si nous allions voir où en sont les cartes de ce cher M. Pettigrew ?

— Harry, du moins je l'espère, a commencé le travail, monsieur. C'est pourquoi, si vous voulez bien m'excuser, je vais monter pour l'aider, faute de quoi nous risquons de n'avoir pas fini dans les quinze jours, qui sont le délai que nous a imparti M. Pettigrew.

— Silence ! Silence !

Les yeux clos, les deux mains levées, Mme Polgar avait parlé d'une voix impérieuse. Le nain cessa de parler, le silence se fit dans la pièce. Elle le laissa se prolonger.

— Voilà, c'est mieux, déclara-t-elle au bout d'un petit moment.

Elle rouvrit alors les yeux et abaissa ses mains, puis, d'un air mécontent, reprit :

— Je ne comprends rien à ce que vous baragouinez, Ducaire ! Articulez ! Bien ! Maintenant, reprenons. Où étiez-vous ? Depuis vendredi soir vous aviez disparu et je commençais à penser que vous croupissiez dans quelque prison après avoir été appréhendé par la police ; ou alors, c'était que vous gisiez, blessé ou peut-être même mort, dans une ruelle sombre et déserte. Non, non ! Ne recommencez pas à babiller de façon incohérente, Ducaire ! Respirez profondément et essayez de vous calmer. Si j'en juge par votre nervosité, il vous est arrivé quelque chose d'important, mais il faut que je sache, et je ne saurai que si vous parlez lentement, de façon claire et intelligible.

— Oui... oui, madame. Je vais essayer de domestiquer ma

langue… Voici ce qui s'est passé… Donc, nous sommes arrivés au bal de la marquise de Mayfield, vendredi dernier, dans la voiture de M. et de Mme Alvaston. Avant de descendre, vous m'avez ordonné de vous attendre dans les écuries, qui se trouvent à l'arrière de la maison. Vous vous en souvenez ?

— Je ne suis pas idiote, Ducaire ! Evidemment que je me rappelle les instructions que je vous ai données. Je me rappelle aussi que vous m'avez désobéi, car je ne vous ai trouvé nulle part quand j'ai voulu quitter le bal.

— Non, madame, pas du tout ! Je vous prie de me pardonner pour ne m'être pas conformé à vos désirs, mais tandis que je tuais le temps, dans le grenier des écuries, en regardant par une fenêtre, j'ai observé un incident bizarre, qui se passait juste sous mes yeux, dans le jardin de Mme la marquise. Le vicomte Ugo est apparu. Il se promenait tranquillement dans les allées, en fumant un cigare. Et soudain, je m'aperçus qu'il était subrepticement suivi par un autre homme, M. Blackfriars ai-je d'abord pensé, mais j'ai très vite pris conscience de mon erreur : il s'agissait de M. Ravener. Mais le plus étonnant encore, c'est que ces deux messieurs étaient espionnés par une tierce personne, Mlle Ariane de Valcœur.

— Vraiment ? dit Mme Polgar. Cette histoire est absolument passionnante car, ainsi que vous le savez, tout ce qui concerne le vicomte Ugo et Mlle Ariane m'intéresse au plus haut point. C'est pourquoi je vous en prie, Ducaire, continuez. Que s'est-il passé ensuite ?

— Vous ne devineriez jamais, madame ! M. Ravener s'est précipité sur le vicomte, par-derrière ! Mlle Ariane l'avait vu, mais elle n'a pas crié pour avertir le vicomte. Une lutte brève mais violente s'est engagée entre les deux hommes, au terme de laquelle M. Ravener a poussé son adversaire dans l'eau d'un bassin qui se trouve au centre du jardin, puis il s'est enfui à toutes jambes. Furieux mais indemne, le vicomte éprouva quelques difficultés à sortir de l'eau. Mlle Ariane, au lieu de venir lui prêter main-forte, s'est enfuie à son tour en direction de la maison. Voilà ! Que dites-vous de tout cela ?

— Je dis que vous avez bien fait d'observer cette scène et de me la rapporter, Ducaire.

Ravi de recevoir un compliment de sa maîtresse, le nain sourit de manière extatique.

— Je vous remercie, madame. Voici la suite de l'histoire. Il m'a semblé qu'il serait intéressant de quitter mon poste d'observation pour me lancer à la poursuite de M. Ravener. Jusqu'au moment de l'agression, il ne m'avait jamais paru qu'il pût avoir des liens d'une quelconque nature avec le vicomte Ugo ou avec Mlle Ariane. J'ai donc pensé que j'en apprendrais un peu plus en le suivant.

— Voilà qui fut bien pensé, Ducaire. J'espère que cette initiative ne s'est pas révélée aussi désastreuse que la précédente. Vous voyez à quoi je fais allusion ?

— Je me souviens parfaitement, madame. En vérité, j'ai obtenu cette fois plus de succès, comme vous allez voir. Par chance, tout s'est passé au mieux de mes intentions, pas comme cette autre fois, dans Oxford Street, quand j'ai poussé Mlle Ariane beaucoup trop fort, au point qu'elle a trébuché pour aller s'affaler en plein dans la trajectoire du cabriolet qui arrivait à toute allure.

— Eh bien, je suis ravie de l'entendre, car, il faut que je vous dise, Ducaire, j'ai cru que mon cœur s'arrêtait définitivement de battre quand vous m'avez avertie de ce qui venait d'arriver à la pauvre Mlle Ariane. Pendant un instant monstrueux, j'ai cru qu'elle était morte, que vous l'aviez tuée ! Comme vous le savez, voilà un accident qui aurait été désastreux pour la poursuite de notre action.

385

— Certainement, madame. De toute façon, comme j'ai eu l'avantage de vous le dire déjà, j'ai suivi M. Ravener, et voilà pourquoi vous ne m'avez pas trouvé dans l'écurie quand vous avez quitté la maison de la marquise, vendredi dernier. C'est aussi pour cette raison que vous ne m'avez plus vu depuis quelques jours.

— Qu'avez-vous appris au sujet de ce M. Ravener ? Est-il un joueur professionnel, oui ou non ?

— Je crains de ne pouvoir encore vous renseigner sur ce point, madame. Il est certainement un joueur professionnel, car après s'être échappé du jardin de Mme la marquise, il s'en est allé au Cockerel Club, un tripot renommé pour les mises très élevées que les joueurs risquent aux cartes et aux autres jeux de hasard. Ensuite, il est rentré dans ses quartiers, à l'auberge de Saint Georges et du Dragon. Il a passé toute la journée du samedi avec M. Blackfriars. Ils se sont exercés au tir, à la taverne de la Maison Rouge qui se trouve à Battersea Fields. Ensuite, ils ont dîné à l'hôtel Calédonien, Robert Street, avant d'aller voir le spectacle donné au théâtre royal Adelphi, sur le Strand.

Le nain marqua une courte pause. Il avait besoin de reprendre sa respiration. Puis, sur un regard de Mme Polgar, il reprit son compte rendu.

— Et voici la partie la plus intéressante, madame. Après le théâtre, MM. Ravener et Blackfriars se sont rendus dans un bar à huîtres d'Adelphi Street, dont M. Blackfriars sortit quelques heures plus tard, seul. Mais moi, je crus que c'était M. Ravener, car ces messieurs s'étant trompés de manteaux, M. Blackfriars portait celui de son ami. Comprenez-moi bien : j'ai suivi M. Blackfriars en croyant que c'était M. Ravener. Soudain, M. Blackfriars comprit quelle erreur il avait commise, et il fit demi-tour en direction du bar à huîtres. Et que vis-je en arrivant à destination ? M. Ravener engagé dans un combat mortel contre deux hommes masqués ! M. Blackfriars s'élança pour aider son ami, et l'affrontement se termina par une chute générale dans la Tamise. Juste avant, je suis presque certain que M. Blackfriars avait tué l'un des deux hommes masqués, en lui tirant un coup de pistolet, une arme minuscule qu'il avait trouvée dans la poche du manteau de M. Ravener.

— Seigneur Dieu ! s'écria Mme Polgar, horrifiée. Ne me dites pas, Ducaire, que MM. Ravener et Blackfriars sont morts eux aussi ! Se sont-ils noyés ?

— Non, madame, répondit le nain en secouant la tête d'un air convaincu. Par chance, ils sont en vie tous les deux. Cela dit, M. Ravener est en piteux état, ayant été touché par une arme blanche que portait l'autre homme masqué. Celui-ci, M. Blackfriars n'a pas pu l'exécuter comme l'autre, car son petit pistolet, voyez-vous, ne tire qu'une seule balle. Et maintenant, que penserez-vous de ceci, madame ? Au lieu d'emmener son ami directement à l'hôpital, M. Blackfriars l'a conduit chez le comte et la comtesse de Valcœur, dans Portman Square. Je les ai vus entrer dans cette maison, et à l'heure où je vous parle, ils y sont toujours.

— C'est donc cela ? murmura Mme Polgar, qui, pensive, hochait la tête. Oh, vous vous êtes bien conduit, Ducaire, vraiment très bien. Tous ces renseignements que vous m'apportez sont de la plus haute importance pour moi… oui, beaucoup plus encore que vous ne pourriez l'imaginer. Maintenant, je commence à voir la part que le Destin, toujours ironique, a voulu prendre dans cette affaire.

Elle s'enferma alors dans le silence, comme si elle avait besoin de reprendre, par la pensée, tous les éléments qu'elle venait d'apprendre. Ses doigts tambourinaient silencieusement sur les bras de son fauteuil. Puis elle murmura, plus pour elle-même que pour son interlocuteur :

— Je me demande s'ils savent… peut-être que non… mais ce n'est plus qu'une question de temps, maintenant…

A ce moment, elle se leva d'un bond et darda son regard sur le nain.

— Si M. Ravener est aussi malade que vous me le dites, Ducaire, il ne se passera rien à Portman Square pendant un certain temps. C'est pourquoi je veux que vous vous rendiez à Berkeley Square, là où se trouve la maison du vicomte Ugo, que vous allez surveiller de près. C'est lui qui, sans aucun doute, a ordonné à ces deux hommes masqués de faire un mauvais parti à M. Blackfriars et à M. Ravener. Ceux-ci et les autres ne sont que de modestes pions dans la partie dangereuse que nous avons engagée, mais le vicomte Ugo est notre ennemi mortel. Il faut que nous réussissions à apprendre ce qu'il sait déjà, et aussi ce qu'il prépare.

Tandis que s'écoulaient les jours brumeux de l'automne, tandis que tombaient les feuilles mortes, Ariane et Christine se relayaient au chevet de M. Ravener.

Enfin la fièvre tomba. Lentement mais sûrement, le malade entra sur la voie de la guérison. Très vite il se mit à regimber contre l'obligation qui lui était faite de garder la chambre, mais il restait si faible qu'il n'était même pas capable de sortir tout seul de son lit.

C'est pourquoi Malcolm continua de résider chez le comte et la comtesse de Valcœur. Non seulement personne ne lui suggérait de quitter Portman Square, mais quand, pour satisfaire sa conscience, il aborda lui-même ce sujet, ses hôtes lui affirmèrent de façon péremptoire qu'ils tenaient à le garder jusqu'au complet rétablissement de son ami.

— Je suis certaine que votre présence ici est un grand

réconfort pour votre ami, lui expliqua la comtesse. Maintenant qu'il est en convalescence, il ronge son frein, et je craindrais qu'il ne commît l'imprudence de se lever et de fuir notre maison si vous n'étiez pas là pour lui tenir compagnie et l'obliger à refréner ses ardeurs. Et puis, pour être tout à fait honnête, je dois confesser que j'ai d'autres raisons, un peu égoïstes, de vous garder auprès de nous, M. Blackfriars. J'ai depuis toujours le désir... Je veux dire... Ariane est... notre seule fille, comme vous le savez. J'espérais avoir d'autres enfants, mais malheureusement, le destin en a décidé autrement. C'est pourquoi, en dépit des circonstances dramatiques qui vous ont amené ici en compagnie de M. Ravener, il me faut bien avouer que je suis heureuse de vous avoir tous les deux, et Christine aussi. A vous trois, vous constituez la famille que j'aurais tant aimé avoir. Vous ne pouvez pas savoir, M. Blackfriars, quelle joie j'éprouve à voir toute cette jeunesse qui bavarde, qui lit ou qui joue aux cartes, le soir, au chevet de notre cher malade. Il me semble, quand je vous regarde, que notre monde bouleversé se remet enfin à tourner sur son axe. C'est pourquoi, je vous en prie, ne songez pas à nous quitter trop vite. Bien mieux, quand M. Ravener sera suffisamment rétabli et qu'il pourra quitter son lit pour prendre son premier repas à notre table, j'aimerais que votre mère pût se joindre à nous. J'aimerais tant la connaître. Il faut qu'elle soit bien bonne et généreuse pour vous avoir permis de venir séjourner chez nous en ces temps difficiles pour vous deux, et de cela, il me semble que je doive la remercier.

— Je crois pouvoir me faire l'interprète de ma mère, répondit Malcolm très ému, en disant qu'elle sera très honorée de faire votre connaissance.

Un dilemme le tourmentait depuis quelque temps. Il ne pouvait pas décemment annoncer aux Valcœur qu'il voulait désormais quitter la maison où ils lui avaient offert l'hospitalité, car c'eût

389

été se montrer bien ingrat envers eux, et pour tout dire, très discourtois. En même temps, l'idée de prolonger son séjour chez eux lui faisait anticiper un tourment chaque jour plus grand, car chaque jour il se sentait plus amoureux d'Ariane. En s'installant à Portman Square, il avait profité d'une situation que bien des hommes devaient rêver et que bien peu avaient la chance de voir se réaliser : il avait vécu sous le même toit que celle qu'il désirait au-dessus de tout, et cela sans qu'il eût demandé sa main, puisqu'il ne pouvait se résoudre à cette démarche qu'il savait vouée à l'échec.

En vivant avec Ariane les menus plaisirs et les petits tracas de la vie quotidienne, il avait pu voir quelle épouse elle serait pour lui si ses parents lui accordaient sa main, et il est inutile de préciser qu'elle comblait, et au-delà de toutes espérances, les attentes d'un futur mari. Non seulement elle était belle, compréhensive, généreuse, gentille, mais à de multiples reprises elle s'était montrée vive et passionnée, ce qui prouvait que, sous ses apparences lisses, elle avait un caractère bien trempé. Le feu couvait sous la glace !

Ariane avait complètement subjugué Malcolm par le seul regard de ses yeux couleur d'améthyste, qui pouvaient se voiler sous l'effet de la tendresse ou de l'inquiétude, et puis, l'instant d'après, briller de gaieté et d'optimisme.

Chaque soir, quand il rentrait de chez Quimby & Compagnie, Cartographes et Editeurs de cartes, Malcolm guettait avec impatience le bruit des pas légers d'Ariane dans le grand escalier, sans savoir si elle-même attendait, le cœur battant, l'ouverture de la porte d'entrée qui lui signalerait son arrivée, et quand il la voyait apparaître enfin, il s'étonnait chaque fois de la voir plus belle et plus désirable qu'il n'en avait le souvenir.

A ce moment, il avait envie de crier son amour pour elle et de courir séance tenante chez le comte et la comtesse de Valcœur afin de demander — d'exiger, en vérité ! — la main de la jeune fille. Et comme chaque fois dans ces moments, il maudissait son ancêtre, lord Iain Ramsay, seigneur de Dundragon, qui avait si inconsidérément dilapidé l'héritage familial que ses descendants — et lui en particulier, Malcolm — n'avaient même plus la possibilité d'épouser la belle qu'ils aimaient.

— Maman vient juste de m'annoncer que vous resteriez avec nous encore un peu, déclara Ariane en entrant dans le petit salon, interrompant ainsi les rêveries douces amères de Malcolm. J'ai été très heureuse de l'apprendre, car il est de plus en plus difficile de garder M. Ravener au lit, alors qu'il est encore si faible, et si vous n'étiez pas là pour le distraire en soirée, cela deviendrait impossible. Tout comme vous, il craint d'abuser de notre hospitalité, bien que je ne cesse de lui répéter qu'il est le bienvenu chez nous. Il ne cesse de s'inquiéter à propos de son logement à l'auberge de Saint Georges et du Dragon. Et pourtant, je lui ai dit et redit que papa s'était occupé de cette question dès le lendemain de l'agression. Il est allé lui-même à l'auberge pour prendre quelques affaires de M. Ravener et payer le loyer. Ensuite, il s'est rendu au poste de police pour signaler l'odieuse attaque perpétrée par Dick Badgerton et Tobias Snitch. M. Ravener sait tout cela aussi bien que vous, et pourtant…

— Je sais, soupira Malcolm.

Un grand poids avait été enlevé de ses épaules quand on était venu lui annoncer que le corps de Badger avait été repêché dans la Tamise et que l'enquête de police avait conclu à une noyade par accident, car rien ne venait prouver que le coup de pistolet avait causé la mort du malheureux. Malcolm n'avait donc plus de soucis que par rapport à Tobias Snitch. Il ne savait pas ce que celui-ci était devenu. Il ne savait pas non plus si les sommes d'argent distribuées par le comte de Valcœur avaient produit quelque résultat. Interrogé à ce sujet, le comte s'était montré évasif ; haussant les épaules, il avait déclaré que l'affaire n'avait plus aucune importance, à son avis.

— Vous devez comprendre, mademoiselle, reprit Malcolm à l'adresse d'Ariane, que Nicolas Ravener est fier, tout comme moi d'ailleurs. Nous sommes tous deux habitués à faire notre chemin dans le monde et nous aimons assumer le coût de nos choix. Il n'est pas dans nos habitudes de nous faire entretenir. Nous n'acceptons pas la charité.

— Vu les circonstances, répliqua Ariane, il ne s'agit pas de charité. D'ailleurs, n'est-ce pas vous qui nous avez amené M. Ravener, le soir de l'agression ? D'ailleurs, ne continuez-vous pas, tout comme nous, de veiller sur lui, ce que je trouve tout à fait normal ? Ce fut un miracle s'il ne mourut pas après avoir reçu ce coup de couteau. Le Dr Whittaker nous l'a dit. Certes, il est maintenant hors de danger, mais il reste très affaibli. Il reprend des forces, mais lentement. C'est pourquoi vous ne devez pas imaginer que mes parents et moi vous prenons tous les deux pour des profiteurs ou des pique-assiettes. Nous savons très bien que ce n'est pas le cas, parce que vous êtes des hommes du monde et que si vous séjournez chez nous actuellement, c'est à cause de l'ignoble attaque dont M. Ravener a été la victime. J'ajoute que mes parents et moi-même sommes trop contents de vous apporter notre aide en ces circonstances pénibles parce qu'ils voient là le moyen de vous témoigner leur gratitude pour m'avoir sauvé la vie quand j'ai failli être écrasée dans Oxford Street. Vous voyez, M. Blackfriars, c'est nous qui sommes vos débiteurs et non le contraire.

— Je renonce, mademoiselle, je renonce ! s'écria Malcolm en riant.

Il leva les mains comme s'il se rendait à un mauvais garçon rencontré au détour d'une rue et ajouta :

— En fait, madame votre mère et vous-même me pressez,

avec tant de gentillesse, de prolonger mon séjour, qu'il faudrait que je fusse le plus mal élevé du monde pour refuser.

— Parfait ! dit alors Ariane en battant des mains, tandis que ses yeux brillaient de malice. Je dois vous avouer que j'espérais beaucoup emporter votre décision en insistant, peut-être un peu trop ? Me trouvez-vous effrontée ?

— Certainement ! Cela dit, je vous pardonne volontiers, car je sais que vous ne pensez qu'à faciliter le rétablissement de Nicolas Ravener.

— C'est exactement cela, murmura la jeune fille, en rougissant.

En vérité, la santé du blessé n'entrait que pour une part dans ses considérations, et elle voyait surtout en celui-ci, non sans un charmant cynisme, le moyen de retenir Malcolm auprès d'elle. Elle éprouva le besoin de l'avouer. C'est pourquoi elle reprit, sans oser le regarder dans les yeux :

— Pour être tout à fait honnête avec vous, je dois admettre que je suis très contente que vous restiez, parce que... parce que j'apprécie votre compagnie et que...

Ses pensées s'embrouillèrent, elle ne sut plus que dire. Rougissant davantage, elle médita de s'enfuir.

— Moi aussi j'apprécie votre compagnie, lui dit Malcolm.

Il la trouvait particulièrement charmante à ce moment et souffrait de ne pouvoir la prendre dans ses bras pour la couvrir de baisers en lui demandant de l'épouser. D'une voix cassée par l'émotion, il ajouta :

— Si seulement... si seulement il n'y avait pas... ce fossé entre nous.

Ils s'étaient rapprochés l'un de l'autre, sans s'en rendre compte, et maintenant ils se trouvaient si proches que la jeune fille se demanda s'il n'entendait pas les battements effrénés de

393

son cœur, provoqués par la déclaration osée qu'elle venait de faire et la réponse qu'il y avait apportée.

Elle avait si peu d'expérience avec les hommes que, jusqu'à ce moment, elle avait cru qu'il ne voyait en elle qu'une amie, rien qu'une amie. Or, il venait d'avouer, à mots à peine couverts, que ses sentiments pour elle allaient très au-delà de l'amitié, ce qui provoquait en elle un bouillonnement d'émotions contradictoires et presque simultanées, espoir puis désespoir ; espoir qu'il prît bientôt l'initiative de lui parler d'un avenir commun, et désespoir parce qu'elle dut très vite se rendre compte qu'il ne prononcerait pas ces paroles. Ce *fossé*, par quoi il avait conclu sa réponse, en attestait.

— Comme j'ai déjà eu l'honneur de vous le dire, reprit-elle, des changements peuvent intervenir.

— Nous pouvons toujours l'espérer, répondit-il assez sèchement. Mais il faut bien se dire que ces changements que vous appelez de vos vœux pourraient ne jamais se produire. C'est pourquoi je ne veux pas vous abuser en tentant de vous faire accroire que ce vaste fossé, qui nous sépare, a toutes les chances d'être comblé.

— Je… je comprends et je vous remercie pour votre honnêteté, monsieur.

Cillant pour contenir les larmes brûlantes qui lui étaient montées aux yeux, et se forçant à sourire alors qu'elle avait envie de pleurer, Ariane changea brusquement de sujet.

— Voulez-vous monter pour notre quotidienne partie de cartes avec M. Ravener et Mlle Christine ? Je crois que c'est l'heure.

— Oui, mais est-il bien utile de nous mesurer à Nicolas, une fois de plus ? Il est si expert dans le maniement des cartes qu'il est inutile d'espérer que nous puissions gagner contre lui.

Il affecta de ne pas voir les larmes qui perlaient aux paupières

394

de la jeune fille, afin de ne pas la mettre dans l'embarras, mais ce spectacle l'avait navré au plus haut point. A cause de ces larmes mal contenues, il se sentait coupable et honteux de lui avoir révélé — même brièvement, même de façon détournée — qu'il l'aimait, qu'il la désirait.

Jusqu'à ce moment, il avait été certain de ses sentiments sans être assuré qu'elle éprouvât les mêmes pour lui. Mais les larmes mal dissimulées dont il venait d'être le témoin, et ce sourire contraint, destiné à masquer une détresse bien réelle, parlaient de façon plus éloquente que n'importe quel discours. Ariane l'aimait, elle aussi avait mis son cœur en jeu.

Cette révélation provoqua chez Malcolm un sursaut de joie en même temps qu'une profonde désolation. Ce n'était pas parce que l'amour était réciproque que le fossé entre eux se comblait.

Alors qu'ils sortaient du petit salon pour passer par le vestibule et prendre le grand escalier, Ariane reprit :

— Vous avez raison, mais il faut dire que M. Ravener est un joueur professionnel. C'est pourquoi nous ne devons pas nous sentir inférieurs à lui si nous ne parvenons pas à gagner contre lui au piquet ou au whist. Imaginez que nous imaginions de varier le plaisir de nos soirées en dessinant des cartes ou en faisant de la broderie. Croyez-vous que M. Ravener aurait quelque chance de nous surpasser l'un et l'autre dans nos spécialités ?

En riant, Malcolm répondit :

— Je vous le concède volontiers, mademoiselle. Nicolas Ravener a, certes, beaucoup de talents, mais je ne pense pas qu'il soit capable de manier l'aiguille aussi bien que vous. Pour ce qui est du crayon, il faudrait voir.

Du haut de l'escalier, Christine, qui les regardait monter, les héla avec ces mots :

— Que se passe-t-il de si drôle ? Venez-vous jouer aux cartes,

395

ou non ? Dépêchez-vous, car M. Ravener menace de quitter son lit si nous ne venons pas très vite nous faire plumer par lui !

— Et si nous plumions M. Ravener, pour changer ? demanda Ariane. M. Blackfriars et moi-même venons de mettre au point notre stratégie. C'est pourquoi je vous conseille de retourner auprès de notre malade pour lui recommander d'être bien sur ses gardes ce soir, en lui expliquant que s'il a gagné jusqu'à maintenant, c'est qu'il était très malade et que nous ne voulions pas l'accabler. Mais puisqu'il est guéri, nous allons donner toute notre mesure et il va comprendre de quel bois nous nous chauffons.

Ravie, Christine se retourna pour courir, en avant-garde, vers la chambre de Nicolas Ravener. Elle savait, bien entendu, que le discours qu'elle avait à lui tenir l'électriserait, et la réponse qu'il lui donna ne la déçut pas.

— Vous m'avez laissé gagner ? s'exclama-t-il en effet. Vous prétendez m'avoir laissé gagner parce que j'étais mal en point ? Eh bien ! Il faut oser le dire ! Quoi ! Vous m'avez obligé de garder le lit en me menaçant des pires catastrophes si j'osais quitter mes oreillers, mais je vous l'ai dit cent fois, je n'ai jamais été aussi bas que vous avez fait semblant de le croire. C'est pourquoi mes talents aux cartes n'ont pas le moins du monde été affectés par ma situation, lady Christine ! J'ai gagné parce que je le méritais et je vous le prouverai en gagnant une fois de plus, ce soir ! Alors, maintenant, dites-moi : Malcolm et lady Ariane nous feront-ils l'honneur de se joindre à nous ?

— Nous voici ! lança Malcolm qui entrait dans la chambre juste à ce moment. Permettez-moi de vous dire à quel point je suis enchanté de vous voir dans cet état d'esprit. Votre santé s'est grandement améliorée depuis deux ou trois jours.

— Ma santé est tellement bonne que je me demande ce que je fais encore dans ce lit. C'est bien simple, je n'en puis plus de devoir rester couché, à ne rien faire, pour récupérer, comme vous dites, alors que je me sens tout à fait bien. Je perds mon temps ! J'ai à vaquer au-dehors ! Des affaires urgentes réclament mes soins.

En s'approchant du lit, Malcolm demanda, d'un air détaché :

— Vraiment ? Et ces affaires urgentes n'auraient-elles pas un quelconque rapport avec le vicomte Ugo ?

Il rapprocha du lit la petite table à jouer, disposa les chaises pour Ariane, Christine et lui.

— Quel vicomte Ugo ? demanda Nicolas Ravener après un moment de silence.

Puis, comme si cette question n'avait aucun intérêt, comme si ce sujet était sans importance, il se pencha pour s'emparer du jeu de cartes, qu'il commença à battre de ses mains expertes. Et il reprit :

— Désolé de vous dire que je ne connais pas ce vicomte Ugo dont vous me parlez. C'est pourquoi je ne vois comment je pourrais avoir quelque affaire à traiter avec lui. De qui s'agit-il ?

— Vous ne le connaissez pas, vraiment ? répondit Malcolm, d'un ton tout aussi détaché que celui de son ami. Alors, il faut croire que je me suis trompé.

Il aida les deux demoiselles à s'asseoir avant de prendre lui-même place à la table de jeu, et il poursuivit :

— Il faut quand même que je vous dise que pendant que vous gisiez dans ce lit, terrassé par la fièvre, j'ai entendu une histoire assez singulière... à propos d'une petite altercation qui aurait eu lieu entre vous et le fameux vicomte Ugo, au cours du bal costumé donné par la marquise de Mayfield. Si je me souviens bien, l'affaire s'est terminée dans un bassin.

Le sourcil haut, une ébauche de sourire aux lèvres, il attendit la réponse.

397

— Puis-je savoir qui vous aurait fait ce compte rendu ? demanda Nicolas Ravener.

Ariane ne laissa pas à Malcolm le temps de répondre.

— C'est moi, dit-elle. Je me trouvais moi-même dans ce jardin quand vous avez poussé le vicomte dans le bassin. Je vous ai vu également vous en prendre à lui, par-derrière.

— Je vois, murmura Nicolas Ravener.

Après s'être longuement mordillé la lèvre, il leva les yeux sur la jeune fille et reprit, d'une voix pleine d'assurance :

— Je n'aurais jamais dû me présenter à vous, mais quand j'ai compris que vous étiez une amie de Malcolm, il m'a paru que je ne pouvais guère faire autrement. Vous avez raison, mademoiselle. C'est bien moi qui m'en suis pris au vicomte Ugo, dans le jardin de la marquise, le soir du bal masqué. J'avais espéré ne pas avoir à m'expliquer sur ce qui doit vous sembler un acte de couard, très méprisable. C'est d'ailleurs pourquoi j'ai essayé de nier que je connaissais ce monsieur. En outre, ce que je vous avais dit est rigoureusement exact ; lui et moi n'avons jamais été présentés, je ne puis donc prétendre le connaître.

— Grands dieux ! s'exclama Malcolm en levant les bras au ciel. Qu'est-ce qui vous a pris de l'attaquer ainsi, par-derrière, pour le pousser dans le bassin ?

— J'ai mes raisons et je vous prie de croire qu'elles sont excellentes, mais, pour le moment, mon cher ami, je crains de ne pouvoir vous en dire plus. Sachez aussi que je n'avais pas l'intention d'infliger de réels dommages au vicomte. J'aurais pu le tuer si j'avais voulu. Donc, en me contentant de le pousser dans l'eau, j'ai démontré que je n'avais pas vraiment d'animosité contre lui.

— Au contraire ! D'après ce que Mlle Ariane dit de la façon dont s'est déroulé l'incident, il semblerait plutôt que vous éprouviez un tel mépris pour votre adversaire que vous l'avez jugé indigne de recevoir un coup de couteau de vous.

— Eh bien… soit ! Admettons que vous avez raison. Cependant, il n'en demeure pas moins que je ne lui ai pas causé de dommage… physique. Pour ce qui est de son honneur, c'est une autre affaire. En conséquence, vous devez me disculper des charges que vous faites peser sur moi : je n'étais pas animé de mauvaises intentions à l'égard du vicomte.

Gravement, Malcolm répondit :

— Disons plutôt que nous réservons notre jugement jusqu'au moment où nous connaîtrons le fin mot de cette affaire. Maintenant, Nicolas, avez-vous l'intention de nous distribuer ces cartes, ou voulez-vous les battre jusqu'à la fin de la nuit ?

Chacun ayant ses cartes en main, le jeu commença. Plus un mot ne fut dit à propos du vicomte Ugo et de l'incident curieux survenu dans le jardin de la marquise de Mayfield. Pourtant, ces quatre personnes restèrent préoccupées par ce sujet, elle ne pensèrent même qu'à cela, si bien qu'elles ne donnèrent pas au jeu toute l'attention, toute la passion qu'elles lui consacraient d'ordinaire. Au bout d'un moment de ce morne divertissement, Nicolas Ravener plaida la fatigue. Lady Christine proposa de lui lire un livre jusqu'à ce qu'il s'endormît, ce qu'il accepta avec empressement.

Saisissant aussitôt cette occasion, Malcolm et Ariane sortirent de la chambre pour aller dans le salon de musique. Ariane joua du pianoforte, et Malcolm, assis près d'elle sur le banc, lui tourna les pages. C'est ainsi qu'ils passèrent le reste de la soirée, jusqu'au moment où ils durent, bien à contrecœur, se séparer en se souhaitant mutuellement une bonne nuit.

*
**

Quand Nicolas Ravener fut assez rétabli pour pouvoir sortir de son lit et se joindre aux Valcœur autour de leur table, la comtesse tint sa promesse et invita Mme Blackfriars à dîner. Elle était loin de se douter que cette gentillesse mettrait tout le monde, y compris elle-même, dans les plus vives complications, et que les Blackfriars, tout comme les Valcœur, se jetteraient dans une telle frénésie d'activités qu'un observateur peu averti eût pu croire que ces deux familles s'étaient subitement donné comme but de singer la royauté.

Dans la maison des Valcœur, Portman Square, toutes les servantes reçurent pour instructions de laver toutes les fenêtres et de nettoyer les âtres, d'épousseter le mobilier et de balayer les sols, pendant qu'à la cuisine M. Montségur travaillait comme un furieux pour préparer toutes sortes de plats originaux.

De la même façon, Hawthorn Cottage ressemblait à une ruche bourdonnante. Miss Woodbridge et Nora se virent confier la mission singulière de rénover la meilleure robe de Mme Blackfriars, en lui ajoutant de la dentelle ici et là, en ravaudant l'ourlet du bas, puis en la repassant avec soin, afin que leur maîtresse pût partir pour sa soirée mondaine sans rougir d'avance.

— Oh ! N'est-ce pas follement amusant, madame ? dit Nora, à l'adresse de Mme Blackfriars, alors qu'elle poussait l'aiguille avec entrain.

— Certainement, répondit Mme Blackfriars, en souriant. Je vous avoue que je me sens l'âme d'une jeune fille qui s'apprête à partir pour son premier bal.

En vérité, elle se sentait nerveuse à l'idée de réapparaître en société, mais elle éprouvait aussi une vive curiosité à l'endroit des Valcœur, particulièrement à l'endroit d'Ariane. Depuis tant d'années qu'ils vivaient à Londres, son fils avait amené à Hawthorn Cottage plus d'une jeune fille pour les lui présenter, avant de s'apercevoir qu'il n'était pas assez épris d'elles pour

400

envisager de passer toute sa vie avec elles. C'est pourquoi, au grand dam de sa mère, il ne s'était jamais marié. Elle avait fini par penser que, trop impliqué dans son travail chez M. Quimby, il n'avait plus assez de temps à consacrer à une femme.

Mme Blackfriars avait le sentiment qu'il n'en irait pas de même avec Ariane et que de celle-ci son fils était tombé éperdument amoureux. Mais, étant donné l'immense fossé qui séparait leurs places respectives dans la société, elle se demandait aussi comment il comptait conquérir le cœur de la jeune fille, et elle n'en avait pas la moindre idée. Elle espérait secrètement que M. et Mme de Valcœur ne voyaient pas en Malcolm un soupirant à rejeter de façon catégorique ; dans le cas contraire, ils ne l'eussent sûrement pas conviée, elle, sa mère, à ce dîner. Après tout, rien ne les obligeait à lui envoyer cette invitation. En conséquence, cette soirée prouvait que les aristocrates français voyaient en Malcolm un jeune homme fréquentable. Si elle s'en réjouissait, Mme Blackfriars s'en étonnait aussi. Elle ne comprenait pas.

Alors que la fameuse soirée chez les Valcœur, dans leur maison de Portman Square, approchait inexorablement, Mme Blackfriars se sentait de plus en plus nerveuse et joyeuse à la fois, craintive et curieuse à la fois. Plus le temps passait, plus elle se demandait si elle irait, moins elle était sûre de pouvoir donner une réponse affirmative à cette question. Quand elle examinait sa meilleure robe, elle se disait souvent que cette vieille défroque n'était pas assez belle pour se montrer dans le grand monde, et que, peut-être, elle eût dû s'en faire faire une nouvelle, plus à la mode… tout en sachant qu'elle n'avait plus assez de temps pour cela, en reconnaissant aussi que sa « vieille défroque » n'avait pas plus de quelques mois.

Quand elle apprit que M. de Valcœur lui enverrait sa voiture pour la conduire à destination, Mme Blackfriars s'agita davantage, car jamais elle n'avait imaginé que l'aristocrate français pût la gratifier d'une telle faveur, d'un tel honneur ; le soir du dîner, quand la voiture arriva effectivement devant Hawthorn Cottage, elle resta un moment debout sur le seuil de sa maison, au bras de son fils, à contempler ce véhicule dont la magnificence dépassait tout ce qu'elle avait imaginé.

Mme Blackfriars savait que si son feu mari, Alexandre Ramsay, avait pu vivre assez longtemps pour revendiquer l'héritage familial, elle eût vécu une existence dont le luxe eût sans doute approché celui dont bénéficiaient les Valcœur et que cette splendide voiture lui semblait symboliser ; et si elle ne ressentit aucune amertume, aucun regret, car elle avait été très heureuse avec son mari, malgré la modestie de leurs moyens financiers, elle éprouva en revanche une vive angoisse à l'idée que son fils unique ne pourrait jamais obtenir la main de celle qu'il aimait, parce qu'il ne possédait ni titre ni fortune.

— Maman ?

La voix de Malcolm tira Mme Blackfriars de ses méditations. Reprenant contact avec la réalité, elle découvrit que l'un des laquais était descendu de son poste à l'arrière de la voiture pour ouvrir la portière et abaisser le marchepied. Rougissant à l'idée qu'elle s'était conduite comme une écolière, à rester bouche bée et les yeux écarquillés comme si elle n'avait jamais vu de voiture, elle se hâta de monter dans l'habitacle et elle s'installa confortablement sur une banquette recouverte de velours cramoisi. Malcolm monta ensuite et prit place à côté d'elle. Le marchepied remonté, la portière refermée, le laquais remonta entre les deux roues arrière. Le cocher agita son fouet et claqua de la langue. Le véhicule s'ébranla avec souplesse, en direction du quartier chic de Marylebone.

Mme Blackfriars et son fils parlèrent peu au cours du trajet. Ils gardèrent leurs pensées pour eux, chacun regardant de son côté, par la fenêtre, la pluie qui tombait dans les rues de Londres. Les réverbères dispensaient une lumière blafarde qui peignait en jaune les devantures des boutiques et les façades des maisons.

Mme Blackfriars observait le spectacle de la rue avec un intérêt non feint, car, ayant acquis une parfaite confiance dans son personnel, elle se déchargeait sur ses gens de toutes les commissions depuis un certain temps déjà, si bien qu'elle ne s'était plus aventurée au centre de la capitale depuis quelques années. Des changements significatifs, dans la physionomie de Londres, l'étonnaient. Elle n'avait pas imaginé que le progrès pût aller si vite et elle prit alors, en secret, la décision de ne plus se confiner dans les parages de Saint-John's Wood comme elle en avait pris peu à peu l'habitude.

A mesure que la voiture approchait de Portman Square, les demeures devenaient plus grandes et plus somptueuses. Mme Blackfriars les admirait mais ne regrettait aucunement de ne pouvoir séjourner dans une demeure semblable. Plus petites et plus modestes, Whitrose Grange et Hawthorn Cottage étaient des maisons où il faisait bon vivre cependant, d'une manière plus simple que dans celles-ci, avec beaucoup moins d'apparat. L'envie ne tenaillait pas le cœur de Mme Blackfriars.

Quand la voiture entra dans Portman Square, Mme Blackfriars ne put retenir une exclamation admirative en découvrant le vaste parc, de forme ovale, qui occupait le centre de la place, car le spectacle lui parut admirable. L'automne était tout près de céder la place à l'hiver. La plupart des arbres avaient déjà perdu toutes leurs feuilles et, semblables à des silhouettes tragiques, ils élevaient dans la lumière des réverbères leurs branches décharnées aux formes tourmentées ; et pourtant, il sembla à Mme Blackfriars qu'elle aimerait se promener en ces lieux pleins de sombre grandeur, si le temps le lui permettait.

Après avoir parcouru la moitié du périmètre de la place, la voiture s'arrêta devant une des plus grandes demeures, qui ne pouvait être que celle des Valcœur.

— C'est magnifique, murmura Mme Blackfriars en descendant les trois degrés du marchepied.

— Oui, dit Malcolm derrière elle.

Sous les parapluies ouverts au-dessus de leurs têtes pour les protéger de la petite pluie fine et froide, ils firent quelques pas et Malcolm ajouta à mi-voix :

— C'est, selon moi, la plus belle maison de la place.

Butterworth, le majordome, se tenait sur le seuil pour accueillir les visiteurs. Il les salua en s'inclinant profondément, puis s'effaça pour les laisser entrer dans le vaste vestibule. Puis, les ayant débarrassés de leurs effets d'extérieur, il les conduisit dans le salon à la porte duquel il les annonça. Puis il referma.

Pendant un long moment, Mme Blackfriars et son fils restèrent à l'entrée de la pièce. Intimidés sans doute par la multitude des visages tournés vers eux, ils ne savaient que dire, ils n'osaient avancer.

Puis le regard de Mme Blackfriars se fixa sur un visage en particulier. Elle sursauta. Elle frissonna. Ses yeux s'écarquillèrent et son visage prit la couleur de la cendre. Elle fit un pas en avant, s'arrêta.

— Katherine ! s'écria-t-elle.

Elle fit encore un pas, un seul. Puis le salon commença à tourner autour d'elle, de plus en plus vite, en s'assombrissant. Bientôt Mme Blackfriars ne vit plus rien. Elle perdit connaissance.

14.

Famille

Toutes les familles heureuses se ressemblent. Chaque famille malheureuse est malheureuse à sa façon.

LÉON TOLSTOÏ, *Anna Karénine.*

Alors je me sentis dans les dispositions d'un astronome au moment où il découvre une nouvelle planète ; je me vis comme le gros Cortez, lorsque, silencieux au sommet d'un pic de Panama, il portait son regard d'aigle sur le Pacifique, tandis que ses hommes, derrière lui, s'interrogeaient fébrilement sur ses intentions.

JOHN KEATS,
*Premier coup d'œil sur l'*Homère *de Chapman.*

1848
A Londres : Portman Square

Malcolm, qui, par chance, se trouvait derrière sa mère, eut la présence d'esprit de la recueillir dans ses bras quand elle s'évanouit. Il l'emporta ensuite dans ses bras pour la déposer, avec délicatesse, sur un sofa.

Ariane, consciente que sa mère n'avait pas la capacité d'agir, distribua ses ordres à quelques servantes : il s'agissait de lui apporter des sels, un linge et un bassin d'eau fraîche, et aussi de faire dire à M. Montségur, le cuisinier, que le dîner devrait être repoussé d'une heure pour le moins. Puis elle s'approcha de Malcolm pour l'aider, laissant à son père le soin d'assister sa mère.

Quand Mme Blackfriars s'était évanouie, Mme de Valcœur avait affreusement pâli, et si elle n'avait pas défailli, elle s'était affalée sur un fauteuil en laissant échapper un faible cri de détresse. Et depuis elle portait, sur les gens autour d'elle, ses yeux hagards, elle marmonnait d'incompréhensibles paroles, elle montrait tous les signes d'une grande agitation.

Quant à M. de Valcœur, partagé entre ses devoirs d'hôte et ses responsabilités de mari, il avait fini par privilégier ceux-ci aux dépens de ceux-là. Penché sur son épouse, il lui avait pris les mains et lui murmurait des paroles apaisantes, non sans reporter fréquemment son regard inquiet sur Malcolm, sur Mme Blackfriars évanouie, sur sa fille.

Voyant le maître et la maîtresse de maison indisponibles, lady Christine s'autorisa à prendre leur rôle pour un moment. Elle commanda aux valets de servir les alcools et de les proposer aux hôtes.

Et pendant ce temps, Nicolas Ravener, un peu à l'écart, assis dans un fauteuil près du feu, observait la scène en silence. Il ressemblait à un rapace choisissant sa proie.

Enfin les sels ramenèrent Mme Blackfriars à la conscience. Elle ouvrit les yeux, battit des paupières. Confuse, elle regarda autour d'elle. A l'évidence, elle ne savait plus où elle se trouvait.

— Comment allez-vous, maman ? demanda Malcolm, le

visage marqué par l'anxiété, tandis qu'il l'aidait à prendre une position assise.

— Je... je vais bien, murmura-t-elle d'une voix plaintive, une main sur son front pour y maintenir un linge mouillé d'eau fraîche.

Après un instant de silence, elle reprit, comme pour s'en convaincre elle-même :

— Oui, je vais bien.

Son regard se porta sur Mme de Valcœur et elle expliqua :

— C'est simplement que... ce fut un tel choc pour moi de revoir Katherine ici... Non... non... pas Katherine. Ce n'est pas possible.

Elle se tourna vers Ariane, à qui s'adressa la suite de son discours.

— Il est impossible que ce soit Katherine, car elle avait à peu près mon âge et vous, mademoiselle, il me semble que vous n'avez pas vingt ans. Et pourtant, vous lui ressemblez tellement ! Je ne peux en croire mes yeux. Comment cela se peut-il ? Je n'arrive pas à le croire.

A la grande surprise de tous, Nicolas Ravener prit alors la parole. Il se leva et demanda aux serviteurs de quitter le salon. Puis, la porte refermée, il demanda solennellement à lady Christine de garder le secret sur tout ce qu'elle entendrait.

— Maintenant, Mme Blackfriars, poursuivit-il, je vous prie de me pardonner si ma question vous semble indiscrète, mais était-ce Katherine de Ramezay que vous évoquiez à l'instant ?

La voyant hésiter, il l'implora :

— Je vous en prie, vous ne devez pas craindre de me révéler la vérité, car si c'est bien d'elle que vous parliez, il faut que je vous fasse savoir qu'elle était ma mère et que, depuis que j'ai à peu près recouvré mes forces et ma santé, j'ai l'intuition que la jeune demoiselle que Malcolm et moi connaissons sous le nom

407

d'Ariane de Valcœur n'est autre que Ariane de Ramezay, la sœur que j'ai perdue depuis si longtemps. Il ne me reste donc plus qu'à découvrir si vous êtes bien notre tante Elizabeth Ramsay, et si votre fils Malcolm est notre cousin. Mais je ne vous cacherai pas que ma conviction est faite depuis un moment.

— Oh, mon Dieu ! s'écria alors la comtesse, en secouant la tête, tandis que sa main se portait à sa bouche.

Puis elle se leva pour asséner cette affirmation qui stupéfia l'assemblée :

— Tout ce que vient de présumer M. Ravener est rigoureusement exact et je le savais. Je le savais ! Oh, ma chère Elizabeth — vous permettez que je vous appelle ainsi, n'est-ce pas ? — je vous en conjure, n'ayez pas peur, car vous vous trouvez chez des amis. Je vous le jure ! Mon mari, Jean-Paul, est le cousin de Charles de Ramezay. C'est par son truchement que nous avons accueilli Ariane sous notre toit.

D'une voix douce mais tremblante, qui trahissait son émotion, Ariane demanda alors :

— Maman… c'est moi qui ne comprends plus… Que dites-vous ? Que dit M. Ravener ? Je suis Ariane de Valcœur, pas Ariane de Ramezay ! Donc, comment pourrais-je être celle à qui M. Ravener fait allusion ? Comment pourrais-je être sa sœur, comment M. Blackfriars pourrait-il être notre cousin ?

— C'est une très longue histoire, ma chérie, répondit Mme de Valcœur après avoir bien soupiré. Et je crois qu'il est plus que temps que tu en deviennes la dépositaire, toi aussi. Ne me reproche pas d'avoir gardé le silence si longtemps. Il faut que tu le saches : j'avais si grand peur de ce qu'il pourrait advenir de toi si tu apprenais la vérité trop tôt, que j'ai persuadé ton père de se taire, afin de te protéger. Mais comme je viens de te le dire, le temps de la révélation est venu. Il faut enfin que tu apprennes comment tu nous es arrivée, voici treize ans. Mais d'abord, Jean-Paul…

Elle se tourna vers son mari.

— … veuillez, je vous prie, donner des instructions pour demander à M. Montségur de ne pas servir le dîner avant 21 heures. Je crains, en effet, que 20 h 30 soit encore trop tôt pour passer à table.

Tandis que le comte, après avoir hoché la tête, se dirigeait vers la porte du salon qu'il entrouvrait pour héler une servante, la comtesse, une main sur la poitrine, ferma les yeux et prit une longue inspiration. Puis, son mari ayant refermé la porte, elle s'adressa à sa fille.

— Tu es bien Ariane de Ramezay, ma chère petite, car tes vrais parents s'appelaient Charles et Katherine de Ramezay. Charles était le cousin de Jean-Paul, puisque le père de Charles et la mère de Jean-Paul étaient frère et sœur. Voici ce qu'il s'est passé, Ariane. Alors que ton propre frère, Nicolas, avait douze ans, et toi cinq seulement, vos parents décidèrent d'entreprendre un voyage vers l'Ecosse, vers les Highlands plus précisément, parce qu'ils avaient appris qu'Alexandre et Elizabeth Ramsay habitaient une ferme appelée Whitrose Grange, sur les hauteurs bordant le Loch Ness.

Ariane poussa un cri de stupeur.

— Mais alors, mon rêve… mon cauchemar… n'était pas le fruit de mon imagination, ainsi que vous l'avez toujours prétendu, maman. C'était un souvenir !

— Oui, je le crois, mais je ne pense pas être qualifiée pour te donner la relation de ces événements, puisque je n'étais pas présente. Cette tâche revient à Elizabeth et à Malcolm.

La comtesse se tourna vers les deux personnes qu'elle venait de nommer.

— Voulez-vous, je vous prie, reprendre le récit où je viens de le laisser et dire toute la vérité à Ariane ?

Mme Blackfriars et Malcolm, lorsqu'ils eurent surmonté leur stupéfaction, confirmèrent leur véritable identité et narrèrent les dramatiques événements survenus à Whitrose Grange. Ils dirent les recherches entreprises autour du Loch Ness par Alexandre Ramsay, père de Malcolm, et Charles de Ramezay, père de Nicolas et d'Ariane, et plus précisément aux abords de Dundragon, dans le but de retrouver le Cœur de Kheper. Ils rapportèrent que, la véritable identité des deux hommes ayant dû être découverte, ils furent assassinés par lord Vittore, comte Foscarelli, et qu'à la suite de ce meurtre, Whitrose Grange prit feu et brûla entièrement, ce qui obligea Malcolm et sa mère à fuir l'Ecosse.

Les yeux brillant de larmes, Mme Blackfriars déclara d'une voix douce :

— Ce qui arriva à Katherine et à ses deux enfants après notre séparation à Newcastle-upon-Tyne, nous ne le sûmes jamais et c'est enfin que nous apprenons la vérité. Je lui écrivis, maintes fois, à une adresse secrète dont nous étions convenues entre nous, mais, n'obtenant jamais de réponse, je présumai qu'elle était morte.

— Tante Elizabeth, dit Nicolas Ravener j'ai le cruel devoir de vous apprendre que votre belle-sœur mourut en effet. Elle prit froid au cours du voyage de retour en France. Moi-même je pris une méchante fièvre qui affecta le navire, si bien que quand nous arrivâmes à Calais, presque tous les passagers étaient très malades. Ariane avait été épargnée. Craignant qu'elle ne restât bientôt seule au monde, maman la confia à des gens qui avaient voyagé avec nous, en les priant de la conduire à Valcœur et de la mettre entre les mains du comte et de la comtesse. Elle et moi trouvâmes ensuite refuge dans une auberge de Calais, pas très loin du port, un endroit misérable, dont nous dûmes nous contenter parce que, vu l'état dans lequel nous nous trouvions, les portes s'ouvraient avec réticence devant nous. Par chance, je n'étais pas aussi malade que maman. L'ayant installée dans notre chambre, je repartis par les rues de Calais, pour chercher un médecin. J'en trouvai un, qui accepta de me suivre. Malheureusement, l'état de maman était désespéré. Elle mourut trois jours plus tard.

— Oh, Nicolas, j'en suis désolée, murmura Mme Blackfriars, en sanglotant.

— Je le suis tout autant que vous, dit la comtesse, qui répandait ses larmes. Dès l'arrivée d'Ariane chez nous, Jean-Paul se mit immédiatement en route vers Calais, mais il n'y trouva personne. C'était comme si Nicolas et sa mère avaient disparu de la surface de la terre. Sachant qu'ils étaient malades, il en déduisit qu'ils avaient décédé et ne poursuivit pas plus avant ses recherches. Mais voilà que Nicolas fut victime d'une agression, qu'il fut amené chez nous par Malcolm. En vous voyant, Nicolas, qui apparaissiez sur le seuil de notre maison, il me sembla immédiatement que vous étiez l'image même de Charles au même âge que vous. D'après certains faits que m'avait rapportés Ariane précédemment, j'avais commencé à me douter de la véritable identité de Malcolm. Dès ce soir-là, Nicolas, je formulai des vœux fervents pour que vous fussiez notre Nicolas disparu depuis si longtemps, et, Dieu merci, c'est bien vous qui êtes là, devant nous ! Donc, je vous en supplie, dites-nous vite ce qu'il vous est arrivé, comment vous êtes revenu en Angleterre, et comment vous avez réussi à retrouver Malcolm.

— Ce qu'il m'est arrivé ? dit Nicolas, d'un ton dégagé. Il faut que je vous l'avoue, j'ai vécu pendant un certain temps comme un vagabond. Vous avez, je pense, une idée assez précise de ce qu'est la vie dans les ports. Après que maman eut rendu le

411

dernier soupir, elle fut inhumée dans la fosse commune de Calais, car je n'avais pas assez d'argent pour lui organiser des obsèques décentes, et, trop jeune, je ne pouvais avoir accès aux comptes en banque de papa. Telle fut la cruelle ironie de mon existence : je me savais héritier d'une fortune considérable qui dormait dans certains établissements financiers, mais je devais travailler comme un forcené pour gagner les quelques pièces qui m'étaient nécessaires chaque jour pour ne pas mourir de faim ou de froid. Je n'osais pas revendiquer mes droits, parce que, sachant ce qu'il était arrivé à papa et à mon oncle Alexandre, sachant aussi ce que m'avait dit maman sur l'histoire de notre famille, je devais n'avoir confiance en personne si je voulais survivre. Je changeai donc mon nom, Ramezay, en Ravener, et, pour mieux échapper aux ennemis sans doute lancés à ma poursuite, je me fis passer pour un jeune Britannique enrôlé de force sur un navire marchand et qui avait profité d'une escale à Calais pour s'échapper.

Nicolas s'interrompit. Le silence se fit dans le salon. Tous respectèrent ses méditations. Enfin, il reprit :

— Bien sûr, puisque maman était née et avait été élevée en Ecosse, je parlais anglais aussi bien que le français. Je n'éprouvai donc aucune difficulté à faire admettre la nouvelle identité que je m'étais choisie. Je parvins même très vite à faire oublier que je parlais français aussi, ce qui me servit en différentes occasions, car je pouvais saisir des conversations qui ne m'étaient pas destinées. Quoi qu'il en soit, c'est ainsi que je parvins à survivre, puis à faire mon chemin en devenant joueur professionnel, une activité qui ne tarda pas à me procurer une certaine aisance. J'aurais pu faire ainsi mon chemin dans la vie, en tournant le dos à mon passé. Mais, les années passant, je n'oubliai jamais les événements de Whitrose Grange, ni l'histoire que maman m'avait racontée concernant notre famille, ni, surtout, le Cœur de

Kheper. C'est pourquoi, parvenu à l'âge adulte et ayant réuni des fonds assez importants, je quittai la France pour venir m'établir ici, à Londres. Mon intention première avait été de partir directement pour l'Ecosse et plus précisément vers les Highlands, mais un événement imprévu m'incita à changer mes plans. En effet, j'entrai dans la boutique de M. Quimby pour acheter une carte et là, je vis Malcolm qui se tenait derrière le comptoir. Etant donné qu'il avait seize ans quand nos pères avaient été assassinés, il avait peu changé depuis, au contraire de moi. C'est pourquoi je le reconnus, alors qu'il ne me reconnut pas.

Ayant échangé un regard avec Malcolm, Nicolas poursuivit le récit de leurs rencontres successives.

— Pourtant, je ne jugeai pas à propos de me présenter aussitôt à lui. Je n'ignorais pas que notre mémoire nous joue souvent des tours, et je voulais être sûr qu'il était bien mon cousin, surtout après avoir appris qu'il se faisait appeler Malcolm Blackfriars. C'est pourquoi j'entrepris de le filer afin d'en apprendre plus sur lui. Très vite, je découvris tante Elizabeth à Hawthorn Cottage, et dès lors ma religion était faite. Je ne m'étais donc pas trompé ! Malheureusement, le soir où j'avais l'intention de révéler ma véritable identité à mon cousin, il fut sauvagement attaqué par deux vauriens, ceux-là même qui s'en prirent à moi d'une façon analogue, j'ai nommé Tobias Snitch et Dick *Badger* Badgerton.

— Malcolm ! s'exclama Mme Blackfriars ; tu ne m'avais rien dit de tout cela !

— C'est vrai, mais c'est parce que je ne voulais pas vous inquiéter inutilement, maman. Mais maintenant, vous savez absolument tout. Je vous le jure… Nicolas, si vous voulez bien poursuivre…

— Eh bien, vous comprenez quel fut mon dilemme, ce fameux soir. Je ne pouvais ni ne voulais vous révéler la vérité sur moi devant le sergent de ville et devant M. Quimby qui nous avait fort aimablement accueillis dans son appartement après l'agression à laquelle j'avais mis fin par mon intervention. Donc, je me sentis obligé de me présenter à vous sous le nom de Nicolas Ravener, et par la suite, je crus bon de maintenir cette fiction pendant un certain temps, jusqu'à ce que je pusse apprendre qui vous avait attaqué et pourquoi. Après tout, il était fort possible que nos adversaires vous eussent retrouvé tout comme je vous avais retrouvé, et cela considéré, je pouvais vous être plus utile si ces gens ne découvraient pas les liens de parenté qui nous unissaient, s'ils persistaient à croire que nous étions de parfaits étrangers l'un à l'autre.

— Je comprends, déclara Malcolm, pensif. A votre place, j'aurais probablement agi de la même manière. Et maintenant, je saisis les raisons qui vous ont poussé à vous attaquer au vicomte Ugo. Je sais pourquoi vous ne l'avez pas simplement exécuté, dans le jardin de la marquise de Mayfield. Vous deviez penser que lui aussi possédait une croix, n'est-ce pas ? C'est pourquoi vous avez ouvert son domino et déchiré sa chemise. En tout cas, il faut croire qu'il existe plus de deux croix, ainsi que M. Quimby l'avait supposé.

— M. Quimby ? s'exclama Mme Blackfriars horrifiée. Tu lui as raconté toute notre histoire ?

— Oui, maman, je l'ai fait.

— Mais tu m'avais promis de garder le silence et de ne rien entreprendre sans...

— Au contraire, maman, si vous voulez bien rassembler vos souvenirs, je ne vous ai rien promis de la sorte, et c'est une chance que je ne me sois pas engagé ainsi ! Sinon, nous aurions sans doute peu de chances de remettre la main sur l'héritage de notre famille.

414

Très pâle, Ariane intervint alors. Ses yeux disaient le trouble qui l'agitait. Avec hésitation, elle déclara :

— Il faut bien que je l'avoue… Je suis complètement bouleversée par tout ce que j'apprends en ce moment, embrouillée aussi. La vérité est que je ne comprends pas de quoi vous parlez. Qu'est-ce que ces croix ont à voir avec l'émeraude que vous prétendez chercher, ce… comment dites-vous ? Cœur de Kheper, n'est-ce pas ?

— Malheureusement, je n'en sais guère plus que vous pour le moment, répondit Malcolm. Cependant, je vais tenter de vous énumérer les connaissances que nous avons.

Ouvrant sa chemise, il en retira la croix qu'il portait au cou, la montra à la jeune fille et poursuivit :

— Quand j'eus rapporté à M. Quimby la chronique de notre famille, il me suggéra de montrer cette croix à un sien ami, un joaillier qui s'appelle Jakob Rosenkranz et qui tient boutique à Hatton Green. Figurez-vous…

Il narra comment Ezéchiel, l'ancêtre de Jakob Rosenkranz, prêteur sur gage de Birchin Lane, avait reçu la visite nocturne de Westerfield, le valet de Iain Ramsay, seigneur de Dundragon. Inutile de le préciser, cette péripétie arracha maintes exclamations de surprise à son auditoire.

— Donc, vous voyez, conclut-il, nous savons que cette croix porte le numéro 1, et qu'il y en a au moins une autre, qui appartenait à mon oncle Charles, et qui porte sans doute le numéro 2. Etes-vous en possession de cette deuxième croix, Nicolas ?

— Non, dit Nicolas Ravener en secouant la tête. Maman l'a mise au cou d'Ariane qu'elle envoyait chez le comte et la comtesse de Valcœur.

— Je n'ai pas cette croix ! déclara la jeune fille.

Mme de Valcœur intervint.

— Mais si, tu l'as, bien que tu ne l'aies pas vue depuis fort longtemps. Jean-Paul l'a mise sous clé, dans un compartiment secret de son secrétaire dans son cabinet de travail, cela afin de la mettre à l'abri des convoitises. Katherine, ta chère maman, nous avait dit, dans sa lettre, que ce bijou avait une importance considérable et que nous devions le protéger par tous les moyens.

— Je m'en vais de ce pas la chercher, déclara le comte.

Il sortit du salon et revint quelques minutes plus tard, tenant dans une main une croix semblable à la première, et dans l'autre une loupe. Il tendit le tout à Malcolm en disant :

— A vous l'honneur d'examiner cet objet et de nous dire ce que vous voyez. Je crains de n'avoir plus d'assez bons yeux pour accomplir ce travail.

A la lumière de plusieurs chandelles rassemblées sur une table dans ce but, Malcolm se pencha sur la croix.

— C'est bien cela ! s'exclama-t-il, avec enthousiasme, après plusieurs minutes d'un examen silencieux. C'est bien la croix numéro 2 que nous avons là ! Le chiffre 2 figure ici, parmi ces ramures de cornouiller, assez semblables à celles de la croix numéro 1.

L'objet à plat sur sa main, il le proposa à l'observation d'Ariane qui se pencha sur lui.

— Oui, oui, dit-elle. Je vois cela.

— Voyons le revers…

Retournant la croix, Malcolm le scruta, de nouveau à l'aide de la loupe, et il lut à haute voix :

— *Sagesse*, 19, 1-2.

Levant alors les yeux, il demanda à Mme de Valcœur :

— Auriez-vous une Bible à nous prêter, madame ?

— Certainement, mais, s'il vous plaît, ne pourriez-vous pas m'appeler « tante Hélène », Nicolas et vous ? Je sais bien que je suis pour vous deux, en réalité, une sorte de cousine par alliance, mais ce serait plus simple de m'appeler « tante Hélène ». Et puis, vous me feriez tellement plaisir !

— Ce serait un honneur pour nous, madame… tante Hélène, répondit Malcolm en souriant.

— Quel honneur, en effet ! ajouta Nicolas Ravener.

Lui aussi souriait, mais de façon plus contrainte, non qu'il éprouvât quelque réserve, mais malgré l'apparence de vaillance qu'il voulait se donner, il restait faible de constitution et la fatigue se faisait déjà sentir. C'était la première fois qu'il descendait de sa chambre depuis l'agression, et il était loin d'avoir recouvré toutes ses forces, bien qu'il lui en coûtât de l'admettre.

— Parfait, reprit la comtesse.

Elle s'empara de la Bible qui se trouvait sur une table à portée de sa main, elle en tourna vivement les pages pour trouver très vite le chapitre et le verset qu'elle cherchait. Elle lut alors :

— « Mais les impies subirent jusqu'à son terme la colère sans pitié, car Dieu savait avant eux ce qu'ils s'apprêtaient à faire. Il savait comment, après avoir laissé partir Son peuple en le pressant de partir, ils changeraient d'avis et se jetteraient à sa poursuite. »

Après un moment de méditation silencieuse, Malcolm soupira :

— Voilà qui ne nous aide pas plus que la citation de l'Apocalypse indiquée sur ma propre croix. Mais réservons la solution de cette double énigme pour plus tard. Pour le moment, j'aimerais que vous me disiez, Nicolas, pourquoi vous pensez qu'il existe plus de deux croix, et pourquoi vous suspectez le vicomte Ugo d'en posséder une.

— Eh bien, il y a plusieurs raisons à cela, la première étant que je n'avais jamais oublié la croix possédée par papa, et que maman avait confiée au comte et à la comtesse de Valcœur, en la mettant au cou d'Ariane. Elle m'avait dit que cette croix me

417

revenait de droit, que j'étais alors trop malade pour la recevoir parce que je risquais de la laisser tomber en des mains indues, et qu'il fallait donc la confier à Ariane. L'ennui, c'est que maman sombra très vite dans l'inconscience à cause de la fièvre qui la dévorait, ce qui l'empêcha de me dire où elle envoyait Ariane. Et moi, ayant recouvré la santé, je me trouvai incapable de me lancer à la recherche de ma sœur. Il me fallut donc patienter de longues années, et attendre, en vérité, le bal de la marquise de Mayfield, auquel je tins à assister bien que je n'y fusse pas invité, parce que Malcolm m'avait dit que tout ce qui comptait à Londres y assisterait. Et là, j'eus la chance de rencontrer Ariane et aussitôt je fus, tout comme tante Elizabeth, frappé par sa ressemblance avec maman. Enfin je la retrouvais, par le plus grand des hasards, alors que je n'avais aucun moyen de découvrir où elle avait été envoyée, à qui elle avait été confiée.

— Oh, mon cher garçon, si seulement vous aviez su plus tôt, murmura Mme de Valcœur, avec tristesse. Si seulement vous aviez pu venir à nous ! Nous vous aurions ouvert nos portes et nos cœurs avec la plus grande joie, car, ainsi que votre chère maman le savait, je n'ai pas eu le bonheur de mettre des enfants au monde. Bien sûr, vous ne vous rappelez pas votre baptême, mais sachez que Jean-Paul et moi étions vos parrain et marraine, rôle que nous tînmes aussi au baptême d'Ariane. Mais les aléas de la vie nous avaient séparés, vous ne nous revîtes plus. Il n'est donc pas étonnant, même si c'est regrettable, que vous n'ayez pas eu l'idée de venir à Valcœur. Que de temps nous aurions gagné si nos retrouvailles avaient eu lieu quelques années plus tôt !

— Ce que vous dites là n'est pas tout à fait exact, répondit Nicolas Ravener. Je me rappelais, quoique très vaguement, que j'avais eu un oncle Jean-Paul et une tante Hélène. Et quand Malcolm m'amena ici, je vous reconnus aussitôt, tous les deux, malgré l'état de grande faiblesse où je me trouvais à cause des blessures qui m'avaient été infligées. Mais, étant encore un enfant lorsque nos chemins avaient divergé, je ne connaissais ni vos titres ni vos noms. Vous étiez oncle Jean-Paul et tante Hélène, sans plus de précision, ce qui ne suffisait pas pour me lancer à votre recherche avec quelque chance de succès. En outre, vous pouviez vivre n'importe où en France. Pourtant, je pariai sur le fait que vous aviez sans doute une résidence à Paris, et je m'y rendis, dans l'espoir que la chance me favoriserait, ce qui ne fut pas le cas, comme vous le savez déjà. Pourtant, mon séjour dans la capitale française ne se solda nullement par un échec complet, puisque j'eus l'occasion d'y acquérir une croix qui m'avait semblé être une réplique de celle qu'avait possédée papa.

— Non ! s'écria Malcolm dont le visage s'animait sous le coup de l'excitation et de l'incrédulité. Ce n'est pas possible… Mais où est cette croix, Nicolas ? Nous ne l'avons pas trouvée sur vous, la nuit où nous vous amenâmes ici pour vous soigner.

— Vous ne l'avez pas trouvée parce que je ne la portais pas. Je l'ai cachée — entre parenthèses, j'espère qu'elle est toujours cachée ! — sous certaine lame du plancher, dans la chambre que j'occupe à l'auberge de Saint Georges et du Dragon. Comprenez-vous, maintenant, pourquoi j'étais si opposé à l'idée d'être conduit à l'hôpital ou ailleurs que chez moi ?

— Sacrebleu ! s'écria M. de Valcœur. Il faut que Malcolm et moi allions chercher cette croix aussi vite que possible.

— Certainement, répondit Nicolas Ravener, en hochant la tête. Il m'en coûte de vous l'avouer, mais je ne me sens pas encore assez fort pour entreprendre cette modeste expédition. Bien que je sois certain que le vicomte Ugo n'ait pas le moindre indice sur l'homme qui l'a attaqué dans le jardin de la marquise, il faut penser qu'il a lancé une enquête à ce sujet. Ses sbires doivent fouiner partout dans Londres. En outre, il doit bien se douter que c'est à sa croix que j'en avais, et par voie de conséquence, il

419

en a forcément conclu que j'en possédais une moi-même. Dans ce cas, il pourrait fort bien s'intéresser de plus près à l'auberge de Saint Georges et du Dragon, pour les mêmes raisons qui m'ont fait m'installer dans cet établissement.

— Quelles raisons ? demandèrent, d'une seule voix, Malcolm et M. de Valcœur.

— Maman m'avait raconté l'histoire tragique de lord Iain Ramsay, seigneur de Dundragon, tué par lord Bruno, comte Foscarelli. Je m'étais dit que s'il possédait une croix, il pouvait fort bien l'avoir mise en lieu sûr à l'intérieur de l'auberge de Saint Georges et du Dragon, juste avant le duel fatal. Ayant mené mon enquête, je savais que beaucoup de membres du Club de l'enfer descendaient dans cet établissement lorsqu'ils séjournaient à Londres. Voilà pourquoi j'y pris mes quartiers et, au risque de passer pour un client bien incommode aux yeux du tenancier, je changeai plusieurs fois de chambre, sous le prétexte que la mienne ne me convenait pas. Je fouillai chacune à fond avant d'en demander une autre, mais je dois avouer que je n'y ai rien trouvé. Le vicomte Ugo, s'il s'avisait de se livrer aux mêmes pratiques que moi, aurait sans doute plus de chance, puisqu'il trouverait la croix que j'ai moi-même cachée. A ce propos, il faut encore que je vous dise que je l'ai gagnée sur un homme pour qui elle n'avait aucune importance. Il était à moitié ivre au cours de cette partie, et quand je le questionnai, il marmonna qu'il avait obtenu cette croix d'un ami mourant, lequel lui avait affirmé qu'elle avait une grande valeur. Il avait voulu la vendre à un joaillier, qui la lui avait rendue avec mépris, en disant que l'objet ne valait pas plus que l'argent dont il était composé.

— Une troisième croix…, murmura Malcolm qui réfléchissait à haute voix. Il fallait nous y attendre. Si M. Quimby a raison, c'est neuf croix que nous devons chercher.

— Neuf ? s'exclama Ariane.

— Oui, il s'agirait d'une énigme que seules pourraient résoudre neuf croix rapprochées. Telle est la conclusion à laquelle nous sommes arrivés après avoir bien réfléchi, M. Quimby, M. Rosenkranz le joaillier, M. Cavendish le libraire, et moi-même. Je ne vous ai pas encore parlé de M. Cavendish, je crois. Il tient boutique dans Old Bond Street et…

— Oh, Malcolm ! murmura Mme Blackfriars très émue. Je m'étonne que tout Londres ne connaisse pas encore l'histoire de notre famille ! Mon fils, qu'as-tu fait ? Je t'avais pourtant prévenu : nos ennemis sont extrêmement dangereux. Il s'agit des Foscarelli ! Je t'ai dit et répété que rien ne les arrêterait dans leur quête effrénée du Cœur de Kheper, et que s'ils devaient tuer pour obtenir ce joyau, ils n'hésiteraient pas une seconde.

— C'est bien possible, maman, et loin de moi l'idée de nier les dangers qui nous menacent. Cependant, je vous assure que M. Quimby, M. Rosenkranz et M. Cavendish sont dignes de notre confiance. Ils m'ont promis, sur leur honneur, de garder le secret. Et puis, ne font-ils pas progresser notre recherche ? M. Cavendish a découvert que lord James Ramsay, huitième seigneur de Dundragon, celui qui avait dérobé le Cœur de Kheper en Egypte, fut tué au cours d'une partie de chasse par son propre fils et que ce dernier, lord Rob Roy Ramsay, neuvième seigneur de Dundragon, hérita de l'émeraude fabuleuse. Accablé par le chagrin qu'il ressentait d'avoir tué son père, celui-ci versa très vite dans l'ésotérisme, et il fonda un ordre pseudo-monastique, qu'il appela les Fils d'Isis !

— Les Fils d'Isis ! s'écria Ariane. Oh, mon Dieu ! Je pense… je pense que Mme Polgar m'en a parlé, lorsqu'elle a tiré les cartes pour prédire mon avenir.

— Qu'a-t-elle dit ? demanda Malcolm, d'un ton pressant, en se penchant vers elle. M. Quimby et moi sommes très intéressés par tout ce que l'on peut nous apprendre sur elle, depuis que nous avons fait sa connaissance, ici même. Elle nous a semblé fascinée par tout ce que M. al-Oualid a raconté concernant le Cœur de Kheper.

— Eh bien…, répondit la jeune fille, hésitante, je l'ai rencontrée peu de temps avant de quitter Paris. Nous donnions un bal masqué et…

Elle jeta un coup d'œil craintif en direction de la comtesse et poursuivit :

— Maman… Oh ! j'espère que je puis continuer à vous appeler ainsi.

— J'en serai très heureuse et très honorée, ma petite, lui dit Mme de Valcœur dont les yeux brillaient de larmes pleines de tristesse. Tu étais si petite quand ta chère maman mourut ! Je suis donc la seule femme que tu as jamais appelée par ce nom. Je peux donc bien me considérer comme ta mère, sans vouloir, toutefois, supplanter dans ta mémoire celle qui t'a donné le jour.

— Et c'est bien ainsi, reprit Ariane émue. Depuis le début de cette soirée, j'essaie, à la lumière de tout ce que j'apprends, de me souvenir de mes parents, mais les images que j'appelle de mes vœux fervents ne me viennent pas à la mémoire. Je n'ai que de vagues réminiscences, ce sont des ombres qui me hantent. Et je n'ai jamais eu l'intuition que M. Ravener… je veux dire : Nicolas… pût être mon frère… bien que j'en sois très heureuse, maintenant que je le sais.

— J'en suis tout aussi heureux que vous, lui répondit-il en souriant gentiment.

— Quoi qu'il en soit, il faut que je poursuive ma narration. Donc, à ce bal masqué donné par mes parents, parut Mme Polgar qui devait distraire nos hôtes en prédisant leur avenir. A moi aussi elle a tiré les cartes, et elle m'a parlé des Fils d'Isis… plus exactement, il me semble aujourd'hui que c'est ce qu'elle a voulu me dire. En fait, n'est-ce pas moi qu'elle a appelée « fille d'Isis ? » Je fus une des dernières à entrer dans la tente où elle avait pris place. L'atmosphère était si étrange… Mais je me rappelle très bien qu'elle m'annonça un grand voyage, sur terre et sur mer, au terme duquel je rencontrerais le seigneur du dragon… Oh !

— Quoi ? s'exclamèrent tous les auditeurs.

— C'est seulement maintenant que je comprends le sens de ces paroles… Le seigneur du dragon, ce doit être Dundragon ! Au cours de ce voyage sur le lac, vous m'aviez dit, Collie, que Dundragon pouvait se traduire en Forteresse du Dragon. Vous vous rappelez ?

— Je m'en souviens très bien, répondit Malcolm qui souriait avec attendrissement. Savez-vous qu'il y a des années que plus personne ne m'a appelé par ce diminutif… Collie ? Ariane ! J'ai peine à croire que vous êtes la petite fille qui s'embarqua, certain jour, sur la *Sorcière des Mers* pour pêcher avec moi dans les eaux du Loch Ness !

Ariane rougit comme une pivoine en prenant conscience qu'elle venait d'employer, sans s'en rendre compte, un surnom qui témoignait, pour le moins, d'une grande familiarité.

— Je suis désolée… Malcolm, balbutia-t-elle.

— Il ne faut pas. Je suis très heureux que vous m'appeliez Collie.

— Alors, vous pouvez m'appeler Ari, comme autrefois.

— Je n'y manquerai pas. Et maintenant, si vous nous parliez des Fils d'Isis ?

— Certainement… Mme Polgar me dit que le dragon attendait mon retour depuis plusieurs siècles, et qu'il en allait de même pour les Fils d'Isis. Je comprends maintenant qu'elle faisait allusion à cet ordre étrange dont j'ignorais tout à cette époque. Elle me dit encore que ces hommes accouraient des quatre coins du monde, qu'ils se rassemblaient comme corbeaux sur un champ de bataille jonché de cadavres. Elle ajouta qu'un être indigne s'emparerait du bien qui appartenait au Grand Ancien… l'émeraude du grand-prêtre, bien sûr ! Puis elle me déclara que je serais appelée à entreprendre une quête très périlleuse, et que je tenais, depuis toujours, les clés de ma destinée entre mes mains… la croix ! Oh, il faut qu'elle soit très clairvoyante, car comment pourrait-elle, autrement, avoir connaissance de tout cela ?

— En fait je pense, expliqua Malcolm, qu'elle est certainement la descendante d'un Fils d'Isis. Dans un livre rapportant l'histoire de cet ordre pseudo-monastique, M. Cavendish a appris que ces hommes se comptaient au nombre de douze, et même de treize puisqu'il faut y inclure le fondateur, lord Dundragon. On chuchotait qu'ils adoraient une émeraude fabuleuse, taillée en forme de scarabée : il s'agissait, bien sûr, du Cœur de Kheper. Quatre de ces hommes périrent d'une mort prématurée et étrange. Les neuf survivants crurent que le bijou était porteur d'une malédiction ainsi qu'ils l'avaient entendu dire sans vouloir le croire tout d'abord, et c'est pourquoi ils l'enterrèrent en un lieu secret, en attendant le jour où ils comprendraient de quels pouvoirs il était chargé et pourraient, alors, en reprendre possession. Ils firent aussi confectionner les croix au moyen desquels il serait toujours possible de retrouver la cachette, et ils se séparèrent. Donc, si neuf croix sont bien nécessaires pour retrouver le Cœur de Kheper — c'est l'hypothèse émise par M. Quimby, — elles appartiennent aujourd'hui aux descendants des Fils d'Isis. C'est dire qu'elles sont disséminées dans le monde d'aujourd'hui, que probablement plusieurs sont perdues, et que si, vraiment, elles sont nécessaires pour retrouver l'émeraude, notre quête peut être considérée comme terminée avant même que d'avoir commencé.

— Il faut que ces pseudo-moines aient perdu la tête pour avoir conçu un plan aussi bizarre que celui-là ! déclara le comte en secouant la tête.

— Mon oncle, répondit Nicolas Ravener, je pense plutôt qu'ils avaient l'intention de se retrouver dans un délai assez bref pour remettre la main sur leur émeraude, et qu'ils ont conçu ce plan compliqué pour empêcher que l'un d'eux succombât à la tentation de s'emparer tout seul du joyau. A mon avis, ils n'avaient pas prévu que les événements tourneraient de la façon que nous savons, ou que les Foscarelli les poursuivraient de leur vindicte. J'ai la conviction que cette famille est pleine d'une perversité qui se transmet de génération en génération, et que tous ses membres sont obsédés par une idée fixe : mettre la main sur l'émeraude, à n'importe quel prix.

Il s'interrompit pour réfléchir, puis reprit, avec un sourire mystérieux :

— Vous devez sans doute vous demander pourquoi je n'ai pas exigé de lady Christine qu'elle quittât le salon quand je voulais poser certaines questions à tante Elizabeth. Je vais vous en donner la raison et vous allez voir qu'elle est très simple. Pendant les longues semaines que je passai au lit, j'eus de grandes conversations avec lady Christine. J'étais curieux de savoir pourquoi elle détestait tant le vicomte Ugo : était-ce cause de la détestable réputation qui le suivait, ou y avait-il autre chose ? Finalement, elle m'a révélé qu'elle croyait le vicomte et le père de celui-ci, lord Vittore, responsables de la mort de ses parents.

Très émue, lady Christine prit alors la parole.

— Mes parents trouvèrent la mort… voici dix ans, alors que j'avais seulement huit ans. Or, ayant bien écouté tout ce que vous avez raconté ce soir, j'ai acquis la certitude qu'ils ont été assassinés par le comte Foscarelli et lord Ugo. Je vivais dans les Highlands à cette époque, et ne vins m'établir à Londres qu'après la mort de mes parents, car je devais désormais vivre chez mon oncle et ma tante. Avant cela, mes parents et moi étions venus leur rendre visite, et sur le chemin du retour vers l'Ecosse, pendant une nuit, notre voiture fut attaquée par des bandits de grand chemin, du moins est-ce ce que nous avions pensé à cette époque. Notre cocher fit de son mieux pour leur échapper, mais il périt très vite, ainsi que nos laquais, car nos assaillants n'hésitèrent pas à user de leurs armes à feu. Puis notre voiture quitta la route et versa dans un fossé, accident au cours duquel mes parents trouvèrent une mort instantanée. Presque aussitôt après, la portière s'ouvrit et, je ne sais pourquoi, mon instinct m'avertis que j'avais intérêt à feindre d'être morte moi aussi. Un homme s'introduisit à l'intérieur de l'habitacle renversé. C'était un étranger. Etendue sur le corps sans vie de ma mère, je n'osai pas lever les yeux sur lui, si bien que je ne distinguai pas son visage. Mais il s'adressa, sans se retourner, à un de ses complices resté en selle aux abords de notre véhicule, il lui parla en une langue inconnue de moi à cette époque, et que je sais aujourd'hui avoir été de l'italien. En même temps, il ouvrait la chemise de mon père, avec brutalité il en déchira le tissu puis, avec plus de sauvagerie encore, il arracha une croix que mon père portait au cou, et qui me semble assez semblable à celles que j'ai vues ce soir. Cette croix, mon père me l'avait déjà montrée en plusieurs occasions, pour me dire qu'elle était éminemment précieuse parce qu'elle avait son utilité pour résoudre un grand mystère, et qu'un jour elle me reviendrait. C'est pourquoi je crois pouvoir affirmer maintenant qu'un de mes ancêtres a appartenu à cet ordre que vous avez évoqué, les Fils d'Isis, que sa croix est parvenue jusqu'à mon père, et qu'à cause de cette croix mon père a été assassiné par les Foscarelli.

Malcolm exprima alors le cours de ses pensées.

— Si ce que vous affirmez est exact, alors M. Rosenkranz

a eu parfaitement raison de me rappeler certaine citation de Schiller. Il serait donc bien vrai que le hasard n'existe pas, et que l'événement qui nous semble arriver par accident vient du plus profond de notre destinée. Car s'il n'en était pas ainsi, pourquoi me serais-je lié d'amitié avec Ariane et pourquoi serais-je ici ce soir ? Je ne puis plus croire que notre vie se résume à une suite de coïncidences. J'ai désormais la conviction que Mme Polgar a raison lorsqu'elle explique que le destin met inévitablement la main dans les affaires des hommes… Il paraît donc que les Foscarelli devront rendre compte de deux autres meurtres. Nous savons aussi qu'ils possèdent au moins une croix, tandis que nous en avons trois.

— A condition que nous puissions retrouver la mienne qui se trouve à l'auberge de Saint Georges et du Dragon, observa, fort judicieusement, Nicolas Ravener.

— C'est d'ailleurs ce que nous allons faire sur-le-champ ! déclara le comte de Valcœur, d'un ton décidé.

Malcolm, qui ne cessait de réfléchir, reprit la parole.

— Il est fort vraisemblable que Mme Polgar possède elle-même une de ces croix. Nous n'en avons pas la preuve, bien sûr, mais si mon hypothèse se révélait exacte, cela signifierait que nous pouvons localiser cinq de ces précieux objets. Peut-être M. Quimby, M. Rosenkranz et M. Cavendish pourront-ils nous aider à retrouver les quatre autres ? Et pensez-vous que M. al-Oualid puisse en avoir une ?

— Cet Egyptien dont Christine m'a longuement entretenu ? questionna Nicolas Ravener. C'est possible, en effet. Cependant, d'après ce qu'elle m'a rapporté, je pense que cet homme cherche à identifier les descendants actuels des Fils d'Isis. Lorsqu'elle l'a rencontré, dans les Highlands, c'était dans l'église Saint-Andrew, dans le village situé tout près de Dundragon. Christine s'y était rendue pour avoir une entrevue avec le père Joseph, curé de cette paroisse, qui se trouve être aussi un vieil ami de sa famille. Donc, elle découvrit dans l'église M. al-Oualid, occupé à feuilleter les registres paroissiaux. Alors, voulez-vous m'expliquer pourquoi un herpétologiste, qui étudie, je vous le rappelle, les serpents, pourquoi un herpétologiste se transformerait-il en généalogiste ?

— Je n'en sais rien, répondit Malcolm qui tambourinait avec nervosité sur l'accoudoir du sofa, mais ce que je puis dire, c'est qu'il en sait probablement fort long sur l'affaire qui nous intéresse. C'est pourquoi je propose que nous prenions, à son égard, des initiatives offensives.

— Excellente idée ! proclama Nicolas Ravener. Je suis volontaire pour enquêter sur le lieu où il habite, afin d'entreprendre dès que possible une discrète visite domiciliaire. Il me semble aussi que Mme Polgar doit être l'objet des mêmes attentions de notre part.

— Malheureusement, vous n'êtes pas encore en état de vous lancer dans ce genre de programme, répliqua Malcolm, sans prendre la peine de paraître choqué par ces propositions hardies, et en ignorant le petit cri d'effroi poussé par sa mère. En outre, je vous ferai observer que nous n'avons aucune preuve véritable que Mme Polgar possède une de ces croix, et même si c'est le cas, elle la porte peut-être sur elle continuellement. Même observation en ce qui concerne M. al-Oualid. C'est pourquoi je vous le dis, Nicolas, j'ai un autre plan en tête et je sais qui sera parfait pour son exécution.

Pendant le dîner, que l'on servit finalement à 9 heures du soir, on convint que Mme Blackfriars et Malcolm résideraient provisoirement chez les Valcœur ; un message fut envoyé à Hawthorn Cottage pour prévenir le personnel.

Le repas terminé, les dames se retirèrent dans le petit salon, laissant les messieurs à leurs cigares et à leur porto ainsi qu'à l'élaboration du programme d'action. Il fut ainsi décidé que M. de Valcœur et Malcolm se rendraient séance tenante à l'auberge de Saint Georges et du Dragon, afin de reprendre possession de la croix appartenant à Nicolas Ravener.

Ariane se sentait étourdie. La tête lui tournait tant elle avait reçu de révélations au cours de cette soirée. Elle éprouvait encore beaucoup de mal à en embrasser toute l'importance. Elle avait, depuis longtemps, l'impression que Malcolm ne faisait qu'un avec le Collie de ses cauchemars récurrents, et pourtant, l'affirmation de cette vérité lui causait un choc dont elle se remettait avec difficulté. C'était une autre épreuve, pour elle, de savoir que M. et Mme de Valcœur n'étaient pas ses véritables parents, mais ses parrain et marraine qui l'avaient pris en charge lorsqu'elle était devenue orpheline. Tout son monde, ses repères s'en trouvaient brouillés. Il lui semblait qu'elle venait de perdre son identité, à moins qu'elle n'eût retrouvé la vraie... Elle ne savait plus. Elle tâchait de se consoler en se disant qu'elle venait de retrouver son frère.

— Ma pauvre petite, murmura soudain la comtesse qui, depuis un moment, gardait le regard fixé sur sa fille adoptive. Je ne te blâmerais pas si tu me disais maintenant que tu nous hais, ton père et moi.

— Oh, non, maman ! s'écria la jeune fille. Je ne vous hais point ! Comment le pourrais-je ? Il se trouve simplement que je me sens confuse, désorientée. Et si je veux être honnête avec moi-même, je dois avouer que je me sens coupable, moi aussi, à ressentir si peu de chagrin quand je viens d'apprendre que mes véritables parents n'étaient plus de ce monde. Je suis triste de ne les avoir jamais connus, mais c'est de la curiosité que j'éprouve à leur endroit. Je ne me rappelle même pas leurs visages ! Ils sont pour moi comme des étrangers qui auraient passé brièvement dans ma vie. Certes, j'ai conscience qu'ils m'ont aimée, et il faut que ma mère ait fait preuve de beaucoup d'abnégation, pour me confier à vous afin que je sois en sûreté, alors qu'elle se sentait perdue.

Les larmes aux yeux, Mme Blackfriars intervint.

— C'est vrai. Charles et Katherine t'aimaient énormément. Ils t'aimaient de tout leur cœur. Je puis l'attester. C'est pourquoi je me sens en droit de te dire qu'ils comprendraient les sentiments mêlés et tièdes que tu éprouves pour eux en ce moment. Songe que tu n'avais que cinq ans lorsqu'ils sont morts. Tu ne peux donc pas espérer avoir d'eux un souvenir précis, et, à mon avis, tu te montrerais très injuste si tu te mettais à détester ton oncle Jean-Paul et ta tante Hélène, qui t'ont élevée et t'ont aimée comme si tu étais leur fille véritable.

La conversation roula ensuite sur les événements extraordinaires qui avaient provoqué ces retrouvailles. Ariane s'exclama :

— Oh, papa, comme j'aimerais savoir de quoi Nicolas et Malcolm sont en train de parler en ce moment ! Mais cela n'est pas difficile à deviner. Ils sont occupés par les Foscarelli et le Cœur de Kheper. Cette affaire est très dangereuse et je m'en effraie.

— Très dangereuse, en effet, admit Christine, silencieuse depuis un long moment, et qui se mordait la lèvre inférieure. Je suis d'autant plus inquiète que Nicolas… je veux dire : M. Ravener n'est pas encore en état de se défendre si on s'en prend à lui. Je crains qu'il ne soit blessé de nouveau, tué peut-être.

— Vous l'aimez beaucoup, n'est-ce pas ? murmura Mme de Valcœur.

Et comme Christine rougissait jusqu'à la racine des cheveux, elle reprit en souriant :

— Ne soyez pas embarrassée, car Nicolas vous adore aussi.

430

Sinon, comment expliquer qu'il vous ait dévoilé nos secrets de famille ? En outre, permettez-moi d'ajouter que votre union avec lui n'aurait rien de choquant, car il est d'excellente famille et se trouve à la tête d'un héritage considérable. Après la mort de Charles et la disparition de Nicolas, Jean-Paul reçut le comté de Jourdain, propriété de sa mère, une Ramezay, je vous le rappelle. Le comté de Valcœur, en revanche, lui venait de son père. Maintenant que Nicolas est réapparu, il va pouvoir remettre la main sur Jourdain, dont il est le titulaire légitime. C'est pourquoi, Christine, je dis que votre oncle et votre tante ne devraient émettre aucune objection à votre mariage avec ce jeune homme. Quant à Jean-Paul et à moi, je puis d'ores et déjà vous affirmer que nous vous donnons notre bénédiction.

— Merci, madame, murmura Christine. J'espère… j'espère que Nicolas présentera sa demande à mon oncle et à ma tante dès leur retour.

— Je l'espère aussi, Christine ! s'écria Ariane en serrant son amie dans ses bras. Si ce mariage est conclu, j'aurai trouvé, en plus de mon frère, une véritable sœur ! C'est merveilleux, pour moi qui ai toujours regretté d'être fille unique.

— Et songes-tu que tu as peut-être trouvé un mari aussi ? demanda alors la comtesse.

Comme Christine un moment plus tôt, Ariane s'empourpra, tandis que sa mère adoptive poursuivait :

— Il faut admettre que la position de Malcolm est plus incertaine que celle de Nicolas, même s'il m'en coûte de le dire. En effet, lord Bruno, comte Foscarelli, a gagné tous les biens de lord Iain Ramsay en trichant au jeu. Nous en avons la certitude. Mais ces faits malheureux se sont produits voici plus d'un siècle et demi, et je doute fort que nous puissions les porter devant une cour de justice. Quelles preuves avons-nous aujourd'hui, en effet ?

— Nous pourrions…, dit alors Christine.

Elle s'interrompit, parut réfléchir à ce qu'elle voulait avancer, puis reprit, posément, avec prudence :

— Je ne voudrais pas susciter de faux espoirs, mais le père Joseph, un vieil ami de notre famille, se trouve être le curé de l'église Saint-Andrew, dans le village qui s'étend sous les murailles de Dundragon. Eh bien, il m'a rapporté que M. al-Oualid lui avait posé des questions fort étranges, non seulement à propos des registres paroissiaux anciens, mais aussi sur des sujets de droit qui n'ont rien à voir avec la doctrine de l'Eglise. Il voulait en savoir plus sur les notaires, les testaments, et plus précisément sur le testament de lord Somerled Ramsay qui fut, si j'ai bien compris, le père de lord Iain Ramsay.

— Comment faut-il interpréter cette étrange curiosité ? se demanda Ariane, à haute voix. Pourquoi ce M. al-Oualid trouverait-il de l'intérêt à ces questions ?

— Le père Joseph m'a révélé aussi qu'une rumeur persistante, dans sa paroisse, dit que les Foscarelli n'ont aucun droit sur Dundragon, même si lord Bruno l'a gagné aux cartes. Les villageois, vous l'aurez compris, n'aiment pas les Foscarelli et ne les ont jamais aimés.

Mme Blackfriars confirma ces dires.

— Au cours de leurs expéditions secrètes aux alentours du Loch Ness, Charles et Alexandre avaient, eux aussi, recueilli cette rumeur. Malheureusement, ils n'ont pas pu établir ce qui fondait cette rumeur. Les villageois manifestaient-ils simplement leur ressentiment à l'encontre des châtelains, ou avaient-ils connaissance de faits propres à remettre en cause la légitimité de ceux-ci ? Nous ne le saurons sans doute jamais.

— Mais si leur défiance est fondée, alors nous…

Avec tact, mais non sans fermeté, Mme Blackfriars interrompit Ariane.

432

— Ainsi que Christine l'a fort bien dit, nous ne devons pas succomber à de faux espoirs. Quelles que soient les circonstances, loyales ou non, dans lesquelles lord Iain Ramsay a perdu tous les biens familiaux, Malcolm est bel et bien privé de son héritage. Aucun tribunal ne les lui rendra sur la foi de vagues affirmations des gens qui habitent autour de Dundragon. Sans une preuve solide à apporter devant une cour de justice, il est inutile de rêver à une quelconque action de ce genre.

Ariane se permit d'insister, d'une voix douce qui ne manquait pas d'assurance.

— Vous avez sans doute raison. Mais je persiste à penser que M. al-Oualid avait de bonnes raisons pour poser de si étranges questions au père Joseph, des raisons précises, en rapport avec cette spoliation.

Mme Blackfriars soupira.

— Disons que les agissements de M. al-Oualid ne sont qu'une bizarrerie de plus, dans une affaire qui en comporte déjà beaucoup.

Mme de Valcœur sembla approuver d'un hochement de tête, mais elle ajouta aussitôt :

— Cependant, vu les circonstances, ni Jean-Paul ni moi-même n'élèverions une objection si Malcolm souhaitait faire sa cour à Ariane. C'est un excellent jeune homme, et il nous est apparenté. Je pense donc qu'un arrangement pourrait être trouvé.

— Je vous remercie de ces bonnes paroles, répondit Mme Blackfriars, mais il me revient de vous faire observer que mon fils a sa fierté et qu'il a résolu de tracer lui-même son chemin dans le monde. J'ajoute qu'il est économe de ses paroles et qu'il ne s'est pas ouvert à moi sur ce sujet, mais je crois pouvoir dire qu'il est profondément attaché à Ariane.

Elle se tourna vers celle-ci pour lui dire :

— Ma chère enfant, je serais la plus heureuse des femmes

433

si je pouvais vous considérer comme ma fille. Vous ressemblez tant à Katherine, non seulement par l'apparence physique, mais aussi par le caractère. Votre mère était une femme admirable, la meilleure amie que j'aie jamais eue. Et voilà pourquoi je me permets de vous parler avec franchise, en espérant que vous me pardonnerez mes propos s'ils vous paraissent un peu brutaux. Je crains que Malcolm ne se croie pas autorisé à suivre l'inclination de son cœur quand il a si peu à vous offrir, en comparaison de ce que vous avez déjà. En vérité, je crois que c'est surtout pour conquérir la fortune qu'il s'est lancé avec tant de fougue dans la quête hasardeuse du Cœur de Kheper, plus que pour venger la mort de son père et de son oncle. Mais j'ai déjà perdu mon mari. Je ne voudrais pas perdre mon fils aussi.

— Je ne voudrais pas perdre Nicolas non plus, ajouta la comtesse, gravement. Mais, ma chère Elizabeth, Malcolm et Nicolas sont des hommes, grands et forts, conscients de leur devoir. Nous ne pouvons pas décemment exiger d'eux qu'ils se tiennent les bras croisés alors que les Foscarelli cherchent à nous détruire. Je sais qu'ils essaient, et si personne ne réagit, ils réussiront. C'est pourquoi je suis si heureuse que vous ayez accepté de résider à Portman Square pendant un temps. Ici, vous serez en sécurité. Les Foscarelli ont déjà tué Alexandre et Charles, les parents de Christine aussi. Il est évident qu'ils sont prêts à assassiner tous ceux qui se trouveront sur leur chemin et qu'ils ne cesseront que le jour où ils auront mis la main sur le Cœur de Kheper. Mon Dieu ! que de crimes ont déjà été commis au nom de cette émeraude fabuleuse certes, mais maudite aussi ! Si seulement lord James Ramsay n'avait pas eu la funeste idée de la voler dans la tombe de ce grand-prêtre égyptien ! Hélas, nous ne pouvons pas remonter le temps et corriger les événements anciens dont les conséquences nous affectent encore. C'est pourquoi nous ne pouvons que vivre avec ce fardeau et tâcher d'échapper aux coups que cherchent à nous porter nos ennemis. Je pense que même si Malcolm et Nicolas ne s'étaient pas mis en tête de trouver l'émeraude, les Foscarelli seraient tout de même une menace pour nous, car, si vous m'en croyez, ils ne peuvent concevoir que nous soyons moins possédés qu'eux par l'appât du gain. Ils sont si cupides qu'ils croient l'humanité tout entière faite à leur image.

Très perturbée par les révélations de cette soirée, Ariane rêva de nouveau cette nuit-là, elle refit son cauchemar familier, une fois encore elle s'embarqua avec Malcolm sur la *Sorcière des Mers* pour aller pêcher dans les eaux du Loch Ness.

Mais du plus profond de son esprit lui vint la pensée que ce cauchemar lui faisait revivre un souvenir ancien transformé et amplifié par ses terreurs enfantines. Elle se rappela qu'un jour, alors qu'elle était encore toute petite, elle s'était couchée sur un rocher qui surplombait les eaux du lac et que, de là, au travers des brumes qui s'écartaient comme un rideau de gaze, elle avait épié Dundragon.

Et maintenant, dans son rêve, elle revit l'étrange garçon qui se tenait sur le chemin de ronde et qui, une fois de plus, commença la lente métamorphose au terme de laquelle il devait devenir un gigantesque serpent de mer. Terrifiée, elle vit que, cette fois, il portait un masque aussi rouge que le sang, et ce masque était identique à celui qu'avait arboré le vicomte Ugo, lors du bal donné par la marquise de Mayfield.

Ariane hurla de toutes ses forces, mais son horreur alla grandissant encore lorsqu'elle prit conscience que, de sa bouche, ne sortait aucun son.

Au-dessus d'elle se dressait le monstre fantastique. Ouvrant une gueule immense qui semblait n'avoir pas de fond, il s'apprêta à dévorer Ariane.

Soudain tout cessa.

Il n'y eut plus que l'obscurité, et le silence.

15.

L'asile de fous

Le fou, l'amoureux et le poète sont animés par leur imagination abondante. L'un voit plus de démons que le vaste enfer n'en peut contenir, c'est le fou. L'amoureux, tout aussi frénétique, voit la beauté d'Hélène sur un front d'Egyptienne. L'œil du poète, agité d'un beau délire, se porte du ciel à la terre et de la terre au ciel. Et, comme l'imagination élabore la forme de choses inconnues, la plume du poète les fait exister, elle donne à des riens leur résidence et leur nom. Tels sont les tours que se joue une robuste imagination : si elle imagine quelque joie, elle imagine aussi le messager qui la lui apportera ; ou, dans la nuit, échafaudant quelque peur, il lui est facile de croire qu'un buisson s'est transformé en ours.

SHAKESPEARE, *Le Songe d'une nuit d'été*.

Ici, des soupirs, des lamentations et des gémissements sonores, qui résonnaient dans le ciel sans étoiles, me tirèrent des larmes. Ici j'entendais des langages étranges, des dialectes horribles, des cris de douleur, des hurlements de colère, des voix tonitruantes et pleines de grossièreté, et puis encore des claquements de mains ; tout cela créait un tumulte qui tourbillonnait dans l'air éternellement noir, comme du sable emporté par un ouragan.

DANTE, *La Divine Comédie, Enfer.*

1848, à Londres
Square Cavendish, Square Portman et Southwark

Quelques jours après le dîner si important qui s'était tenu chez les Valcœur à Portman Square, MM. Quimby, Rosenkranz et Cavendish éprouvèrent une vive surprise en recevant une invitation qui venait de cette même maison. Mme Polgar aussi s'étonna, mais, à la différence de ces messieurs, elle se méfia.

— Qu'en penses-tu, Ducaire ? demanda-t-elle, en posant sur le nain son regard qui rappelait celui d'un faucon guettant quelque proie. Voici que nous sommes invités à un dîner chez les Valcœur, pour la deuxième fois en moins de quinze jours. Le texte de ce cartel semble tout à fait bénin, mais on ne sait jamais…

— Croyez-vous que vous êtes allée trop loin, madame ? répondit-il, les sourcils froncés traduisant son embarras. Pensez-vous que les Valcœur vous soupçonnent d'être plus qu'une voyante ?

— Peut-être, murmura-t-elle.

Elle hocha plusieurs fois la tête, puis haussa les épaules avant de reprendre :

— Peut-être oui, peut-être non. Mais comment le savoir, sinon en acceptant cette invitation ? Rendons-nous donc chez les Valcœur et voyons ce que nous pourrons y apprendre.

— Vu les circonstances, croyez-vous que ce soit sage, madame ?

Car si les Valcœur savent tout maintenant, ils pourraient nous préparer quelque tour de leur façon.

— Non, je ne le pense pas… Ils ne sont pas gens à agir de cette façon… Mais nous devons compter avec MM. Blackfriars et Ravener… C'est un jeu dangereux que nous jouons, Ducaire, et je ne crois pas que ces jeunes gens soient du genre à hésiter. Après tout, M. Blackfriars n'a pas hésité à tirer sur son adversaire à bout portant, n'est-ce pas ? Et M. Ravener n'aurait pas pu vivre comme joueur professionnel à Calais, Paris, Londres et ailleurs s'il n'avait pas été doué d'une force de caractère hors du commun… Ce que tu as appris en bavardant avec les domestiques des Valcœur prouve que mes suppositions à propos du petit Ravener étaient exactes. Non, non, je ne pense pas me tromper — et tu sais que je me trompe rarement — en disant que MM. Ravener et Blackfriars sont des adversaires de taille, des adversaires que nous devons avoir à l'œil en permanence. Cela ne nous interdit pas d'espérer, bien sûr, qu'ils passent un jour dans notre camp. Qui sait ? Je n'en dirai pas autant du vicomte Ugo, car sur celui-ci ma religion est faite. Il est notre ennemi mortel, Ducaire. Ne l'oublie jamais !

— Il nous espionne, madame, tout autant que nous l'espionnons.

— Oui, je crains que son père et lui en aient appris plus qu'il ne nous conviendrait. Cela dit, cet inconvénient n'est pas rédhibitoire. Un homme averti en vaut deux, comme l'on dit, et nous sommes sur nos gardes, n'est-ce pas, Ducaire ?

— Oui, madame. Ces deux-là n'obtiendront jamais ce qu'ils convoitent. J'en fais le serment !

— C'est bien. Mais rappelle-toi bien tout ce que je t'ai dit. N'oublie pas ce que tu dois faire au cas où un malheur m'arriverait.

— Oh, non, madame, je n'aurais garde d'oublier.

439

— Alors, tout est bien. Maintenant, avant que nous ne sortions pour aller au théâtre ce soir, il faut que je médite un moment, Ducaire. Va donc chercher ta harpe, et joue un air approprié qui m'apaisera.

Quittant sa chaise longue, Mme Polgar alla s'asseoir dans un fauteuil à oreilles, recouvert de velours rouge, devant la cheminée où brûlait un bon feu de bois.

A l'approche de l'hiver, la petite maison qu'elle avait louée, dans Henrietta Street, non loin de Cavendish Square, était souvent glaciale et pleine de courants d'air, ce qui la rendait très incommode pour cette femme née en Valachie, province de Roumanie au climat beaucoup plus agréable. Elle souffrait du froid, surtout maintenant qu'elle était si vieille. Elle l'admettait : ayant toujours pris beaucoup de soin d'elle, elle pouvait estimer que les années ne l'avaient pas trop accablée, mais il n'en restait pas moins vrai qu'elle était vieille, beaucoup plus vieille que bien des gens l'imaginaient. C'est pourquoi, alors que ses os mêmes semblaient pénétrés par le froid, elle rêvait de retourner dans son pays natal qu'elle n'avait plus vu depuis plus de vingt-cinq ans maintenant, son mari et elle ayant dû émigrer alors que les troubles populaires menaçaient de se transformer en véritable révolution. Peu de temps après la mort de son mari, elle s'était éloignée plus encore, se sentant poussée à l'aventure par une légende énigmatique que lui avait racontée sa grand-mère, lorsqu'elle était enfant.

Au début, elle avait accordé peu de crédit à cette histoire fantastique, au motif que sa grand-mère était une étrangère, blonde et pâle, femme originaire d'un lointain pays de sauvages montagnes qui, au cours d'un voyage sur le continent, était tombée amoureuse du grand-père de Mme Polgar et s'était mariée avec lui. Elle avait toujours gardé une aura de mystère, cette lady Sibyl Macbeth, comme si elle avait gardé en elle une part de ses chers Highlands qu'elle évoquait souvent, parce qu'elle y était née, parce qu'elle y avait été élevée. Elle avait reçu un don de double vue — c'est ainsi qu'elle l'appelait — qu'elle avait transmis à sa petite-fille, Mme Polgar.

Le regard fixé sur le feu qui crépitait dans l'âtre, la voyante méditait sur l'histoire racontée par sa grand-mère, cette histoire dont elle savait désormais qu'elle était vraie. Lentement, elle tendit la main vers une table toute proche et attira à elle sa boule de cristal dans laquelle les flammes, qui s'y reflétaient, dansaient inlassablement, pareilles à des farfadets.

Soucieux de plaire à sa maîtresse, Ducaire s'était emparé de sa harpe. Assis sur un coussin, dans un coin sombre de la pièce, il pinçait délicatement les cordes. La mélodie étrange qui s'égrenait sous ses doigts s'envolait et s'étirait comme un filament de brouillard, elle pénétrait dans la boule de cristal sur laquelle Mme Polgar rivait le regard de ses yeux hallucinés.

Malgré tous ses efforts, cependant, elle ne put concentrer les forces de son esprit, et dans la boule de cristal, elle ne vit rien d'autre qu'une brume qui ne lui apprenait rien. Elle s'entêta mais à la fin elle dut reconnaître son échec et renoncer, non sans exhaler force soupirs. C'était comme si un voile s'était abaissé pour lui cacher son avenir, ou plutôt, comme si elle n'avait plus d'avenir. Elle tressaillit douloureusement, car elle venait de voir s'ouvrir sa tombe.

Ducaire courait à perdre haleine. Il lui semblait que ses poumons allaient se déchirer, mais il courait encore. De toute sa vie, il n'avait jamais connu une telle angoisse.

Mme Polgar était prisonnière. Elle avait été enlevée par ses ennemis ; ceux-ci avaient agi avec tant d'habileté que le pauvre Ducaire ne s'était rendu compte de rien, et lorsqu'il avait pris

441

conscience de ce qu'il se passait, il était trop tard pour empêcher la perpétration de ce méfait. Il n'avait plus alors qu'à s'évader, échapper aux mains qui voulaient le prendre aussi, car il savait que, prisonnier aussi, il ne pourrait plus rien tenter pour sauver sa maîtresse.

Au cours de la nuit, pendant et après l'enlèvement, Ducaire avait agi par réflexe, sans penser à rien. Mais maintenant, tandis qu'il ralentissait le pas pour tâcher de reprendre son souffle tout en scrutant ses arrières afin de vérifier qu'il n'était pas suivi, il prit peu à peu une conscience plus aiguë de la catastrophe qui s'était abattue sur sa maîtresse, au point qu'il faillit s'abandonner à une crise de larmes.

Les remords lui venaient aussi. Il aurait dû se montrer plus circonspect. Il se blâmait d'avoir laissé s'endormir sa vigilance et de n'avoir pas vu que leurs ennemis rôdaient autour d'eux, depuis longtemps déjà, sans doute. Sinon, comment auraient-ils pu avoir connaissance de cette soirée au théâtre ? Ducaire se sentait responsable, et en vérité, il était le seul responsable de ce malheur. Il n'avait pas été à la hauteur de la confiance que Mme Polgar mettait en lui.

Après un long moment d'affliction, il se dit que les larmes et les lamentations ne serviraient à rien, et que s'il voulait venir en aide à Mme Polgar, il ferait mieux de réfléchir. C'est pourquoi il prit de longues inspirations, afin de se calmer et de se remettre les idées en place.

Ayant acquis la certitude qu'il n'était pas suivi, il continua son chemin dans les rues froides et venteuses de Londres, jusqu'au domicile des Valcœur, son but. Là, il s'astreignit à observer ses arrières encore une fois avant de se diriger vers la porte pour empoigner le marteau, dont il joua à plusieurs reprises, avec force. La porte ne tarda pas à s'ouvrir, et le majordome laissa tomber sur ce visiteur inattendu un regard qui disait tout le mépris qu'il éprouvait pour lui.

— Un seul coup aurait suffi, dit-il d'une voix glaciale. D'autre part, il me semble que vous devriez frapper à la porte de service.

Il voulut refermer la porte, mais ne le put parce que le nain avait glissé un pied dans l'entrebâillement.

— Non, non ! glapit-il d'une voix aiguë. Ne fermez pas. Il faut que je voie Mme de Valcœur, séance tenante !

Comme le majordome écarquillait les yeux et haussait les sourcils, il ajouta :

— C'est une question de vie ou de mort. Mme Polgar a été enlevée.

Le majordome hésita, puis, non sans une répugnance marquée, entrouvrit la porte pour autoriser l'entrée.

— Attendez ici, ordonna-t-il. Et ne touchez à rien.

Puis il sortit du vestibule avec dignité, pour aller prévenir la maîtresse de maison.

Celle-ci arriva quelques minutes plus tard, très pâle, les yeux agrandis par l'angoisse. Eludant les formalités, elle demanda :

— Que se passe-t-il, Ducaire ? Butterworth me dit que Mme Polgar a été enlevée. Est-ce exact ?

Très nerveux, le nain, qui marchait de long en large dans le vestibule, débita à toute vitesse :

— Oui, madame ! Et nous n'avons pas de temps à perdre, car sa vie est en danger.

Mme de Valcœur s'exclama :

— Mon Dieu, quelle terrible nouvelle ! J'ai peine à le croire. Mais il faut vous calmer, Ducaire, car j'ai du mal à comprendre ce que vous me dites. D'abord, arrêtez de tourner en rond. Voilà, c'est bien… Maintenant, venez avec moi, car si vous avez

443

besoin d'aide, il faut que vous racontiez à mon mari, ainsi qu'à MM. Blackfriars et Ravener, ce qu'il vous est arrivé. Allons, venez, et tâchez de n'omettre aucun détail, afin que les décisions soient prises à bon escient.

La comtesse précéda le nain vers le petit salon, où se trouvaient réunis les trois hommes. Elle l'invita à entrer puis à prendre place.

Soulagé d'avoir été pris au sérieux et non jeté à la rue comme il s'y attendait un peu, Ducaire s'assit sur le bord du fauteuil, serrant contre sa poitrine un coffret doré. Puis, d'une voix encore agitée par l'émotion, il prit la parole.

— Eh bien… il y a tant à raconter sur les circonstances qui ont conduit à l'enlèvement de Mme Polgar, que je ne sais par où commencer. D'ailleurs, vous les connaissez peut-être en grande partie, ce qui m'éviterait de les reprendre en détail… En définitive, je pense que le mieux serait que je commence par vous narrer ce qu'il s'est passé la nuit dernière… Mais je ne sais pas… Non, il faut quand même que je vous dise qu'il y a un certain temps déjà, Mme Polgar s'est lancée dans une quête dangereuse, qui lui a valu des ennemis redoutables, les Foscarelli. Avez-vous déjà entendu parler de ces gens ? Ce sont eux qui l'ont enlevée ! L'affaire s'est passée hier soir, après notre retour du spectacle. Voici ce qui s'est passé… Sortant du théâtre de Covent Garden, dans Bow Street, nous avons hélé un fiacre pour rentrer chez nous, car Mme Polgar ne possède pas de voiture. Hélas, le véhicule dans lequel nous entrâmes sans méfiance n'était pas dûment approuvé par les autorités, et l'homme que nous prenions pour un honnête cocher était un sbire à la solde des Foscarelli.

— Oh, non ! s'écria Mme de Valcœur. La pauvre femme !

— Vous pouvez bien le dire, madame, soupira Ducaire en hochant tristement la tête. Il faut que je vous l'avoue. Au début, nous ne nous sommes aperçus de rien et nous n'avons pas pensé le moins du monde que nous nous jetions tête baissée dans un piège. Ce ne fut qu'au bout d'un long moment, quand nous nous aperçûmes que nous ne prenions pas la direction par nous indiquée, que nous prîmes conscience du danger. Bien sûr, je sortis la tête par la portière pour crier au cocher qu'il se trompait. A ma grande surprise, puis à ma plus grande horreur, non seulement il agit comme s'il ne m'entendait pas, mais il fit claquer son fouet pour mettre les chevaux au galop, la voiture fit un bond en avant, et moi je retombai à l'intérieur de l'habitacle. Puis, voyant apparaître des cavaliers qui se plaçaient de chaque côté, je compris, enfin, qu'un enlèvement se préparait. Mme Polgar s'en rendit compte aussi, et elle me pria instamment de ne songer qu'à prendre la fuite. J'obtempérai, non sans hésiter car il me répugnait de l'abandonner en aussi mauvaise posture. J'ouvris la portière, avec l'intention de me laisser tomber sur le pavé, mais un des cavaliers comprit ce que j'avais en tête, il me saisit par les vêtements et me coucha sur l'encolure de son cheval. C'est dans cette position très inconfortable que je fus conduit jusqu'aux écuries qui se trouvent derrière la maison londonienne des Foscarelli, à Berkeley Square. Nous étions arrivés, les cavaliers descendaient de cheval, l'un ouvrait la portière du fiacre. Et moi, par chance, je réussis à profiter d'un moment d'inattention de l'homme qui me surveillait pour m'éclipser et me dissimuler dans un recoin sombre. Ma disparition constatée, on crut que je m'étais enfui et plusieurs de ces bandits sortirent en courant pour me donner la chasse. Ils revinrent peu de temps après, dépités. Quand ils emmenèrent alors Mme Polgar dans la maison, l'écurie se vida et j'aurais pu m'enfuir, mais je décidai d'attendre. Bien m'en prit, car dès le lendemain matin, à l'aube, je pus observer qu'on poussait Mme Polgar dans une voiture qui s'éloigna à petite vitesse, si bien que je pus la suivre. Et savez-vous où on emmena ma maîtresse ? A Bedlam ! Oui, les Foscarelli ont fait enfermer Mme Polgar dans cet asile de fous !

— Il faut la sortir de là immédiatement ! s'exclama Mme de Valcœur, en implorant du regard son mari, Malcolm et Nicolas Ravener.

— Certainement, ma chère, répondit le comte d'une voix ferme.

Il se tourna vers Nicolas pour lui demander :

— Vous sentez-vous assez fort pour nous accompagner, Malcolm et moi ?

— Oui.

— Dans ce cas, ne perdons pas de temps ! Ariane !

— Oui, papa ?

— A toi et à lady Christine, je confie ta mère ainsi que Mme Blackfriars. Je vous charge aussi, toutes les deux, de veiller sur Ducaire. Il ne doit pas bouger d'ici. Est-ce bien compris ?

— Mais je veux aller avec vous, monsieur ! protesta le nain en se mettant debout avec précipitation.

— Il n'en est pas question ! répliqua le comte. Vous resterez ici à m'attendre. Je vais vous dire : tous, ici, nous avons une idée précise de la quête dans laquelle s'est lancée votre maîtresse, ce qui lui a valu de devenir la cible des Foscarelli. C'est pourquoi vous ne feriez qu'entraver notre marche si vous veniez avec nous, car vos ennemis savent qui vous servez, et votre présence nous signalerait à eux, et ils comprendraient très vite que nous allons essayer de délivrer Mme Polgar. Entre parenthèses, espérons que vous n'avez pas été suivi et qu'aucune personne malintentionnée ne vous a vu entrer ici.

— Certainement pas, monsieur ! Je vous assure que j'ai été très prudent.

— Prions pour qu'il en soit ainsi. Maintenant, rasseyez-vous et ne bougez plus de ce fauteuil jusqu'à notre retour.

Ayant donné ses ordres pour faire préparer sa voiture, le comte sortit du petit salon, suivi par Malcolm et par Nicolas Ravener.

Les quatre femmes et le nain se regardèrent pendant un moment, dans un morne silence. Puis Ariane et Christine proposèrent du ratafia et du xérès, pour apaiser les esprits angoissés, et comme Ducaire, timidement, faisait observer qu'il n'avait pas mangé depuis la veille, elles lui commandèrent une collation.

Fondée en 1247 par Simon FitzMary, magistrat et shérif de Londres, Bedlam, qui se trouvait dans Bishopsgate Street (rue de la porte de l'évêque), avait été à l'origine un prieuré de l'ordre de Sainte-Marie de Bethléem, dont le nom corrompu était devenu très vite *Bedlam*. Dès 1329, un hospice, adjoint à l'établissement religieux, avait eu pour mission de recueillir les malades dénués de ressources, ou tout simplement ceux qui n'avaient plus de toit. A la fin du siècle, Bedlam était déjà spécialisé dans les soins donnés aux fous, et ceux qui étaient considérés comme guéris recevaient une médaille en étain qui attestait de leur qualité d'anciens pensionnaires et leur donnait le droit de mendier.

En 1375, cet hôpital réservé aux malades mentaux fut confisqué par l'administration royale, Edouard III s'autorisant du fait que l'établissement était d'origine étrangère. En 1547, lors de la dissolution des monastères, le roi Henry VIII donna Bedlam à la ville de Londres.

En 1674, les anciens bâtiments étant devenus insalubres et d'une saleté repoussante, l'asile fut transféré dans un quartier excentré de la capitale mais, bâti sur un sol instable, il menaça très vite ruine, si bien qu'en 1812, il fallut de nouveau le transférer, et à cet effet on construisit un édifice massif, en briques rouges, de trois étages, sis dans Lambeth Road, dans Southwark, quartier situé sur la rive droite de la Tamise.

Jusqu'au début du XVIIIe siècle, la coutume était de percevoir un penny de tous ceux qui visitaient Bedlam, et on ne comptait pas moins de cent mille personnes, par an, qui venaient s'effrayer ou s'amuser du spectacle des malades enchaînés comme des bêtes malfaisantes. Mais cet usage barbare avait été aboli et seuls ceux qui avaient un parent ou un ami à l'intérieur des murs avaient encore l'autorisation d'entrer dans l'asile, quatre jours par semaine seulement.

— J'espère que Mme Polgar n'a pas subi de sévices, déclara Malcolm alors que la voiture du comte, qui filait dans les rues de Londres, venait de passer devant le Parlement et franchissait Westminster Bridge en direction du sud.

— J'espère que les Foscarelli n'ont pas réussi à lui prendre sa croix, si toutefois elle en possède une, répondit Nicolas Ravener, plus pragmatique que compatissant. Du moins, leur action donne à penser qu'ils la croient détentrice d'un de ces précieux sésames, car dans le cas contraire, je ne pense pas qu'ils se seraient donné la peine de l'enlever et de la faire enfermer.

— S'ils avaient trouvé sa croix, elle ne serait plus en vie à l'heure actuelle, reprit Malcolm qui ne faisait que traduire en mots l'effrayante logique de leurs ennemis.

— Certainement. Cela dit, nous n'avons pas la certitude qu'elle n'a pas été éliminée. Nous fondons nos raisonnements et nos espoirs sur les affirmations de Ducaire, et bien que je ne pense pas qu'il nous ait menti sur l'enlèvement et sur le transport vers Bedlam, il reste possible que la pauvre femme ait rendu le dernier soupir derrière les hauts murs de l'asile.

448

— Je crains que vous n'ayez raison, mon garçon, dit alors le comte, d'une voix sépulcrale.

Il donna du pommeau de sa canne contre la paroi de l'habitacle et cria à l'adresse de son cocher :

— Plus vite, plus vite !

Enfin la voiture s'arrêta devant l'hôpital royal de Bethléem. M. de Valcœur, Malcolm et Nicolas Ravener sortirent promptement et se dirigèrent vers le porche encadré par six colonnes ioniques et surmonté des armes du roi Henri VIII.

Ayant franchi ce passage, les trois hommes se trouvèrent dans un vaste vestibule qui se signalait principalement par deux immenses statues en pierre de Portland, intitulées *Mélancholie* et *Délire*, dues au ciseau du sculpteur anglo-danois Caius Gabriel Cibber ; elles encadraient à l'origine la porte du second hôpital. En temps ordinaire, elles étaient dissimulées derrière de grands rideaux qu'on soulevait en certaines occasions solennelles, mais Malcolm et Nicolas Ravener n'éprouvèrent aucun scrupule à se glisser derrière ces rideaux pour examiner les statues, pendant que le comte engageait la conversation avec le gardien qui s'était résigné à faire entrer les trois hommes qui menaçaient d'avertir la police s'il ne leur ouvrait pas la porte.

Des chaînes étaient proposées aussi à la curiosité des visiteurs, pour rappeler les mœurs barbares qui avaient cours, en des temps plus anciens, dans ce genre d'établissement.

— Ce damné gardien donne du fil à retordre à l'oncle Jean-Paul, observa Nicolas Ravener, à voix basse. Je parierais que les Foscarelli lui ont graissé la patte afin qu'il ne laisse pas entrer les curieux comme nous.

— Pourquoi ne pas lui graisser la patte à notre façon ? murmura Malcolm.

Connaissant la mauvaise réputation du quartier où ils devaient s'aventurer, les deux jeunes gens avaient pris la précaution de s'armer, tout comme les deux valets qui accompagnaient l'équipage, de pistolets qu'ils dissimulaient sous leur manteau, et qu'ils sortirent soudain, ensemble, avant de se diriger d'un pas décidé vers le gardien récalcitrant. Ils l'encadrèrent, le prirent chacun par un bras et lui chatouillèrent les côtes avec le canon de leur arme.

— Et maintenant, grommela Malcolm, vous allez nous emmener à la cellule où se trouve enfermée la vieille femme amenée aujourd'hui même par les Italiens. Refuser, ce serait signer votre arrêt de mort.

Après quelques secondes de silence, il ajouta durement :

— Inutile d'appeler à l'aide. J'ai déjà tué un homme et je vous assure que je n'hésiterai pas à recommencer si le besoin s'en fait sentir.

Ce discours obtint un effet immédiat. L'homme se mit à transpirer et à rouler des yeux effrayés. Il bredouilla :

— Oui… oui… c'est très bien… très bien… Je ne résisterai pas, je vous le jure ! Venez par ici, s'il vous plaît…

Le bâtiment de Bedlam consistait en une structure centrale encadrée de deux ailes principales, auxquelles d'autres avaient été adjointes au cours des années, de façon assez anarchique, afin d'augmenter les capacités d'accueil de l'asile. Chaque étage — il y en avait trois et un quatrième, souterrain — se divisait en deux galeries où logeaient les malades.

Tandis que le groupe progressait sous la conduite du gardien, Malcolm s'étonna de la chaleur intense qui régnait dans les salles qu'il traversait. A certains signes, il pouvait reconnaître qu'il se trouvait dans un asile pour aliénés : les cheminées étaient fermées par des portes en fer, et les locataires de ces lieux disposaient de couteaux en os plutôt qu'en fer. Il s'étonna de voir aussi des billards et des pianos, qui n'étaient pas délaissés. A cette heure déjà tardive, les malades qui ne se trouvaient pas encore au lit s'adonnaient à leurs activités favorites, jeux divers et chansons, tricot, broderie. Certains lisaient le journal.

Finalement, le gardien se servit d'une énorme clé qui pendait à sa ceinture pour ouvrir la porte d'une cellule faiblement éclairée par les lampes fixées aux murs du couloir. Cette pièce entièrement tapissée de liège était destinée à recevoir les furieux capables de se fracasser la tête contre les murs ou le sol. Mais, loin de se comporter de la sorte, Mme Polgar parut très calme à ses trois visiteurs. Assise dans un coin, elle somnolait, la tête dodelinant sur le côté.

— Sacrebleu ! s'écria M. de Valcœur en se hâtant d'aller s'accroupir près d'elle.

Il l'examina pendant un petit moment puis releva la tête pour annoncer :

— Elle a été battue et droguée. Qui veut venir m'aider ?

Pensant que Nicolas Ravener, malgré ses protestations, n'était pas encore en état de fournir un tel effort, Malcolm empocha son pistolet et s'approcha du comte pour l'aider. Ils soulevèrent Mme Polgar, toujours inconsciente, et l'emmenèrent hors de la cellule pour reprendre, en sens inverse, le trajet qu'ils avaient déjà accompli pour venir à elle. Ils parvinrent à sortir de l'asile sans encombre, ils montèrent dans la voiture. Alors, seulement, ils rendirent la liberté au gardien terrifié que Nicolas Ravener tenait en respect au moyen de son arme. L'homme se hâta de rentrer et la lourde porte se referma derrière lui avec bruit.

M. de Valcœur monta le dernier dans la voiture. Il donna de la canne pour signaler qu'il était temps de partir, et le véhicule s'ébranla.

Cette fois, il ne fut pas nécessaire de rappeler au cocher qu'il importait de se hâter, car il avait hâte de sortir de Southwark, quartier fort mal famé dans lequel l'avait entraîné son maître, à cette heure fort tardive, ce qui constituait un facteur supplémentaire de crainte.

Tout le temps que M. de Valcœur et ses compagnons avaient passé à l'intérieur de l'asile, le cocher et les deux laquais avaient monté une garde vigilante, la main constamment posée sur les pistolets exposés à la vue de qui aurait été animé de mauvaises intentions.

La voiture filait donc dans les rues bordées par des taudis de deux ou trois étages, que de pauvres gens devaient partager avec des hordes de rats, des armées de cafards et toutes sortes d'autres parasites. On y trouvait aussi des entrepôts tout aussi délabrés, ainsi que des fabriques bruyantes et malodorantes, brasseries, fours à coke, verreries, ateliers de poterie, toutes entreprises dont les cheminées crachaient, de jour comme de nuit, une fumée épaisse et grasse, qui s'élevait difficilement et retombait le plus souvent sur les bâtiments alentours, tous couverts d'une suie épaisse.

De la Tamise montait une forte odeur de vase et d'égouts, qui s'ajoutait aux relents nauséabonds de fumier et de purin, car, dans ce quartier, on élevait aussi des chevaux, des vaches, des moutons et des cochons qui étaient conduits régulièrement à l'abattage ou vendus sur les marchés des environs.

Dans la journée, les rues étaient encombrées de marchands ambulants qui s'égosillaient pour placer leurs marchandises, par les portefaix qui croulaient sous le poids des colis volumineux dont ils acceptaient de se charger. On y croisait aussi des enfants couverts de boue ; ceux-là revenaient de la Tamise, dans laquelle ils s'immergeaient jusqu'à la taille pour pêcher les morceaux de bois et de charbon qui tombaient des péniches, et ils s'empressaient d'aller vendre leurs maigres trésors, pour quelques piécettes.

Ce quartier était aussi le royaume des prostituées et des

452

coupeurs de bourses, tire-laine et autres malfaiteurs qui n'avaient pas trop de mal à se donner pour détrousser les gens ivres morts qui pullulaient à la sortie des tavernes et s'écroulaient bien souvent dans le caniveau, incapables de tituber jusqu'à leur taudis.

Assis près d'une portière, Malcolm regardait dehors et n'y voyait pas grand-chose. Il avait même de la peine à distinguer le halo des réverbères à cause de la *purée de pois*, ce mélange de brouillard et de fumée qui avait envahi les rues de la capitale. Aussi s'étonnait-il de la vitesse que le cocher imposait aux chevaux, en se demandant comment il parvenait à les diriger.

Mais il se souciait surtout de Mme Polgar, qui n'était pas bien du tout. Le comte l'avait enveloppée avec une couverture et lui avait fait prendre quelques gorgées au goulot de la fiasque tirée de sa poche. Maintenant, il lui tenait les mains qu'il tâchait de réchauffer dans les siennes. C'était tout ce que l'on pouvait faire pour elle en attendant d'avoir atteint la maison de Portman Square, où le Dr Whittaker la prendrait en charge.

Une fois ou deux, la voyante avait émis un faible gémissement, ce qui donnait à penser qu'elle souffrait, mais elle n'ouvrit jamais les yeux, même quand la voiture tressautait en passant dans un trou ou qu'elle se penchait dangereusement en prenant un tournant.

En traversant Westminster Bridge, Malcolm aperçut les péniches qui l'encombraient et continuaient à circuler en pleine nuit. Il poussa alors un discret soupir de soulagement, car on sortait enfin de Southwark et on circulait désormais en territoire plus sûr. A côté de lui, Nicolas Ravener lui sembla se détendre quelque peu lui aussi, mais il persista, toutefois, à jeter de fréquents coups d'œil vers l'arrière, comme s'il craignait d'être poursuivi.

Enfin la voiture atteignit Portman Square. Après avoir déposé ses passagers à la porte d'entrée, le cocher contourna la maison pour gagner les écuries situées à l'arrière.

M. de Valcœur entra le premier, suivi de Malcolm et de Nicolas Ravener qui soutenaient Mme Polgar. Ils se rendirent au petit salon et là, tandis que retentissaient maintes exclamations de surprise et d'angoisse, ils déposèrent la pauvre femme sur un sofa. On s'empressa autour d'elle.

Constatant que sa maîtresse, bien mal en point, avait toutefois survécu aux épreuves, Ducaire essaya de lui parler, et en même temps, laissant éclater sa joie, il entreprit de remercier, avec effusion, tous ceux qui avaient mené l'expédition salvatrice. Mais Mme Polgar ne lui répondit pas, et, entendant le comte donner ses ordres pour qu'on allât chercher le Dr Whittaker, la crainte reprit le dessus.

— Est-ce que… est-ce qu'elle va vivre ? demanda-t-il.

— Je ne sais pas, répondit M. de Valcœur. Il est évident qu'elle a subi de multiples sévices, peut-être pas aussi graves que je l'avais craint au début. On l'a droguée aussi, et c'est pourquoi, à mon avis, elle est inconsciente. Mais nous en saurons plus quand le médecin l'aura examinée. En attendant, je suggère qu'on la conduise dans une chambre, où elle sera installée plus confortablement.

— Tout de suite, mon cher ami, s'empressa de répondre Mme de Valcœur, visiblement très éprouvée de voir en quel état se trouvait son amie. J'ai d'ailleurs donné des instructions pour qu'une chambre soit préparée.

Le Dr Whittaker ne tarda pas à arriver. Après un examen approfondi, il redescendit dans le salon pour déclarer que les jours de Mme Polgar n'étaient pas en danger, bien qu'elle eût subi de fort méchantes avanies. Elle avait, en particulier, trois doigts brisés.

454

— C'est monstrueux ! s'exclama Mme de Valcœur, horrifiée.

— Je suis de votre avis, madame, répondit gravement le médecin. Cependant, comme j'ai eu l'honneur de vous le dire déjà, elle se rétablira assez vite. Mon seul souci vient de ce qu'elle n'est plus toute jeune et que je ne puis savoir encore à coup sûr quel impact ces épreuves auront sur son cœur. Je ne lui ai pas donné de sédatif car j'ignore quelle drogue on lui a fait prendre, et en quelle quantité. Sans pouvoir l'affirmer, je suspecte un opiacé, dont les effets ne tarderont pas à se dissiper, et alors, si le besoin s'en fait sentir, vous pourrez lui administrer une ou deux cuillerées de laudanum prises au flacon que j'ai laissé sur la table de nuit.

Le médecin parti, Sophie et la demoiselle de compagnie de lady Christine, miss Jane, reçurent pour instructions de veiller sur Mme Polgar, pendant que les autres occupants de la maison, y compris Ducaire, se rassemblaient de nouveau dans le petit salon. Le nain avait émis le souhait de rester auprès de sa maîtresse, mais comme il était évident que l'état de celle-ci le chagrinait terriblement, le médecin ne lui avait autorisé que de brèves visites. C'est pourquoi il se percha une fois encore dans le fauteuil qu'il avait occupé précédemment, le visage marqué par la douleur, et toujours serrant sur sa poitrine la petite boîte dorée qu'il avait apportée avec lui.

Ariane avait le cœur brisé de le voir ainsi. Elle trouvait certes étrange que la voyante eût un nain pour serviteur, mais comme ils semblaient très attachés l'un à l'autre, c'était très bien ainsi.

Certains d'avoir fait tout ce qui était en leur pouvoir pour sauver Mme Polgar, M. de Valcœur, Malcolm et Nicolas Ravener purent narrer leur expédition avec tous les détails. Leur récit passionna les quatre auditrices, il les effraya plus d'une fois aussi.

455

— Oh, Collie ! s'écria Ariane quand elle eut connu toute l'histoire. Quelle folie vous avez commise ! Imaginez que vous ayez été attaqué dans les rues de Southwark, ou par les pensionnaires de Bedlam ! Et si vous aviez été tué ? Je crois que je n'aurais pas pu le supporter.

Puis, rougissant violemment en prenant conscience de la portée de ses propos, elle tenta d'en tempérer l'audace en ajoutant :

— Je veux dire : si vous aviez été agressés tous les trois…

Elle se mordit la lèvre et baissa les yeux, jugeant qu'il était inutile et certainement maladroit d'en dire davantage. Elle s'était déjà trahie, elle avait révélé les sentiments qu'elle éprouvait pour Malcolm.

Celui-ci répondit :

— Moi aussi je me fais du souci pour vous, mademoiselle, ainsi que pour lady Christine. En effet, si les Foscarelli n'ont pas hésité à s'en prendre à Mme Polgar avec la brutalité que vous savez, que ne tenteront-ils pas contre vous deux ? A n'en pas douter, ils savent déjà que lady Christine est engagée dans cette affaire. Certes, ils se sont déjà emparés de la croix appartenant à son père et peuvent donc penser qu'elle ne leur est plus d'aucune utilité, mais il n'en va pas de même en ce qui vous concerne, Ari. Imaginez qu'ils se rendent compte que vous aussi êtes impliquée… Je n'ose imaginer ce qu'ils seraient capables de tenter.

— Rien à craindre puisque nous nous méfions, répondit Nicolas Ravener, avec assurance. Ne sommes-nous pas sur nos gardes ?

— Certainement, répondit Ducaire, d'une toute petite voix. Mais pour Mme Polgar, que devons-nous faire ?

*
**

456

La main de Malcolm reposait, forte et chaude, sur celle d'Ariane, qui était toute petite et tremblait de froid.

Avec tout le reste de la famille, ils s'étaient rassemblés dans la salle de bal, et comme les autres ils s'étaient assis autour de la grande table ronde que Mme de Valcœur y avait fait apporter. Recouverte de soie cramoisie, cette table portait en son milieu deux imposants candélabres, l'un en or et l'autre en argent. Dans le candélabre en or brûlait un gros cierge blanc, et dans le candélabre en argent brûlait un gros cierge noir. Par ailleurs, la salle recevait sa lumière des feux qui étaient allumés dans les cheminées placées aux deux extrémités de la salle, ainsi que de la lune dont les rayons blafards entraient par les trois paires de portes-fenêtres, dont les rideaux avaient été tirés.

Il régnait une atmosphère étrange, mystérieuse dans cette salle immense et presque vide, ornée de hauts miroirs qui se renvoyaient à l'infini le reflet des flammes et des ombres qui semblaient être celles de fantômes.

Mme Polgar avait pris place à table, elle aussi. Elle portait un turban orné de plumes et de joyaux, ainsi qu'une ample robe d'une couleur assortie à celle de la nappe. Ayant appris de Mme de Valcœur, au cours des jours qui avaient suivi son enlèvement et son sauvetage, que l'invitation reçue juste avant ces tragiques événements avait pour but de lui demander une séance de voyance, la voyante avait aussitôt déclaré qu'elle se sentait déjà assez forte pour se livrer à cette expérience, et qu'elle se tenait à disposition pour le jour qu'on voudrait.

— Ma pauvre Mme Polgar, avait observé la comtesse alarmée. Contrairement à ce que vous croyez, vous n'êtes pas en mesure de fournir cet effort. Il est vrai que vos ecchymoses s'estompent avec une rapidité de bon augure, mais vos doigts brisés doivent rester entravés pendant un certain temps encore, si vous voulez qu'ils se remettent tout à fait.

457

— Je n'ai besoin de mes doigts, avait répondu Mme Polgar, que pour manipuler mes tarots, dont je n'aurai pas besoin cette fois. Et maintenant que nous n'avons plus de secrets l'une pour l'autre, madame, il faut que je vous avoue ma faute.

— Votre faute ?

— Oui, j'ai cherché à dérober l'héritage de votre fille, cette croix dont j'espérais qu'elle était détentrice.

— Mais comment…

— Depuis longtemps j'avais la certitude de connaître sa véritable identité, car j'avais appris que M. de Valcœur était le cousin de M. Charles de Ramezay, comte de Jourdain, et je savais de surcroît, grâce aux bavardages d'une vieille femme à votre service, que toute maternité vous était interdite…

La vieille femme soupira, puis reprit, non sans peine, tant était difficile l'aveu qu'elle devait faire.

— Ce fameux après-midi de l'accident, dans Oxford Street, Ducaire avait l'intention de bousculer Mlle Ariane afin de pouvoir lui arracher la croix qu'elle ne pouvait que porter autour du cou. Mais — je le jure — il n'entrait pas dans ses intentions de la pousser si fort, il n'avait pas prévu de la précipiter sur la chaussée alors qu'arrivait un cabriolet lancé à toute vitesse. Il n'en demeure pas moins que vous auriez pu la perdre ce jour-là et cela eût été entièrement ma faute. Je ne me le serais jamais pardonné, et je ne me pardonne pas d'avoir eu cette idée. Mais tirons les enseignements qui s'imposent et voyez, madame, avec quelle ironie le Destin a-t-il mis la main dans cette affaire ! Car enfin, imaginez la longue chaîne d'événements qu'il a fallu pour que Ducaire pousse votre fille, pour que M. Blackfriars soit présent à ce moment-là et la sauve d'une mort certaine ! Que penserait de cela lord James Ramsay, seigneur de Dundragon, qui s'en alla jusqu'en Egypte pour voler le Cœur de Kheper dans une tombe ? Je me le demande… Voyez-vous, nous comprenons rarement comment nos actions peuvent influencer la vie de nos semblables, même des centaines d'années après notre mort, quand nos os mêmes sont réduits en poussière. Qu'est-ce que le temps ? Une tapisserie sans fin, dont chacun de nous constitue un fil minuscule. Et maintenant que mon propre fil a presque atteint la longueur que le destin lui a fixée, il va bientôt être coupé. J'en ai la conviction. C'est pourquoi je veux mener cette séance, et de cette façon, peut-être, je rachèterai les fautes que j'ai commises, mes si nombreuses fautes. Moi aussi j'ai désiré acquérir l'immortalité que le Cœur de Kheper est censé donner à ses détenteurs. Mais maintenant, alors que l'heure de ma mort s'apprête à sonner, je sais que ma quête, elle aussi, a servi le grand dessein qui nous dépasse tous.

Autour de la table se trouvaient donc Mme Polgar, Malcolm et Ariane, mais aussi M. et Mme de Valcœur, Mme Blackfriars, Nicolas Ravener, lady Christine, M. Quimby, M. Rosenkranz, M. Cavendish. Ducaire était assis sur un coussin, dans un coin de la salle de bal, et, la tête penchée sur sa harpe, il égrenait de ses doigts agiles une mélopée dont les étranges pouvoirs agissaient déjà sur tous les esprits.

On avait longuement débattu de savoir si M. al-Oualid serait invité. Mais enfin, personne ne pouvant dire quels étaient les buts véritables de l'Egyptien, il avait été jugé sage de ne pas lui faire part du savoir acquis dans la recherche des neuf croix dont la réunion devait conduire à la découverte du Cœur de Kheper, la fabuleuse émeraude.

— Tout le monde est-il prêt à commencer ? demanda Mme Polgar.

Elle parlait d'une voix forte malgré sa grande faiblesse, et son port de tête était altier alors que son corps amaigri par les épreuves ne lui semblait pas être en mesure d'accomplir jusqu'à son terme la tâche qu'elle s'était fixée. Mais elle savait

459

aussi que l'esprit est plus fort que la matière, et qu'il suffisait de vouloir pour pouvoir.

— Vous tenez-vous tous la main ? poursuivit-elle. Parfait. Nous allons donc tenter d'entrer en communication avec l'autre monde, le monde de ceux qui ont franchi les portes de la mort, comme nous devrons tous les franchir un jour ou l'autre, à l'heure que le destin nous aura fixée. Ainsi pourrons-nous — peut-être — parler avec lord Robert Roy Ramsay, neuvième seigneur de Dundragon. Pendant que j'essaierai de trouver le contact avec les esprits, vous devrez tous garder le silence le plus absolu, mais si je parviens à forcer le passage et à parler à lord Dundragon, vous aurez alors le droit de lui poser une question. Vous répondra-t-il ? Je ne peux l'assurer. Bien sûr, vous aurez l'impression qu'il n'y a que moi à parler, mais sachez qu'en réalité je servirai de médium, que je serai l'instrument dont se servira lord Dundragon pour s'adresser à vous. Et maintenant nous pouvons commencer…

Jusqu'au jour de sa mort, Ariane ne parviendrait jamais à se rappeler exactement les mots prononcés par la voyante, de même qu'elle ne parviendrait jamais à retrouver à la mémoire l'étrange cérémonial accompli autour de la grande table ronde. Elle ne se souviendrait que de vagues impressions, son esprit n'ayant gardé que des images floues, comme si elle avait observé toute la scène au travers d'une vitre épaisse de verre dépoli.

Plus présente à son esprit avait été la sensation de la main de Malcolm posée sur sa main gauche et qui la serrait très fort, et sa main droite abandonnée à celle de Nicolas, le frère retrouvé et qui lui manifestait, de cette façon, un amour fraternel et une tendresse que treize longues années de séparation n'avaient pas amoindri, bien au contraire.

Donc, bien que le feu qui crépitait dans les deux cheminées n'eût pas le pouvoir d'atténuer la froidure qui régnait dans la grande salle de bal, Ariane n'éprouva aucun inconfort tout au long de cette soirée parce qu'elle se sentait protégée des rigueurs du monde, de celles des hommes aussi, par les deux jeunes gens qui se tenaient à ses côtés et de leur vigueur lui faisaient un bouclier.

La pluie, qui avait commencé à tomber dans l'après-midi, tambourinait avec plus de force sur le toit d'ardoises, elle fouettait les vitres de ses bourrasques rageuses. Le vent sifflait, et gémissait, et parfois hurlait. Et le brouillard insidieux montait de la Tamise, sans bruit, tel un fantôme protéiforme, il envahissait les rues de la ville, il cernait la maison, il escaladait l'escalier pour se promener sur la terrasse et, de là, s'en allait prendre possession du jardin solitaire, où les arbres dénudés dansaient sous la lune comme des sorcières en sabbat.

A l'intérieur de la maison ne se faisait entendre que la voix forte de Mme Polgar qui harcelait les dieux et les esprits de ses insistantes demandes, qui marmonnait des mots oubliés depuis des siècles par le commun des mortels, qui murmurait des incantations venues du fond des âges. Parfois les flammes des bougies s'agitaient brusquement, elles semblaient s'animer au souffle venu de nulle part. Et cela s'accompagnait d'étranges tambourinements sur la table, ou peut-être sous la table ?

Enfin Mme Polgar éleva la voix et elle parla d'une façon claire et intelligible.

— Est-ce vous, lord Rob Roy Ramsay, seigneur de Dundragon ? Etes-vous avec nous ?

Il fallut attendre encore un long moment, puis elle ferma les yeux et sa tête s'affaissa comme si elle s'endormait. Mais alors elle se mit à répondre à la question qu'elle venait de poser. Mais alors la voix qui montait de sa gorge n'était plus la sienne, c'était la voix d'un homme.

461

— Oui, je suis celui qui fut autrefois lord Dundragon. Qui m'appelle ainsi du monde d'en bas ?

— Des gens qui cherchent la vérité, qui cherchent quelque chose qui est perdu depuis longtemps. Nous vous implorons de nous aider dans cette quête. Acceptez-vous de répondre aux questions que nous voudrions vous poser ?

— Oui, si je le puis.

— Merci. Maintenant, écoutez-moi bien, et, sur votre honneur, répondez avec loyauté.

— Je vous donne ma parole d'honneur.

— Lord Dundragon — si c'est bien vous — avez-vous fondé un ordre appelé Fils d'Isis ?

Cette question venait d'être posée par M. de Valcœur, d'un ton détaché, et en fixant sur Mme Polgar un regard plein de scepticisme. Il n'avait accepté de participer à cette séance de spiritisme qu'après s'être fait longuement prier, et non sans affirmer plusieurs fois qu'il tenait ce genre d'activité pour des simagrées tout juste bonnes à effrayer les enfants et les faibles d'esprit.

— Oui, répondit la voix d'outre-tombe, j'ai fondé cet ordre que vous dites, pour les fils des veuves, car Horus était le fils de la veuve Isis, après la mort de son père Osiris.

— Combien… combien étiez-vous dans cet ordre ? demanda ensuite Mme de Valcœur, d'une voix faible et tremblante, car elle était fascinée mais aussi terrifiée par la voix caverneuse qu'avait prise la voyante.

— Treize.

— Quel était votre but premier ? demanda M. Quimby dont les yeux bleus semblaient plus pâles derrière ses lunettes rondes cerclées d'argent.

— Nous voulions savoir comment utiliser la pierre qui donne accès à l'immortalité.

462

— Et avez-vous réussi ? demanda M. Cavendish, tout vibrant de curiosité.

— Non, car nous avons été incapables d'utiliser les fonctions magiques de cette pierre.

— Quelle pierre ? Parlez-vous ici de l'émeraude perdue, le Cœur de Kheper ?

En dépit des réticences que lui inspiraient ces procédés, car comme son ami M. Quimby, quoique pour des raisons différentes, il répugnait à s'adonner au spiritisme et lui aussi avait dû se faire prier pour être présent ce soir, M. Rosenkranz n'avait pas pu se retenir de poser la question qui lui était montée aux lèvres.

— Oui, c'était une pierre philosophale venue d'Egypte. Mon père l'avait dérobée dans une tombe sise en un lieu connu sous le nom de Vallée des Rois. Cette pierre avait été forgée par le dieu Kheper et elle appartenait à un grand-prêtre qui avait consacré toute sa vie à ce dieu. On disait qu'elle avait le pouvoir de conférer l'immortalité à ceux qui la possédaient, mais en vérité, cette pierre était maudite.

— Comment le savez-vous ? demanda lady Christine.

— A cause de cette pierre, quatre de nos frères connurent une mort subite, atroce.

— Qu'avez-vous fait ensuite ? L'avez-vous détruite ? demanda Ariane, d'une toute petite voix.

— Non, car cette pierre avait une trop grande valeur, elle recélait en elle un trop grand pouvoir. C'est pourquoi nous l'avons enfermée en un lieu secret, et nous avons éloigné de nous les moyens qui nous auraient permis d'en reprendre possession.

— Où l'avez-vous cachée ? demanda Nicolas Ravener.

— En un lieu secret, vous dis-je.

— Où ? demanda Malcolm, d'une voix impérieuse.

— C'était il y a si longtemps…

— Où ? répéta Malcolm.

463

— En un lieu où la clé neuf fois nécessaire…

Alors que retentissaient ces paroles au sens mystérieux, la table commença à trembler sous les mains des assistants. Puis, d'un seul coup, elle se mit à tressauter avec violence avant de s'élever au-dessus du sol. Au même moment, le vent poussa de longs gémissements plaintifs, tandis que les chiens, au fond du jardin, commençaient à hurler à la mort.

— Que se passe-t-il ? Que se passe-t-il ? demanda Mme Blackfriars, terrifiée, en se levant à demi de sa chaise.

— C'est la pierre… la pierre maudite, lui répondit l'esprit de lord Dundragon par l'intermédiaire de Mme Polgar. Prenez garde ! Prenez garde ! N'oubliez jamais à qui appartient le Cœur de Kheper.

Cette mise en garde se perdit dans les hululements du vent, qui soufflait de plus en plus fort et s'acharnait sur la maison. Les portes-fenêtres s'ouvrirent à grand fracas. Le feu s'éteignit dans les deux cheminées et la flamme vacillante des deux cierges mourut aussi. Au même moment, un nuage très noir masqua la lune, plongeant la salle de bal dans une obscurité épaisse, compacte, inquiétante.

16.

L'amour et la mort

Et je vis un cheval tout pâle, et celui qui le montait avait pour nom la mort, et l'enfer le suivait.

Apocalypse de saint Jean.

Ce n'est pas la chair et le sang que nous combattons, mais ceux qui règnent, ceux qui détiennent le pouvoir, ceux qui commandent en ce monde de ténèbres, nous affrontons l'esprit du mal qui infeste les hautes sphères.

SAINT PAUL, *Epître aux Ephésiens.*

Place-moi comme un sceau sur ton cœur, place-moi comme un sceau sur ton bras, car l'amour est fort comme la mort.

Bible, Cantique des Cantiques.

1848
A Londres : Portman Square

Personne ne comprit, tout d'abord, ce qui s'était passé ; que le vent, soudain déchaîné, avait ouvert les portes-fenêtres, éteint le feu dans les cheminées et soufflé la flamme des cierges, plongeant ainsi la salle de bal dans l'obscurité. C'est pourquoi, pendant un assez long moment, tous ceux qui se trouvaient rassemblés autour de la table ronde crurent qu'ils subissaient une attaque en règle venant de leurs ennemis, les Foscarelli. Aussi se levèrent-ils dans la précipitation. Instinctivement, Malcolm enveloppa Ariane de ses bras pour la protéger de tout danger qui pourrait la menacer, en même temps qu'il appelait sa mère afin de s'assurer qu'elle ne subissait aucune avanie.

— N'ayez crainte, Malcolm, lui dit M. Quimby, d'une voix forte pour se faire entendre parmi les exhortations des hommes et les cris des femmes. Madame votre mère est en sécurité, avec M. Cavendish et moi.

Si serrée contre la poitrine de Malcolm qu'elle entendait le cœur de celui-ci battre à tout rompre, Ariane sut que, malgré les paroles de réconfort prodiguées par son patron, il restait tendu, nerveux, inquiet. Enlacée par ses bras puissants, écrasée contre lui, elle le sentait prêt à la défendre en cas de nécessité.

Son cœur à elle battait tout aussi fort, très fort, trop fort sans doute, mais était-ce à cause des extraordinaires événements en cours ou pour une autre raison, elle n'eût su en décider. Jamais auparavant elle n'avait été tenue par un homme de cette façon, et, en vérité, si elle vibrait de tout son être, c'était autant de bonheur que de panique. En dépit des appréhensions dont elle subissait l'effet autant que tout un chacun, elle restait très sensible à la chaleur du corps de Malcolm, à la force de Malcolm. Elle captait avec délices un parfum musqué qui pénétrait dans ses poumons à chacune de ses inspirations brèves et irrégulières, et si elle éprouvait autant de difficulté à respirer normalement, c'était que son corset lui semblait trop serré, à moins que le bras de Malcolm, qui enserrait sa taille, fût la cause de cet étrange embarras.

Alertés par le vacarme et les cris, les serviteurs n'avaient pas mis beaucoup de temps pour accourir. Vite, les hommes refermèrent les portes-fenêtres, pendant que les filles, dont les tabliers volaient aux dernières rafales du vent entré par effraction, s'employaient à rallumer les appliques murales.

— Oh, madame, madame !

Ducaire, le premier, avait vu Mme Polgar affalée sur sa chaise, la tête rejetée en arrière, les yeux fermés. Il courut à elle et lui prit une main qu'il se mit à tapoter frénétiquement en multipliant les implorations.

— Madame, je vous en prie, répondez-moi ! Parlez-moi !

M. Cavendish s'agenouilla près de la voyante. Il lui prit le poignet et chercha le pouls. Puis il approcha son oreille de sa poitrine. Il écouta longuement. Enfin, quand le doute ne lui fut plus permis, il se releva et secoua la tête avec tristesse.

— Mme Polgar est morte, déclara-t-il sobrement. Je crains que son enlèvement et les mauvais traitements qu'elle a subis des Foscarelli ne l'aient gravement atteinte, et la séance qu'elle s'est imposée ce soir lui a porté un coup fatal. Son cœur n'a pas supporté cet enchaînement d'épreuves. Elle est morte.

— Non, non ! C'est impossible ! Je ne veux pas ! hurla Ducaire.

Sous les regards apitoyés de l'assistance, il posa sa tête dans le giron de sa maîtresse et se mit à sangloter éperdument, tout en continuant de lui secouer les mains en la suppliant d'ouvrir les yeux.

— Oh, Malcolm ! murmura Ariane très émue par cette scène déchirante.

Ils s'employèrent tous deux, avec la plus grande délicatesse, à éloigner le nain, puis, en lui prodiguant des paroles de réconfort, ils l'emmenèrent hors de la salle de bal.

Mme Blackfriars et Mme de Valcœur les suivirent. Celle-ci,

467

très affectée par tous les événements dramatiques de la soirée, écoutait en pleurant doucement les conseils et les suggestions que multipliait pour elle sa nouvelle amie.

— Oui, oui, murmura-t-elle en se tamponnant les yeux avec son mouchoir bordé de fine dentelle, je crois que vous avez parfaitement raison, Elizabeth. Oh, la pauvre Mme Polgar ! Savez-vous qu'elle m'a annoncé sa mort prochaine, juste avant de commencer la séance ? C'est de ma faute, je n'aurais jamais dû l'autoriser à commettre cette folie. Je savais pourtant qu'elle était encore très faible, à cause des traitements indignes que lui ont infligés les Foscarelli et leurs sbires ! Qu'ils grillent en enfer, tous ! En tout cas, j'aurais dû l'obliger à rester alitée, au lieu de la laisser descendre ici. C'est ma faute ! C'est moi qui l'ai tuée !

— Non, Hélène, il ne faut pas vous mettre de telles idées en tête. Mme Polgar était très âgée, mais M. Cavendish a raison d'affirmer que les Foscarelli lui ont porté un coup fatal. Son pauvre cœur n'a pas résisté aux souffrances physiques et morales subies au cours de sa captivité. Maintenant, je vous en prie, asseyez-vous et permettez que je sonne pour commander un peu de thé… à moins que vous ne préfériez un chocolat chaud ?

Ariane se retourna pour déclarer :

— Tante Elizabeth, j'ai déjà donné des ordres pour qu'on nous apporte les deux, et aussi du café.

Les trois femmes entraient dans le petit salon. Malcolm et Nicolas Ravener arrivant derrière elles, puis les autres messieurs, la jeune fille expliqua :

— Collie et Nicolas ont fait monter le pauvre Ducaire pour le faire se coucher, en lui donnant un sédatif afin qu'il sombre rapidement dans le sommeil. Au moins le laudanum laissé par le Dr Whittaker ne sera-t-il pas entièrement inutile. Après une bonne et longue nuit de repos, le petit homme retrouvera un peu de forces en lui pour affronter son chagrin. Je sais que la mort de sa maîtresse est un coup affreux pour lui, mais ne l'a-t-elle pas été pour nous tous ?

— C'est certain, répondit Mme Blackfriars en frissonnant. Et permettez-moi de vous le dire, je ne suis pas près de renouveler une telle expérience.

Elle se laissa tomber dans un fauteuil devant la cheminée, serra son châle sur ses épaules et s'abîma dans ses pensées moroses.

— Non seulement nous avons à déplorer la mort de Mme Polgar, ajouta Nicolas Ravener, mais il faut reconnaître que cette séance ne nous a apporté aucune information utile.

Préoccupé, il plongea une main dans la poche de sa jaquette et en tira une petite boîte en or qu'il ouvrit pour y prélever un cigare. Ayant reçu des dames la permission de fumer, il se pencha sur les flammes pour allumer, puis aspira une longue goulée de fumée, avec une satisfaction évidente.

M. Cavendish déclara alors :

— Mon cher ami, je vous trouve très pessimiste, ce qui n'est pas du tout mon cas. Je pense, au contraire, que nous avons acquis, ce soir, au moins un renseignement très important.

— Tiens donc ! Et lequel, Bonny ? demanda M. Quimby.

— Nous avons découvert que les Fils d'Isis étaient tous des fils de veuves. Rappelez-vous bien ce que nous a déclaré lord Dundragon. Je le cite : « J'ai fondé cet ordre pour les fils des veuves, car Horus était le fils de la veuve Isis, après la mort de son père Osiris. »

— C'est exact ! approuva Malcolm, assis sur un sofa à côté d'Ariane.

— Oh ! gémit la comtesse, comment pouvez-vous ergoter encore à propos de cette émeraude de malheur, quand la pauvre Mme Polgar gît dans la pièce d'à côté ?

469

La voyante avait été transportée de la salle de bal au grand salon, où des religieuses la prépareraient avant ses funérailles selon le rite catholique, puisqu'elle appartenait à l'Eglise romaine. Le Dr Whittaker, appelé pour examiner le cadavre et délivrer le permis d'inhumer, avait conclu à une défaillance cardiaque.

— Ma chère amie, dit M. de Valcœur à sa femme, je pense me faire l'interprète de tous en affirmant que notre discussion ne trahit pas un manque de décence de notre part. Ne nous incombe-t-il pas, en effet, de rendre les derniers devoirs à Mme Polgar, mais aussi de tirer les enseignements de ce dramatique incident ? Il faut le redire : si elle est morte ce soir, c'est bien sûr parce qu'elle n'a pas supporté l'épreuve à laquelle elle s'est soumise, mais si elle était trop faible pour cela, c'est à cause des sévices que lui ont infligés nos ennemis. Voilà les véritables responsables de sa disparition ! Ils sont des assassins ! Et devons-nous, je vous le demande, attendre sans agir qu'ils frappent de nouveau ? Sachant de quoi ils sont capables, nous serions fous de ne pas prendre toutes les précautions utiles pour nous protéger des coups qu'ils s'apprêtent à nous porter, et pour retrouver avant eux l'émeraude qu'ils convoitent.

— Oui, soupira-t-elle en se redressant, je sais que vous avez raison.

La conversation se poursuivit longtemps, puis les personnes rassemblées dans le petit salon prirent peu à peu conscience de l'heure de plus en plus tardive, elles sentirent les effets de la fatigue. Il fallut songer à se retirer pour prendre un nécessaire repos. Malcolm et Ariane se proposèrent pour commencer la veillée funèbre, mais Mme de Valcœur répondit avec tristesse que c'était à elle de rendre les derniers devoirs à son amie, et qu'elle souhaitait méditer, seule, devant la dépouille mortelle.

Les deux jeunes gens se retirèrent donc dans la bibliothèque, où ils pourraient se parler dans l'intimité.

— Pauvre Mme Polgar, commença Ariane en se plaçant devant une fenêtre battue par la pluie et le vent, qui donnait sur le jardin à l'arrière de la maison.

Elle observa pendant un moment les arbres dénudés dont les branches s'agitaient lamentablement dans les bourrasques, et, quand la lune se voila de nouveau, elle frissonna et se retourna pour ajouter :

— Si seulement elle n'avait pas accepté de conduire cette séance !

— C'était une femme adulte, Ari, répondit Malcolm. Ce n'était pas à nous de lui dire ce qu'elle devait ou ne devait pas faire.

Il s'approcha de la jeune fille et la prit aux épaules, en un geste familier peut-être, mais qui se voulait rassurant. Il poursuivit :

— Je ne pense pas que nous devions nous blâmer à cause de ce qui s'est passé ce soir. Si j'en crois votre mère, Mme Polgar avait pressenti que sa fin était proche. Je pense même qu'elle a conduit cette séance en connaissance de cause, en sachant que l'issue en serait fatale.

— C'était si terrifiant ! répondit Ariane qui tressaillit au souvenir des événements de la soirée. Oh, cette voix sépulcrale qui sortait de la bouche de Mme Polgar ! Ce n'était certes pas la sienne, et elle ne simulait pas. Et puis, ces tremblements de la table ! Avez-vous vu comme elle s'est élevée au-dessus du sol ? Mme Polgar était une vraie voyante, Collie ! Une illusionniste n'aurait pas réussi à produire cet étrange spectacle, n'est-ce pas ?

— Je ne sais pas, avoua Malcolm, avec simplicité. J'avoue que je suis tout autant stupéfié que vous par tout ce que j'ai vu ce soir. Bien plus, votre père et M. Rosenkranz, tous deux fort sceptiques quant aux dons de Mme Polgar, ont tenu à étudier le théâtre de ces événements après la mort de Mme Polgar. Ils ont examiné la table et les candélabres, ils ont enlevé la nappe, ils ont aussi inspecté les portes-fenêtres et même la harpe de Ducaire. Leur verdict est sans appel : ils n'ont découvert aucun mécanisme, aucun système capable de produire les surprenants effets auxquels nous avons assisté. En conclusion, Mme Polgar ne s'est pas amusée à nous mystifier.

— C'est bien ce que je dis : elle était une vraie voyante, pas une « charlatane » !

— On peut le dire…

— Alors, lord Dundragon nous a parlé !

Pivotant vivement pour se replacer face à Malcolm, Ariane s'écria :

— Oh, Collie, j'ai peur, tellement peur de ce que l'avenir nous réserve ! Après tout ce que nous avons appris au sujet du Cœur de Kheper, je suis de plus en plus convaincue, comme lord Dundragon, que cette émeraude est maudite et que nous devons nous en méfier comme de la peste. Voyez les Foscarelli : ils sont devenus fous à cause d'elle, et ce sont eux qui mériteraient d'être enfermés à Bedlam ! J'ai peur que Nicolas et vous, papa aussi, ne preniez trop de risques pour la retrouver, sans penser aux blessures qui pourraient en résulter pour vous ! Et si vous vous faites tuer ?

— Les Foscarelli sont peut-être fous, et méchants par-dessus le marché, mais ils ne sont pas des dieux, Ari. Ils ne sont pas invincibles ! Nous avons en face de nous de simples mortels qui ont beaucoup progressé dans la quête de l'émeraude parce qu'ils n'ont aucun scrupule, aucune considération pour leurs semblables, et parce qu'ils sont prêts à toutes les vilenies pour atteindre leur but. Il n'en demeure pas moins qu'ils peuvent être vaincus, et, par Dieu, je les vaincrai. J'en fais le serment.

— Vous m'effrayez quand vous parlez ainsi, Collie. Je… je ne veux pas qu'il vous arrive malheur.

— Il ne m'arrivera rien, Ari. Alors, ne vous tracassez pas. Moi, en revanche, je me fais du souci pour vous. Je sais que je n'ai aucun droit à dicter la conduite que vous devez tenir, mais je vous en supplie, ne sortez plus d'ici pendant un certain temps. Car les Foscarelli, n'en doutez pas, vont mener leur enquête pour retrouver tous ceux qui ont des liens avec Mme Polgar, et nous savons qu'ils n'hésiteront pas à recourir à des enlèvements, des meurtres aussi pour recueillir tous les renseignements que nous pourrions leur fournir.

A l'idée qu'elle pourrait tomber entre les mains de ces gens sans foi ni loi, Ariane tressaillit avec violence, et elle se sentit envahie par un froid intense, comme si toutes les fenêtres de la bibliothèque s'étaient ouvertes pour laisser entrer le vent de l'hiver.

— Il est difficile de croire qu'ils ne sont pas rejetés par la société, murmura-t-elle. La détestable réputation de leur famille est bien établie. Alors, pourquoi sont-ils encore reçus dans les meilleures maisons de la capitale, chez la marquise de Mayfield par exemple ? Y a-t-il des gens qui n'entendent pas la rumeur, ou ne veulent pas l'entendre ?

— C'est possible, et je crois que l'explication est toute simple. Les Foscarelli sont des brigands sans aveu, mais ils sont nobles, et riches de surcroît. Voilà qui suffit à leur ouvrir des portes qui autrement leur resteraient fermées. Et puis, la société est ainsi faite que souvent une mauvaise réputation travaille en faveur des vauriens. Les femmes, en particulier, se sentent attirées par les débauchés, les libertins, les escrocs, les coureurs de dot et autres hommes du même acabit qui sont la lie de la société. Et si ces hommes, en plus, ont un visage intéressant, s'ils ont du charme, alors il n'y a plus rien qu'ils ne puissent se voir refuser.

— Eh bien, c'est le portrait du vicomte Ugo que vous venez de tracer, dit Ariane. Pourtant, même si Christine ne m'avait pas prévenue contre lui, je ne me serais pas le moins du monde sentie attirée par lui. Il me faisait penser à un serpent, à ce monstrueux serpent de mer de mes cauchemars. Vous vous souvenez ? Je vous ai raconté tout cela dans Hyde Park.

Elle réfléchit avant de demander timidement :

— Collie… pensez-vous que, le jour où nous sommes allés pêcher dans les eaux du Loch Ness, j'aie pu apercevoir le vicomte Ugo sur les remparts de Dundragon ? et que j'aie senti qu'il était tout pétri de vices, qu'il avait l'intention de nous nuire ? Moi, je le croirais volontiers, car je sais que les enfants ont souvent des capacités de perception qui leur permettent de voir ce qui échappe complètement aux grandes personnes, capacités qui s'amenuisent avec les années, hélas.

Et comme Malcolm esquissait une moue dubitative, la jeune fille poursuivit avec passion :

— Tant de choses nous sont arrivées depuis ce jour-là. Parfois, j'ai même du mal à le croire ! Songez qu'il y a moins de dix ans, nous sommes allés, vous et moi, pêcher dans le Loch Ness. Pourtant, cette journée a marqué mon esprit d'une façon indélébile. J'en ai rêvé presque toutes les nuits, alors que je ne me rappelle rien du meurtre de mon vrai père et du vôtre, et que l'incendie de Whitrose Grange ne m'a laissé aucun souvenir non plus.

— Il ne faut pas vous le reprocher, Ari. Vous n'aviez que cinq ans à cette époque. Sans doute ces événements ont été si épouvantables pour vous que votre esprit les a bannis de votre mémoire, les a empêchés de troubler votre conscience. Pensez seulement quels chocs successifs vous avez dû ressentir, en perdant vos deux parents dans un très court laps de temps, votre frère Nicolas aussi, avant d'être envoyée chez votre oncle

Jean-Paul et votre tante Hélène, qui n'étaient pour vous que des étrangers.

— Pourtant, jusqu'à une époque récente, je n'ai jamais rêvé des êtres chers que j'avais perdus, excepté de vous, Collie. J'ai envie de dire que, confrontée aux changements brutaux qui ont balayé ma jeune vie comme un ouragan, je me suis raccrochée à vous comme une naufragée à sa bouée de sauvetage. C'est pourquoi, je pense, je ne vous ai jamais oublié ; c'est pourquoi j'ai rêvé de vous presque toutes les nuits.

— De même je me suis souvenu de vous, Ari. Ce jour où je vous ai emmenée pêcher sur le Loch Ness est resté dans ma mémoire comme le dernier des jours heureux de ma vie à Whitrose Grange, parce que c'est au cours de la nuit suivante que nos pères furent assassinés et notre maison incendiée. Le lendemain matin, nous devions partir pour ne plus jamais revenir.

Malcolm s'interrompit. Il passa un long moment à se remémorer les jours déjà lointains de sa jeunesse paysanne, alors qu'il n'avait jamais entendu parler des Foscarelli, alors que sa vie lui semblait devoir s'écouler de manière toujours égale et paisible. Puis il soupira et reprit :

— Nous avons parcouru un long chemin depuis ce jour-là, n'est-ce pas, Ari ? Vous étiez alors une petite fille courageuse, et vous êtes devenue une femme très belle, toujours aussi courageuse.

— Vous me flattez, répondit-elle en souriant, mais je ne mérite pas ce genre de compliment. Je crois que vous vous trompez. Je ne suis pas courageuse, j'essaie de le paraître, ce qui est très différent. Contrairement à ce que vous croyez, les Foscarelli me font peur et lorsque je pense à mon avenir, c'est toujours avec angoisse.

— Je ne laisserai jamais les méchants s'attaquer à vous, Ari !
Je vous le promets.

Entendant cette déclaration pleine de feu, Ariane, étonnée,
leva les yeux sur Malcolm, et, sur son visage, elle lut l'expression des émotions et des sentiments mêlés qu'il était incapable
de contenir : amertume et tristesse quant au passé, souffrance
et regrets quant au présent, angoisse et doute quant à l'avenir,
mais, plus fort que tout était l'amour et le désir que Malcolm
éprouvait pour elle.

Et lui, il luttait pour rester impassible et ne pas se trahir, mais
il avait perdu cette bataille contre lui-même et il le savait. Il
sut, en outre, que la jeune fille avait tout compris quand il vit
s'allumer une lueur de triomphe dans ses yeux. Alors, il l'attira
à lui et la serra dans ses bras, il la pressa contre lui avec une
force capable de la broyer. Puis il lui donna un baiser brutal,
désespéré, un baiser d'homme dont l'avenir n'est pas assuré et
qui n'aurait peut-être même pas de lendemain. Il lui donna un
baiser d'adieu comme s'il devait mourir dans l'heure.

Ariane n'avait jamais reçu de baiser d'un homme, et ses
rêveries ne l'avaient certes pas préparée à ce qui lui arrivait. Elle
n'avait jamais imaginé qu'une main s'insinuerait et se perdrait
dans ses cheveux, tandis qu'une autre lui immobiliserait le
visage. Elle n'avait jamais pensé que ses lèvres subiraient un
tel assaut. Surtout, il ne lui était jamais venu à l'esprit que tout
son corps se heurterait à un autre corps, dur comme le roc.
N'ayant rêvé que de douceur, elle découvrait que la passion était
ardente, impétueuse. Aussi se mit-elle à trembler, non qu'elle
eût peur, car elle ne craignait rien de Malcolm, mais parce que
la passion, contagieuse, envahissait tout son être. Des émotions,
des sensations, jamais connues auparavant, agitaient son corps
et son esprit. La tête lui tournait et chassait de sa tête toutes
pensées cohérentes. Bientôt, elle cessa tout à fait de penser et

se laissa emporter par le tourbillon, en exhalant ses premiers gémissements de plaisir.

Mais voilà que Malcolm se rappela qu'il était un homme du monde, et qu'il prenait des libertés avec une innocente jeune fille à qui il ne pouvait rien offrir. Il lui était impossible, il n'avait même pas le droit de l'épouser. Alors, obéissant, par devoir mais à contrecœur, au rappel à l'ordre de sa conscience, il mit fin au baiser et repoussa Ariane. Il balbutia :

— Je... je suis désolé.

Bouleversé, furieux d'avoir cédé aux emportements de la passion mais accablé d'avoir dû redevenir raisonnable, il se détourna un moment pour tenter de remettre un peu d'ordre dans ses pensées confuses. Il perçut qu'il était agité de tics nerveux. Après un moment, il reprit, d'une voix sourde :

— Je n'avais aucun droit de faire... ce que j'ai fait. Cela n'aurait jamais dû arriver. Mon désir serait de vous épouser, Ari, mais ma position m'interdit de demander votre main.

— Oh, Collie ! s'exclama Ariane, la gorge serrée par l'angoisse. Votre fierté devra-t-elle toujours nous barrer le chemin du bonheur ?

Il soupira :

— Je ne suis pas un coureur de dot, Ari, et je ne saurais me permettre de vivre sur votre héritage. C'est déjà assez gênant pour moi que votre père, ayant une idée de ma véritable identité — c'est ce que j'en suis venu à comprendre — ait acheté pour moi cet étalon noir. C'est d'autant plus gênant que votre mère et lui ne me doivent rien. Et puis, je me demande en outre s'il n'a pas dépensé des sommes d'argent considérables pour m'épargner la prison à laquelle j'étais sans doute promis après avoir tiré sur Badger et poussé les deux malandrins dans la Tamise. J'ajoute que je n'ai pas le droit d'exiger de vous que vous sacrifiiez la vie à laquelle vous êtes habituée, pour mener, en ma compagnie,

477

une existence beaucoup moins agréable, la seule que je sois en mesure de vous offrir, hélas. Car je ne suis pas riche, comme vous le savez. A la différence de votre frère, je n'espère ni fortune, ni titre nobiliaire. Tout ce qui devrait me revenir a été perdu, voici un siècle et demi. Comment pourrais-je remettre la main sur tout cela, à moins de remonter le temps et d'empêcher mon ancêtre de céder à son coup de folie ? Je suis donc cartographe et ne serai jamais que cela. Je possède un métier qui me permettra de vivre décemment, sans plus.

— C'est assez pour moi, Collie. Je ne demande rien de plus.

— Peut-être… Mais n'avez-vous pas d'autres prétendants qui pourraient vous offrir plus, beaucoup plus ?

— Sans doute, mais aucun ne pourrait me donner ce que je désire le plus, le bonheur. Vous seul pouvez m'apporter le bonheur, Collie.

— Ari, je vous en prie ! Vous me mettez dans l'embarras en proférant de tels propos.

— C'est exactement ce qu'elle cherche à faire.

Les deux jeunes gens sursautèrent et se retournèrent. Ils virent Nicolas Ravener qui sortait de l'ombre qui l'avait dissimulé à eux, entre deux meubles de la bibliothèque. En souriant, il reprit :

— Je vous prie de me pardonner car, franchement, je n'avais pas l'intention d'écouter une conversation qui ne m'était pas destinée. Mais il se trouve que, Christine ayant décidé de se retirer pour la nuit, je suis venu dans cette bibliothèque avec l'intention d'y trouver un livre qui me permettrait de passer quelques instants agréables avant de m'adonner moi-même au sommeil. Mais, sans doute étais-je plus fatigué que je ne l'avais supposé car, à peine avais-je lu quelques lignes que je m'endormis dans mon fauteuil. Vous m'avez réveillé. Aussitôt je voulus signaler ma présence mais, saisissant quelques mots que vous disiez, je jugeai inopportun de troubler votre… émouvant tête-à-tête.

Il souriait, mais Ariane rougit jusqu'à la racine des cheveux en comprenant que son frère avait été le témoin de son baiser échangé avec Malcolm.

— Vous êtes vraiment sans gêne, Nicky ! lui jeta-t-elle.

— Si je le suis, répondit-il en souriant, il faut mettre ce défaut au compte de la vie que j'ai été obligé de mener. Mais vous avez raison de me le faire remarquer, Ari, et je ne vous en veux pas. Mon éducation étant ce qu'elle est, il est inutile d'espérer de moi des raffinements que je suis incapable de concevoir. Et c'est pourquoi je vous parlerai franchement, peut-être avec brutalité, selon votre jugement. Malcolm et vous, ma chère sœur, êtes visiblement amoureux l'un de l'autre. Tout le monde, dans cette maison, le sait, car il faudrait être aveugle pour ne pas le voir. Malcolm, en véritable gentleman que vous êtes, vous avez très bien fait valoir à Ari les dangers auxquels elle s'exposerait en s'unissant avec vous. Mais avez-vous pris en considération les dangers bien plus grands qu'elle courrait si vous ne l'épousiez pas ?

— Que voulez-vous dire, Nicolas ? demanda Malcolm en fronçant les sourcils.

— Je veux dire qu'étant la fille unique de notre mère, laquelle était la sœur de votre propre père, Ari est la plus jeune descendante directe de lord James Ramsay, seigneur de Dundragon, qui vola autrefois l'émeraude maléfique dont nous sommes occupés depuis un certain temps. Christine m'a rapporté les rumeurs qui courent depuis des lustres dans le village sis au pied de Dundragon, rumeurs selon lesquelles les Foscarelli n'ont aucun droit de possession sur ce château. Je veux bien admettre que nous ne savons pas si ces rumeurs sont fondées ou non, mais si elles l'étaient ? Imaginez que le jeu fatal, au cours duquel lord Iain Ramsay a perdu toutes ses propriétés, ait été entaché d'irrégularité…

— Je ne comprends pas, dit Malcolm.

— Je vais donc essayer d'être plus clair, en exposant l'hypothèse qui s'est formée peu à peu dans mon esprit au cours de mes longues méditations, tandis que j'étais alité. La voici : et si lord Iain Ramsay n'avait pas eu le droit de jouer son château parce qu'il n'en avait pas la pleine et entière propriété ? Dans ces conditions, les Foscarelli le détiendraient indûment depuis plusieurs générations, et à mon avis, ils doivent le savoir. Ils ont eu vent des rumeurs, et peut-être même savent-ils si elles sont fondées. Dans ces conditions, ils n'auraient pas de meilleur moyen, pour légitimer leur propriété, que de marier le vicomte Ugo à Ari. Il leur suffirait de vous éliminer, Malcolm, de m'éliminer aussi. Ainsi reprendraient-ils droit sur le château, par l'intermédiaire d'Ari qui en deviendrait l'héritière. Ensuite, ils ne se feraient pas faute de l'éliminer à son tour, bien entendu.

Un long moment de silence suivit cet exposé, chacun se pénétrant des clauses du raisonnement et en évaluant la justesse. Puis Nicolas poursuivit :

— J'épouse Christine, non seulement parce que je l'aime, mais aussi parce que je veux la protéger. Comme elle n'était qu'une enfant à la mort de ses parents et qu'elle a gardé le silence jusqu'à maintenant, les Foscarelli n'avaient aucune raison de penser qu'elle sût quelque chose à propos du Cœur de Kheper, où qu'elle eût des soupçons quant à l'attaque au cours de laquelle ses parents ont péri ; je veux dire : qu'elle eût la conviction que l'attaque fatale avait été perpétrée par des sbires à la solde des Foscarelli et non par d'authentiques bandits de grand chemin. Il n'en va plus de même maintenant, car l'association de Christine avec nous et avec Mme Polgar est patente. Nos ennemis peuvent donc craindre qu'elle en sache plus qu'ils ne l'imaginaient, et que les souvenirs ne lui reviennent. N'étant plus certains qu'elle ne soit pas en mesure de les identifier comme les véritables assassins de ses parents, ils seront sans doute tentés de la faire disparaître. C'est ce que je n'ai pas l'intention de leur permettre.

Le regard fier et déterminé de Nicolas Ravener se porta tour à tour sur Malcolm et sur Ariane, puis il reprit, en martelant ses mots :

— L'oncle et la tante de Christine seront de retour dans peu de temps, et dès leur arrivée je leur rendrai visite afin de leur demander sa main. Si j'obtiens leur bénédiction, j'entreprendrai aussitôt les démarches nécessaires pour obtenir une licence spéciale qui nous permettra de nous épouser sans devoir proclamer les bans. Imaginez, en effet, les dangers que Christine courrait si les Foscarelli avaient vent de notre union ! Ils comprendraient qu'elle serait bientôt pourvue d'un mari jeune et décidé, très capable de la protéger contre leurs coups, et dans ces conditions, ils seraient tentés d'agir avant la cérémonie. C'est un risque que je ne veux pas courir.

Pensif, il s'interrompit de nouveau, avant de lancer cette exhortation :

— Réfléchissez bien à tout ce que je viens de vous dire, Malcolm. Nous pourrions organiser une double cérémonie, au terme de laquelle je serai honoré de pouvoir vous appeler « mon frère » après avoir été si fier de vous avoir comme cousin. Et non seulement ma sœur serait heureuse, mais elle aussi serait en sécurité. Toute petite déjà, elle faisait montre d'un caractère bien trempé, et elle n'a pas changé, ainsi que j'ai pu m'en rendre compte. C'est pourquoi je sais bien que, étant amoureuse de vous, elle ne voudra pas d'autre homme si vous renoncez à l'épouser. Sur ce, je vous souhaite tous les deux une bonne nuit.

Et ainsi Nicolas Ravener quitta-t-il la bibliothèque, en emportant le livre qu'il s'était choisi. Il abandonna Malcolm et Ariane dans le silence que troublaient seulement les craquements du feu et le tambourinement des gouttes de pluie sur les vitres.

Après un long moment d'incertitude, Ariane prit la parole.

— Les prédictions que me fit Mme Polgar, au cours du dernier bal masqué donné par ma mère à Paris, m'apparaissent maintenant dans toute leur clarté. Je sais qui est le Roi des Baguettes dont elle me parla, cet homme censé me protéger tout au long de mon existence : c'est Nicolas ! Comme il doit m'aimer, n'est-ce pas ? J'ai honte de l'avoir oublié, et plus honte encore de ne l'avoir pas reconnu dès la première fois que nous nous revîmes après toutes ces années de séparation.

— Vous ne devez pas ressentir de honte, Ari, car il a beaucoup changé depuis l'enfance. Puis-je vous faire observer que moi-même je ne l'avais pas reconnu ? Notre séparation a duré treize ans ! Treize ans au cours desquels il est devenu un homme. Tante Hélène a raison de dire qu'il ressemble comme deux gouttes d'eau à l'oncle Charles, mais, encore une fois, je ne l'ai pas reconnu alors que j'avais déjà seize ans quand je vis l'oncle Charles pour la dernière fois. Je dirais, pour ma défense, que l'image que j'emportai de cet homme était celle d'un visage terriblement déformé par la souffrance puisqu'il venait d'être frappé à mort par lord Vittore, comte Foscarelli et que, pour cette raison, je ne fis pas le rapprochement avec Nicolas. Mais ne vous affligez pas outre mesure car Nicolas — il l'a affirmé à plusieurs reprises — ne vous en veut pas de ne l'avoir pas reconnu, Ari. Il ne se préoccupe que de votre bonheur, ainsi qu'il vient de nous l'expliquer.

Malcolm cessa de parler, puis partit d'un éclat de rire amer, qu'il justifia ainsi :

— Si quelqu'un devait avoir honte, en cette affaire, ce serait moi et personne d'autre ! Je n'ai songé qu'à moi, à moi, à moi !

Pas étonnant que Mme Polgar vous ai dit ne pas savoir si le Roi des Epées — c'est-à-dire moi — se révélerait comme votre allié ou votre ennemi. A mon avis, elle a dû avoir la prescience du conflit intérieur qui me tourmenterait, et partant, de l'indécision qui serait la mienne. Songez qu'elle n'a pas pu vous dire si je deviendrais votre mari et votre protecteur, ou si, à cause de mon orgueil mal placé, je vous mettrais en péril, si je vous abandonnerais comme proie entre les griffes de lord Ugo, le Roi des Pentacles dont vous avait parlé Mme Polgar et contre lequel elle vous avait mis solennellement en garde.

Ariane exprima alors une objection.

— Mais Collie, vous n'étiez pas au courant des rumeurs qui circulaient dans le village de Dundragon, et c'est Nicky qui vous les a apprises ce soir. Vous ne pouviez donc pas avoir connaissance des dangers qui me menacent.

— Certes non, mais je n'ignorais pas que les Foscarelli ne reculeraient devant rien pour parvenir à leurs fins. Je sais, depuis le début de cette aventure, que leur famille de brigands est obsédée, depuis deux cents ans, par l'émeraude qu'ils veulent à tout prix retrouver, et qu'ils ne permettront à personne de barrer le chemin de leur quête infernale. Sans hésitation et sans remords ensuite, l'actuel comte Foscarelli a assassiné mon père et le vôtre, et c'est son fils, le vicomte Ugo, qui lui a prêté son concours pour éliminer les parents de lady Christine. Ces deux-là ont encore enlevé Mme Polgar, avec les conséquences que vous savez. C'est bien eux qui l'ont tuée, aussi certainement que s'ils lui avaient planté un couteau en plein cœur… Et moi, je n'ai mis que trop longtemps à réagir, à prendre conscience des périls que ces gens vous faisaient courir. Oh, Ari, pourrez-vous jamais me pardonner ?

— Bien sûr que je le puis, Collie.

— Et puis, c'est une grande humiliation pour moi de ne pouvoir rien vous offrir, en dehors de mon amour et de ma protection.

— Ne vous tourmentez pas de cela, car vous n'êtes pas responsable de votre état de fortune. Et moi, je me moque de ces considérations matérielles. Il ne m'importe que d'être avec vous, pour toujours.

— Mais vous méritez tellement plus que le peu que je puis vous offrir, Ari !

— Collie, ne savez-vous pas qu'il n'y a que vous que je désire ? Je vous aime depuis si longtemps… Il me semble que lorsque j'étais enfant, déjà… mais j'étais incapable de le savoir alors.

— Et moi je vous aime, Ari. Je vous aime de tout mon cœur. Mais quelle est la valeur de mon cœur ?

— Votre cœur a plus de valeur pour moi que tous les joyaux du monde réunis, Collie.

— Alors, sachant tout ce que je suis et ce que je ne suis pas, sachant tout ce que j'ai et que je n'ai pas, voulez-vous quand même de moi comme mari ?

— Oui.

— Aurons-nous une double cérémonie, ainsi que Nicolas vient de nous le proposer ?

— Oui, oui, oui ! Rien ne me rendra plus heureuse !

Alors Malcolm reprit Ariane dans ses bras et il lui donna un nouveau baiser, tendre cette fois, un baiser capable d'exprimer tout l'amour qu'il ressentait pour elle. Son cœur débordant de gratitude pour la jeune fille qui refusait de voir les insuffisances scandaleuses dont il avait fait preuve.

A ce moment, il formula *in petto* un serment qu'il s'était déjà fait plusieurs fois. Il retrouverait l'émeraude, au moyen de laquelle il restaurerait la fortune de sa famille. Ainsi Ariane n'aurait-elle plus aucun motif de regretter leur union, et il serait en mesure de lui procurer la vie à laquelle elle était habituée.

Mais à ce moment précis, un nouveau nuage, très noir, passa devant la lune et la voila, plongeant la bibliothèque dans une obscurité plus compacte, menaçante. Malcolm eut conscience qu'il recevait là un avertissement du Destin.

L'avenir ne serait pas aussi radieux qu'il l'avait cru, un peu trop vite. L'avenir s'annonçait lourd de périls.

17.

Funérailles

Voilà bien la grandiose prétention en usage dans le monde !
Quand nous jouons de malchance, le plus souvent à cause de
nos sottises, nous rendons le soleil, la lune ou les étoiles responsables de nos désastres ; comme si nous étions méchants par
nécessité ; fous à cause du ciel ; fourbes, voleurs et traîtres par
la volonté des sphères en mouvement ; ivrognes, menteurs et
adultères par obéissance aux planètes !

SHAKESPEARE, *Le Roi Lear.*

Nous avons connu le meilleur de notre existence. Machinations,
perfidies, traîtrises, tous ces désordres désastreux nous suivront
et nous inquiéteront jusqu'à la tombe.

SHAKESPEARE, *Le Roi Lear.*

1848
A Londres : le cimetière général de Kensal Green

Craignant pour la sécurité de Malcolm et de sa mère, Mme de
Valcœur avait insisté pour les garder auprès d'elle, dans sa

487

maison de Portman Square, en leur faisant valoir qu'elle avait besoin d'eux pour les préparatifs concernant les obsèques de Mme Polgar, qu'elle souhaitait solennelles.

— Certes, elle me faisait souvent un peu peur, expliqua-t-elle avec tristesse, mais il n'en demeure pas moins qu'elle était mon amie et que sa mort me cause beaucoup de chagrin, d'autant plus que je m'en sens responsable. C'est pourquoi je vous serais très reconnaissante, ma chère Elizabeth, si votre fils et vous consentiez à demeurer auprès de moi pendant un certains temps encore. En outre, après ce qui s'est passé au cours de cette nuit effrayante, je ne me sens pas le droit de vous laisser repartir pour Hawthorn Cottage, car nous ne savons pas quels plans monstrueux les Foscarelli ont conçus, n'est-ce pas ?

Mme Blackfriars reconnut la justesse de cette argumentation et consentit à prolonger son séjour chez les Valcœur, et ce d'autant plus volontiers qu'elle avait été elle-même fort remuée par les péripéties de la veille. A l'idée que leur maison pourrait être la cible des Foscarelli la pétrifiait d'angoisse, au point qu'elle en venait à se reprocher d'avoir révélé à Malcolm tout ce qui concernait l'histoire de leur famille, car elle craignait d'avoir à se reprocher un jour sa mort s'il succombait sous les coups de leurs ennemis, à cause du Cœur de Kheper.

L'entreprise de pompes funèbres fabriqua, pour Mme Polgar, un cercueil en orme, enveloppé d'un deuxième en plomb et muni d'une plaque commémorative, le tout placé dans un troisième en chêne épais, portant aussi une plaque en cuivre qui rappelait l'identité de la défunte. Ces préparatifs exceptionnels avaient été mis en œuvre sur les instances de Ducaire qui, au lendemain du décès, avait exposé les dernières volontés de sa maîtresse en ce qui concernait ses funérailles. Celle-ci avait d'ailleurs laissé, sur un compte en banque dont le nain avait l'usage, la somme d'argent nécessaire pour couvrir ces dépenses.

— Quand Mme Polgar eut été enlevée et jetée à Bedlam par les Foscarelli, expliqua-t-il à la maisonnée rassemblée dans le petit salon pour prendre le petit déjeuner, je ne suis pas venu ici directement. Je me suis d'abord rendu dans sa maison, qui se trouve dans Henrietta Street, et là j'ai pu constater que mes craintes se vérifiaient. Les Foscarelli étaient déjà passés par là et ils avaient tout dévasté pour mettre la main sur la croix appartenant à Mme Polgar.

— Mais ils n'ont pas trouvé ce qu'ils cherchaient, n'est-ce pas ? demanda Malcolm. Car dans le cas contraire, ils n'auraient pas eu besoin de garder votre maîtresse en vie.

— C'est exact, monsieur, répondit Ducaire.

Il prit alors, sur la table, la petite boîte dorée qu'il avait apportée avec lui et dont il ne s'était jamais séparé depuis qu'il séjournait à Portman Square. Il se leva pour aller près d'Ariane à qui il tendit l'objet en disant :

— Mme Polgar m'a chargé de vous remettre ceci au cas où il lui arriverait malheur.

Solennellement, il posa la boîte sur la table près de la jeune fille et en souleva le couvercle, en poursuivant :

— Ainsi que vous pouvez le voir, Mme Polgar conservait ses jeux de tarots dans cette boîte. Les Foscarelli l'ont ouverte, ils ont dispersé les cartes, que j'ai ramassées et remises en place.

— Mme Polgar a voulu que j'eusse ses cartes ? demanda Ariane confuse. Mais pourquoi ?

— Non, mademoiselle. Mme Polgar n'avait pas l'intention de vous léguer ses cartes, qui ne servaient qu'à dissimuler un bien beaucoup plus précieux. Cette boîte, en effet, comporte un double fond — ce que les Foscarelli ne savaient pas, heureusement — un double fond que vous pourrez actionner de cette manière…

A la grande surprise d'Ariane, Ducaire retourna la boîte et,

489

au moyen de manœuvres subtiles sur les éléments décoratifs, l'ouvrit par le fond afin de découvrir la croix qui y était cachée. Il la prit, la débarrassa du linge qui l'enveloppait et la tendit à Ariane, de plus en plus confuse. Il dit :

— Mme Polgar m'a dit que si vous ne connaissiez pas l'utilité de cette croix, M. Blackfriars et M. Ravener n'en ignoraient rien. Elle m'avait appris aussi que ces messieurs étaient, en réalité, lord Ramsay et M. de Ramezay, comte de Jourdain. Est-ce exact ?

— Je suis… je ne suis pas certaine de pouvoir répondre à cette question, répondit la jeune fille, avec honnêteté, tout en jetant un regard éperdu à son fiancé et à son frère.

Malcolm prit la parole.

— Ce que vous venez de dire est exact, Ducaire. Pouvez-vous nous dire comment Mme Polgar avait eu connaissance de ces faits ?

— Pendant des années, elle avait recherché les descendants des Fils d'Isis, un ordre ésotérique qui avait autrefois possédé et révéré une émeraude fabuleuse, connue sous le nom de Cœur de Kheper. Cette pierre avait été dérobée, par votre ancêtre à tous, dans la tombe d'un grand-prêtre égyptien. Cette pierre avait été évoquée, si vous vous en souvenez, par cet étrange monsieur égyptien que vous aviez invité pour une soirée dans votre maison, Mme de Valcœur. La propre grand-mère de Mme Polgar, originaire d'Ecosse, s'était mariée en Europe centrale. Elle était elle-même descendante d'un des Fils d'Isis. Après avoir raconté toute l'histoire à ma maîtresse alors que celle-ci était encore une petite fille, elle lui avait remis la croix que je viens de vous donner, mademoiselle, en lui révélant qu'elle permettait de localiser l'émeraude, mais qu'elle n'y suffisait pas. Mme Polgar avait donc acquis la conviction que d'autres descendants des

Fils d'Isis possédaient des croix. La sienne, en effet, portait le numéro 8, ce que vous pourrez aisément vérifier.

Ariane se pencha sur la croix qu'elle tenait entre ses doigts tremblants. Après l'avoir examinée pendant un long moment, elle dit d'une voix humble :

— Il me faudrait une loupe.

— Je vais en chercher une, déclara Nicolas Ravener, en se levant.

Il revint quelques instants plus tard, portant une loupe ainsi que la Bible de Mme de Valcœur.

— Voyez vous-même, lui dit Ariane en lui tendant la croix.

Nicolas Ravener procéda à l'inspection et put annoncer, après quelques secondes :

— C'est indéniablement le nombre 8 que je lis ici.

Il retourna la croix, poursuivit son travail de déchiffrement et lut :

— Nahoum, 2, 8.

Il rendit alors la croix et la loupe à Ariane, puis se mit à feuilleter la Bible avec fébrilité. Ayant trouvé le passage qu'il cherchait, il déclama :

— « Et Ninive était comme un réservoir rempli d'eau, mais les eaux s'échappent. Ils crient : « Arrêtez-vous ! Arrêtez-vous ! » Mais personne ne se retourne. »

— Savez-vous à quoi ce passage fait allusion, M. de Jourdain ? demanda le nain.

— Pas vraiment, répondit Nicolas Ravener, en secouant la tête. Mais puis-je vous prier de m'appeler Ravener et non pas Jourdain ? Car il ne faut pas que ma véritable identité soit révélée à nos ennemis. Pour en revenir à votre question, je dirai que cette citation biblique est un indice supplémentaire pour

491

retrouver l'émeraude, mais que cet indice est aussi peu clair que ceux que nous avons déjà.

Ducaire s'exclama :

— Donc, Mme Polgar avait raison ! Il existe d'autres croix et vous les avez !

— Nous en possédons certaines, répondit Malcolm ; pas toutes, loin s'en faut.

— Combien ?

— Quatre, en comptant celle que vous venez de remettre à Mlle Ariane.

— Quatre seulement ? dit le nain, très déçu. Mme Polgar pensait que vous en aviez beaucoup plus, et que vous seriez pour elle des alliés d'importance dans sa lutte contre les Foscarelli.

— Si seulement elle m'avait confié son secret ! soupira Mme de Valcœur. Nous aurions pu la protéger contre ces forbans.

— Mme Polgar était extrêmement prudente, répondit Ducaire. Elle n'avait confiance en personne, excepté moi. Elle savait que j'aurais donné ma vie pour elle, car elle m'avait elle-même tiré d'un mauvais pas, et ma reconnaissance pour elle était sans limites. Voilà pourquoi j'étais son serviteur dévoué.

Il se tourna vers Ariane.

— Et maintenant, si vous voulez me prendre à votre service, mademoiselle, j'aurai pour vous la même dévotion que pour Mme Polgar. Sur mon honneur, je le jure !

— J'en suis flattée, lui dit-elle ; touchée aussi, mais non moins curieuse. Pourquoi désirez-vous entrer à mon service ?

— Parce que j'éprouve le besoin de réparer, expliqua-t-il, le visage de nouveau marqué par le chagrin. C'est moi qui vous ai poussée, dans Oxford Street, qui vous ai poussée si fort que vous avez trébuché jusque sur la chaussée et que vous avez failli être écrasée par un cabriolet. A la vérité, je ne voulais que vous faire tomber afin de vous arracher la croix que je pensais trouver pendue à votre cou. Mais tout nain que je suis, je n'en dispose pas moins d'une force au-dessus du commun, que je ne sais pas toujours utiliser à bon escient. C'est précisément ce qui s'est passé dans Oxford Street. Je vous ai poussée beaucoup trop fort. Horrifiée par l'idée que vous auriez pu être tuée, Mme Polgar m'a reproché avec véhémence ce geste disproportionné, et c'est bien ce qui se serait passé si M. Blackfriars ne s'était pas trouvé là pour vous sauver. Je suis désolé, mademoiselle, vraiment désolé, car je n'avais pas l'intention de vous causer le moindre mal.

— J'en suis certaine et c'est pourquoi je vous pardonne, répondit la jeune fille. Et puis, ne devrais-je pas vous remercier, puisque cet incident a fait entrer M. Blackfriars dans notre famille ?

Elle rougit en se souvenant qu'elle n'avait pas encore annoncé la demande en mariage reçue la veille de celui-ci. Mais avant d'en parler, elle devait encore s'en ouvrir à son père, et elle n'en avait pas encore eu l'occasion.

Immédiatement après le petit déjeuner, Malcolm s'entretint en privé avec M. de Valcœur, et il obtint aussitôt la permission d'épouser Ariane.

— Malcolm, lui dit le comte, je vous assure que rien ne ferait plus plaisir, à ma femme et à moi, que de voir Ariane s'unir à vous. Voilà donc une excellente nouvelle, et j'espère qu'elle aidera Hélène à se consoler de la disparition de Mme Polgar.

— Oncle Jean-Paul, vous devez savoir que j'aime Ariane de tout mon cœur. Pourtant, mon train de vie est si modeste que j'ai longtemps hésité à demander sa main. Je ne suis pas un coureur de dot et il me déplairait de passer pour tel. D'un autre côté, ainsi que Nicolas me l'a fort bien fait observer hier soir, pouvais-je, avec bonne conscience, laisser mon sens de l'honneur faire barrage entre Ariane et moi, surtout en sachant qu'elle était exposée aux coups des Foscarelli ? Je vous en donne ma parole, monsieur : ayant épousé Ariane, je ferai tout ce qui sera en mon pouvoir pour assurer son bien-être et sa sécurité, et je n'épargnerai aucun effort pour retrouver le Cœur de Kheper, qui me permettra de restaurer la fortune de ma famille. Ainsi votre fille ne manquera-t-elle de rien.

— J'ai la conviction que vous réussirez, Malcolm. Hélène et moi avons toujours eu la conviction que vous étiez un homme honorable, et ce bien avant que nous eussions commencé à soupçonner votre véritable identité. Vous êtes exactement le gendre dont je rêvais, même si vous ne devenez jamais un Ramsay de Dundragon. Bien plus, je sais que vous rendrez Ariane heureuse. Elle n'est pas notre fille selon la chair et le sang, certes, mais Hélène et moi éprouvons pour elle l'amour d'une mère et d'un père. C'est donc en tant que père que je vous accorde sa main, avec la conviction que je ne manque pas à mes devoirs.

— Je vous remercie, monsieur, et je vous jure que je ne vous décevrai pas.

— Parfait ! Maintenant, allons annoncer la bonne nouvelle à toute la maisonnée ! Elle va mettre du baume au cœur de ma femme et de votre chère maman. En ce qui concerne la célébration, nous ne serons pas tenus de la différer, car, Mme Polgar n'étant pas notre parente, nous n'aurons pas à observer les convenances du deuil.

Le comte ne se trompait pas. L'annonce des fiançailles de Malcolm et d'Ariane, suivie aussitôt par celle que fit Nicolas Ravener, concernant ses intentions quant à Christine — mais qu'il ne pourrait cependant officialiser tout à fait puisque l'oncle et la tante de celle-ci ne reviendraient que le lendemain — réjouit grandement Mme de Valcœur et Mme Blackfriars. Les congratulations se multiplièrent, ainsi que les échanges de vœux. Puis M. de Valcœur se retira de nouveau dans son bureau, avec Malcolm et Nicolas Ravener, afin de fêter l'événement au moyen de quelques cigares, pendant que les dames se réunissaient de leur côté pour commencer à dresser les plans du double mariage.

— Quel dommage que nous devions garder le secret, soupira la comtesse. Quelle pitié que nous ne puissions pas répandre la nouvelle dans tous les journaux et organiser une cérémonie à laquelle nous aurions pu inviter toute la bonne société de Londres. Mais étant donnée la menace que représentent ces affreux Foscarelli, je conviens que Malcolm et Nicolas ont raison, et qu'il vaut mieux nous en tenir à une célébration furtive, sans proclamation de bans. Oh, ma chère Ariane, ma chère Christine, que je suis heureuse pour vous deux ! Je n'avais pas d'enfants, car le destin m'a refusé le privilège d'en enfanter. Mais tu nous as été confiée, Ariane ; et Nicolas nous est revenu ; et vous serez bientôt comme une seconde fille pour nous, Christine… mais en vérité, ne l'êtes-vous pas déjà ? Et puis, nous avons aussi un fils en la personne de Malcolm. En vérité, le ciel m'accable de ses bienfaits.

— Et moi donc ! ajouta Mme Blackfriars en souriant malgré la tristesse qui se voyait dans ses yeux. Mon bonheur serait complet si ma chère belle-sœur Katherine se trouvait auprès de nous pour savourer la joie de ces instants. Elle serait si fière de vous, Ariane, et si fière de vous, Hélène, qui avez su la remplacer auprès de sa fille aux moments tragiques de leur existence. Vous avez été une mère admirable pour Ariane, Hélène. Katherine n'avait pas mal placé sa confiance en vous envoyant sa fille.

— Comment était-elle, tante Elizabeth ? demanda doucement Ariane. Je sais que vous avez cru la voir le jour où nous nous rencontrâmes pour la première fois après toutes ces années de séparation, mais est-il bien vrai que je lui ressemble à ce point ?

— En vérité, Ariane, oui ! Chaque fois que je porte le regard sur vous, c'est Katherine que je vois. Vous avez hérité d'elle vos

cheveux noirs comme le jais, ses yeux violets comme l'améthyste. Vous êtes, tout comme elle, courageuse et vulnérable
à la fois, tellement touchante. Je ne m'étonne pas du tout que
Malcolm soit tombé amoureux de vous. Quand vous étiez toute
petite, déjà, il ne parlait jamais de vous autrement qu'en vous
nommant « la brave petite belle ».

— Je ne suis plus si petite ! rétorqua Ariane en riant.

— Sans doute, mais vous êtes toujours aussi brave et toujours
aussi jolie, observa Mme Blackfriars qui souriait toujours, et de
façon moins contrainte. Et tout comme Katherine et Hélène, je
serai très heureuse de vous accepter comme fille.

— Et moi, je dois admettre que je suis favorisée par le destin,
qui me donne une nouvelle mère telle que vous. Moi aussi, le
Ciel me comble de ses faveurs !

— Je suis dans le même état d'esprit que vous, Ariane, dit
alors Christine. Non seulement j'ai rencontré Nicolas, ce qui
me procure un bonheur immense, mais je suis accueillie dans
une famille telle que celle-ci ! C'est plus que je n'avais jamais
espéré dans mes rêves les plus fous. En vérité, il est difficile
de croire qu'au milieu de tant de dangers qui nous menacent,
nous puissions connaître une telle félicité.

— Le rayon de soleil ne parvient-il pas à déchirer les nuages
les plus noirs ? répondit Mme de Valcœur. C'est un cadeau que
nous donne le Ciel, inopinément, et que nous devons recevoir
avec humilité, comme la croix de Mme Polgar, que vient de
nous remettre Ducaire. D'ailleurs, peut-être cette croix est-elle
comme un ultime message qu'elle nous envoie, un heureux
présage quant à la suite des événements. Espérons qu'il en
sera bien ainsi.

*
* *

Avant que le double mariage pût avoir lieu, il convenait d'organiser les funérailles de Mme Polgar. On ne tarda pas à découvrir qu'elle avait engagé un avocat pour s'occuper de ses affaires et qu'elle avait désigné comme son exécuteur testamentaire. Ses dernières volontés ayant donc été authentifiées, il fallut disperser les biens se trouvant dans sa maison de Henrietta Street. N'ayant pas de famille, elle les avait répartis entre différents ordres religieux ou ésotériques, sans oublier de léguer à Ducaire une somme d'argent qui le mettait à l'abri du besoin jusqu'à la fin de ses jours. Ce testament comportait aussi un document séparé, destiné à Ducaire, qui réglait l'organisation des funérailles.

Pour le prix de trente-neuf livres, deux shillings et six pence, Mme Polgar devait reposer pour toujours dans un caveau de Kensal Green, et cela expliquait le cercueil de plomb, exigé par la législation britannique.

Une visite dans les bureaux de Kensal Green, sis au 95 de Great Russell Street, fut nécessaire pour mettre au point le détail de la cérémonie funèbre, qui aurait lieu le vendredi, à 3 heures de l'après-midi. Des faire-part imprimés sur grandes feuilles bordées de noir, et scellés à la cire noire, furent envoyés à tous les amis de la défunte.

Le convoi se forma à Portman Square plutôt que dans la maison d'Henrietta Street, celle-ci ayant déjà été fermée et sa porte ornée d'une grande couronne noire. C'était un jour d'hiver, sinistre et glacial, sous un ciel bas et gris. Des balles de brume, montées de la Tamise, couraient dans les rues de la capitale. Un petit vent aigre agitait les plumets noirs qui ornaient tous les attelages, ainsi que les tentures de velours du corbillard. Il pleuvait.

Encadré par quatorze pages, tout vêtus de noir, chargés de

tenir les cordons du poêle, la funèbre procession s'ébranla pour gagner Kensal Green.

Situé à l'ouest de Paddington, Kensal Green était un immense cimetière destiné à satisfaire aux rites de toutes les religions. Il avait été fondé et organisé en 1832, lorsqu'il avait fallu prendre en compte l'accroissement rapide de la population londonienne depuis les premières années du XIX\ :e siècle. Entouré de hauts murs, ce vaste espace, aménagé selon les mêmes principes que le célèbre cimetière du Père Lachaise à Paris, se présentait comme un parc magnifique, propre à inspirer la sérénité aux visiteurs comme à ceux qui devaient y venir pour satisfaire à de funèbres obligations. Les vastes allées principales étaient bordées de noyers, de chênes, d'ormes, de peupliers, tandis que les chemins plus modestes s'agrémentaient de buissons et de fougères.

Au cœur de cet espace consacré au culte des morts, se trouvait une chapelle anglicane, la chapelle destinée aux cultes dissidents avait été bâtie à l'écart, mais ces deux édifices se réclamaient du même style néoclassique.

Innombrables se dressaient des monuments funéraires bâtis à l'imitation des temples grecs ou romains, des pyramides égyptiennes. Partout s'élevaient les obélisques, les mausolées, les cénotaphes, les sarcophages, les tombeaux plus ou moins grands, plus ou moins ornés selon le degré de richesse et de célébrité de ceux qui y avaient été inhumés. Mais somptueux ou modestes, tous ces édifices, destinés à magnifier les morts pour l'édification des vivants, subissaient eux aussi les atteintes des éléments, ils s'écaillaient et s'effritaient sous les assauts du vent et de la pluie. Les moisissures et les champignons les rongeaient inexorablement.

Ariane, qui pénétrait pour la première fois de sa vie dans ce cimetière, l'avait observé avec curiosité. Elle descendit de sa

498

voiture, avec l'aide de Malcolm, en songeant que Mme Polgar avait choisi, pour son repos éternel, un lieu qui lui convenait parfaitement.

— C'est un très beau cimetière, déclara-t-elle à Malcolm, sous le grand parapluie tenu par un valet.

— J'en suis d'accord, répondit-il en lui prenant le bras. Quand mon heure sera venue, je préférerais reposer dans les Highlands. Toutefois, si je dois rester à Londres, je n'aurais aucune objection contre Kensal Green.

— Oh, ne me parlez pas de votre mort, Collie ! soupira la jeune fille, alors qu'ils suivaient le cortège qui se dirigeait vers le caveau construit pour Mme Polgar. Je ne puis supporter même l'idée de vous perdre.

Elle se mordit la lèvre et ajouta, d'une voix sourde :

— J'ai peur pour vous, Collie. Qui sait ce que les Foscarelli préparent contre vous ?

— Je vous en prie, Ari, ne vous inquiétez pas. Nous sommes sur nos gardes, nous sommes prêts à toute éventualité.

— Je sais bien, mais Mme Polgar aussi se méfiait — Ducaire nous l'a dit — et elle s'est fait surprendre. Et maintenant, elle est morte. C'est étrange... Nous sommes au cimetière, nous approchons de son caveau, et pourtant j'ai encore peine à croire que nous ne la reverrons plus. Elle m'avait toujours semblé si vieille que j'avais fini par croire qu'elle était aussi âgée que le monde, et éternelle en définitive. J'avais un peu peur d'elle, comme maman, et je sais bien qu'elle aurait volé ma croix si papa ne l'avait pas mise en lieu sûr. Oui, vraiment, Mme Polgar n'était pas ordinaire, et cependant, elle me manque.

— A moi de même, et elle me manquera d'autant plus que je crois qu'elle en savait plus sur les Fils d'Isis, que nous n'en saurons jamais. Hélas, elle ne nous dira pas tout ce qu'elle avait découvert. Je suis certain qu'en nous alliant à elle, nous aurions eu plus de chances de retrouver le Cœur de Kheper. Mais il est trop tard, Mme Polgar emporte ses secrets dans la tombe.

— Quelle mort étrange a été la sienne ! Vous ne le pensez pas, Collie ? Elle est partie pendant une séance de spiritisme, elle a rejoint les morts qu'elle était en train d'interroger. Il faut que je vous l'avoue : je ne cesse de me demander si l'émeraude ne serait pas responsable de cette mort. Collie, ne pensez-vous pas qu'il serait plus prudent de renoncer à votre recherche, qui pourrait vous être fatale aussi ?

Affichant un large sourire, Malcolm secoua la tête d'un air résolu.

— Non. Je ne le peux pas et je ne le ferai pas, Ari ; même pour vous. Si je renonçais, la malédiction que l'émeraude fait peser sur le clan Ramsay de Dundragon perdurerait. Renoncer, ce serait accepter que nos enfants en subissent les effets, Ari ! Les enfants du vicomte Ugo deviendraient les ennemis acharnés des nôtres, et le cycle infernal se perpétuerait pour une nouvelle génération, et ce jusqu'à la fin des temps. Votre père et le mien ont donné leur vie en tentant de nous protéger. Je risque d'échouer à mon tour, mais je ne puis faire moins que de tenter, moi aussi, de préserver nos enfants.

— Vous avez raison, soupira Ariane. Je… je n'avais pas pensé à tout cela. En fait, je n'avais pas du tout réfléchi à l'avenir.

En son for intérieur, elle regretta de n'être pas voyante comme Mme Polgar, ce qui lui aurait permis d'avoir une idée précise de ce que l'avenir lui réservait.

A ce moment, elle reporta son regard sur le caveau ouvert pour Mme Polgar. En voyant la caverne sombre prête à accueillir le cercueil, elle tressaillit douloureusement, car elle eut l'impression que ce caveau avait été construit pour elle.

*
* *

Très haut, au-dessus de Lucrezio Foscarelli, vicomte Ugo, planait un ange sculpté dans la pierre, et cet ange soufflait dans une trompette dont le timbre ne pouvait être entendu d'aucune des personnes rassemblées autour de la tombe de Mme Polgar, dans le cimetière de Kensal Green. Mais lui discernait les sons criards de la trompette de pierre, et un sourire dédaigneux effleura ses lèvres. Car, à la différence de ces gens qu'il observait d'en haut, il était immortel… Du moins, il le deviendrait sous peu, quand son père et lui auraient trouvé le Cœur de Kheper.

La quête durait depuis plus d'un siècle maintenant, depuis que les siens avaient appris l'existence de la fabuleuse émeraude, mais ils avaient essuyé de constants échecs. Or le vicomte Ugo en avait la certitude : il n'en irait pas de même avec lui. Contrairement à ses prédécesseurs, il réussirait ! Il exploiterait les bienfaits de la pierre magique, et ce jusqu'à la fin des temps puisqu'il acquerrait l'immortalité ! C'était un but qu'il cherchait à atteindre depuis sa prime enfance, un but qui lui avait été désigné par son père, comme il avait été autrefois désigné par le père de son père. De son père, il avait appris de quelle façon il convenait de traiter ceux qui tenteraient de leur barrer leur chemin. Mme Polgar était la preuve qu'il ne reculerait devant rien pour parvenir à ses fins.

Son père et lui n'avaient pas ménagé leur temps et leurs efforts pour la localiser, en partant de lady Sibyl Macbeth, sa grand-mère écossaise dont ils savaient qu'elle descendait en droite ligne d'un des Fils d'Isis. Ils avaient finalement appris, un peu par hasard, que la voyante était venue s'installer en Angleterre, plus précisément à Londres. Aussitôt ils avaient mis tout en œuvre pour l'enlever. Malheureusement, ni les menaces ni les sévices n'avaient décidé la vieille sorcière à révéler l'endroit où elle cachait sa croix. C'est pourquoi il avait fallu l'enfermer dans une cellule à Bedlam, où elle aurait normalement dû rester jusqu'à ce qu'elle livrât son précieux secret. Hélas, le nain… le satané nain qui la servait avec dévotion avait réussi à échapper aux hommes du vicomte Ugo pour courir chercher des secours. A cause de lui, toute l'entreprise avait échoué.

Dissimulé dans l'entrée d'un sépulcre au sommet duquel l'ange jouait de la trompette, le vicomte Ugo observait, au moyen de jumelles, la petite foule assemblée sous lui, autour du caveau de Mme Polgar, et lorsqu'il s'attachait plus particulièrement au nain Ducaire, ses yeux s'étrécissaient et sa bouche se tordait en un rictus exprimant tout le ressentiment qu'il avait pour le petit homme. Celui-là paierait pour son intervention, se jura-t-il, et il paierait deux fois puisque, à cause de lui, la vieille sorcière était morte sans avoir abandonné sa croix.

Sans cet inconvénient majeur, lord Ugo eût été fort satisfait de voir Mme Polgar prête à entrer au tombeau, car — il lui en coûtait de le reconnaître — le regard perçant de celle-ci l'avait toujours mis très mal à l'aise et lui avait infligé des frissons glacés très désagréables. Le père du vicomte affectait de rire des prédictions de cette femme, en affirmant haut et fort qu'elle n'était qu'une habile comédienne, une charlatane, une vieille menteuse. Lord Ugo n'en était pas aussi certain. S'il voulait être honnête avec lui-même, il devait admettre qu'il éprouvait un vif soulagement à être débarrassé de l'ennemie, et quant à s'approprier la croix de celle-ci, il finirait bien par y parvenir ; question de temps…

Il avait appris la nouvelle chez la marquise de Mayfield. Celle-ci lui avait donné un résumé des potins mondains. Elle savait toujours tout sur tout le monde, et c'est pourquoi son amitié était si recherchée.

— Oui, la mort de Mme Polgar a été subite, tout à fait imprévue… Crise cardiaque, à ce qu'on m'a dit. Elle sera enterrée à Kensal Green. Je n'assisterai pas à la cérémonie ;

un cimetière public, vous vous rendez compte ? Pour rien au monde je n'y mettrais les pieds, même si Son Altesse Royale, le prince Auguste Frédéric, duc de Sussex et sa sœur, Son Altesse Royale, la princesse Sophie, avaient l'idée bizarre de choisir cet endroit pour y reposer, ce qui serait d'ailleurs du domaine du possible, puisqu'ils ne sont que le sixième fils et la cinquième fille de Sa Majesté George III, n'est-ce pas ? Quant à moi, il va sans dire que je serai inhumée à Mayfield… Mais revenons à Mme Polgar. D'aucuns se demandent pourquoi sa dépouille mortelle n'est pas renvoyée dans son pays. Elle est originaire de je ne sais laquelle de ces petites principautés roumaines, la Valachie, la Moldavie, la Transylvanie… J'en oublie certainement. Qui peut garder tous ces noms à la mémoire, je vous le demande ?

— Quand doivent avoir lieu les funérailles ? avait demandé lord Ugo, en affectant de ne poser cette question que pour meubler un blanc dans la conversation.

— Vendredi, à 15 heures. Mais comme cette femme séjournait à Londres depuis moins d'un an, je ne pense pas qu'il y aura foule pour l'accompagner à sa dernière demeure. Savez-vous que je l'avais rencontrée au cours d'une soirée chez lord et lady Alvaston ? Je ne la connaissais pas plus que cela.

Lord Ugo n'avait eu aucune peine, ensuite, à se faire confirmer les modalités des funérailles dans les bureaux de Kensal Green. Le jour dit, il était arrivé au cimetière bien avant la cérémonie et s'était dissimulé dans les hauteurs dominant le caveau de Mme Polgar, afin de pouvoir observer l'assistance et savoir qui se comptait parmi les amis de la défunte. Afin d'échapper aux soupçons éventuels, il avait lui-même pris le grand deuil, et ainsi passerait-il inaperçu dans le grand nombre de ceux qui se trouveraient au cimetière, Mme Polgar n'étant pas la seule à être conduite dans la tombe cet après-midi-là.

503

Laissant sa voiture dans Harrow Road, le vicomte Ugo s'était rendu à pied aux abords du caveau, tenant à la main un bouquet de fleurs qui lui donnerait l'apparence d'un homme venant se recueillir sur la tombe d'un être cher. Sans être inquiété, sans même être remarqué de quiconque, il s'était rendu, à petits pas, vers son poste d'observation.

Après s'être longuement attaché au nain Ducaire, il s'était mis à détailler les visages des autres personnes rassemblées autour du caveau ouvert. Soudain, il sursauta et laissa même échapper un petit cri de surprise. Abasourdi, il tira de sa poche, d'une main légèrement tremblante, un mouchoir au moyen duquel il essuya les verres de ses jumelles, avant de les reporter ensuite à ses yeux. Concentré, il reprit son inspection.

C'était bien lady Christine Fraser qu'il voyait là, lady Christine qu'il connaissait assez bien… et près d'elle se trouvait la jeune Ariane de Valcœur, rencontrée au cours de la soirée donnée par la marquise de Mayfield ; Ariane de Valcœur qui avait suscité son intérêt parce qu'elle lui rappelait quelqu'un… mais qui ? Il n'était jamais parvenu à s'en souvenir et pourtant, il lui semblait obscurément que ce renseignement était d'une importance capitale pour lui.

A côté de lady Christine se tenait un homme grand et sombre que lord Ugo ne connaissait pas le moins du monde, et près de la jeune Ariane était celui qui l'avait stupéfié, son ennemi intime, celui qu'il eût reconnu entre mille, Malcolm Ramsay ! Il en avait la certitude. Bien des années auparavant, dans les Highlands, il avait passé des heures innombrables et solitaires, sur le chemin de ronde de Dundragon, à observer le garçon tout aussi solitaire que lui qui pêchait dans les eaux du Loch Ness. Il avait espéré nouer des liens d'amitié avec lui, mais son père lui avait formellement interdit de jouer avec les enfants habitant les différents villages dépendant du château, en affirmant qu'ils n'étaient pas des compagnons convenables pour le fils unique du comte Foscarelli. Et puis, le matin suivant l'incendie de Whitrose Grange, son père lui avait appris que ce garçon, qu'il croyait s'appeler Malcolm MacLeod, était en fait Malcolm Ramsay, ce qui faisait de lui leur ennemi.

— Les Ramsay rôdent autour de nous ! Ils veulent notre perte ! avait martelé le père furieux. Ils n'ont pas perdu l'espoir de remettre la main sur Dundragon et de voler l'émeraude fabuleuse, le Cœur de Kheper avant que nous ne réussissions à la trouver. Par chance, je les ai démasqués avant qu'il ne fût trop tard, et je les ai tués, tout comme ils nous auraient tués si je n'avais pas été plus rapide et plus intelligent qu'eux dans mon enquête.

— Ils sont donc tous morts, même le garçon ? avait demandé le jeune vicomte Ugo, désemparé.

— *Si, si* ! Tu ne comprends donc pas ce que je te dis ? avait rétorqué le père, d'un ton impatient. La nuit dernière, je me suis rendu à Whitrose Grange. J'y ai affronté le père, Alexandre Ramsay, ainsi qu'un autre homme qui me semble bien être Charles de Ramezay. Toute la maisonnée dormait. Nous avons eu une violente dispute, nous nous sommes battus et je les ai tués tous les deux. Pendant notre lutte, une lampe s'est renversée, elle a mis le feu à des papiers. Quand je me suis échappé, toute la ferme était déjà en flammes. Personne ne peut s'être échappé, je te l'assure ! Les autres doivent être morts dans leur lit.

— Ce Ramsay… possédait-il une croix ?

— Non. En tout cas, je n'en ai pas trouvé. Alors, de deux choses l'une : ou il n'en a pas reçu une par héritage, ou alors, il l'avait bien cachée, quelque part dans Whitrose Grange.

Dans les jours qui avaient suivi l'incendie, le comte Foscarelli avait entrepris, avec quelques hommes, une fouille complète de la ferme ruinée, en pure perte.

505

— Et si cette croix était perdue pour toujours ? avait demandé lord Ugo. Comment réussirons-nous à trouver le Cœur de Kheper ?

— Je n'en sais rien, avait répondu le père, sourcils froncés. Peut-être Ramsay n'en avait-il pas, après tout ; ou peut-être se trouve-t-elle ailleurs qu'à Whitrose Grange. C'est pourquoi nous ne devons pas nous décourager, mais poursuivre nos recherches.

— Il faut bien nous rendre compte qu'en dehors de la croix qui nous vient de notre ancêtre lord Bruno, comte Foscarelli, notre famille n'en a retrouvé que deux autres, et cela en un siècle.

— C'est parce que ceux qui nous ont précédés ne savaient pas où chercher. Mais chaque génération s'applique à cette quête, chaque génération apporte sa pierre à l'édifice, si bien que nous en savons toujours un peu plus à mesure que le temps passe. J'ai confiance. Un jour, nous réussirons, comme nous venons de remporter sur nos ennemis une victoire définitive. Le jeune Ramsay, en effet, et ses deux jeunes cousins de Ramezay étaient les derniers de leur lignée. J'ai exterminé cette race !

Du moins, son père l'avait cru. Lord Ugo savait désormais qu'il n'en était rien, il en avait la preuve sous les yeux. Malcolm et sa mère — c'était bien elle qu'il voyait près du garçon — avaient donc réussi à sortir vivants de l'incendie de Whitrose Grange !

Tout à ses méditations sur les coups imprévus que le destin assène à l'humanité, lord Ugo poursuivait son examen des individus rassemblés autour du caveau de Mme Polgar, et alors qu'il scrutait le visage de l'homme grand et sombre à côté de lady Christine, il s'avisa soudain qu'il savait qui Ariane lui rappelait : la femme que son père avait désignée comme la tante du jeune Malcolm, Katherine de Ramezay ! Mais cet homme grand et sombre... oui, il ressemblait au mari de celle-ci, Charles de

Ramezay ! Alors, ces deux-là étaient les cousins français de Malcolm Ramsay ?

Lord Ugo avait peine à le croire, mais l'évidence s'imposa à lui. Pendant plus d'une décennie, il avait cru ces ennemis anéantis, brûlés dans les flammes de Whitrose Grange, et voilà qu'ils surgissaient de nouveau devant lui ! Une déduction évidente s'imposait : pendant toutes ces années, ils n'étaient pas restés inactifs, ils s'étaient alliés à Mme Polgar pour comploter contre lui.

Le vicomte abaissa ses jumelles et chancela. Etourdi, il avait l'impression d'avoir reçu à l'estomac un violent coup de poing qui lui aurait été décoché par un ennemi invisible l'ayant pris au dépourvu.

Pendant un long moment il se rencogna dans l'entrée du mausolée qui lui avait servi de cachette, et, tout tremblant, il s'astreignit à recouvrer une respiration régulière. Mille pensées confuses traversaient son esprit.

Ayant récupéré un peu de son calme, il s'avança de nouveau, et, portant les jumelles à ses yeux, il se força à observer, une fois encore, les visages de tous ceux qui s'étaient rassemblés pour les funérailles de Mme Polgar.

Pendant la Révolution française, beaucoup de membres de la noblesse et du clergé quittèrent le pays pour s'établir en Angleterre, la plupart s'installant à Londres. C'est pourquoi, au tournant du siècle, la capitale comptait cinq archevêques catholiques, vingt-sept évêques et cinq mille prêtres. L'afflux de ces Français appartenant à l'Eglise romaine avait rendu nécessaire l'établissement de lieux de culte à leur usage, et huit chapelles avaient donc été construites.

En 1814, alors que la majorité de ces exilés avaient regagné leur patrie d'origine, toutes ces chapelles avaient été fermées, sauf une, la chapelle Saint-Louis, sise dans Little George Street. Fondée en 1799, renommée par la suite Chapelle royale de France, elle était restée constamment desservie par des prêtres français et c'était l'un d'eux, le père Gérard Saint-Clair, qui officiait aux funérailles de Mme Polgar.

Celle-ci, dès son arrivée en Angleterre, avait appris que les Saint-Clair de France s'apparentaient aux Sinclair d'Ecosse, elle s'était intéressée au père Saint-Clair et n'avait voulu que lui pour l'accompagner à sa dernière demeure.

Ducaire avait transmis ces informations à Ariane.

Perdue dans ses rêveries, Ariane n'avait guère prêté attention au vieux prêtre dans les débuts de la cérémonie. Mais alors qu'elle se tenait aux abords du caveau, le bras passé sous celui de Malcolm, elle prit conscience que celui-ci manifestait soudain une grande nervosité. Etonnée, elle tourna les yeux vers lui, et découvrit qu'il gardait, fixé sur le père Saint-Clair, un regard concentré, aux limites de l'hallucination. Elle eut honte de ne pas accorder, comme lui, toute son attention à la cérémonie funèbre, et elle se força à chasser de son esprit toutes les pensées qui n'avaient rien à y faire pour le moment. Mais alors, elle découvrit ce qui suscitait l'intérêt de Malcolm, et elle faillit laisser échapper une exclamation de surprise.

Comprenant ce qui lui arrivait, Malcolm lui pressa le bras pour l'engager à se contenir. Il avait raison. Mais elle se sentait si nerveuse qu'elle tenait difficilement en place.

Le prêtre portait, autour du cou, une croix en argent, la réplique — Ariane en avait la conviction — des quatre qui se trouvaient cachées dans le compartiment secret du bureau de son père. N'y tenant plus, elle voulut parler, mais, d'un imperceptible signe de la tête, Malcolm lui intima l'ordre de garder le silence. Pour y parvenir, elle se mordit la langue jusqu'au sang.

De plus en plus agitée, elle ne pouvait s'empêcher de jeter de furtifs regards afin de découvrir si quelqu'un d'autre avait remarqué la croix qui reposait, brillante dans la grisaille ambiante, sur la poitrine du père Saint-Clair. Nicolas et Christine, elle s'en aperçut immédiatement, l'avaient vue, car son frère avait le visage tendu, tandis que Christine écarquillait les yeux à outrance.

Ariane s'interrogea ensuite au sujet de son père. Savait-il ? Elle ne pouvait en être certaine, car il s'occupait à consoler sa mère, qui pleurait d'abondance et répétait à n'en plus finir : « La pauvre Mme Polgar ! La pauvre Mme Polgar ! »

Le cœur battant à tout rompre, Ariane agitait mille pensées, se posait mille questions. Que feraient Malcolm et Nicolas ? Ils pouvaient difficilement se jeter sur le père Saint-Clair pour lui arracher sa croix pectorale, ici, devant le tombeau de Mme Polgar ! Qu'allait-il se passer ? Elle attendait la suite des événements avec une impatience grandissante.

L'incident survint plus vite qu'elle ne l'avait prévu, et la prit complètement au dépourvu. Alors que la draperie noire venait d'être ôtée du cercueil et qu'on soulevait le lourd cercueil pour le placer dans le caveau, Ducaire poussa un long cri de douleur et se précipita sur le prêtre en hurlant de façon hystérique.

— Non ! Non ! Vous ne pouvez pas enterrer Madame ! Vous n'avez pas le droit ! Elle n'est pas morte ! Elle vit ! Elle vit ! Vous devez ouvrir le cercueil, tout de suite ! Elle étouffe !

Sous les regards horrifiés de l'assistance, Malcolm et Nicolas se jetèrent en avant pour emporter le nain qui s'accrochait désespérément au prêtre en s'agitant et en proférant des paroles insensées. Ayant réussi dans leur entreprise, ils l'entraînèrent loin du caveau et ne tardèrent pas à disparaître dans la brume qui envahissait le cimetière.

Ariane se sentit défaillir en s'avisant que le prêtre n'avait plus sa croix pectorale.

18.

Mariage et autres projets

Zeus ne favorise pas tous les projets des hommes.

HOMÈRE, *Iliade.*

Il est certain que nous ne sommes pas les premiers à nous
asseoir dans une taverne, tandis que les éléments déchaînés
réduisent nos projets à néant, pour maudire les brutes et les
canailles qui mènent le monde.

A.E HOUSMAN, *Derniers poèmes.*

1848
A Londres: Portman Square et Berkeley Square

— Comment Mme Polgar avait-elle eu ces renseignements
à propos du père Saint-Clair et de sa croix ?

M. Quimby venait de poser à haute voix la question qui
hantait tous les esprits.

Après les funérailles, les voitures drapées de noir avaient
dispersé l'assistance dans tout Londres, mais un petit groupe

511

s'était rassemblé dans la maison de Portman Square. M. Quimby, M. Rosenkranz et M. Cavendish, au lieu de rentrer dans leurs domiciles respectifs, avaient accepté l'invitation du comte de Valcœur.

La réunion avait lieu dans le petit salon. On y discutait des événements de l'après-midi en buvant le thé préparé sur la demande de Mme de Valcœur, bien qu'il fût un peu tard pour s'adonner à ce plaisir. On avait été naturellement soucieux d'apprendre ce qu'il était advenu de Malcolm, de Nicolas Ravener et de Ducaire, qui, après avoir disparu dans les brumes de Kensal Green, n'avaient plus été revus aux alentours du cimetière ou ailleurs. Ariane et Christine, certes accompagnées de leurs suivantes, avaient été obligées de rentrer à la maison sans la protection de ces messieurs. Cependant, en arrivant à la maison de Valcœur, la compagnie avait découvert que les deux jeunes gens et le nain avaient pu s'engouffrer dans un fiacre stationné dans Harrow Road et qu'ils étaient ainsi rentrés sans autre incident.

Et maintenant, Ducaire s'était discrètement installé, selon son habitude, dans un coin de la pièce, à l'écart, mais après la question posée par M. Quimby, tous les regards se tournèrent vers lui et il se sentit obligé de prendre la parole.

— Mme Polgar avait eu la chance de recueillir, sur l'ordre des Fils d'Isis ainsi que sur le Cœur de Kheper beaucoup de renseignements qui avaient échappé à M. Blackfriars et à M. Ravener, ce qui n'a rien que de très normal, et je vais vous expliquer pourquoi. Mme Polgar avait une grand-mère d'origine écossaise, lady Sibyl Macbeth, qui descendait directement d'un des Fils d'Isis, et celui-ci avait légué à sa postérité des indications précieusement conservées par le clan Macbeth au cours des âges. Il faut préciser ici que bien des membres de ce clan avaient le « don de double vue » : c'est ainsi qu'ils nommaient leur capacité à entrevoir l'avenir. Inutile de vous rappeler que Mme Polgar en avait hérité. La tradition rapporte que ce don était entré dans le clan Macbeth au Moyen Age, quand lord Hunter Macbeth, comte de Bailekair, fils d'un seigneur Macbeth et d'une bohémienne originaire de Roumanie, avait épousé lady Mary Carmichael. Celle-ci passait pour sorcière, et il est vrai qu'elle possédait le don de double vue, ce qu'attestent les documents de cette époque. C'est donc de cette époque que datent les talents si singuliers dont s'enorgueillit le clan Macbeth. Par sa grand-mère, Mme Polgar avait aussi appris que lord Bailekair et sa femme, une cousine lointaine, avaient des yeux d'une étonnante beauté, des yeux couleur d'améthyste.

Ici le nain marqua une pause parce que tous les regards s'étaient tournés vers Ariane, et à l'évidence chacun se demandait si celle-ci tenait de ces anciens Ecossais la couleur si étonnante de ses yeux.

— Eh bien, oui ! s'exclama Ducaire, répondant à la question que personne n'avait formulée. Mlle Ariane a les yeux couleur d'améthyste parce que lord Robert Roy Ramsay, seigneur de Dundragon, celui-là même qui avait fondé l'ordre des Fils d'Isis, avait été l'époux d'une fille du clan Macbeth, la sœur, en vérité, du Macbeth qui s'était compté au nombre des Fils d'Isis ; encore un renseignement que Mme Polgar tenait de sa grand-mère écossaise. Donc, quand Mme Polgar découvrit que M. de Valcœur était le cousin de Charles de Ramezay, comte de Jourdain, et quand elle eut appris, par une vieille servante des Valcœur, que Mme de Valcœur ne pouvait pas avoir d'enfants, elle comprit que Mlle Ariane ne pouvait être que la fille disparue des Ramezay, une descendante directe du seigneur de Dundragon et de son épouse Macbeth. Mais, me direz-vous, quel rapport avec le père Saint-Clair ? Un peu de patience, car j'y viens.

Quand Ducaire s'arrêta pour reprendre son souffle, un silence impressionnant régna dans le petit salon. Il reprit très vite, afin de satisfaire la curiosité de son auditoire :

— Comme vous le savez tous, Mme Polgar avait dû quitter son pays natal après la mort de son mari, et elle décida de voyager. Après avoir séjourné dans de nombreuses contrées, elle se fixa en France. Ayant, dès cette époque, consacré déjà beaucoup de temps à l'étude des arcanes et des sciences ésotériques, elle avait acquis une grande science sur des ordres tels que les Templiers et les Hospitaliers. Elle n'ignorait pas que les Templiers avaient été persécutés en France et que beaucoup d'entre eux s'étaient réfugiés en Ecosse parce qu'ils avaient des liens avec certains clans, les Sinclair par exemple. Savez-vous, par exemple, que sir William Sinclair avait bâti, non loin de son château de Rosslyn, une étrange chapelle, tout ornée de signes ésotériques ? Il apparut à Mme Polgar que si un homme, vivant en Ecosse au cours des XVIIe et XVIIIe siècles, avait eu l'intention de fonder un ordre dont la finalité aurait été de subjuguer les pouvoirs du Cœur de Kheper, eh bien, cet homme ne pouvait qu'enrôler lord Sinclair en lui demandant d'éclairer les autres frères par sa connaissance des grands secrets du monde.

Le nain but une gorgée de son thé, très vite, et poursuivit :

— Mme Polgar savait aussi que, comme les Ramsay qui tiraient leur origine des Ramezay de la Normandie française, les Sinclair descendaient des Saint-Clair, de France aussi, et que, tout comme les Ramsay et les Ramezay, les Sinclair avaient continué, au cours des âges, à tisser des liens avec leur parentèle française, par de nombreux mariages. Alors, peut-être que le mystère commence à s'éclaircir pour vous, n'est-ce pas ? En France, Mme Polgar s'astreignit à retrouver la trace des Sinclair et des Saint-Clair qui avaient traversé la Manche, et ces recherches l'amenèrent à s'intéresser au père Saint-Clair. Connaissait-il la signification de la croix qu'il portait en sautoir ? Je ne sais pas. Mme Polgar penchait pour une réponse négative. Pourtant, quand elle le contacta pour lui dire qu'elle collectionnait les croix et qu'elle lui offrit une importante somme d'argent pour acheter la sienne, il refusa tout net, en arguant que sa croix avait une énorme valeur sentimentale pour lui. S'il n'avait tenu qu'à moi, je la lui aurais subtilisée bien avant aujourd'hui, mais il la portait en permanence sur lui, et comme il est très vieux, il quitte très rarement la Chapelle royale de France, si bien que je n'avais pas trouvé l'occasion d'agir. Mais cet après-midi, j'ai compris que le moment était arrivé…

Un large sourire égaya le visage de Ducaire, visiblement très fier de lui. Il proclama :

— Le père Saint-Clair peut me soupçonner, mais il ne peut absolument pas prouver que j'ai dérobé sa croix. En vérité, s'il ignore l'importance de cet objet, il pensera sans doute qu'il l'a perdue en cours de route. Avec un peu de chance, il ne fera même pas le rapprochement avec l'incident provoqué par moi. Eh bien, Mlle Ariane, que pensez-vous de ce tour ?

— Je pense que c'était un tour dangereux à jouer, Ducaire, lui répondit-elle, d'un air sévère. Si vous aviez été pris la main dans le sac, et devant tant de témoins, le père Saint-Clair aurait pu faire appeler la police et porter plainte contre vous. Vous auriez échoué en prison, et qui sait pour combien de temps ?

— Fort heureusement, il n'en a pas été ainsi ! Mme Polgar serait très contente de moi, car j'ai fait preuve d'une grande habileté, n'est-ce pas ? Non seulement elle m'aurait approuvé, mais je pense aussi qu'elle m'a donné l'occasion d'agir et que c'est pour cette raison, et non une autre, qu'elle a insisté pour avoir le père Saint-Clair à ses funérailles. Dans ces conditions, je ne comprends pas pourquoi vous m'adressez ces reproches, mademoiselle, et je…

Ducaire s'était renfrogné. Nicolas Ravener entreprit de l'amadouer.

— Ma sœur s'inquiétait seulement de ce qui aurait pu vous arriver si l'affaire n'avait pas aussi bien tourné. C'est que vous êtes un membre essentiel de notre petite société, et nous n'avons pas envie de vous perdre ! Cela dit, votre idée était ingénieuse, et votre attitude courageuse, car je ne sais pas si j'aurais moi-même eu le cran de cueillir cette croix à votre manière.

Il sortit de sa poche la croix du père Saint-Clair et la montra à l'assemblée en annonçant :

— Voici la croix numéro 5, qui porte l'inscription : Second Livre des Chroniques, 3, 17. Je me suis déjà reporté à la Bible et puis vous dire que la citation correspondante est celle-ci : « Il érigea deux colonnes devant le temple, une à droite et une à gauche ; celle de droite, il l'appela Yakin, et celle de gauche, Boaz. »

— Voilà qui me semble assez clair, déclara M. Cavendish, qui agitait sa pipe pour marquer la mesure de ses paroles, sans craindre les cendres qu'il répandait à profusion sur lui. Il faut sans doute comprendre que le Cœur de Kheper se trouve dans un temple, ou aux abords d'un temple, celtique par exemple, ou romain…

— Je ne vois pas ce qui vous permet d'être aussi catégorique, Bonny ! répliqua M. Rosenkranz, en reposant bruyamment sa tasse sur sa soucoupe. Aucune des autres citations bibliques déjà en notre possession ne vient corroborer cette affirmation.

— Non ? Alors, que dites-vous de celle qui parle d'un réservoir, Jakob ? On trouve souvent des réservoirs aux abords des temples, figurez-vous !

— Bien sûr, bien sûr, fit alors M. Quimby, d'un ton aimable.

Mais ce que Jakob veut dire, c'est que les autres citations bibliques nous donnent des indications… insaisissables, dirais-je ; peu utiles en tout cas. « Je suis l'alpha et l'oméga », par exemple, ne nous dit rien de concret, et ce n'est pas avec ce genre d'éléments que nous retrouverons l'émeraude.

— Alpha et oméga sont des lettres grecques, que nous pourrions fort bien trouver, gravées sur les murs d'un temple ! reprit M. Cavendish, qui ne voulait pas abandonner son hypothèse.

D'un ton hésitant, Mme de Valcœur donna son avis.

— M. Cavendish a peut-être raison… En fait, je ne sais pas… Ces indices me semblent si étranges, si vagues aussi… Je n'y comprends rien ! Alors, si vous me demandez mon avis, je vous dirai que pour moi, tout cela est bien trop embrouillé pour nous mener à quoi que ce soit.

— J'aurais tendance à penser comme vous, ma chère ! soupira M. de Valcœur en quittant son fauteuil. Je m'en vais chercher les autres croix. En les rapprochant l'une de l'autre, nous parviendrons peut-être à quelque chose d'intéressant.

Il sortit du petit salon et revint quelques minutes plus tard, portant le coffret renfermant les précieux objets. Il les plaça sur la table ronde et proposa :

— Approchez, regardez bien, réfléchissez à haute voix, et voyons si notre réflexion commune donne de bons résultats.

Pendant plus d'une heure, Malcolm et Ariane, Nicolas Ravener et Christine, M. et Mme de Valcœur, Mme Blackfriars, M. Quimby, M. Cavendish, M. Rosenkranz et Ducaire étudièrent avec attention les cinq croix proposées à leur attention. Ils relurent à haute voix, et plusieurs fois, les citations bibliques auxquelles renvoyaient ces croix. Ils prirent scrupuleusement note de toutes les idées qui leur vinrent, même les plus farfelues. Mais, à la fin de cette longue session, ils durent convenir qu'ils

517

n'avaient pas progressé le moins du monde, et que, pour eux, le mystère restait entier.

En quittant Kensal Green, le vicomte Ugo regagna, le plus vite possible, la belle et imposante maison de Berkeley Square qu'il partageait avec son père, lord Vittore, comte Foscarelli. Dès son arrivée, il sortit de sa voiture sans attendre qu'un laquais eût déplié le marchepied, et il entra dans la maison en coup de vent. Il s'époumona à appeler son père, qui se signala à lui depuis le cabinet de travail.

— Nous nous sommes laissé berner, *padre* ! lui lança-t-il dès le seuil ; et pas seulement par cette vieille sorcière de Polgar !

— Que veux-tu dire, Lucrezio, demanda le comte Foscarelli, assis à son bureau couvert de papiers, la plume à la main. Pourquoi cette agitation ? Mme Polgar est morte, je ne vois donc pas comment elle pourrait nous berner.

Tournant dans le cabinet comme un lion en cage, le vicomte jeta, rageur :

— Vous vous rappelez ce que vous me dîtes autrefois à propos de Malcolm Ramsay et de ses cousins, Nicolas et Ariane ? Vous les croyiez morts aussi, n'est-ce pas ? Mais ils sont bien en vie, et la mère de Malcolm aussi est en vie. Je les ai vus aujourd'hui, de mes propres yeux je les ai vus ! Ils assistaient aux funérailles de Mme Polgar, à Kensal Green. Alors, comment être certain que la vieille sorcière est bien morte ? Moi, je commence à douter, *padre* ! Et si cet enterrement n'était qu'une ruse destinée à nous rouler dans la farine ? Nous baisserions notre garde, et eux pourraient comploter tranquillement contre nous ! Mais ne complotent-ils pas depuis treize ans ? Comment avez-vous pu faire preuve de tant de légèreté ? Vous auriez dû vous assurer que Ramsay et ses cousins étaient bien morts ! Et vous auriez dû tuer Mme Polgar, au lieu de vous contenter de l'enfermer à Bedlam, d'où ses alliés se sont empressés de la tirer. Mais… *padre*… vous ne vous sentez pas bien ?

— Si… si, Lucrezio…, marmonna le comte.

Appuyé contre le dossier de son fauteuil, l'air hagard, il semblait soudain avoir vieilli d'un siècle. Après un long moment d'hébétude, sous le regard inquiet de son fils, il reprit :

— Ils sont vivants, dis-tu ? Malcolm Ramsay, sa mère et ses deux cousins ? Ils sont en vie ? Je ne comprends pas comment cela peut être. Whitrose Grange était un véritable enfer quand j'en suis sorti cette nuit-là. Je te l'ai dit et je le répète ! Et à l'exception d'Alexandre et de Charles, que je tuai de mes propres mains, tous les autres dormaient dans leur lit. Ils n'avaient aucunement la possibilité d'en réchapper.

— Ils ont quand même réussi, répondit le vicomte, maussade. Peut-être l'un des autres n'était-il pas endormi et a-t-il pu donner l'alerte ? Qui sait ? Mais à quoi bon échafauder des hypothèses sur cette nuit ? Seul le présent compte maintenant. Nous devons agir, *padre*, mais comment ? Il est clair que Ramsay et ses cousins de Ramezay sont bien vivants et ligués contre nous, mais ils ont avec eux lady Christine Fraser ; elle se trouvait avec eux aux funérailles ! Qui sait ce que celle-là se rappelle de la mort de ses parents ? Et puis, cette famille maudite n'a-t-elle pas encore d'autres affidés, que nous ne connaîtrions pas ? Encore une question : ces rumeurs, qui circulaient dans le village de Dundragon, avaient-elles quelque apparence de vérité ? Le moyen par lequel notre ancêtre, lord Bruno, a acquis le château, était-il entaché d'illégalité ? Malcolm pourrait-il remettre la main sur l'héritage de ses ancêtres, nous déposséder, nous chasser afin de rechercher à sa guise le Cœur de Kheper ?

— Non… non, je ne le pense pas. J'en suis même sûr !

Le comte Foscarelli avait recouvré ses esprits. Sans cesser de réfléchir aux stupéfiantes nouvelles apportées par son fils, il exposa :

— Depuis des années, depuis ma plus tendre enfance en vérité, j'entends les mêmes bavardages. Veux-tu que je te dise ? Il n'y a là que billevesées, répétées à satiété par des villageois imbéciles, sans doute mécontents de voir des Italiens, et non des Highlanders, maîtres de Dundragon. Tu sais bien comment sont ces clans écossais. Tu sais comme ils savent se tenir les coudes face aux étrangers. Ils finiront par nous accepter. Ils nous accepteraient si nous étions leurs seigneurs depuis mille ans, mais nous n'avons qu'un siècle derrière nous. Pour ces barbares, nous sommes toujours des intrus ; voilà ce qu'il faut savoir ! Que veux-tu ! A notre époque éclairée, les Ecossais sont encore un ramassis de sauvages, alors que nous autres, Italiens, pouvons nous prévaloir d'une civilisation qui remonte aux jours glorieux de Rome ! C'est pourquoi je te le dis, Lucrezio : si ces rumeurs dont tu me parles reflétaient la vérité, les Ramsay l'auraient découverte depuis fort longtemps. Mais ils ne peuvent prouver que notre ancêtre, lord Bruno, comte Foscarelli, a triché au jeu qui lui a permis de gagner Dundragon ; et rien ne permet d'affirmer que le Iain Ramsay n'avait pas le droit de mettre son héritage en jeu. C'est pourquoi mon principal souci, à ce moment, est de connaître la masse des connaissances que les Ramsay et les Ramezay ont pu acquérir à propos du Cœur de Kheper, et, surtout, de savoir combien de croix ils possèdent. Nous en avons trois seulement. Nous pouvons imaginer qu'ils en tiennent deux pour le moins, celles d'Alexandre et de Charles, à supposer qu'elles n'ont pas fondu dans le brasier de Whitrose Grange. Mais il est logique de penser que si Malcolm et ses deux cousins ont pu s'échapper, ils ont dû emporter ces croix.

— Il ne fait pas de doute pour moi, *padre*, que Mme Polgar leur a légué sa propre croix. Vous pensez bien que si elle est réellement morte, elle ne se sera pas refusé le plaisir de nous nuire encore une fois, de cette façon ! Il faut que je vous dise encore : à ma grande stupéfaction, le prêtre qui officiait aux funérailles de la vieille sorcière portait une croix pectorale en argent dont je n'ai pas pu discerner les détails, même avec mes jumelles, mais en revanche, j'ai bien vu le nain, Ducaire, voler cette croix, ce qui me donne à penser qu'elle vient aussi des Fils d'Isis. A mon avis, Mme Polgar le savait, elle a cultivé l'amitié de ce prêtre et a demandé qu'il conduisît ses funérailles, cela afin de donner à son nain l'occasion de la dérober.

— Cela leur ferait donc quatre croix au minimum, mais ils peuvent en posséder plus, car ils ont disposé de treize ans pour chercher sans être dérangés. En tout cas, cela signifierait qu'ils ont l'avantage sur nous. Dans ces conditions, Lucrezio, nous devons trouver un moyen de reprendre le dessus.

— Certainement, *padre*, dit le vicomte Ugo en hochant la tête. Je pense que j'ai une idée...

Les dispenses de bans ayant été obtenues par Malcolm et par Nicolas Ravener, il ne restait plus qu'à convenir d'une date pour la célébration des deux mariages, qui devaient avoir lieu en l'église de la Sainte Trinité, à Marylebone.

Au matin de la cérémonie, Ariane se sentait si nerveuse qu'elle ne put rien prendre du petit déjeuner que Fanny monta dans sa chambre, sur un plateau d'argent. Curieuse, elle se demanda si Christine, qui habitait de nouveau chez son oncle et sa tante, lord et lady Eaton, à Hanover Square, se trouvait dans le même état de fébrilité.

Jugeant que l'histoire du Cœur de Kheper inquiéterait lord et lady Eaton, Nicolas et Christine avaient pris le parti de ne leur en rien dire, et pour justifier la célébration rapide et discrète de leur mariage, ils avaient avancé que Nicolas voyageait incognito en Angleterre et ne désirait pas divulguer sa véritable identité, Nicolas de Ramezay, comte de Jourdain. Un peu sceptiques au début, lord et lady Eaton se trouvèrent pleinement rassurés quand le comte et la comtesse de Valcœur leur parlèrent, sur un ton mystérieux, « de leur neveu, M. Ravener, qui s'acquittait d'une mission spéciale et très délicate ». Certains, désormais, que leur nièce s'unissait à un homme respectable, titré et fortuné, ils lui accordèrent leur consentement et leur bénédiction.

Il avait été convenu que les deux familles se rendraient séparément à l'église, et qu'en dehors des deux suivantes et de Ducaire, ces deux mariages n'auraient pour témoins que M. Quimby, M. Cavendish, M. Rosenkranz.

Repoussant le plateau du petit déjeuner, auquel elle ne toucherait décidément pas, Ariane se leva pour aller vers la fenêtre de sa chambre, qui donnait sur Portman Square.

— Oh, Sophie, soupira-t-elle en levant les yeux vers le ciel tout gris, j'espère qu'il ne va pas se remettre à pleuvoir ; pas aujourd'hui !

— Je pense que la pluie patientera jusqu'à la fin de la journée, répondit la demoiselle de compagnie. Euh… ne croyez-vous pas que vous devriez prendre quelque chose ? Vous allez manquer de forces, la tête vous tournera et vous risquez de vous évanouir pendant la cérémonie.

— Non, je suis bien trop nerveuse, et c'est précisément si j'ingurgite quelque chose que je serai malade. Il faut que je me pince pour m'assurer que je ne rêve pas, que je vais réellement me marier ! Oh, Sophie, j'ai peine à croire à mon bonheur ! Je crains de me réveiller pour découvrir que les mois précédents n'ont été qu'un rêve, et je crois que je mourrais s'il en était ainsi. Jusqu'à l'église, je vais craindre que Malcolm ne paraisse pas, ou qu'un événement grave nous empêchera de convoler. Pour tout dire, je ne serai pleinement rassurée que lorsque le prêtre nous aura déclarés mari et femme.

Mais ces appréhensions se révélèrent totalement injustifiées, et la jeune fille ne put reprocher à cette matinée que de ne pas se dérouler assez vite. Aucun incident fâcheux ne vint émailler le trajet vers l'église, et elle se retrouva, comme par enchantement, dans sa robe blanche, aux côtés de Malcolm, et de Christine, et de Nicolas Ravener. Derrière eux, dans les bancs, se trouvaient leurs familles respectives ainsi que les rares amis conviés à cette brève cérémonie.

Dès lors, il parut que le temps s'accélérait. Les deux couples furent très vite invités par le prêtre à échanger leurs vœux. C'était déjà fini. Ariane était désormais l'épouse de Malcolm pour la vie.

La compagnie s'en retourna vers Portman Square, où devait avoir lieu la réception, tout aussi modeste que la cérémonie. Dans la salle à manger, décorée de fleurs blanches et roses, fut servi un déjeuner dont un splendide gâteau constituait l'apothéose. On but beaucoup de champagne. Fort peu nombreux, les invités n'en étaient pas moins joyeux pour autant. On porta d'innombrables toasts à la santé des jeunes mariés, chacun à sa manière et selon son style. C'est ainsi que M. Rosenkranz, levant sa coupe de champagne, lança le traditionnel « Mazel tov » qui signifie : « Bonne chance ».

Malcolm se demanda à ce moment si, vu les circonstances, la chance favoriserait son union avec Ariane, mais, en la présence de lord et de lady Eaton qui ignoraient tout du Cœur de Kheper,

523

il ne put évoquer les dangers courus par la plupart des personnes rassemblées dans cette salle à manger. D'ailleurs, même si l'oncle et la tante de Christine n'avaient pas été présents, il n'eût sans doute pas plus parlé, afin de ne pas effrayer Ariane et gâcher la joie qu'elle éprouvait en ce jour.

Lui-même éprouvait quelque difficulté à prendre conscience qu'elle était véritablement devenue son épouse. Il avait peine à croire que cette magnifique jeune fille, que cette femme désirable ne faisait qu'une avec la brave petite qu'il avait emmenée dans sa barque, la *Sorcière des Mers*, pour pêcher dans les eaux sombres du Loch Ness, plus de treize ans auparavant. Quel long chemin ils avaient parcouru, tous les deux, depuis ce jour-là ! Mais quel chemin, plus long encore, ils devraient parcourir pour se libérer de la malédiction que le Cœur de Kheper faisait peser sur eux !

Quelle ironie, se dit-il en se retenant pour ne pas sourire. Les Foscarelli se démenaient pour accaparer l'émeraude dont ils attendaient qu'elle leur procurât l'immortalité, tandis que lui ne souhaitait la retrouver que pour s'en débarrasser aussitôt ! Pas une seule fois il n'avait songé à exploiter les prétendus pouvoirs magiques de la pierre.

Il n'ambitionnait pas de devenir immortel, d'abord parce qu'il ne concevait pas de connaître le bonheur en vivant éternellement, tandis que disparaîtraient tous les êtres qui lui seraient chers. La pensée de perdre Ariane lui semblait insupportable.

Il eût, de loin, préféré n'avoir jamais entendu parler du Cœur de Kheper, il lui en coûtait de devoir persévérer dans une quête dangereuse et vaine. Mais puisqu'il fallait retrouver l'émeraude fabuleuse — maudite plutôt — pour assurer le bonheur d'Ariane, eh bien ! il accomplirait son devoir.

— A quoi penses-tu, Collie ? lui demanda Ariane, le tirant

de ses pensées. Tu as l'air si sérieux que je ne peux pas m'empêcher de me demander ce que tu as en tête.

— Je ne pensais qu'à toi, ma chérie, répondit-il en se forçant à sourire. Je réfléchissais au meilleur moyen d'assurer notre avenir.

— Ne parlons pas de cela pour le moment ! N'y pensons même pas ! Imaginons, juste aujourd'hui, que le Cœur de Kheper n'existe pas, ou qu'il repose toujours dans la tombe du grand-prêtre égyptien, où ton ancêtre ne l'a pas trouvé. Cette pierre précieuse recèle peut-être un grand pouvoir. Je n'en disconviens pas. Mais ne détenons-nous pas un pouvoir plus grand encore, Collie ? Le pouvoir de l'amour.

— Tu as raison, Ari. C'est le seul qui doive nous préoccuper.

Ils s'en tinrent là car, le déjeuner consommé, le gâteau partagé et le champagne bu, Mme de Valcœur conviait ses invités à la suivre dans le petit salon.

Cette pièce aussi avait été décorée de fort jolie façon. Des tables, préparées pour permettre des jeux de cartes, étaient disposées le long des murs, ménageant un espace central pour danser. Un petit orchestre se tenait prêt à jouer. Frappant dans ses mains pour demander l'attention, M. de Valcœur demanda aux jeunes mariés de se mettre en place pour la première danse, selon la tradition. Ce fut un moment fort joyeux dans une journée qui n'en manquait pas. Ariane et Christine se laissèrent entraîner par leurs maris dans une étourdissante évolution, qui les fit rire aux éclats.

Puis toute la compagnie dansa en se bousculant avec plaisir dans cette pièce trop petite. Malcolm regardait sa mère et songeait qu'il ne l'avait pas vue aussi heureuse depuis bien longtemps. Les yeux brillants, les joues rouges, elle valsait alternativement avec M. Quimby puis M. Cavendish. Elle ne s'en

525

lassait pas. Plus réservé, M. Rosenkranz finit par succomber à cette joie communicative, et il sollicita à son tour l'honneur de quelques danses, que Mme Blackfriars ne jugea pas à propos de lui refuser.

Ainsi passa tout l'après-midi, bien trop vite au gré de chacun. Quand le crépuscule commença à noircir les fenêtres, les invités songèrent à prendre congé. A contrecœur, ils ne partirent qu'à la nuit tombée.

Après un souper rapide, Ariane et Christine, aussi nerveuses l'une que l'autre, se rendirent dans les appartements que Mme de Valcœur avait fait préparer pour chacune d'elles, et qu'elle leur avait présentés en expliquant avec sagesse :

— Il vaut mieux que votre nuit de noces se passe en un lieu que vous n'avez pas habité auparavant. Il ne serait pas bon que votre mari se sentît comme un intrus en pénétrant dans votre chambre de jeune fille.

En entrant dans l'appartement que lui avait dévolu sa mère, Ariane regretta de ne pouvoir disposer de sa chambre de jeune fille, si familière, si rassurante. Elle se demanda si Christine, logée à l'autre bout du corridor, agitait les mêmes pensées, si elle aussi avait la nostalgie de la chambre qu'elle occupait chez son oncle et sa tante, dans la maison de Hanover Square.

Tout à coup lui vint l'idée qu'elle vivait la fin de son enfance, et qu'en même temps elle commençait sa vie de femme, qu'elle s'apprêtait à franchir un seuil important, au-delà duquel il lui serait impossible de revenir en arrière. Cette pensée l'enthousiasma et l'effraya à la fois. Pour la première fois, elle se rendit compte que Malcolm, son cousin, qu'elle connaissait depuis l'enfance, restait un étranger pour elle à bien des égards. Plus âgé de onze ans, ne connaissait-il pas, mieux qu'elle, les choses de la vie ? Il avait un emploi de cartographe, mais en dehors des heures passées dans la boutique de M. Quimby, à quoi employait-il son temps pendant toutes les années qu'ils ne se voyaient plus ?

Ne voulant pas donner l'impression de se mêler de ce qui ne la regardait pas, elle lui avait posé peu de questions sur cette période de sa vie qu'elle ne connaissait pas, et, au demeurant, ces sujets ne l'avaient pas tourmentée. Mais voilà qu'elle se demandait soudain si Malcolm avait connu d'autres femmes, s'il avait partagé leur lit, les avait prises dans ses bras, leur avait donné des baisers, leur avait fait l'amour...

La jalousie s'empara d'Ariane, et en même temps elle se sentit très vulnérable, incertaine. Anxieuse, elle se mordit la lèvre inférieure, en songeant qu'elle n'avait qu'une connaissance rudimentaire de ce qu'on attendait d'une jeune épouse, la nuit de ses noces. Elle se savait si ignorante, si innocente ! A l'idée que Malcolm la comparerait avec les femmes qu'il avait connues autrefois et que, peut-être — sûrement ! — il la jugerait moins habile dans les choses de l'amour, elle faillit éclater en sanglots rageurs.

A ce moment, un petit coup fut donné à la porte. Ariane tressaillit et son cœur sursauta dans sa poitrine. La porte s'ouvrit. C'était Sophie qui entrait, et non Malcolm.

— Je suis venue vous aider à votre toilette, madame, lui dit celle-ci.

— Comme c'est étrange de s'entendre appeler *madame*, murmura Ariane.

— Mais vous êtes bien une *madame*, madame ! Puis-je profiter de ce moment pour vous dire que je suis très heureuse de vous voir mariée avec M. Blackfriars ? Je vous souhaite le plus de bonheur possible, en sachant bien que vous n'en manquerez pas.

527

Après avoir pris son bain, Ariane retourna dans la chambre à coucher, où Sophie l'aida à passer sa chemise de nuit et sa robe de chambre, avant de défaire ses longs cheveux noirs pour les brosser. Puis très vite, bien trop vite à son goût, Ariane se retrouva seule, assise devant sa table de toilette, le cœur battant trop vite, l'estomac serré.

De nouveau on frappa à la porte, et cette fois, Malcolm entra. En le voyant, Ariane se mit debout, si brutalement qu'elle envoya son tabouret au sol.

— Oh, mon Dieu ! s'écria-t-elle en voulant le remettre sur pied.

Malcolm s'était empressé d'accourir pour l'aider dans cette tâche. Voyant qu'elle tremblait de tous ses membres, il lui prit une main qu'il garda dans la sienne et il lui dit avec tendresse :

— Il ne faut pas avoir peur, Ari. Je ne te ferai pas de mal.

— Je sais, balbutia-t-elle en hochant la tête. C'est juste que… je me sens si jeune… si naïve. Je ne veux pas te décevoir, Collie.

— Oh, Ari ! s'exclama-t-il avec un beau sourire. Comment pourrais-tu me décevoir ? Tu es la femme dont j'ai toujours rêvé, et bien plus encore.

Il l'enferma dans le cercle de ses bras.

Prisonnière de ces bras puissants, Ariane se sentit en sécurité. C'était comme si Malcolm lui faisait un rempart de son corps pour la protéger contre tous les dangers du monde. Dehors soufflait un sauvage vent d'hiver, qui précipitait les gouttes de pluie et les écrasait contre les vitres, déchirait les écharpes de brume, tourmentait les pauvres arbres nus du jardin.

Dedans, il faisait bon, il faisait chaud. Le silence n'était troublé que par les craquements des bûches dans la cheminée et par les battements du cœur d'Ariane. Elle avait peur. Mais Malcolm la protégeait. Il la gardait dans ses bras, en lui caressant les cheveux et en lui parlant avec douceur, comme à une enfant.

Mais Ariane n'était plus une enfant ! Elle était une femme adulte, une femme qui, en dépit de ses frayeurs enfantines, désirait son mari et voulait atteindre à la plénitude de sa féminité. Elle leva vers lui un regard timide, et peut-être ses yeux d'améthyste reflétèrent-ils ses désirs les plus secrets, son acquiescement à ce qui devait se passer, car Malcolm la regarda alors d'une façon calme et pleine d'assurance, comme s'il venait d'acquérir la certitude que bientôt il la posséderait et qu'ensuite elle lui appartiendrait pour aussi longtemps qu'elle vivrait.

Prenant conscience de cet échange non dit et pourtant si expressif, Ariane sentit son cœur battre la chamade, tandis qu'une fièvre bienfaisante, jamais expérimentée, montait du plus profond de son être et se répandait dans tout son corps, lui donnant des frissonnements d'impatience et de crainte mêlées.

En dépit des promesses prodiguées par Malcolm, elle ne savait toujours pas ce qu'il attendait d'elle. Aussi le pouls, à la base de son long et délicat cou de cygne, persistait-il à battre de façon erratique. Elle avait la bouche sèche. Ses lèvres s'entrouvrirent. Sa langue vint les humecter. Un soupir rauque lui échappa.

Son esprit restait craintif, mais son corps était invinciblement attiré par cet homme, et son corps prit le pas sur son esprit. Ses mains s'affranchirent de sa volonté et gravirent les épaules de Malcolm pour s'accrocher à son cou. Incapable de maîtriser ses tremblements, elle lui offrit ses lèvres, qu'il baisa, sa bouche se posant sur la sienne avec fermeté, mais sans brutalité, pour boire son souffle et les soupirs qui trahissaient son émoi.

Aussi imprévisible qu'un papillon, la bouche de Malcolm quitta les lèvres d'Ariane pour aller butiner ses paupières, ses

529

temps, les mèches de ses cheveux. Il l'effleurait, la goûtait, l'aiguillonnait, se jouait d'elle. Ses mains s'immiscèrent dans la lourde masse de ses cheveux noirs, redescendirent sur ses épaules et s'insinuèrent sous les bretelles de sa fine robe de chambre, qui coula à ses pieds dans un ruissellement de soie.

Presque nue dans sa chemise de nuit transparente, Ariane eut l'impression qu'elle allait s'écrouler, tant les forces lui manquaient subitement. Les jambes molles, elle s'étonna de pouvoir encore rester debout.

Son esprit s'embrouillait, mais un reste de lucidité lui fit valoir que les mains de Malcolm s'étaient posées sur ses seins, et que, en réponse à cette caresse, ses mamelons s'étaient durcis, qu'ils devenaient plus sensibles, et eux aussi devenaient deux sources d'une chaleur qui irradiait tout son corps.

Les lèvres de Malcolm, les mains de Malcolm avaient un don magique pour l'ensorceler de cette manière. De nouveau il lui baisait la bouche. Manquant de tomber pour de bon, elle s'accrocha à lui, se colla à lui qui était si solide quand elle se sentait si faible et si vulnérable. Il était grand et fort ; elle, fragile et menue. Il pourrait la briser s'il lui en prenait la fantaisie. Cette idée en amena une autre ; Ariane se demanda s'il cueillerait sa virginité facilement, avec toute la vigueur qui devait être nécessaire. Il lui parut que oui, et aussitôt elle frémit d'avoir eu ces réflexions si audacieuses. Il en résultat un nouvel accès de faiblesse, si bien que Malcolm dut raffermir son embrasse pour la retenir contre lui. Elle n'était plus qu'une cire molle entre ses bras.

Sans prévenir, Malcolm enleva Ariane dans ses bras et l'emporta vers le lit à baldaquin, sur lequel il la déposa. Dans ce mouvement, sa mince chemise de nuit remonta haut sur ses jambes, découvrant la partie la plus secrète de son corps, que

Malcolm se mit aussitôt à explorer fiévreusement, de la main puis de la bouche.

Du temps passa, sans doute beaucoup de temps, mais Ariane en avait perdu le compte. Malcolm la caressait et la couvrait de baisers ; sa bouche devenait de plus en plus exigeante, ses mains de plus en plus entreprenantes. Telle était la seule réalité à laquelle Ariane fût encore sensible.

Cette bouche et ces mains la mettaient dans un trouble dont elle ignorait qu'il pût exister ; lui procuraient des émotions qu'elle n'avait jamais imaginées, même dans ses rêveries les plus échevelées. Jusqu'à ce moment, elle n'avait pas eu idée qu'un homme pût donner tant de plaisir à une femme.

Elle, de son côté, oubliait peu à peu ses inhibitions pour se délecter à explorer ce corps d'homme qui se révélait à elle. Elle savourait de mâles fragrances, subtil mélange de bois de santal, de vétiver, de tabac et de musc. La fine toison qui ornait la poitrine de Malcolm, soyeuse sous les mains d'Ariane, devenait délicieusement agaçante quand elle caressait ses mamelons. Il avait une peau satinée sous laquelle jouaient des muscles durs et souples comme l'acier. Son haleine, encore parfumée par le champagne qu'ils avaient bu au cours de la soirée, avait des propriétés enivrantes.

Ariane découvrait ce corps d'homme avec une curiosité de plus en plus audacieuse, elle avait la volonté de l'explorer en détail, afin que Malcolm lui appartînt comme elle lui appartenait.

Et quand, enfin, il s'appesantit sur elle, elle éprouva la vive mais brève douleur qui transforme une jeune fille en femme et fait d'un amant un homme comblé. Le souffle coupé, elle laissa échapper une longue plainte qui traduisait sa révolte, car rien ni personne ne l'avait préparée à cette intrusion brutale dans son intimité.

La révolte se mua bientôt en étonnement, et l'étonnement

en émerveillement, quand Malcolm, après un moment d'immobilité totale, commença à bouger en elle. Elle s'accorda au rythme qu'il lui imprimait, et très vite revint le plaisir, différent de celui qu'elle venait de connaître, plus vif aussi, de plus en plus vif.

Ariane entra bientôt dans un univers inconnu, où la matérialité n'avait plus cours, un univers où elle n'était plus que sensations.

Il lui sembla qu'elle criait beaucoup, longtemps.

19.

Le Cœur de Kheper

Le cœur de l'homme recèle des trésors cachés, en secret gardés, par le silence scellés.

CHARLOTTE BRONTË, *Consolation du soir.*

Son cœur est dur comme la pierre ; en vérité, il est aussi dur qu'une meule.

Bible, Livre de Job.

Il est donc plus instructif d'observer un homme en péril ou affronté à l'adversité, pour savoir quelle sorte d'homme il est. Car, alors, la vérité monte du plus profond de son cœur, et le masque tombe. Seule reste l'authenticité.

LUCRÈCE, *De la nature des choses.*

1848
A Londres et dans les Highlands, en Ecosse

Quelques jours après la célébration des deux mariages, Jakob Rosenkranz et Boniface Cavendish arrivèrent inopinément chez

Quimby & Compagnie, Cartographes et Editeurs de cartes, à l'heure du déjeuner. Ils ne tenaient pas en place. Ils saluèrent brièvement les jeunes gens qui prenaient leur repas devant l'âtre, Malcolm, Harry, Jim et Tuck, et aussitôt demandèrent qu'on voulût bien les conduire auprès de M. Quimby.

— Malheureusement, il n'est pas là, répondit Malcolm. Il retourne chez lui chaque jour pour déjeuner et faire une courte sieste.

— Là ! Qu'est-ce que je vous disais, Bonny ? s'exclama Jakob Rosenkranz en coulant un regard ironique en direction de son ami Cavendish. Je vous avais bien dit qu'il fallait nous rendre à son appartement de Baker Street ! Mais non, vous n'avez rien voulu entendre et vous avez insisté pour venir ici, en pure perte comme vous pouvez le constater.

— Comment pouvais-je savoir que Septimus avait conservé cette habitude de rentrer chez lui chaque jour ? répliqua le libraire qui paraissait fort étonné. C'est qu'il n'est plus tout jeune, le bougre ! Alors, imaginer qu'il fait encore tout ce chemin à pied, tous les jours...

— Il a exactement le même âge que nous, Bonny, et je ne me risquerais pas à insinuer qu'il se décrépit. La goutte le tourmente de temps à autre, mais c'est bien le seul ennui de santé dont il ait à se plaindre.

— C'est qu'il s'accorde une nourriture trop riche et qu'il boit un peu trop de vin. Il n'a qu'à faire comme moi, se servir en sandwichs et en café dans une buvette ambulante. Voilà le régime qui maintient un homme en forme ! Regardez, j'en suis l'exemple.

L'air avantageux, M. Cavendish bombait la poitrine et la frappait avec son poing. Puis, croisant le regard courroucé de son ami joaillier, il se tourna vers Malcolm.

— Monsieur Blackfriars, voudriez-vous avoir l'obligeance

de nous accompagner chez M. Quimby ? Nous apportons des nouvelles de la plus haute importance, concernant une affaire qui vous touche de près.

Inquiet, Harry se leva pour s'approcher et demander :

— Malcolm, s'agirait-il des problèmes personnels dont vous nous avez touché deux mots ?

— Oui, dit sobrement Malcolm. M. Rosenkranz et M. Cavendish, ici présents, ont l'amabilité de mener certaines recherches cruciales pour moi.

— Dans ce cas, accompagnez ces messieurs chez M. Quimby. Je prendrai volontiers votre tour au comptoir et m'occuperai de la boutique en votre absence. Et si votre présence devient indispensable ici, je vous enverrai Tuck.

— Merci, Tuck, c'est fort aimable à vous, dit Malcolm.

Il s'en alla chercher son manteau, son chapeau, ses gants et son parapluie.

Ayant marché d'un bon pas sous la pluie glaciale, les trois hommes ne mirent pas longtemps pour arriver à Baker Street. Ils montèrent au domicile de M. Quimby et demandèrent à sa gouvernante de le tirer du sommeil. Il parut bientôt, vêtu de sa robe de chambre, son bonnet de nuit perché sur la tête. Etonné par cette visite imprévue, il pria ses amis de passer dans la bibliothèque.

— Que se passe-t-il donc ? demanda-t-il aussitôt que ses trois amis eurent pris place sur les sièges qu'il leur offrait. Un événement d'importance, je présume, a motivé votre déplacement. Mais je ne vois pas...

— Comme vous ne devinerez jamais ce qui nous amène, répondit M. Cavendish d'un ton alerte, laissez-moi vous expliquer.

Il prit une longue inspiration et lança :

— Figurez-vous que Jakob a réussi à savoir qui avait fabriqué les croix appartenant aux Fils d'Isis ! Quant à moi, j'ai découvert les noms de ces gens, et j'ai retracé la généalogie de l'un d'eux jusqu'à son descendant actuel, qui vit à Londres.

— Oh, excellent ! s'exclama M. Quimby en battant des mains. Parfait ! Bien joué ! Je savais que je pouvais compter sur vous.

Malcolm ajouta :

— Messieurs, je vous dois une reconnaissance éternelle. Franchement, je ne sais pas comment je pourrai vous dédommager de toutes les peines que vous aurez prises pour moi.

— Mais non ! dit M. Cavendish. Considérez que notre modeste contribution est notre cadeau de mariage. Je pense parler en notre nom à tous en disant que je n'ai pas pris part à cette aventure par appât du gain, mais plutôt pour vous aider à réparer une grande injustice. Il nous suffira de réussir pour être heureux.

— C'est fort bien dit ! ajouta M. Quimby, tandis que Jakob Rosenkranz approuvait avec force hochements de tête.

— Je ne sais comment vous remercier, répondit Malcolm, si ému qu'il éprouva quelque peine à parler.

Coupant court aux effusions, M. Quimby remit la conversation sur le sujet de la visite.

— Jakob, dites-nous donc qui a fabriqué les croix. Vous comprendrez sans peine que Malcolm et moi sommes très curieux de savoir ce que vous avez découvert, avant de vite regagner la boutique. C'est que notre présence y est indispensable. Harry ne peut pas dessiner des cartes ou graver des plaques s'il doit s'occuper de la boutique… Ah, si seulement Jim était un peu plus âgé et plus expérimenté !

— Vous avez raison, dit le joaillier qui ne désirait pas, lui non plus, abandonner trop longtemps sa boutique. Voici donc : les croix ont été fabriquées par un homme qui s'appelait Mordecai Weisel, un homme très méticuleux puisqu'il inscrivait dans un

536

registre la description de tous les travaux qu'on lui commandait. Sa descendance, tout aussi méticuleuse, a conservé ce registre, et Isaac Weisel, dont j'ai retrouvé la trace à Bonn, en Allemagne, a consenti à répondre au questionnaire que je lui ai envoyé. J'ai reçu sa réponse ce matin. Ainsi que nous l'avions supposé, neuf croix furent confectionnées et aussitôt dispersées. Quatre d'entre elles partirent pour l'Ecosse, trois pour la France, une pour l'Italie et une pour l'Angleterre, à Londres plus précisément… Et c'est là que Bonny intervient.

— J'interviens ! dit le libraire, avec un large sourire. Après de longues recherches, j'ai fini par retrouver à Londres, comme je vous le disais, le propriétaire d'une des croix. Il s'agit du colonel Hilliard Pemberton, ancien officier de dragons, qui habite dans Wimpole Street. Naturellement, je ne sais pas s'il soupçonne l'importance de sa croix, mais je parierais pour la négative. C'est pourquoi il nous sera sans doute facile de le délester de cet objet, au moyen d'une ruse qui reste à définir.

— Bonny ! s'exclama M. Rosenkranz, très choqué par cette proposition hardie. Avez-vous l'intention de voler cette croix, de la même façon que Ducaire a volé celle du père Saint-Clair ?

— Mais certainement, Jakob, répondit fort calmement le libraire. Enfin, réfléchissez ! Croyez-vous que le colonel, s'il a conscience de la valeur attachée à sa croix, va nous la donner de bon cœur ? J'ajoute qu'il ne s'agirait pas de voler, à proprement parler. Toutes ces croix, en effet, quels que soient leurs propriétaires actuels, ont été conçues pour aider à localiser le Cœur de Kheper, qui appartenait autrefois à l'ancêtre de M. Blackfriars ici présent, lord Rob Roy Ramsay, neuvième seigneur de Dundragon. Et peu importe s'il a fondé l'ordre des Fils d'Isis pour révérer cette pierre. Quoi qu'on dise, le Cœur de Kheper appartient légitimement à M. Blackfriars.

— Le Cœur de Kheper appartient au gouvernement égyptien !

tonna Jakob Rosenkranz. Quant à M. Blackfriars, s'il retrouve cette pierre, j'espère qu'il la rendra à ses véritables propriétaires, lesquels sauront le récompenser pour cette bonne action ; je n'en doute pas.

Quelques jours plus tard, Ariane entrait en coup de vent dans le petit salon de Portman Square et, affolée, elle criait :

— Christine ! Oh, Christine ! Nous devons partir immédiatement. Un terrible accident s'est produit à la taverne de la Maison Rouge. Nicky et Collie sont gravement blessés.

— Oh, non ! s'exclama Christine qui avait pâli.

Elle se leva de sa chaise, jeta dans sa boîte à ouvrage le mouchoir qu'elle s'occupait à broder, et demanda :

— Comment cette horrible nouvelle vous est-elle parvenue, Ariane ?

— Par un message, apporté jusqu'à notre porte, et que Butterworth m'a donné. Cela vient du tavernier de la Maison Rouge. Il nous supplie d'accourir, avant qu'il ne soit trop tard.

— Oh, mon Dieu ! Partons vite !

Ducaire, qui avait assisté à cet entretien dramatique, s'interposa avec énergie. Reposant sa harpe, il déclara en effet :

— Non, mesdames, je ne peux pas vous laisser partir. Ce message est peut-être une ruse employée par nos ennemis.

— Je ne veux pas le croire ! répondit Ariane, au bord de la crise de nerfs. La Maison Rouge, c'est précisément là que se sont rendus Collie et Nicky ce matin, comme tous les samedis, pour s'entraîner au tir. J'ai déjà demandé qu'on nous prépare la seconde voiture de papa. Il faut que nous y allions, Ducaire. Il le faut !

— Madame, je vous en supplie, écoutez la voix de la raison ! Permettez que je me rende là-bas à votre place, afin de découvrir

538

s'il s'agit d'un message authentique. Les Foscarelli espionnaient la pauvre Mme Polgar et ils ont réussi à l'enlever. S'ils ont découvert vos relations avec elle, ils ont pu enquêter sur les gens de cette maison, découvrir la véritable identité de M. Blackfriars et de M. Ravener ! Peut-être savent-ils déjà tout de nos habitudes, de nos allées et venues. Ce message, encore une fois, est peut-être une ruse pour vous faire sortir toutes les deux de cette maison, pour accomplir un projet de la pire espèce.

— C'est un risque que nous devons prendre, Ducaire, répondit Ariane, avec dignité. Si le message est authentique, ce que je crois, si Collie et Nicky sont vraiment blessés, je ne me pardonnerai jamais de n'avoir pas été à leurs côtés dans ces moments difficiles.

— Oh, comme je regrette que M. et Mme de Valcœur ne soient pas là pour vous empêcher de commettre cette imprudence ! s'exclama le nain en se tordant les mains. Mais enfin, mesdames, vous savez bien que M. Blackfriars et M. Ravener vous ont interdit de sortir de cette maison, même pour aller faire vos achats de Noël !

— Ils ne pouvaient pas prévoir qu'ils auraient un accident, répondit encore Ariane, prête à éclater en sanglots.

Elle tourna les talons et sortit de la pièce en courant, pour demander où en étaient les préparatifs de la voiture. Christine la suivit.

Pour tenir compte des préventions de Ducaire, il fut admis qu'il suivrait la voiture, à cheval, jusqu'à la Maison Rouge, et que si un guet-apens était bien organisé là-bas comme il le craignait, il pourrait donner l'alerte. Il insista aussi pour que les laquais fussent armés de pistolets ; Christine et Ariane admirent que c'était une sage précaution. Il n'y avait plus qu'à prévenir Butterworth avant de se mettre en route.

A l'intérieur de la voiture, Ariane et Christine, malades

d'angoisse, se tenaient les mains sans mot dire. Elles craignaient le pire et n'osaient pas se l'avouer.

Monté sur la jument blanche d'Ariane, Ducaire suivait. Lui aussi craignait le pire, mais de façon très différente.

De toute sa vie, Ariane n'avait jamais été aussi terrifiée. Elle ne comprenait pas comment l'incident s'était produit. La voiture roulait à vive allure en direction de la Maison Rouge, elle venait de franchir Vauxhall Bridge et entrait dans le quartier mal famé de Lambeth quand elle avait été cernée par des hommes aux mines patibulaires, des bandits de grand chemin.

— Oh, mon Dieu ! gémit Christine en serrant le bras de sa belle-sœur. C'est exactement ce qui s'est passé la nuit où mes parents ont été assassinés. Nous avons été attaqués de la même façon.

Pour échapper aux assaillants, le cocher se mit à jouer de la voix et du fouet, et la voiture roula bientôt à une telle vitesse que les deux jeunes femmes, pourtant cramponnées aux sangles qui pendaient aux quatre angles, ne purent rester assises sur les banquettes de cuir. Précipitées sur le plancher du véhicule, elles ne parvinrent pas à se relever. Dès lors elles n'eurent plus conscience de la tournure des événements que par les vociférations et les coups de feu qu'elles entendaient. La voiture ne ralentissait pas son allure infernale.

Recroquevillée entre les deux banquettes, Ariane sentait son cœur battre si fort et de façon si désordonnée qu'elle craignait de le voir éclater. Malgré son désarroi, elle tentait d'apporter un peu de réconfort à Christine, qui revivait avec horreur l'assaut au cours duquel ses parents avaient péri.

Après une course qui sembla durer une éternité aux deux jeunes femmes, alors qu'il s'agissait de quelques minutes seulement, la voiture quitta la route et s'arrêta. Aussitôt, la portière s'ouvrit. Ariane et Christine virent leur cocher et leurs laquais étendus sur le sol, baignant dans leur sang. Mais elles n'eurent pas le loisir de s'apitoyer sur le sort de ces malheureux, car des mains brutales les avaient déjà saisies pour les pousser dans une autre voiture, qui s'ébranla aussitôt et se mit à rouler à une allure non moins dangereuse que la précédente.

Affolées, Ariane et Christine hurlèrent pour tenter d'alerter les passants médusés qu'elles apercevaient sur le bord de la route, mais personne n'entendit leurs appels. En désespoir de cause, elles essayèrent de se jeter dehors, mais elles ne purent ouvrir la portière.

— C'est verrouillé de l'extérieur ! cria Ariane horrifiée. Oh, nous sommes perdues !

Elle songea que, vu la vitesse à laquelle roulait la voiture inconnue, elles se seraient certainement tuées, si elles avaient osé sauter.

— Nous sommes perdues, répéta Christine.

Et, cachant son visage dans ses mains, elle se mit à pleurer amèrement.

— Seigneur Dieu ! balbutia-t-elle en sanglotant. Que va-t-il advenir de nous, Ariane ? Nous sommes enlevées par les Foscarelli, tout comme la pauvre Mme Polgar.

— Je crains que vous n'ayez raison, Christine. Pourquoi, mais pourquoi n'ai-je pas voulu entendre les avertissements que me prodiguait Ducaire ? Il est probablement déjà mort, à cause de moi ! Mais s'il a réussi à échapper à ces bandits, nous avons une chance, infime, d'être sauvées. Parce que s'il est en vie, il fonce à l'heure qu'il est vers la taverne de la Maison Rouge, afin de prévenir Collie et Nicky de ce qui nous arrive. C'est notre seul espoir, Christine. Prions pour qu'il en soit ainsi, et espérons encore.

Voilà une résolution qu'il était plus facile d'énoncer que d'appliquer. Quand les deux jeunes femmes s'aperçurent que la voiture quittait Londres, elles s'affolèrent davantage encore. Puis, quand Christine annonça à Ariane qu'à son avis, elles roulaient sur la Grande route du Nord, qui permettait de gagner York puis Edimbourg, elles s'interrogèrent sur les intentions de leurs ravisseurs.

— On peut supposer qu'ils nous emmènent en Ecosse, murmura Christine effondrée.

— Dundragon ?

— C'est bien possible. Ce sont bien les Foscarelli qui ont machiné cet enlèvement. A mon avis, ils ont dû découvrir la véritable identité de Malcolm et de Nicky, la vôtre aussi probablement. Ainsi que le pauvre Ducaire le craignait, ils vont nous emprisonner.

— Dans quel but ?

— Pour nous échanger contre les croix que nous avons réussi à réunir.

Cette hypothèse désastreuse ne tarda pas à se vérifier, quand la voiture s'arrêta en pleine campagne, en un lieu désert où se trouvait toutefois une taverne isolée, dont l'enseigne se balançait au gré du vent, en grinçant. Et, devant les jeunes femmes désemparées apparurent les sinistres Foscarelli, qui les suivaient depuis Londres, dans un autre véhicule.

— Mesdames, je vous souhaite le bonjour ! déclama le vicomte Ugo après avoir ouvert la portière.

Avec un grand sourire et une politesse affectée, comme s'il se fût trouvé dans un salon, il poursuivit :

— J'ose espérer que vous n'avez pas trop souffert du voyage. Et maintenant, comme je crois que mon père n'a pas l'avantage d'être connu de vous, permettez-moi de vous le présenter. Mesdames, voici le comte Foscarelli... *Padre*, vous êtes en présence de Mlle Ariane de Valcœur... Oh, pardonnez-moi ! Je voulais dire : Mme Ariane Ramsay. C'est bien ainsi que vous vous appelez maintenant, n'est-ce pas ? Et, *padre*, je suppose que vous connaissez déjà lady Christine Fraser, qu'il faut appeler désormais lady Christine de Ramezay.

Prenant son courage à deux mains, tâchant de ne pas montrer l'angoisse qui l'étreignait, Ariane apostropha sévèrement les deux hommes.

— Messieurs, j'exige que vous nous rendiez notre liberté !

— N'ayez crainte, nous vous relâcherons certainement, répondit le vicomte Ugo, toujours souriant. En échange de toutes les croix que possèdent vos maris, nous serons heureux de vous rendre à eux.

— Je ne vois pas de quoi vous voulez parler, lança Ariane.

— Moi non plus, ajouta Christine.

— Dans ce cas, j'espère pour vous que Ramsay et Jourdain savent de quoi nous parlons, parce que dans le cas contraire, c'est un séjour fort long et fort déplaisant que vous devez vous préparer à passer, dans notre magnifique forteresse de Dundragon.

Puis, après avoir averti ses prisonnières qu'elles devaient s'attendre à de sévères mesures de rétorsion si elles s'avisaient de regimber, le vicomte les confia à ses sbires, qui les emmenèrent vers la taverne. Elles y reçurent un repas sommaire. Très vite, il fallut ressortir, pour s'engouffrer dans une autre voiture arrivée entre-temps, et dans laquelle les Foscarelli montèrent aussi.

Le voyage continua au même rythme d'enfer. On ne s'arrêtait que dans les relais, aussi brièvement que possible, pour changer de chevaux.

Deux jours plus tard, Ariane eut un haut-le-cœur en apercevant, par la fenêtre de la portière, la silhouette fantastique de Dundragon, qui se découpait, sinistre, dans le ciel violet du crépuscule. Elle se demanda si Christine et elle parviendraient jamais à s'échapper d'un tel endroit, et convint qu'elles n'avaient aucune chance, en effet.

Sur la rive nord du Loch Ness, perché sur un vaste promontoire rocheux qui s'avançait comme la proue d'un navire au-dessus de l'eau, Dundragon dressait sa haute silhouette déchiquetée qui le faisait ressembler à une créature fantastique venue du fond des âges. Plus de sept cents pieds plus bas, les eaux noires du Loch Ness se coulaient comme un serpent au fond de la fissure qu'elles avaient taillée et qui avait coupé en deux les Highlands aussi nettement que l'épée d'un titan.

Ces lieux étaient occupés par l'homme depuis des millénaires, mais la forteresse avait été bâtie au XIIIe siècle de notre ère, phénoménal assemblage de grès qui semblait ruisseler de sang dans le soleil couchant, mais qui, sous certaines lumières, avait l'étonnante particularité de paraître aussi blanc que de vieux ossements.

Ponctuées de tours rondes ou carrées, les murailles crénelées protégeaient un donjon particulièrement imposant et sinistre, qui avait acquis, au cours des âges, la réputation d'être hanté. Il suffisait de l'observer, par nuit de pleine lune, pour s'en convaincre. Il régnait, autour de ces lieux, une atmosphère étrange, propre à effrayer les esprits les mieux aguerris.

Si leur voyage vers Dundragon avait été long et pénible, Malcolm et Nicolas n'en avaient pas vraiment pris conscience, car, depuis l'enlèvement de leurs épouses, ils ne connaissaient plus que leur douleur.

Par chance, Ducaire avait pu s'échapper des lieux du crime sans avoir été aperçu par les hommes de main des Foscarelli. Il avait donc galopé, ventre à terre, jusqu'à la taverne de la Maison

544

Rouge, pour porter le drame à la connaissance des jeunes gens. Passé le moment de stupeur et d'incompréhension, ceux-ci lui avaient ordonné de retourner à Portman Square pour informer les Valcœur, tandis qu'eux-mêmes enfourchaient leurs montures pour se lancer à la poursuite de leurs épouses.

Ivres de fureur et d'angoisse, ils avaient galopé sans trêve ni repos, ne s'arrêtant que dans les relais de poste pour changer de chevaux et poser des questions sur la voiture qu'ils poursuivaient. En effet, partis de l'endroit où avait eu lieu l'enlèvement, ils avaient très vite acquis la conviction que les Foscarelli emmenaient les deux jeunes femmes en Ecosse, donc très certainement à Dundragon, ce que les maîtres de poste leur confirmèrent régulièrement tout au long du chemin. En outre, les ravisseurs n'avaient pas beaucoup d'avance sur eux, pas plus d'une heure en tout cas ; c'était un avantage qu'ils devaient à la présence d'esprit de Ducaire.

Malcolm et Nicolas avaient d'abord pensé pouvoir attaquer le convoi dès qu'ils l'auraient rattrapé, exterminer les forbans et délivrer leurs épouses, mais très vite leur était apparue l'inanité de ce plan simpliste. Ils avaient donc passé beaucoup de temps à imaginer d'autres projets en galopant côte à côte, et après en avoir éliminé plusieurs, ils avaient réussi à en échafauder un qui leur paraissait avoir quelque chance de succès.

Dès leur arrivée dans les Highlands, ils établirent leur camp dans les ruines de Whitrose Grange, et de là ils purent, grâce à de puissantes jumelles achetées en cours de route, observer Dundragon qui se dressait de l'autre côté du Loch Ness. Très vite, ils acquirent la conviction que leurs épouses étaient retenues au dernier étage du donjon. Ils décidèrent d'agir le plus tôt possible.

Après une courte nuit de repos, ils quittèrent à l'aube les ruines de Whitrose Grange pour gagner la rive caillouteuse du

Loch Ness. Ils sortirent des buissons une barque empruntée par Malcolm, dans un village voisin, à un homme qui avait été autrefois un ami de son père. La traversée ne leur prit pas beaucoup de temps. Ils cachèrent la barque au pied du promontoire qu'il s'agissait maintenant d'escalader. L'entreprise paraissait impossible, mais Malcolm avait accompli cet exploit si souvent, au temps de sa jeunesse, qu'il eût pu le reprendre les yeux fermés.

Il connaissait une poterne discrète, fermée par une grille, dissimulée derrière des buissons. Il la retrouva telle que dans ses souvenirs, en plus rouillée. S'ouvrirait-elle ? Sans attendre, les jeunes gens étalèrent sur le sol le matériel dont ils s'étaient munis. Une grande quantité d'huile coula sur les gonds. On poussa. La grille résista puis consentit à s'entrouvrir, non sans grincer abominablement dans la nuit silencieuse. Le cœur battant, les deux jeunes gens s'immobilisèrent. Au bout d'un moment, certains que l'alerte n'avait pas été donnée, ils se glissèrent dans l'entrebâillement.

Se déplaçant sans bruit, courant d'une zone d'ombre à une autre, ils gagnèrent sans encombre les abords du donjon et se dissimulèrent pour en observer l'entrée. Les sbires de Foscarelli montaient-ils une garde vigilante ? Par chance, la nuit était froide, et les rares sentinelles en exercice parcouraient le chemin de ronde à grands pas, en se battant les flancs pour se réchauffer, en s'interpellant les uns les autres pour s'assurer que tout allait bien et en se plaignant des misérables servitudes auxquelles ils devaient s'astreindre.

Si Malcolm et Nicolas savaient en quelle partie de l'immense donjon leurs épouses étaient retenues, ils ignoraient quel cheminement ils devraient suivre pour les y retrouver. Ayant réussi à entrer, ils commencèrent donc une exploration fastidieuse des corridors et des escaliers. Par deux fois ils parvinrent au sommet de la tour, sans connaître le bonheur d'avoir réussi dans leur entreprise.

Ils s'étonnèrent de la multiplicité des pièces que comportait ce château, s'étonnèrent plus encore de les découvrir pleines de poussière et de toiles d'araignées, en mauvais état, et souvent démeublées. Sans doute les Foscarelli n'étaient-ils pas aussi riches qu'ils donnaient à le penser. Préoccupés par la recherche de l'émeraude, avaient-ils, en quelques générations, dilapidé leurs biens ? L'avantage, pour Malcolm et Nicolas, était qu'un personnel peu nombreux veillait à la destinée du château, et ainsi n'avaient-ils pas trop à redouter de se faire surprendre au cours de leur exploration clandestine.

— Chut…, dit soudain Nicolas en s'immobilisant et en posant sa main sur la poitrine de Malcolm pour l'arrêter. Quel est ce bruit ?

Ils prêtèrent l'oreille.

— Quelqu'un dort derrière cette porte. Il ronfle !

— Ce doit être le comte Foscarelli, ou alors son fils le vicomte. Nous sommes visiblement dans les appartements seigneuriaux.

— Vous avez raison. Alors, que faisons-nous ? Nous continuons ou nous tentons quelque chose ?

— Si nous pouvions surprendre un de ces bandits pour l'obliger à parler et ensuite nous servir de lui comme bouclier, nous retrouverions nos épouses plus vite et plus facilement.

— Très juste. Entrons.

Les deux jeunes gens poussèrent la porte et entrèrent dans la vaste chambre à coucher. Grâce à la lumière de la lune et à celle du feu qui brûlait dans la cheminée, ils découvrirent un grand lit à baldaquin dont les rideaux avaient été tirés pour une meilleure protection contre le froid hivernal.

Sur la pointe des pieds, Malcolm et Nicolas s'approchèrent

547

du lit et se placèrent de part et d'autre puis, ensemble, ils entrouvrirent les rideaux pour regarder à l'intérieur.

C'était le vicomte Ugo qui dormait là, et avec lui dormait une femme aux cheveux noirs, qu'il tenait dans ses bras. L'atmosphère, sous le baldaquin, était fortement imprégnée par des odeurs de vin.

Ariane…

Malcolm eut un haut-le-cœur, parce qu'il avait cru reconnaître son épouse dans les bras du vicomte. Fort heureusement, il n'en était rien, celle-ci n'avait d'Ariane que les mêmes cheveux noirs. Il n'empêche que Malcolm enragea à l'idée que les prisonnières auraient pu être violentées, et c'est donc avec une brutalité inutile qu'il plaqua sa main sur la bouche du forban, en même temps qu'il lui appuyait le canon de son pistolet sur la tempe.

De l'autre côté du lit, Nicolas empoigna la femme par le bras et la tirait hors du lit. Elle était nue. Un doigt sur les lèvres, il l'engagea à ne pas crier, puis il lui signifia qu'elle pouvait s'habiller, mais sans bruit.

— Ensuite, vous irez vous asseoir sur ce banc et vous n'en bougerez pas jusqu'à ce que je vous en donne l'ordre. Faites ce que je vous dis, ou il vous en cuira.

Sans doute il s'agissait d'une servante réquisitionnée pour le plaisir du maître. Effrayée, elle obtempéra et se montra parfaitement soumise.

Il n'en alla pas de même avec le vicomte Ugo. Certes, Malcolm et Nicolas n'attendaient pas de lui une immédiate complaisance, mais il se montra plus coriace, plus arrogant qu'ils l'avaient escompté. Ils ne furent pas trop de deux à le menacer de leurs armes pour l'obliger à en passer par où ils voulaient. Et tout d'abord, il dut s'habiller lui aussi.

— Ensuite, vous nous conduirez à la pièce où vous avez enfermé nos épouses, martela Malcolm. Quand elles seront délivrées et en sûreté, vous nous accompagnerez au poste de police le plus proche, afin d'avouer vos crimes.

— Je ne pense pas pouvoir vous satisfaire, répondit froidement l'Italien.

Trompant alors la vigilance des jeunes gens pourtant très prévenus contre lui, il s'empara d'une rapière accrochée au mur derrière lui et se rua sur Nicolas. S'ensuivit un instant de confusion, dont profita la femme. Ramassant ses jupes dans ses mains, elle sortit de la chambre en courant. Certain qu'elle allait donner l'alerte, Malcolm se trouva partagé entre deux devoirs contradictoires, rattraper cette femme ou venir en aide à son ami.

— Ramène-la ici ! lui cria Nicolas.

Esquivant habilement les coups portés par le vicomte, il réussit à se rapprocher du mur et à décrocher l'autre rapière. Un combat plus égal pouvait dès lors s'engager.

Sachant son ami expert en l'art de tirer l'épée et donc très capable de se défendre, Malcolm se sentit comme libéré. Il s'élança à la poursuite de la fugitive, mais il se rendit compte, aussitôt franchi le seuil de la chambre, qu'il était trop tard. Elle se trouvait déjà à l'autre extrémité du corridor, et s'époumonait pour appeler à l'aide.

Dès lors les événements s'enchaînèrent à toute vitesse. Une porte s'ouvrit, le comte Foscarelli parut. Il s'était habillé en hâte, mais avait pris le temps de se munir d'un pistolet. Sans hésiter, il tira. Malcolm n'eut que le temps de sauter en arrière pour rentrer dans la chambre. La balle siffla et se planta dans le chambranle.

Malcolm riposta, avec une précision qui rendait justice aux leçons qu'il avait prises. Comprenant qu'il n'aurait pas l'avantage, le comte ne tarda pas à fuir. Il courut vers un escalier qu'il dévala.

549

Conscient que les hommes de main pouvaient surgir, et que dès lors la lutte deviendrait par trop inégale, Malcolm s'élança de nouveau pour rattraper le comte, qu'il vit s'engouffrer dans une porte au bas de l'escalier.

— Christine ! Christine ! Réveillez-vous !

Ariane secouait sa belle-sœur qui avait décidément le sommeil lourd.

— Christine ! Je vous en prie ! Il se passe quelque chose !

— Quoi ? Quoi ? Qu'est-ce qu'il y a ?

Enfin Christine s'assit dans le lit qu'elle partageait avec Ariane, se frotta les yeux, regarda autour d'elle d'un air étonné, avant de reconnaître les lieux où elle se trouvait.

— Que se passe-t-il encore ? demanda-t-elle d'une voix lasse.

— Je ne sais pas, répondit Ariane qui frissonnait et claquait des dents, malgré la couverture dont elle s'était enveloppé les épaules. Mais j'ai entendu… comme des coups de feu. Je ne sais pas d'où ils venaient, mais probablement des étages inférieurs du donjon.

— Et alors ?

— Je pense… j'espère que Collie et Nicky nous ont retrouvées, et qu'ils viennent nous délivrer.

— Oh, Ariane, puissiez-vous avoir raison ! Parce que, je vous le dis, Nicky a raison, il ne fait pas de doute que les Foscarelli sont fous à lier. Il faut avoir perdu la raison pour songer à nous enlever et ensuite mettre ce plan à exécution, nous enfermer dans un château délabré sans même permettre que nous ayons du feu pour nous réchauffer.

— Chut ! Ecoutez !

La tête penchée de côté, Ariane cherchait à percevoir les

550

bruits diffus qui franchissaient les épaisses murailles de la chambre. Elle reprit :

— Ecoutez, c'est ce même bruit… Oui, je suis certaine que ce sont des coups de feu ! Cela ressemble à ce que j'ai entendu dans les rues de Paris, quand les révolutionnaires s'en sont pris à ce pauvre roi Louis-Philippe.

N'y tenant plus, elle se leva et courut à une fenêtre, elle ouvrit les volets puis se pencha pour tenter de voir ce qui se passait dans la cour. Elle n'y discerna pas de mouvements suspects. Les hommes de garde ne manifestaient aucune nervosité ; s'ils avaient entendu les coups de feu, ils les ignoraient et continuaient à arpenter le chemin de ronde.

— Quelle est cette odeur ? demanda Christine.

Ariane revint au centre de la pièce. Les deux jeunes femmes humèrent l'air.

— De la fumée ! L'air a une odeur de fumée !

— Les cheminées des Foscarelli tirent mal, maugréa Ariane. En tout cas, ils ont de quoi se réchauffer, pendant que nous gelons ici.

— Non, non… Je ne crois pas que ce soit cela.

Christine alla s'agenouiller devant la porte, elle abaissa son visage au ras du sol et prit une longue inspiration. Quand elle se releva, elle dit d'une voix blanche :

— Ariane, la fumée monte dans l'escalier et commence à passer sous la porte. Un incendie s'est déclenché quelque part dans le château.

Reportant son regard sur l'extérieur, Ariane nota alors que les sentinelles commençaient à quitter leur poste et descendaient du chemin de ronde pour courir vers le donjon.

— Vous avez peut-être raison, dit-elle avec satisfaction. Voilà que les sbires des Foscarelli commencent à s'affoler !

— Je crois que quelqu'un monte…

Christine se releva en hâte, Ariane quitta la fenêtre, et les deux jeunes femmes se précipitèrent l'une vers l'autre pour s'étreindre alors que la clé grinçait dans la serrure. Quand la porte s'ouvrit, la silhouette d'un homme se dessina dans l'ombre du seuil. Certaines que le vicomte Ugo venait les assassiner, elles poussèrent à l'unisson un cri d'effroi. Mais il avança de quelques pas et alors elles reconnurent leur erreur. C'était Nicolas qui entrait.

— Nicky ! s'écrièrent-elles en s'élançant vers lui.

— Venez, leur dit-il, nous n'avons pas de temps à perdre. Le château est en flammes.

— Où est Collie ? demanda Ariane.

— Je ne sais pas. Nous avons été séparés. Tout ce que je puis vous dire, c'est que le vicomte est mort. Je l'ai tué. Le château brûle et nous devons nous en aller avant que nous ne soyons prisonniers des flammes.

— Nous ne pouvons pas partir sans Collie ! protesta Ariane. Il est peut-être blessé, ou mort ! Je ne quitterai pas ce château sans lui, et s'il le faut, j'emporterai son cadavre ! Laissez-moi le chercher.

Elle sortit de la chambre et descendit l'escalier envahi par la fumée.

— Ariane, revenez ! ordonna Nicolas.

Refusant de l'entendre, elle poursuivit sa course insensée, sans savoir où elle allait dans cet immense château inconnu. Elle courait dans des corridors, montait des escaliers, en descendait d'autres, toujours en appelant Malcolm. Peu à peu la fumée devenait plus épaisse, plus âcre. Les yeux lui piquaient, elle avait de plus en plus de mal à respirer. Plusieurs fois, elle dut rebrousser chemin parce qu'elle arrivait dans une zone que l'incendie ravageait déjà. Elle passa sous des poutres enflammées qui s'effondrèrent juste derrière elle, projetant des gerbes d'étincelles dont elle se protégea grâce à la couverture qu'elle avait eu la présence d'esprit d'emporter.

Désespérant de retrouver son mari, elle courait toujours, craignant qu'il ne fût prisonnier des flammes, espérant qu'il pût se tirer de ce piège. Le château était si vaste qu'elle ne le trouverait jamais, se dit-elle soudain. Elle ne savait plus où aller. Plus d'une fois lui vint la tentation de renoncer et de sortir pour sauver sa vie, mais alors elle reprenait ses jupes dans ses mains pour reprendre sa course folle dans le dédale infernal. Elle courait, elle criait le nom de Malcolm.

Essoufflée, hagarde, elle passa devant une porte qui crachait une fumée compacte, chaude, chargée de suie. La sagesse lui commandait de s'éloigner très vite, mais son intuition l'incita à entrer là. Enveloppée dans sa couverture, dérisoire rempart contre la fureur de l'incendie, elle pénétra dans une pièce où elle vit Malcolm et le comte Foscarelli qui s'affrontaient dans un mortel corps à corps, ils luttaient pour la possession d'un pistolet. Autour d'eux, les flammes dévoraient tout, les meubles, les tentures, les poutres, dans un épouvantable vacarme de craquements et de vrombissements.

Ariane se demanda par quel mystère ces deux hommes étaient encore vivants, et d'où ils puisaient les forces surhumaines qui leur permettaient de lutter dans un air raréfié et surchauffé. Elle-même avait tant de mal à respirer ! Elle songea que si Malcolm ne sortait pas très vite de là, il périrait, victorieux peut-être, mais de quelle utilité serait sa victoire ?

Un coup de feu retentit. Folle d'angoisse, Ariane écarquilla les yeux. Il lui sembla que le temps ralentissait. Comme dans un rêve, elle vit le comte Foscarelli reculer, sans hâte, en faisant de grands gestes théâtraux ; sa chemise s'ornait d'une tache rouge qui grandissait. Il reculait et vacillait, mais refusait de tomber. Dans un craquement sinistre, une énorme poutre se détacha du plafond. Foscarelli leva les yeux vers le haut et comprit qu'il serait écrasé, anéanti, mais il ne tenta rien pour échapper à son destin. Peut-être n'en avait-il plus la force, ou plus la volonté.

Malcolm, lui aussi, semblait pétrifié, incapable de mouvement.

— Collie ! cria Ariane.

A l'appel de son nom, il tourna les yeux vers elle. Il accourut, et attrapa au passage un coffret en argent, posé sur une table léchée par les flammes.

— Nicolas et Christine ? demanda-t-il.

— Sains et saufs.

— Prends ceci.

Il lui plaça le coffret dans les mains et recommanda :

— Ne le perds pas.

Puis, la prenant dans ses bras, il l'emporta dans la fumée et dans les flammes.

Quand ils se retrouvèrent dehors, en sécurité, ils eurent la joie de retrouver Nicolas et Christine, mais aussi M. de Valcœur et Ducaire, accompagnés par d'importantes forces de police. Dans un coin de la cour étaient rassemblés plusieurs hommes aux mains liées dans le dos. D'autres encore sortaient du donjon, tête basse, sous la garde des gens de Sa Majesté.

Les villageois aussi étaient là, armés de seaux dont ils jetaient le contenu sur les flammes, mais il semblait bien que ce combat fût perdu d'avance.

— Foscarelli ? demanda Nicolas.

— Mort, répondit Malcolm ; et Ugo ?

— Mort aussi.

— C'est très bien ainsi, reprit le premier, en guise d'oraison funèbre. Nous assistons donc à la fin des Foscarelli, nous voici libérés de la menace qu'ils faisaient peser sur nous. Quel soula-

554

gement ! Tout ce qui nous reste à faire, c'est de trouver le Cœur de Kheper, si nous pouvons.

En dépit des efforts déployés, il semblait que l'émeraude fabuleuse dût ne jamais être trouvée.

Ayant suivi le comte Foscarelli jusque dans le cabinet de travail qu'il occupait à Dundragon, Malcolm l'avait surpris avec un coffret en argent qu'il s'était approprié après son combat victorieux contre lui, en pensant qu'il contenait les croix acquises par cette famille au cours des âges. Il ne s'était pas mépris. Le coffret contenait en effet trois croix, portant les numéros 3, 4 et 9.

C'est en lisant l'inscription portée au revers de la croix numéro 9 que Malcolm eut soudain une révélation. Il venait de percer le secret de l'énigme !

— Seigneur ! murmura-t-il ; pas étonnant que l'émeraude n'ait jamais été localisée !

— Que voulez-vous dire ? demanda Nicolas, à voix basse, afin de ne pas réveiller leurs épouses qui dormaient dans la chambre d'à côté, dans l'auberge villageoise où ils avaient pris pension pour se reposer de leurs émotions, en sortant de Dundragon.

— Voici donc la croix numéro 9. Je lis au revers : « Ici, le pays des dragons ». Ce n'est pas une citation biblique, Nicolas, mais une formule employée par les cartographes, les anciens cartographes. Quand ils ne savaient pas ce qui se trouvait en certaines contrées qu'ils dessinaient, parce qu'elles n'avaient pas été explorées, ils écrivaient : « Ici, le pays des dragons ». C'est pourquoi j'inclinerais à penser… je pense que les citations bibliques sur les autres croix n'ont aucun sens, qu'elles n'ont été inscrites là que pour tromper ceux qui voudraient trouver l'émeraude sans appartenir à l'ordre des Fils d'Isis. Nahoum,

Exode, Second Livre des Chroniques, Sagesse, etc. Vous ne remarquez rien ?

— Ma foi, non…

— Tous ces livres bibliques commencent par N, E, S.

— Et alors ?

— Ce sont les points cardinaux, Nicolas ; les points cardinaux ! Nord, Est, Sud… Et la numérotation des chapitres et des versets nous donne, je pense, le nombre de pas qu'il faut faire dans chaque direction. En outre, il me semble qu'il faut prendre les croix de la dernière à la première, car celle qui porte le numéro 1 nous dit : « Je suis le commencement et la fin ». Vous vous rappelez ? J'ajouterai que « Ici, le pays des dragons » fait sans doute référence à Dundragon, notre point de départ.

— Mais il nous manque la croix numéro 6.

— Exact ; sans elle, nous ne pourrons jamais localiser le Cœur de Kheper, car nous avons besoin de la direction et du nombre de pas qu'elle indique.

— Allons la chercher, Malcolm ! proposa Nicolas avec entrain. N'était-ce pas ce que nous avions en tête, juste avant l'enlèvement d'Ariane et de Christine ?

M. de Valcœur, qui fumait en silence depuis le début de cette conversation, approuva chaudement.

— Nicolas a raison, Malcolm. Dès que les autorités auront terminé leur enquête — enquête qui ne devrait pas leur causer trop de difficulté puisque les crimes imputés aux Foscarelli sont évidents — nous devrons retourner à Londres en toute hâte et obtenir de ce colonel Pemberton qu'il nous cède sa croix, qu'il le veuille ou non.

— C'est cela ! s'exclama Ducaire avec enthousiasme. Je me jette sur le colonel et je subtilise sa croix.

Mais il se trouve que le Destin, une nouvelle fois, mit les mains dans cette affaire. Dans les jours qui suivirent, Mme de

Valcœur, Mme Blackfriars, M. Quimby, M. Rosenkranz, M. Cavendish vinrent de façon inopinée à l'auberge, et non seulement ils apportaient les cinq croix déjà en possession de la compagnie, mais aussi la croix numéro 6, celle qui avait appartenu au colonel Pemberton.

— Comment avez-vous réussi à l'acquérir ? demanda Malcolm, médusé, après que les neuf croix eurent été rangées, en ordre, sur la table du petit appartement qu'ils occupaient dans l'auberge.

— Oh, cette croix…, murmura Mme Blackfriars.

Rougissant comme une écolière, elle expliqua :

— Quand tu t'es lancé avec Nicolas à la poursuite des Foscarelli, je me suis rendue chez Quimby & Compagnie, pour informer M. Quimby des derniers événements et lui dire que tu serais probablement absent pendant un certain temps. Au cours de notre conversation, il me glissa que M. Cavendish avait retrouvé la trace d'une nouvelle croix, appartenant à un certain colonel Pemberton, et qu'ils avaient l'intention… d'acquérir d'une manière ou d'une autre. Naturellement, vu les circonstances, il faudrait remettre ce projet à plus tard. Mais tu imagines aisément quelle fut ma stupéfaction quand j'entendis prononcer ce nom, et je dis : « Voulez-vous parler du colonel Hilliard Pemberton ? » Ayant eu la confirmation que c'était bien de lui qu'il s'agissait, j'ai révélé à M. Quimby qu'au cours de ma jeunesse, Pemby — c'est ainsi que nous l'appelions alors — avait été un de mes soupirants les plus ardents. Et alors, je pense que j'ai un peu perdu le sens des convenances, à cause de tous ces soucis que j'avais après l'enlèvement et tout ce qui s'ensuivait… toujours est-il que j'ai pris sur moi de rendre visite au colonel Pemberton. Je lui ai raconté l'histoire du Cœur de Kheper et je l'ai supplié de nous aider. Et lui, qui est resté le gentleman dont j'avais gardé le souvenir, a tenu à m'offrir la croix qu'il possédait. Naturellement j'ai refusé, mais il a insisté, disant que ce serait un cadeau en souvenir du bon vieux temps. Il a ajouté que l'émeraude ne l'intéressait pas, qu'il n'avait aucun droit sur elle et qu'il nous l'abandonnait bien volontiers, précisant seulement qu'il ne souhaiterait, en guise de remerciement, qu'un dîner en ma compagnie, au cours duquel je devrais lui rapporter la conclusion de l'aventure.

Plus rouge qu'au début de sa longue narration, Mme Blackfriars, confuse, baissa les yeux.

— J'espère que vous accepterez ce dîner, maman, lui dit Malcolm. Père est mort depuis si longtemps… Je ne pense pas qu'il aurait exigé de vous un deuil sans fin… Et maintenant, voyons si mon hypothèse est juste, et si ces neuf croix assemblées constituent une carte nous indiquant le chemin à suivre pour retrouver le Cœur de Kheper.

Armée de pelles et de pioches, la compagnie reprit le chemin de Dundragon. L'interprétation de l'assemblage des neuf croix donna lieu à des débats passionnés, au terme desquels on s'accorda sur le lieu où il fallait creuser. Maniées avec entrain, les pioches et les pelles s'activèrent et mirent au jour une dalle, qu'il fallut soulever, sous laquelle gisait un coffret en fer tout rouillé, néanmoins encore très solide, fermé par un cadenas dont un marteau vint à bout, pour révéler une bourse en cuir tout racorni.

Non sans difficulté, Malcolm ouvrit cette bourse et la retourna.

Alors parut le Cœur de Kheper, l'émeraude fabuleuse qui avait suscité tant de convoitises depuis deux siècles. Elle brillait étrangement dans la grisaille de ce jour d'hiver. Le rayonnement qui s'en dégageait semblait surnaturel.

— Mon Dieu, murmura Malcolm ému. Je n'arrive toujours pas à croire qu'elle existe réellement. J'arrive encore moins à croire que nous avons réussi dans notre entreprise. Pourtant, je la tiens dans mes mains…

— Pas pour longtemps, Gribouilleur !

Tous les regards se tournèrent vers celui qui venait de parler, et c'est Tobias Snitch qu'on vit sortir du bois, un pistolet dans chaque main. Très sûr de lui, il s'avança en ricanant et dit :

— Tu pensais m'avoir tué, hein, Gribouilleur ? Pas de chance, j'en ai réchappé ! Et tu sais grâce à qui ? Grâce à des bateliers qui passaient par là, qui m'ont vu barboter et qui m'ont tiré du bain. Sans eux, je me serais noyé, c'est sûr. Je leur ai faussé compagnie pour te suivre et depuis ce jour-là, je ne t'ai plus quitté d'une semelle. Alors maintenant, donne-moi le caillou ! J'en ai autant envie que les Italiens qui ne te quittaient pas de l'œil non plus. Je me suis demandé pourquoi tu les intéressais à ce point. J'ai fait ami ami avec un de leurs hommes — entre brigands, on se comprend — et j'ai pas tardé à tout savoir à propos de l'émeraude. L'émeraude, l'émeraude ! Ils n'avaient que ce mot-là à la bouche. Remarque, je les comprends. Elle est belle. Allons, donne ! Et si tu te dépêches pas, Gribouilleur, je te fusille comme tu as fusillé le pauvre Badger.

Levant un de ses pistolets, il montra qu'il était prêt à mettre sa menace à exécution.

Avant que Malcolm eût pu réagir ou dire quoi que ce fût, un coup de feu retentit et Tobias Snitch s'écroula, raide mort.

Un autre homme sortit du bois, M. al-Oualid, un pistolet fumant à la main. Et derrière lui venaient Hosni, son fidèle serviteur, et encore un autre homme.

— M. Ramsay, déclara-t-il en s'avançant, je ne pouvais pas laisser ce bandit vous tuer et voler le Cœur de Kheper. Cette émeraude appartient au gouvernement égyptien, que je représente. Mais oui ! Je ne suis pas réellement herpétologiste, ainsi que vous l'aviez sans doute conjecturé… Notez bien que les serpents m'intéressent, mais je n'en fais pas ma profession. Comme M. Snitch qui ne vous causera plus d'ennuis, et comme vos ennemis les Foscarelli, je vous ai suivi, moi aussi. Eh oui... Permettez-moi de dire, pour ma défense, qu'à la différence de ces gens, mes intentions étaient honorables et j'espère donc que vous me pardonnerez. Et maintenant, permettez-moi de vous présenter le colonel Hilliard Pemberton.

Les présentations faites, l'Egyptien reprit :

— C'est Hosni qui a découvert l'existence du colonel grâce à une visite que lui rendit Mme Blackfriars. Oui, il suivait Mme Blackfriars... Il a vu le colonel remettre une croix à Mme Blackfriars. Mais non content de se montrer si désintéressé, le colonel Pemberton, ayant appris de Mme Blackfriars qu'elle avait l'intention de se rendre à Dundragon, décida de la suivre discrètement pour veiller à sa sécurité. Entre-temps, Hosni et moi avions eu connaissance de l'enlèvement de Mmes Ramsay et de Ramezay, par les Foscarelli qui ne pouvaient que les emmener à Dundragon, nous avions le devoir de prendre le même chemin. Nous approchâmes le colonel Pemberton et lui proposâmes d'allier nos forces et nos moyens.

— Je vois, dit Malcolm éberlué, en faisant tourner machinalement l'émeraude dans ses mains.

Il se tourna vers le colonel.

— C'est un plaisir que de faire votre connaissance, même en d'aussi dramatiques circonstances.

— Il en va de même pour moi. Cela dit, je serai heureux si je puis estimer que je vous ai été utile, ainsi qu'à Madame votre mère.

— Je ne saurais méconnaître vos mérites, colonel, et je vous exprime ma gratitude.

M. al-Oualid reprit la parole.

— J'avais la certitude que vous finiriez par retrouver l'émeraude, M. Ramsay, et c'est pourquoi je ne voulais surtout pas vous perdre de vue. Vous deviez connaître le succès car, à l'inverse de tous vos prédécesseurs dans cette quête, vous étiez motivé par l'amour et non par la cupidité. L'Egypte espère rentrer en possession de ce joyau qui lui appartient, mais elle ne se montrera pas ingrate. Sachez, en effet, que nos agents ont intercepté, il y a fort longtemps déjà, une lettre écrite par lord Iain Ramsay, celui-là même qui perdit tous ses biens au cours d'une partie de cartes qui l'opposait à lord Bruno, comte Foscarelli. Cette lettre était destinée au frère cadet de lord Dundragon, lord Neill, vicomte Strathmor. Lord Dundragon y avouait qu'il n'avait pas le droit de gager l'héritage familial parce que son père, lord Somerled Ramsay, connaissant la prodigalité de ce fils, avait composé, à la veille de sa mort, un nouveau testament olographe authentifié par les signatures de deux fidèles serviteurs, testament dans lequel il déclarait que les domaines ancestraux devaient passer intacts d'une génération à l'autre, et que celui qui s'aviserait d'en détacher, ne fût-ce qu'une partie, perdrait *ipso facto* ses droits. Lord Iain Ramsay s'était empressé de faire disparaître ce testament aussitôt après la mort de son père. Je dis bien qu'il l'a fait disparaître, sans le détruire. Il l'avait enterré, mais où ? Nous ne le savions pas, car lord Iain Ramsay n'a pas terminé sa lettre à son jeune frère. Un événement imprévu l'en a empêché. Cependant, une réflexion approfondie nous a conduits à penser que le testament n'avait pu être enterré qu'en un seul lieu : avec le testateur, c'est-à-dire dans la tombe de lord Somerled Ramsay. Nous l'y avons cherché et nous l'avons trouvé.

De sa djellaba, M. al-Oualid tira un parchemin qu'il tendit à Malcolm.

— Vos domaines ancestraux contre l'émeraude, M. Ramsay. Le marché n'est-il pas honnête ?

20.

Cœur et âme

Oui, tandis que mes jours fugaces atteignent à leur terme,
voici tout ce que j'implore : dans la vie comme dans la mort une
âme sans entraves, et le courage de souffrir patiemment.

EMILY BRONTË, *Le Vieux Stoïque.*

Oseras-tu, ô mon âme, à présent m'accompagner au pays
inconnu, où le pied ne trouve pas à se poser, où les chemins ne
sont pas frayés ?

WALT WHITMAN, *Oseras-tu, ô mon âme ?*

Que la vie de l'homme est bonne, la simple vie ; et combien
propre à le faire jouir par tout son cœur, par toute son âme,
par tous ses sens !

ROBERT BROWNING, *Saul.*

1849
A Londres : Portman Square

Lord Malcolm Ramsay était le légitime seigneur de Dundragon. Ainsi en avait jugé la cour de justice à laquelle M. Nigel Gilchrist, avocat, avait présenté le testament olographe de lord Somerled Ramsay.

Lord Malcolm Ramsay, seigneur de Dundragon, habitait avec son épouse, lady Ariane, une magnifique maison sise à Portman Square, juste en face de celle que possédaient le comte et la comtesse de Valcœur, et mitoyenne avec celle de M. et Mme de Ramezay, comte et comtesse de Jourdain.

Après avoir entendu bien des supplications, Elizabeth Ramsay, comtesse douairière de Dundragon, avait finalement consenti à abandonner Hawthorn Cottage pour habiter chez son fils et sa bru. Néanmoins, il semblait que cette cohabitation ne dût pas durer très longtemps puisque le colonel Pemberton faisait à cette dame une cour assidue qui était reçue avec faveur.

M. Jakob Rosenkranz, fournisseur attitré des quatre comtesses parentes et alliées, était de ce fait devenu le joaillier le plus en vue de Londres. On ne jurait plus que par lui, toutes les femmes élégantes de la capitale voulaient porter ses œuvres. C'était au point qu'il avait du mal à satisfaire toutes les clientes qui se pressaient dans sa boutique.

La librairie de M. Cavendish était le rendez-vous de tous les beaux esprits de la capitale. C'était chez lui qu'on trouvait les livres qu'il fallait lire, ainsi que les personnes éclairées avec qui en parler.

La boutique de M. Quimby prospérait malgré l'absence de Malcolm. Mais Harry Devenish y prenait de l'ascendant et il ne faisait pas de doute, qu'un jour, il prendrait la direction de l'établissement.

M. al-Oualid et Hosni s'en étaient retournés en Egypte, emportant avec eux l'émeraude et ses maléfices désormais inopérants.

Comme Whitrose Grange, Dundragon n'était plus que ruines noircies. Malcolm se disait qu'un jour il le reconstruirait. Mais pour cela, il faudrait attendre que, dans son esprit et dans celui d'Ariane, s'estompât le souvenir des tragiques événements qui s'y étaient déroulés.

— Sais-tu, Ari ma très chère, lui dit-il en la serrant dans ses bras ; aussi étrange que cela puisse te paraître, mon seul regret est de n'avoir pas pu demander à Mme Polgar de prédire mon avenir. Je me demande ce qu'elle aurait trouvé pour moi dans ses cartes.

— Je le sais, moi, répondit la jeune femme en regardant son mari avec amour. Elle t'aurait dit exactement la même chose qu'à moi. « Vous vous lancerez dans une quête très dangereuse, au terme de laquelle ce que vous trouverez ne sera pas ce que vous aurez cherché, mais ce que désire votre cœur. »

— Il est vrai que j'ai trouvé ce que désirait mon cœur, répondit Malcolm en souriant.

Il ponctua cette affirmation par un long et tendre baiser, puis il conclut :

— Les anciens Egyptiens étaient savants et sages. Et je me rends compte, grâce à toi, qu'ils n'avaient peut-être pas tort, après tout, de croire que le cœur est le siège de l'âme.

Le 1er novembre, découvrez deux romans inédits

Grands Romans Historiques

LE MANOIR DES OMBRES,
de Candace Camp • n°30

Intrigues et passion sous le règne de l'austère reine Victoria…

Angleterre, 1873

Depuis qu'Anna Holcombe a inexplicablement décliné son offre de mariage trois ans plus tôt, Reed Moreland n'est jamais retourné au manoir de Winterset qui a abrité leur passion. Il ne s'est pas non plus résolu à vendre la propriété, tant restent intenses les souvenirs qui lui sont attachés. Mais lorsque, une nuit, il fait un cauchemar où il voit Anna en danger, un élan irrépressible le pousse à revenir sur place. Ses retrouvailles avec la jeune femme sont tendues et, malgré le désir qui couve entre eux, tous deux s'évitent _ jusqu'à cette nuit terrible où une servante est retrouvée assassinée. Un crime affreux, bientôt suivi de plusieurs autres, qui, en semant l'effroi dans le petit village, va contraindre Reed et Anna à unir leurs forces pour percer les secrets du vieux manoir et démasquer le coupable…

Grands Romans Historiques

LE SABRE ET LE DIADÈME, d'Anne O' Brien

Pays de Galles, an de grâce 1643.

« Pour assurer la pérennité de mes biens, j'entends que mon cousin et unique héritier, lord Francis Brampton, épouse ma veuve, lady Honoria Mansell.»

A la lecture du testament de feu lord Mansell, un silence consterné s'abat sur la petite assemblée. Très pâle, lady Honoria fixe ses mains tremblantes. Voilà que son défunt époux, non content d'avoir fait de sa vie un enfer, la jette en pâture à un inconnu… Quant à lord Francis Brampton, il maudit lui aussi cet ultime coup du sort. Comment, alors qu'il porte encore le deuil de sa femme et de leur petite fille, pourra-t-il supporter ce remariage impromptu ? Assurément, son union avec lady Honoria sera désastreuse _ surtout en ces temps troublés. Car si lui-même compte au nombre des partisans d'Oliver Cromwell, l'ennemi juré du roi Charles Stuart, Honoria, elle, est issue d'une famille proche de la Couronne. Un différend qui pourrait bien, s'il n'y prend garde, le mener droit au cachot…

Grands Romans Historiques

Quand l'Histoire devient le plus captivant des romans…

PROCHAINS RENDEZ-VOUS LE
1er octobre 2006

LES NOCES DU CORSAIRE, d'Anne Herries • n°347
SAGA AU NOM DE LA REINE, 3e PARTIE.
Angleterre, 1586. Intrigues de cœur et de Cour sous le règne d'Elizabeth I...
Sir Christopher Hamilton, ancien corsaire de la reine Elizabeth, est chargé par Sa Majesté d'espionner Anne-Marie Fraser dont le père est soupçonné de comploter pour établir Mary Stuart sur le trône. Mais Christopher s'éprend de la jeune fille et, apprenant que son père la maltraite, décide de l'enlever. Avec lui, Anne-Marie découvre l'amour et se prend à rêver d'un avenir radieux _ jusqu'à ce qu'elle ait vent de ses activités secrètes...

A L'OMBRE DE LA COURONNE, de Claire Thornton • n°348
Angleterre, 1666. Promise contre son gré à Samuel, partisan et ami d'Oliver Cromwell, Athena s'enfuit de chez elle et se réfugie à Londres où elle rencontre le marquis de Halross. Entre eux, c'est le coup de foudre. La date de leur mariage est arrêtée, mais, la veille de la cérémonie, Samuel retrouve Athena et la menace : si elle ne rompt pas avec le marquis, il veillera à ce que ce dernier soit convaincu d'intelligence avec les Royalistes et pendu pour trahison...

SCANDALE AU MANOIR, de Georgina Devon • n°349
Angleterre, 1815. Après une longue absence, sir Hugo Fitzsimmon rentre chez lui et découvre avec stupeur que son intendant a engagé, pour gérer le domaine, non pas un homme comme il eût convenu, mais... une femme! Embarrassé, sir Hugo fait alors valoir à l'intéressée que leur cohabitation est impossible, car elle ruinerait sa réputation. Mais, contre toute attente, la demoiselle lui rétorque que «les ragots l'indiffèrent», et refuse de plier bagages...

LA CITADELLE AUX SECRETS, de Joanne Rock • n°350
Bretagne, 1300. Passionnée par son métier de tisserande, Elysia déplore de devoir y renoncer pour épouser lord St. Siméon, le vieux barbon auquel son père l'a promise. Mais le soir des noces, St. Siméon décède dans la chambre nuptiale et Elysia se retrouve veuve avant même d'avoir été dûment mariée. Pourtant, peu désireuse d'obtenir une annulation qui risquerait de la placer de nouveau sous le joug d'un homme, Elysia laisse croire que l'union a bel et bien été consommée...

LE RETOUR DE LORD ADAM, de Gail Ranstrom • n°351
Angleterre, 1805. Présumé disparu lors d'un voyage en Amérique, lord Adam Hawthorne rentre en Angleterre pour découvrir que son oncle est décédé dans de mystérieuses conditions et que, en l'absence d'un héritier, c'est sa jeune veuve, Grace, qui a désormais la jouissance de l'héritage familial. Persuadé d'avoir affaire à une intrigante, Adam en vient à la soupçonner du meurtre de son oncle...

Collection Les Historiques

BEST SELLERS

Les Best-Sellers Harlequin, c'est la promesse d'une lecture intense : romans policiers, thrillers médicaux, drames psychologiques, sagas, ce programme est riche d'émotions.

Ne manquez pas, ce mois-ci :

Le cercle secret, de Suzanne Forster • N°264

En 1982, dans une école privée de Californie, quatre adolescentes humiliées et martyrisées par leur directrice ont formé un club secret en jurant de toujours se soutenir. Jusqu'au jour où l'une d'elles se suicide, et où la directrice de l'établissement est retrouvée assassinée...

Vingt ans plus tard, Mattie, Jane et Breeze ont gardé le silence sur ce qui s'est réellement passé. Mais, parvenues au sommet de l'échelle sociale, elles sont aujourd'hui menacées de tout perdre lorsqu'un journaliste entreprend de faire la lumière sur le drame...

Noirs desseins, de Carla Neggers • N°265

Une balle sur le siège de la voiture. Une vitre brisée dans le salon. Des appels anonymes. Trois ans après la mort de son mari, un ancien agent du FBI, Lucy Blacker Swift sent un danger mortel planer sur elle et ses enfants. Pour ne pas alarmer les siens, elle décide de faire appel en secret à Sebastian Redwing, le meilleur ami de son mari. Sans savoir qu'elle va l'entraîner dans une spirale incontrôlable, où se mêlent chantage, vengeance et trahison...

La piste du tueur, de Christiane Heggan • N°266

Lorsqu'elle découvre un soir le corps sans vie d'une jeune femme, dans une ruelle de New York, Zoe Forster s'empresse de prévenir la police. Mais à l'arrivée des secours, c'est la stupéfaction : le cadavre a disparu. Persuadée que quelqu'un a voulu supprimer toute trace du meurtre, Zoe réalise un portrait de la victime et lance un appel à témoin dans le journal où elle travaille. Au risque de devenir ainsi la prochaine cible de l'assassin…

Le silence des anges, de Dinah McCall • N°267

Dans une maison en travaux, au nord du Texas, un couple découvre une valise contenant le squelette d'un bébé. La découverte sème un vent d'effroi et d'horreur parmi la population : vingt-cinq ans plus tôt, l'endroit avait en effet servi de cachette aux ravisseurs d'une enfant de deux ans, Olivia Sealy. Celle-ci ayant été libérée après le versement d'une énorme rançon, une question se pose alors avec insistance : qui est l'enfant retrouvé mort ?

La fortune des Carstairs, de Fiona Hood-Stewart • N°268

Avocate à Savannah, Meredith Hunter est chargée à la mort de l'excentrique Rowena Carstairs de retrouver celui que la vieille dame a désigné comme son unique héritier : Grant Gallagher, son petit-fils illégitime, dont personne ne soupçonnait l'existence. Contrainte de faire face à la colère de la famille Carstairs, Meredith découvre que Grant lui-même ne lui facilitera pas la tâche : amer d'avoir été abandonné à la naissance, il ne veut pas entendre parler de cet héritage, et refuse même de recevoir la jeune femme…

Les portes du destin, de Catherine Lanigan • N°126 *(Réédition)*

Participer à une exploration de la forêt équatorienne : pour la géologue M.J. Callahan, il s'agit avant tout d'un voyage strictement professionnel. Mais avec ses deux coéquipiers, un aventurier entreprenant et un industriel plus réservé, la jeune femme découvre une jungle au charme envoûtant… et aux dangers mortels. Car une expédition a autrefois suivi le même chemin qu'elle à la recherche d'un trésor fabuleux. Et personne n'en est jamais revenu…

La collection BEST-SELLERS est en vente au rayon poche Harlequin.

ABONNEMENT...ABONNEMENT...ABONNEMENT...

ABONNEZ-VOUS!
2 livres gratuits*
+ 1 bijou
+ 1 cadeau surprise

Choisissez parmi les collections suivantes ➡

AZUR : La force d'une rencontre, l'intensité de la passion.
6 romans de 160 pages par mois. 21,78 € le colis, frais de port inclus.

EMOTIONS : L'émotion au cœur de la vie. 3 romans de 288 pages par mois.
16,38 € le colis, frais de port inclus.

BLANCHE : Passions et ambitions dans l'univers médical.
3 volumes doubles de 320 pages par mois. 18,36 € le colis, frais de port inclus.

LES HISTORIQUES : Le tourbillon de l'Histoire, le souffle de la passion.
3 romans de 352 pages par mois. 18,51 € le colis, frais de port inclus.

PASSION : Rencontres audacieuses et jeux de séduction.
6 romans de 192 pages par mois. 22,38 € le colis, frais de port inclus.

DÉSIRS : Sensualité et passions extrêmes.
2 romans de 192 pages par mois. 9,06 € le colis, frais de port inclus.

DÉSIRS/AUDACE : Sexy, impertinent, osé.
2 romans Désirs de 192 pages et 2 romans Audace de 224 pages par mois.
17,62 € le colis, frais de port inclus.

HORIZON : La magie du rêve et de l'amour.
4 romans en gros caractères de 224 pages par mois. 15,72 € le colis, frais de port inclus.

AMBRE : Romantique, intense, passionnée. 2 volumes doubles de 480 pages par mois. 14,76 € le colis, frais de port inclus.

BEST-SELLERS : Des grands succès de la fiction féminine.
3 romans de plus de 350 pages par mois. 20,94 € le colis, frais de port inclus.

BEST-SELLERS/INTRIGUE : Des romans à grands succès, riches en action, émotion et suspense. 2 romans Best-Sellers de plus de 350 pages et 2 romans Intrigue de 256 pages par mois. 23,70 € le colis, frais de port inclus.

MIRA : La passion de lire. 2 romans grand format de plus de 400 pages par mois. 23,20 € le colis, frais de port inclus.

JADE : Laissez-vous emporter. 2 romans grand format de plus de 400 pages par mois. 23,20 € le colis, frais de port inclus.

Attention: certains titres Mira et Jade sont déjà parus dans la collection Best-Sellers.

VOS AVANTAGES EXCLUSIFS

1. Une totale liberté
Vous n'avez aucune obligation d'achat. Vous avez 10 jours pour consulter les livres et décider ensuite de les garder ou de nous les retourner.

2. Une économie de 5%
Vous bénéficiez d'une remise de 5% sur le prix de vente public.

3. Les livres en avant-première
Les romans que nous vous envoyons, dès le premier colis, sont des inédits de la collection choisie. Nous vous les expédions avant même leur sortie dans le commerce.

ABONNEMENT...ABONNEMENT...ABONNEMENT...

Oui, je désire profiter de votre offre exceptionnelle. J'ai bien noté que je recevrai d'abord gratuitement un colis de 2 livres * ainsi que 2 cadeaux. Ensuite, je recevrai un colis payant de romans inédits régulièrement.

Je choisis la collection que je souhaite recevoir :

(☑ cochez la case de votre choix)

❑ **AZUR** : Z6ZF56
❑ **EMOTIONS** A6ZF53
❑ **BLANCHE** : B6ZF53
❑ **LES HISTORIQUES** : H6ZF53
❑ **PASSION** : R6ZF56
❑ **DÉSIRS** : D6ZF52
❑ **DÉSIRS/AUDACE** : D6ZF54
❑ **HORIZON** : O6ZF54
❑ **AMBRE** : P6ZF52
❑ **BEST-SELLERS** : E6ZF53
❑ **BEST-SELLERS/INTRIGUE** : E6ZF54
❑ **MIRA** : M6ZF52
❑ **JADE** : J6ZF52

*sauf pour les collections Désirs, Jade et Mira = 1 livre gratuit.

Renvoyez ce bon à : Service Lectrices Harlequin
BP 20008 - 59718 Lille Cedex 9.

N° d'abonnée Harlequin (si vous en avez un) ⎵⎵⎵⎵⎵⎵⎵⎵⎵⎵⎵

Mme ❑ Mlle ❑   NOM _____

Prénom _____

Adresse _____

Code Postal ⎵⎵⎵⎵⎵   Ville _____

Le Service Lectrices est à votre écoute au 01.45.82.44.26
du lundi au jeudi de 9h à 17h et le vendredi de 9h à 15h.

Conformément à la loi Informatique et Libertés du 6 janvier 1978, vous disposez d'un droit d'accès et de rectification aux données personnelles vous concernant. Vos réponses sont indispensables pour mieux vous servir. Par notre intermédiaire, vous pouvez être amené à recevoir des propositions d'autres entreprises. Si vous ne le souhaitez pas, il vous suffit de nous écrire en nous indiquant vos nom, prénom, adresse et si possible votre référence client. Vous recevrez votre commande environ 20 jours après réception de ce bon. Date limite : 31 décembre 2006.

Offre réservée à la France métropolitaine, soumise à acceptation et limitée à 2 collections par foyer.

Composé et édité par les
*éditions*Harlequin
Achevé d'imprimer en août 2006

BUSSIÈRE
GROUPE CPI

à Saint-Amand-Montrond (Cher)
Dépôt légal : septembre 2006
N° d'imprimeur : 61427 — N° d'éditeur : 12201

Imprimé en France

ABONNEMENT...ABONNEMENT...ABONNEMENT...

VOS ROMANS CHEZ VOUS

ABONNEZ-VOUS VITE À LA SAGA ✂

Le Clan des Fortune

Oui, je souhaite recevoir directement chez moi la saga *LE CLAN DES FORTUNE*. J'ai bien noté que je recevrai le nombre de volume(s) que j'ai choisi au prix indiqué ci-dessous * :

N° 1 - volume double de 480 pages - 6.18 €
N° 2 - volume triple de 576 pages - 6.18 €
N° 3 - volume triple de 384 pages - 5.32 €
N° 4 - volume double de 384 pages - 5.32 €

Je suis libre d'interrompre les envois à tout moment, par simple courrier ou appel téléphonique au Service Lectrices. Je ne paie rien aujourd'hui, la facture sera jointe à mon colis.

* + 2,40 € de frais de port <u>par colis</u>.

$\boxed{\text{L6JF01}}$

☐ **Je m'abonne à partir du numéro 1 :**
Je recevrai un premier colis composé des n°1et 2 fin septembre
puis un deuxième colis composé des n°3 et 4 fin novembre

☐ **Je m'abonne à partir du numéro 3 :**
Je recevrai un seul colis composé des n°3 et 4, fin novembre

☐ **Je souhaite recevoir uniquement les numéros suivants :**
(j'entoure les numéros choisis) 1   2   3   4

Renvoyez ce bon à : Service Lectrices HARLEQUIN
BP 20008 - 59718 Lille CEDEX 9.

N° abonnée (si vous en avez un) ☐☐ ☐☐☐☐☐☐☐☐

Mme ☐   Mlle ☐   NOM _____

Prénom _____

Adresse _____

Code Postal ☐☐☐☐☐   Ville _____

Tél. : ☐☐☐☐☐☐☐☐☐☐

Date d'anniversaire ☐☐☐☐☐☐☐☐

Le **Service Lectrices** est à votre écoute au **01.45.82.44.26**
du lundi au jeudi de 9h à 17h et le vendredi de 9h à 15h.

Conformément à la loi Informatique et Libertés du 6 janvier 1978, vous disposez d'un droit d'accès et de rectification aux données personnelles vous concernant. Vos réponses sont indispensables pour mieux vous servir. Par notre intermédiaire, vous pouvez être amené à recevoir des propositions d'autres entreprises. Si vous ne le souhaitez pas, il vous suffit de nous écrire en nous indiquant vos nom, prénom, adresse et si possible votre référence client. Vous recevrez votre commande environ 20 jours après réception de ce bon. Date limite : 30 novembre 2006.

<u>Offre réservée à la France métropolitaine, soumise à acceptation.</u>